La carta esférica

La carta esférica

Arturo Pérez-Reverte

LA CARTA ESFÉRICA
D. R.© Arturo Pérez-Reverte, 2000

ALFAGUARA^M.R.

D. R.© De la edición española:
Grupo Santillana de Ediciones, S. A., 2000
Torrelaguna, 60. 28043 Madrid
Teléfono 91 744 90 60
Telefax 91 744 92 24
www.alfaguara.com

D.R.© De esta edición:
Aguilar, Altea, Taurus, Alfaguara, S.A. de C.V. (1a. edición, 2000)
Av. Universidad, 767, Col. del Valle,
México, D.F. C. P. 03100
Teléfono 5688 8966
www.alfaguara.com.mx

- Distribuidora y Editora Aguilar, Altea, Taurus, Alfaguara, S. A.
  Calle 80 Núm. 10-23, Santafé de Bogotá, Colombia.
- Santillana S. A.
  Av. San Felipe 731, Lima, Perú.
- Editorial Santillana S. A.
  Av. Rómulo Gallegos, Edif. Zulia 1er. piso
  Boleita Nte., 1071, Caracas, Venezuela.
- Editorial Santillana Inc.
  P.O. Box 19-5462 Hato Rey, 00919, San Juan, Puerto Rico.
- Ediciones Santillana S. A. (ROU)
  Constitución 1889, 11800, Montevideo, Uruguay.
- Aguilar, Altea, Taurus, Alfaguara, S. A.
  Beazley 3860, 1437, Buenos Aires, Argentina.
- Aguilar Chilena de Ediciones Ltda.
  Dr. Aníbal Ariztía 1444, Providencia, Santiago de Chile.
- Santillana de Costa Rica, S. A.
  La Uruca, 100 mts. Oeste de Migración y Extranjería, San José, Costa Rica.

Primera edición en México: junio de 2000
Primera reimpresión: diciembre de 2000
ISBN: 84-204-4170-8

D. R. © Diseño: Proyecto de Enric Satué
D. R. © Cubierta: Agustín Escudero López
D. R. © Primera guarda: Carlos Puerta
D. R. © Segunda guarda: Carta marina nº 46. Reproducción autorizada por el Instituto
    Hidrográfico de la Marina. No válida para la navegación.

*La carta nº 46 aparece reproducida gracias a la colaboración
desinteresada del Instituto Hidrográfico de la Marina.*

Impreso en México

Una carta náutica es mucho más que un instrumento indispensable para ir de un sitio a otro; es un grabado, una página de historia, a veces una novela de aventuras.

Jacques Dupuet. *Marino*

Índice

I. El lote 307   13

II. La vitrina de Trafalgar   51

III. El barco perdido   81

IV. Latitud y longitud   115

V. El meridiano cero   159

VI. Sobre caballeros y escuderos   197

VII. El doblón de Ahab   233

VIII. El punto de estima   263

IX. Mujeres de castillo de proa   303

X. La costa de los corsarios   337

XI. El mar de los Sargazos   373

XII. Sudoeste cuarta al sur   415

XIII. El maestro cartógrafo   455

XIV. El misterio de las langostas verdes   493

XV. Los iris del Diablo   527

XVI. El Cementerio de los Barcos Sin Nombre   557

Observemos la noche. Es casi perfecta, con la estrella Polar visible en su lugar exacto, cinco veces a la derecha de la línea formada por Merak y Dubhé. La Polar va a seguir en el mismo sitio durante los próximos veinte mil años; y cualquier navegante que la contemple sentirá consuelo al verla allá arriba, porque es bueno que algo siga inmutable en alguna parte mientras la gente precise trazar rumbos sobre una carta náutica o sobre el difuso paisaje de una vida. Si seguimos prestando atención a las estrellas, hallaremos Orión sin dificultad, y después Perseo y las Pléyades. Eso resulta fácil porque la noche es muy limpia y no hay nubes; ni siquiera un soplo de brisa. El viento del sudoeste cesó al ponerse el sol, y la dársena es un espejo negro que refleja las luces de las grúas del puerto, los castillos iluminados sobre las montañas, y los destellos —verde a la izquierda y rojo a la derecha— de los faros de San Pedro y Navidad.

Acerquémonos ahora al hombre. Está inmóvil, apoyado en el coronamiento de la muralla. Mira el cielo, que se anuncia más oscuro hacia el este, y piensa que mañana soplará de nuevo el levante, trayendo marejada allá afuera. También parece sonreír de un modo extraño; si alguien pudiera ver su rostro iluminado desde abajo por el resplandor del puerto, concluiría que existen sonrisas mejores que ésa: más esperanzadas y menos amargas. Pero nosotros conocemos la causa. Sabemos que durante las últimas semanas, mar adentro y a pocas millas de aquí, el viento y la marejada han sido decisivos en la vida de ese hombre. Aunque ya no tengan ninguna importancia.

No lo perdamos de vista, pues vamos a contar su historia. Al mirar con él hacia el puerto, advertiremos las luces de un barco que se aleja despacio del muelle. El rumor de sus máquinas nos llega amortiguado por la distancia y por los sonidos de la ciudad, con la trepidación de las hélices que baten el agua negra mientras los tripulantes meten a bordo los últimos metros de amarras. Y cuando observa ese barco desde la muralla, el hombre siente dos clases distintas de dolor: uno es en la boca del estómago, hecho de la misma tristeza que viene a sus labios con la mueca que parece —pronto comprenderemos que sólo parece— una sonrisa. Pero hay otro dolor más preciso y agudo que va y viene sobre el costado derecho; allí donde una humedad fría le pega la camisa al cuerpo, y la sangre gotea hasta la cadera y empapa por dentro el pantalón, a cada latido del corazón y a cada estremecimiento de las venas.

Por suerte, piensa el hombre, esta noche mi corazón late muy despacio.

I. El lote 307

He navegado por océanos y bibliotecas.
Herman Melville. *Moby Dick*

Podríamos llamarlo Ismael, pero en realidad se llamaba Coy. Lo encontré en el penúltimo acto de esta historia, cuando estaba a punto de convertirse en otro náufrago de los que flotan sobre un ataúd mientras el ballenero *Raquel* busca hijos perdidos. Para entonces llevaba ya algún tiempo a la deriva, incluida la tarde en que acudió a la casa de subastas Claymore, en Barcelona, con la intención de pasar el rato. Tenía muy poco dinero en el bolsillo, y en el cuarto de una pensión próxima a las Ramblas, unos cuantos libros, un sextante y un título de primer piloto que la dirección general de la Marina Mercante había suspendido por dos años hacía cuatro meses, después que el *Isla Negra*, un portacontenedores de cuarenta mil toneladas, embarrancase en el océano Índico, a las 4.20 de la madrugada y durante su cuarto de guardia.

A Coy le gustaban las subastas de objetos navales, aunque por esa época no pudiera permitirse pujar. Pero Claymore, situada en un primer piso de la calle Consell de Cent, contaba con aire acondicionado, servían una copa al terminar, y la chica encargada de la recepción tenía piernas largas y bonita sonrisa. En cuanto a los objetos de la subasta, le gustaba mirarlos e imaginar los naufragios que habían ido llevándolos de aquí para allá hasta varar en la última playa. Durante toda la sesión, sentado con las manos en los bolsillos de su chaqueta de paño azul oscuro, permanecía atento a quiénes se llevaban sus favoritos. A menudo el pasatiempo resultaba decepcionante: una magnífica escafandra de buzo, cuyo cobre abollado y lleno de cicatrices gloriosas hacía pensar en naufragios y bancos de esponjas y películas de Negulesco, con calamares gigantes y con Sofía Loren saliendo del agua moldeada bajo la blusa húmeda, fue adquirida por un anticuario a quien ni siquiera tembló el pulso al levantar el cartón con su número. Y un compás de marcaciones Browne & Son, antiguo, en buen uso y dentro de su caja original, por el que Coy habría dado el alma en sus tiempos de estudiante de náutica, resultó adjudicado, sin remontar el precio de salida, a un individuo con aspecto de ignorar todo sobre el mar, salvo el hecho de que, colocada en un escaparate de cualquier marina deportiva de lujo, aquella pieza sería vendida por diez veces su valor.

El caso es que esa tarde el subastador remató el lote 306 —un cronómetro Ulysse Nardin de la Regia Marina italiana, al precio de salida— y consultó sus notas ajustándose los lentes con el índice. Era un tipo de modales suaves, corbata un poco atrevida y camisa color salmón. Entre puja y puja daba sorbitos a un vaso de agua que tenía cerca.

—Siguiente lote: *Atlas Marítimo de las Costas de España,* de Urrutia Salcedo. Número trescientos siete.

Había acompañado el anuncio con una sonrisa discreta que, Coy lo sabía a fuerza de observarlo, reservaba para las piezas cuya importancia pretendía destacar. Joya cartográfica del XVIII, añadió tras la pausa adecuada, recalcando lo de joya como si le doliera desprenderse de ella. Su ayudante, un joven vestido con guardapolvo azul, alzó un poco el volumen en gran folio, para que lo viesen desde la sala, y Coy lo miró con un apunte de melancolía: según el catálogo de Claymore no era fácil encontrarlo a la venta, pues la mayor parte de los ejemplares se hallaban en bibliotecas y museos. Aquél seguía en perfectas condiciones; y lo más probable era que nunca hubiera estado a bordo de un barco, donde la humedad, las marcas de lápiz y el trabajo sobre sus cartas de navegación dejaban huellas irreparables.

El subastador abría ya la puja, con una cantidad que habría bastado a Coy para vivir medio año con razonable holgura. Un hombre ancho de espaldas, frente despejada y pelo muy largo y gris recogido en una coleta, que estaba sentado en la primera fila y cuyo teléfono móvil había sonado tres veces para irritación de la sala, mostró un cartoncito con el número 11; y otras manos se alzaron mientras la atención del subastador, que tenía el pequeño martillo de madera en alto, iba de uno a otro y su voz educada repetía cada oferta, sugiriendo la siguiente con monotonía profesional. El precio de salida estaba a punto de doblarse, y los aspirantes al lote 307 iban quedándose por el camino. Mantenían la liza el individuo corpulento de la coleta gris, otro flaco y barbudo, una mujer de la que no podía ver más que un cabello rubio en media melena y la mano que alzaba su cartulina, y un hombre calvo muy bien vestido. Cuando la mujer dobló el precio inicial, el de la coleta gris se volvió a medias, mirando en su dirección con gesto irritado, y Coy pudo ver unos ojos verdosos y un perfil agresivo, nariz grande y aire arrogante. La mano que alzaba la cartulina llevaba varios anillos de oro. No parecía acostumbrado a que le disputasen piezas de subasta, y con ademán brusco terminó volviéndose a su derecha, donde una joven morena muy maquillada, que atendía en susurros el teléfono cada vez que sonaba, sufrió las consecuencias de su mal humor cuando se puso a reconvenirla ásperamente, en voz baja.

—¿Alguien supera la oferta?

El de la coleta gris alzó la mano y la mujer rubia contraatacó alzando su cartulina, que era la número 74. Aquello daba tensión a la sala. El flaco barbudo prefería retirarse de la puja, y tras dos nuevos remontes el hombre calvo y bien vestido empezó a titubear. El de la coleta subió la oferta, haciendo fruncir ceños a su alrededor cuando el teléfono se puso a sonar de nuevo y lo tomó de manos de la secretaria, encajado entre un hombro y la oreja, la otra mano alzándose a tiempo para responder al envite que la mujer rubia acababa de hacer. A tales alturas de la puja, la sala entera se veía de parte de la rubia, deseando que al de la coleta se le acabasen los fondos o las baterías del teléfono. El Urrutia había triplicado el precio de salida, y Coy cambió una mirada divertida con su vecino de silla, un hombrecillo moreno de espeso bigote oscuro y pelo muy peinado hacia atrás con fijador. El otro le devolvió la mirada con una sonrisa cortés, cruzadas plácidamente las manos sobre el regazo y girando los pulgares uno sobre otro. Era menudo y pulcro, casi coqueto, con pajarita de pintas rojas y chaqueta híbrida entre príncipe de Gales y tartán escocés que le daba el aire estrafalariamente británico de un turco vestido en Burberrys. Tenía los ojos melancólicos, simpáticos, un poco saltones; como las ranitas de los cuentos.

—¿Desean mejorar la oferta?

El subastador mantenía el martillo en alto, y su mirada inquisitiva apuntaba al individuo de la coleta, que había devuelto el móvil a la secretaria y lo miraba contrariado. La última propuesta, exactamente el triple del precio inicial, había sido cubierta por la mujer rubia; cuyo rostro Coy no podía ver por más que, curioso, atisbaba entre las cabezas que tenía delante. Resultaba difícil establecer si era el monto de la puja lo que desconcertaba al de la coleta, o la encarnizada competencia de la mujer.

—Damas y caballeros, ¿nadie ofrece más? —dijo el subastador, con mucha calma.

Se dirigía al de la coleta, sin obtener respuesta. Toda la sala miraba en la misma dirección, expectante. Incluido Coy.

—Tenemos entonces ese precio, que parece definitivo, a la una... Ese precio a las dos...

El del pelo gris alzó su cartulina, con gesto tan violento como si empuñase un arma. Mientras un murmullo se extendía por la sala, Coy volvió a mirar a la mujer rubia. Su cartulina ya estaba en alto, superando la oferta. Eso disparó de nuevo la tensión; y como si se tratara de un combate a vida o muerte, los presentes asistieron durante los siguientes dos minutos a un rápido duelo de cuyo intenso ritmo —aún no bajaba el cartón número 11 cuando ya estaba en alto el 74— no pudo ni siquiera sustraerse el subastador, que hubo de hacer un par de pausas para llevarse a los labios el vaso de agua que tenía junto al atril.

—¿Alguna otra oferta?

El *Atlas* de Urrutia estaba en cinco veces su precio de salida cuando el número 11 cometió un error. Quizá le fallaron los nervios, aunque el error pudo cometerlo la secretaria, cuyo móvil sonó con insistencia y ella terminó pasándoselo en un momento crítico, cuando el subastador estaba martillo en alto a la espera de nueva oferta, y el hombre de la coleta gris dudaba como replanteándose la cuestión. El error, si es que lo hubo, también podía ser achacable al subastador, que habría interpretado el gesto brusco del otro, vuelto hacia la secretaria, como despecho y abandono de la puja. O tal vez no hubo error, porque los subastadores, como cualquier ciudadano, tienen sus filias y sus fobias; y aquél pudo inclinarse por favorecer a la parte contraria. El caso fue que tres segundos bastaron para que el martillo cayera sobre el atril, y el *Atlas* de Urrutia quedase adjudicado a la mujer rubia cuyo rostro seguía sin ver Coy.

El lote 307 era de los últimos, y el resto de la sesión prosiguió sin nuevas emociones y sin incidencias; salvo que el hombre de la coleta ya no volvió a pujar por nada, y antes del final se puso en pie y abandonó la sala seguido por el taconeo precipitado de la secretaria, no sin dirigir una mirada furiosa a la rubia. Tampoco ésta volvió a levantar su cartulina. El individuo flaco de la barba terminó haciéndose con un telescopio marino muy bonito, y un caballero de aire adusto y uñas sucias, situado delante de Coy, consiguió por algo más del precio de salida una maqueta del *San Juan Nepomuceno,* de casi un metro de eslora y en bastante buen estado. El último lote, un juego de viejas cartas del Almirantazgo británico, quedó sin adjudicar. Después, el subastador dio por terminada la sesión y todo el mundo se levantó, pasando al saloncito donde Claymore invitaba a sus clientes a una copa de champaña.

Coy buscó a la mujer rubia. En otras circunstancias habría dedicado más atención a la sonrisa de la joven recepcionista, que se acercó bandeja en mano ofreciéndole una copa. La recepcionista lo conocía de otras subastas; y pese a saber que nunca pujaba por nada, era sin duda sensible a sus descoloridos pantalones tejanos y a las zapatillas deportivas blancas que vestía como complemento de la chaqueta de marino azul oscuro, guarnecida por dos filas paralelas de botones que en otro tiempo fueron dorados, con el ancla de la marina mercante, y que ahora sustituían otros de pasta negra, más discretos. Las bocamangas también mostraban las huellas de los galones de oficial que había lucido en ellas. Incluso así, a Coy le gustaba mucho aquella chaqueta; tal vez porque al llevarla se sentía vinculado al mar. Sobre todo cuando rondaba al caer la tarde por las inmediaciones del puerto, soñando con tiempos en que aún era posible buscar de ese modo un barco donde enrolarse, y existían islas lejanas que daban asilo a un hombre: justas repúblicas que nada sabían de suspensiones por dos años, y a las que nunca llegaban citaciones de tribunales navales ni órdenes de captura. Le habían hecho la chaqueta a medida, con la gorra y el pantalón correspondiente, en Sucesores de Rafael Valls quince años atrás, al aprobar el examen de segundo piloto; y con ella navegó todo el tiempo, usándola en las ocasiones, cada vez más raras en la vida de un marino mercante, en que todavía era preciso vestir de modo correcto. Llamaba a aquella vieja prenda su chaqueta de Lord Jim —algo muy apropiado en su actual situación— desde el inicio de la que él, contumaz lector de literatura náutica, definía como su época Conrad. En cuanto a eso, Coy había tenido antes una época Stevenson y una época Melville; y de las tres, en torno a las que ordenaba su vida cuando decidía echar un vistazo hacia la estela que todo hombre deja a popa, aquélla resultaba la más infeliz. Acababa de cumplir treinta y ocho años, tenía por delante veinte meses de suspensión y un examen de capitán aplazado sin fecha, estaba varado en tierra con un expediente que haría fruncir el ceño a cualquier naviera cuyo umbral pisara, y la pensión cercana a las Ramblas y la comida diaria que hacía en casa Teresa apuntillaban sin piedad sus últimos ahorros. Un par de semanas más y tendría que aceptar cualquier trabajo como simple marinero a bordo de uno de esos barcos oxidados de tripulación ucraniana, capitán griego y pabellón antillano, que los armadores dejaban hundirse de vez en cuando para cobrar el seguro, a menudo con carga ficticia y sin dar tiempo a que hicieras la maleta. Eso, o renunciar al mar y buscarse la vida en tierra firme: idea cuya sola consideración le daba náuseas, pues Coy —aunque a bordo del *Isla Negra* no le había servido de mucho— poseía en alto grado la virtud principal de todo marino: un cierto sentido de la inseguridad, entendida como desconfianza; algo comprensible sólo por quien en el golfo de Vizcaya ve un barómetro bajar cinco milibares en tres horas, o se encuentra en el estrecho de Ormuz adelantado por un petrolero de medio millón de toneladas y cuatrocientos metros de eslora que cierra poco a poco el paso. Era la misma sensación imprecisa, o sexto sentido, que lo despertaba a uno de noche por un cambio en el régimen de las máquinas, lo inquietaba ante la aparición de una lejana nube negra en el horizonte, o hacía que de improviso, sin causa justificada, el capitán apareciese por el puente a dar una vuelta mirando aquí y allá, como quien no quería la cosa. Algo común, por otra parte, en una profesión cuyo gesto habitual estando de guardia consiste en comparar a cada momento el compás giroscópico con el compás magnético; o dicho de otro modo, comprobar un falso norte mediante un norte que tampoco es el verdadero norte. Y en lo que a Coy se refiere, ese sentido de la inseguridad se acentuaba, paradójicamente, en cuanto dejaba de pisar la cubierta de un barco. Tenía la desgracia, o la fortuna, de ser uno de esos hombres para quienes el único lugar habitable se encuentra a diez millas de la costa más próxima.

Bebió un sorbo de la copa que acababa de ofrecerle con coquetería la recepcionista. No era un tipo atractivo: su estatura algo menos que mediana destacaba en exceso la anchura de los hombros, que eran vigorosos, con manos anchas y duras, heredadas de un padre comerciante sin suerte de efectos navales, que a falta de dinero le había dejado aquel modo de andar balanceante, casi torpe, de quien no está convencido de que la tierra que pisa resulte digna de confianza. Pero las líneas toscas de su boca amplia y de la nariz grande, agresiva, quedaban suavizadas por unos ojos tranquilos, oscuros y dulces, que hacían pensar en ciertos perros de caza cuando miran a sus amos. También había una sonrisa tímida, sincera, casi infantil, que asomaba a sus labios a veces, reforzando el efecto de aquella mirada leal, un poco triste, recompensada por la copa y el gesto amable de la recepcionista, que ahora se alejaba entre los clientes, la falda imprescindible sobre las piernas precisas, creyendo sentir en ellas la mirada de Coy.

Creyendo. Porque en ese momento, con el mismo acto de llevarse la copa a los labios, él echaba un vistazo alrededor en busca de la mujer rubia. Por un instante se detuvo en el hombre bajito de los ojos melancólicos y la chaqueta a cuadros, que le hizo una cortés inclinación de cabeza. Luego siguió inspeccionando la sala hasta encontrarla: continuaba de espaldas, entre la gente, conversando con el subastador, y tenía una copa en la mano. Iba vestida con chaqueta de ante, falda oscura y zapatos de tacón bajo. Se acercó a ella poco a poco, curioso, observando el cabello dorado y liso, en media melena cortada muy alta en la nuca que descendía luego por cada lado hacia la mandíbula, en dos líneas diagonales asimétricas y sin embargo perfectas. Mientras conversaba, el cabello de la mujer oscilaba suavemente, con las puntas rozándole las mejillas que sólo podían apreciarse desde atrás en escorzo. Y tras franquear dos tercios de la distancia que lo separaba de ella, comprobó que la línea desnuda de su cuello estaba cubierta de pecas: centenares de minúsculas motitas ligeramente más oscuras que el pigmento de la piel, no demasiado clara pese al cabello rubio, con un tono que indicaba sol, cielos abiertos, vida al aire libre. Y entonces, cuando se hallaba a sólo dos pasos y se disponía a rodearla con disimulo para ver su cara, la mujer se despidió del subastador y dio la vuelta, quedando un par de segundos frente a Coy; el tiempo necesario para dejar sobre una mesa la copa que tenía en la mano, esquivarlo con leve movimiento de hombros y cintura y alejarse de allí. Sus miradas se habían cruzado en ese breve instante, y él tuvo tiempo de retener unos insólitos ojos oscuros de reflejos azulados. O tal vez al contrario: ojos azules de reflejos oscuros, iris azul marino que resbalaron sobre Coy sin prestarle atención, mientras él comprobaba que ella también tenía pecas en la frente y el rostro y el cuello y las manos; que estaba cubierta de pecas y eso le daba una apariencia singular, atractiva y casi adolescente, pese a que ya debía de rondar los veintitantos años muy largos. Pudo ver que llevaba en la muñeca derecha un reloj masculino de acero, grande y de esfera negra. También que era medio palmo más alta que él y que era muy guapa.

Cinco minutos más tarde, Coy salió a la calle. El resplandor de la ciudad iluminaba nubes corriendo hacia el sudeste por el cielo oscuro, y supo que iba a rolar el viento y que tal vez llovería aquella noche. Estaba ante el portal con las manos en los bolsillos de la chaqueta mientras decidía si caminar a la izquierda o a la derecha; lo que suponía la diferencia entre un bocadillo en un bar cercano, o un paseo hasta la plaza Real y dos Bombay azules con mucha tónica. O tal vez una, rectificó con rapidez tras recordar el lastimoso estado de su billetera. Había poco tráfico en la calle, y entre las hojas de los árboles una prolongada línea de semáforos iba pasando del ámbar al rojo hasta donde alcanzaba la vista. Tras reflexionar diez segundos, justo en el momento en que el último semáforo se puso rojo y el más próximo cambió de nuevo a verde, echó a andar hacia la derecha. Ése fue su primer error de aquella noche.

LENC: Ley de los Encuentros Nada Casuales. Basándose en la conocida ley de Murphy —de la que había tenido serias confirmaciones en los últimos tiempos— Coy tendía a establecer, para consumo interno, una serie de leyes pintorescas que bautizaba con absoluta solemnidad técnica. LBMF: Ley de Bailar con la Más Fea, por ejemplo; o LTMSCBA: Ley de la Tostada de Mantequilla que Siempre Cae Boca Abajo; y otros principios más o menos aplicables a los funestos avatares de su vida reciente. Aquello no servía de nada, por supuesto; salvo para sonreír a veces. Sonreír de sí mismo. De cualquier modo, sonrisas aparte, Coy estaba convencido de que en el extraño orden del Universo, como en el jazz —era muy aficionado al jazz—, se daban azares, improvisaciones tan matemáticas que uno se preguntaba si no estarían escritas en alguna parte. Ahí era donde situaba su recién enunciada LENC. Porque a medida que se acercaba a la esquina, vio primero un coche gris metalizado, grande, aparcado junto al bordillo de la acera con una de las puertas abiertas. Luego, a la luz de un farol, alcanzó a ver un poco más lejos a un hombre que conversaba con una mujer. Reconoció primero al hombre, que se hallaba de frente; y a los pocos pasos, cuando pudo distinguir su gesto airado, comprendió que discutía con la mujer, que ahora dejaba de estar oculta por el farol y era rubia, con el pelo recortado en la nuca, vestida con una chaqueta de ante y una falda oscura. Sintió un hormigueo en el estómago mientras reía sorprendido para sus adentros. A veces, se dijo, la vida resulta previsible de puro imprevisible. Dudó un poco antes de añadir: o viceversa. Luego estimó rumbo y abatimiento. Si a algo estaba acostumbrado era a calcular por instinto ese tipo de cosas; aunque la última vez que se había ocupado de trazar una derrota —nunca mejor dicho, lo de derrota— ésta lo hubiera llevado directamente hasta un tribunal naval. De cualquier modo alteró diez grados su rumbo, a fin de pasar lo más cerca posible de la pareja. Aquél fue su segundo error: estaba reñido con el sentido común de cualquier marino, que aconseja dar debido resguardo a toda costa, o peligro.

Al hombre de la coleta gris se le veía furioso. Al principio no alcanzó a escuchar sus palabras, pues hablaba en voz baja; pero observó que tenía alzada una mano y un dedo apuntaba a la mujer, que se mantenía inmóvil frente a él. Por fin el dedo se adelantó, golpeándole el hombro con más cólera que violencia, y ella retrocedió un paso, como si aquello la asustase.

—... Las consecuencias —alcanzó Coy a oírle decir al de la coleta—. ¿Comprende?... Todas las consecuencias.

Levantaba el dedo, dispuesto a darle otro golpecito en el hombro, y ella se apartó aún más, y el tipo pareció pensarlo mejor, pues lo que hizo fue agarrarla por un brazo; tal vez no de modo violento sino persuasivo, intimidatorio. Pero se le veía tan irritado que al sentir su mano en el brazo la mujer dio un respingo, asustada, y retrocedió de nuevo zafándose de él. Entonces el hombre quiso agarrarla otra vez, aunque no pudo porque Coy estaba entre él y ella, mirándolo muy de cerca; y el otro se quedó con la mano en el aire, una mano con anillos que brillaban a la luz del farol, y con la boca abierta porque iba a decirle algo en ese instante a la mujer, o porque no sabía de dónde acababa de salir aquel fulano con chaqueta de marino, zapatillas de tenis, hombros compactos y manos anchas y duras que pendían con falso descuido a ambos lados, junto a las perneras de unos raídos pantalones tejanos.

—¿Perdón? —dijo el de la coleta.

Tenía un leve acento indefinido, entre andaluz y extranjero. Miraba a Coy sorprendido, curioso, como si intentara situarlo en todo aquello, sin éxito. Su gesto ya no era irritado, sino estupefacto. Sobre todo cuando pareció comprender que el intruso le resultaba desconocido. Era más alto que Coy —casi todo el mundo lo era aquella noche—, y éste lo vio echar un vistazo por encima de él, en dirección a la mujer, cual si esperase una aclaración respecto a semejante variedad del programa. Coy no podía verla a ella, que permanecía a su espalda sin moverse y sin decir una palabra.

—¿Qué diantre...? —empezó el de la coleta y se interrumpió de pronto, con la cara tan fúnebre como si acabaran de darle una mala noticia. De pie ante él, la boca cerrada y las manos colgando a los lados, Coy calculó las posibilidades del asunto. Pese a estar furioso, el otro tenía una voz educada. Vestía un traje caro, corbata y chaleco, iba bien calzado, y en la mano izquierda, que era la de los anillos, lucía un reloj carísimo de oro macizo y diseño ultramoderno. Este individuo levanta diez kilos de oro cada vez que se anuda la corbata, pensó Coy. Resultaba apuesto, con buenos hombros y aspecto deportivo; pero no era la clase de prójimo, concluyó, que se lía a trompazos en mitad de la calle, a la puerta de las subastas Claymore.

Seguía sin ver a la mujer, que continuaba detrás de él, aunque intuyó su mirada. Al menos, se dijo, espero que no salga corriendo y tenga tiempo de decir gracias, si es que no me rompen la cara. Incluso aunque me la rompan. Por su parte, el de la coleta se había vuelto hacia su izquierda, mirando el escaparate de una tienda de modas como si esperase que alguien saliera de allí con una explicación en una bolsa de Armani. A la luz del farol y del escaparate, Coy comprobó que tenía los ojos pardos; aquello lo sorprendió un poco, pues los recordaba verdosos de antes, en la subasta. Luego el hombre volvió el rostro en dirección contraria, hacia la calzada, y pudo comprobar que tenía un ojo de cada color, pardo el derecho, verde el izquierdo: babor y estribor. También vio algo más inquietante que el color de sus ojos: la puerta abierta del coche, que era un Audi enorme, iluminaba el interior, donde la secretaria asistía a la escena fumando un cigarrillo; y también iluminaba al chófer, un jayán de pelo muy rizado, vestido con traje y corbata, que en ese momento abandonaba el asiento para quedarse de pie junto al bordillo. El chófer no era elegante ni tenía aspecto de tener la voz educada como el de la coleta: la nariz era aplastada, al modo de los boxeadores, y la cara parecían habérsela cosido y recosido media docena de veces, dejando algunos trozos fuera. Tenía un toque cetrino, casi bereber. Coy recordaba haber visto chulos de su catadura haciendo de porteros en burdeles de Beirut o en salas de fiestas panameñas. Solían llevar la navaja automática escondida bajo el calcetín derecho.

Aquello no podía terminar bien, reflexionó resignado. LMTPD: Ley de Mucho Toma y Poco Daca. A él iban a romperle un par de huesos imprescindibles, y mientras tanto la chica escaparía corriendo, como la Cenicienta, o como Blancanieves —Coy siempre confundía esos dos cuentos, porque no salían barcos—, sin que volviera a verla nunca. Pero de momento seguía allí, y él notaba los ojos azules con reflejos oscuros; o tal vez lo contrario, recordó, oscuros con reflejos azules. Los notaba fijos en su espalda. No carecía de retorcida gracia que estuvieran a punto de cascarle el alma por una mujer a la que había visto de frente dos segundos.

—¿Por qué se mete en lo que no le importa? —preguntó el de la coleta.

Era una buena pregunta. Su tono ya no sonaba furioso, sino concentrado; mucho más tranquilo y lleno de curiosidad. Al menos eso le pareció a Coy, que tampoco perdía de vista al chófer por el rabillo del ojo.

—Esto es... Por Dios —concluyó el otro, al ver que guardaba silencio—. Lárguese de aquí.

Ahora ella dice lo mismo, imaginó Coy. Ahora ella se muestra de acuerdo con este individuo y pregunta quién te ha dado vela en este entierro, y pide que sigas adelante y no metas el morro donde no te llaman. Y tú balbuceas una disculpa con las orejas coloradas, vas y doblas la esquina, y te cortas las venas, por gilipollas. Ahora ella va y dice que...

Pero la mujer no dijo nada. Estaba tan silenciosa como el propio Coy. Tanto como si ya no estuviese allí y se hubiera largado hacía rato; y él siguió quieto y sin decir palabra, entre los dos, mirando los ojos bicolores que tenía enfrente, un paso ante sí y dos palmos más arriba de los suyos. Tampoco es que se le ocurriera otra cosa, y si hablaba iba a perder la mínima ventaja que conservaba. Sabía por experiencia que un hombre callado intimida más que el hablador, porque es difícil adivinar lo que tiene en la cabeza. Tal vez el de la coleta era de la misma opinión, pues lo miraba reflexivo. Al cabo, Coy creyó vislumbrar incertidumbre en sus ojos de dálmata.

—Vaya —dijo el otro—. Nos ha salido... ¿Verdad? Un héroe de serie B.

Siguió Coy mirándolo sin decir ni pío. Si espabilo, pensaba, podría darle una patada en la bisectriz antes de probar fortuna con el bereber. La cuestión es ella. Me pregunto qué coño hará ella.

El de la coleta exhaló aire de pronto, con una especie de suspiro que parecía una risa agria, exagerada.

—Esto es ridículo —dijo.

Parecía sinceramente confuso con aquella situación, fuera la que fuese. Coy alzó despacio la mano izquierda para rascarse la nariz, que le picaba; siempre hacía eso al reflexionar. La rodilla, meditaba. Diré cualquier cosa para que se distraiga con eso, y antes de acabar le pegaré un rodillazo en los huevos. El problema va a ser el otro, que vendrá prevenido. Y con muy mala leche.

Pasó una ambulancia por la calle, con destellos de color naranja. Pensando que pronto iba a necesitar otra para él mismo, Coy echó un discreto vistazo alrededor, sin encontrar nada a lo que echar mano. Así que acercó los dedos al bolsillo de los tejanos, rozando con el pulgar el bulto de las llaves de la pensión. Siempre podía intentar pegarle al chófer un tajo en la cara con las llaves, como había hecho una vez con cierto alemán borracho en la puerta del club Mamma Silvana de La Spezia, hola y adiós, cuando lo vio venírsele encima. Porque seguro que este hijoputa se le iba a venir.

Entonces el hombre que tenía delante se llevó una mano a la frente y hacia atrás, como si quisiera alisarse más el pelo recogido en la coleta, antes de mover de nuevo la cabeza a un lado y a otro. Tenía una sonrisa extraña y apenada en la boca, y Coy decidió que le gustaba mucho más cuando estaba serio.

—Ya tendrá noticias mías —le dijo a la mujer por encima del hombro de Coy—... Por supuesto que las tendrá.

En el mismo instante miró al chófer, que ya daba unos pasos hacia ellos. Como si aquello fuese una orden, el otro se detuvo. Y Coy, que había entrevisto el movimiento y tensaba los músculos bombeando adrenalina, se relajó con disimulado alivio. El de la coleta lo miró de nuevo muy atento, como si quisiera grabárselo en la memoria: una mirada siniestra con subtítulos en español. Alzó la mano de los anillos y apuntó con el índice a su pecho, del mismo modo que había hecho antes con la mujer, pero sin llegar a tocarlo. Se limitó a dejar el dedo así, apuntándole en el aire igual que una amenaza, y después giró sobre sus talones y se fue como si acabara de recordar que tenía una cita urgente.

Luego todo se resolvió en una breve sucesión de imágenes que Coy observó atento: una mirada de la secretaria desde el asiento trasero del coche, el cigarrillo de ésta que describió un arco antes de caer en la acera, el portazo del hombre de la coleta al sentarse a su lado, y la última ojeada del chófer, de pie en el bordillo: un vistazo que le dirigió largo y prometedor, más elocuente que el de su jefe, antes del sonido de otro portazo y el suave ronroneo del motor de arranque. Sólo con lo que ese coche gasta al arrancar, pensó tristemente Coy, yo podría comer caliente un par de días.

—Gracias —dijo una voz de mujer detrás de él.

Pese a las apariencias, Coy no era un tipo pesimista; para serlo resulta imprescindible verse desposeído de la fe en la condición humana, y él había nacido ya sin aquella fe. Se limitaba a contemplar el mundo de tierra firme como un espectáculo inestable, lamentable e inevitable; y su único afán era mantenerse lejos para limitar los daños. Pese a todo, aún había cierta inocencia en él, por ese tiempo: una inocencia parcial, referida a las cosas y los territorios ajenos a su profesión. Cuatro meses en dique seco no bastaban para arrebatarle cierto candor propio de su mundo acuático: el distanciamiento absorto, un poco ausente, que algunos marinos mantienen respecto a las gentes que sienten suelo firme bajo los pies. Entonces él todavía miraba determinadas cosas desde lejos, o desde afuera, con una ingenua capacidad de sorpresa; parecida a la que, cuando era niño, lo llevaba a pegar la nariz a los escaparates de las jugueterías en vísperas de Navidad. Pero ahora con la certeza, más próxima al alivio que a la decepción, de que ninguna de aquellas inquietantes maravillas le estaba destinada. En su caso, saberse fuera del circuito, conocer la ausencia de su nombre en la lista de los Reyes Magos, lo tranquilizaba. Era bueno no esperar nada de la gente, y que la bolsa de viaje fuese lo bastante ligera como para echársela al hombro y caminar hasta el puerto más próximo sin lamentar lo que se dejaba atrás. Bienvenidos a bordo. Desde hacía miles de años, antes incluso de que las cóncavas naves zarparan rumbo a Troya, hubo hombres con arrugas en torno a la boca y lluviosos corazones de noviembre —aquellos cuya naturaleza los decide tarde o temprano a mirar con interés el agujero negro de una pistola— para quienes el mar significó una solución y siempre adivinaron cuándo era hora de largarse. E incluso antes de saberse uno de ellos, Coy lo era ya por vocación y por instinto. Una vez, en una cantina de Veracruz, una mujer —siempre eran mujeres las que formulaban esa clase de preguntas— le había preguntado por qué era marino, y no abogado, o dentista; y él se limitó a encogerse de hombros antes de responder al cabo de un rato, cuando ella no esperaba ya contestación: «El mar es limpio». Y era cierto. En alta mar el aire era fresco, las heridas cicatrizaban antes, y el silencio se tornaba lo bastante intenso como para hacer soportables las preguntas sin respuesta y justificar los propios silencios. En otra ocasión, en el restaurante Sunderland de Rosario, Coy había conocido al único superviviente de un naufragio: uno de diecinueve. Vía de agua a las tres de la madrugada, fondeados en mitad del río, todos durmiendo, y el barco abajo en cinco minutos. Glú, glú. Pero lo que le había impresionado del individuo era su silencio. Alguien preguntó cómo era posible: dieciocho hombres al fondo sin enterarse. Y el otro lo miraba callado, incómodo, como si todo fuese tan obvio que no valiera la pena explicar nada; y se llevaba a la boca su jarra de cerveza. A Coy las ciudades, con sus aceras llenas de gente y tan iluminadas como los escaparates de su infancia, lo hacían sentirse también incómodo; torpe y fuera de lugar como un pato lejos del agua, o como aquel tipo de Rosario, tan callado como los otros dieciocho que estaban más callados todavía. El mundo era una estructura muy compleja que únicamente podía contemplarse desde el mar; y la tierra firme sólo adquiría proporciones tranquilizadoras de noche, durante el cuarto de guardia, cuando el timonel era una sombra muda, y de las entrañas del barco llegaba la suave trepidación de las máquinas. Cuando las ciudades quedaban reducidas a pequeñas líneas de luces en la distancia, y la tierra era el resplandor trémulo de un faro entrevisto en la marejada. Destellos que alertaban, que repetían una y otra vez: cuidado, atención, mantente lejos, peligro. Peligro.

No vio esos destellos en los ojos de la mujer cuando regresó a su lado con un vaso en cada mano, entre la gente que se agolpaba en la barra de Boadas; y ése fue el tercer error de la noche. Porque no hay libros de faros y peligros y señales para navegar tierra adentro. No hay derroteros específicos, cartas actualizadas, trazados de veriles en metros o brazas, enfilaciones a tal o cual cabo, balizas rojas, verdes o amarillas, ni reglamentos de abordaje, ni horizontes limpios para calcular una recta de altura. En tierra siempre se navega por estima, a ciegas, y sólo es posible advertir los arrecifes cuando oyes su rumor a un cable de tu proa y ves clarear la oscuridad en la mancha blanca de la mar que rompe en las rocas a flor de agua. O cuando escuchas la piedra inesperada —todos los marinos saben que existe una piedra con su nombre acechándolos en alguna parte—, la roca asesina, arañar el casco con chirrido que hace estremecerse los mamparos, en ese momento terrible en que cualquier hombre al mando de un buque prefiere estar muerto.

—Has sido rápido —dijo ella.

—Siempre soy rápido en los bares.

La mujer lo miró con curiosidad. Sonreía un poco, tal vez por haber observado el modo en que Coy se había acercado a la barra, abriéndose paso con la decisión de un pequeño y compacto remolcador entre la gente que se agolpaba delante, en vez de quedarse atrás en demanda de la atención del camarero. Había pedido una ginebra azul con tónica para él y un martini seco para ella, trayéndolos de regreso con hábil movimiento pendular de las manos y sin derramar una gota. Lo que en Boadas y a tales horas no carecía de mérito.

Ella lo observaba a través de la copa. Azul muy oscuro tras el cristal y la limpia transparencia del martini.

—¿Y qué haces en la vida, aparte de moverte bien por los bares, ir a subastas náuticas y socorrer a mujeres indefensas?

—Soy marino.

—Ah.

—Marino sin barco.

—Ah.

Se tuteaban desde hacía sólo unos minutos. Media hora antes, a la luz del farol, cuando el hombre de la coleta gris subió al Audi, ella había dicho gracias a su espalda, y él se volvió a contemplarla de veras por primera vez, parado en la acera, mientras razonaba para sus adentros que hasta allí había sido la parte fácil, y que ya no dependía de él retener cerca esa mirada reflexiva y un poco sorprendida que lo recorría de arriba abajo, como si intentara catalogarlo en alguna de las especies de hombre que ella conocía. Así que se limitó a esbozar una sonrisa prudente, algo cohibida; la misma que uno le dispensa al capitán cuando se incorpora a un nuevo barco, en ese momento inicial en que las palabras no significan nada y los interlocutores saben que tiempo habrá de poner cada cosa en su sitio. Pero la cuestión para Coy era precisamente que nadie garantizaba la existencia de aquel tiempo tan necesario, y que nada le impedía a ella dar de nuevo las gracias y marcharse del modo más natural del mundo, desapareciendo para siempre. Fueron diez largos segundos de escrutinio que él soportó silencioso e inmóvil. LBA: Ley de la Bragueta Abierta. Espero no llevar la bragueta abierta, pensó. Luego vio que ella inclinaba un poco la cabeza hacia un lado, justo lo necesario para que el lado izquierdo de su cabello rubio y lacio, cortado asimétrico con la precisión de un bisturí, rozase su mejilla cubierta de pecas. Después de aquello la mujer no sonrió ni dijo nada, limitándose a caminar despacio por la acera, calle arriba, las manos en los bolsillos de la chaqueta de ante. Llevaba un bolso grande de piel colgado del hombro, y lo mantenía con un codo junto al costado. Su nariz era menos bonita vista de perfil: un poco aplastada, como si se la hubiera roto alguna vez. Eso no disminuía su atractivo, decidió Coy; pero le daba un recorte de insólita dureza. Caminaba mirando el suelo ante sí y un poco a la izquierda, como si le diera a él oportunidad de ocupar ese lugar. Anduvieron en silencio, a cierta distancia uno del otro, sin miradas ni explicaciones ni comentarios, hasta que ella se detuvo en la esquina, y Coy comprendió que era el momento de las despedidas o de las palabras. La mujer alargaba una mano que estrechó en la suya grande y torpe, sintiendo un tacto firme, huesudo, que desmentía las pecas juveniles y estaba más a tono con la expresión tranquila de los ojos, que él había decidido finalmente eran azul marino.

Y entonces Coy habló. Lo hizo con aquella espontánea timidez que era su modo natural de dirigirse a desconocidos, encogiendo los hombros con sencillez y acompañando sus palabras de la sonrisa que, aunque él no lo sabía, le aclaraba el rostro y atenuaba su rudeza. Habló y se tocó la nariz y volvió a hablar de nuevo, ignorando si a ella la esperaba alguien en algún sitio, o si era de esa ciudad o de otra cualquiera. Dijo lo que creyó debía decir, y luego se quedó allí balanceándose ligeramente y contenido el aliento, como un niño que acabase de exponer en voz alta una lección y aguardara sin demasiada esperanza el veredicto de la maestra. Y entonces ella lo miró otros diez segundos en silencio, y ladeó de nuevo la cabeza y el cabello volvió a rozar su mejilla. Y dijo que sí, que por qué no, que también le apetecía beber algo en cualquier parte. Y de ese modo caminaron hacia la plaza de Cataluña, y luego hasta las Ramblas y la calle Tallers. Y cuando él sostuvo la puerta de Boadas para dejarla pasar sintió por primera vez su aroma, indefinido y suave, que no parecía provenir de colonia ni perfume sino de su piel moteada en tonos dorados, que imaginó suave y cálida, de una textura parecida a la piel de los nísperos. Y al entrar, acercándose a la barra de la pared, comprobó que los hombres y las mujeres que había en el local la miraban primero a ella y luego a él; y se dijo que, por alguna curiosa razón, los hombres y las mujeres siempre miran primero a una mujer hermosa y luego desvían la vista hacia su acompañante de un modo inquisitivo, a ver quién será ese fulano. Como para comprobar si su apariencia la merece, y si él está a la altura de las circunstancias.

—¿Y qué hace un marino sin barco en Barcelona?
Estaba sentada en un taburete alto, el bolso sobre las rodillas, la espalda contra la barra de madera que corría a lo largo de la pared, bajo las fotografías enmarcadas y los recuerdos del bar. Llevaba dos pequeñas bolitas de oro como pendientes y ni un solo anillo en las manos. Apenas usaba maquillaje. Por el cuello entreabierto de la camisa, blanca y con el botón superior desabrochado sobre centenares de pecas, Coy veía relucir una cadena de plata.
—Esperar —dijo. Luego bebió un sorbo de ginebra azul, y mientras lo hacía vio que ella observaba su vieja chaqueta, y que tal vez se detenía en las franjas más oscuras de los galones ausentes en las bocamangas—. Esperar tiempos mejores.
—Un marino debe navegar.
—No todos opinan lo mismo.

—¿Hiciste algo mal?

Asintió con media sonrisa triste. Ella abrió el bolso y extrajo de él una cajetilla de tabaco inglés. Sus uñas no eran bonitas: cortas y anchas, de bordes irregulares. En otro tiempo se las había mordido, sin duda. Tal vez aún lo hacía. En el paquete quedaba un cigarrillo, y lo encendió con una carterita de fósforos que llevaba impresa la publicidad de una naviera belga que él conocía, la Zeeland Ship. Observó que lo hacía protegiendo la llama en el cuenco de las manos, con gesto casi masculino. Su línea de la vida era muy larga, como si hubiera vivido muchas vidas en la tierra.

—¿Fue culpa tuya?

—Legalmente, sí. Ocurrió durante mi guardia.

—¿Abordaje?

—Toqué fondo. Había una piedra no señalada en las cartas.

Era cierto. Un marino nunca decía encallé, o varé. El verbo común era tocar: toqué fondo, toqué el muelle. Si en mitad de la niebla del Báltico uno partía a otro por la mitad y lo echaba a pique, decía: hemos tocado un barco. De cualquier modo, observó que también ella había usado el término marino de abordaje, en vez de choque, o colisión. La cajetilla de tabaco estaba sobre la barra, abierta, y Coy se quedó mirándola: la cabeza de un marinero, un salvavidas a modo de orla y dos barcos. Hacía tiempo que no veía un paquete de Players sin filtro como aquél, de los de toda la vida. No eran fáciles de encontrar, e ignoraba que todavía los fabricaran en su envoltorio de cartulina blanca, casi cuadrado. Era gracioso que ella fumara esa marca: la subasta náutica, el Urrutia, él mismo. LAC: Ley de las Asombrosas Coincidencias.

—¿Conoces la historia?

Señalaba la cajetilla. Ella la estuvo mirando y luego alzó los ojos, sorprendida.

—¿Qué historia?

—La de Héroe.

—¿Quién es Héroe?

Se lo dijo. Le habló del nombre en la cinta del gorro del marinero de barba rubia, de su juventud en el velero que aparece a un lado en la estampa, del otro buque, el vapor que fue su último barco. De cómo el señor Player e hijos compraron su retrato para ponerlo en las cajetillas. Luego se quedó callado mientras ella fumaba —el cigarrillo se había ido consumiendo entre sus dedos— y lo miraba.

—Es una buena historia —dijo la mujer al cabo de un rato.

Coy encogió los hombros.

—No es mía. Se la cuenta Dominó Vitali a James Bond en *Operación Trueno*. Navegué en un petrolero que tenía a bordo las novelas de Ian Fleming.

También recordaba que ese barco, el *Palestine*, había pasado mes y medio bloqueado en Ras Tanura en mitad de una crisis internacional, con las planchas de la cubierta ardiendo a sesenta grados bajo un sol infame y los tripulantes tumbados en los camarotes, sofocados por el calor y el tedio. El *Palestine* era un barco desgraciado, con mala suerte, de esos donde la gente se vuelve hostil y se detesta y se le cruzan los cables: el jefe de máquinas refunfuñaba delirando en un rincón —escondieron la llave del bar, y él bebía a escondidas el alcohol metílico de la enfermería mezclándolo con naranjada—, y el primer oficial no le dirigía la palabra al capitán ni aunque el barco estuviera a punto de encallar. Coy tuvo tiempo de sobra para leer esas novelas y muchas otras en su prisión flotante, aquellos días interminables en que el aire abrasador que entraba por los ojos de buey lo hacía boquear como un pez fuera del agua, y dejaba, al levantarse, la silueta de su cuerpo desnudo impresa en sudor sobre las sábanas arrugadas y sucias de la litera. Un petrolero griego había sido alcanzado a tres millas por una bomba de aviación, y durante un par de días pudo ver desde su camarote la columna de humo negro que subía recta al cielo, y de noche el resplandor que teñía de rojo el horizonte y recortaba las vulnerables siluetas oscuras de los buques fondeados. Durante ese tiempo, cada noche despertó aterrado, soñando que nadaba en un mar de llamas.

—¿Lees mucho?

—Algo —Coy se tocó la nariz—. Leo algo. Pero siempre sobre el mar.

—Hay otros libros interesantes.

—Puede. Pero a mí sólo me interesan ésos.

La mujer lo miraba, y él encogió otra vez los hombros antes de balancearse otro poco sobre los pies. Entonces cayó en la cuenta de que no habían hablado del tipo de la coleta gris, ni de lo que ella estaba haciendo allí. Ni siquiera sabía su nombre.

Tres días más tarde, tumbado boca arriba en la cama de su cuarto del hostal La Marítima, Coy miraba una mancha de humedad en el techo. *Kind of Blue*. En los auriculares de su walkman, después de *So What*, por donde el contrabajo se había estado deslizando suavemente, la trompeta de Miles Davis acababa de entrar con el histórico solo de dos notas —la segunda una octava más baja que la primera—, y Coy aguardaba, suspendido en ese espacio vacío, la descarga liberadora, el golpe único de batería, el reverbero del platillo y los redobles allanando el camino lento, inevitable, asombroso, al metal de la trompeta.

Se consideraba casi analfabeto musical, pero amaba el jazz: su insolencia y su ingenio. Se había aficionado a él en las largas guardias de puente, cuando navegaba como tercer oficial a bordo del *Fedallah:* un frutero de la Zoeline cuyo primero, un gallego llamado Neira, poseía las cinco cintas de la Smithsonian Collection de jazz clásico. Eso incluía desde Scott Joplin y Bix Beiderbecke hasta Thelonius Monk y Ornette Coleman, pasando por Armstrong, Ellington, Art Tatum, Billie Holiday, Charlie Parker y los otros: horas y horas de jazz con una taza de café en las manos, mirando el mar, acodado en el alerón, de noche, bajo las estrellas. El jefe de máquinas Gorostiola, bilbaíno, más conocido como Torpedero Tucumán, era otro apasionado de esa música; y los tres habían compartido jazz y amistad durante seis años, en una ruta cuadrangular que estuvo llevando al *Fedallah* —después pasaron los tres juntos al *Tashtego,* otro barco gemelo de la Zoeline— con carga suelta de fruta y grano entre España, el Caribe, el norte de Europa y el sur de los Estados Unidos. Y aquélla fue una época feliz en la vida de Coy.

Pese a la música de los auriculares, a través del patio que hacía de tendedero llegaba el sonido de la radio de la hija de la patrona, que solía quedarse estudiando hasta muy tarde. La hija de la patrona era una joven hosca y poco agraciada a la que él sonreía cortésmente sin obtener nunca a cambio un gesto ni una mirada. La Marítima era una antigua casa de baños —1844, aseguraba el dintel de la puerta, abierta a la calle Arc del Teatre— reconvertida en pensión barata de marinos. Estaba a caballo entre el puerto viejo y el barrio chino, y sin duda la madre de la muchacha, una bronca dama de pelo teñido en color rojizo, la había alertado desde muy jovencita sobre los peligros de su clientela habitual, gente ruda y sin escrúpulos que coleccionaba mujeres en cada puerto, bajando a tierra sedienta de alcohol, droga y chicas más o menos vírgenes.

Por la ventana podía oírse perfectamente, entre el jazz del walkman, a Noel Soto cantando *Noche de samba en Puerto España;* y Coy subió el volumen. Estaba desnudo, a excepción de un calzón corto; y sobre el estómago tenía *Capitán de mar y guerra,* de Patrick O'Brian, abierto y boca abajo. Pero su mente andaba muy lejos de las andanzas náuticas del capitán Aubrey y el doctor Maturin. La mancha del techo se parecía al trazado de una costa, con sus cabos y ensenadas, y Coy recorría con la vista una derrota imaginaria entre dos de sus extremos más avanzados en el amarillento mar del cielo raso. Naturalmente, pensaba en ella.

Llovía cuando salieron de Boadas. Una lluvia fina, apenas molesta, que barnizaba de luces relucientes el asfalto y las aceras, y punteaba el haz de los faros de los automóviles. A ella no parecía importarle que se mojara su chaqueta de ante, y habían caminado calle abajo por el paseo central, entre los kioscos de periódicos y revistas y los puestos de flores que empezaban a cerrar. Un mimo, estoico bajo el chirimiri que le hacía regueros en el polvo blanco de la cara inmóvil, tan triste que deprimía a todos los transeúntes en veinte metros a la redonda, los siguió con los ojos cuando la mujer se inclinó un momento para dejar una moneda en su chistera. Caminaba del mismo modo que antes, algo adelantada y mirando el suelo a su izquierda, como si dejase a Coy la elección de ocupar ese espacio o de retirarse discretamente. Él contemplaba a hurtadillas su perfil duro entre el cabello lacio que oscilaba al caminar; los ojos pavonados que de vez en cuando se volvían a él como anticipo de una mirada reflexiva o una sonrisa.

En Schilling no había mucha gente. Volvió a pedir ginebra azul con tónica y ella se conformó con tónica sola. Eva, la camarera brasileña, sirvió las copas mirándola con descaro, y luego enarcó una ceja en atención a Coy, tamborileando sobre el mostrador con las mismas largas uñas lacadas de verde que tres madrugadas atrás había estado clavando a conciencia en su espalda desnuda. Pero Coy se pasó la mano por el pelo mojado y mantuvo su sonrisa inalterable, muy dulce y tranquila, hasta que la camarera murmuró bastardo y sonrió a su vez, e incluso se negó a cobrarle a él su copa. Luego Coy y la mujer fueron a sentarse a una mesa, frente al gran espejo que reflejaba las botellas colocadas en la pared. Allí prosiguieron la conversación intermitente. Ella no era habladora: a esas alturas sólo había contado que trabajaba en un museo, y cinco minutos más tarde él pudo averiguar que se trataba del Museo Naval de Madrid. Dedujo que había hecho estudios de Historia y que alguien, su padre tal vez, fue militar de carrera. Ignoraba si eso tenía que ver con su aspecto de chica bien educada. También entrevió una firmeza contenida, una seguridad interior, discreta, que lo intimidaba.

Coy no sacó a relucir al tipo de la coleta gris hasta más tarde, cuando paseaban bajo las arcadas de la plaza Real. Ella había confirmado que el Urrutia era una pieza valiosa, aunque no única; mas no quedó claro si la adquisición era para el museo o para ella. Es un atlas marítimo importante, comentó evasiva cuando él aludió a la escena de la calle Consell de Cent; y siempre hay alguien interesado en ese tipo de cosas. Coleccionistas, añadió al cabo de un instante. Gente así. Luego inclinó un poco la cabeza y preguntó por la vida que él hacía en Barcelona, de un modo que era evidente su deseo de cambiar de conversación. Coy habló de La Marítima, de sus paseos por el puerto, de las mañanas de sol en la terraza del Universal, frente a la comandancia de Marina, donde podía estar tres o cuatro horas sentado con un libro y su walkman por el precio de una cerveza. También habló del tiempo que le quedaba por delante, de la impotencia de hallarse en tierra sin trabajo y sin dinero. En ese momento creyó ver, al extremo de las arcadas, asomar al individuo bajito de bigote, pelo engominado y chaqueta a cuadros que había estado por la tarde en la casa de subastas. Lo observó un momento para asegurarse, y se volvió hacia ella a fin de comprobar si también había advertido esa presencia; pero sus ojos eran inexpresivos, como si nada vieran de particular. Cuando Coy se volvió a mirar de nuevo, el hombrecillo de la chaqueta a cuadros seguía allí, paseando con las manos a la espalda, el aire casual.

Estaban ante la puerta del Club de la Pipa, y él hizo un cálculo rápido de lo que le quedaba en la cartera, concluyendo que podía permitirse invitarla a otra copa y que, en el peor de los casos, Roger, el encargado, le fiaría. Ella se mostró sorprendida por el insólito lugar, el timbre de la puerta, la vieja escalera y el local en el segundo piso, con su curiosa barra, el sofá y los grabados de Sherlock Holmes colgados en la pared. No había música de jazz esa noche, y permanecieron de pie junto al mostrador desierto mientras Roger llenaba un crucigrama al otro extremo. Ella quiso probar la ginebra azul y dijo que le gustaba su aroma, y luego se declaró encantada con el sitio, añadiendo que nunca había imaginado que hubiera en Barcelona un lugar como aquél. Coy dijo que estaban a punto de cerrarlo, porque los vecinos se quejaban del ruido y la música; pisaban un barco camino del desguace. A ella le había quedado una gotita de ginebra con tónica en la comisura de la boca, y él pensó que afortunadamente sólo llevaba tres copas en el estómago, pues con un par más habría alargado una mano para enjugar aquella gota con los dedos; y ella no parecía de las que se dejan enjugar nada por un marino al que acaban de conocer, y al que miran con una mezcla de reserva, cortesía y agradecimiento. Entonces él preguntó por fin su nombre y ella sonrió de nuevo —esta vez al cabo de unos instantes, como si hubiera tenido que irse lejos para hacerlo— y luego sus ojos se clavaron en los de Coy; o sea, se clavaron literalmente durante un largo e intenso segundo, y dijo su nombre. Y él consideró que era un nombre singular como su misma apariencia, un nombre que sin embargo le sentaba bien, y que pronunció una sola vez en voz alta, despacio, cuando de los labios de ella no se había esfumado del todo la sonrisa distante. Después Coy le pidió un cigarrillo a Roger para ofrecérselo, pero ella no quiso fumar más. Y cuando la vio llevarse el vaso a la boca y entrevió sus dientes blancos tras el vidrio, con el hielo rozándolos en un tintineo húmedo, bajó la vista hacia la cadena de plata que relucía un poco en el cuello abierto de su camisa, sobre la piel que con esa luz parecía más cálida que nunca, y se preguntó si algún hombre habría contado todas aquellas pecas hasta el Finisterre alguna vez. Si las habría contado sin prisa, una a una, rumbo al sur, del mismo modo que a él le apetecía hacerlo. Fue entonces cuando al levantar los ojos comprobó que ella había interpretado su mirada, y sintió un latido de menos en el corazón cuando la oyó decir que era hora de marcharse.

En la radio de la hija de la patrona, la misma voz la emprendía ahora con *La reina del barrio chino.* Coy apagó su walkman —Miles Davis monologaba *Saeta,* el cuarto tema de *Sketches of Spain*— y dejó de mirar la mancha del techo. El libro y los auriculares cayeron sobre las sábanas cuando se puso en pie y anduvo por la estrecha habitación, tan parecida a la celda que una vez había ocupado durante dos días en La Guaira, aquella vez que el Torpedero Tucumán y el Gallego Neira y él mismo, hartos de comer fruta, bajaron a tierra a comprar pescado fresco para una caldeirada, y Neira dijo esperadme tomando un café, quince minutos para un polvo y estoy de vuelta; y al poco rato lo oyeron pedir socorro por la ventana, y entraron y rompieron el bar, lo rompieron todo, hasta las mesas y las botellas y las costillas del chulo que se había quedado con la cartera del gallego, y el capitán don Matías Noreña tuvo que ir muy malhumorado a sacarlos, sobornando a los policías venezolanos con un fajo de dólares que luego descontó hasta el último centavo de sus sueldos.

Sintió un amago de nostalgia al recordar todo aquello. El espejo sobre el lavabo reflejaba sus compactos hombros y el rostro cansado, sin afeitar. Dejó correr el agua hasta que estuvo bien fría y luego se la echó con las manos sobre la cara y la nuca, resoplando y sacudiendo la cabeza como un perro bajo la lluvia. Se frotó vigorosamente con una toalla y estuvo un rato mirándose inmóvil, la nariz fuerte, los ojos oscuros, las facciones toscas, como si evaluara las probabilidades a su favor. Cero pelotero, concluyó. Con esa torda no te comes una paraguaya.

Abrió el cajón de la cómoda, sacándolo del todo, y tanteó detrás hasta encontrar el sobre donde guardaba el dinero. No era mucho, y en los últimos días menguaba peligrosamente. Se quedó un rato sin moverse, dándole vueltas a la idea, y al cabo fue hasta el armario y extrajo la bolsa donde tenía sus escasas pertenencias: algunos libros muy leídos, las palas de oficial cuyos dorados empezaban a virar al verde mohoso, cintas de jazz, un portafotos en forma de cartera —el buque escuela *Estrella del Sur* ciñendo velas al viento, el Torpedero Tucumán y el Gallego Neira en la barra de un bar de Rotterdam, él mismo con galones de primer oficial, apoyado en la regala del *Isla Negra* bajo el puente de Brooklyn—, y la caja de madera donde guardaba su sextante. Era un buen sextante: un Weems & Plath de siete filtros, metal negro y arco de latón dorado, que Coy había adquirido a plazos a partir de su primer sueldo, apenas obtenido el título de piloto. Los sistemas de posicionamiento por satélite sentenciaban a muerte ese instrumento, pero todo marino que se preciara de tal conocía su fiabilidad, a prueba de fallos electrónicos, para establecer la latitud a mediodía, cuando el sol alcanzaba su punto más alto en el cielo, o de no-

che con una estrella baja en el horizonte: efemérides náuticas, tablas, tres minutos de cálculos. Del mismo modo
que los militares cuidan y mantienen limpias sus armas,
Coy había procurado a lo largo de todos aquellos años que
el sextante estuviera libre de humedad salina y suciedad,
limpiando sus espejos y comprobando posibles errores
lateral y de índice. Incluso ahora, sin barco bajo los pies,
solía llevárselo en sus paseos por la costa para calcular rectas de altura sentado en una roca y ante el horizonte del
mar abierto. La costumbre databa de cuando navegaba como alumno en el *Monte Pequeño,* su tercer barco si contaba el *Estrella del Sur.* El *Monte Pequeño* era un 275.000
toneladas de Enpetrol, y al capitán don Agustín de la
Guerra le gustaba dar solemnidad al momento de la meridiana, invitando a los oficiales a una copa de jerez después que éstos y los jóvenes agregados cotejaran sus res-
pectivos cálculos tras haber estado juntos en el alerón,
reloj en mano el capitán y ellos tangenteando el sol en el
horizonte a través de los filtros ahumados de sus instrumentos. Aquél era un capitán de la vieja escuela; algo pasado de vueltas pero excelente marino, del tiempo en que los
grandes petroleros iban al Pérsico en lastre por Suez y
volvían cargados rodeando África por El Cabo. Una vez había tirado a un mayordomo por una escala porque le faltó al
respeto; y cuando el sindicato fue a quejarse, respondió
que el mayordomo era afortunado, porque siglo y medio antes lo habría colgado del palo mayor. En mi barco,
le dijo en cierta ocasión a Coy, se está de acuerdo con el
capitán o se calla uno. Fue durante una cena de Navidad
en el Mediterráneo, con un pésimo tiempo de proa: un
temporal duro de fuerza 10 que obligaba a moderar las
máquinas frente al cabo Bon. Coy, alumno de náutica

agregado a bordo, había discrepado de un comentario banal del capitán; y entonces éste arrojó la servilleta sobre la mesa y dijo aquello de que en su barco, etcétera. Luego lo mandó de guardia afuera, al alerón de estribor, donde Coy estuvo las siguientes cuatro horas en la oscuridad, azotado por el viento, la lluvia y los rociones del mar que rompía contra el petrolero. Don Agustín de la Guerra era un raro superviviente de otros tiempos, despótico y duro a bordo; pero cuando un carguero panameño con el oficial de guardia ruso y borracho le metió la proa en la popa, una noche en que la lluvia y el granizo saturaban los radares en el canal de la Mancha, supo mantener el petrolero a flote y gobernarlo hasta Dover sin derramar una gota de crudo y ahorrándole el costo de remolcadores a la empresa. Cualquier retrasado mental, decía, puede ahora dar la vuelta al mundo apretando botones; pero si la electrónica se descaralla, o a los americanos les da por apagar sus malditos satélites, invención del Maligno, o un bolchevique hijo de puta te da por el culo bien dado en mitad del océano, un buen sextante, un compás y un cronómetro seguirán llevándote a cualquier parte. Así que practica, chaval. Practica. Obediente, Coy había practicado sin descanso durante días y meses y años; y conocido también, más tarde y con aquel mismo sextante, observaciones más difíciles en noches cerradas y peligrosas, o en medio de fuertes temporales que corrían de punta a punta el Atlántico, sujetándose empapado contra la regala mientras la proa daba furiosos machetazos y él acechaba desesperadamente, un ojo pegado al visor, la aparición del tenue disco dorado entre las nubes empujadas por el viento del noroeste.

Sintió una suave melancolía cuando sostuvo el peso familiar del sextante en las manos, haciendo correr el brazo móvil mientras lo oía deslizarse por la cremallera dentada que numeraba de 0 a 120 los grados de cualquier meridiano terrestre. Luego calculó cuánto le pediría por él a Sergi Solàns, que llevaba años admirando aquel instrumento; pues, como solía decir Sergi cuando se tomaban juntos una copa en el Schilling, ya no se fabricaban sextantes como ése. Sergi era un buen chico, que pagaba casi todas las copas desde que Coy se había visto en tierra y sin dinero, y no le guardaba rencor por haberse ido a la cama con Eva aquella noche en que la brasileña lució una camiseta endiabladamente ceñida a la talla 95 del sujetador que nunca se ponía, y Sergi estaba demasiado borracho para disputársela. También había estudiado náutica con Coy, compartido barco algunos meses cuando ambos navegaban de agregados en el *Migalota,* un Ro-Ro de la Rodríguez & Saulnier, y ahora preparaba su examen de capitán como primer oficial de un ferry de la Trasmediterránea que hacía dos veces por semana la línea Barcelona-Palma. Es como conducir un autobús, decía. Pero con un sextante como ése en el camarote, uno sigue sintiéndose marino.

Centró el brazo en mitad del arco y devolvió con cuidado el Weems & Plath a su caja. Luego fue hasta la cómoda, abrió su cartera y extrajo de ella la tarjeta que la mujer le había dado tres días antes, al despedirse en la esquina de las Ramblas. La cartulina estaba sin dirección ni teléfono, a excepción del nombre y un solo apellido: Tánger Soto. Debajo, con letra redonda y precisa, con un círculo a modo de punto sobre la única *i,* ella había escrito la dirección del Museo Naval de Madrid.

Cuando cerró la tapa del sextante, Coy silbaba *Noche de samba en Puerto España.*

II. La vitrina de Trafalgar

En tierra sólo hay problemas.
D. Haeften. *Cómo afrontar los temporales*

Después supo que fue como saltar al vacío; y eso resultaba singular en el caso de Coy, quien no recordaba haber tomado un rumbo precipitado en su vida. Era del tipo de gente que, en el cuarto de derrota de un buque, emplea el tiempo necesario en trazar a conciencia cualquier recorrido sobre la carta náutica. Antes de verse a la fuerza en tierra y sin barco, ésa había sido fuente de satisfacciones en una profesión donde tales cosas contaban a la hora de lograr un trayecto seguro entre dos puntos situados en distinta latitud y longitud geográfica. Había pocos placeres comparables a pasar largo rato entre cálculos de rumbo, abatimiento y velocidad, previendo que el cabo Tal o el faro Mengano aparecerían dos días más tarde, sobre las seis de la mañana y a unos treinta grados por la amura de babor, y luego aguardar a esa misma hora en la regala húmeda por el relente de la madrugada, con los prismáticos en los ojos, hasta ver aparecer, exactamente en el lugar previsto, la silueta gris o la luz intermitente que, una vez cronometrada su frecuencia de destellos u ocultaciones, confirmaba la exactitud de los cálculos. Siempre, al llegar ese momento, Coy modulaba una sonrisa para sus adentros; una sonrisa serena y satisfecha. Luego, recreándose en la confirmación de aquella certeza obtenida de las matemáticas, de los instrumentos de a bordo y de su competencia profesional, iba a apoyarse en un ángulo del puente, junto a la sombra silenciosa del timonel, o se ponía un café tibio del termo, contento de encontrarse allí, en un buen barco, en vez de formar parte de aquel otro mundo incómodo, hecho de tierra firme, por suerte reducido a un leve resplandor detrás del horizonte.

Pero ese rigor a la hora de plantearse desplazamientos sobre el papel de las cartas náuticas que ordenaban su vida no lo había librado del error ni del fracaso. Decir tierra a la vista y comprobar después de modo táctil la presencia de esa misma tierra y sus consecuencias eran situaciones que no siempre se daban en ese orden. La tierra existía, en las cartas o fuera de ellas; y había decidido manifestarse de improviso, como suelen ocurrir tal tipo de cosas, penetrando en el frágil reducto —apenas un poco de hierro flotando en el inmenso océano— donde Coy creía sentirse a salvo. Seis horas antes de que el *Isla Negra,* un portacontenedores de la naviera Mínguez Escudero, varase a medio camino entre El Cabo y el canal de Mozambique durante su cuarto de guardia, Coy, primer oficial a bordo, había advertido al capitán de que la carta del Almirantazgo británico correspondiente a esa zona avisaba, en recuadro especial, de algunas imprecisiones en los levantamientos. Pero el capitán tenía prisa, y además había navegado aquellas aguas durante veinticinco años con las mismas cartas y sin problemas. También llevaba dos días de retraso por haber sufrido mal tiempo en el golfo de Guinea y por verse obligado luego a evacuar por helicóptero a un tripulante que se partió la espalda al resbalar por una escala frente a la Costa de los Esqueletos. Las cartas inglesas, había dicho durante la cena, son tan minuciosas que siempre se la cogen con papel de fumar. La ruta está limpia, doscientas cuarenta brazas en los veriles más altos y ni una cagada de mosca en el papel. Así que pasaremos entre los islotes Terson y Mowett Grave. Eso había dicho: papel de fumar, cagada de mosca y recto entre los islotes. El capitán era un gallego de sesenta y algún años, menudo, de frente rojiza y pelo gris. Además de confiar a ciegas en las cartas del Almirantazgo, se llamaba don Gabriel Moa, tenía cuatro décadas de mar en las arrugas de la cara, y en todo ese tiempo nadie lo había visto perder la compostura; ni siquiera cuando a principios de los noventa, se decía, anduvo día y medio escorado veinte grados tras perder once contenedores en mitad de un temporal del Atlántico. Era uno de esos capitanes por los que armadores y subalternos ponen la mano en el fuego: seco en el puente, serio en la camareta, invisible en tierra. Un capitán a la antigua, de los que hablaban de usted a los oficiales y a los agregados, y a quien nadie podía imaginar cometiendo un error. Por eso Coy mantuvo aquel rumbo en la carta inglesa que señalaba imprecisiones en los levantamientos; y también por eso, transcurridos veinte minutos de su cuarto de guardia, había oído rechinar sobre una piedra el casco de acero del *Isla Negra* estremeciéndose bajo sus pies, antes de que él volviera de su estupor y precipitándose sobre el telégrafo de órdenes parase las máquinas, y el capitán Moa apareciera en el puente en pijama y con el pelo revuelto, mirando la oscuridad de afuera con una expresión sonámbula y estúpida que Coy no le había visto nunca. El capitán sólo había balbuceado «no puede ser» tres veces, una detrás de otra, y luego, siempre tan desconcertado como si no estuviera del todo despierto, murmuró un débil «paren máquinas» cuando las máquinas llevaban ya cinco minutos paradas, y el timonel seguía inmóvil con las manos en la rueda, observándolos alternativamente a él y a Coy; y Coy miraba, con la certidumbre terrible de quien obtiene a su costa una revelación inesperada, a aquel honorable superior cuyas órdenes habría acatado sin vacilar media hora antes aunque lo condujesen con el radar apagado por el estrecho de Malaca, y que de pronto, sorprendido sin tiempo a endosarse la máscara de su falsa reputación, o tal vez —los hombres cambian en sus años y en su corazón— la máscara del marino eficiente que en otro tiempo había sido, se mostraba ahora tal y como en realidad era: un anciano aturdido y en pijama, sobrepasado por los acontecimientos, incapaz de dar una orden adecuada. Un pobre hombre asustado que de pronto veía esfumarse su pensión de retiro tras cuarenta años de servicio.

La advertencia de la carta inglesa no era en vano: existía al menos una aguja sin determinar en el canal entre Terson y Mowett Grave, y un bromista cósmico tenía que estar riéndose a carcajadas en algún lugar del Universo, porque aquella roca aislada en el vasto océano se había puesto exactamente en medio de la derrota del *Isla Negra,* con la misma exactitud que el famoso iceberg del *Titanic,* durante la guardia del primer oficial Manuel Coy. De cualquier modo, ambos, capitán y primero, habían pagado por ello. El tribunal investigador, compuesto por un inspector de la compañía y dos marinos mercantes, tuvo en cuenta el historial del capitán Moa, solventando el asunto con una discreta jubilación anticipada. En cuanto a Coy, aquella carta del Almirantazgo británico había terminado por llevarlo muy lejos del mar. Ahora estaba en Madrid, inmóvil junto a una fuente de piedra donde un niño de hierática sonrisa estrangulaba a un delfín, y parecía un náufrago recién llegado a una playa ruidosa en plena temporada. Tenía las manos en los bolsillos, y entre la multitud de automóviles y el estrépito de feroces bocinazos miraba de lejos el galeón de bronce que presidía la entrada del número 5 del paseo del Prado. Ignoraba la precisión del levantamiento hidrográfico en la derrota que se proponía seguir, pero ya dejaba atrás de sobra, en su conciencia, el punto en que aún es posible virar de bordo y cambiar un rumbo. El sextante Weems & Plath, que su amigo Sergi Solàns había adquirido por fin a un precio razonable, bastaba para pagarle el billete de tren Barcelona-Madrid usado la noche anterior, y para un fondo de supervivencia con flotabilidad garantizada por dos semanas; del que una parte abultaba en el bolsillo derecho de sus tejanos, y la otra se hallaba en la bolsa de lona que había dejado en la consigna de la estación de Atocha. Ahora eran las 12.45 de un soleado día de primavera, y el tráfico discurría abigarrado y ruidoso en dirección a la plaza de la Cibeles, junto al palacio de Correos que flanqueaba el cuartel general de la Armada y las dependencias del Museo Naval. Media hora antes, Coy había hecho una visita a la dirección general de la Marina Mercante, situada un par de calles más arriba, para comprobar si prosperaba su recurso administrativo. La encargada del departamento, una mujer madura de sonrisa amable que tenía una maceta con un geranio sobre la mesa, dejó de sonreír cuando, tras pulsar una tecla de su ordenador, el expediente de Coy apareció en la pantalla. Denegado el recurso, había dicho entonces con voz impersonal. Recibirá la notificación por escrito. Luego se desentendió de él, volviendo a sus asuntos. Quizá desde aquel despacho, a trescientas millas náuticas de la costa más próxima, la mujer alentaba un concepto romántico del mar, y no le gustaban los marinos que tocaban fondo con sus barcos. O tal vez sólo fuese lo contrario: una funcionaria objetiva, desapasionada, para quien una varada en el océano Índico apenas se diferenciaba de un accidente de carretera; y un marino suspendido de empleo y en la lista negra de los armadores no le parecía distinto de cualquier individuo privado del permiso de conducir por un juez riguroso. Lo malo, había reflexionado Coy mientras bajaba las escaleras camino de la calle, era que en tal caso la mujer no andaba del todo descaminada. En un tiempo en que los satélites marcaban rutas y waypoints, el teléfono móvil barría de los puentes a los capitanes habilitados para tomar decisiones, y cualquier ejecutivo podía gobernar desde un despacho transatlánticos o petroleros de cien mil toneladas, poco iba del marino que varaba un barco al camionero que se salía de la carretera por perder los frenos, o conducir borracho.

Aguardó, concentrado en sus siguientes pasos, hasta que los pensamientos amargos quedaron lejos y a la deriva. Entonces se decidió por fin. Mirando a uno y otro lado esperó a que un semáforo cercano hiciera disminuir la intensidad del tráfico, y después caminó con decisión bajo los castaños cubiertos de hojas jóvenes, cruzó la calle y anduvo hasta la puerta del museo, donde dos infantes de marina con franja roja en el pantalón, correaje y casco blancos, miraron con curiosidad su chaqueta cruzada antes de hacerlo pasar bajo el arco detector de metales. Le hormigueaba el estómago cuando ascendió por la amplia escalera, torció a la derecha en el rellano, y al cabo se vio ante el mostrador de la librería del vestíbulo, junto a la enorme rueda doble del timón de la corbeta *Nautilus*.

A la izquierda estaba la puerta de administración y servicios, y a la derecha la entrada a las salas de exposición. Había cuadros y maquetas de barcos en las paredes, un marinero de uniforme y expresión aburrida sentado tras un pupitre, y un civil al otro lado del mostrador donde se vendían libros, grabados y recuerdos del museo. Se pasó la lengua por los labios; de pronto sentía una sed espantosa. Luego se dirigió al civil.

—Busco a la señorita Soto.

La boca seca le enronquecía la voz. Echó un rápido vistazo a la puerta de la izquierda, temiendo verla aparecer allí, sorprendida o incómoda. Qué diablos haces aquí, etcétera. Había pasado la noche despierto, la cabeza apoyada en su reflejo de la ventanilla, meditando lo que iba a decir; pero ahora todo se le borraba de la cabeza como una estela en la popa. Así que, reprimiendo el impulso de dar la vuelta y largarse, se apoyó sobre un pie y luego sobre el otro mientras el hombre del mostrador lo estudiaba. Era de mediana edad, con gafas gruesas y aspecto amable.

—¿Tánger Soto?

Asintió con una suave sensación de irrealidad. Era extraño, pensó, oír aquel nombre en boca de una tercera persona. A fin de cuentas, concluyó, ella tenía una existencia real. Había gente que le decía hola, adiós y todas esas cosas.

—Eso es —dijo.

No era extraño sino absurdo, pensó de pronto, aquel viaje, y su bolsa en la consigna de Atocha, y su presencia allí para encontrarse con una mujer a la que sólo había visto un par de horas una noche, en toda su vida. Una mujer que ni siquiera lo esperaba.

—¿Ella lo espera a usted?

Se encogió de hombros.

—Tal vez.

El del mostrador repitió ese «tal vez», el aire pensativo. Lo observaba con suspicacia, y Coy lamentó no haber tenido ocasión de afeitarse esa mañana: la barba, rasurada la noche anterior a punto de ir a la estación de Sants, empezaba a oscurecerle el mentón. Alzó la mano para tocárselo, conteniendo el ademán a medio camino.

—La señora Soto ha salido —respondió el hombre del mostrador.

Casi aliviado, Coy asintió. Por el rabillo del ojo vio que el marinero del pupitre, medio inclinado sobre una revista, miraba su calzado y los raídos tejanos. Por suerte, pensó, había cambiado las zapatillas blancas por unos viejos mocasines de suela náutica.

—¿Volverá hoy?

El hombre le echó un rápido vistazo a la chaqueta marina, intentando establecer si aquel paño oscuro garantizaba algo respetable en su interlocutor.

—Puede que sí —dijo, tras considerarlo un poco—. No cerramos hasta la una y media.

Coy miró su reloj y luego indicó la primera sala. Al fondo se veían dos grandes retratos de Alfonso XII e Isabel II, a los lados de una puerta que mostraba vitrinas, modelos de barcos y cañones.

—Entonces esperaré ahí adentro.

—Como guste.

—¿La avisará cuando llegue?... Me llamo Coy.

Ahora sonreía. La ausencia de ella significaba un aplazamiento oportuno, y eso lo tranquilizaba. El del mostrador pareció relajarse ante aquella sonrisa fatigada, sincera, producto de seis horas de tren y seis cafés.

—Claro.

Cruzó la sala, amortiguados sus pasos por las suelas de goma sobre la tarima de madera. El miedo que le había atenazado las tripas dejaba sitio a una incertidumbre incómoda, parecida a sentir que el barco da un bandazo, alargar una mano en busca de asidero, y no hallarlo donde se supone que debe estar; de modo que procuró tranquilizarse prestando atención a los objetos que tenía alrededor. Pasó junto a un cuadro enorme: Colón y sus hombres en tierra junto a una cruz, gallardetes al fondo y azul caribeño con los indígenas inclinándose ante el descubridor, ignorantes de lo que les esperaba, y torció a la derecha, deteniéndose ante las vitrinas con instrumentos náuticos. La colección era estupenda, y admiró la ballestilla, los cuadrantes, los cronómetros Arnold y la extraordinaria colección de astrolabios, octantes y sextantes de los siglos XVIII y XIX por los que, sin duda, alguien estaría dispuesto a pagar mucho más de lo que él había obtenido por su modesto Weems & Plath.

Había pocos visitantes en el museo, más amplio y luminoso de lo que creía recordar. Un anciano estudiaba minuciosamente un gran mapa apaisado de Gibraltar, un matrimonio joven con aspecto extranjero miraba las vitrinas de la sala de los Descubrimientos, y un grupo de colegiales escuchaba las explicaciones de su profesor en la estancia del fondo, dedicada al rescate del galeón *San Diego*. La claridad cenital de las grandes lumbreras del techo iluminó a Coy mientras deambulaba por el patio central. De no obsesionarlo el recuerdo de la mujer que lo había llevado allí, habría disfrutado de veras con los modelos de navíos de línea y fragatas, completamente aparejados o en secciones de medio casco, que mostraban la compleja arquitectura interior de los buques; no había vuelto a verlos desde su última visita al museo, veinte años atrás, cuando se accedía al recinto por la calle Montalbán y él aún era estudiante de náutica. A pesar del tiempo transcurrido, reconoció en el acto y con placer su favorito de entonces: un navío dieciochesco de tres puentes y 150 cañones, de casi tres metros de eslora, conservado en una vitrina gigantesca; el modelo de un barco que no llegó a surcar los mares porque no se construyó nunca. Aquéllos eran marinos, se dijo como tantas otras veces se había dicho, estudiando la jarcia, el velamen y la arboladura del barco a escala, admirando las largas gavias por las que hombres duros y desesperados debían avanzar manteniendo el equilibrio sobre inestables marchapiés, aferrando la lona en mitad de temporales y de combates, con el viento y la metralla silbando y el mar implacable abajo, junto a la cubierta que oscilaba bajo los palos. Por un momento Coy se dejó llevar junto al navío, abstraído en el ensueño de largas cazas al amanecer, entre dos luces, de velas fugitivas en el horizonte. Cuando no existían el radar, ni los satélites, ni la sonda electrónica, y los barcos eran cubiletes danzando en la boca del infierno, y el mar un peligro mortal; pero también, todavía, un refugio inexpugnable frente a todas las cosas, los problemas, las vidas ya vividas o por vivir, muertes pendientes o consumadas que se dejaban atrás, en tierra. *«Llegamos demasiado tarde a un mundo demasiado viejo»*, había leído una vez en algún libro. Llegamos demasiado tarde, por supuesto. Llegamos a barcos y a puertos y a mares que son demasiado viejos, cuando los delfines moribundos huyen de la proa de los barcos, Conrad ha escrito veinte veces *La línea de sombra*, Long John Silver es una marca de whisky, y Moby

Dick se ha convertido en la ballena buena de una película de dibujos animados.

Junto a la réplica a escala natural de un trozo de mástil del navío *Santa Ana,* Coy se cruzó con un oficial de marina: vestía uniforme impecable de la Armada, tenía buen aspecto, y lucía sobre las bocamangas la coca en el tercer galón dorado de capitán de fragata. El marino se fijó detenidamente en Coy, que le sostuvo la mirada hasta que el otro apartó la vista y sus pasos se alejaron hacia el fondo de la sala.

Luego transcurrieron veinte minutos. Al menos una vez cada minuto intentó concentrarse en las palabras que iba a pronunciar cuando ella apareciera, si es que lo hacía; y las veinte veces terminó bloqueado, entreabierta la boca como si de veras la tuviera delante, incapaz de hilvanar el arranque de una frase coherente. Estaba en la sala consagrada a la batalla de Trafalgar, bajo un óleo que representaba una escena de combate naval —el *Santa Ana* contra el *Royal Sovereign*—, y de improviso el hormigueo volvió a recorrerle el estómago, asestándole, y ésa era la palabra exacta, una acuciante necesidad de huir de allí. Pica el ancla, imbécil, se dijo; y con eso pareció despertar de un sueño y quiso salir despavorido escaleras abajo, para meter la cabeza bajo un grifo de agua fría y sacudirla hasta despejar la confusión que reinaba dentro. Maldita sea mi estampa, se increpó. Maldita sea mi estampa veinte veces pares. Señora Soto. Ni siquiera sé si vive con un hombre, o está casada.

Se volvió, retrocediendo indeciso. Sus ojos se detuvieron al azar en la inscripción de una vitrina: *Sable de abordaje que ciñó don Carlos de la Rocha en el combate de Trafalgar, siendo comandante del buque Antilla...* Entonces alzó la vista y vio a Tánger Soto a su espalda, reflejada en el cristal. La vio allí inmóvil, callada, sin haberla oído llegar, mirándolo con una expresión entre sorprendida y curiosa, lo mismo de irreal que la primera vez. Tan imprecisa como una sombra que estuviese encerrada en la vitrina, y no fuera de ella.

Coy no era un hombre sociable. Y ya dijimos que eso, junto con algunos libros y una visión precozmente lúcida de los ángulos oscuros del ser humano, lo había llevado desde muy temprano al mar. Sin embargo, ese punto de vista, o posición, no era del todo incompatible con cierto candor que a veces descollaba en sus actitudes, en su forma de quedarse quieto o silencioso mirando a los otros, en el modo algo torpe con que se desenvolvía en tierra firme, o en el punto sincero, desconcertado, casi tímido, que tenía su sonrisa. Había embarcado muy joven, empujado más por intuiciones que por certezas. Pero la vida no maniobra con la precisión de un buen buque, y las amarras fueron cayendo al mar poco a poco, enredándose a veces en las hélices, o arrastrando consecuencias. Respecto a eso, hubo mujeres, por supuesto. Y también hubo un par de ellas que llegaron más allá de la piel, hasta la carne y la sangre y la conciencia, realizando en el conjunto las operaciones físicas y químicas pertinentes, bálsamos analgésicos y destrozos de rigor. LPPI: Ley del Pago Puntual de su Importe. A esas alturas, aquel rastro era ya sólo eso: punzadas indoloras en la memoria del marino sin barco. Recuerdos precisos y también indiferentes, más parecidos a la melancolía de los años lejanos

—habían transcurrido ocho o nueve desde la última mujer importante para Coy— que al sentimiento de verdadera pérdida material, o de ausencia. En el fondo, aquellas sombras sólo continuaban ancladas en su memoria porque pertenecían al tiempo en que para él todo estuvo en los inicios; cuando en su flamante chaqueta de paño azul y en las palas de las hombreras de sus camisas relucían galones nuevos, y pasaba largo rato admirándolos del mismo modo que admiraba el cuerpo de una mujer desnuda, y la vida era una carta náutica nueva y crujiente, con todos los avisos a la navegación actualizados, tersa superficie blanca aún no marcada por el lápiz y la goma de borrar. Cuando él mismo, ante la vista de la línea de tierra en el horizonte, experimentaba todavía, en ocasiones, el vago deseo de personas o cosas que esperaban allí. Lo otro, el dolor, la traición, los reproches, las noches interminables despierto junto a espaldas silenciosas, eran en ese tiempo sólo piedras sumergidas, bajos asesinos que acechaban su momento ineludible, sin que ninguna carta informase en recuadro aparte de la eventualidad de su presencia. Lo cierto es que no añoraba en concreto esas sombras de mujer, sino que se añoraba a sí mismo, o más bien al hombre que él mismo era entonces. Tal vez aquélla fuera la única razón por la que esas mujeres o esas sombras, últimos puertos conocidos en su vida, acudían a veces, muy difuminadas en el contorno de la memoria, a fantasmales citas al atardecer, cuando él daba largos paseos junto al mar, en Barcelona. Cuando remontaba el puente de madera del Puerto Viejo mientras el sol poniente enrojecía las alturas de Montjuich, la torre de Jaime I, los muelles y las pasarelas de embarque de la Trasmediterránea, y Coy buscaba en los antiguos muelles y norays las cicatrices dejadas sobre la piedra y el hierro por miles de estachas y cabos de acero, por barcos hundidos o desguazados hacía décadas. A veces pensaba en aquellas mujeres, o en su recuerdo, al caminar por fuera del centro comercial y los cines Maremagnum, entre otros hombres o mujeres solitarios, aislados, absortos en el atardecer, que dormitaban en los bancos o soñaban mirando el mar, con las gaviotas planeando sobre la popa de pesqueros que cruzaban por el agua roja bajo la torre del Reloj; junto a una viejísima goleta sin velas ni jarcia que Coy recordaba siempre en el mismo sitio, año tras año, con sus maderas agrietadas, descoloridas bajo el viento, el sol, la lluvia y el tiempo. Y que a menudo le hacía pensar que barcos y hombres deberían hundirse y desaparecer a su hora, en mar abierto, en vez de pudrirse amarrados a la tierra.

Ahora Coy hablaba desde hacía cinco minutos, sin apenas interrupción. Estaba sentado junto a una ventana del primer piso del Museo Naval, y cuando se volvía un poco abarcaba las ramas verdes de los castaños extendiéndose a lo largo del paseo del Prado, hacia la fuente de Neptuno. Dejaba caer las palabras como quien llena un vacío que sólo es incómodo si se prolongan demasiado los silencios. Hablaba despacio y sonreía ligeramente cuando callaba un momento antes de hablar de nuevo. Su incertidumbre se había esfumado apenas entrevisto el rostro en el cristal; hacía sus comentarios en tono tranquilo, de nuevo dueño de sí, con objeto de eludir las pausas y retrasar posibles preguntas. A veces desviaba la vista al exterior y luego se volvía de nuevo hacia la mujer. Un asunto en Madrid, decía. Una gestión oficial, un amigo. Casualmente el museo estaba allí. Decía cualquier cosa, lo mismo que había hecho la primera vez en Barcelona, con la franca timidez que le era propia; y ella escuchaba y callaba, un poco inclinada la cabeza y las puntas asimétricas del cabello rubio rozándole el mentón. Y los ojos oscuros con reflejos pavonados parecían de nuevo azul marino, fijos en Coy; en la sonrisa leve, sincera, que desmentía lo casual de sus palabras.

—Y eso es todo —concluyó.

Eso no era nada, pues nada había dicho ni hecho todavía, salvo acercarse a la dársena con mucho cuidado, las máquinas en avante poca, mientras esperaba que el práctico subiese a bordo. No era nada, y Tánger Soto lo sabía tan bien como él.

—Vaya —dijo ella.

Estaba apoyada en el borde de la mesa de su despacho, cruzados los brazos, y seguía mirándolo reflexiva, con la misma fijeza que antes; pero ahora también sonreía un poco, como si quisiera gratificar su esfuerzo, o su calma, o su manera de encararla sin esquivarle los ojos, sin alardes presuntuosos ni evasivas forzadas. Como si apreciara aquel modo de ponerse ante ella, pronunciar las palabras imprescindibles para justificar su presencia, y luego quedarse quieto con la mirada y la sonrisa limpias, sin pretender engañarla ni engañarse, aguardando el veredicto.

Y ahora fue ella la que habló. Lo hizo sin apartar sus ojos de los de él, interesada en comprobar el efecto de las palabras, o tal vez del tono en que iba pronunciándolas una tras otra. Habló con naturalidad y un vago reflejo de afecto, o de agradecimiento, rozándole los labios. Habló de la extraña noche de Barcelona, del placer que le causaba verlo de nuevo. Y al fin se quedaron observándose, dicho todo cuanto era posible decir hasta ese momento. Y Coy supo otra vez que había llegado el momento de irse, o de buscar un tema, un pretexto, alguna maldita cosa que le permitiera prolongar la situación. O de que ella lo acompañara a la puerta dándole las gracias por la visita, o le dijese que no se fuera todavía. De modo que se puso lentamente en pie.

—Espero que no volviera a molestarte aquel individuo.

—¿Quién?

Había tardado un segundo más de lo necesario en responder, y él se dio cuenta.

—El de la coleta y los ojos bicolores —alzó dos dedos hasta la cara, señalándose los suyos—. El dálmata.

—Ah, ése.

No aclaró nada más de momento, pero Coy vio endurecerse las líneas de su boca.

—Ése —repitió ella.

Lo mismo podía estar reflexionando sobre aquel individuo, que ganando tiempo para salir por la tangente. Coy metió las manos en los bolsillos de la chaqueta y echó un vistazo alrededor. El despacho era pequeño y luminoso, con un pequeño rótulo junto a la puerta: *Sección IV. T. Soto. Investigación y adquisiciones.* Había un grabado antiguo con paisaje marino colgado en la pared, y un gran tablero en un caballete con grabados, planos y cartas náuticas. También un armario acristalado lleno de libros y archivadores, carpetas con documentos sobre la mesa de trabajo, y un ordenador cuya pantalla estaba rodeada de pequeñas hojas autoadhesivas, anotadas con escritura redonda, de colegiala aplicada, que Coy identificó fácilmente —llevaba su tarjeta en el bolsillo— por los grandes círculos que puntuaban las íes.

—No ha vuelto a molestarme —concluyó por fin ella, como si hubiera necesitado hacer memoria.

—No parecía resignarse a perder el Urrutia.

Observó que entornaba los ojos. Su boca todavía era dura.

—Ya encontrará otro.

Coy le miraba la línea del cuello, que descendía hacia la camisa abierta de color hueso. La cadena de plata seguía reluciendo allí adentro, y él se preguntó qué pendía a su extremo. Si se trata de metal, pensó, estará endiabladamente cálido.

—Todavía no sé —dijo— si el atlas era para el museo, o para ti. La verdad es que aquella subasta fue...

Se calló de pronto, pues había visto el Urrutia. Estaba con otros libros de gran formato, dentro del armario acristalado. Reconoció con facilidad sus tapas de piel con adornos dorados.

—Era para el museo —respondió ella; y al cabo de un segundo añadió—: Naturalmente.

Había seguido la dirección de los ojos de Coy y también miraba ahora el atlas. La luz de la ventana contorneaba su perfil moteado.

—¿A eso te dedicas?... ¿A conseguir cosas?

Observó cómo se inclinaba un poco hacia adelante, oscilándole las puntas del cabello. Llevaba sobre la camisa un chaleco de lana gris, desabotonado, y bajo la falda, amplia y oscura, zapatos negros de tacón muy bajo y medias también negras que la hacían parecer aún más delgada y alta de lo que era. Una chica de buena casta, confirmó él, cayendo en la cuenta de que la veía con luz natural por primera vez. Manos fuertes y voz educada. Sana, correcta. Tranquila. Al menos en apariencia, pensó al mirarle los bordes romos e irregulares de las uñas.

—En cierto modo ése es mi trabajo —asintió ella tras un instante—. Mirar catálogos de subastas, controlar el comercio de antigüedades, visitar otros museos y viajar cuando aparece algo interesante... Después hago un informe y mis superiores deciden. El patronato dispone de un fondo muy limitado para investigación y nuevas adquisiciones, y yo procuro que se invierta de modo conveniente.

Coy hizo una mueca. Recordaba el áspero duelo en la subasta de Claymore.

—Pues tu amigo el dálmata murió matando. El Urrutia os salió por un ojo de la cara...

Vio que suspiraba, el aire entre fatalista y divertido, y luego asentía con la cabeza, volviendo las palmas de las manos hacia arriba para indicar que había volado hasta el último céntimo. Con el gesto, Coy reparó de nuevo en el insólito reloj de acero masculino que llevaba en la muñeca derecha. No había nada más, ni anillos ni pulseras. Ni siquiera llevaba los pequeños pendientes de oro de tres días antes, en Barcelona.

—Nos costó carísimo. No solemos gastar tanto... Sobre todo porque en este museo tenemos ya mucha cartografía del siglo XVIII.

—¿Tan importante es?

De nuevo se inclinó ella desde el borde de la mesa, y por un brevísimo instante permaneció así, cabizbaja, antes de alzar el rostro con una expresión distinta. La luz matizó otra vez las marcas doradas de su rostro; y Coy pensó que si daba un paso adelante podría, tal vez, descifrar el aroma de aquella geografía salpicada y enigmática.

—Lo imprimió en 1751 el geógrafo y marino Ignacio Urrutia Salcedo —explicaba ella ahora—, después de cinco años de trabajos. Fue la mejor ayuda para los navegantes hasta la aparición del *Atlas Hidrográfico* de Tofiño, mucho más preciso, en 1789. Quedan pocos ejemplares en buen estado, y el Museo Naval no tenía ninguno.

Abrió la puerta acristalada del armario, extrajo el pesado volumen y lo puso abierto sobre la mesa. Coy se acercó y lo estudiaron juntos, y pudo confirmar lo que había intuido desde el primer momento. No había rastro, estableció, de colonia ni perfume. Olía sólo a carne limpia y tibia.

—Es un buen ejemplar —dijo ella—. Entre los libreros de viejo y los anticuarios abunda la gente sin escrúpulos, y cuando dan con uno lo destrozan para vender sus láminas sueltas. Pero éste se encuentra intacto.

Pasaba las grandes páginas con cuidado, y crujía entre sus dedos el papel, grueso, blanco y bien conservado pese a los dos siglos y medio transcurridos desde su impresión. *Atlas Marítimo de las Costas de España,* leyó Coy en el frontispicio minuciosamente grabado con un paisaje marino, un león entre las columnas con la leyenda *Plus Ultra* y diversos instrumentos náuticos: *Dividido en dieciséis cartas esféricas y doce planos, desde Bayona en Francia hasta el cabo de Creux...* Se trataba de un conjunto de cartas de navegación y planos de puertos, impreso todo en gran formato y encuadernado para facilitar su conservación y manejo. El volumen estaba abierto por la carta que abarcaba el sector entre el cabo de San Vicente y Gibraltar, trazado con detalle, que incluía sondas medidas en brazas y una minuciosa señalización de indicaciones, referencias y peligros. Coy siguió con el dedo el perfil de la costa entre Ceuta y cabo Espartel, deteniéndose en el lugar marcado con el nombre de la mujer que tenía al lado. Luego subió al norte, hasta la Punta de Tarifa, y prosiguió hacia el noroeste para detenerse de nuevo en el bajo de la Aceitera, mucho mejor definido, con sus crucecitas marcando peligros, que el paso entre los islotes Terson y Mowett Grave en los levantamientos modernos del Almirantazgo británico. Conocía bien las cartas del estrecho de Gibraltar; casi todo coincidía con bastante exactitud, y no pudo menos que admirar lo riguroso del trazado, más que razonable para los trabajos hidrográficos de la época: tan lejos todavía de la imagen por satélite, e incluso de los avances técnicos de finales del XVIII. Observó que cada carta tenía las escalas de latitud y longitud detalladas en grados y minutos, la primera a derecha e izquierda del grabado y la segunda graduada cuatro veces en relación a cuatro meridianos diferentes: París y Tenerife en la parte superior, Cádiz y Cartagena en la inferior. En aquel tiempo, recordó, aún no se había adoptado como referencia universal de longitud el meridiano de Greenwich.

—Está muy bien conservado —se admiró.

—Está perfecto. Nadie navegó con este ejemplar a bordo.

Coy pasó unas páginas: *Carta esférica de la costa de España que comprende desde Águilas y el monte Cope hasta la torre Herradora u Horadada con todos sus bajos, puntos y ensenadas...* También conocía de memoria aquel escenario, que era el de su infancia: una costa escarpada, hostil, de estrechas calas rocosas con escollos entre pequeños acantilados. Recorrió las distancias sobre el recio papel: cabo

Tiñoso, Escombreras, cabo de Agua... El trazado resultaba casi tan perfecto como en la carta del Estrecho.

—Hay un error —dijo de pronto.

Lo miró, más interesada que sorprendida.

—¿Estás seguro?

—Claro.

—¿Conoces esa costa?

—Nací allí. Hasta buceé en ella, sacando ánforas y cosas del fondo.

—¿También eres buzo?

Coy chasqueó la lengua, negando con la cabeza.

—Nada profesional —sonreía un poco, a modo de disculpa—. Sólo trabajos de verano y vacaciones.

—Pero tienes experiencia...

—Bueno... —encogió los hombros—. De joven, quizás. Pero hace mucho que no me tiro al agua.

Ella tenía inclinada la cabeza a un lado, observándolo pensativa. Luego volvió a fijar la vista en el punto de la carta que todavía señalaba con el dedo.

—¿Y cuál es el error?

Se lo dijo. El levantamiento de Urrutia situaba el cabo de Palos dos o tres minutos de meridiano más al sur de lo que estaba en realidad; Coy había doblado tantas veces aquella punta que recordaba muy bien su situación en las cartas. Los 37º 38' de latitud real —no podía precisar en ese momento los segundos exactos— se convertían en la carta en 37º 36', más o menos. Sin duda se había ido corrigiendo en trazados posteriores, más detallados y con mejores instrumentos, hasta llegar a la precisión actual. De cualquier modo, añadió, un par de millas náuticas de diferencia no suponían nada importante en una carta esférica de 1751.

Ella guardaba silencio, los ojos fijos en el grabado. Coy se encogió de hombros:

—Supongo que esas imprecisiones le dan encanto... ¿Tenías un tope para pujar en Barcelona, o podías seguir sin límite?

Seguía apoyada con las dos manos en la mesa, a su lado, mirando la carta. Parecía absorta, y tardó en responder a la pregunta.

—Había un tope, por supuesto —dijo al fin—. El Museo Naval no es el Banco de España... Por suerte el precio entraba en lo posible.

Coy rió un poco, quedo, y ella alzó los ojos inquisitiva.

—En la subasta —dijo él— pensé que lo tuyo era algo personal... Me refiero a la tenacidad con que pujaste.

—Claro que era personal —ahora parecía irritada. Volvía a mirar la carta como si algo allí retuviera su atención—. Éste es mi trabajo —sacudió ligeramente la cabeza, para alejar algún pensamiento que no expresó en voz alta—. La adquisición del Urrutia la recomendé yo.

—¿Y qué haréis con él?

—Una vez lo haya revisado del todo y catalogado, obtendré unas reproducciones para uso interno. Luego pasará a la biblioteca histórica del museo, como todo lo demás.

Sonaron unos golpecitos discretos en el marco de la puerta, y Coy vio al capitán de fragata con quien se había cruzado antes en una sala. Tánger Soto se disculpó, fue al pasillo y estuvo unos instantes hablando con él en voz baja. El recién llegado era maduro y apuesto, y los botones dorados y los galones le daban aspecto distinguido. De vez en cuando se volvía para observar a Coy, con curiosidad no exenta de recelo. A éste no le gustaban esas miradas, ni la sonrisa excesiva con que aderezaba la conversación. Así que suspiró amargamente para sus adentros. Como buena parte de los marinos mercantes, no apreciaba a los de guerra: le parecían demasiado estirados, practicaban la endogamia casándose con hijas de otros marinos de guerra, atiborraban la iglesia los domingos y solían tener demasiados hijos. Además, ya no hacían abordajes ni batallas ni nada, y se quedaban en casa con mal tiempo.

—Tengo que dejarte unos minutos —dijo ella—. No te vayas.

Se fue por el pasillo en compañía del capitán de fragata, que antes de irse dirigió a Coy un último y silencioso vistazo. Permaneció éste en el despacho, mirando alrededor, primero otra vez la carta del Urrutia y luego los objetos que había sobre la mesa, el grabado de la pared —*Vista 4ª del combate de Tolón*— y el contenido del armario. Iba a sentarse cuando le llamó la atención el gran caballete con documentos, planos y fotografías que estaba junto a la mesa. Se acercó, sin otra intención que matar el tiempo, descubriendo que bajo unas láminas puestas en la parte superior asomaban planos de barcos de vela: todos eran bergantines, comprobó tras echar una ojeada a las arboladuras. Debajo había fotos aéreas de lugares costeros, reproducciones de cartas náuticas antiguas y también una moderna: la número 46A del Instituto Hidrográfico de la Marina —de cabo de Gata a cabo de Palos—, que correspondía en parte con la que estaba en el atlas abierto sobre la mesa.

La coincidencia hizo sonreír a Coy.

Un minuto más tarde ella estaba de vuelta, disculpándose con una mueca resignada. Mi jefe, dijo. Consultas de alto nivel sobre los turnos de vacaciones. Todo muy top secret.

—Así que trabajas para la Armada.

—Ya lo ves.

La observó, divertido.

—Eres una especie de soldado, entonces.

—Nada de eso —el cabello dorado se le movía a un lado y a otro al negar con la cabeza—. Mi rango es de funcionaria civil... Después de licenciarme en Historia hice una oposición. Estoy aquí desde hace cuatro años.

Tras decir aquello se quedó pensativa, mirando por la ventana. De nuevo entornaba los ojos. Después, muy despacio, como si tuviera algo en la cabeza que no terminaba por írsele del todo, volvió a la mesa, cerró el atlas y fue a meterlo en el armario.

—Mi padre sí era soldado —añadió.

Había una nota de desafío, o tal vez de orgullo, en sus palabras. Coy asintió para sus adentros. Eso explicaba un par de cosas: cierta forma de moverse, algunos gestos. Incluso esa disciplina serena, algo altiva, por la que parecía regirse en ocasiones.

—¿Marino de guerra?

—Militar. Se retiró de coronel, tras pasar casi toda su vida en África.

—¿Vive todavía?

—No.

Hablaba sin rastro de emoción. Era imposible saber si la incomodaba o no comentar aquello. Coy estudió los iris azul marino y éstos sostuvieron el escrutinio, inexpresivos. Entonces él sonrió.

—Por eso te llamas Tánger.

—Por eso me llamo Tánger.

Pasearon sin prisas frente al Museo del Prado y la verja del Jardín Botánico antes de subir a la izquierda por la cuesta de Claudio Moyano, dejando atrás el ruidoso tráfico y la contaminación de la glorieta de Atocha. El sol iluminaba las barracas grises y los tenderetes de libros escalonados calle arriba.

—¿Qué has venido a hacer a Madrid?

Él miraba el suelo ante sus zapatos. Ya había respondido a esa pregunta nada más verla en el museo, antes de que ella la formulara. Todos los lugares comunes y pretextos fáciles estaban enunciados, así que dio unos pasos sin decir nada, y al cabo se tocó la nariz.

—He venido a verte.

Tampoco ahora pareció sorprendida, ni curiosa. Llevaba un chaquetón ligero de pana abierto sobre la blusa, y antes de salir del despacho se había anudado en torno al cuello un pañuelo de seda de tonos otoñales. Vuelto a medias, Coy observó su perfil impasible.

—¿Por qué? —se limitó a preguntar ella, en tono neutro.

—No lo sé.

Anduvieron un trecho sin más comentarios. Al fin se detuvieron al azar, ante un mostrador donde se

apilaban novelas policíacas de lance como restos de naufragios en una playa. Los ojos de Coy resbalaron por encima
de los viejos volúmenes, sin prestar mucha atención: Aga-
tha Christie, George Harmon Coxe, Ellery Queen, Leslie
Charteris. Tánger cogió uno de ellos —*Era una dama*—,
lo miró un poco con aire ausente y volvió a dejarlo en su
sitio.

—Estás loco —dijo.

Siguieron adelante. La gente paseaba entre los
puestos, buscando libros u hojeándolos. Los libreros dejaban hacer, ojo avizor detrás de sus mostradores o de pie en
la puerta de las barracas. Vestían guardapolvos, jerseys
o chaquetones, y tenían la piel curtida por años bajo la lluvia, el sol y el viento; a Coy se le antojaron rostros de marinos varados en un puerto imposible, entre escolleras de
tinta y de papel. Algunos leían ajenos al público, sentados
entre montones de ejemplares usados. Un par de ellos, los
más jóvenes, saludaron a Tánger, que respondió llamán-
dolos por sus nombres. Hola, Alberto. Adiós, Boris. Un
muchacho con trenzas de húsar y camisa a cuadros tocaba
la flauta, y ella puso una moneda en la gorra que tenía a
sus pies, lo mismo que Coy la había visto hacer en las
Ramblas, ante el mimo cuyo maquillaje desteñía la lluvia.

—Cada día paso por aquí, camino de casa. A veces compro algo... ¿No es curioso lo que ocurre con los
libros viejos?... A diferencia de los otros, éstos te eligen a ti.
Escogen a su comprador: hola, aquí estoy, llévame contigo. Se diría que están vivos.

Dio unos pasos y se detuvo ante *El cuarteto de Alejandría:* cuatro volúmenes de ajadas cubiertas, a precio de
saldo.

—¿Lo has leído? —preguntó.

Coy hizo un gesto negativo. Aquel Durrell con apellido de pilas alcalinas no le daba frío ni calor. Era la primera vez que se fijaba en libros de ese fulano. Norteamericano, supuso. O inglés.

—¿Tiene algo sobre el mar? —preguntó, más cortés que interesado.

—No, que yo sepa —ella reía, bajo y suave—. Aunque de algún modo Alejandría no deja de ser un puerto...

Coy había estado allí, y no recordaba nada de especial: el calor de los días sin brisa, las grúas, los estibadores tumbados a la sombra de los contenedores, el agua sucia chapaleando entre el casco del barco y el muelle, las cucarachas que pisabas de noche al bajar a tierra. Un puerto como cualquier otro, excepto cuando el viento sur traía nubes de polvo rojizo que se colaban por todas partes. Nada que justificase cuatro tomos. Tánger tocaba el primero con el índice y él leyó el título: *Justine*.

—Todas las mujeres inteligentes que conozco —dijo ella— han querido ser Justine alguna vez.

Coy miró el libro con aire estúpido, considerando si debía comprarlo o no, y si el librero lo obligaría a adquirir los cuatro. En realidad los que le llamaban la atención eran otros que había cerca: *El barco de la muerte,* de un tal B. Traven, y la trilogía de la *Bounty: El motín, Hombres contra el mar* y *La isla de Pitcairn* en un solo volumen. Pero ella seguía adelante; la vio sonreír de nuevo, dar unos pasos más y entretenerse hojeando distraída otra maltrecha edición en rústica —*El buen soldado,* leyó Coy; aquel Ford Madox Ford sí le sonaba, porque había escrito *La aventura* a medias con Joseph Conrad—. Al cabo Tánger se giró a mirarlo, fijamente.

—Estás loco —repitió.

Él volvió a tocarse la nariz y no dijo nada.

—No me conoces —añadió ella un momento después—. Lo ignoras todo sobre mí.

De nuevo tenía un punto de dureza en la voz. Coy miró a un lado y luego a otro. Curiosamente no se sentía intimidado, ni fuera de lugar. Había ido a verla, haciendo lo que creyó debía hacer. Y habría dado cualquier cosa por ser un hombre elegante, suelto de palabra; con algo que ofrecer, aunque fuese el dinero justo para comprar los cuatro tomos del cuarteto e invitarla a cenar esa misma noche en un restaurante caro, llamándola Justine o como ella quisiera que la llamase. Pero no era su caso. Por eso callaba, y estaba allí plantado con la mayor sencillez de que era capaz, y se limitaba a sonreír un poco, de aquel modo que era a un tiempo sincero y ausente, casi tímido. Y eso no era mucho, pero era todo.

—No tienes ningún derecho a presentarte así. A ponerte delante de mí con cara de buen chico... Ya te di las gracias por lo de Barcelona. ¿Qué pretendes que haga ahora?... ¿Llevarte a casa como uno de estos libros?

—Las sirenas —dijo él, de pronto.

Lo miró, sorprendida.

—¿Qué pasa con las sirenas?

Coy alzó un poco las manos y las dejó caer de nuevo.

—No sé. Cantaban, dice Homero. Llamaban a los marinos, ¿verdad?... Y ellos no podían evitarlo.

—Porque eran idiotas. Iban derechos a los arrecifes, destrozando el barco.

—Ya estuve allí —la expresión de Coy se había ensombrecido—. Ya estuve en los arrecifes, y no tengo barco. Tardaré algún tiempo en volver a tenerlo, y ahora no encuentro nada mejor que hacer.

Se volvió hacia él con brusquedad, abriendo la boca como para decir algo desagradable. Sus iris relucían, agresivos. Aquello duró un momento, y en ese espacio de tiempo Coy se despidió mentalmente de su piel moteada y de todo el singular ensueño que lo había llevado hasta ella. Tal vez debí comprar lo de esa Justine, se dijo tristemente. Pero al menos lo intentaste, marinero. Lástima de sextante. Luego se dispuso a sonreír. Sonreiré en cualquier caso, diga lo que diga, hasta cuando me mande al infierno. Al menos, que lo último que recuerde de mí sea eso. Ojalá pueda sonreír como su jefe, ese capitán de fragata al que le relucen los botones. Ojalá no me salga una mueca muy crispada.

—Por el amor de Dios —dijo entonces ella—. Ni siquiera eres un hombre guapo.

III. El barco perdido

> En el mar puedes hacerlo todo bien, ateniéndote
> a las normas, y aun así el mar te matará. Pero si
> eres buen marino, al menos sabrás dónde te en-
> cuentras en el momento de morir.
>
> Justin Scott. *El cazador de barcos*

Detestaba el café. Había bebido miles de tazas ca-
lientes o frías en guardias interminables de madrugada, en
maniobras difíciles o decisivas, en horas muertas entre carga y descarga en los puertos, en momentos de hastío, tensión o peligro; pero le desagradaba aquel sabor amargo
hasta el punto de que sólo podía soportarlo cortado con
leche y con azúcar. En realidad lo usaba como estimulan-
te, del mismo modo que otros toman una copa o encien-
den un cigarrillo. Pero él no fumaba desde hacía mucho
tiempo. En cuanto a las copas, muy rara vez había probado el alcohol a bordo de un barco; y en tierra casi nunca
sobrepasaba la marca de Plimsoll, la línea de carga de un
par de ginebras azules. Sólo bebía de forma deliberada y a
conciencia cuando las circunstancias, la compañía o el lugar prescribían grandes dosis. En esos casos, como buena parte de los marinos que conocía, era capaz de ingerir
cantidades extraordinarias de cualquier cosa, con las consecuencias que ello acarreaba en lugares donde los maridos
velan por la virtud de sus esposas, los policías mantienen
el orden público, y los matones de club nocturno procu-
ran que los clientes se comporten como es debido y no
se esfumen sin abonar la cuenta.

Esa noche no era el caso. Los puertos, el mar y el
resto de su vida anterior estaban muy lejos de la mesa

junto a la que se hallaba sentado, en la puerta del hostal de la plaza de Santa Ana, mirando a la gente que paseaba por la acera o charlaba en las terrazas de los bares. Había pedido una ginebra con tónica para borrar el sabor del café de la taza pegajosa que tenía delante —siempre lo derramaba, torpe, al remover la cucharilla—, y permanecía recostado en la silla, las manos en los bolsillos de la chaqueta y las piernas extendidas bajo la mesa. Estaba cansado, pero demoraba el momento de irse a la cama. Te llamaré, había dicho ella. Te llamaré esta noche, o mañana. Déjame pensar un poco. Tánger tenía un compromiso ineludible aquella tarde, y una cena por la noche; así que tendría que esperar hasta verla de nuevo. Se lo dijo a mediodía, después de que la acompañase hasta el cruce de Alfonso XII con el paseo Infanta Isabel y ella se despidiera allí mismo, sin dejarlo llegar hasta su puerta. Lo había plantado vuelta hacia él bruscamente, alargándole aquella mano firme que él recordaba bien, en un apretón vigoroso. Coy le preguntó adónde diablos pensaba llamarlo, si no tenía en Madrid casa, ni teléfono, ni nada, y su equipaje estaba en la consigna de la estación. Entonces vio a Tánger reír por primera vez desde que la conocía. Una risa franca que le rodeaba los ojos con pequeñísimas arrugas que, paradójicamente, la rejuvenecían mucho, embelleciéndola. Una risa simpática, como la de un chico al que sientes deseos de acercarte, intuyendo que puede ser buen compañero de juego, o de aventuras. Se había reído de ese modo, la mano de Coy en la suya, y luego pidió perdón por el despiste y lo miró pensativa durante un par de segundos, con el último trazo de aquella risa desvaneciéndosele en la boca. Después dijo el nombre del hostal de la plaza de Santa Ana donde ella había vivido dos años cuando era estudiante, frente al teatro Español. Un sitio limpio y barato. Te llamaré, dijo. Te vea o no te vea nunca más, te llamaré hoy, o mañana. Te doy mi palabra de honor.

Y allí estaba él, ante la taza de café y mojando ya los labios en la ginebra con tónica —no la encontró azul en el bar del hostal— que la camarera acababa de ponerle delante. Esperando. No se había movido en toda la tarde, y cenó allí mismo, bocadillo de ternera demasiado hecha y botella de agua mineral, tras decir dónde iban a encontrarlo si sonaba el teléfono. También era posible que ella apareciera en persona; y esa eventualidad lo hacía vigilar el extremo de la plaza, para verla llegar por la calle Huertas, o por cualquiera de las que ascendían desde el paseo del Prado.

Al otro lado de los automóviles aparcados en la calzada, entre los bancos de la plaza, unos mendigos charlaban en corro, pasándose una botella de vino. Habían estado pidiendo por las mesas de las terrazas y ahora cuadraban cuentas de la noche. Eran tres hombres y una mujer, y uno de ellos tenía un perrillo a los pies. Desde la puerta del hotel Victoria, un guarda jurado travestido de Robocop no les quitaba ojo, las manos cruzadas a la espalda y las piernas abiertas, plantadas en el lugar exacto del que un rato antes había echado a la mujer que pedía limosna. Alejada por Robocop, ésta vino zigzagueando entre las mesas hasta donde estaba Coy. Dame algo, colega, había dicho en tono apagado, mirando ante ella sin ver. Dame algo. Aún era joven, pensó ahora viéndola hacer la contabilidad con sus compañeros y el chucho. Al darle la moneda, a pesar de su piel llena de marcas, el cabello rubio ceniciento y los ojos absortos en la nada,

Coy había advertido rastros de una antigua belleza en la boca bien delineada, la curva de las mandíbulas, la estatura, las manos enflaquecidas, rojizas, con uñas largas y sucias. La tierra firme pudre a los seres humanos, se dijo una vez más. Se apodera de ellos y los devora, igual que la goleta abandonada del Puerto Viejo. Miró sus propias manos apoyadas sobre los muslos, acechando en ellas los primeros síntomas de descomposición; la lepra inevitable que traían consigo la contaminación de las ciudades, el suelo engañosamente sólido bajo los pies, el contacto con otra gente, el aire desprovisto de sal. Espero encontrar pronto un barco, se dijo. Espero encontrar algo que flote y subirme encima para que me lleve lejos mientras esté a tiempo. Cuando todavía no haya contraído el virus que corrompe los corazones, y les desorienta el compás, y los arroja sin gobierno contra la costa a sotavento, y los pierde.

—Lo llaman al teléfono.

Saltó de la silla con una celeridad que dejó estupefacta a la camarera, y recorrió a grandes zancadas el pasillo que llevaba al vestíbulo del hostal. Uno, dos. Contó mentalmente hasta cinco antes de responder, a fin de serenar el pulso acelerado. Tres, cuatro, cinco. Dígame. Ella estaba al teléfono, y su voz educada y tranquila se disculpaba por llamarlo tan tarde. No, respondió él. No era tarde en absoluto. Había estado esperando su llamada. Un bocadillo en la terraza, y justo ahora empezaba con la ginebra. Ella se excusó un poco más, él insistió en que era tan buena hora como otra cualquiera, y luego hubo un breve silencio al otro lado de la línea telefónica. Coy apoyó una mano en el mostrador, mirando el trazado de sus tendones y nervios, ancha y chata, los dedos muy abiertos, cortos, fuertes —una mano poco aristocrática—, y esperó a que ella hablara de nuevo. Estaba tumbada en un sofá, pensó. Estaba sentada en una silla. Acostada en la cama. Estaba vestida o desnuda, en pijama o en camisón. Estaba con los pies descalzos, con un libro abierto o con la tele encendida enfrente. Estaba boca abajo o boca arriba, y su piel moteada tenía tonos de oro viejo bajo la luz de una lámpara.

Se me ha ocurrido algo, dijo por fin ella. Se me ha ocurrido algo que quizá te interese. Tengo una proposición que hacerte. Y he pensado que tal vez puedas venir a mi casa, ahora.

Una vez, navegando de tercer oficial, Coy se había cruzado con una mujer en un barco. El encuentro duró un par de minutos, el tiempo exacto que el yate —ella tomaba el sol en la popa— tardó en pasar junto al *Otago,* un buque en cuyo alerón Coy miraba el mar. Por toda la cubierta se oía el repiqueteo monótono de los marineros martilleando el casco para quitar el óxido antes de repasar con minio y pintura. El mercante estaba fondeado entre Malamocco y Punta Sabbioni; al otro lado del Lido podía ver el resplandor del sol en la laguna veneciana, y al fondo, a tres millas de distancia, el Campanile y las cúpulas de San Marcos, y los tejados de la ciudad oscilantes en la reverberación de la luz y de la arena. Soplaba un poniente suave, de ocho o diez nudos, que rizaba un poco la mar llana haciendo bornear las proas de los barcos en dirección a las playas punteadas de sombrillas y casetas multicolores de los bañistas; y esa misma brisa trajo del canal la goleta, amurada a estribor con toda la blanca elegancia de sus velas desplegadas arriba, haciéndola deslizarse a medio cable de Coy. Requirió éste los prismáticos para verla mejor, admirando la finura de líneas del casco de madera barnizada, el lanzamiento de la proa, la jarcia y los herrajes relucientes bajo el sol. Había un hombre a la caña, y tras él, junto al coronamiento de popa, una mujer sentada leía un libro. Dirigió hacia ella los prismáticos: era rubia, con el pelo recogido sobre la nuca, y su aspecto evocaba a mujeres vestidas de blanco que uno podía imaginar fácilmente en ese mismo lugar o en la Riviera francesa, a principios de siglo. Mujeres bellas e indolentes, protegidas bajo el ala amplia de un sombrero o una sombrilla. Esfinges que entornaban los ojos contemplando el mar azul, leían o callaban. Coy siguió con avidez aquel rostro a través del doble círculo de las lentes Zeiss, estudiando el perfil, el mentón inclinado, los ojos bajos concentrados en la lectura, el cabello tirante en las sienes. En otro tiempo, pensó, los hombres mataban o arruinaban sus fortunas, vidas y reputación por mujeres como ésa. Quiso ver las facciones de quien tal vez la merecía, y buscó al que iba al timón; pero éste se encontraba vuelto hacia la otra borda, y sólo pudo apreciar un confuso escorzo, un cabello gris y una piel bronceada. La goleta se alejaba; y temeroso de perder los últimos instantes, volvió a encuadrar a la mujer. Un segundo más tarde ella alzó el rostro y miró directamente a través de los prismáticos, a Coy, a través de las lentes y la distancia, clavando sus ojos en los de él. Le dirigió una mirada ni fugaz ni detenida, ni curiosa ni indiferente. Tan serena y segura de sí que no parecía humana. Y Coy se preguntó cuántas generaciones de mujeres eran necesarias para mirar de ese modo. En aquel momento sintió una confusión terrible y bajó los prismáticos, azorado, por estar observándola tan de cerca; hasta que, ya a simple vista, comprobó que la mujer se hallaba demasiado lejos para mirarlo a él, y que aquellos ojos que había sentido penetrar hasta sus entrañas no eran sino un vistazo casual, distraído, que ella dirigía de paso al buque fondeado que la goleta dejaba atrás, adentrándose en el Adriático. Y Coy se quedó allí, acodado en el alerón viéndola irse. Y cuando por fin reaccionó y volvió a enfocar los prismáticos, sólo pudo ver ya el espejo de popa y el nombre de la embarcación pintado con letras negras en un listón de teca: *Riddle*. Enigma.

Coy no era en extremo inteligente. Leía mucho; pero sólo del mar. Sin embargo, había pasado su infancia entre abuelas, tías y primas, a orillas de otro mar cerrado y viejo, en una de esas ciudades mediterráneas donde durante miles de años las mujeres enlutadas se reunían al atardecer para hablar en voz baja y observar a los hombres en silencio. Todo eso le había dejado cierto fatalismo atávico, un par de razonamientos y muchas intuiciones. Y ahora, frente a Tánger Soto, pensaba en la mujer de la goleta. A fin de cuentas, se dijo, tal vez una y otra eran la misma, y la vida de los hombres gira siempre en torno a una sola mujer: aquella donde se resumen todas las mujeres del mundo, vértice de todos los misterios y clave de todas las respuestas. La que maneja el silencio como nadie, tal vez porque ése es un lenguaje que habla a la perfección desde hace siglos. La que posee la lucidez sabia de mañanas luminosas, atardeceres rojos y mares azul cobalto, templada de estoicismo, tristeza infinita y fatiga para las que —Coy tenía esa extraña certeza— no basta una sola existencia. Era necesario, además y sobre todo, ser hembra, mujer, para mirar con semejante mezcla de hastío, sabiduría y cansancio. Para disponer de aquella penetración aguda como una hoja de acero, imposible de aprender o imitar, nacida de una larga memoria genética de vidas innumerables, viajando como botín en la cala de naves cóncavas y negras, con los muslos ensangrentados entre ruinas humeantes y cadáveres, tejiendo y destejiendo tapices durante innumerables inviernos, pariendo hombres para nuevas Troyas y aguardando el retorno de héroes exhaustos; de dioses con pies de barro a los que a veces amaba, a menudo temía y casi siempre, tarde o temprano, despreciaba.

—¿Quieres más hielo? —preguntó ella.

Negó con la cabeza. Hay mujeres, concluyó casi asustado, que ya miran así desde que nacen. Que miran como en ese momento lo miraban a él en el pequeño salón de la casa, cuyas ventanas se abrían al paseo Infanta Isabel y al edificio iluminado de ladrillo y cristal de la estación de Atocha. Voy a contarte una historia, había dicho ella apenas abrió la puerta, cerrándola a su espalda antes de conducirlo al cuarto de estar escoltado por un perro labrador de pelo corto y dorado que ahora estaba cerca, fijos en Coy los ojos oscuros y tristes. Voy a contarte una historia de naufragios y barcos perdidos —estoy segura de que te gusta ese tipo de historias—, y tú no vas a abrir la boca hasta que termine de contártela. No vas a preguntarme si

es real o inventada o ninguna otra cosa, y vas a estar todo
el tiempo callado, bebiéndote esta tónica sola porque lamento comunicarte que no tengo ginebra en mi casa, ni
azul ni de ningún otro color. Después haré tres preguntas,
a las que responderás sí o no. Luego te dejaré hacerme una
pregunta, una sola, que bastará por esta noche, antes de
que regreses a tu hostal a dormir... Y eso será todo. ¿Hay
trato?

Coy había respondido sin titubear, hay trato, quizás un poco desconcertado pero encajando el asunto con
razonable sangre fría. Luego fue a sentarse donde ella le
indicó: un sofá tapizado en tela beige sobre una alfombra
de buen aspecto, en el salón de paredes blancas ocupado
por una cómoda, una mesita moruna bajo una lámpara,
un televisor con vídeo, un par de sillas, un marco con
una fotografía, una mesa con ordenador junto a un aparador lleno de libros y papeles, y una minicadena de sonido en cuyos altavoces Pavarotti —a lo mejor no era
Pavarotti— cantaba algo parecido a *Caruso*. Echó una
ojeada a los lomos de algunos libros: *Los jesuitas y el motín de Esquilache. Historia del arte y ciencia de navegar. Los
ministros de Carlos III. Aplicaciones de Cartografía Histórica. Mediterranean Spain Pilot. Espejos de una biblioteca. Navegantes y naufragios. Catálogo de Cartografía Histórica de España del Museo Naval. Derrotero de las costas
de España en el Mediterráneo...* También había novelas
y literatura en general: Isak Dinesen, Lampedusa, Na-
bokov, Lawrence Durrell —el del *Cuarteto* de la cuesta
Moyano—, algo llamado *Fuego verde,* de un tal Peter W.
Rainer, *El espejo del mar* de Joseph Conrad, y varios más.
Coy no había leído absolutamente nada de aquello, salvo lo de Conrad. Le llamó la atención un libro en inglés

titulado igual que la película: *The Maltese Falcon*. Era un ejemplar usado, viejo, y en la cubierta amarilla había un halcón negro y una mano de mujer mostrando monedas y joyas.

—Es la primera edición —dijo Tánger, al ver que se detenía en ella—... Publicada en Estados Unidos el día de San Valentín de 1930, al precio de dos dólares.

Coy tocó el libro. *By Dashiell Hammet,* decía en la cubierta. *Author of The Dain Curse.*

—Vi la película.

—Claro que la viste. Todo el mundo la ha visto —Tánger señaló un anaquel—. Sam Spade tuvo la culpa de que por primera vez yo fuese infiel al capitán Haddock.

En el anaquel, un poco aparte del resto, estaba lo que parecía una colección completa de *Las aventuras de Tintín.* Junto a los lomos de tela de los volúmenes, estrechos y altos, vio una pequeña copa de plata abollada, y una postal. Reconoció el puerto de Amberes, con la catedral a lo lejos. A la copa le faltaba un asa.

—¿Los leíste de niño?...

Él seguía mirando la copa de plata. *Trofeo de natación infantil, 19...* Era difícil leer la fecha.

—No —dijo—. Los conozco, y tal vez hojeé alguno, me parece. Un aerolito que cae en el mar.

—*La estrella misteriosa.*

—Será ése.

El piso no era lujoso pero andaba por encima de la media, con cojines de cuero de buena calidad y un cuadro auténtico en la pared, un óleo antiguo en marco ovalado con un paisaje de un río y una barca bastante aceptable —pese a llevar, estimó, poca vela para aquel río y aquel viento—, y cortinas de buen gusto en las dos ventanas que daban a la calle; y la cocina de la que ella había traído la tónica y el hielo y un par de vasos tenía aspecto limpio y luminoso, con un microondas a la vista, un frigorífico, una mesa y taburetes de madera oscura. Iba vestida casi como por la mañana, suéter de algodón ligero en vez de blusa, y no llevaba zapatos. Los pies, enfundados en las medias negras, se movían silenciosos por la casa, como los de una bailarina, con el labrador pendiente de cada paso. La gente no aprende a moverse así, pensó Coy. Eso no puede aprenderse de modo consciente, nunca. Uno se mueve, o no se mueve, de un modo o de otro. Una mujer se sienta, habla, camina, inclina la cabeza o enciende un cigarrillo de tal o cual forma. Unas formas se aprenden, y otras no. Modos y modos. Nadie puede superar determinados límites aunque se lo proponga, si no lo lleva dentro. Modales determinados. Gestos. Maneras.

—¿Sabes algo de naufragios?

La pregunta cambió sus pensamientos y lo hizo reír sordamente, la nariz dentro del vaso.

—No he naufragado nunca del todo, si a eso te refieres... Pero dame tiempo.

Ella fruncía el ceño, ajena a la ironía.

—Hablo de naufragios antiguos —seguía mirándolo a los ojos—. De barcos hundidos hace tiempo.

Se tocó la nariz antes de responder que no mucho. Había leído cosas, claro. Y buceado junto a alguno de ellos. También conocía la clase de historias que suelen contarse entre marinos.

—¿Alguna vez has oído hablar del *Dei Gloria*?

Hizo memoria un instante. El nombre le era desconocido.

—Un barco de vela de diez cañones —apuntó ella—. Se hundió frente a la costa sudeste española el 4 de febrero de 1767.

Coy dejó el vaso en la mesita baja, y el movimiento hizo que el perro viniera a lamerle la mano.

—Ven aquí, *Zas* —dijo Tánger—. No molestes.

El perro ni se inmutó. Siguió junto a Coy, dándole lametones, arf, arf, y ella creyó necesario disculparse. En realidad no era suyo, dijo. Era de una amiga con la que compartía piso; pero la amiga tuvo que irse a otra ciudad dos meses atrás, por motivos de trabajo, y ahora viajaba todo el tiempo. Tánger había heredado su media casa y a *Zas*.

—No importa —medió Coy—. Me gustan los perros.

Era cierto. En especial los de caza, que solían ser leales y silenciosos. Durante un tiempo, en su infancia, poseyó un setter color canela que miraba igual que ése; y también hubo un chucho que había subido al *Daggoo IV* en Málaga, quedándose a bordo hasta que se lo llevó un golpe de mar a la altura de cabo Bojador. Acarició a *Zas* tras las orejas, distraído, y el perro se mantuvo cerca de su mano, moviendo alegremente el rabo. Arf.

Entonces Tánger contó la historia del barco perdido.

Se llamaba *Dei Gloria,* y era un bergantín. Había salido de La Habana el 1 de enero de 1767, con veintinueve tripulantes y dos pasajeros. El manifiesto de carga declaraba algodón, tabaco y azúcar con destino al puerto de Valencia. Aunque oficialmente pertenecía a un armador llamado Luis Fornet Palau, el *Dei Gloria* era propiedad de la Compañía de Jesús. Según se comprobó más tarde, aquel Fornet Palau era testaferro de los jesuitas, que dirigían por su mediación una pequeña flotilla mercante encargada de asegurar el tráfico de personas y el comercio que la Compañía, muy poderosa entonces, mantenía con sus misiones, reducciones e intereses en las colonias. El *Dei Gloria* era el mejor barco de esa flota: el más rápido y el mejor armado para un tráfico amenazado por los corsarios ingleses y argelinos. Lo mandaba un capitán de confianza llamado Juan Bautista Elezcano: vizcaíno, experimentado, cercano a los jesuitas hasta el punto de que su hermano, el padre Salvador Elezcano, era uno de los principales asistentes del general de la Orden, en Roma.

Tras avanzar los primeros días dando bordos contra un viento contrario del este, el bergantín encontró pronto los del tercer y cuarto cuadrante, que lo ayudaron a cruzar el Atlántico entre fuertes rachas y chubascos. El viento refrescó al sudoeste de las Azores hasta convertirse en temporal que causó daños en la arboladura, e hizo que las bombas de achique trabajaran sin descanso. De ese modo el *Dei Gloria* alcanzó el paralelo 35° y siguió navegando sin otra novedad hacia el este. Luego dio una bordada en dirección al golfo de Cádiz a fin de resguardarse de los levantes del Estrecho, y sin tocar ningún puerto se halló al otro lado de Gibraltar el 2 de febrero. Al día siguiente dobló el cabo de Gata, navegando hacia el norte a la vista de la costa.

A partir de ese punto empezaron a complicarse las cosas. La tarde del 3 de febrero se había avistado una vela por la popa del bergantín. Avanzaba con rapidez aprovechando el viento sudoeste, y pronto fue identifi-

cada como un jabeque que les daba alcance. El capitán
Elezcano mantuvo el andar del *Dei Gloria,* que navegaba
con foque y velas bajas; pero hallándose el jabeque a poco
más de una milla observó algo sospechoso en su comportamiento, por lo que hizo largar más vela. En ese momento
el otro arrió la bandera española, y revelándose como corsario prosiguió sin disimulo la caza. Era un barco con
patente argelina, habitual de esos parajes, que de vez en
cuando cambiaba de pabellón y utilizaba Gibraltar como
base. Según pudo establecerse más tarde, su nombre era
Chergui, y lo mandaba un antiguo oficial de la Armada británica, un tal Slyne, también conocido por capitán
Mizen, o Misián.

    En aquellas aguas, el corsario gozaba de una triple
ventaja. Por una parte tenía más andar que el bergantín, al
que las averías sufridas en la arboladura y en la jarcia limi-
taban la velocidad. También navegaba con el viento a favor, forzando el barlovento de su presa para interponerse
entre ella y la costa. Pero lo más decisivo era que se trataba
de un barco de guerra de porte superior al *Dei Gloria,* con
una numerosa tripulación de combate y al menos doce cañones frente a los diez del bergantín, éstos de menor calibre y servidos por marineros mercantes. Aun así, la desi-
gual caza se prolongó durante el resto del día y la noche.
Según todos los indicios, al no poder ganar el resguardo de
Águilas por cortarle esa derrota el *Chergui,* el capitán del
Dei Gloria intentó alcanzar Mazarrón o Cartagena, buscando la protección de la artillería de sus fuertes, o la fortuna de un barco de guerra español que lo socorriese. Pero
lo cierto es que al amanecer el bergantín había perdido un
mastelero, tenía al corsario encima, y no le quedaba otra
opción que arriar bandera o entablar combate.

El capitán Elezcano era un marino duro. En vez de rendirse, el *Dei Gloria* abrió fuego en cuanto el corsario se puso a tiro. El duelo artillero tuvo lugar pocas millas al sudoeste del cabo Tiñoso: fue breve y violento, casi penol a penol, y la tripulación del bergantín, pese a no ser gente de guerra, se batió muy resuelta. Algún disparo afortunado hizo que a bordo del *Chergui* se declarase un incendio; pero el *Dei Gloria* había perdido el palo trinquete, y el corsario buscó el abordaje. Sus cañones causaron grandes daños en el bergantín, que con muchos muertos y heridos hacía agua sin remedio. En ese momento, por uno de los azares que se dan en el mar, el incendio hizo que el *Chergui*, casi abarloado a su presa y con los hombres listos para saltar desde la borda, volara de proa a popa. La explosión mató a todos sus tripulantes y derribó el otro palo del bergantín, acelerando su hundimiento. Y aún humeantes sobre el mar los restos del corsario, el *Dei Gloria* se fue al fondo como una piedra.

—Como una piedra —repitió Tánger.

Había contado la historia de forma precisa, sin inflexiones ni adornos. Su tono, pensó Coy, era tan neutro como el de un informativo de la tele. No pasaba por alto el hecho de que ella hubiera seguido sin vacilar el hilo de la narración, relatando los detalles sin una sola duda, ni siquiera al mencionar fechas. Incluso la descripción de la persecución del *Dei Gloria* era técnicamente correcta. Así que estaba claro: por el motivo que fuese, tenía esa lección bien aprendida.

—No hubo supervivientes del corsario —prosiguió—. En cuanto al *Dei Gloria,* el agua estaba fría y la costa lejos. Sólo un pilotín de quince años pudo nadar hasta un esquife echado al agua antes del combate... Quedó a la deriva, empujado al sudeste por el viento y las corrientes, y fue rescatado un día más tarde, cinco o seis millas al sur de Cartagena.

Tánger hizo una pausa para buscar una cajetilla de Players como la de Barcelona. Coy vio que deshacía minuciosamente el envoltorio y se ponía un cigarrillo en la boca. Le ofreció el tabaco y él negó con un gesto.

—Conducido a Cartagena —ella se inclinaba para encender su cigarrillo con una cajita de fósforos, protegiendo la llama en el hueco de las manos—, el superviviente contó lo ocurrido a las autoridades de marina. Pero no fue mucho más lo que pudo averiguarse: estaba afectado por el combate y el naufragio; y al día siguiente, cuando iba a ser interrogado de nuevo, el chico desapareció... De cualquier modo, había dado claves importantes para esclarecer lo sucedido. Precisó además el lugar del hundimiento, pues el capitán del *Dei Gloria* había ordenado situarse con las primeras luces, y el mismo muchacho fue encargado de anotar la posición en el libro de bitácora. Incluso llevaba en el bolsillo de la casaca, y pudo mostrarlo, el papel donde había tomado a lápiz los datos de latitud y longitud... También dijo que las cartas usadas a bordo, sobre las que el piloto del barco había efectuado los cálculos desde que estuvieron a la vista de la costa española, eran las de Urrutia.

Se detuvo de nuevo mientras expulsaba el humo, una mano aguantando el codo del otro brazo, erguido para sostener entre los dedos el cigarrillo. Lo hizo como si pretendiera dar tiempo a Coy para calcular el alcance de aquella última referencia, hecha en tono tan desapasionado como el resto. Y él se tocó la nariz, sin decir nada. Así que era eso, pensaba, lo que había detrás de aquella historia: un barco hundido y un mapa. Luego movió la cabeza y estuvo a punto de echarse a reír en voz alta, no por incredulidad —esos cuentos podían tener dentro tanta verdad como quimera, sin que la una excluyese la otra—, sino de puro y simple placer. La sensación era casi física: un mar, un misterio. Una mujer hermosa contándolo como si nada, y él allí sentado, escuchando. Lo de menos era que la historia del *Dei Gloria* fuera o no lo que ella creyese que era. Para Coy se trataba de otra cosa: un sentimiento que lo enternecía por dentro, igual que si de pronto aquella mujer extraña hubiese alzado un extremo del velo; un hueco por el que asomaba algo de la materia singular con que se tejen ciertos sueños. Eso tal vez tenía mucho que ver con ella y con sus intenciones, que desconocía; pero sobre todo tenía mucho que ver con él. Con lo que hace que ciertos hombres pongan un pie ante otro y recorran los caminos que llevan al mar, y allí deambulen por los puertos mientras sueñan con ponerse a salvo tras el horizonte. Por eso Coy sonrió sin decir nada, y vio que ella entornaba un poco más los ojos, como si la molestara el humo de su propio cigarrillo; pero supo que lo que la desconcertaba era justamente aquella sonrisa. Él no era un intelectual, ni un seductor, y carecía de las palabras adecuadas. También era consciente de su físico tosco, sus manos rudas y sus maneras. Pero se habría levantado en ese momento, yendo hasta ella para tocarle el rostro, para besarle los ojos, la boca, las manos, de no suponer que el gesto sería pésimamente interpretado. Para tumbarla sobre la alfombra, acercar los labios a su oído y darle las gracias en voz baja por haberlo hecho sonreír como cuando era pequeño. Por ser una mujer hermosa y fascinarlo de aquel modo. Por recordarle que siempre existía un barco hundido, una isla, un refugio, una aventura, un lugar en alguna parte al otro lado del mar, en la línea difusa que mezcla los sueños con el horizonte.

—Esta mañana —dijo ella— comentaste que conocías bien esa costa... ¿Es cierto?

Lo miraba interrogante, inmóvil, todavía una mano sosteniendo un codo y el cigarrillo entre dos dedos, en alto. Quisiera saber, pensó él, cómo se recorta ese pelo para que le quede tan asimétrico y tan perfecto a la vez. Quisiera saber cómo diablos lo hace.

—¿Es ésa la primera de las tres preguntas?

—Sí.

Alzó un poco los hombros.

—Claro que es cierto. Cuando era niño me bañaba en sus calas, y después navegué ese litoral cientos de veces, barajándolo muy de cerca y también mar adentro.

—¿Sabrías determinar una posición con cartas antiguas?

Práctica. Ésa era la palabra. Aquélla era una mujer práctica: sota, caballo y rey. Cualquiera diría, consideró divertido, que estaba a punto de ofrecerle un empleo.

—Si te refieres al Urrutia, cada posible imprecisión de un minuto en latitud o en longitud supone el error de una milla... —alzó una mano moviéndola ante sí, como si tomara referencias en una carta imaginaria—. En el mar siempre es algo muy relativo, pero puedo intentarlo.

Se quedó meditando sobre eso. Las cosas empezaban a situarse, al menos algunas de ellas. *Zas* volvió a darle un lametón cuando alargó la mano hacia el vaso que tenía sobre la mesita.

—A fin de cuentas —bebió un sorbo— es mi profesión.

Ella había cruzado las piernas y balanceaba uno de sus pies descalzos, cubiertos por las medias negras. Inclinaba un poco la cabeza a un lado, mirándolo; y a tales alturas Coy sabía que ese gesto indicaba reflexión, o cálculo.

—¿Trabajarías para nosotros? —seguía observándolo intensamente entre el humo del cigarrillo—. Quiero decir pagándote, por supuesto.

Él llevaba cuatro segundos con la boca abierta.

—¿Te refieres al museo y a ti?

—Eso es.

Dejó el vaso, cerró la boca, contempló los ojos leales de *Zas* y luego paseó la vista por la habitación. Abajo, en la calle, al otro lado de una gasolinera Repsol y de la estación de Atocha, se distinguía, iluminado a trechos, el complejo trazado de numerosas vías de tren.

—Pareces indeciso —murmuró ella, antes de sonreír despectiva—... Lástima.

Se inclinaba para dejar caer la ceniza en un cenicero, y el movimiento le tensó el suéter, moldeándole la figura. Dios del cielo, pensó Coy. Casi duele mirarla. Me pregunto si también tendrá pecas en las tetas.

—No es eso —dijo—. Lo que estoy es atónito —torció la boca—. No creo que ese capitán de fragata, tu jefe...

—Es asunto mío —lo interrumpió ella—. Puedo elegir colaboradores.

—No creo que la Armada ande falta de eso. Gente competente que no encalla sus barcos.

Lo observó largamente, y él se dijo: hasta aquí has llegado, compañero. Ponte en pie y abróchate la chaqueta, porque la dama va a largarte de patitas a la calle. Cosa que te mereces, por gracioso y por bocazas. Por subnormal y por imbécil.

—Escucha, Coy —era la primera vez que pronunciaba su nombre mirándolo a los ojos, y él comprobó que le gustaba oírlo de ese modo en aquella boca—. Yo tengo un problema. He investigado, controlo la teoría, poseo los datos... Pero carezco de lo necesario para resolverlo. El mar es algo que conozco por los libros, el cine, la playa... Por mi trabajo. Sin embargo existen páginas, ideas, que pueden ser tan intensas como haber vivido un temporal en alta mar o hallarse con Nelson en Abukir o Trafalgar... Por eso necesito a alguien más conmigo... Alguien que me sirva de apoyo práctico. De enlace con la realidad.

—Eso puedo entenderlo muy bien. Pero te sería fácil pedir a la Armada todo lo necesario.

—Y es lo que he hecho: pedirte a ti. Eres civil y estás solo —lo estudiaba, valorativa, entre las espirales de humo del cigarrillo—. Para mí tienes muchas ventajas. Si te contrato, te controlo... Estoy al mando. ¿Comprendes?

—Comprendo.

—Con militares eso resultaría imposible.

Coy asintió. Aquello era obvio. Ella no tenía galones en la bocamanga, sino la regla cada veintiocho días. Porque seguro que, además, era de ésas. Ni un día más ni un día menos. Sólo había que verla: una rubia de piñón fijo. Para ella, dos y dos siempre sumaban cuatro.

—Aun así —dijo—, imagino que deberás rendirles cuentas.

—Claro. Pero mientras tanto dispongo de autonomía, de un plazo de tres meses y de algún dinero para gastar... No es mucho, pero es suficiente.

Coy volvió a echar un vistazo por la ventana. Abajo, a lo lejos, las luces de un tren se acercaban a la estación como una larga serpiente de ventanitas iluminadas. Pensaba en el capitán de fragata, en Tánger mirándolo como ahora lo miraba a él; convenciéndolo, con aquella panoplia de silencios y miradas que tan bien manejaba, para que intercediese ante el almirante de turno. Un proyecto interesante, don Fulano. Joven competente. Hija, por cierto, del coronel Mengano. Guapa chica, dicho sea de paso. Una de los nuestros. Se preguntó a cuántas licenciadas en Historia, funcionarias de un museo por oposición, les daban carta blanca para buscar un barco perdido así, por las buenas.

—Por qué no —dijo al fin.

Se había recostado en el asiento y acariciaba de nuevo a *Zas* detrás de las orejas. Sonreía, divertido por la situación. A fin de cuentas, tres meses junto a ella suponían una ganancia fabulosa a cambio del sextante Weems & Plath.

—Después de todo —añadió, como si reflexionara—, no tengo nada mejor que hacer.

Tánger no parecía ni satisfecha ni decepcionada. Sólo había inclinado un poco la cabeza, igual que otras veces, y las puntas del cabello volvían a rozarle la cara. Sus ojos no perdían detalle de Coy.

—Gracias.

Lo dijo por fin, casi en voz baja, cuando él empezaba a preguntarse por qué ella estaba callada.

—De nada —Coy se tocaba la nariz—. Y ahora es mi turno... Me prometiste una pregunta con su respuesta... ¿Qué es lo que buscáis exactamente?

—Ya lo sabes. Buscamos el *Dei Gloria*.

—Eso es obvio. Mi pregunta es por qué. Me refiero a lo que buscas tú.

—¿Museo Naval aparte?

—Museo Naval aparte.

La luz de la lámpara incidía oblicuamente en su perfil moteado, intensificando el efecto de las volutas de humo del cigarrillo a punto de consumirse. El juego de claridad y sombras daba a su cabello tonos de oro mate.

—Ese barco me obsesiona hace tiempo. Y ahora creo saber dónde está.

De modo que era eso. Coy estuvo a punto de darse una palmada en la frente como reproche a su estupidez. Miró la fotografía en el marco: Tánger adolescente, cabello claro y pecas y una camiseta holgada sobre unos muslos morenos y desnudos, recostada en el pecho de un hombre de mediana edad, camisa blanca, cabello corto y tez bronceada. Unos cincuenta años los de él, calculó. Y tal vez catorce, ella. Había al fondo un paisaje con playa y mar; y también se advertía un evidente parecido entre la muchacha de la fotografía y aquel hombre: la forma de la frente, el mentón voluntarioso. Tánger le sonreía a la cámara, y la expresión de sus ojos en la foto era mucho más luminosa y limpia de la que él le conocía ahora. Se la veía expectante, como a punto de descubrir algo, un paquete o un regalo o una sorpresa. Coy hizo memoria. LSM: Ley de la Sonrisa Menguante. Quizás a la vida se le sonríe de ese modo a los catorce, y luego el tiempo va helándote la boca.

—Cuidado. Ya no hay tesoros hundidos.

—Te equivocas —lo miraba con severidad—. A veces los hay.

Para convencerlo, habló durante un rato de los cazadores de tesoros. Esos tipos existían de verdad, con sus planos antiguos y sus secretos, e iban y venían buscando cosas ocultas en el fondo del mar. Podía vérseles en el Archivo de Indias de Sevilla inclinados sobre viejos legajos, o dejándose caer con aire casual por los museos y los puertos, intentando sonsacar a la gente sin dar pistas ni levantar sospechas. Ella misma había conocido a varios, que iban por el número 5 del paseo del Prado procurando disimular sus intenciones, a la caza de tal o cual indicio; solicitando mirar algo en los archivos o consultar antiguas cartas marinas, sembrando una cortina de datos falsos para camuflar sus verdaderos objetivos. Uno de ellos, italiano y muy agradable, había llegado al extremo de hacerse novio de una compañera suya para acceder a documentos reservados. Se trataba de gente singular, interesante, aventurera a su modo, soñadora o ambiciosa. En su mayor parte parecían estudiosas ratas de biblioteca, gorditos con gafas y tipos así; nada que ver con los individuos musculosos, bronceados, llenos de tatuajes, que mostraban las películas y los reportajes de la tele. Nueve de cada diez perseguían sueños imposibles, y sólo uno de cada mil lograba su empeño.

Coy acarició de nuevo a *Zas,* contemplando los ojos fieles del animal. Arf, arf. Sentía su respiración agradecida en la muñeca. Húmeda.

—Ese barco no llevaba ningún tesoro, salvo que me hayas mentido. Algodón, tabaco y azúcar, dijiste.

—Es verdad.

—Y también dijiste uno de cada mil, ¿no es eso?

Ella asentía entre el humo. Dio otra chupada al cigarrillo y volvió a asentir de nuevo. Miraba a través de Coy como si no lo viera.

—Escucha. El *Dei Gloria* también llevaba a bordo un misterio. Esos dos pasajeros, la intervención del corsario... ¿Comprendes? Hay algo más. Leí la declaración del superviviente en los archivos de la Armada... Algunas piezas no encajan. Y luego su desaparición repentina, pluf. Esfumado en el aire.

Había apagado el cigarrillo aplastándolo en el cenicero hasta que la última partícula de brasa quedó extinguida. Es una chica tenaz, se dijo Coy. Ninguna que no lo fuera andaría de tal modo metida en esto, ni tendría esos ojos de jugadora de póker, ni apagaría los cigarrillos con tanto esmero como si los asesinara. Ésta sabe perfectamente lo que quiere. Y yo, para bien o para mal, estoy en su camino.

—Hay tesoros —dijo ella— que no se traducen en dinero.

Echó Coy otro vistazo por la ventana hacia las vías del ferrocarril iluminadas a trechos en la distancia, y después observó la gasolinera que había abajo, al otro lado de la calle, a medio camino entre el portal de la casa y la estación. Había un hombre parado ante la gasolinera, y le pareció que miraba hacia arriba; pero desde un quinto piso resultaba difícil comprobarlo. Sin embargo, algo en su actitud o su apariencia le resultaba familiar.

—¿Esperas a alguien?

Lo estudió sorprendida, sin decir nada, antes de ponerse en pie y caminar despacio hasta allí. Lo observaba con atención a él, no a la ventana; y por fin, al llegar, dirigió la vista abajo. Al hacerlo, el cabello le rozó el mentón ocultándole el rostro. Alzó maquinalmente una mano para retirárselo, y Coy se quedó mirando su perfil que la nariz rota endurecía, iluminado por las luces de la calle. Parecía preocupada.

—Ese hombre lleva ahí un rato —dijo él.

Tánger continuaba mirando hacia abajo, sin decir nada. Retenía el aliento, y al fin lo expulsó de golpe, a modo de queja o fastidio. Su expresión se había vuelto sombría.

—¿Lo conoces? —preguntó Coy.

Silencio administrativo. Esfinge, careta veneciana, máscara azteca. Muda como los fantasmas del *Chergui* y del *Dei Gloria*.

—¿Quién era el tipo de la coleta?... ¿Por qué discutíais la otra noche, en Barcelona?

Zas alternaba sus ojeadas del uno al otro, moviendo con deleite la cola. Tánger se mantuvo todavía unos segundos quieta, como si no hubiera oído la pregunta. Ahora apoyaba una mano en el cristal, dejando allí la huella de sus dedos. Estaba muy cerca, y Coy percibió de nuevo su olor a carne tibia y limpia. Una suave erección empezó a presionar el bolsillo izquierdo de sus tejanos. La imaginó desnuda, apoyada en aquella misma ventana, la luz de la calle iluminándole la piel. Imaginó que le arrancaba la ropa y la volvía hacia él, y que ella lo dejaba hacer. Imaginó que la levantaba en brazos y la llevaba hasta el sofá, o hasta la cama que se adivinaba en la habitación de al lado, con *Zas* moviendo el rabo afectuosamente desde el umbral. Imaginó que se volvía loco y que la seguía hasta el faro del fin del mundo entre vientos y naufragios, y que ella pretendía de él algo más que utilizarlo a secas. Imaginó todo eso y mucho más como en una secuencia montada a retazos; lo hizo rápida, ardiente, desesperadamente, hasta que de pronto cayó en la cuenta de que ella lo estaba observando, y de que la expresión de sus ojos era la misma que la de la mujer a bordo de la goleta, frente a Venecia, cuando él espiaba a través de los prismáticos y creyó, pese a la distancia, que le penetraban el pensamiento.

—Te prometí sólo una respuesta —dijo ella por fin—, y ya hubo suficientes por esta noche... El resto tendrá que esperar.

Quería acostarse con aquella mujer, pensó mientras bajaba por la escalera saltando peldaños de dos en dos. Quería hacerlo no una sino muchas, infinitas veces. Quería contar todas sus pecas doradas con los dedos y con la lengua, y luego ponerla boca arriba, abrir suavemente sus muslos, adentrarse en ella y besarle la boca mientras lo hacía. Besarla despacio, sin prisa, sin agobios, hasta suavizar, igual que el mar moldea la roca, aquellas líneas de dureza que tan distante la hacían parecer a veces. Quería poner chispas de luz y de sorpresa en sus ojos azul marino, cambiarle el ritmo de la respiración, provocar el latido y el estremecimiento de su carne. Y acechar atento en la penumbra, como un francotirador paciente, ese momento hecho de brevedad fugaz, de intensidad egoísta, en que una mujer queda absorta en sí misma y tiene el rostro de todas las mujeres nacidas y por nacer.

Tal era el estado de ánimo de Coy cuando salió a la calle pasada la medianoche, con la erección replegándose desganadamente a su frío nido de soltero. Por eso no tuvo nada de extraño que, en lugar de seguir acera abajo por su derecha, mirase a un lado y otro del paseo Infanta Isabel, cruzase bajo uno de los semáforos que en ese momento se hallaban en rojo, y se fuera derecho hacia el hombre que seguía junto a uno de los postes iluminados de la gasolinera. En el fondo —y en la forma— Coy no era aficionado a la bronca. Durante las más estrepitosas de sus bajadas a tierra, aquel tiempo feliz en que aún tenía barcos desde los que bajar, se había limitado a ser actor involuntario, comparsa y camarada; de esos que están con los amigos y se caldea el ambiente, y con una copa en la mano piensan aquí se va a liar, inmersión, aú, aú, inmersión, y a los pocos segundos se encuentran dando y recibiendo puñetazos sin comerlo ni beberlo. Eso ocurría sobre todo en tiempos del Torpedero Tucumán y la Tripulación Sanders, cuando Coy volvía al barco con un ojo a la funerala un día sí y otro no, en fríos amaneceres portuarios, subido el cuello de la chaqueta, caminando por muelles húmedos que reflejaban luces amarillentas junto a los tinglados y las grúas y las siluetas oscuras de los buques amarrados: tres, cuatro, diez hombres soñolientos, tambaleantes, cargados a veces con compañeros que arrastraban los pies, y siempre algún rezagado al filo del coma etílico que, perdida la orientación, los seguía más lejos, haciendo peligrosas eses junto a los norays al borde del agua. Tripulación Sanders: Jan Sanders era el dibujante de las ilustraciones humorísticas de los calendarios de pinturas navales Sigma, protagonizados por una tripulación de marineros borrachos, puteros y chusmosos que odiaban a su capitán, un tiranuelo diminuto con grandes bigotazos, y que paseaban sus catástrofes, broncas y naufra-

gios por todos los mares y todos los burdeles del mundo.
Fuera de los calendarios, la Tripulación Sanders había estado compuesta por el propio Coy, el Gallego Neira y el jefe de máquinas Gorostiola, alias Torpedero Tucumán, cuando los tres navegaban en barcos de la Zoeline entre Centroamérica y el norte de Europa, y lo mismo se cocían en fondeaderos y puertos del Caribe a ritmo tropical, que tiritaban de frío en Nueva York, Hamburgo o Rotterdam, cuando el viento helado barría la cubierta y el puente, y el mercurio desaparecía de los termómetros. Ellos tres eran la Tripulación básica, de plantilla, aunque siempre se les agregaba alguien en función del puerto visitado. Neira medía dos metros y pesaba noventa y cinco kilos, y el Torpedero tenía pocos centímetros menos y algunos kilos más. Eso era útil e incluso tranquilizador en lugares como Panamá, donde al bajar a tierra aconsejaban no ir más allá de la tienda franca al final del embarcadero, porque a partir de allí siempre había pistolas y navajas esperándote. Cuando iba entre aquellos dos energúmenos, Coy parecía enano: poseían brazos como calabrotes de veinte pulgadas, manos como palas de hélice y una marcada inclinación a romper cosas, botellas, bares, caras, a partir del quinto whisky. Por donde pasaban —con Coy a remolque—, no volvía a crecer la hierba. Como en aquel bar de Copenhague lleno de hombres rubios y de mujeres rubias que al final resultaron ser también hombres rubios, donde el Torpedero Tucumán se había enfadado porque al meter mano se encontró quinientos buenos gramos de lo que no esperaba; y después de unos minutos de refriega, él y Neira cogieron a Coy cada uno de un brazo, suspendiéndolo en alto, y con él en vilo y entre los dos se dieron a la fuga, al trote, rumbo al puerto y al barco, con

media docena de policías —inevitablemente rubios— pisándoles los talones. Os juro que pensé que era una tía, había repetido una y otra vez el Torpedero, cof, cof, cof, con poco aliento en mitad de la galopada, mientras al otro lado Neira se choteaba del asunto, y hasta el mismo Coy soltaba carcajadas pese al labio recién partido, con el Torpedero mirándolos de reojo, muy mosqueado. Que no se os ocurra contárselo a nadie, ¿entendido? Que ni se os ocurra, cof, cof. Cabrones.

El caso es que ahora el tipo de la gasolinera estaba inmóvil, viéndolo acercarse. Coy caminó hacia él, con las manos en los bolsillos de la chaqueta y sintiendo una intensa energía interior, una exaltación vital que le producía ganas de hablar alto, de cantar fuerte, o de pelear, con Tripulación Sanders o sin ella. Estaba enamorado como un becerro, era consciente de la situación, y eso, en vez de inquietarlo, lo estimulaba. Desde su punto de vista, los marineros de Ulises que se tapaban los oídos con cera para no escuchar el canto de las sirenas estaban lejos de averiguar lo que se perdían. A fin de cuentas, contaba el viejo refrán, marinero sin nada que hacer, busca barco o busca mujer. Y esa justificación valía lo que cualquier otra. La aventura, o lo que diablos fuera aquello, incluía en el mismo paquete un barco, aunque estuviese hundido, y una mujer. En cuanto a las consecuencias de los pasos, y actos, y conflictos a que el barco, la mujer y su propio estado de ánimo lo abocaban sin remedio, en ese instante —según sus pensamientos traducidos a palabras— todo eso le importaba un huevo de pato.

De tal modo llegó a la gasolinera y se fue derecho al fulano que montaba guardia bajo el poste iluminado, y a medida que acortaba la distancia volvió a sentir la certidumbre familiar que había experimentado al observarlo desde la ventana. Y cuando ya casi estaba a su lado, y el otro lo miraba acercarse con evidente recelo, empezó a adujar cabos y le vino a la memoria el individuo bajito de la subasta, el mismo que luego había creído ver entre las arcadas de la plaza Real y que ahora, sin lugar a dudas, estaba de nuevo ante él, con un chaquetón tres cuartos verde rural, como si estuviera listo para una parodia de mañana de caza en Sussex. Lo de la parodia lo acentuaba su poca estatura, así como las facciones que Coy recordaba bien: ojos saltones, expresión melancólica. Contrastaba todavía más con la indumentaria inglesa su aspecto marcadamente mediterráneo: los ojos y el bigote muy negros, el pelo engominado reluciente en las sienes, y la piel cetrina, meridional.

—¿Qué cojones estás buscando?

Se le arrimó un poco de lado, por si las moscas, las manos algo separadas del cuerpo y tensos los músculos; pues más de una vez había visto cómo individuos bajitos pegaban un salto y se agarraban a mordiscos a tiarrones grandes como armarios, o empalmaban una navaja y te largaban un viaje a la femoral antes de que dijeras esta boca es mía. De cualquier modo, aquél estaba lejos de dar el perfil, tal vez porque la ropa le confería un toque entre formal y grotesco, como un cruce de Danny de Vito y Peter Lorre que acabara de vestirse en Barbour para darse una vuelta por la campiña inglesa en día lluvioso.

—¿Perdón?

El fulano sonreía, triste. Coy registró un vago acento sudamericano. Argentino, tal vez. O uruguayo.

—Un encuentro puede ser casualidad —dijo—. Dos, coincidencia. Tres, me toca los cojones.

El otro pareció meditar la cuestión. Observó que llevaba una pajarita con el nudo muy bien hecho y que sus zapatos marrones relucían impecables.

—No sé de qué me habla —dijo por fin.

Había sonreído un poquito más. Una mueca cortés y algo apenada. Tenía cara de buena persona, de tipo amable, que el bigote hacía antigua. Sus ojos saltones sonreían igual, fijos en Coy.

—Hablo —dijo éste— de que estoy harto de verte en todas partes.

—Le repito que no entiendo a qué se refiere —el tipo seguía mirándolo con mucho aplomo—... En cualquier caso, si en algo he molestado, crea que lo siento.

—Más lo vas a sentir si no me dices qué andas buscando.

El otro alzó las cejas, como si le sorprendieran esas palabras. Parecía sinceramente dolido por la amenaza. No es propio, decía su semblante. No resulta adecuado que diga esas cosas un buen chico como tú.

—Negociemos, don Inodoro —dijo.

—¿De qué coño hablas?

—Quiero decir, caballero, que no perdamos la dulzura del carácter.

Pronunciaba cabachero, con che en vez de elle. Y me está vacilando, pensó Coy. Este hijoputa se está riendo en mis narices. Dudó un segundo entre darle un puñetazo en la cara, allí mismo, o empujarlo a un rincón y registrarle los bolsillos, a ver quién carajo era. Estaba a punto de decidirse cuando vio que el encargado de la gasolinera había salido de su garita y los observaba, curioso. A ver si meto la pata, se dijo. A ver si monto un escándalo, y la liamos, y luego no hay forma de reponer los tiestos rotos. Miró hacia arriba, a las ventanas del último piso. Todas estaban apagadas. Ella se había desentendido o seguía allí, sin luz que delatara su presencia, observando. Coy se tocó la nariz, perplejo. Menuda situación. Entonces vio que el enano melancólico se había movido un poco hacia la acera y paraba un taxi. Igual que un peón de ajedrez que cambiara de casilla.

Se quedó un rato ante la gasolinera, contemplando las ventanas apagadas del quinto piso. Me están haciendo una cama de cuatro por cuatro, pensaba. Con público y picadores. Y yo me dejo embarcar como un ucraniano mamado. Imaginó que Tánger estaba todavía arriba, observándolo a oscuras, pero no pudo advertir el menor movimiento. Aún permaneció quieto un poco más, vuelto hacia lo alto, seguro de que ella lo había visto todo, mientras reprimía el impulso de subir de nuevo y pedirle explicaciones. Flis, flas. Dos hostias con el dorso de la mano, ella contra el sofá. Puedo aclarártelo todo, y además te amo. Luego lágrimas y un buen polvo. Perdona que te tomara por un imbécil, etcétera. Bla, bla, bla.

Parpadeó volviendo en sí, en mitad de un suspiro que fue casi una queja. Sin duda hay unas reglas para todo esto, aventuraba. Reglas que yo no conozco y ella sí. O tal vez reglas que ella misma establece. Y tal vez incluyan que el momento de seguir adelante o de largarse sea éste: adiós muy buenas y apague la luz al salir, o luego no diga que no le avisamos, marinero. Lo mismo hasta alguien estaba siendo noble con él. La cuestión era avisar de qué. Avisar de quiénes.

Estaba tan confuso que echó a andar hacia la glorieta cercana, y después subió despacio por la calle de Atocha; y en el primer bar abierto que se puso a tiro —allí tampoco tenían ginebra azul— estuvo quieto en la barra mirando la bebida que había pedido, sin tocarla. El bar era una vieja tasca con mostrador de zinc, sillas de formica, un televisor encendido y fotos del Rayo Vallecano en la pared. No había nadie más que el camarero, un hombre flaco tatuado en el dorso de una mano, a quien la camisa llena de lamparones daba un aspecto infame mientras barría con aire despectivo el serrín del suelo, lleno de servilletas arrugadas y cáscaras de gambas. Coy tenía enfrente un espejo con publicidad de cerveza San Miguel, y su cara se reflejaba entre la lista de tapas y raciones escrita encima con letras blancas. Veía sus ojos exactamente entre las palabras *magro con tomate* y *pulpo a la vinagreta,* lo que tampoco era para levantarle el ánimo a nadie. Lo estudiaban con desconfianza, interrogándolo sobre los pasos que pensaba dar en las próximas horas.

—Quiero acostarme con ella —le dijo al camarero.

—Todos queremos eso —respondió el otro, filosófico, sin dejar de barrer.

Coy asintió y por fin se llevó a los labios el vaso. Bebió un poco, volvió a mirarse en el espejo e hizo una mueca.

—El problema —dijo— es que no juega limpio.

—Nunca lo hacen.

—Pero es guapísima. La muy perra.

—Todas lo son.

El camarero había dejado la escoba en un rincón, y de vuelta tras la barra se servía una cerveza. Coy lo vio beber despacio, medio vaso sin respirar, y luego se puso a contemplar las fotos del Rayo, hasta terminar en el cartel de una corrida de toros celebrada en Las Ventas siete años atrás. Se desabrochó la chaqueta y metió las manos en los bolsillos del pantalón. Extrajo unas monedas, alineándolas sobre el mostrador, y jugó a introducir una entre dos sin mover una ni tocar la otra.

—Estoy metiéndome en un lío.

Esta vez el camarero no respondió en seguida. Observaba la espuma de la cerveza en el borde de su vaso.

—Igual ella vale la pena —dijo al cabo de un instante.

—Todavía no lo sé —Coy encogía los hombros—. Hay un barco hundido, como en las películas... Y me parece que hasta hay malos.

El otro lo miró por primera vez. Parecía levemente interesado.

—¿Peligrosos?

—No tengo ni puta idea.

Estuvieron callados más rato. Siguió jugando y bebió un par de sorbos mientras el camarero terminaba su caña, recostado al extremo de la barra. Después sacó un paquete de cigarrillos de debajo del mostrador y se puso a fumar sin ofrecerle a Coy. Su mano tatuada incluía cuatro puntos azules entre los nudillos del pulgar y el índice: una marca carcelaria típica. Era joven, así que no podían haber sido muchos años. Dos o tres, calculó. Cuatro o cinco.

—Me parece —dijo Coy— que voy a seguir con esto.

El camarero asintió despacio y no dijo nada. Entonces Coy dejó dos monedas en el mostrador, guardó el resto y salió a la calle.

IV. Latitud y longitud

Zas movía el rabo tumbado en el suelo, apoyada
la cabeza sobre un zapato de Coy. Había un rayo de sol
que entraba oblicuo por la ventana, haciendo brillar el
pelo dorado del labrador, y también el compás de puntas, las reglas paralelas y el transportador que estaban
sobre la mesa, comprados aquella misma mañana en la
librería Robinson. Las paralelas y el transportador eran
Blundell Harling, y el compás un W & HC de latón y
acero inoxidable que Coy había pedido, con dos lápices
blandos, una goma de borrar, un cuaderno de hojas cua-
driculadas y las últimas ediciones actualizadas del libro
de faros y del Derrotero número 2 del Instituto Hidrográfico de la Marina, correspondiente a las costas españolas del Mediterráneo. Tánger Soto lo había pagado con su
tarjeta de crédito, y ahora todo eso estaba sobre la mesa
del cuarto de estar de la casa del paseo Infanta Isabel. El
Atlas de Urrutia también estaba allí, abierto por la carta
número doce, y Coy pasaba los dedos por la superficie ligeramente rugosa del papel grueso, blanco e intacto, superviviente a doscientos cincuenta años de guerras, catástrofes, incendios y naufragios. *De monte Cope hasta la torre
Herradora u Horadada.* El levantamiento abarcaba sesenta millas de costa, horizontal y en dirección este hacia el
cabo de Palos, y vertical hacia el norte desde allí, como

dos lados de un rectángulo, incluyendo el lago de agua salada del Mar Menor, separado del Mediterráneo por la estrecha franja de arena de La Manga. Salvo el error que ya había apreciado la primera vez que vio la carta —Palos un par de minutos al sur de su latitud real—, el trazado de la costa era riguroso para su época: la amplia bahía arenosa de Mazarrón a poniente del cabo Tiñoso, la costa de rocas y la ensenada del Portús a levante, el puerto de Cartagena con la amenazadora crucecita que marcaba el bajo de la isla de Escombreras en la bocana, y luego de nuevo las rocas hasta la punta de Palos y las siniestras islas Hormigas, con el único resguardo de la bahía de Portman, que la carta aún mostraba libre del fango de las minas que iban a cegarla años más tarde. El grabado era de una calidad extraordinaria, con suaves punteados y finas líneas para marcar los diversos accidentes geográficos. Y tenía, como el resto de las ilustraciones del atlas, una bella cartela situada en el ángulo superior izquierdo: *Presentada al Rey Nuestro Señor por el Excmo. Sr. D. Zenón de Somodevilla, marqués de la Ensenada, y construida por el Sr. capitán de navío Don Ignacio Urrutia Salcedo*. Además de la fecha —*Año 1751*— la cartela contenía también la indicación: *Los números de la Sonda son Brazas de a dos Varas Castellanas*. Coy detuvo el dedo en esa línea y miró inquisitivo a Tánger.

—Una vara castellana —dijo ella— estaba formada por tres de los llamados pies de Burgos. Eran ochenta y tres centímetros y medio... La mitad de los que vosotros los marinos llamáis brazas. Seis pies sumaban una braza española.

—Un metro sesenta y siete centímetros.

—Eso es.

Coy asintió, volviendo los ojos a la carta para observar los pequeños números que marcaban veriles de profundidad en las cercanías de fondeaderos, cabos y arrecifes. Ahora las sondas eran electrónicas, y en medio segundo proporcionaban el relieve exacto del fondo del mar con sus profundidades; pero a mediados del XVIII aquellos datos sólo podían obtenerse mediante la laboriosa tarea de sondar a mano con el escandallo, un largo cordel con lastre de plomo en el extremo. Si las sondas marcadas en el Urrutia eran brazas, sería necesario transformar en metros cada una de esas indicaciones de profundidad, para hacerlas coincidir con las cartas españolas actuales. Cada dos unidades en la carta de Urrutia se convertían así en tres metros y medio, aproximadamente.

Había dos tazas de café vacías a un lado de la mesa, junto a los lápices y la goma de borrar. También había un cenicero limpio y una cajetilla de los cigarrillos ingleses que ella fumaba a veces. Sonaba música en la minicadena del aparador: algo antiguo y tal vez francés o italiano, muy agradable; una melodía que hizo pensar a Coy en jardines con setos recortados geométricamente, fuentes de piedra y palacios al extremo de avenidas rectas. Miró el perfil de la mujer sobre la carta náutica. Le iba, pensó. Aquella música era tan apropiada como la holgada camisa caqui que llevaba abierta sobre la camiseta de algodón blanca: una camisa masculina, militar, con grandes bolsillos. La ropa informal le sentaba tan bien como la formal, con los tejanos que hacían estrechos pliegues en las ingles y junto a las rodillas, descubriendo los tobillos desnudos —también cubiertos de pecas, había comprobado con delicioso estupor— sobre las zapatillas de tenis.

Inclinándose con atención, Coy estudió las escalas de latitudes y longitudes. Desde que los fenicios empezaron a cruzar el Mediterráneo, toda la ciencia náutica se orientaba a facilitar al marino su posición sobre la carta; establecida la posición era posible conocer la derrota a seguir y los peligros de ésta. Las cartas, los portulanos y los derroteros no eran sino guías útiles, manuales para aplicar físicamente los cálculos astronómicos, geográficos, cronométricos y la combinación de éstos, que permitían, de modo directo o por estima, obtener la situación en los meridianos —latitud norte o latitud sur respecto al ecuador— y en los paralelos —longitud este o longitud oeste respecto al meridiano correspondiente—. La latitud y la longitud ayudaban a situarse sobre una carta hidrográfica, utilizando las escalas situadas en el marco de ésta. Escalas que en las cartas modernas estaban detalladas en grados, minutos y décimas, de los que cada minuto equivalía a una milla náutica convencional de 1.852 metros. La posición en los paralelos se establecía usando la escala que figuraba en la parte superior e inferior de cada carta; y la posición en los meridianos, mediante la que estaba a derecha e izquierda. Luego, con ayuda del compás y las reglas paralelas, se hacían cruzar las líneas de ambas posiciones, y en su intersección, si los cálculos se habían hecho correctamente, era donde estaba el barco. La cuestión se complicaba con factores añadidos, como la declinación magnética, las corrientes marinas y otros elementos que requerían cálculos complementarios. También había gran diferencia entre navegar con las cartas planas usadas por los antiguos, donde meridianos y paralelos medían lo mismo sobre el papel, que con las cartas esféricas, más ajustadas a la forma real de la tierra, con la distancia entre meridianos acortándose a medida que se acercaban a los polos. De Tolomeo a Mercator, la transición había sido larga y compleja; y los levantamientos hidrográficos no empezaron a alcanzar la perfección hasta finales del siglo XVIII, con la aplicación del cronómetro marino para determinar la longitud. En cuanto a la latitud, ésta se establecía desde antiguo por la observación y declinación astronómica: la ballestilla, el octante, el moderno sextante.

—¿Cuál era la posición del *Dei Gloria* al hundirse?

—Cuatro grados y cincuenta y un minutos de longitud este... La latitud era de treinta y siete grados y treinta y dos minutos norte.

Ella había respondido sin titubear. Coy hizo un gesto afirmativo y se inclinó un poco más para establecer esas coordenadas en la carta desplegada sobre la mesa. Al sentir el movimiento, *Zas* se agitó un poco, alzó la cabeza y volvió a apoyarla sobre su zapato.

—Debieron de situarse tomando demoras a tierra —dijo Coy—. Es lo más probable, si navegaban a la vista de la costa... No los imagino en medio de la persecución tomando alturas del sol con el octante. Nuestro problema sería que se hubiesen situado por estima... Eso es muy relativo. Calculas velocidad, rumbo, abatimiento y millas recorridas. El error puede ser grande. En tiempos de la vela, los marinos llamaban a esa posición obtenida por estima *punto de fantasía*.

Ella lo miraba. Seria, reflexiva. Pendiente de cada palabra.

—¿Has navegado mucho a vela?

—Sí. Sobre todo cuando era joven. Durante un año fui alumno a bordo del *Estrella del Sur,* una goleta de velacho transformada en buque escuela. También pasé mucho tiempo en el *Carpanta,* el velero de un amigo... Y están los libros, claro. Novela e historia.

—¿Siempre sobre el mar?

—Siempre.

—¿Y la tierra?

—La tierra prefiero tenerla a veinte millas por el través.

Tánger asintió, como si aquellas palabras confirmasen algo.

—El combate fue después de amanecer —apuntó por fin—. Ya había luz.

—Entonces lo más probable es que tomaran referencias de tierra. Demoras. Les bastaría cruzar dos para situarse... Supongo que sabes cómo se hace.

—Más o menos —sonreía, poco segura—. Pero nunca vi hacerlo a un marino de verdad.

Coy cogió el transportador, un cuadrado de plástico transparente que llevaba impresa alrededor la graduación de los 360° de la circunferencia numerados de diez en diez. Eso permitía calcular los rumbos con exactitud, trasladando las indicaciones de la aguja magnética del barco al papel de las cartas náuticas.

—Es fácil: buscas un cabo o algo que puedas identificar —puso la goma de borrar sobre la carta, representando una embarcación imaginaria, y llevó el transportador hasta la costa más cercana—. Luego lo sitúas con el compás de a bordo, la brújula, y te da, por ejemplo, 45° respecto al norte. Así que te vas a la carta y trazas una línea opuesta desde ese punto, en dirección a los 225°. ¿Lo ves?... Luego tomas otra referencia que esté separada en ángulo claro de la primera: otro cabo, un monte o lo que sea. Si te da, por ejemplo, 315º, trazas la opuesta en la carta, en dirección 135º. Donde se cruzan ambas líneas está tu barco. Si las referencias de tierra son claras, el método es seguro. Y si lo completas con una tercera demora, mejor todavía.

Tánger había fruncido los labios, pensativa. Miraba la goma de borrar con la misma atención que si de veras se tratase de un barco navegando a lo largo de aquella costa impresa sobre el papel. Coy cogió un lápiz y recorrió el dibujo de la carta.

—Esa costa tiene playas bajas y arenosas —explicó—, pero sobre todo zonas escarpadas, con piedras altas. Abundan referencias para situarse a la vista... Imagino que el piloto del *Dei Gloria* pudo hacerlo fácilmente. Tal vez lo hizo durante la noche, si había luna y la costa se recortaba bien... Aunque eso es más difícil. En aquellos tiempos no había faros como ahora. Alguna torre con un fanal, como mucho. Pero dudo que hubiese ninguna ahí.

Seguro que no, se dijo mirando la carta. Seguro que aquella noche del 3 al 4 de febrero de 1767 no había luz ni ninguna otra referencia alentadora, ni guía, ni nada de nada, salvo tal vez la línea de la costa recortada bajo la luna, por la banda de babor. Podía imaginar la escena: todo el trapo arriba, el barco navegando a un largo con el viento silbando en la jarcia y la cubierta del bergantín escorada a estribor, el rumor del agua corriendo junto a la borda y los destellos de claridad lunar en la mar picada a barlovento. Un hombre de confianza en la rueda del timón, la guardia tensa y alerta en cubierta mirando hacia la oscuridad, atrás. Ni una sola luz a bordo, y el capitán de pie en la toldilla, vuelto el rostro preocupado hacia lo alto, hacia la fantasmal pirámide de lona blanca desplegada, atento a los crujidos y preguntándose si aguantarán la arboladura y la jarcia dañadas por el temporal del Atlántico. Callado para que ninguno de los hombres que confían en él adivine su inquietud, pero calculando mentalmente distancia, rumbo, abatimiento, bordos, con la angustia del que sabe que una decisión equivocada llevará al barco y a sus tripulantes al desastre. Sin duda ignora todavía su posición exacta, y eso acrecienta la inquietud. Coy imagina sus ojeadas a la línea negra de la costa que va discurriendo a dos o tres millas, cercana pero inalcanzable, tan peligrosa en la oscuridad como los cañones del enemigo; vuelto luego hacia atrás como hacen los tripulantes, a la noche donde, invisible a veces, difusamente perfilado otras como una vaga sombra, navega hendiendo el mar el jabeque corsario que les da caza. Y nuevas miradas hacia la costa y la noche delante y la mar a popa, y después otra vez hacia lo alto, atento al ruido arriba donde parecen oscilar las estrellas, al chascar de jarcia o crujido de masteleros que hiela el corazón de los hombres agrupados junto a los obenques de barlovento, siluetas negras y silenciosas en la oscuridad. Hombres que, como el propio capitán, todos menos uno, mañana a esa hora estarán muertos.

—¿Cómo ves nuestras posibilidades?

Coy parpadeó, como si acabara de regresar en ese instante de la cubierta del bergantín. Tánger lo miraba con atención, esperando una respuesta. Era evidente que ella misma lo había considerado todo del derecho y del revés, pero deseaba escucharlo de su boca. Él encogió los hombros:

—El primer problema es que los tripulantes del *Dei Gloria* se situaron sobre esta carta, no sobre las cartas modernas. Y nosotros tenemos que situarnos con cartas modernas, aunque usemos ésta como punto de partida... Convendría calcular las diferencias entre el Urrutia y las cartas actuales. Medir los grados exactos y todo eso. Ya sabemos que el cabo de Palos está en el Urrutia un par de minutos más al sur —indicó la carta con el lápiz—... Como puedes ver, toda la línea de la costa desde cabo de Agua fue dibujada creyéndola casi horizontal, cuando en realidad sube un poco oblicuamente, así, hacia el nordeste. Fíjate en dónde está el bajo de la Hormiga en el Urrutia, y dónde en la carta moderna.

Cogió el compás de puntas, obtuvo la distancia de cabo de Palos al paralelo más próximo, y luego llevó el compás sobre la escala vertical a la izquierda de la carta, para medirla en millas. Ella seguía sus movimientos con atención, inmóvil su mano sobre la mesa, muy cerca del brazo de Coy. El cabello rubio y lacio pendía de nuevo sobre su rostro, rozándole la barbilla.

—Vamos a calcular exactamente... —Coy anotaba las cifras con lápiz en una hoja del cuaderno—. ¿Ves?... Los 37º 35' del Urrutia se nos convierten... Eso es. 37º 38' de latitud real. En realidad, 37º 37' y unos treinta o cuarenta segundos, que expresado en cifras para una carta náutica moderna, donde los segundos figuran como una fracción decimal añadida a los minutos, resulta 37º 37,5'. Lo que hace dos millas y media de error aquí, en la punta del cabo de Palos. Quizás hasta una milla en cabo Tiñoso. Esa diferencia es fundamental si se trata de un pecio... De un barco hundido. Puede situarlo cerca de la costa, a veinte o treinta metros, donde resulta fácil acceder a él, o demasiado lejos, con sondas que van aumentando y pasan a cien, doscientos o más metros, haciendo imposible descender o localizarlo siquiera.

Se detuvo, mirándola. Observaba, todavía inclinado el rostro, los números de sonda marcados en la carta. Era obvio que Tánger sabía de sobra todo aquello. Quizá necesita que alguien se lo confirme en voz alta, pensó Coy. Tal vez pretende que le digan que es posible hacerlo. La cuestión sigue siendo por qué yo.

—¿Crees que puedes bajar hasta cincuenta metros? —preguntó ella.

—Supongo que sí. Llegué algo más abajo de los sesenta, aunque el límite de seguridad son cuarenta. Pero entonces tenía veinte años menos... El problema es que a esa profundidad puedes estar muy poco tiempo abajo, al menos con equipos normales de aire comprimido... ¿Tú no buceas?

—No. Me da horror. Y sin embargo...

Coy seguía adujando cabos. Marino. Buzo. Conocimientos de navegación a vela. Estaba clarísimo, se dijo, que ella no lo tenía allí porque la fascinara su conversación. Así que no te hagas ilusiones, chico. No le interesa tu cara bonita. Suponiendo que tu cara haya sido bonita alguna vez.

—¿Hasta dónde calculas que podrías llegar? —quiso saber Tánger.

—¿Vas a dejar que baje solo, sin ver lo que hago?

—Confío en ti.

—Eso es lo que me mosquea. Que confíes tanto en mí.

Al decir confío en ti se había vuelto por fin hacia él. Maldita, pensó. Se diría que pasa las noches planificando cada gesto. Observó la cadena de plata que desaparecía en el cuello de la camiseta blanca, hacia los sugerentes volúmenes que se moldeaban bajo la camisa abierta. No sin esfuerzo, reprimió el impulso de sacársela fuera y echar un vistazo.

—Salvo que utilices equipos especiales, lo que un buceador puede bajar sin problemas no va más allá de ochenta metros —explicó él—. Y ésa es mucha profundidad. Además, si trabajas te cansas y consumes más aire, y todo se complica... Hay que usar mezclas, y tablas de descompresión detalladas.

—No es mucha profundidad. Al menos eso creo.

—¿Ya has hecho tus cálculos?

—En la medida de mis posibilidades.

—Pues te veo muy segura.

Coy sonreía. Lo hizo sólo a medias, pero a ella no pareció gustarle esa sonrisa.

—Si estuviera muy segura no te necesitaría.

Él se echó hacia atrás en la silla. El movimiento hizo incorporarse a *Zas,* que le dio un par de afectuosos lametones en el brazo.

—En ese caso —estimó— tal vez haya posibilidad de bajar. Aunque eso de las posiciones siempre es relativo, incluso con cartas modernas y GPS. No es fácil encontrar un barco, o lo que suele quedar de él. Y mucho menos un barco hundido hace dos siglos y medio... Depende de la naturaleza del fondo y de muchas otras cosas. La madera se habrá ido al diablo, o el fango puede cubrir el pecio. Y luego están las corrientes, la mala visibilidad...

Tánger había cogido la cajetilla de tabaco, pero se limitaba a darle vueltas entre los dedos. Contemplaba las facciones de Héroe.

—¿Tienes mucha experiencia como buceador?

—Tengo alguna. Hice un curso en el Centro de Buceo de la Armada, y un par de veranos trabajé limpiando cascos de buques, con un cepillo de alambre y sin ver más allá de mis narices. En vacaciones también sacaba ánforas romanas con Pedro el Piloto.

—¿Quién es Pedro el Piloto?

—El patrón del *Carpanta*. Un amigo.

—Ahora eso está prohibido.

—¿Tener amigos?

—Sacar ánforas.

Había dejado la cajetilla y miraba a Coy. Éste creyó advertir una chispa de especial atención en sus ojos.

—También entonces lo estaba —admitió—. Pero la clandestinidad le ponía emoción. Además, ningún guardia mira tu bolsa cuando vuelves de una inmersión, en un puerto donde eres conocido. Dices hola, él dice hola, sonríes y listo. En aquella época, frente a Cartagena, la costa era un inmenso campo de restos arqueológicos. Yo buscaba sobre todo cuellos de ánfora, que son muy bonitos, y vasijas... Usaba una pala de ping-pong para remover la arena que las cubría. Y llegué a conseguir docenas.

—¿Qué hacías con todo eso?

—Se lo regalaba a mis novias.

No era cierto, o al menos no del todo. Una vez en tierra, sacadas discretamente bajo las narices de los carabineros, esas ánforas las habían vendido el Piloto y Coy a turistas y anticuarios, repartiéndose las ganancias. En cuanto a las novias, Tánger no preguntó si habían sido muchas o pocas. En realidad, de aquel tiempo Coy sólo recordaba con especial afecto a una: se llamaba Eva y era norteamericana, hija de un técnico de la refinería de Escombreras. Una chica sana, rubia y bronceada, de dientes blancos y espaldas de windsurfista, junto a la que pasó un verano cuando él ya era estudiante de náutica. Reía a carcajadas por cualquier cosa, tenía bonitas caderas y era pasiva y tierna haciendo el amor, en calas escondidas entre acantilados de piedra oscura, con el mar lamiéndoles las piernas, en rojos atardeceres rebozados de salitre y arena. Durante un tiempo, Coy retuvo en los dedos y en la boca el sabor de su carne y de su sexo: aromas de sal, yodo, agua secándose sobre una piel caliente bajo los rayos del sol. También guardó algunos años una fotografía: ella junto al mar, el pecho desnudo, el pelo húmedo y echada hacia atrás la cabeza, bebiendo en una bota de vino que le dejaba regueros como de sangre entre los senos menudos, insolentes, de jovencita. Como buena chica gringa, su memoria histórica, reducida a sólo dos o tres centurias, le había planteado dificultades para aceptar, incrédula, que el fragmento de barro con asas regalado por Coy —un elegante cuello de ánfora olearia del siglo I, procedente del pecio del Capitán— llevaba dos mil años en el fondo del mar en cuya orilla se amaron aquel verano.

—Conoces bien esas aguas, entonces —dijo Tánger.

No era pregunta, sino reflexión en voz alta. Parecía satisfecha, y él hizo un gesto vago sobre la carta.

—En algunos sitios, sí. Sobre todo entre cabo Tiñoso y cabo de Palos. Incluso visité un par de naufragios... Pero nunca oí hablar del *Dei Gloria*.

—Ni tú ni nadie. Y varias razones explican por qué. En primer lugar, había algún misterio a bordo; como lo prueban los pocos datos obtenidos del pilotín y su extraña desaparición. Además, la situación que dio a las autoridades de marina...

—Suponiendo que fuese auténtica...

—Supongámoslo, puesto que no tenemos otra cosa.

—¿Y si no lo es?

Tánger enarcaba las cejas recostándose en la silla, con un suspiro.

—Entonces tú y yo habremos perdido el tiempo.

De pronto parecía fatigada, como si la apreciación de Coy la hiciera considerar la eventualidad de un fracaso. Fue sólo un momento, durante el que estuvo inclinada hacia atrás y mirando la carta; y luego apoyó una mano firme sobre la mesa, adelantó el mentón y dijo que había otras razones por las que el barco no fue buscado. La posición que dio el pilotín lo situaba en una zona de difícil acceso en 1767. Después la técnica facilitó ese tipo de inmersiones, pero el *Dei Gloria* ya estaba sepultado entre legajos y polvo, y nadie volvió a acordarse de él.

—Hasta que apareciste tú —apuntó Coy.

—Eso es. Pudo ser cualquier otro, pero fui yo. Encontré el documento y me puse a trabajar. ¿Qué otra cosa podía hacer?... —rozó con las yemas de los dedos, casi afectuosa, a Héroe en su paquete de cigarrillos—. Se parecía a eso que a veces sueñas cuando niña. El mar, el tesoro...

—Dijiste que no hay tesoros de por medio.

—Y es cierto; no los hay. Al menos en lingotes de plata, doblones o piezas de a ocho. Pero el encanto persiste... Voy a enseñarte algo.

Parecía distinta, más joven, cuando se levantó y fue hasta los libros del anaquel: tal vez porque se movía con una decisión llena de vigor que hacía flotar los faldones de la camisa militar que llevaba abierta, o porque sus ojos eran más azul marino que nunca y parecían sonreír cuando vino de regreso a la mesa con dos álbums de Tintín en las manos: *El secreto del Unicornio* y *El tesoro de Rackham el Rojo.*

—El otro día me dijiste que no eras tintinófilo, ¿verdad?

Coy movió la cabeza ante la extraña pregunta, y repitió que para nada, que muy por encima. Lo suyo habían sido *La isla del tesoro, Jerry en la isla* y otros libros sobre el mar de Stevenson, Verne, Defoe, Marryat y London, antes de pasarse con armas y bagajes a *Moby Dick.* Conrad vino luego, por vía natural, con *La línea de sombra* y con el tiempo.

—¿Es verdad que sólo lees libros sobre el mar?

—Sí.

—¿En serio?

—En serio. Ésos los he leído todos. O casi todos.

—¿Cuál es tu favorito?

—No hay un favorito. No hay libros separados de otros. Todos los libros que hablan del mar, desde la *Odisea* a la última novela de Patrick O'Brian, están interconectados, como una biblioteca.

—La biblioteca de Borges...

Ella sonreía, y Coy encogió los hombros con sencillez.

—No lo sé. Nunca leí nada de ese Borges. Pero es cierto lo que digo: el mar se parece a una biblioteca.

—Los libros que hablan de las cosas de tierra firme también son interesantes.

—Si tú lo dices...

Entonces ella, que abrazaba los dos álbums contra el pecho, se echó a reír, y parecía una mujer muy diferente al hacerlo. Se echó a reír franca, alegremente, y luego dijo: mil millones de mil rayos. Dijo eso ahuecando la voz como lo haría un pirata tuerto y cojo con un loro en el hombro; y mientras el sol que entraba por la ventana le doraba más las puntas asimétricas del cabello, se sentó de nuevo junto a Coy, abrió los tintines y pasó sus páginas. Aquí también hay mar, dijo. Mira. Aquí todavía es posible la aventura. Una puede emborracharse miles de veces con el capitán Haddock —el whisky Loch Lomond, por si no lo sabes, carece de secretos para mí—. También salté en paracaídas sobre la Isla Misteriosa con la bandera verde de la FEIC entre los brazos, crucé innumerables veces la frontera entre Syldavia y Borduria, juré por los bigotes de Pleksy-Gladz, navegué en el *Karaboudjan,* el *Ramona,* el *Spedol Star,* el *Aurora* y el *Sirius* —seguro que más barcos que tú—, busqué el tesoro de Rackham el Rojo, siempre al oeste, y caminé sobre la Luna mientras Hernández y Fernández, con el pelo de colorines, hacían de payasos en el circo de Hiparco. Y cuando estoy sola, Coy, cuando estoy muy sola muy sola muy sola, entonces enciendo un cigarrillo de los de tu amigo Héroe, hago el amor con Sam Spade, y sueño con halcones malteses mientras convoco a mi alrededor, entre el humo, a los viejos amigos: Adballah, Alcázar, Serafín Latón, Chester, Zorrino, Pst, Oliveira de Figueira, y en la minicadena suena el aria de las joyas de *Fausto* en una antigua grabación de Bianca Castafiore...

Había puesto, mientras hablaba, los dos álbums sobre la mesa. Eran ediciones antiguas, con el lomo de tela azul la una y verde la otra. La portada del primero mostraba a Tintín, Milú y al capitán Haddock con un sombrero emplumado, y un galeón navegando velas al viento. En el segundo, Tintín y Milú recorrían el fondo del mar a bordo de un sumergible con forma de tiburón.

—Es el submarino del profesor Tornasol —dijo Tánger—... Cuando era niña, ahorraba para comprar estos libros a base de cumpleaños, santos y aguinaldos navideños como lo habría hecho el mismísimo Scrooge... ¿Sabes quién era Ebenezer Scrooge?

—¿Un marino?

—No. Un tacaño. El jefe del buen Bob Cratchit.

—Ni idea.

—Es igual —prosiguió ella—. Yo reunía moneda a moneda para ir luego a la librería y salir con uno de éstos en las manos, contenido el aliento, gozando del tacto de sus tapas duras de cartón, los colores de las espléndidas portadas... Y luego, a solas, abría sus páginas y respiraba el olor a papel, a tinta fresca bien impresa, antes de zambullirme en su lectura. Así, uno a uno, reuní los veintitrés... De aquello ha pasado muchísimo tiempo; pero todavía, al abrir un Tintín, puedo sentir ese aroma que a partir de entonces asocié con la aventura y la vida. Con el cine de John Ford y John Huston, *Las aventuras de Guillermo* y algunos libros, estos álbums formatearon para siempre el disquete de mi infancia.

Había abierto *El tesoro de Rackham el Rojo* por la página 40. En una gran ilustración central, Tintín, vestido de buzo, se acercaba caminando por el fondo del mar al pecio impresionante del *Unicornio* hundido.

—Mírala bien —dijo solemne—. Esta viñeta marcó mi vida.

Había apoyado la punta de los dedos sobre la página con una delicadeza extrema, como si temiera alterar los colores. Coy, que no miraba el álbum sino que la miraba a ella, comprobó que seguía sonriendo, ausente, con aquel gesto que la rejuvenecía hasta darle la misma expresión que la muchacha abrazada por su padre en la foto del marco. Un gesto feliz, pensó. De esos que todavía tienen el contador a cero. Más allá estaba la copa de plata abollada y falta de un asa. Campeonato infantil de natación. Primer premio.

—Imagino —añadió ella al cabo de un instante, aún fijos los ojos en el libro— que también soñaste alguna vez.

—Claro.

Podía comprender. No era el álbum, ni la copa de plata ni la foto, ni nada que tuviera que ver con lo que ella tenía en la memoria; pero había un punto de contacto, un territorio donde era fácil reconocerla. Quizás Tánger no era tan distinta, al fin y al cabo. Tal vez, pensó, en alguna forma también ella sea uno de los nuestros; aunque por definición cada uno de los nuestros navegue, cace, combata y se hunda solo. Barcos que pasan en la noche. Unas luces en la distancia, a la vista durante un rato, a menudo con rumbo opuesto. A veces un rumor lejano, sonido de máquinas. Luego otra vez el silencio cuando desaparecen, y la oscuridad, y el resplandor que se extingue en el vacío negro del mar.

—Claro —repitió.

No dijo nada más. Su imagen, la viñeta en el álbum de su memoria, era la de un puerto mediterráneo con tres mil años de historia en sus viejas piedras, rodeado de montañas y castillos con troneras que en otro tiempo tuvieron cañones. Nombres como fuerte de Navidad, dique de Curra, faro de San Pedro. Olor a agua quieta, a estachas húmedas, y el lebeche moviendo las banderas de los barcos amarrados y los gallardetes en los palangres de los pesqueros. Hombres inmóviles, jubilados ociosos frente al mar, sentados en los bolardos de hierro viejo. Redes al sol, costados herrumbrosos de mercantes abarloados a los muelles; y ese olor a sal, a brea y a mar viejo, denso, de puertos que han visto ir y venir muchos barcos y muchas vidas. En la memoria de Coy había un niño moviéndose entre todo aquello; un niño moreno y flaco con la mochila llena de libros del colegio a la espalda, que se escapaba de clase para mirar el mar, pasear junto a barcos de los que veía descender a hombres rubios y tatuados que hablaban lenguas incomprensibles. Para ver largar amarras que caían con un chapoteo y eran cobradas a bordo antes de que el costado de hierro se alejara del muelle y el barco virase hacia la bocana, entre los faros, rumbo al mar abierto, en busca de esos caminos sin huella, sólo una breve estela de espuma, por donde el chiquillo tenía la certeza de que él iba a irse también. Ése había sido el sueño, la imagen que marcaría su vida para siempre: la nostalgia precoz, prematura, del mar cuya vía de acceso eran los puertos viejos y sabios, poblados de fantasmas que descansaban entre sus grúas, a la sombra de los tinglados. Los hierros desgastados por el roce de las estachas. Los hombres que siempre estaban quietos, inmóviles durante horas, y para quienes el sedal o la caña o el cigarrillo eran sólo pretextos, sin que pareciera importarles otra cosa en el mundo que mirar el mar. Los abuelos que llevaban a sus nietos de la mano, y mientras los críos hacían preguntas o señalaban gaviotas, ellos, los viejos, entornaban los ojos para mirar los barcos amarrados y la línea del horizonte al otro lado de los faros, como si buscaran algo olvidado en su memoria: un recuerdo, una palabra, una explicación de algo ocurrido hacía demasiado tiempo, o de algo que tal vez no había ocurrido nunca.

—La gente es demasiado estúpida —estaba diciendo Tánger—. Sólo sueña con lo que ve en la tele.

Había devuelto los tintines a su anaquel. Estaba de pie, las manos en los bolsillos de los tejanos, mirándolo. Ahora todo era más dulce en ella: la expresión de los ojos, la sonrisa que tenía en los labios. Coy asintió con la cabeza, sin saber bien por qué. Tal vez por animarla a seguir hablando, o para indicar que había comprendido.

—¿Qué quieres encontrar en el *Dei Gloria,* realmente?

Vino hasta él despacio, y por un momento creyó, desconcertado, que le iba a tocar la cara.

—No lo sé. Te aseguro que no lo sé —estaba de pie a su lado, apoyada con ambas manos en la mesa, mirando la carta náutica—. Pero cuando leí la declaración del pilotín, transcrita en el lenguaje seco de un funcionario, sentí... Aquel barco huyendo con todas las velas al viento, y el corsario dándole caza... ¿Por qué no se refugió en Águilas? Los derroteros de la época señalan allí un castillo y una torre con dos cañones en el cabo Cope, bajo los que pudo buscar protección.

Coy le echó un vistazo a la carta. Águilas quedaba fuera de ella, al sudoeste de Cope.

—Tú lo apuntaste ayer, al contarme la historia —dijo—. Quizá el corsario se interpuso entre él y Águilas, y el *Dei Gloria* tuvo que seguir navegando hacia el este. El viento pudo rolar y serle desfavorable, o tal vez el capitán temió el riesgo de una arribada de noche. Hay un montón de explicaciones para eso... De cualquier modo, terminó hundiéndose en la ensenada de Mazarrón. Tal vez quiso resguardarse bajo la torre de la Azohía. Esa torre sigue allí.

Tánger movió la cabeza. No parecía convencida.

—Quizá. Pero en cualquier caso era un bergantín mercante; y sin embargo, al verse perdido entabló combate. ¿Por qué no arrió bandera?... ¿Era el capitán un hombre testarudo, o había a bordo algo demasiado importante para entregarlo sin más?... ¿Algo que valía la vida de todos los tripulantes, y sobre lo que ni siquiera el chico superviviente dijo una palabra?

—Tal vez lo ignoraba.

—Tal vez. Pero ¿quiénes eran esos dos pasajeros que el manifiesto de embarque no identifica salvo con iniciales N.E. y J.L.T.?

Coy se frotó la nuca, admirado.

—¿Tienes el manifiesto de embarque del *Dei Gloria*?

—El original, no. Pero sí una copia. La obtuve en el archivo general de marina de Viso del Marqués... Tengo allí una buena amiga.

Se quedó callada, pero era evidente que algo más le rondaba la cabeza. Fruncía la boca y su expresión ya no era dulce. Tintín había salido de escena.

—Además, hay otra cosa.

Dijo eso y se quedó callada otra vez, como si la otra cosa no fuese a contarla nunca. Estuvo un rato quieta y en silencio.

—El barco —dijo por fin— pertenecía a los jesuitas, ¿recuerdas?... A un armador valenciano que era su hombre de paja: Fornet Palau. Por otra parte, Valencia era el puerto de destino... Y todo esto ocurre el día 4 de febrero de 1767: dos meses antes de que se publique la real pragmática de Carlos III, ordenando «*el extrañamiento de los jesuitas de los dominios españoles y la ocupación de sus temporalidades*»... ¿Tienes alguna idea de lo que significó eso?

Coy dijo que no, que la historia de Carlos III no era su fuerte. Entonces ella se lo explicó. Lo hizo muy bien, en pocas palabras, citando fechas y hechos clave, sin perderse en detalles superfluos. El motín popular de 1766 en Madrid contra el ministro Esquilache, que hizo tambalearse la seguridad de la monarquía y se dijo instigado por la Compañía de Jesús. La resistencia de la orden ignaciana a las ideas ilustradas que recorrían Europa. La enemistad del monarca y su afán por librarse de ellos. La creación de un consejo secreto, presidido por el conde de Aranda, que preparó el decreto de expulsión, y el golpe inesperado del 2 de abril de 1767, con el destierro inmediato de los jesuitas, la incautación de sus bienes y la posterior extinción de la Orden por el papa Clemente XIV... Ése era el contexto histórico en que se habían desarrollado el viaje y la tragedia del *Dei Gloria*. Por supuesto, nada permitía establecer conexión directa entre una cosa y otra. Pero Tánger era historiadora; estaba acostumbrada a considerar hechos y relacionarlos, formular hipótesis y desarrollarlas. Podía haber vínculo o podía no haberlo; en cualquier caso, el *Dei Gloria* se había ido al fondo. Por lo menos, y para resumirlo todo, un barco hundido era un barco hundido —*stat rosa pristina nomine,* apuntó críptica—. Y ella sabía dónde.

—Ésa —concluyó— es justificación suficiente para buscarlo.

Se le endurecía la expresión a medida que hablaba, como si a la hora de manejar datos se desvaneciera el
fantasma de la jovencita que se asomaba un rato antes a
las páginas de Tintín. Ahora la sonrisa había desaparecido de su boca y los ojos brillaban resueltos, no evocado-
res. Ya no era la muchacha de la foto. De nuevo se alejaba, y Coy se sintió irritado.

—¿Y qué hay de los otros?

—¿Qué otros?

—El dálmata de la coleta gris. Y el enano melancólico que vigilaba anoche tu casa. No tienen aspecto de
historiadores, ni mucho menos. A ésos la expulsión de los
jesuitas y Carlos III deben de traérsela bastante floja.

La vio dudar ante la grosería. O tal vez sólo buscaba una respuesta adecuada.

—Eso no tiene nada que ver contigo —dijo lentamente.

—Te equivocas.

—Escucha. Si yo pago por este trabajo...

Por el amor de Dios, se dijo él. Ése es un error muy
grave, guapa. Ése es un error demasiado grave, indigno
de ti. A estas alturas de la travesía y me sales con ésas.

—¿Pagar?... ¿De qué cojones estás hablando?

Vio perfectamente cómo Tánger paraba en seco,
desconcertada, y luego alzaba una mano pidiendo calma,
tranquilo, he metido la pata, vale. Dialoguemos. Pero él
estaba furioso.

—¿De verdad crees que estoy aquí sentado porque tienes intención de pagarme...?

Dijo lo de estar sentado, y en el acto se vio ridículo porque, en efecto, lo estaba. Se puso en pie echando
la silla para atrás, con tanta brusquedad que *Zas* retro-

cedió, inquieto. No me has entendido, decía ella. De veras que no. Sólo explico que esos hombres nada tienen que ver.

—Nada que ver —repitió.

Parecía incluso asustada, como si de pronto temiera verlo coger la puerta y largarse, y nunca hasta ese momento hubiera considerado semejante posibilidad. Aquello le produjo a Coy una retorcida satisfacción. A fin de cuentas, aunque fuese por interés, ella temía perderlo. Eso lo hizo recrearse en la situación. Algo era algo.

—Tiene tanto que ver que me lo aclaras de una vez o tendrás que buscar a otro.

Era como una pesadilla que, sin embargo, reforzaba su autoestima. Todo muy amargo, moviéndose al borde de la ruptura y del final; pero no podía volver atrás.

—No hablas en serio —dijo ella.

—Claro que hablo en serio.

Se oyó a sí mismo cual si fuese un extraño el que lo decía; un enemigo dispuesto a tirarlo todo por la borda y alejar a Tánger de su vida para siempre. El problema era que él sólo podía ir a remolque. Como cuando el Torpedero Tucumán empezaba a romper cosas, y Coy no tenía otra que aspirar aire, resignado, agarrar el cuello roto de una botella y arranchar para el abordaje.

—Oye —añadió—. Puedo comprender que yo te parezca un poco simple... Incluso que me hayas tomado por un imbécil. En tierra no soy gran cosa, es cierto. Torpe como un pato. Pero tú me crees retrasado mental.

—Estás aquí...

—Sabes perfectamente por qué estoy aquí. Pero ésa no es la cuestión, y si quieres podemos hablarlo despacio otro día. En realidad *espero* poder hablar despacio otro día. Por el momento me limito a exigir que me digas en qué estoy metiéndome.

—¿Exigir? —lo miraba con súbito desprecio—. No me digas lo que debo o lo que no debo hacer... Todos los hombres que conocí pretendieron decirme siempre lo que debo o lo que no debo hacer.

Rió entre dientes, sin humor, como cansada; y Coy decidió que ella reía con un hastío europeo. Algo indefinible que tenía mucho que ver con paredes viejas y encaladas, iglesias con frescos agrietados y mujeres vestidas de negro que miraban el mar entre hojas de parra y olivos. Pocas norteamericanas, pensó de pronto, podían reír así.

—Yo no te digo nada. Sólo quiero saber qué pretendes de mí.

—Te he ofrecido un trabajo...

—Oh, mierda. Un trabajo.

Se balanceó sobre las puntas de los pies, entristecido, como si estuviera en la cubierta de un barco dispuesto a saltar a tierra. Después cogió su chaqueta y dio unos pasos hacia la puerta, con *Zas* pegándosele a los talones en trotecillo alegre. Tenía hielo en el alma.

—Un trabajo —repitió, sarcástico.

Ella había quedado entre él y la ventana. Le pareció ver un relámpago de miedo en sus ojos. Difícil averiguarlo, en aquel contraluz.

—Puede que crean —dijo ella, y parecía medir con cuidado las palabras— que se trata de tesoros y cosas así... Pero no es un tesoro, sino un secreto. Un secreto que tal vez no tenga importancia hoy, pero que a mí me fascina. Por eso me metí en esto.

—¿Quiénes son?

—No lo sé.

Coy dio los últimos pasos hacia la puerta. Sus ojos se detuvieron un instante en la pequeña copa de plata abollada.

—Ha sido un placer conocerte.

—Espera.

Lo observaba con mucha atención. Parecía, concluyó él, un jugador con cartas mediocres intentando calcular las que tiene el otro.

—No vas a irte —dijo al cabo de un momento—. Es un farol.

Coy se puso la chaqueta.

—Puede. Intenta comprobarlo.

—Te necesito.

—Hay más marinos en paro. Y buzos. Muchos son igual de tontos que yo.

—Te necesito a ti.

—Pues ya sabes dónde vivo. Así que tú misma.

Abrió la puerta despacio, con la muerte en el corazón. Todo el rato, hasta que la cerró tras de sí, estuvo esperando que fuese hasta él y lo agarrara por el brazo, que lo obligase a mirarla a los ojos, que contara cualquier cosa para retenerlo. Que sujetara su cara con las manos y le imprimiera en la boca un beso largo y neto, tras el cual maldito lo que le importarían el dálmata y el enano melancólico, y estaría dispuesto a zambullirse con ella y con el capitán Haddock y con el mismo diablo en busca del *Unicornio,* o del *Dei Gloria,* o del sueño más imposible. Pero ella se quedó en el contraluz dorado, y no hizo ni dijo nada. Y Coy se vio bajando las escaleras mientras dejaba atrás el gemido de *Zas* que lo añoraba. Iba con un vacío espantoso en el pecho y el estómago, con la garganta seca, con un cosquilleo desazonador en las ingles. Con una náusea que le hizo detenerse en el primer rellano, apoyado en la pared, y llevarse a la boca las manos que le temblaban.

La tierra, concluyó tras mucho darle vueltas, no era más que una vasta coalición determinada a fastidiar al marino: tenía agujas que no figuraban en las cartas, y arrecifes, y barras de arena, y cabos con restingas traidoras; y además estaba poblada por una multitud de funcionarios, aduaneros, amarradores, capitanes de puerto, policías, jueces y mujeres de piel moteada. Sumido en tan lóbregos pensamientos, Coy vagó por Madrid toda la tarde. Vagó como los héroes heridos de las películas y los libros, como Orson Welles en *La dama de Shanghai,* como Gary Cooper en *El misterio del barco perdido,* como Jim perseguido de puerto en puerto por el fantasma del *Patna.* La diferencia estribó en que ninguna Rita Hayworth ni ningún capitán Marlowe le dirigieron la palabra, y anduvo inadvertido y silencioso entre la gente, las manos en los bolsillos de su chaqueta azul, deteniéndose ante los semáforos en rojo y cruzándolos en verde, tan anodino y gris como cualquiera. De pronto se sentía incierto, desplazado, miserable. Caminó ávidamente en busca de los muelles, del puerto donde encontrar al menos, en el olor del mar y en el chapoteo del agua bajo los cascos de hierro, el consuelo de lo familiar; y tardó un rato en caer en la cuenta, cuando se detuvo indeciso en la plaza de la Cibeles sin saber qué dirección tomar, que aquella ciudad grande y ruidosa no tenía puerto. El descubrimiento llegó con la fuerza de una revelación desagradable y lo hizo flaquear, casi tambalearse, hasta el punto de que fue a sentarse en un banco, frente a la verja de un jardín desde la que dos militares con cordones en el uniforme, boinas rojas y fusiles en bandolera, lo observaban con desconfianza. Más tarde, cuando siguió camino y el cielo empezó a enrojecer al extremo de las avenidas, hacia el oeste, y luego a tornarse sombrío y gris al otro lado de la ciudad, recortando los edificios donde encendían las primeras luces, su desolación dio paso a una irritación creciente: una furia contenida, hecha de desdén hacia aquella imagen que lo perseguía en las vitrinas de los escaparates, y de ira hacia quienes pasaban por su lado rozándolo, empujándolo al detenerse en los pasos de peatones, gesticulando imbécilmente al parlotear por sus teléfonos móviles, entorpeciéndole el paso con bolsas de grandes almacenes, el andar torpe, errático, los grupos detenidos en conversación. Un par de veces devolvió los empujones, colérico, y en algún caso la expresión indignada de un transeúnte se volvió confusión y sorpresa al encontrar su rostro endurecido; la mirada aviesa, amenazadora, de sus ojos sombríos como una sentencia. Nunca en su vida, ni siquiera la mañana en que la comisión investigadora le administró dos años sin barco, se había parecido tanto al alma en pena del Holandés Errante.

Una hora después estaba borracho, sin trámites previos de azul ni de otro color. Había entrado en una bodega próxima a la plaza de Santa Ana, y señalando con el dedo una añeja botella de Centenario Terry que debía de llevar medio siglo durmiendo el sueño de los justos en un estante, se retiró a un rincón provisto de ella y de una copa. Las de coñac son como darte en la cabeza con un piolet, decía el Torpedero al caer de rodillas vomitando los higadillos tras haber ingerido suficiente para hablar con conocimiento de causa. Son mortales de necesidad. Una vez, en Puerto Limón, el Torpedero se había quedado frito de trasegar Duque de Alba, inconsciente encima de una puta pequeñita que había tenido que pedir socorro a gritos para que le quitaran aquellos cien kilos que estaban a punto de asfixiarla; y luego, al despertarse en su camarote —hubo que buscar una furgoneta para devolverlo al barco—, había pasado tres días largando lastre en forma de bilis, entre sudores fríos, pidiendo a voces que algún amigo lo rematara de una vez. Coy no tenía encima de quien desmayarse aquella noche, ni tampoco barco al que regresar, ni amigos que lo llevaran con furgoneta o sin ella —el Torpedero estaba en algún lugar desconocido, y el Gallego Neira se había reventado el hígado y el bazo al caer de la escala de gato de un petrolero, al mes de conseguir plaza de práctico en Santander—; pero hizo honor al coñac, dejándolo deslizarse una y otra vez por su garganta hasta que todo empezó a distanciarse un poco, y la lengua y las manos y el corazón y las ingles dejaron de dolerle, y Tánger Soto volvió a ser una más entre los miles de mujeres que cada día nacen, viven y mueren en el ancho mundo; y él pudo comprobar que la mano que iba y venía hacia la copa y la botella se movía cada vez más como a cámara lenta.

La botella estaba por la mitad, justo un poco por debajo de la línea de flotación, cuando Coy, que conservaba un resto de prudencia, dejó de beber y miró alrededor. Todo parecía hallarse en un plano ligeramente escorado, hasta que se dio cuenta de que era él quien se encontraba sobre la mesa con la cabeza caída. Nada más grotesco, pensó, que un fulano mamándose en público, solo y a su aire. Entonces se levantó muy lentamente y salió a la calle. Anduvo procurando disimular su estado, siguiendo discreto con el hombro las paredes a fin de mantener la línea recta, paralela al bordillo de la acera. Al cruzar la plaza, el aire le hizo bien. Se detuvo, sentado en un banco bajo la estatua de Calderón de la Barca, y desde allí observó con las palmas de las manos apoyadas en las rodillas a la gente que paseaba ante sus ojos desenfocados. Vio a los mendigos de la litrona, los tres hombres y la mujer del otro día que bebían sentados en el suelo, con su perrillo, vigilados por Robocop desde la puerta del hotel Victoria. Negó con la cabeza cuando un magrebí le ofreció una china de hachís —para canutos estoy yo, colega—, y por fin, más despejado, siguió camino hasta la pensión. Ahora el Centenario Terry se había diluido lo suficiente en sus pulmones, en su orina o en donde fuera, para permitirle percibir con más nitidez las imágenes. Y gracias a eso pudo ver que el dálmata, o sea, el fulano de Barcelona con coleta gris y un ojo de cada color, estaba sentado a una mesa del bar junto a la puerta, con un vaso de whisky en la mano y las piernas cruzadas, esperándolo.

—Hágase cargo —concluyó el tipo—. Ellas desean que nos las tiremos. O más bien desean que deseemos tirárnoslas. Pero sobre todo desean que paguemos por ello. Con nuestro dinero, con nuestra libertad, con nuestro pensamiento... En su mundo, créame, no existe la palabra *gratis*.

Seguía allí, con el whisky en la mano como si tal cosa, y Coy se hallaba sentado enfrente, escuchando. Había dejado de estar sorprendido mucho rato antes y ahora atendía con interés, ante un vaso con tónica, hielo y limón que ni siquiera había tocado. El coñac aún se deslizaba suavemente por su sangre. A veces el dálmata hacía tintinear el hielo en su vaso, miraba el contenido y se lo llevaba a los labios, pensativo, para beber un poco antes de seguir la charla. Coy confirmó que su español tenía un vago acento extranjero, entre andaluz y británico.

—Y deje que le diga una cosa: cuando una decide liarse la manta a la cabeza, no hay quien... Se lo digo yo. Cuando por fin toman una decisión, la que sea, se vuelven implacables. Se lo juro. Las he visto mentir... Por Dios. Le juro que las he visto mentir en mi propia almohada, hablando con el marido por teléfono, con una sangre fría... Increíble.

Había una tienda de maniquíes al lado, y a veces Coy miraba el escaparate. Cuerpos desnudos en diversas posturas, sentados y en pie, hombres y mujeres sin sexo modelado, con peluca unos, el cráneo limpio otros, la carne sintética reluciendo bajo los focos de la vitrina. Varias cabezas cercenadas sonreían en un estante. Los muñecos femeninos tenían senos de pezones puntiagudos. Un escaparatista con sentido del humor, un toque mojigato, una reminiscencia clásica casual o consciente, hacían que uno de los maniquíes alzara un brazo articulado en el codo y la muñeca hacia el pecho, púdico, y mantuviese el otro sobre el supuesto sexo. Venus saliendo directamente de una concha, travestida de replicante Pris Nexus 6 en *Blade Runner*.

—¿También la tuvo a ella en su almohada?

El dálmata miró a Coy casi con reproche. Llevaba el pelo limpio y bien peinado hacia atrás, recogido con una cinta elástica negra. La camisa era blanca, con botones en las puntas del cuello, y la llevaba abierta, sin corbata. Piel bronceada sin exageraciones. Zapatos impecables, cómodos, de buena piel. El reloj caro, pesado, de oro, en la muñeca izquierda. Anillos de oro. Manos de uñas muy cuidadas. Otro anillo en el meñique de la derecha, grueso, también de oro. Cadenas de lo mismo asomando por el cuello, con medallas y un antiguo doblón español. Gemelos de oro asomando en los puños. Aquel tipo, pensó Coy, parecía un escaparate de Cartier. Con lo que llevaba encima podían fundirse un par de lingotes.

—No... Claro que no —el dálmata parecía sinceramente escandalizado—. No sé por qué lo dice. Mi relación con ella...

Se detuvo como si eso, se tratara de lo que se tratase, fuera evidente. Al cabo de un instante debió de caer en la cuenta de que no lo era, pues hizo tintinear el hielo en el vaso y, esta vez sin beber nada, puso a Coy al corriente de la historia. O más bien lo puso al corriente de la versión de la historia según Nino Palermo. Nino Palermo era él mismo, y eso daba a su relato un valor sólo relativo. Pero ese individuo era la única persona que parecía dispuesta a contarle algo a Coy; éste no disponía de otra versión más autorizada, y dudaba mucho de llegar a disponer de ella nunca. Así que se estuvo quieto, bien callado y atento, desviando los ojos hacia el escaparate de los maniquíes sólo cuando el otro fijaba en él demasiado tiempo ora el ojo verde, ora el ojo pardo —bicoloridad incómoda para estar delante—. Supo así que Nino Palermo era el dueño de Deadman's Chest, una empresa dedicada al rescate de buques hundidos y salvamento marítimo con sede social en Gibraltar. Quizás Coy, pues Palermo tenía entendido que era marino, había oído hablar de Deadman's Chest cuando los trabajos de reflotamiento del *Punta Europa,* un ferry hundido el año anterior con cincuenta pasajeros en la bahía de Algeciras. O, en otro orden de cosas —eso lo añadió tras una corta pausa—, cuando la recuperación del *San Esteban,* un galeón rescatado cinco años atrás en los cayos de Florida con un cargamento de plata mejicana. O en el más reciente caso de la nave romana descubierta con estatuas y cerámica frente a la roca de Calpe.

En ese punto Coy pronunció en voz alta las palabras buscador de tesoros, y el otro sonrió de un modo que dejaba ver un diente o dos a un lado de la boca, antes de apuntar que sí, que en cierto modo. Que eso de los tesoros era un concepto muy relativo, según y cómo. Y además, amigo mío, no es oro todo lo que reluce. O a veces lo que no reluce resulta que sí lo es. Después, entre más frases dejadas a medias, Palermo descruzó y volvió a cruzar las piernas, hizo tintinear de nuevo el hielo en el vaso, y esta vez sí bebió un largo trago que dejó los cubitos de hielo varados sobre el fondo.

—No es una aventura, sino un trabajo —dijo despacio, cual si pretendiera darle todas las oportunidades para que comprendiese—. Una cosa es ir al cine, o pretender vivir como si uno estuviese en la fila catorce comiendo palomitas con la novia, y otra invertir dinero, investigar y hacer trabajos de prospección con seriedad profesional... Yo trabajo para mí y para mis socios, reúno el capital necesario, obtengo resultados y reparto dividendos, dándole al césar... Ya sabe. El Estado, sus leyes y sus impuestos. También beneficio a museos, instituciones... Cosas de ésas.

—Algo se le quedará en el bolsillo.

—Por supuesto. Y procuro que sea... Por Dios. Yo tengo dinero, oiga. Procuro arriesgar el de mis socios, naturalmente; pero también me juego el mío. Tengo abogados, investigadores, buceadores experimentados que trabajan para mí... Soy un profesional.

Dicho aquello se quedó un poco callado, clavada en Coy su mirada bicolor, acechando el efecto. Pero Coy, que permanecía inexpresivo, no debió de parecerle muy impresionado.

—El problema —prosiguió— es que este trabajo mío necesita... No puede uno ir contando su vida. Por eso hay que moverse con cautela. No hablo de ilegalidades, aunque a veces... En fin. Usted se hace cargo. La palabra clave es *prudencia*.

—¿Y qué tiene que ver ella con todo esto?

Palermo lo dijo, y mientras lo hacía su aire apacible se endureció, y la cólera le vino de golpe a los ojos y a la boca. Coy vio que apretaba un puño, el del anillo grueso de oro en el meñique, y se habría echado a reír ante aquel acceso de ira de no hallarse tan interesado en la historia que su interlocutor iba contándole en tono amargo, desabrido, que en ocasiones rozaba lo agresivo. Él había conseguido una pista. La búsqueda de antiguos naufragios siempre empezaba por pistas simples, casi tontas a veces, y él tenía... Por Dios. El azar, en forma de un hurón de bibliotecas llamado Corso, un tipo que le suministraba material relacionado con el mar, cartas náuticas antiguas, derroteros y cosas así —un desaprensivo, dicho fuera de paso, que cobraba carísimo—, le había puesto en las manos un libro publicado en 1803 sobre la actividad marítima de la Compañía de Jesús. Se llamaba *La flota negra: los jesuitas en las Indias Orientales y Occidentales,* había sido escrito por Francisco José González, bibliotecario del observatorio de marina de San Fernando, y en ese libro Palermo encontró el nombre del *Dei Gloria.*

—Allí había... Por Dios. Lo supe al momento. Uno *sabe* cuando hay algo esperándolo —se rozó la nariz con el pulgar—. Lo siente aquí.

—Supongo que se refiere a un tesoro.

—Me refiero a un barco. A un buen, viejo y hermoso barco hundido. Lo del tesoro viene después, si viene. Pero no crea que... Imprescindible no es la palabra. No lo es.

Inclinó la cabeza, mirándose el anillo grande. En ese momento Coy se fijó de veras en él. Parecía otra moneda antigua, auténtica. Tal vez árabe, o turca.

—El mar cubre dos tercios del planeta —dijo inesperadamente Palermo—. ¿Imagina todo lo que ha ido a parar al fondo en los últimos tres o cuatro mil años? El cinco por ciento de los barcos que han navegado... Como se lo digo. Al menos el cinco por ciento está bajo las aguas. El más extraordinario museo del mundo: ambición, tragedia, memoria, riqueza, muerte... Objetos que valen dinero si los sacamos a la superficie, pero también... ¿Comprende? Soledad. Silencio. Sólo quien ha sentido un escalofrío de terror ante la silueta oscura de un casco hundido... Hablo de la penumbra verdosa de allá abajo, si sabe a lo que me refiero... ¿Sabe a lo que me refiero?

El ojo verde y el ojo pardo estaban clavados en Coy, animados por un brillo súbito que parecía febril, o peligroso, o tal vez las dos cosas a la vez.

—Sé a qué se refiere.

Nino Palermo le dirigió una vaga sonrisa de aprecio. Había pasado la vida, contó, metiéndose en el agua primero por cuenta de otros y luego por cuenta propia. Había visitado pecios cubiertos de coral en el mar Rojo, descubierto un cargamento de cristal bizantino frente a Rodas, buscado libras esterlinas en el *Carnatic* y rescatado en Irlanda doscientos doblones, tres cadenas de oro y un crucifijo de piedras preciosas del galeón *Gerona*. Había trabajado con los equipos de rescate de los barcos del mercurio *Guadalupe* y *Tolosa*, y con Mel Fisher en el *Atocha*. Pero también había buceado entre los espectrales barcos de la flota hundida a ochenta metros en la Martinica, junto al Monte Pelado, visitado el casco del *Yongala* en el mar de las Serpientes, y el del *Andrea Doria* en su tumba acuática del Atlántico. Había visto el *Royal Oak* panza arriba en el fondo de Scapa Flow y la hélice del corsario *Emdem* en el atolón de los Cocos. Y a veinte metros de profundidad, bajo una luz fantasmal dorada y azul, el esqueleto medio deshecho de un piloto alemán en la cabina de su Focke-Wulf hundido frente a Niza.

—No me negará —dijo— que es un currículum.

Se detuvo y, haciendo un gesto al camarero, pidió otro whisky para él y una nueva tónica para Coy, que ni siquiera había tocado la otra. Se habrá calentado, dijo. Buscar bajo las aguas era su modo de vida y su pasión, prosiguió luego, mirándolo como si desafiara a probar lo contrario. Pero no todos los naufragios eran importantes, explicó; en la antigüedad ya hacían rescates los buceadores griegos. Por eso los más apetecibles eran aquéllos sin supervivientes: al carecerse de información sobre el lugar del hundimiento, permanecían ocultos e intactos. Y ahora, Palermo había hallado una nueva pista. Una buena y hermosa pista virgen en un libro antiguo. Un nuevo misterio, o desafío, y la posibilidad de buscar una respuesta.

—Entonces —había levantado su vaso como si buscase a alguien para arrojárselo a la cara— cometí el error de... ¿Comprende? El error de acudir a esa zorra.

Quince minutos más tarde, la segunda tónica seguía intacta sobre la mesa, tan caliente como la primera. En cuanto a Coy, se le habían disipado un poco más los vapores del Centenario Terry y se hallaba al corriente del envés de la trama. O al menos de la versión sostenida por Nino Palermo, ciudadano británico con residencia en Gibraltar, propietario de la empresa Deadman's Chest de Trabajos Subacuáticos y Salvamento Marítimo.

Medio año antes, Palermo había ido al Museo Naval de Madrid como otras veces, en busca de información. Esperaba confirmar que un bergantín salido de La Habana y desaparecido antes de llegar a su destino había naufragado en la proximidad de las costas españolas. El barco no transportaba carga conocida como valiosa, pero había indicios interesantes: el nombre *Dei Gloria* estaba, por ejemplo, en una de las cartas incautadas cuando la disolución de la Compañía en tiempos de Carlos III, que Palermo encontró mencionada por el bibliotecario de San Fernando en su libro sobre los barcos y la actividad marítima de los ignacianos. La cita *«pero la justicia de Dios no permitió que el Dei Gloria llegara a su destino con la gente y el secreto que transportaba»* fue cruzada por él mismo con el índice de documentos del Archivo de Indias de Sevilla,

Viso del Marqués y Museo Naval de Madrid... Y cling, cling. Premio. En el catálogo de la biblioteca de este último figuraba un informe fechado en febrero de 1767 en Cartagena *«sobre la pérdida del bergantín Dei Gloria en combate con el jabeque corsario que se presume sea el llamado Serguí»*. Eso lo llevó a ponerse en contacto con el Museo Naval, y con Tánger Soto, que —en mala hora y maldita fuera su estampa— era la encargada de ese departamento. Tras un primer contacto exploratorio fueron a comer a Al-Mounia, un restaurante árabe de la calle Recoletos. Allí, frente a un cuscús de cordero con verduras, él había representado su número de modo convincente. Nada de abrirle su corazón, por supuesto. Era perro viejo y conocía los riesgos. Sólo sacó a colación el *Dei Gloria* entre otros asuntos, casi con la punta de los dedos. Ella, educada, eficiente, amable y maldita bruja, había prometido ayudarlo. Eso había dicho: ayudarlo. Buscarle una copia de los documentos si éstos seguían en el fondo confiado a la institución, etcétera. Lo telefonearé, había asegurado la perra. Y sin un parpadeo, por Dios. Ni uno. De eso hacía meses, y no sólo ella no telefoneó nunca, sino que había utilizado la influencia de la Armada para bloquearle cualquier vía de acceso a los archivos del museo. Incluso a los documentos relativos al manifiesto de embarque del bergantín en La Habana, que él había localizado al fin en el índice del archivo de marina de Viso del Marqués, pero que no pudo consultar por hallarse, le contaron allí, bajo estudio oficial del ministerio de Defensa. Palermo había seguido moviéndose, por supuesto. Conocía el medio y tenía dinero para gastar. Su averiguación paralela había marchado razonablemente, y ahora se hallaba en condiciones de sostener que el bergantín se hundió cerca de Cartagena, y que transportaba algo, objetos o personas, de suma importancia. Tal vez aquella acción del corsario *Serguí* —un *Chergui* inglés con patente argelina se perdió en las mismas aguas y las mismas fechas— no fuese del todo azar. Palermo había intentado muchas veces hablar con Tánger Soto para pedirle explicaciones, sin resultado: silencio total. Ella era muy lista escurriendo el bulto, o tenía suerte, como en Barcelona cuando Coy anduvo de por medio. Vaya si la tenía. Al cabo, Palermo acabó por comprender, estúpido de él, que ella no sólo se la había jugado, sino que estaba moviendo sus propias piezas a la chita callando. La sospecha se convirtió en certeza cuando la vio aparecer en la subasta detrás del Urrutia.

—La mosquita muerta —concluyó Palermo— había decidido... Por Dios. ¿Comprende usted?... El *Dei Gloria* por su cuenta.

Coy movió la cabeza, aunque en realidad estaba digiriendo cuanto acababa de oír.

—Que yo sepa —puntualizó— trabaja por cuenta del Museo Naval.

El otro soltó una carcajada muy corta y muy ruda. Con pocas ganas.

—Eso creía yo. Pero ahora... Ésa es de las que muerden con la boquita cerrada.

Coy se tocó la nariz, sintiéndose todavía perplejo.

—En tal caso —dijo— póngase en contacto con sus superiores y reviéntele la operación.

Palermo hizo tintinear el hielo de su nuevo whisky.

—Eso sería reventar también la mía... No soy tan estúpido.

Había hecho otra vez aquella rápida mueca que le dejaba al descubierto un par de dientes parecidos a los de un tiburón. Este tío, pensó Coy, sonríe como una tintorera ante un calamar de dos palmos.

—Es como una carrera de fondo, ¿comprende? —añadió Palermo—. Yo tengo mejores... Por Dios. Ella salió con ventaja gracias a mi descuido. Pero esta clase de esfuerzos... He recuperado terreno. Aún ganaré más.

Coy encogió los hombros.

—Pues le deseo suerte.

—Algo de esa suerte depende de usted. Me basta con mirar a un hombre a la cara para saber... —Palermo guiñó el ojo pardo—. Ya me entiende.

—Se equivoca. No lo entiendo.

—Para saber por cuánto se vende.

A Coy no le gustó la mirada que tenía enfrente. O tal vez le desagradaba el tono de confianza, cómplice, con que su interlocutor había pronunciado las últimas palabras.

—Yo estoy fuera —dijo con frialdad.

—No me diga.

El tono zumbón del otro no contribuía a mejorar las cosas. Coy sintió reavivársele la antipatía.

—Pues ya ve. Tendrá que tratar con ella —procuró torcer la boca del modo más insolente posible—. ¿No han probado a asociarse?... Por lo visto pertenecen a la misma camada.

Palermo no parecía ofendido en absoluto. Más bien consideraba la cuestión con aire ecuánime.

—Es una posibilidad —repuso—. Pero dudo que ella... Se cree con los ases en la mano.

—Acaba de perder algunos. Por lo menos, una sota.

Otra vez enfrente la sonrisa de escualo. Ahora esperanzada, lo que no contribuía a que fuese más agradable.

—¿Habla en serio? —Palermo reflexionaba, interesado—... Me refiero a lo de no seguir con ella.

—Claro que hablo en serio.

—¿Sería indiscreto preguntarle por qué?

—Acaba de decirlo hace un momento: no juega limpio. Más o menos como usted —de pronto recordó algo—... Y puede decirle a su enano melancólico que ande tranquilo. Ya no tendré que romperle la cara si me lo encuentro.

Palermo, que se disponía a beber, se detuvo mirando a Coy por encima del vaso.

—¿Qué enano?

—No se haga el listo también usted. Sabe de quién le estoy hablando.

Todavía con el vaso a medio camino, los ojos bicolores se entornaron, astutos.

—No debe malinterpretar...

Palermo empezó a decir eso; pero luego, pensándolo mejor, calló, con el pretexto de llevarse la bebida a los labios y tomar un sorbo. Al dejarlo sobre la mesa había cambiado de conversación:

—No puedo creer que la deje, sin más.

Ahora le tocó a Coy el turno de sonreír. Seguro que yo no sonrío como este fulano aunque me lo proponga, se dijo. Seguro que a mí no me sale cara de tiburón, sino de merluzo. Se sentía estafado por todo el mundo, empezando por sí mismo.

—Yo tampoco me lo creo del todo —dijo.

—¿Vuelve a Barcelona?... ¿Qué hay de su problema?

—Vaya —movía la cabeza, con fastidio—. Veo que también se ha interesado por mi currículum.

El otro alzó la mano izquierda en el aire, cual si acabara de tener una idea. Extrajo una tarjeta de visita de un abultado billetero lleno de tarjetas de crédito, y escribió algo en ella. Las luces del escaparate de los maniquíes hacían relucir los anillos en sus manos. Coy le echó un vistazo a la tarjeta antes de guardarla en el bolsillo: *Nino Palermo. Deadman's Chest Ltd. 42b Main Street. Gibraltar.* Debajo había anotado el número telefónico de un hotel de Madrid.

—Tal vez pueda compensarlo de algún modo —Palermo hizo una pausa, se aclaró la garganta, bebió un nuevo trago, lo miró de pronto—. Necesito que alguien junto a la señorita Soto...

Dejó también esa frase en el aire, el tiempo suficiente para que su interlocutor acabara de completarla del modo adecuado. Coy estuvo un rato quieto, observándolo. Luego se inclinó hacia adelante, hasta apoyar las palmas de las manos sobre la mesa.

—Váyase a tomar por el culo.

—¿Perdón?

Palermo había parpadeado, con cara de estar esperando otra cosa. Coy empezó a levantarse, y con secreto placer comprobó que el otro se echaba ligeramente atrás en la silla.

—Lo que he dicho. Sodomizar. Porculizar. Romperle el ojete. ¿Me explico? —ahora las manos que apoyaba en la mesa se habían cerrado hasta convertirse en puños—... O sea, que le vayan dando a usted, al enano y al *Dei Gloria.* Y también a ella.

El otro no lo perdía de vista. El ojo verde parecía aún más frío y atento que el pardo, más dilatado; igual que si medio cuerpo estuviese representando temor y la otra mitad se hallara en guardia, calculando.

—Piénselo —dijo Palermo, y apoyó una mano en la manga de Coy, como si pretendiera convencerlo, o retenerlo. Era la mano del anillo con la moneda de oro, y éste la sintió con desagrado sobre los músculos tensos de su antebrazo.

—Quíteme esa mano de encima —dijo— o le arranco la cabeza.

V. El meridiano cero

Establecido el primer meridiano, colóquense todos los lugares principales por latitudes y longitudes.

Mendoza y Ríos. *Tratado de navegación*

Durmió durante toda la noche y parte de la mañana. Durmió como si le fuera la vida en ello, o como si deseara mantener la vida afuera, a distancia, el mayor tiempo posible; y una vez desvelado siguió intentándolo, contumaz. Dio vueltas y vueltas en la cama, cubriéndose los ojos, intentando esquivar el rectángulo de claridad en la pared. Apenas despierto había observado ese rectángulo con desolación: el trazo de luz estaba en apariencia quieto, y sólo variaba su posición de modo casi imperceptible a medida que transcurrían los minutos. A simple vista parecía tan inmóvil como solían estar las cosas en tierra firme; y antes de recordar que se hallaba en el cuarto de una pensión a cuatrocientos kilómetros de la costa más próxima, supo, o intuyó, que tampoco ese día despertaba a bordo de un barco: allí donde la luz que entra por los portillos se mueve y oscila suavemente de arriba abajo y de un lado a otro, mientras el trepidar suave de las máquinas se transmite a través de las planchas del casco, runrún, runrún, y éste se balancea en el vaivén circular de la marejada.

Se dio una ducha corta y desagradable —pasadas las diez de la mañana, los grifos de la pensión sólo suministraban agua fría— y salió a la calle sin afeitar, con los tejanos y una camisa limpia y la chaqueta sobre los hombros, a buscar una oficina de Renfe para sacar un billete de vuelta a Barcelona. Tomó un café por el camino, compró un periódico que fue a parar a la papelera apenas hojeado, y luego anduvo por el centro de la ciudad sin rumbo definido, hasta terminar sentado en una pequeña plaza del Madrid viejo, en uno de esos lugares con árboles de antiguos conventos al otro lado de una tapia, casas de balcones con macetas y amplios zaguanes de gato y portera. El sol era suave y propiciaba una agradable pereza. Estiró las piernas, sacando del bolsillo la ajada edición en rústica de *El barco de la muerte,* de Traven, que por fin había comprado en la cuesta Moyano. Durante un rato intentó concentrarse en la lectura; pero justo en el momento en que el ingenuo marinero Pippip, sentado en el muelle, imagina al *Tuscaloosa* en mar abierto y volviendo a casa, Coy cerró el libro y se lo metió de nuevo en el bolsillo. Tenía la cabeza muy lejos de aquellas páginas. La tenía llena de humillación y vergüenza.

Al rato se levantó, y sin apresurarse emprendió camino de regreso a la plaza de Santa Ana, el gesto sombrío acentuado en el mentón oscurecido por la barba de día y medio. De pronto sintió malestar en el estómago, y recordó que no había comido nada en veinticuatro horas. Fue a un bar, pidió un pincho de tortilla y una caña, y llegó a la pensión pasadas las dos. El Talgo salía hora y media más tarde, y la estación de Atocha estaba cerca. Podía bajar caminando e ir en tren hasta la de Chamartín, así que hizo con calma su reducido equipaje: el libro de Traven, una camisa limpia y otra sucia que metió en una bolsa de plástico, alguna ropa interior, un jersey de lana azul. Enrolló los útiles de aseo en un pantalón caqui de faena y lo colocó todo en la bolsa de lona. Se puso las zapatillas de tenis y guardó los viejos mocasines náuticos. Efectuó cada uno de esos movimientos con la misma precisión metódica que habría usado para trazar un rumbo, aunque maldita fuera su estampa si en aquel momento tenía en mente rumbo alguno: se limitaba a poner toda su concentración en no pensar. Después bajó, pagó y salió a la calle con la bolsa al hombro. Se detuvo, entornando los ojos ante el sol que daba vertical en la plaza, para frotarse el estómago, molesto. El pincho de tortilla le había sentado como un tiro. Miró a un lado, luego a otro, y echó a andar. Menudo viaje, pensaba. Por una sarcástica asociación de ideas le vinieron a la cabeza los compases de *Noche de samba en Puerto España*. Primero una canción, decía la letra. Detrás la borrachera, y al final tan sólo un llanto de guitarra. Silbó medio estribillo sin apenas darse cuenta, antes de callarse en seco. Acuérdate, se dijo, de no volver a tararear eso en tu puta vida. Miraba el suelo, y la sombra parecía estremecerse de risa ante sus pasos. De todos los retrasados mentales del mundo —y tenía que haber unos cuantos—, ella lo había elegido a él. Aunque no era del todo exacto. A fin de cuentas, era él quien se había puesto delante de ella, primero en Barcelona y luego en Madrid. Nadie obliga al ratón, había leído una vez en alguna parte. Nadie obliga a ese roedor gilipollas a ir zascandileando, dándoselas de machito por las ratoneras. Sobre todo, sabiendo de sobra que en este mundo los vientos de proa soplan más a menudo que los de popa.

No había llegado a la esquina cuando la encargada de la pensión salió corriendo a la calle, tras él, y gritó su nombre. Señor Coy. Señor Coy. Tenía una llamada telefónica.

—Canallas —dijo Tánger Soto.

Era una chica templada, y apenas podía advertirse un leve temblor en su voz; una nota de inseguridad que procuraba controlar pronunciando las palabras justas. Estaba todavía vestida de calle, con falda y chaqueta, y se apoyaba en la pared del saloncito, cruzados los brazos, un poco inclinado el rostro, mirando el cadáver de *Zas*. Coy se había cruzado en la escalera con dos policías uniformados, y encontró a un tercero recogiendo en un maletín los instrumentos utilizados para buscar huellas dactilares: tenía la gorra sobre la mesa, y el radiotransmisor colgado de su cinturón emitía un apagado rumor de conversaciones. El agente se movía con cuidado entre los enseres revueltos de la casa. No había mucho desorden: algún cajón abierto, papeles y libros por el suelo, y el ordenador con la caja desatornillada y los cables y conexiones al aire.

—Aprovecharon que estaba en el museo —murmuró Tánger.

Salvo aquel temblor en la voz, no parecía frágil sino sombría. Su piel moteada se había vuelto de un mate pálido, conservaba los ojos secos y el gesto endurecido, las manos clavándose los dedos en los brazos con tanta fuerza que blanqueaban sus nudillos. No apartaba la vista del perro. El labrador seguía de costado en la alfombra, con los ojos vidriosos y la boca entreabierta por la que salía un hilillo de espuma blanquecina que ya empezaba a secarse. Según la policía, habían forzado la puerta; y luego, antes de abrirla del todo, le echaron al perro el trozo de

carne preparado con un veneno rápido, quizás etilengli-
col. Quienes fuesen, sabían lo que buscaban y lo que iban
a encontrar. No habían causado destrozos inútiles, limitándose a robar algunos documentos de los cajones, todos
los disquetes y el disco duro del ordenador. Sin duda era
gente que venía a tiro hecho. Profesionales.

—No necesitaban matar a *Zas* —dijo ella—. No
era un perro guardián... Jugaba con cualquiera.

Las últimas palabras se quebraron con una nota
de emoción que reprimió en seguida. El policía del maletín había terminado con lo suyo, así que se puso la gorra,
saludó y se fue, tras decir algo sobre los empleados municipales que pasarían a recoger al perro. Coy cerró la puerta —observó que la cerradura funcionaba todavía— pero
después de echarle otro vistazo al cuerpo de *Zas* la abrió
de nuevo dejándola entornada, como si cerrar la casa con el
cadáver del perro dentro fuese improcedente. Ella permaneció inmóvil, apoyada en la pared, cuando él cruzó el salón y fue hasta el cuarto de baño. Volvió con una toalla
grande y se inclinó sobre el labrador. Por unos instantes
miró con afecto los ojos muertos del animal, recordando
sus lengüetazos del día anterior, el rabo moviéndose alegre en demanda de una caricia, su mirada inteligente
y fiel. Experimentaba una pena honda, una piedad que
removía su interior, incomodándolo con sentimientos
casi infantiles que todo hombre adulto cree olvidados.
Con *Zas* tenía la impresión de haber perdido un amigo
silencioso y reciente; de esos que no se buscan porque son
ellos quienes te eligen a ti. Desde su punto de vista, aquella
tristeza resultaba fuera de lugar: sólo había estado con el
perro un par de veces, y nada hizo para ser acreedor de su
lealtad ni para lamentar su muerte. Y sin embargo allí es-

taba, con una extraña congoja, un picorcillo molesto en la nariz y en los ojos. Sentía como suyo el desamparo, la desolación, la inmovilidad del infeliz animal. Quizás había saludado a sus asesinos moviendo alegremente el rabo, en demanda de una palabra amable o una caricia.

—Pobre *Zas* —murmuró.

Tocó un momento con los dedos la cabeza dorada del labrador, despidiéndose de él, y luego lo cubrió con la toalla. Al incorporarse vio que Tánger lo miraba. Seguía apoyada en la pared con los brazos cruzados, sombría e inmóvil.

—Ha muerto solo —dijo Coy.

—Todos morimos solos.

Se quedó aquella tarde, y parte de la noche. Primero estuvo sentado en el sofá después que los empleados municipales se llevaron al perro, viendo cómo ella iba y venía remediando el desorden. La vio moverse sin apenas decir palabra, apilando papeles, colocando libros en sus estantes, cerrando cajones; parada frente al ordenador destripado, las manos en las caderas mientras evaluaba el destrozo, pensativa. Nada irreparable, había dicho en respuesta a una de las pocas preguntas que él formuló al principio. Después siguió ocupándose de la casa hasta que todo estuvo en regla. Lo último que hizo fue arrodillarse donde había estado *Zas*, y limpiar con una bayeta y agua los restos de espuma blanquecina que se habían secado sobre la alfombra. Hizo todo eso con una obstinación disciplinada, lúgubre, como si la tarea la ayudara a controlar sus sentimientos, dominando la oscuridad que amenazaba desbordar su semblante. Las puntas del cabello dorado le oscilaban junto al mentón, dejando entrever la nariz y los pómulos cubiertos de pecas, cuando por fin se puso en pie y miró alrededor, para ver si todo estaba como debía estar. Entonces fue hasta la mesa, cogió el paquete de Players y encendió un cigarrillo.

—Anoche estuve con Nino Palermo —dijo Coy.

No pareció sorprendida en absoluto. Ni siquiera dijo nada. Se quedó de pie junto a la mesa, el cigarrillo entre dos dedos y la mano un poco en alto, sostenido el codo por la otra.

—Me contó que lo engañaste —prosiguió él—. Y que también intentas engañarme a mí.

Esperaba excusas, insolencia o desdén; pero sólo hubo silencio. El humo del cigarrillo subía recto hacia el techo. Ni una espiral, observó. Ni una agitación, ni un estremecimiento.

—No trabajas para el museo —añadió, con deliberados espacios entre cada palabra— sino para ti misma.

Se parecía, descubrió de pronto, a esas mujeres que miran desde ciertos cuadros. Miradas impasibles, capaces de sembrar la inquietud en el corazón de cualquier varón que las observe. La certeza de que saben cosas que no dicen; pero que, si uno se detiene frente a ellas el tiempo suficiente, puede intuir en sus pupilas inmóviles. Arrogancia dura, sabia. Lucidez antigua. El pensamiento del primer día que estuvo en aquella casa volvió a rondarle la cabeza: había niñas que ya miraban de ese modo, sin haber tenido tiempo material que lo justificara; sin haber vivido suficiente para aprenderlo. Penélope debía de mirar así cuando apareció Ulises veinte años después, reclamando su arco.

—Yo no te pedí que vinieras a Madrid —dijo ella—. Ni que complicaras mi vida y la tuya en Barcelona.

Coy la miró un par de segundos, todavía absorto, la boca entreabierta de modo casi estúpido.

—Es cierto —admitió.

—Eres tú quien quiso jugar. Yo me limité a establecer unas reglas. Si te convienen o no, es asunto tuyo.

Había movido por fin la mano que sostenía el cigarrillo, y la brasa de éste brilló entre sus dedos al llevárselo a los labios. Luego se quedó inmóvil otra vez, y el humo volvió a formar una línea vertical fina y perfecta.

—¿Por qué me mentiste? —preguntó Coy.

Tánger suspiró con suavidad. Apenas un aliento de fastidio.

—Yo no he mentido —dijo—. Te he contado la versión que me convenía contarte... Recuerda que tú eres un intruso y que ésta es mi aventura. No puedes exigirme nada.

—Esos hombres son peligrosos.

La línea recta del humo se quebró en leves espirales. Ella reía de modo quedo, contenido.

—No hay que ser muy inteligente para deducir eso, ¿verdad?...

Aún rió un momento más hasta que se detuvo de pronto, ante la mancha húmeda de la alfombra. El azul oscuro de sus ojos se había hecho más sombrío.

—¿Qué vas a hacer ahora?

Ella no contestó en seguida. Se había movido para apagar el cigarrillo en el cenicero. Lo hizo minuciosamente, sin apretar demasiado, poco a poco hasta que la brasa quedó extinguida. Sólo entonces esbozó un gesto con la cabeza y los hombros. No miraba a Coy.

—Voy a seguir haciendo lo mismo. Buscar el *Dei Gloria*.

Después anduvo por la habitación, lentamente, para comprobar que todo había vuelto a su orden primitivo. Alineó un Tintín en su estante con los otros, y luego rectificó la posición del marco con la fotografía en la que Coy había reparado con frecuencia: la adolescente rubia junto al militar bronceado, sonriente, en mangas de camisa. Actuaba, observó él, como si tuviera agua fría en las venas. Mas de pronto la vio detenerse, retener el aire en los pulmones y exhalarlo, y era menos un gemido que un resoplar de furia, mientras golpeaba la mesa con la palma de la mano, brusca y secamente, con una violencia inesperada que debió de sorprenderla a ella misma, o dolerle mucho, pues se quedó inmóvil, otra vez contenido el aliento, contemplándose desconcertada la mano como si no fuera suya.

—Malditos sean —dijo en voz muy baja.

Se controló, y Coy pudo advertir el esfuerzo que hacía para conseguirlo. Los músculos de sus mandíbulas estaban tensos, la boca apretada cuando respiró hondo por la nariz mientras buscaba nuevas cosas que poner en orden, como si nada hubiera ocurrido diez segundos antes.

—¿Qué se han llevado?

—Nada imprescindible —seguía mirando alrededor—. El Urrutia lo devolví esta mañana al museo, y tengo dos buenas reproducciones de la carta esférica con las que trabajar... Las cartas modernas las han dejado todas menos una, que tenía anotaciones a lápiz en los márgenes. También había datos en el disco duro del ordenador, pero no son importantes.

Coy se removió, incómodo. Habría estado más a sus anchas con unas lágrimas, unos lamentos indignados o algo así. En tales casos, pensaba, un hombre sabe qué hacer. O al menos cree saberlo. Cada uno asume su papel, como en el cine.

—Deberías olvidarte de esto.

Se había vuelto con extrema lentitud, como si de pronto él se hubiera convertido en uno de los objetos del salón cuya posición era conveniente rectificar.

—Oye, Coy. Yo no te pedí que te metieras en mis asuntos. Tampoco te he pedido ahora que me des consejos... ¿Entiendes?

Es peligrosa, pensó de pronto. Tal vez incluso más que quienes le han puesto la casa patas arriba y han matado al perro. Más que el enano melancólico y que el dálmata cazador de tesoros. Todo esto ocurre porque ella es peligrosa, y ellos lo saben, y ella sabe que ellos lo saben. Peligrosa incluso para mí.

—Entiendo.

Movió la cabeza, entre evasivo y resignado. Aquella mujer tenía una facilidad pasmosa para hacerlo sentirse responsable y al mismo tiempo recordarle lo gratuito de su presencia allí. Sin embargo, Tánger no parecía satisfecha con la escueta respuesta de Coy. Seguía observándolo como el boxeador que ignora la campana o la amonestación del árbitro.

—Cuando era pequeña adoraba las películas de vaqueros —dijo inesperadamente.

Su tono distaba de ser evocador, o tierno. Hasta parecía contener una suave burla de sí misma. Pero estaba mortalmente seria.

—¿Te gustaban esas películas, Coy?

La miró sin saber qué decir. Contestar a aquello habría necesitado medio minuto de transición, pero ella no le dio tiempo a buscar una respuesta. Tampoco parecía importarle.

—Viéndolas —prosiguió— decidí que hay dos clases de mujeres: la que se pone a dar gritos cuando atacan los apaches, y la que coge un rifle y dispara por la ventana.

No era su tono agresivo, sino firme; y sin embargo, Coy sentía endiabladamente agresiva aquella firmeza. Ella calló, y parecía que no fuese a añadir nada más. Pero tras un instante se detuvo ante la fotografía en su marco y entornó los ojos. Su voz sonó ahora ronca y baja:

—Yo quería ser soldado y llevar el rifle.

Coy se tocó la nariz. Luego se frotó la nuca y fue ejecutando, uno tras otro, los gestos que solían caracterizar su desconcierto. Me pregunto, se dijo, si esta mujer intuye mis pensamientos o si es precisamente ella quien me los pone dentro y luego los baraja y los extiende sobre la mesa como si se tratara de un mazo de cartas.

—Ese Palermo —dijo por fin— me ofreció trabajo.

Retuvo el aliento. Había sacado del bolsillo la tarjeta de visita con los números de teléfono del gibraltareño. La alzó entre dos dedos, moviéndola un poco. Ella no se fijaba en la tarjeta, sino en él. Lo hacía con tanta fijeza como si pretendiera perforarle el cerebro.

—¿Y qué le dijiste?

—Que lo pensaré.

La vio sonreír apenas. Un segundo de cálculo y dos segundos de incredulidad.

—Estás mintiendo —declaró—. Si fuera así, no estarías ahora sentado ahí, mirándome —la voz pareció suavizársele—... Tú no eres de ésos.

Coy desvió la vista hacia la ventana, echando un vistazo afuera, abajo y a lo lejos. Tú no eres de ésos. En algún sitio polvoriento de su memoria, Brutus le preguntaba a Popeye si era hombre o ratón, y éste respondía: «Soy marinero». Un tren se acercaba lentamente a la enorme visera que cubría los andenes de Atocha, con su prolongada articulación siguiendo un camino misterioso trazado en el laberinto de vías y señales. Sentía un rencor preciso como el filo de una navaja. Tú no tienes ni idea, pensó, de esos de los que soy. Miró el reloj en su muñeca. El Talgo cuyo billete de segunda clase llevaba en el bolsillo interior de la chaqueta iba desde hacía rato camino de Barcelona. Y él allí de nuevo, como si nada hubiera cambiado. Miró la alfombra donde había estado *Zas*. O tal vez, reflexionó, se encontraba otra vez allí precisamente porque algunas cosas habían cambiado. O porque maldito fuera si tenía la menor idea al respecto. De pronto se estremeció en su interior y algo cruzó su mente como un fogonazo cálido; y supo, naturalmente, que estaba allí porque un día iba a enseñarle algo a aquella mujer. El pensamiento lo agitó tanto que afloró a su rostro, pues ella lo miró inquisitiva, sorprendida por el cambio que acababa de registrarse en su expresión. Coy casi tartamudeaba en su propio silencio. Iba a enseñarle algo que ella creía saber y no sabía; algo que ella no podría controlar tan fácilmente como los gestos, las palabras, las situaciones y, en apariencia, a él mismo. Pero había que esperar, antes de que llegara ese momento. Por eso estaba allí, y no tenía otra cosa que la espera. Por eso ambos sabían que esa vez ya no iba a marcharse. Por eso estaba atrapado, tragándose el trocito de queso hasta el alambre. Cling. Chas. Hombre, o ratón. Al menos, se consoló, no dolía. Tal vez al final, cuando sea mi vez, dolerá. Pero todavía no. Descruzó las piernas, volvió a cruzarlas y se recostó un poco más en el sofá, las manos caídas a los lados. Sentía el pulso latirle despacio y fuerte en las ingles. Supongo, se dijo, que la palabra exacta es miedo. Uno sabe que hay rocas delante, y eso es todo. Navega, mira el mar, siente la brisa en la cara y el salitre en los labios, pero no se deja engañar. Lo sabe.

Tengo que decir algo, pensó. Cualquier cosa que nada tenga que ver con lo que siento. Algo que la haga ponerse al timón de nuevo, o más bien que me permita verla otra vez allí. A fin de cuentas es ella quien manda, y todavía estamos lejos de mi cuarto de guardia.

Rompió la tarjeta en dos trozos, dejándolos sobre la mesa. No hubo comentarios al respecto. Asunto zanjado.

—Sigo sin verlo claro —dijo Coy—. Si no hay tesoro, ¿en qué puede interesarle a Nino Palermo un barco hundido en 1767?

—Los buscadores de naufragios no sólo andan detrás de tesoros —ahora Tánger se había acercado, sentándose en una silla frente a Coy, inclinado el cuerpo hacia adelante para acortar la distancia que la separaba de él—. Un barco hundido hace dos siglos y medio puede tener mucho interés si se conserva bien. El Estado paga por el rescate... Se hacen exposiciones itinerantes... No todo es el oro de los galeones. Hay cosas que valen casi tanto como eso. Fíjate, por ejemplo, en la colección de cerámica oriental que iba a bordo del *San Diego*... Su valor es incalculable —se detuvo y estuvo un poco en silencio, entreabiertos los labios, antes de proseguir—. Además, hay otra cosa. El desafío. ¿Entiendes?... Un barco hundido es un enigma que fascina a muchos.

—Sí. Palermo habló de eso. La penumbra de allá abajo, dijo. Y todo lo demás.

Tánger asentía muy seria y muy grave, como si conociera el sentido de esas palabras. Y sin embargo era Coy quien había estado en barcos hundidos, y en barcos a flote, y en barcos varados. No ella.

—Por otra parte —advirtió Tánger— nadie sabe qué había a bordo del *Dei Gloria*.

Coy dejó escapar un suspiro.

—Quizás sí haya un tesoro, después de todo.

Ella imitó el suspiro de Coy, aunque tal vez no tenía el mismo motivo. Enarcaba las cejas con aire misterioso, como quien muestra el envoltorio que esconde una sorpresa.

—¿Quién sabe?

Estaba inclinada hacia adelante, cerca de él, y su gesto iluminaba el rostro moteado con el aire cómplice de un chico resuelto, confiriéndole un atractivo elemental, acusadamente físico, hecho de carne y de células vivas y jóvenes, y de tonos dorados y de colores suaves que exigían imperiosamente la proximidad y el tacto y el roce de la piel sobre la piel. Volvió a latir la sangre en las ingles de Coy, y esta vez no se trataba de miedo. De nuevo el fogonazo de luz. De nuevo aquella certeza. Así que se dejó ir con toda voluntad a la deriva, sin concesiones al pesar ni al remordimiento. En el mar todos los caminos son largos. Y a fin de cuentas —ésa era su ventaja— él no tenía tripulantes a quienes taponar con cera los oídos, ni nadie que lo amarrara al palo para resistir a las voces que cantaban en los arrecifes, ni dioses que pudieran incomodarlo más de la cuenta con sus odios o sus favores. Se hallaba, calculó en rápido balance, jodido, fascinado y solo.

En esas condiciones, aquella mujer era un rumbo tan bueno como otro cualquiera.

Se había ido apagando la tarde, y la luz amarilla que primero iluminó las nubes bajas y luego reptó sobre la estación de Atocha, cubriendo de sombras larguísimas y horizontales el intrincado reflejo en el laberinto de vías, llenaba ahora la habitación, el perfil de Tánger inclinado sobre la mesa, su silueta oscura junto a la de Coy sobre el papel de la carta náutica número 463A del Instituto Hidrográfico de la Marina.

—Ayer —recapitulaba él— situamos una latitud, que es de 37º 32' norte... Eso nos permite trazar una línea aproximada, sabiendo que el *Dei Gloria* se encontraba, en el momento de hundirse, en algún lugar de esa línea imaginaria, entre Punta Calnegre y cabo Tiñoso, a una distancia de la costa que varía entre una y tres millas... Tal vez más. Eso puede darnos sondas de treinta a cien metros.

—En realidad son menos —apuntó Tánger.

Seguía muy atenta las explicaciones de Coy sobre la carta. Todo era ahora tan profesional como si se hallaran en el cuarto de derrota de un buque. Habían dibujado, con lápiz y paralelas, una línea horizontal que salía de la costa, milla y media por encima de Punta Calnegre, e iba hasta el cabo Tiñoso bajo el gran arco de arena formado por el golfo de Mazarrón. La profundidad, que era suave y tendida en el lado oeste, aumentaba a medida que la línea se acercaba hacia la costa rocosa situada más al este.

—En cualquier caso —puntualizó Coy— si el barco se encuentra muy abajo, no podremos localizarlo con medios limitados como los nuestros. Y mucho menos bajar hasta lo que quede de él.

—Ayer te dije que lo calculo a cincuenta metros como máximo...

Frío y silencio, recordó Coy. Y aquella penumbra verdosa a la que se había referido Nino Palermo. Conservaba en la piel la sensación de su primer descenso profundo, veinte años atrás, el reflejo plateado de la superficie vista desde abajo, la esfera azulada y luego verde, la pérdida paulatina de colores, el manómetro en su muñeca, con la aguja indicando el aumento gradual de la presión dentro y fuera de sus pulmones, y el sonido de la propia respiración en el pecho y los tímpanos, aspirando y expeliendo aire por la reductora. Frío y silencio, naturalmente. Y también miedo.

—Cincuenta metros ya es demasiado —dijo—. Hay que bucear con equipo del que no disponemos, o hacer inmersiones cortas con largas descompresiones: algo incómodo y peligroso. Digamos que la cota razonable de seguridad, en nuestro caso, es de cuarenta. Ni un metro más.

Seguía inclinada sobre la carta, pensativa. La vio morderse la uña de un dedo pulgar. Sus ojos iban recorriendo las sondas marcadas a lo largo de la línea de lápiz trazada por Coy, que se prolongaba casi una veintena de millas. Algunos de los números que indicaban la profundidad iban acompañados de una inicial: *A, F, P...* Fondos de arena y de fango, con algo de piedra. Demasiada arena y demasiado fango, pensaba él. En dos siglos y medio, esos fondos podían cubrir muchas cosas.

—Creo que será suficiente —dijo ella—. Bastará con cuarenta.

Me gustaría saber de dónde saca semejante seguridad, pensó él. Lo único seguro en el mar —Coy decía a veces *la* mar, como muchos marinos al referirse a sus cualidades físicas, pero nunca se le había ocurrido atribuirle un carácter femenino— era que allí no había nada seguro. Si uno lograba hacer las cosas bien y estibar la carga del modo adecuado, ponía la amura correcta al mal tiempo, moderaba máquinas y no se atravesaba con olas rompientes y viento por encima de fuerza 9 en la escala de Beaufort, el viejo y malhumorado bastardo podía llegar a tolerar intrusos; pero no había desafío posible. A las malas, él vencía siempre.

—No creo que esté mucho más abajo —apuntó Tánger.

Parecía haberse olvidado por completo de *Zas* y de su casa puesta patas arriba, observó Coy con asombro. Miraba concentrada las escalas con grados, minutos y décimas de minuto que bordeaban las cartas, y él admiró una vez más aquella aparente voluntad. La oía pronunciar palabras precisas, sin alardes ni circunloquios superfluos. Que me vuelen los huevos si esto es normal, se dijo. Ninguna mujer, ningún hombre que yo conozca, pueden ser tan dueños de sí como ella aparenta. Está acosada, acaban de darle un aviso siniestro, y sigue tan campante, haciendo garabatos sobre una carta náutica. O es una esquizofrénica, o como se diga, o es una mujer singular. En cualquier caso, es obvio que sí puede. Que es capaz, después de todo lo que ha pasado, de estar ahí manejando lápiz y compás de puntas con la sangre fría del cirujano que maneja bisturís. Quizá, después de todo, la razón radique en que realmente es ella quien acosa. Igual Nino Palermo, y el enano melancólico, y el chófer bereber y la secretaria y yo mismo no somos sino comparsas, o víctimas. Igual.

Procuró concentrarse en la carta. Establecida la latitud con el paralelo horizontal que señalaba ésta, quedaba ahora situar la longitud: el punto en que ese paralelo cortaba el meridiano correspondiente. La cuestión era averiguar cuál era el meridiano. Convencionalmente, del mismo modo que la línea del Ecuador constituía el paralelo cero para calcular la latitud hacia el norte o hacia el sur, el meridiano universalmente considerado como 0º era el de Greenwich. La longitud náutica se establecía también en grados, minutos y segundos o décimas de minuto, contando 180º hacia la izquierda de Greenwich para la longitud oeste y 180º hacia la derecha para la longitud este. El problema era que no siempre había sido Greenwich la referencia universal.

—La longitud parece clara —respondió Tánger—: 4º 51' este.

—Yo no la veo tan clara. En 1767 los españoles no usaban Greenwich como primer meridiano...

—Claro que no. Primero fue el de la isla de Hierro, pero luego cada país terminó usando el suyo. No se unificó en torno a Greenwich hasta 1884. Por eso la carta de Urrutia, impresa en 1751, trae cuatro escalas de longitud diferentes: París, Tenerife, Cádiz y Cartagena.

—Vaya —Coy la miraba con respeto—. Sabes mucho de esto. Casi más que yo.

—He procurado estudiarlo. Es mi trabajo. Si buscas bien, todo puede encontrarse en los libros.

Coy dudó en silencio. Había leído toda su vida sobre el mar, y nunca había encontrado allí nada sobre el grito de angustia de una marsopa que salta en el agua con el flanco arrancado por la dentellada de una orca. Ni la noche más corta de su vida, con el alba iniciándose encadenada al crepúsculo en el horizonte rojizo de la rada de Oulu, a pocas millas del círculo polar ártico. Ni el canto de los kroomen, los estibadores negros, en el castillo de proa una noche de luna frente a Pointe-Noire, en Gabón, con las bodegas y la cubierta llenas de troncos apilados de okumé y akajú. Ni el estrépito aterrador de un Cantábrico donde cielo y mar se confundían bajo una cortina de espuma gris, senos de 14 metros y viento de 80 nudos, con las olas deformando los contenedores trincados en cubierta como si fueran de papel antes de arrancarlos y llevárselos por la borda; la dotación de guardia sujeta en cualquier sitio del puente, aterrada, y el resto en los camarotes, rodando por el suelo contra los mamparos, vomitando como cerdos. Era como el jazz, a fin de cuentas: las improvisaciones de Duke Ellington, el saxo tenor de John Coltrane o la batería de Elvin Jones. Tampoco eso podía leerse en los libros.

Tánger había desplegado una carta de punto menor, mucho más general que las otras, y señalaba imaginarias líneas verticales sobre ella.

—París no puede ser —dijo—. Ese meridiano pasa por las Baleares, y en tal caso el barco se habría hundido a medio camino entre España e Italia... Tenerife tampoco, pues lo situaría en pleno Atlántico. Así, a primera vista, quedan Cádiz y Cartagena...

—Cartagena no es —dijo Coy.

Podía apreciarlo de un simple vistazo. De hundirse casi cinco grados al este de ese meridiano, el *Dei Gloria* lo habría hecho demasiado adentro, casi doscientas cincuenta millas más allá, en fondos —se acercó un poco a la carta— de tres mil metros.

—Luego sólo puede ser Cádiz —precisó ella—. Al pilotín lo encontraron al día siguiente, unas seis millas al sur de Cartagena. Calculando la longitud desde allí, todo coincide. La persecución. La distancia.

Coy miró la carta, intentando establecer por estima la deriva del náufrago en su esquife. Calculó distancia, viento, corrientes, abatimiento, antes de hacer un gesto afirmativo. Seis millas era una distancia lógica.

—En tal caso —concluyó— el viento habría rolado al noroeste.

—Es posible. En su declaración, el pilotín dijo que el viento cambió de dirección al amanecer... ¿Eso es normal en la zona?

—Sí. Los sudoestes, que allí llamamos lebeches, entran a menudo por la tarde y a veces se mantienen durante la noche, como fue, según tú, el caso durante la persecución del *Dei Gloria*. En invierno el viento suele rolar luego al noroeste para venir de tierra por la mañana... Un poniente o un mistral pudieron empujarlo hacia el sudeste.

La observó de reojo. Volvía a morderse la uña del pulgar, los ojos clavados en la carta. Coy dejó caer rodando el lápiz sobre el papel. Sonreía.

—Además —dijo— debemos descartar cuanto no encaje con tu hipótesis... ¿Verdad?

—No se trata de mi hipótesis. Lo normal es que calculasen la longitud según el meridiano de Cádiz. Mira.

Desplegó, con crujido de papel, una de las reproducciones de la carta de Urrutia que aquella mañana había traído consigo desde el Museo Naval. Luego, con sus dedos de uñas romas, fue señalando el trazado vertical de los distintos meridianos mientras explicaba a Coy que Cádiz, primero en el observatorio de la ciudad y luego en el de San Fernando, había sido el meridiano principal que los marinos españoles usaron en la segunda mitad del siglo XVIII y en buena parte del XIX. Pero el meridiano de San Fernando no empezó a utilizarse hasta 1801; de modo que la referencia en 1767 era todavía la línea de polo a polo que pasaba por el observatorio situado en el castillo de Guardiamarinas de Cádiz.

—Así que resulta natural que el capitán del *Dei Gloria* utilizara Cádiz como meridiano para medir la longitud. Mira. De ese modo todas las cifras encajan, y en especial esos 4º 51' que el pilotín dio como última posición conocida del *Dei Gloria*. Si contamos desde el meridiano de Cádiz hacia el este, el punto del naufragio queda situado aquí, ¿ves?... En este lugar, al este de Punta Calnegre y al sur de Mazarrón.

Coy se fijó en la carta. No era la peor zona: relativamente abrigada y cerca de la costa.

—Eso es en el Urrutia —dijo—. ¿Y en las cartas modernas?

—Ahí se nos complican las cosas, porque en la época en que Urrutia levantó su *Atlas Marítimo,* la longitud se establecía con menos precisión que la latitud. Aún no se había perfeccionado el cronómetro marino que permitió calcularla de modo exacto. Por eso los errores de longitud son más apreciables... El cabo de Palos, donde tú advertiste en seguida un error de un par de minutos en latitud, está en lo que se refiere a longitud 0º 41,3' al oeste del meridiano de Greenwich. Para situarlo respecto al meridiano de Cádiz en las cartas modernas hay que restar esa cifra de la diferencia de longitud que existe entre Cádiz y Greenwich... ¿No es cierto?

Coy asintió, divertido y expectante. Tánger no sólo tenía bien aprendida la lección, sino que podía calcular grados y minutos con la soltura de un marino. Él mismo habría sido incapaz de retener aquellos datos de memoria. Comprendió que ella lo necesitaba más para los aspectos prácticos y para confirmar sus propios cálculos que para otra cosa. No era lo mismo navegar sobre el papel en un quinto piso frente a la estación de Atocha que estar en el mar, en la cubierta oscilante de un barco. Prestó atención a las anotaciones a lápiz que ella hacía en un bloc.

—Eso nos da —explicó Tánger— 5º 50' de situación de Palos respecto al meridiano de Cádiz, en las cartas modernas. Pero en la carta de Urrutia, la situación es de 5º 34', ¿ves?... Tenemos, entonces, un margen de error de dos minutos de latitud y dieciséis de longitud. Mira. He usado las tablas correctoras que figuran en las *Aplicaciones de Cartografía Histórica* de Néstor Perona... Utilizándolas a lo largo de la costa, de Cádiz al cabo de Palos, permiten situar cada posición del Urrutia respecto a Cádiz en posiciones actuales respecto a Greenwich.

La luz del crepúsculo se había retirado ya a las paredes y el techo de la habitación, llenando la mesa de ángulos de sombras, y ella se interrumpió para encender una lámpara que reflejó su luz en el blanco de la carta. Después cruzó los brazos y se quedó mirando el trazado.

—Aplicando las correcciones, la posición al este del meridiano de Cádiz que el pilotín atribuyó al *Dei Gloria* estaría en las cartas modernas en 1º 21' al oeste de Greenwich. Por supuesto no es del todo exacta, y tendríamos en ese lugar unos márgenes de error razonables: un rectángulo de una milla de alto por dos de ancho. Es nuestra área de búsqueda.

—¿No es demasiado pequeña?

—Tú lo dijiste el otro día: sin duda se situaron por demoras a tierra. Con su misma carta y una brújula, eso nos permite afinar.

—No es tan fácil. Su aguja magistral podía tener errores, ignoramos si en esa época era mucha la declinación magnética, pudo haber una lectura precipitada... Muchas cosas pueden estropear tus cálculos. Nada garantiza que vayan a coincidir con los suyos.

—Habrá que intentarlo, ¿no?... De eso se trata.

Coy estudió el lugar de la carta, procurando traducir aquello en agua de mar. Suponía una zona de búsqueda de seis a diez kilómetros cuadrados; una tarea difícil, en caso de que las aguas estuviesen turbias o el tiempo hubiera depositado demasiado fango y arena sobre los restos del *Dei Gloria*. Rastrear la zona podía llevarles un mes como mínimo. Usó el compás de puntas para calcular la longitud este respecto a Cádiz sobre el Urrutia, la pasó luego a la carta moderna 463A para transformarla en longitud oeste de Greenwich, y luego volvió a llevar la estimación sobre el Urrutia. Consultó las tablas de corrección hechas por Tánger. Todo seguía dentro de márgenes aceptables.

—Tal vez pueda hacerse —dijo.

Tánger no había perdido detalle de sus movimientos. Cogió un lápiz para trazar un rectángulo sobre la 463A.

—La idea es que el *Dei Gloria* está en algún lugar de esta franja. En una profundidad que va de los veinte a los cincuenta metros.

—¿Qué fondo hay?... Supongo que habrás mirado eso.

Ella sonrió antes de desplegar una carta de punto mayor, la 4631, correspondiente al golfo de Mazarrón desde Punta Calnegre a Punta Negra. Coy observó que se trataba de una edición reciente, con correcciones por avisos a los navegantes de aquel mismo año. La escala era muy grande y detallada, y cada sonda venía acompañada de su correspondiente naturaleza del fondo. Era lo más preciso que podía encontrarse de la zona.

—Fango arenoso y algo de piedra. Según las referencias, bastante limpio.

Coy llevó el compás de puntas a la escala lateral, calculando de nuevo el área. Una milla por dos, frente a Punta Negra y la Cueva de los Lobos. Considerando que en ese lugar un minuto de longitud equivalía a 0,8 millas, el sector quedaba definido entre 1º 19,5' oeste y 1º 22' oeste, y entre 37º 31,5' norte y 37º 32,5' norte. Observaba con placer la familiar costa color ocre, las franjas azules aclarándose en los veriles a medida que se escalonaban alejándose de la costa. Comparó aquellos dibujos con sus propios recuerdos, situando mentalmente referencias de montañas tierra adentro, en las curvas de nivel topográfico que se espesaban en el cabezo de las Víboras, en el cabezo de los Pájaros y en Morro Blanco.

—Todo esto es muy relativo —dijo al cabo de un momento—. No estaremos seguros de nada hasta vernos en el mar, situándonos con las cartas y las demoras que tomemos a tierra... Es inútil definir desde aquí el área de búsqueda. Hasta ahora no tenemos más que un rectángulo imaginario dibujado sobre un papel.

—¿Cuánto tardaríamos en rastrear eso?

—¿Nosotros?

—Claro —ella hizo la pausa justa—. Tú y yo.

Otra vez aquel tú y yo. Coy sonrió apenas. Movía la cabeza.

—Necesitaremos a alguien más —dijo—. Necesitamos al Piloto.

—¿Tu amigo?

—Ése. Y ha escurrido más agua de sus camisetas que la que yo navegué en toda mi vida.

Pidió que le hablara de él, y Coy lo hizo muy por encima, aún con aquel apunte de sonrisa al recordar. Habló brevemente de su juventud, del Cementerio de los Barcos Sin Nombre, del primer cigarrillo y del marino tostado y flaco de pelo prematuramente gris, las inmersiones en busca de ánforas, las salidas de pesca entre dos luces, o el acecho al atardecer de los calamares que iban a dormir a tierra en la Punta de la Podadera. Y el Piloto, su bota de vino, su tabaco negro y su barco balanceándose en la marejada. O quizá no habló tanto como creyó hacerlo, y se limitó a referir, breve, algunos episodios inconexos, y fueron sus recuerdos los que hicieron el resto, agolpándosele en el esbozo de sonrisa. Y Tánger, que lo miraba atenta sin perder gesto ni palabra, comprendió lo que aquel nombre significaba para Coy.

—Dijiste que tiene un barco.

—El *Carpanta:* un velero de catorce metros, con bañera central, cubierta a popa, motor de sesenta caballos y compresor para botellas de aire.

—¿Lo alquilaría?

—Lo hace de vez en cuando. Tiene que vivir.

—Me refiero a nosotros. A ti y a mí.

—Claro. Hasta hundiría el barco si yo se lo pidiera —lo pensó un poco—. Bueno, hundirlo tal vez no. Pero sí cualquier otra cosa.

—Ojalá no pida mucho —parecía inquieta—. En esta primera fase, los recursos son escasos. Se trata de mis ahorros.

—Lo arreglaremos —la tranquilizó Coy—. De cualquier modo, si el barco se encuentra en la profundidad que tú dices, el equipo de búsqueda será mínimo... Puede bastar con una buena sonda de pesca y un acuaplano remolcado: se hace con una tabla de madera y cincuenta metros de cabo.

—Perfecto.

No preguntó si su amigo era de fiar. Se limitaba a mirarlo como si su palabra fuese una garantía.

—Además —dijo Coy— el Piloto fue buzo profesional. Si le garantizas un sueldo adecuado para cubrir los gastos, y una parte razonable si hay beneficios, podemos contar con él.

—Por supuesto que lo garantizo. En cuanto a ti...

La miró a los ojos, esperando que prosiguiera, pero ella enmudeció sosteniendo su mirada. También hay una chispa de sonrisa allá adentro, se dijo él. También ella sonríe, quizás porque ahora tiene dos marineros y un barco y un rectángulo de una milla por dos trazado a lápiz en una carta náutica. O quizás...

—De lo mío ya hablaremos —dijo Coy—. De momento corres con mis gastos, ¿no es cierto?

Seguía inmóvil, mirándolo con la misma expresión y aquella lucecita que parecía bailar al fondo de sus iris azul marino. Sólo es un efecto de luz, pensó él. Tal vez el atardecer, o el reflejo de la lámpara encendida.

—Claro —dijo ella.

Decidió quedarse a dormir, y lo hizo sin que ninguno de los dos pronunciara demasiadas palabras al respecto. Trabajaron hasta muy tarde, y al fin ella estiró los codos hacia atrás e hizo girar el cuello como si le dolieran las cervicales y le sonrió un poco a Coy, fatigada y distante, cual si todo cuanto tenían bajo el cono de luz de la lámpara sobre la mesa, las cartas de navegación, las notas, los cálculos, dejara de interesarle. Entonces dijo estoy cansada y no puedo más, y se levantó mirando alrededor con extrañeza, como si hubiera olvidado dónde se hallaba; y sus ojos quedaron inmóviles y se oscurecieron de pronto al detenerse en el lugar donde había estado el cadáver de *Zas*. Pareció recordar entonces; y de improviso, del mismo modo que quien entreabre una puerta por descuido, Coy la vio tambalearse apenas unos milímetros, y pudo captar el estremecimiento que recorrió su piel como si una corriente fría acabara de entrar por la ventana: la mano apoyada en un ángulo de la mesa, la mirada desvalida que vagó por la habitación, buscando en qué cobijarse hasta que se recompuso justo antes de llegar a Coy. Para entonces parecía de nuevo dueña de sí; pero él ya había abierto la boca para sugerir puedo quedarme si quieres, o tal vez sea mejor no dejarte sola esta noche, o algo parecido. Se quedó así, con la boca abierta, porque en ese momento ella encogió los hombros casi interrogante, mirándolo. Entonces estuvo callado un poco más, y ella repitió el gesto, la deliberada forma de encoger los hombros que parecía reservar para las preguntas cuya respuesta le era indiferente. Luego él dijo tal vez deba quedarme, y ella respondió sí, claro, en voz baja y con la frialdad de siempre, y movió afirmativamente la cabeza como si considerase adecuada la sugerencia, antes de irse por la puerta del dormitorio para traer un saco militar: un auténtico saco de dormir del ejército, de color verde, que extendió en el sofá, colocando debajo un cojín a modo de almohada. Después, en pocas palabras, explicó dónde estaba la puerta del cuarto de baño y dónde una toalla limpia antes de retirarse y cerrar la puerta.

Abajo, lejos, entre la oscuridad que se extendía al otro lado de la estación, las luces prolongadas de los trenes se movían engañosamente despacio. Coy fue hasta la ventana y estuvo allí quieto, mirando el resplandor amortiguado de los barrios más alejados, las luces de la calle a sus pies, los faros de los escasos coches que transitaban por la avenida desierta. El cartel de la gasolinera estaba encendido; pero no vio a nadie, aparte del empleado que salía de su garita para atender a un automovilista. Ni el enano melancólico ni el cazador de naufragios estaban a la vista.

Ella había dejado música en la minicadena. Era una melodía lentísima y triste que Coy no había oído nunca. Fue hasta allí y miró el estuche del disco: *Après la pluie*. No conocía de nada a aquel E. Satie —quizás era amigo de Justine—, pero el título le pareció apropiado. La música hacía pensar en la cubierta húmeda de un barco inmóvil en un mar gris y en calma, todavía visibles en el agua los círculos concéntricos de las últimas gotas de lluvia, pequeñas ondulaciones parecidas a roce de medusas a flor de superficie o diminutas ondas de un radar, y en alguien que miraba todo eso con las manos apoyadas en una regala mojada, mientras nubes sombrías se alejaban, negras y bajas, en la línea del horizonte.

Sentía nostalgia cuando alzó la vista buscando inútilmente una estrella. El resplandor de la ciudad velaba el cielo. Hizo visera hacia abajo, con una mano, y cuando sus ojos se acostumbraron pudo ver un par de ellas, débiles puntitos luminosos en la distancia. Sobre las ciudades, cuando era posible distinguir alguna, las estrellas parecían siempre amortiguadas, distintas, desprovistas de brillo y de significado. Sobre el mar, sin embargo, eran referencias útiles, caminos y compañía. Coy había pasado largas horas de guardia en alta mar acodado en un alerón, viendo desaparecer en primavera Sirio y las siete Pléyades por el cielo vespertino occidental y luego asomar en verano al otro lado de la noche, en el cielo matutino de levante. Incluso les debía la vida a las estrellas; y durante una breve e intensa etapa de su juventud, hasta le ayudaron a eludir la cárcel de Haifa. Porque cierta lúgubre madrugada de agosto, hallándose a punto de entrar en aguas libanesas a bordo del *Otago,* un pequeño carguero que navegaba sin luces de Lárnaca a Sidón para burlar el bloqueo israelí, y antes de que despuntara la farola de Ziri —un destello cada tres segundos, visible a seis millas— Coy había avistado, mientras aguardaba la aparición de Cástor y Póllux en el horizonte oriental, la silueta negra de una patrullera acechando al amparo de la línea oscura, ante la costa hacia la que se dirigían. El barco, 3.000 toneladas matriculadas en Monrovia con armador español, capitán noruego y tripulación griega y española, que oficialmente hacía de salinero entre Torrevieja, Trieste y El Pireo, había estado un rato inmóvil hasta que el capitán Raufoss, con los prismáticos nocturnos en la cara y blasfemando en vikingo entre dientes, confirmó lo de la patrullera. Después viró despacio, todo a estribor y avante poca y ni un cigarrillo encendido a bordo, para alejarse discretamente en la oscuridad, eco anónimo en el radar israelí con rumbo de vuelta al cabo Greco. Y la agudeza visual de Coy, entonces joven segundo piloto con la tinta del título fresca, se había visto recompensada por Raufoss con una botella de malta Balvenie y una palmada en la espalda de la que se estuvo resintiendo una semana. Sigur Raufoss había sido su primer capitán como oficial: ancho, sanguíneo, pelirrojo, excelente marino. Como la mayor parte de los de su nacionalidad, carecía de la arrogancia de los capitanes ingleses y los superaba en competencia profesional. No se fiaba de los prácticos sin canas en el pelo, era capaz de meter su barco por el ojo de una aguja, y nunca estaba sobrio amarrado ni ebrio navegando. Coy hizo con él trescientos siete días de mar en el Mediterráneo, y después cambió de barco justo a tiempo, dos viajes antes de que al capitán Raufoss se le acabara la suerte. Llevando chatarra suelta de Valencia a Marsella, al *Otago* se le había corrido la carga en medio de un mistral de invierno, fuerza 10 en el golfo de León. Dio la vuelta yéndose al fondo con quince hombres dentro, sin dejar otro rastro que un mensaje de emergencia captado por la radio costera de Mont Saint-Loup a través del canal 16 VHF: *Otago* en 42º 25' N y 3º 53,5' E. Atravesados a la mar con fuerte escora. Mayday, mayday. Después, ni un resto flotante, ni un salvavidas, ni una baliza. Nada. Sólo el silencio, y el mar impasible que esconde sus secretos desde hace siglos.

Miró el reloj: todavía no era medianoche. La puerta de la habitación de Tánger estaba cerrada, y la música había terminado. Coy sintió el silencio que venía después de la lluvia. Dio unos pasos sin rumbo definido por la habitación, observando los tintines en su estantería, los libros alineados, la postal de Amberes, la copa de plata, la fotografía enmarcada. Ya dijimos en otro lugar que no era un tipo brillante, y que lo sabía; con la conciencia añadida de su estado de ánimo respecto a Tánger Soto. Sin embargo, conservaba un singular sentido del humor; aquella facilidad natural para burlarse de sí mismo, o de sus torpezas: un fatalismo mediterráneo que le permitía sacar astillas para calentarse de cualquier madero. Esa conciencia, o certeza, puede que lo hiciera menos circunstancialmente estúpido de lo que cualquier otro hombre habría sido en idéntica situación. Y además, la costumbre de observar el cielo, y el mar, y la pantalla de radar en busca de señales que interpretar, había acentuado en él cierto tipo de instintos, o intuiciones tácticas. En ese contexto, los indicios a la vista en aquella casa le parecían llenos de significados. Eran, decidió, hitos reveladores de una biografía en apariencia rectilínea, sólida, desprovista de grietas. Y sin embargo, algunos de aquellos objetos, o el ángulo frágil de su propietaria que mostraban como la parte visible de un iceberg, también podían inspirar ternura. Pero a diferencia de las actitudes, y las palabras, y las maniobras que ella esgrimiese para el logro de sus fines, en las pequeñas pistas diseminadas por la casa, en su equívoca irrelevancia, en todas las circunstancias que implicaban a Coy como testigo, actor y víctima, era evidente la ausencia de cálculo. Aquellos indicios no estaban puestos a la vista de modo deliberado. Eran parte de una existencia real, y tenían mucho que ver con un pasado, unos recuerdos no explícitos pero que sin duda sostenían el resto, el tinglado y la apariencia: la niña, el soldado, los sueños y la memoria. En el marco, la muchacha rubia sonreía bajo el brazo protector del hombre bronceado de la camisa blanca; y la sonrisa tenía un parentesco obvio con otras que Coy conocía en ella, incluso las peligrosas; pero también registraba una marcada frescura que la hacía distinta. Algo luminoso, radiante, de vida llena de posibilidades no desveladas, de caminos por recorrer, de felicidad posible y tal vez probable. Era como si en aquella foto ella sonriese por primera vez, del mismo modo que el primer hombre despertó el primer día y vio a su alrededor el mundo recién creado, cuando todo estaba por vivir partiendo de un único meridiano cero, y no existían los teléfonos móviles, ni las mareas negras, ni el virus del sida, ni los turistas japoneses, ni los policías.

En el fondo ésa era la cuestión. Yo también sonreí así alguna vez, pensó. Y aquellos modestos objetos diseminados por la casa, la copa abollada, la fotografía de la muchacha cubierta de pecas, eran los restos del naufragio de esa sonrisa. Adivinarlo hizo que algo le goteara adentro, como si la música que ya no sonaba se deslizase despacio por sus entrañas para mojarle el corazón. Entonces se vio desamparado, cual si fuera él y no Tánger quien sonreía en la foto con el hombre de la camisa blanca. Nadie puede proteger siempre a nadie. Se reconocía en aquella imagen, y eso lo hizo sentirse huérfano, solidario, melancólico y furioso. Primero fue un sentimiento de desolación personal, de extrema soledad que le ascendió por el pecho hasta la garganta y los ojos; y luego una cólera neta, intensa. Miró el lugar donde había estado *Zas* y después sus ojos encontraron la tarjeta de Nino Palermo rota en dos pedazos sobre la mesa. Estuvo así un tiempo, inmóvil. Luego consultó de nuevo el reloj, juntó los pedazos y cogió el teléfono. Marcó el número sin apresurarse, y al poco rato pudo oír la voz del buscador de naufragios. Estaba en el bar de su hotel, y por supuesto que tendría mucho gusto en encontrarse con Coy quince minutos más tarde.

El portero uniformado estudió con suspicacia sus zapatillas blancas y los tejanos raídos bajo la chaqueta de marino cuando lo vio franquear la doble puerta acristalada, internándose en el vestíbulo del Palace. Nunca había estado allí, así que subió los peldaños, cruzó sobre las alfombras y el piso de mármol blanco y se detuvo un instante, indeciso. A la derecha había un gran tapiz antiguo, y a la izquierda la puerta del bar. Siguió de frente hasta la rotonda central y se detuvo otra vez bajo las columnas que circundaban el recinto. Al fondo, un pianista invisible tocaba *Cambalache,* y la música quedaba amortiguada por el discreto rumor de conversaciones. Era tarde pero había gente en casi todas las mesas y sofás: gente bien vestida, chaquetas, corbatas, señoras con joyas, mujeres atractivas, camareros impecables que se movían silenciosos. Un carrito mostraba varias botellas de champaña enfriándose en hielo. Todo muy elegante y correcto, apreció. Como en las películas.

Dio unos pasos por la rotonda, hizo caso omiso al camarero que le preguntó si deseaba una mesa, y se dirigió timón a la vía hacia Nino Palermo, cuyo perfil acababa de avistar en un sofá bajo la gran araña central que colgaba de la cúpula acristalada. Estaba acompañado por la misma secretaria de la subasta de Barcelona, ahora vestida de oscuro, falda corta, piernas visibles hasta medio muslo y modosamente juntas en las rodillas, inclinadas en línea oblicua hacia un lado, con zapatos de tacón alto. Manual de la perfecta secretaria en velada con el jefe, sección indumentaria, página cinco. Estaba sentada entre Palermo y dos individuos de aspecto nórdico. El buscador de naufragios no vio a Coy hasta que estuvo muy cerca. Entonces se puso en pie, abotonándose la chaqueta cruzada. Su coleta estaba recogida con una cinta negra. Vestía un traje gris marengo, corbata de seda sobre camisa azul pálido, y los zapatos negros, las cadenas de oro y el reloj relucían mucho más que su sonrisa. También relució el anillo con la moneda antigua cuando alargó su mano para estrechar la de Coy. Éste ignoró aquella mano.

—Celebro que se haya vuelto razonable —dijo Palermo.

El tono amistoso se le enfrió en la boca a media frase, con la mano inútilmente extendida. Se la miró un momento, sorprendido de verla allí vacía, y luego la retiró despacio, desconcertado, estudiando inquisitivo al recién llegado con sus ojos bicolores.

—Ha ido demasiado lejos —dijo Coy.

La mueca confusa del otro se intensificó de pronto, arrogante.

—¿Sigue con ella? —preguntó con frialdad.

—Eso no le importa.

Palermo parecía reflexionar. Hizo amago de mirar de soslayo a los dos hombres que aguardaban en el sofá.

—Usted dijo ayer que estaba... ¿No? Fuera de esto. Y cuando telefoneó hace un rato... Por Dios. Creí que aceptaba trabajar para mí.

Coy retuvo aire en los pulmones. El otro le llevaba más de una cabeza, y él lo observaba desde abajo, con las anchas manos colgándole amenazadoras a ambos lados. Se balanceó un poco sobre la punta de los pies.

—Ha ido demasiado lejos —repitió.

La pupila verdosa estaba más dilatada que la parda, pero las dos parecían de hielo espeso. Palermo volvió a observar de reojo a sus acompañantes. Ahora torcía la boca, despectivo.

—No imaginé que viniera a molestarme —dijo—. Usted... Un payaso, eso es. Se porta como un payaso.

Coy asintió muy lentamente dos veces. Las manos se le habían separado un poco más del cuerpo, y sentía los músculos de hombros, brazos y estómago tensos igual que nudos de pescador bien azocados. Palermo se había vuelto a medias, como para terminar la conversación.

—Veo —dijo— que esa zorra lo ha engatusado bien.

Con la última palabra hizo ademán de volver al sofá; pero sólo fue eso, un ademán, porque Coy ya había hecho sus cálculos con rapidez y sabía que el otro era más alto, y no era débil ni estaba solo, y que a un hombre es mejor pegarle cuando todavía está hablando porque sus reflejos son menores. Así que se balanceó de nuevo sobre la punta de los pies, se zampó mentalmente un bote de espinacas, compuso una sonrisa rápida para confiar a Palermo, y en el mismo impulso le asestó un rápido rodillazo en los testículos, tan brutal que un segundo después, cuando el otro se inclinaba sobre el estómago con el rostro congestionado y sin aliento, pudo alcanzarlo sin demasiado esfuerzo con el segundo golpe, un cabezazo en la nariz que crujió bajo su frente como si alguien hubiera roto un mueble. Había aprendido aquello con precisión coreográfica durante una refriega en el barrio marino de

Hamburgo: el tercer movimiento, en el improbable caso
de que el adversario coleara, consistía en darle otro rodillazo en la cara; y de postre, las suyas y las del maquinista. Pero comprobó que no era necesario: Palermo había
caído de rodillas, blanco y desmadejado como un saco
de patatas, la cara apoyada en un muslo de Coy, man-
chándole los tejanos con la sangre escandalosamente roja
que chorreaba de su nariz.

      Después todo se enredó de manera endiablada en
cinco segundos. La secretaria se puso a gritar echándose hacia atrás en el sofá, y perdió la compostura pataleando hasta
enseñar las bragas, que eran negras. Los dos extranjeros,
estupefactos al principio, se levantaron a socorrer al caído. Por su parte, Coy vio por el rabillo del ojo cómo todos
los camareros de la sala y algunos clientes se le echaban
encima, antes de hallarse zarandeado, sujeto por varias
manos vigorosas que lo levantaban en vilo, arrastrándolo
hacia la puerta como si lo fueran a linchar ante la mirada
indignada o atónita de empleados y clientes. Las puertas de cristal se abrieron, alguien gritó algo sobre llamar
a la policía, y en ese momento Coy vio sucesivamente
la fachada iluminada del edificio de las Cortes, las luces
verdes de los taxis estacionados en la puerta, y también al
enano melancólico que lo observaba con sorpresa desde
el semáforo más cercano. No pudo ver más porque le tenían sujeta la cabeza, pero aún vislumbró la cara endure-
cida del chófer bereber —todo el mundo parecía estar en
el Palace aquella noche—, antes de sentir un furioso ti-
rón en el pelo que le echó la cabeza atrás, y luego uno,
dos, tres, cuatro profesionales puñetazos en el plexo solar
que le cortaron la respiración en seco. Entonces cayó al
suelo, con los pulmones vacíos y boqueando como un pez

fuera del agua. LAA: Ley del Aire Ausente, o nunca estás cuando te necesito. Desde allí oyó una sirena de policía y se dijo: la has hecho buena, marinero. De ésta te caen seis años y un día, y la niña tendrá que bucear sola. Después, tras varios intentos infructuosos, pudo respirar un poco mejor, aunque el aire, que por fin hizo acto de presencia, le dolía al entrar y al salir de los pulmones. Las costillas bajas parecían moverse por cuenta propia, y pensó que tendría alguna rota. Perra vida. Seguía en el suelo, boca abajo, y alguien le puso unas esposas que hicieron clic-clic en sus muñecas, a la espalda. Lo consolaba el pensamiento de que Nino Palermo iba a acordarse de Tánger Soto, de él y del pobre *Zas* cada vez que se mirara al espejo durante los próximos días. Luego lo levantaron de pronto, y una luz azul centelleante le dio en la cara. Echaba en falta al Gallego Neira, al Torpedero Tucumán y al resto de la Tripulación Sanders. Pero eran otros tiempos, y otros puertos.

VI. Sobre caballeros y escuderos

Hay una amplia variedad de adivinanzas relativas a una isla en la que ciertos habitantes dicen siempre la verdad y otros mienten siempre.

R. Smullyan. *¿Cómo se llama este libro?*

La gitana se alejó después de insistir todavía un poco más, y Coy pensó viéndola irse que tal vez debería haber dejado que le leyera la mano, y el futuro. Era una mujer de mediana edad, con la cara morena surcada por infinidad de arrugas, y se recogía el pelo con una peineta de plata. Grande, fondona, agitaba el ruedo de la falda al contonearse con gracia, deteniéndose a ofrecer ramitos de romero a los viandantes, camino de la avenida cubierta de palmeras que discurría a la espalda del castillo de Santa Catalina, en Cádiz. Antes de irse, despechada por la negativa de Coy a aceptar un poco de romero a cambio de unas monedas o permitir que le dijera la buenaventura, la gitana había murmurado una maldición, medio festiva medio en serio, que ahora tenía a éste cavilando: *sólo hay un viaje que harás gratis.* No era un marino supersticioso —en el tiempo del Meteosat y el GPS, pocos de su oficio lo eran ya—, pero conservaba ciertas aprensiones propias de la vida en el mar. Quizá por eso, cuando la gitana desapareció bajo las palmeras de la avenida Duque de Nájera, Coy se contempló la palma izquierda con inquietud antes de observar a hurtadillas a Tánger, que sentada a la misma mesa de la terraza conversaba con Lucio Gamboa, director del observatorio de San Fernando, donde los tres habían pasado parte del día. Gamboa era capitán de navío de la Armada, pero vestía de paisano con camisa a cuadros, pantalón caqui y unas alpargatas de lona muy viejas y descoloridas. Nada en él delataba su filiación castrense: rechoncho, calvo, locuaz, con una descuidada barba entrecana y unos ojos claros de normando, el suyo era un aspecto desaliñado y cordial. Hablaba sin mostrar signos de fatiga desde hacía horas, mientras Tánger planteaba preguntas, asentía o tomaba notas.

Sólo hay un viaje que harás gratis. Coy volvió a mirarse las rayas de la mano, diciéndose una vez más que quizás debería haber dejado que la gitana se la leyera. En caso de no gustarle el pronóstico, pensó, siempre podía uno rectificar a su gusto las rayas con una hoja de afeitar, como aquel otro marino de papel y tinta, Corto Maltés, alto, guapo y con su arete de oro en la oreja, al que no le hubiera importado nada parecerse cada vez que notaba fijos en él los ojos de Tánger. Ojos que a veces dejaban de atender a las explicaciones de Gamboa para posarse en Coy un momento, inexpresivos, serenos; constatando que seguía allí y que nada estaba fuera de control.

Sintió una punzada en las costillas bajas del lado izquierdo, aún doloridas por los puños del chófer bereber. El incidente se había zanjado con treinta y dos horas en un calabozo de la comisaría de Retiro y una denuncia de la gerencia por escándalo y agresión, que se resolvería judicialmente en los próximos meses. Nada le impedía, por tanto, viajar hasta Cádiz con Tánger. En cuanto a Nino Palermo, tras abandonar la clínica donde le fue practicada una cura de urgencia en la nariz, que el parte facultativo definió como lesionada pero sin fractura, había tenido el detalle de no recurrir a sus abogados para plantear procedimiento legal alguno. Eso distaba de ser tranquilizador;

pues, como dijo Tánger cuando Coy salió de la comisaría y se la encontró en la puerta esperándolo, Palermo era del tipo de gente que no necesita policías ni tribunales para arreglar sus asuntos.

Volvió a estudiarse la mano. A diferencia de Tánger, con aquella línea larga y precisa que le cruzaba la palma, sus líneas de la vida y de la muerte, del amor y de lo que maldito fuera todo lo demás, se entrecruzaban desordenadamente, al modo de las drizas de un velero tras una maniobra difícil con viento fuerte y marejada; como si alguien las hubiera agitado en un cubilete, echándolas después allí de cualquier manera. Así que apuntó una sonrisa hacia sus adentros: ni la gitana más perspicaz del mundo habría sacado nada en limpio de aquello. Las claves del viaje, fuese gratis o con puntual pago de su importe, no se ocultaban en esas líneas, sino en la mirada que sentía posarse en él de vez en cuando. Ése, concluyó resignado, era el verdadero periplo que le había dispuesto Atenea.

Miró bajo la mesa. Tánger tenía las piernas cruzadas entre la falda amplia y azul, y balanceaba lentamente uno de los pies calzados con sandalias de cuero. Observó los tobillos moteados y luego el perfil de la mujer, que en ese momento se inclinaba sobre el cuadernito donde tomaba notas con su lápiz de plata. Detrás de ella, dorándole casi hasta el blanco las puntas recortadas del cabello, el sol se hallaba en declive a una hora y media del horizonte sobre el Atlántico, frente a la playa de La Caleta, exactamente entre los castillos que la cerraban a uno y otro lado. Contempló los viejos muros con troneras vacías, las garitas de cúpula esférica emplazadas en los ángulos, la huella negra del agua, que la pleamar lamía en las piedras desgastadas por el oleaje. Dando prudente resguardo a la restinga de San Sebastián, una vela se movía despacio a lo lejos, en dirección norte, empujada por el sudoeste fresquito. Fuerza 5 en la escala de Beaufort, calculó al divisar los borreguillos que rizaban un poco el mar y levantaban pequeños rociones de espuma sobre el istmo que unía la tierra firme con el castillo, enhiesto el enorme faro tras los muros almenados de las antiguas baterías. Cielo y agua eran impecablemente azules, de una luminosidad que hería la vista, y pronto empezarían a teñirse con los tonos rojizos que preludiaban el ocaso.

—Hay un par de cosas —dijo Gamboa— muy poco usuales en vuestra historia.

Coy dejó de contemplar el mar y prestó atención. Tánger y el director del observatorio se conocían telefónicamente por motivos profesionales. Habían ido a verlo a San Fernando apenas llegados de Madrid, tren a Sevilla y coche alquilado hasta Cádiz, para que les proporcionase documentación sobre el *Dei Gloria* y el corsario *Chergui* y aclarase ciertos puntos oscuros. Después, Gamboa los acompañó a la ciudad vieja para invitarlos a unas tortillas de camarones en Ca Felipe, en la calle de La Palma, donde los pescados frescos se exponían a los clientes bajo el cartel: *Casi todos estos pescados actuaron de extras en las películas del comandante Cousteau.* Habían terminado frente al mar, en aquella terraza de La Caleta.

—Ojalá fueran sólo un par de cosas —suspiró Tánger.

Gamboa, que fumaba un cigarrillo, rió, y los ojos nórdicos le aniñaron el rostro barbudo. Tenía los dientes desparejos, amarillentos de nicotina, con los incisivos muy separados uno de otro. La suya era una risa fácil; reía por cualquier cosa y movía de arriba abajo la cabeza al hacerlo, como si todo pretexto fuese bueno. Pese a sus prejuicios de marino mercante respecto a la Armada, a Coy le gustaba Gamboa. Incluso su modo amable, desenfadado, de coquetear con Tánger —un gesto, una mirada, el modo de ofrecer cigarrillos que ella rechazaba—, resultaba inofensivo, simpático. Cuando lo visitaron a última hora de la mañana en su despacho del observatorio, Gamboa también rió complacido al descubrir, dijo sin rodeos, lo guapa que era la colega de Madrid con la que hasta entonces sólo había mantenido, para su desdicha, contacto telefónico y epistolar. Después observó con mucho detalle a Coy antes de estrechar largamente su mano, como si el contacto le permitiera calcular el género de relación que podía existir entre su colega del Museo Naval y aquel inesperado individuo silencioso, bajo y ancho de espaldas, de manos grandes y torpe andar, que la escoltaba. Ella se había limitado a presentarlo como un amigo que la ayudaba en la parte técnica del problema. Un marino con mucho tiempo libre.

—Ese bergantín —prosiguió Gamboa— venía de América sin escolta... Y es extraño, porque a causa de los ingleses, los corsarios y los piratas, las ordenanzas mandaban que todo buque mercante cruzase el Atlántico en convoy.

Hablaba casi siempre dirigiéndose a la mujer, aunque en ocasiones se volvía a Coy para evitar, quizás, que se sintiera desplazado. Supongo que no te importa, decía el gesto. No sé lo que pintas en esta historia, camarada, pero supongo que no te molesta que le hable a ella y le sonría. Hazte cargo: estáis de visita sólo un rato y ella es atractiva. Marino con tiempo libre o a dedicación completa o lo que seas, ignoro qué hay entre vosotros, pero sólo quiero disfrutarla un poco. Un par de cervezas y un par de risas, ya sabes, para cargar las baterías. Ja, ja. Es lo que pienso cobraros por mis servicios. Dentro de poco será de nuevo toda tuya, o lo que se tercie, y podrás seguir probando suerte. A fin de cuentas la vida es breve, y sólo de vez en cuando te pone delante mujeres como ésta. Por lo menos a mí no me las pone.

—Había paz con Inglaterra en ese momento —apuntó Tánger—. Quizá la escolta no era necesaria.

Gamboa, que acababa de encender su enésimo cigarrillo, dejó escapar el humo entre los incisivos y después hizo un gesto de asentimiento. Aparte su graduación militar, era historiador naval. Antes de ser destinado al observatorio había estado a cargo del patrimonio histórico de la Armada en Cádiz.

—Puede ser una explicación —concedió—. Pero sigo viéndolo extraño... En 1767, Cádiz tenía el monopolio del comercio americano. No fue hasta once años después que Carlos III, con la cédula de liberalización comercial, cambió la norma que designaba Cádiz como único puerto al que se podía venir en rumbo directo desde América... Así que el viaje de ese bergantín desde La Habana tuvo algo de ilegal, si tomamos las órdenes reales al pie de la letra. O al menos, de irregular —dio dos largas chupadas al cigarrillo, reflexivo—. Lo normal es que antes de seguir viaje a Valencia, o a donde fuera su destino final, hubiese hecho escala aquí —otra chupada—. Y por lo visto no la hizo.

Tánger tenía una respuesta para eso. De hecho, había comprendido Coy, parecía tener respuestas para casi todo. Era como si más que indagar nuevos datos, procurase confirmar los viejos.

—El *Dei Gloria* —explicó ella— se beneficiaba de un status especial. No olvides que pertenecía a los jesuitas, y éstos conservaban ciertos privilegios. Sus barcos tenían exenciones particulares, navegaban a América y Filipinas con capitanes, pilotos, derroteros y cartas náuticas de la Compañía, y se rodeaban de lo que hoy podríamos llamar opacidad fiscal... Ésa fue una de las cuestiones que se manejaron contra ellos en el proceso de expulsión que se preparaba en secreto.

Gamboa la escuchaba muy atento.

—Conque los jesuitas, ¿eh?

—Exacto.

—Eso explicaría varias cosas inexplicables.

Ella ha pasado muchas horas, se dijo Coy, en esa casa que conozco, frente a las vías de la estación de Atocha, dándole vueltas a esto. Ha pasado días y meses tumbada en aquella cama que entreví alguna vez, sentada ante la mesa cubierta de libros y documentos, atando cabos en su cabeza impasible como quien juega al ajedrez con los siguientes movimientos previstos de antemano. Trazando rumbos que nos incluyen a todos. Estoy convencido de que esta conversación, este tipo barbudo y sonriente, este paisaje de La Caleta, y tal vez hasta la hora de la marea alta y la marea baja, ya los ha calculado con antelación. Lo único que hace ahora es arranchar bien el barco, trincar hasta el último detalle antes de hacerse a la mar. Porque ella es de las que no olvidan nada en tierra. Quizá no haya navegado nunca, pero tengo la certeza de que en su imaginación ya bajó docenas de veces al pecio del *Dei Gloria*.

—De cualquier modo —dijo Gamboa— es una lástima que no tengamos más documentación —se volvió un poco a Coy—... El archivo de Cádiz es el único que no fue enviado al archivo general de marina de Viso del Marqués, donde se centralizaron casi todos los documentos importantes que había en El Ferrol y Cartagena, posteriores a lo conservado en el Archivo de Indias de Sevilla... Aquí, un almirante tozudo se negó a desprenderse de él. Resultado: el fondo documental completo se quemó en un incendio, con todos los papeles de los siglos XVIII y XIX, incluidas algunas planchas originales de la cartografía de Tofiño.

En ese punto, Gamboa dio otra chupada al cigarrillo y soltó una carcajada jovial dirigida a Tánger.

—No podía faltar, ¿verdad?, el incendio de rigor. Ja, ja. Pero supongo que eso le da encanto aventurero a tu trabajo.

—No todo se perdió —repuso ella.

—No todo, en efecto. Algo pudo traspapelarse. Pero nadie sabe lo que hay danzando por ahí. Los planos del *Dei Gloria,* por ejemplo, estaban olvidados en un sitio inimaginable: bajo montones de papeles polvorientos, en el pañol de instrumentos náuticos del arsenal de La Carraca... Entre material de barcos desguazados, cuadernos de bitácora, cartas y un sinfín de cosas sin catalogar. Los vi por casualidad hará un año, cuando buscaba otra cosa. Y al recibir tu llamada telefónica, me acordé... Fue una suerte que ese barco lo construyeran aquí.

En realidad, aclaró Gamboa en atención a Coy, no se trataba de los planos del mismo *Dei Gloria,* sino del *Loyola,* su gemelo, pues ambos fueron construidos en Cádiz entre 1760 y 1762, con poco tiempo de diferencia. La fortuna, sin embargo, no acompañó a ninguno de los dos. Antes que su hermano de astillero, el *Loyola* se perdió en

1763 durante un violento temporal, por la parte de Sancti Petri. Cosas de la vida: muy cerca del sitio donde fue botado sólo un año antes. Había barcos con pésima suerte, como sin duda sabía Coy por experiencia profesional. Y esos dos bergantines tenían mala estrella.

Le había proporcionado a Tánger copia de los planos tras mostrarles las dependencias del observatorio, la fachada blanca con las columnas y la cúpula que reverberaba bajo el sol, los pasillos encalados con los antiguos instrumentos en vitrinas, los libros de náutica y astronomía, la línea en el suelo que indicaba el lugar exacto del meridiano de Cádiz, y la magnífica biblioteca de maderas oscuras y estantes repletos. Allí, sobre una mesa vitrina que contenía obras de Kepler, Newton y Galileo, el *Viaje a la América Meridional* y las *Observaciones* de Jorge Juan y Antonio de Ulloa, y otros libros sobre las expediciones dieciochescas para medir un grado de meridiano, Gamboa había desplegado planos y documentos. Algunas copias estaban destinadas a Tánger, y el resto, originales de difícil reproducción, fueron fotografiados por ella uno tras otro, con una pequeña cámara que sacó del bolso de cuero. Había hecho dos rollos de treinta y seis fotografías, con el flash reflejándose en los cuadros de la pared y en el cristal de las vitrinas mientras Coy, por curiosidad profesional, echaba una ojeada a las antiguas tablas de efemérides náuticas y a los instrumentos de precisión que había por todas partes, vestigios de cuando el observatorio de San Fernando era referencia necesaria en la Europa de la Ilustración: un octante Spencer, un reloj Berthoud, un cronómetro Jensen, un telescopio Dollond. En cuanto al *Dei Gloria,* Coy lo tuvo delante cuando Gamboa, tras una pausa calculada y teatral, sacó cuatro planos a escala 1:55 que había hecho fotocopiar para Tánger: un esbelto bergantín de 30 metros de eslora y 8 de manga, con dos mástiles, velas cuadras, una cangreja en el palo mayor, y artillado con diez cañones de hierro de 4 libras. Esas copias estaban ahora ante ellos, sobre la mesa de la terraza.

—Era un buen barco —dijo Gamboa, contemplando la vela distante que había cruzado ya frente a la playa y desaparecía por fuera del castillo de Santa Catalina—. Como podéis apreciar en los planos, muy limpio de líneas y marinero. Un barco moderno para su época, construido en corazón de roble y teca con la habitual cubierta corrida y los cañones sobre ésta, con cinco portas a cada banda. Rápido y fiable. Si un jabeque pudo darle caza, es que sin duda había sufrido mucho durante la travesía del Atlántico. Ja, ja. De lo contrario... —ahora el director del observatorio miraba a Tánger con risueña atención—. Ésa es otra de las puntas del misterio, ¿verdad?... Por qué no entró a reparar en Cádiz.

Tánger no respondió. Jugueteaba con su lápiz de plata, abstraída en las cúpulas blancas del balneario que se alzaba a la izquierda, en pilotes sobre la playa.

—¿Y el *Chergui*? —preguntó Coy.

Gamboa, que observaba a la mujer, se volvió lentamente. Lo del corsario sí estaba claro, respondió. Y ellos habían tenido mucha suerte, pues entre la nueva documentación había material valioso. Como una copia de la descripción del *Chergui,* cuyo original había localizado en la sección de Corso y Presas del Viso del Marqués. Por desgracia no los planos de ese buque, pero sí de un jabeque de semejantes características, el *Halconero,* con muy parecida eslora, armamento y aparejo.

—Ignoramos lugar y año de construcción —explicó Gamboa, sacando un papel doblado del bolsillo de la camisa—, aunque sabemos que operaba usando como bases Argel y Gibraltar. Pero de su aspecto hay descripciones detalladas, hechas por las víctimas o por gente que se lo cruzó durante sus escalas enarbolando pabellón británico, que luego cambiaba a su conveniencia, pues lo armaban a medias un maltés afincado en el Peñón y un comerciante argelino... Hay constancia documentada de sus andanzas entre 1759 y 1766; pero el informe más minucioso —el director del observatorio consultó las notas que traía en el papel— corresponde a don Josef Mazarrasa, capitán del místico *Podenco,* que pudo escapar de un jabeque al que identificó como el *Chergui* en septiembre de 1766, tras una escaramuza a la altura de Fuengirola; y como estuvo a punto de ser abordado, llegó a observarlo, muy a su pesar, bien de cerca. En el alcázar había un europeo, descripción que puede coincidir con la del inglés conocido como Slyne, o capitán Mizen, y la dotación, numerosa, parecía compuesta por moros y europeos, estos últimos sin duda ingleses —Gamboa volvió a consultar sus notas—... El *Chergui* era un jabeque de botalón y clásica toldilla alta a popa, con los palos mayor y mesana aparejados de polacra y el trinquete con vela latina, bastante rápido entre los de su clase, de unos treinta y cinco metros de eslora y ocho o nueve de manga. Según el capitán Mazarrasa, a quien el encuentro dejó cinco muertos y ocho heridos a bordo, su porte era de cuatro cañones largos de a seis libras, otros ocho de a cuatro y al menos cuatro pedreros. Al parecer se había artillado en Argel con buenas piezas de bronce, antiguas pero eficaces, de una vieja corbeta francesa apresada, la *Flamme...*

Ese armamento lo hacía temible contra buques de menor porte y líneas más frágiles, como eran el *Podenco* y el *Dei Gloria*... En el caso de que realmente se encontrara con este último.

—Estoy segura de eso —dijo Tánger—. Se encontraron.

Había dejado de contemplar el balneario, y fruncía un poco el ceño, el aire obstinado. Gamboa dobló de nuevo el papel y se lo entregó. Luego alzó una mano, como si nada tuviera que objetar.

—En ese caso, el capitán del *Dei Gloria* debía de ser hombre de mucho cuajo. Aguantar la persecución, no refugiarse en Cartagena y librar combate a tocapenoles con el *Chergui* no lo hubiera hecho cualquiera. Y ese viaje desde La Habana sin escalas... —estudió a Coy y luego a la mujer, sonriendo perspicaz—. Supongo que de eso se trata, ¿verdad?

Coy se echó hacia atrás en la silla, de cuyo respaldo colgaba su chaqueta. A mí qué me cuentas, decía su gesto. Es ella quien está al mando.

—Hay cosas que quiero aclarar —dijo Tánger tras un breve silencio—. Eso es todo.

Guardaba con mucho cuidado el papel con las notas en su bolso. Gamboa le dirigió una mirada penetrante. Por un momento la expresión plácida del director del observatorio pareció perder la inocencia.

—Un bonito trabajo, de cualquier modo —apuntó, cauto—. Además, tal vez había a bordo... No sé.

Buscaba su paquete de tabaco en el bolsillo del pantalón. Coy observó que empleaba en ello más tiempo del necesario, como si tuviese algo en la cabeza que dudaba contar.

—La verdad —dijo por fin— es que ni el barco, ni la derrota, ni la época son propios de tesoros.

—Nadie habla de tesoros —dijo muy lentamente ella.

—Claro que no. Tampoco me habló de eso Nino Palermo.

Hubo un silencio. Hasta ellos llegaban las voces de los pescadores que al pie de la terraza, en el muelle, trabajaban en los botes varados o remaban entre las pequeñas embarcaciones fondeadas proa al viento. Un perro corría por la playa, persiguiendo con ladridos a una gaviota que planeó impasible antes de alejarse en dirección al mar abierto.

—¿Ha estado aquí Nino Palermo?

Tánger miraba alejarse la gaviota, y su pregunta sólo surgió cuando el ave estuvo muy lejos. Gamboa se inclinaba a encender un nuevo cigarrillo, protegiendo la llama del mechero con el cuenco de las manos. La brisa se llevó el humo de entre sus dedos mientras los ojos claros chispeaban, divertidos.

—Claro que ha estado aquí. Ja, ja. A tirarme de la lengua, como vosotros.

El sudoeste había refrescado un par de nudos, calculó Coy. Lo justo para levantar salpicaduras de espuma en la escollera que discurría al pie de la antigua muralla sur de la ciudad. Gamboa contaba su historia despacio, recreándose en la suerte. Era obvio que disfrutaba de la compañía y no tenía prisa. Fumaba y caminaba entre sus dos acompañantes, demorándose de vez en cuando para echar un vistazo al mar, a las casas del barrio de la Viña, a los pescadores que, inmóviles junto a sus cañas sujetas entre las piedras, contemplaban el Atlántico.

—Vino a verme hace cosa de un mes... Llegó como vienen ellos, todo muy ambiguo, con muchas cortinas de humo. Preguntando por el barco tal y el documento cual: cosas diversas que impiden hacerse idea exacta de lo que realmente buscan —a veces Gamboa le sonreía a Tánger, y sus incisivos separados acentuaban el gesto—. Trajo una lista de la compra muy extensa; y en ella, en octavo o noveno lugar, camuflado entre otras cosas, estaba el *Dei Gloria*... Yo sabía que tú andabas tras esto, pues habíamos hablado varias veces por teléfono. Y era evidente que Palermo resollaba tras una pista fresca.

Se quedó callado, mirando el pez que se debatía al extremo de un sedal. Una mojarra. El pescador, un tipo flaco de grandes patillas y camiseta blanca de tirantes, la desprendió delicadamente del anzuelo para echarla en un cubo, donde quedó agitándose con débiles coletazos entre otros reflejos de plata.

—Así que en cuanto Palermo mencionó el *Dei Gloria,* até cabos —Gamboa echó a andar de nuevo—... Luego dejé que me invitara a comer en El Faro, lo escuché atentamente, asentí con la cabeza, dije cuatro vaguedades, le di datos sobre lo que consideré menos importante de su lista, y me lo quité de encima.

—¿Que le dijiste del *Dei Gloria*? —preguntó Tánger.

El viento le pegaba la tela ligera de la falda a los muslos y hacía aletear el cuello de su blusa entreabierta. Estaba muy favorecida, pero no jugaba al personaje de chica atractiva, apreció Coy. Ni desvalida. Se la veía serena, competente. Franca de tú a tú con Gamboa: para qué vamos a engañarnos entre nosotros, colega, de compañero a compañero. Somos funcionarios en un mundo hostil, etcétera, qué puedo contar que tú no sepas. La vida es dura y cada quien navega como puede. Por supuesto que te tendré informado. Y te la debo.

Era lista, decidió. Era muy lista, o tal vez intuitiva hasta lo enfermizo, con un riguroso sentido de los mecanismos que rigen a los hombres. Recordó al capitán de fragata del Museo Naval de Madrid, su expresión al hablar con ella en el pasillo, frente al despacho. Sin duda una de los nuestros, almirante. Y saltaba a la vista que también con el director del observatorio las cosas funcionaban del mismo modo. Una de los nuestros.

Ahora Gamboa volvía a sonreír, como si la pregunta que ella había formulado estuviera de más.

—Le conté lo justo —dijo—. O sea, nada. Si me creyó, eso ya no lo sé... De cualquier modo, fue muy prudente al respecto —se volvió un poco hacia Coy, como si esperase confirmación a sus palabras—. Supongo que conoce a Nino Palermo.

—Lo conoce bien —dijo ella.

Demasiado rápida en puntualizar, se dijo mentalmente Coy. Observaba a Tánger y ella era consciente de que lo hacía, porque desvió con excesiva atención los ojos al mar. Tal vez yo conozca a Palermo, se repitió él, aunque no demasiado bien; pero tú lo has dicho algo pronto, preciosa. Lo has dicho tal vez un segundo antes de lo debido. Y eso no está bien. No en una chica lista como tú. Lástima que a estas alturas aún cometas ese tipo de errores. O que me tomes por gilipollas.

—No tanto —le respondió Coy a Gamboa—. En realidad no conozco a ese fulano tanto como quisiera.

—Pues debe de ser usted el único en este oficio.

—Él no es de este oficio —dijo Tánger.

El director del observatorio se los quedó mirando. De nuevo parecía reflexionar sobre la relación que se daba entre ellos dos. Por fin se dirigió a Coy:

—Gibraltareño de padre maltés y madre inglesa, o sea, tradición pirata total. Conozco a Palermo desde hace mucho, cuando yo trabajaba en ordenar los archivos del museo de Cádiz... Uno de los intentos de rescatar el *Santísima Trinidad,* tal vez el más serio, lo hizo él. El *Trinidad* fue en su tiempo el buque de guerra más grande del mundo, un navío de cuatro puentes y ciento cuarenta cañones, y se hundió cuando la batalla de Trafalgar, mientras los ingleses intentaban remolcarlo a Gibraltar —señaló un punto impreciso del mar, hacia el sudeste—... Está ahí mismo, a poca distancia de Punta Camarinal. Se quería hacer como los suecos con el *Wasa* o los ingleses con el *Mary Rose;* pero el intento, como la mayor parte de estas cosas, tropezó con la falta de entusiasmo de la Administración española, que es...

—Como el perro del hortelano —apuntó Tánger.

—Exacto. Ni come ni deja comer.

Gamboa tiró el cigarrillo consumido entre la espuma que batía las rocas de la escollera, y siguió contando. Palermo era todo un personaje en aquella zona; con ese toque mafioso, Coy entendería de qué hablaba, tan mediterráneo: Marruecos estaba cerca, a pocas millas, y desde Gibraltar y Tarifa podía verse en los días claros. Aquélla era la frontera de Europa. Palermo había fundado Deadman's Chest hacía seis u ocho años, y era conocido por su falta de escrúpulos. Tenía intereses en Ceuta, Marbella y Sotogrande, y trabajaba con gente peligrosa de ambos lados del Estrecho, asesorado por un bufete de especialistas en contrabando y sociedades fantasmas que le sacaban las castañas del fuego cuando llegaba demasiado lejos.

—No se ha podido probar; pero se le atribuye, entre otros desmanes, el saqueo clandestino de los restos del *Nuestra Señora de Cillas,* un galeón de Veracruz que naufragó en 1675 en la broa de Sanlúcar con un cargamento de lingotes de plata —Gamboa torció el gesto—. No era una gran fortuna; pero, al sacarla, sus buceadores destrozaron el barco, dejándolo inútil para cualquier rescate arqueológico serio... De esas canalladas le suponemos varias.

—¿Es eficaz? —quiso saber Coy.

—¿Palermo?... Eficacísimo —Gamboa miró a Tánger como si esperase que confirmara sus palabras, pero ella permaneció en silencio—... Tal vez el mejor de los que vemos moverse por aquí. Ha trabajado en naufragios de todo el mundo, e hizo dinero combinando esa actividad con el reflotamiento y desguace de buques hundidos... Hace tiempo quiso asociarse a uno de los intentos de la gente de Fisher, con quien estuvo de buzo en el rescate del *Atocha*. Pretendían hacer una campaña en la desembocadura del Guadalquivir, donde calcularon ochenta naufragios de barcos que iban a descargar a Sevilla con más oro dentro, ja, ja, que el Banco de España. Pero esto no es Florida: faltó la autorización oficial... También hubo otros problemas. Palermo es de los que defienden la doctrina clásica de los cazadores de tesoros: ya que el trabajo lo hacen ellos y el Estado sólo pone los permisos, ocho décimas partes del beneficio deben ser para el rescatador. Pero en Madrid dijeron que ni hablar, y tampoco hubo suerte con la Junta de Andalucía.

Gamboa disfrutaba con la conversación. Era locuaz y era su terreno, e ilustró largamente a Coy sobre el papel de Cádiz en la historia de los naufragios. Del año 1500 a 1820, entre dos y tres centenares de barcos conteniendo el diez por ciento del total de metales preciosos traídos de América se habían hundido allí. El problema eran las aguas turbias, la arena y el fango que los cubrían, y la desconfianza del Estado español. Incluso la Armada, añadió con una mueca, tenía buen número de pecios perfectamente localizados. Pero algunos viejos almirantes consideraban los naufragios tumbas que no debían ser violadas.

—¿Cómo fue la entrevista con Palermo? —preguntó Coy.

—Cordial y cauta por ambas partes —el director del observatorio estudió un instante a Tánger antes de dirigirse de nuevo a él—... ¿De veras lo conoce?

Coy, que caminaba con las manos en los bolsillos, encogió los hombros.

—Ella exageró un poco. En realidad se trató de un contacto superficial.

Gamboa lo miraba con atención, interesado.

—Un contacto, ¿eh?

—Sí.

—¿Y cómo de superficial?

—Pues eso —Coy encogió los hombros otra vez—. Limitado a la superficie.

—Le dio un cabezazo en la nariz —dijo Tánger.

Sonreía a medias, entre el cabello dorado que la brisa del mar le alborotaba en torno a la cara. Gamboa se había detenido para observarlos alternativamente, de hito en hito.

—¿En la nariz?... Vaya, no me diga —ahora se dirigía a Coy con renovado respeto—. Tiene que contarme eso, camarada. Me muero de ganas.

Coy se lo contó en pocas palabras, sin adornos. Perro, hotel, nariz, comisaría. Cuando hubo terminado, Gamboa lo estudiaba reflexivo, divertido, rascándose la barba.

—Caramba. Y sin embargo, incluso para quien no conozca su historial, Palermo es un hombre peligroso... Y además está esa mirada que lo desconcierta a uno, porque no sabes de qué ojo ocuparte —se quedó observando otra vez a Coy, como si evaluara su capacidad de golpear las narices de la gente—... Así que un contacto superficial, ¿verdad?... Ja, ja. Superficial.

Todavía rió un poco más, mientras Coy estudiaba a Tánger y ella le sostenía la mirada, aún con la sonrisa en la boca.

—Celebro que alguien le haya dado una lección a ese cabrón arrogante —dijo al fin Gamboa, cuando echaron a andar otra vez—. Ya os he contado que se dejó caer por aquí como hacen ellos. Humo y pistas falsas: cayos de Florida, Zahara de los Atunes, Sancti Petri, bajos del Chapitel y del Diamante... Incluso la ría de Vigo y sus famosos galeones...

Habían dejado el mar a la espalda y se adentraban por las viejas calles cercanas a la catedral, junto a la torre de ladrillo y los muros de la iglesia de Santa Cruz. La plaza bajaba en cuesta, con un Cristo en una hornacina, y faroles, geranios y persianas en los balcones de casas muy antiguas, cuyo encalado, como el de casi toda la ciudad, se desconchaba por el viento y la humedad del mar próximo. Allí casi todo eran sombras, y la luz poniente se retiraba sobre los tejados. El suelo de aquella plaza, contó Gamboa en honor de Coy, estaba empedrado con piedras americanas: el lastre de los buques que hacían la ruta de las Indias.

—Como dije —prosiguió—, y volviendo a Nino Palermo, yo andaba prevenido... Así que lo dejé merodear sin darle pistas que merecieran la pena.

—Te lo agradezco —dijo ella.

—No fue sólo por ti. Ese marrajo ya me hizo una faena hace tiempo, cuando fue tras el rastro de las cuatrocientas barras de oro y plata, aunque otros hablan de medio millón de piezas de a ocho, del *San Francisco Javier*... Pero en esos casos, en vez de montar un escándalo que no beneficia a nadie, lo mejor es no darse por aludido y guardarla. Ja, ja. Arrieros somos.

Anduvieron entre los coches aparcados que estorbaban el paso, cruzándose con algunos tipos de mala catadura. La zona bullía de tascas modestas llenas de pescadores en paro, buscavidas y mendigos. Un joven con zapatillas de deporte y aspecto de correr muy rápido los 100 metros lisos fue siguiéndolos un trecho, pendiente del bolso de Tánger, hasta que Coy se volvió, plantándose en mitad de la calle con cara de malas pulgas, y el muchacho decidió cambiar de aires. Prudente, Tánger mudó el bolso de sitio. Ahora lo sostenía contra el costado.

—¿Qué es lo que Palermo te pidió exactamente?

Gamboa se detuvo a encender el cigarrillo que ella y Coy acababan de rechazar. El humo escapó entre la cazoleta de sus dedos.

—Lo mismo que tú. Buscaba planos —guardó el mechero, volviéndose hacia Coy—. En cualquier trabajo sobre naufragios, los planos son importantísimos. Con ellos puede estudiarse la estructura del barco, calcular medidas y todo lo demás... Bajo el agua no resulta fácil orientarse, porque lo que encuentras, a diferencia de lo que pasa en las películas, suele ser un montón de maderas podridas, a menudo cubiertas por la arena. Saber dónde está la proa, o la longitud del combés, o dónde se hallaba la bodega, ya es un progreso notable. Con los planos y una cinta métrica, uno puede buscarse razonablemente la vida allá abajo —miró a Tánger con intención—... Por supuesto, según lo que espere encontrar.

—No se trata de buscar allá abajo, en principio —dijo ella—. Esto es sólo una investigación. La fase operativa vendrá después, si es que viene.

Gamboa dejó escapar un hilo de humo entre sus incisivos amarillos.

—Claro. Ja, ja. La fase operativa —los ojos se le entornaban, maliciosos—... ¿Cuál era la carga del *Dei Gloria*?

Tánger también rió con suavidad, poniéndole una mano sobre el brazo.

—Algodón, tabaco y azúcar de La Habana. Lo sabes de sobra.

—Ya —Gamboa se rascaba la barba—. De cualquier modo, si alguien localiza el barco y pasa... ¿Cómo dijiste?... A la fase operativa, todo depende también de lo que se busque. Si son documentos o material perecedero, no hay nada que hacer.

—Por supuesto —dijo ella, tan imperturbable como si jugaran al póker.

—El papel se moja, y pluf. Arrivederci.

—Claro.

Gamboa volvió a rascarse antes de darle otra chupada al cigarrillo.

—Así que algodón, tabaco y azúcar de La Habana, ¿verdad?...

El tono era guasón. Ella alzó ambas manos, como una chica inocente:

—Eso dice el manifiesto de embarque. No es una maravilla, pero permite hacerse una idea bastante aproximada.

—Tuviste suerte al encontrarlo.

—Mucha. Vino a España con los papeles de la evacuación de Cuba en 1898; no a Cádiz, donde se habría perdido con el incendio, sino a El Ferrol. De ahí pasó a Viso del Marqués, donde pude consultarlo en la sección de Navegación Mercantil.

—Tuviste mucha suerte —repitió Gamboa.

—Fui a ver si encontraba algo, y de pronto apareció delante de mis ojos. Barco, fecha, puerto, carga, pasajeros... Todo.

Gamboa la analizó intensamente.

—O casi todo —dijo, zumbón.

—¿Qué le hace pensar que hay algo más? —preguntó Coy.

El otro sonreía plácidamente. Movió la cabeza.

—Yo no pienso, camarada. Me limito a observar a esta joven señora... Y a constatar el interés de Nino Palermo en el mismo asunto. Y también a darme cuenta, porque llevo años en esto y no nací ayer, de que ese viaje La Habana-Valencia sin escala en Cádiz, por mucho manifiesto habanero que haya en Viso del Marqués limpio de polvo y paja, huele a operación encubierta... Y si consideramos la fecha, y de postre el armador que lo fletaba, la conclusión es obvia: el *Dei Gloria* tenía gato encerrado. Lo que ese corsario hundió era cualquier cosa menos un barco inocente.

Dicho aquello, el director del observatorio guiñó un ojo y rió de nuevo mientras soltaba el humo del cigarrillo entre sus dientes desparejos.

—Tampoco ella lo es —añadió.

Miraba a Tánger. Y entonces Coy la vio reír a su vez, también del mismo modo que antes, con mucha suavidad: el aire inteligente, misterioso y cómplice. Gamboa no parecía molesto en absoluto, sino divertido, como tolerante hacia una chica mala que por alguna razón gozara de sus simpatías. Y Coy comprobó que, como en tantas otras cosas, ella también sabía reír del modo adecuado; así que volvió a experimentar un vago despecho, sintiéndose fuera de todo aquello, desplazado e incómodo. Ojalá estuviéramos ya allí, pensó. En el mar, lejos de todos, a bordo de un barco donde no tenga más remedio que apuntarme todo el tiempo a los ojos. Ella y yo. Buscando oro en barras, lingotes de plata o lo que le salga del coño.

Gamboa pareció intuir su incomodidad, pues le dirigió una mueca amistosa.

—No sé lo que ella busca —dijo—. Ni siquiera sé si usted lo sabe. Pero en cualquier caso, pocas cosas resisten dos siglos y medio en el agua. Los bichos xilófagos atacan la madera, el hierro se corroe y se cubre de adherencias...

—¿Y qué pasa con el oro y la plata?

Gamboa lo observó con sorna.

—Ella dice que no busca eso.

Tánger escuchaba en silencio. Por un momento Coy cruzó su mirada serena: parecía indiferente a la conversación.

—¿Qué pasa con ellos? —insistió.

—La ventaja del oro y de la plata —explicó Gamboa— es que el mar los afecta muy poco. La plata se oscurece, y el oro... Bueno. El oro es muy agradecido en los naufragios. No se oxida, ni se pone verde, ni pierde brillo ni color. Lo sacas tal y como se fue al fondo —hizo otro guiño, interrumpiéndose, y luego se volvió a Tánger—... Pero estamos hablando de tesoros, y eso son palabras mayores. ¿Verdad?

—Nadie ha hablado de tesoros —dijo ella.

—Claro. Nadie. Tampoco Palermo lo hizo. Pero un buitre como él no se mueve por amor al arte.

—Eso es cosa de Palermo, no mía.

—Claro. Ja, ja —ahora Gamboa se dirigía a Coy, jovial—. Claro.

Callejón de los Piratas, leyó de pronto éste en una fachada. Aquella calle estrecha y de deteriorados muros blancos se llamaba nada menos que Callejón de los Piratas. Releyó el rótulo de azulejos, todavía incrédulo, comprobando que no se trataba de un error. Había estado en Cádiz otras veces; conocía la zona del puerto, en especial los bares ya desaparecidos de la calle Plocia, muy frecuentados en tiempos de la Tripulación Sanders; pero no esa parte de la ciudad. Desde luego no aquel callejón, cuyo pintoresco nombre estuvo a punto de hacerle soltar una carcajada. Aunque no tan pintoresco, después de todo. Nada más adecuado, razonó, para un lugar como ése y para un grupo como el suyo: un marino sin barco y una buscadora de naufragios en la antigua Gadir fenicia: la ciudad milenaria de la que tantos barcos y tantos hombres habían zarpado año tras año, siglo tras siglo, para no volver. Al fin y al cabo, tenía sentido. Si los pasos de piratas y corsarios resonaron sobre esas piedras redondas y oscuras, antiguo lastre de barcos que traían el oro de América, el fantasma del *Dei Gloria* y sus tripulantes perdidos en el fondo del mar, Tánger y él mismo, quizá despertasen también los ecos adecuados. Tal vez lo que parecía relegado a ciertas páginas e imágenes, territorio de infancia, ámbito exclusivo de los sueños, aún fuese posible de algún modo. O quizá lo fuese porque cierto tipo de sueños seguía acechando entre susurros de piedra y papel, en lápidas y viejos muros carcomidos por el tiempo, en libros que eran como puertas abiertas a la aventura, en legajos amarillentos que podían significar comienzos de singladuras apasionantes, peligrosas, capaces de multiplicar una vida en mil vidas, con sus respectivas etapas Stevenson, y Melville, y su inevitable etapa Conrad. *«He navegado por océanos y bibliotecas»*, había leído una vez, mucho tiempo atrás, en algún sitio. También pudiera ser, simplemente, que todo aquello fuese abordable de una forma determinada y no de otra, porque había una mujer que le daba sentido. Y porque a partir de un momento, cuando se doblaba tal o cual punta de tierra y cierta parte de la vida de un hombre quedaba en franquía, una mujer, *la* mujer, era quizás el único motivo para mirar atrás. La única tentación posible.

Observó a Tánger, que caminaba al otro lado de Gamboa, el bolso sujeto bajo el codo, los ojos bajos, contemplando el suelo ante sus sandalias de cuero, ajena al rótulo de la calle porque no lo necesitaba —ella pisaba sus propias calles—, con el cabello todavía enredado por la brisa del mar. El problema, se dijo, es que la ciencia náutica no sirve para nada a la hora de navegar en tierra, o en torno a una mujer. No hay cartas planas ni esféricas que las describan a ellas. Después se preguntó cuál era el oro que buscaba Tánger: si el oro mágico de los sueños, o el más concreto, metálico y amarillo, que sobrevivía inalterable al tiempo y a los naufragios.

—De cualquier modo —estaba diciendo Gamboa, en atención a Coy—, todo rescate de objetos en el mar es ilegal sin un permiso administrativo.

La legislación sobre buques hundidos, explicó a continuación, contemplaba aspectos muy diversos: propiedad del barco y de su carga, derechos históricos, aguas territoriales o internacionales, patrimonio cultural y otros detalles. Gran Bretaña o los Estados Unidos solían ser permisivos con la iniciativa privada, apuntando más al negocio que a la cultura. El principio anglosajón, resumió, consistía en busca, encuentra y págame. Pero en España, como en Francia, Grecia y Portugal, el Estado era muy restrictivo, con una legislación que se remontaba al derecho romano y al Código de las Siete Partidas.

—Técnicamente —concluyó—, sacar sin permiso un trozo de ánfora es delito. Hasta el simple hecho de buscarlo ya lo es.

Habían desembocado en la plaza de la catedral, con sus dos torres blancas y su fachada neoclásica presidiendo la explanada. Bajo las palmeras paseaban parejas maduras, madres con cochecitos y niños que correteaban entre las mesas de las terrazas cercanas. A medida que la última luz se iba retirando, las palomas volaban hacia los aleros, acomodándose para pasar la noche entre pilastras jónicas. Una de ellas aleteó muy cerca de la cara de Coy.

—En esta fase no hay problema —dijo Tánger—. Investigar no vulnera nada.

Gamboa mostró los dientes amarillos en otra de sus plácidas sonrisas. Era evidente que disfrutaba lo suyo. A mí, decía el gesto, me la vais a dar con queso. A mis años y capitán de navío.

—Claro que no —dijo.

—Nada en absoluto.

—Eso he dicho.

Tánger dio unos pasos, imperturbable. Seguía pendiente del suelo ante sí. Coy contempló la línea inclinada de su cuello, en la nuca. Su aspecto equívocamente frágil. Cuando se volvió hacia Gamboa, encontró que éste lo estudiaba con interés.

—Tal vez más adelante —dijo ella sin alzar la cabeza—, si obtenemos resultados, podamos proponer un plan de prospecciones serias...

Coy oyó a Gamboa reír por lo bajo. Seguía mirándolo a él.

—Eso si Palermo no se adelanta.

—No se adelantará.

Pasaron frente a un antiguo caserón de paredes decrépitas, con un balcón de hierro oxidado sobre la puerta principal. Coy leyó la placa de mármol atornillada en un muro: *Falleció en esta casa D. Federico Gravina y Nápoli, capitán general de la real armada, de resultas de la herida que recibió a bordo del navío Príncipe de Asturias en el memorable combate de Trafalgar...*

—Me encantan las chicas seguras de sí mismas —estaba diciendo Gamboa.

Coy se volvió a observarlo. Había hablado para él, no para ella; y no le gustó la ironía amistosa que apuntaban los ojos de normando. Tú sabrás en lo que andas, decían. En cualquier caso, lo sepas o no lo sepas, si yo me hallara en tu camisa andaría con ojo, camarada. O sea: avante despacio, y escandallo. Aquí hay pocas brazas bajo la quilla, y piedras por todas partes, y salta a la vista que esta mujer sabe lo que busca, pero dudo que lo tengas igual de claro tú. Sólo hay que comparar sus palabras y tus silencios. Sólo hay que verte la cara a ti, y verle la cara a ella.

Se habían despedido de Gamboa y caminaban por el casco viejo de la ciudad, buscando un sitio donde comer un bocado. El sol estaba oculto desde hacía rato, dejando un rastro de claridad en el oeste, tras los tejados que se escalonaban hacia el Atlántico.

—Éste era el sitio —dijo Tánger.

Desde que estaban de nuevo solos, su actitud parecía distinta. Más relajada y natural, como si bajase una guardia imaginaria. Ahora conversaba parándose de vez en cuando para señalar este o aquel lugar, colgado del hombro el bolso y sujeto bajo el codo, oscilante la amplia falda azul con la cadencia de sus pasos, por los callejones de paredes arruinadas. Cuando se volvía a mirarla, él veía relucir la luz indecisa de las farolas en sus iris oscuros.

—Aquí estaba el castillo de Guardiamarinas —dijo ella.

Se habían detenido en una calle en cuesta que ascendía hacia el teatro romano y la antigua muralla, junto a unos muros arruinados en los que se apoyaban columnas de piedra, y dos arcos ojivales que no sostenían ya techo alguno. Había un tercer arco de medio punto algo más arriba, haciendo de embocadura a un estrecho callejón. Olía a aire salobre del mar cercano, que podía oírse batir las murallas tras los edificios, y también a piedra vieja, a orín y suciedad. Olía, se dijo Coy, como los viejos rincones de los puertos en decadencia, aquellos que aún no se hallaban iluminados por baterías de luces halógenas al extremo de torres de cemento, y por donde la tecnología y el plástico parecían haber pasado de largo, enquistándolos en tiempos muertos como el agua inmóvil al pie de los muelles, entre gatos y cubos de basura, faroles rojizos, puntas de cigarrillos en la sombra, botellas rotas en el suelo, cocaína a buen precio, mujeres a tanto el cuarto de hora, la cama aparte. Ni siquiera el puerto de Cádiz, al otro lado de la ciudad, tenía ya nada que ver con todo aquello, y los antiguos burdeles y pensiones eran ocupados ahora por bares y hostales respetables. No había mondas de plátano junto a los tinglados y las grúas, ni tripulantes borrachos que buscaban su barco al amanecer, ni patrullas de policía naval, ni marineros yankis apuñalados en una esquina. Esos escenarios quedaban desplazados a otros lugares del mundo, e incluso allí las cosas eran diferentes. Todavía quedaban sitios como Buenaventura, con sus calles estrechas, los puestos de frutas, el bar Bamboo, los burdeles y las mestizas con trajes tan ajustados y ligeros que parecían pintados sobre sus cuerpos. O Guayaquil, con sus cócteles de langostinos y las iguanas trepando por los árboles en el centro de la ciudad al ritmo de las campanadas de los cuatro relojes de la catedral, y las tediosas guardias nocturnas con una linterna y una pistola de bengalas al cinto en previsión de asaltos piratas. Pero ésas eran las excepciones. Ahora, en su mayor parte, los puertos estaban lejos del centro de las ciudades y se habían convertido en explanadas de aparcar camiones; los barcos amarraban las horas precisas para descargar contenedores, y los marineros filipinos y ucranianos se quedaban a bordo viendo la tele, para ahorrar.

—Por donde ahora tenemos los pies pasaba el primer meridiano de Cádiz —explicó Tánger—. No se situó aquí de modo oficial más que durante veinte años a partir de 1776, antes de desplazarlo a San Fernando; pero, desde mediados de siglo, en las cartas de navegación españolas sustituía oficiosamente al meridiano tradicional de la isla de Hierro, que los franceses ya habían cambiado por París y los ingleses por Greenwich... Eso significa que, si la longitud que aquella mañana establecieron a bordo del *Dei Gloria* se refería a este lugar, el bergantín se hundió a cuatro grados y cincuenta y un minutos de donde nos encontramos ahora. Si aplicamos las correcciones de las tablas de Perona, exactamente a cinco grados y doce minutos, longitud este.

—Doscientas cincuenta millas —dijo Coy.

—Eso es.

Dieron unos pasos, internándose bajo el arco. Una farola con el cristal roto derramaba luz amarillenta sobre una ventana enrejada. Al otro lado, a cielo abierto, Coy pudo distinguir muñones de columnas y más ruinas. Todo tenía aspecto de desolación y abandono.

—Fue Jorge Juan quien fundó aquí el primer observatorio astronómico —dijo ella—. En un torreón hoy desaparecido que estaba ahí, en la esquina que ocupa ese colegio...

Había hablado en voz baja, como si el lugar la intimidara. O tal vez era la oscuridad apenas atenuada por la maltrecha farola.

—Este arco —prosiguió— es cuanto queda del viejo castillo. Lo construyeron sobre el recinto de un antiguo anfiteatro romano, y albergaba la Compañía de Guardiamarinas... Sus profesores y los encargados del observatorio eran marinos ilustrados, hombres de ciencia: Jorge Juan y Antonio de Ulloa habían publicado sus trabajos sobre la medición de un grado de meridiano en el Ecuador, Mazarredo era un excelente táctico naval, Malaspina estaba a punto de realizar su famoso viaje, Tofiño se disponía a levantar el atlas hidrográfico definitivo de las costas españolas —giró sobre sí misma, atenta a su alrededor, y la voz sonó entristecida—... Todo acabó en Trafalgar.

Se internaron un poco en el callejón. Había ropa blanca tendida arriba, entre los balcones, como sudarios inmóviles en la noche.

—Pero en 1767 —prosiguió Tánger— este lugar significaba algo. Por aquel tiempo cerraron el colegio de navegación que tenían los jesuitas, y la biblioteca náutica del observatorio se enriqueció con sus libros y con otros comprados en París y Londres.

—Los libros de esta mañana —dijo Coy.

—Ésos. Los viste allí, en sus vitrinas. Tratados de navegación, astronomía y viajes. Libros magníficos que todavía esconden secretos.

Sus sombras se tocaban en la pared, entre los ladrillos desnudos y las viejas piedras. Una gota de agua de una sábana tendida cayó en la cara de Coy. Alzó el rostro y vio una estrella solitaria brillando intensamente en el rectángulo negro azulado del cielo. Por la hora y la posición calculó que podía tratarse de Régulus, las garras delanteras del León, que en esa época del año ya debía de haber cruzado el eje norte-sur.

—El castillo —seguía contando Tánger— estuvo ocupado por los guardiamarinas hasta que se trasladaron a otro sitio, y luego a la isla de León, hoy San Fernando; pero el observatorio siguió en este lugar unos años más, hasta 1798. Entonces el meridiano de Cádiz dejó de pasar por aquí, desplazándose veinte kilómetros al este.

Coy tocó una pared. El yeso se deshizo entre sus dedos.

—¿Qué pasó con el castillo?

—Se convirtió en cuartel, y luego en cárcel. Por fin lo demolieron, y de él sólo quedan un par de viejos muros y un arco... Este arco.

Habían vuelto sobre sus pasos y contemplaban de nuevo la bóveda oscura y baja.

—¿Qué es lo que buscas? —dijo él.

Oyó su risa suave, muy queda, entre las sombras que le velaban la cara.

—Ya lo sabes. El *Dei Gloria*.

—No me refiero a eso. Ni tampoco a tesoros ni cosas así... Lo que pregunto es qué buscas tú.

Aguardó la respuesta, pero no se produjo. Ella callaba, inmóvil. Al otro lado del arco, los faros de un automóvil iluminaron un trecho de la calle antes de alejarse de nuevo. El resplandor recortó un momento su perfil en la pared sombría.

—Tú sabes lo que busco —dijo por fin.

—Yo no sé nada —suspiró él.

—Sabes. Te he visto mirar mi casa. Te he visto mirarme a mí.

—No juegas limpio.

—¿Y quién lo hace?

Se había movido como si fuese a alejarse bruscamente; pero al fin se mantuvo quieta. Estaba a un paso, y casi podía sentir la tibieza de su piel.

—Hay una vieja adivinanza —añadió ella tras un silencio—... ¿Eres bueno descifrando adivinanzas, Coy?

—No mucho.

—Yo sí lo soy. Y ésta es una de mis favoritas... Hay una isla. Un lugar habitado sólo por dos clases de personas: caballeros y escuderos. Los escuderos mienten y traicionan siempre, y los caballeros nunca... ¿Comprendes la situación?

—Claro. Caballeros y escuderos. Lo entiendo.

—Bien. Pues un habitante de esa isla le dice a otro: *te mentiré y te traicionaré...* ¿Comprendes? Te mentiré y te traicionaré. Y la pregunta es si quien habla es caballero o escudero... ¿Tú qué opinas?

Se tocó la nariz, perplejo.

—No sé. Tendría que pensarlo despacio.

—Claro —ella lo observaba con fijeza—. Piénsalo.

Seguía muy cerca. Coy sintió hormiguear la punta de sus dedos. La voz le sonaba ronca:

—¿Qué quieres de mí?

—Que respondas a la adivinanza.

—No hablo de eso.

Tánger ladeó un poco la cabeza. Encogía los hombros.

—Quiero ayuda —apartó la vista—. No puedo hacerlo sola.

—Hay otros hombres en el mundo.

—Quizás —hizo una larga pausa—. Pero tú posees ciertas virtudes.

—¿Virtudes? —la palabra lo desconcertaba. Intentó responder algo, mas encontró su mente en blanco—. Creo que...

Se quedó en eso, la boca entreabierta, frunciendo el ceño en las sombras. Entonces Tánger habló de nuevo:

—No eres peor que la mayor parte de los hombres que conozco.

Y tras una corta pausa añadió:

—... Y eres mejor que algunos de ellos.

No es ésta la conversación, pensó él, irritado. No era ésa la conversación que deseaba mantener en aquel momento. No lo era en absoluto; y en realidad, decidió, no quería mantener conversación alguna. Era mejor estar callado junto a ella, adivinando la tibieza de su carne moteada. Era mejor resguardarse a sotavento de los silencios; aunque ése, el del silencio, fuese un lenguaje que Tánger dominaba mucho más que él. Un lenguaje que ella hablaba desde hacía miles de años.

Se volvió, comprobando que lo observaba. Había dos reflejos azul marino en mitad de su rostro, bajo la mancha clara del cabello.

—¿Y qué es lo que quieres tú, Coy?

—Tal vez te quiera a ti.

Sobrevino un largo silencio, y él descubrió que resultaba más fácil decirlo así, en aquella penumbra que velaba las caras y parecía que también velase las voces. Resultaba tan fácil que había escuchado sus propias palabras antes de pensar siquiera en pronunciarlas, y no sintió después más que un leve desconcierto de sí mismo. Un ligero rubor que sin duda Tánger no veía.

—Eres demasiado previsible —susurró ella.

Dijo aquello sin retroceder, firme incluso cuando lo vio moverse un poco hacia adelante y alzar despacio una mano hasta su rostro. Y luego pronunció su nombre igual que una advertencia; como una crucecita o una mota azul sobre el blanco de una carta náutica. Coy, dijo. Y luego repitió: Coy. Pero éste movió suavemente la cabeza, a un lado y otro, de un modo muy lento y muy triste.

—Iré contigo hasta el final —dijo él.

—Lo sé.

En ese momento, a punto ya de rozarle el cabello, miró por encima del hombro de ella, y se detuvo. Una silueta menuda y vagamente familiar se recortaba bajo el arco, al extremo del callejón. Estaba allí de pie, tranquila, esperando. Entonces los faros de otro automóvil iluminaron fugazmente la calle, la sombra osciló bajo el arco de pared a pared, y Coy reconoció sin dificultad al enano melancólico.

VII. El doblón de Ahab

Eso dirán en la resurrección, cuando lleguen a pescar este viejo mástil y encuentren un doblón de oro metido en él.

Herman Melville. *Moby Dick*

Cuando el camarero del bar-restaurante Terraza puso la cerveza sobre la mesa, Horacio Kiskoros se la llevó a los labios y dio un prudente sorbo, mirando de reojo a Coy. La espuma le blanqueaba el bigote.

—Tenía sed —dijo.

Después echó un vistazo satisfecho a la plaza. La catedral estaba ahora iluminada, y sus torres blancas y la gran cúpula del crucero destacaban en la oscuridad del cielo. Todavía quedaba gente paseando bajo las palmeras o sentada en las terrazas próximas. Un grupo de jóvenes bebía cerveza y tocaba la guitarra en la escalinata, bajo la estatua de fray Domingo de Silos. La música parecía interesar a Kiskoros, que de vez en cuando observaba al grupo y movía la cabeza, el aire nostálgico.

—Una noche magnífica —añadió.

Coy conocía su nombre desde hacía sólo un cuarto de hora, y resultaba difícil creer que estuviesen allí sentados los tres, bebiendo como viejos amigos. En ese breve espacio de tiempo, el enano melancólico había adquirido nombre, origen y carácter propio. Se llamaba Horacio Kiskoros, era de nacionalidad argentina, y tenía, según dijo en cuanto le fue posible hacerlo, un asunto urgente que plantear a la dama y al caballero. Todos esos detalles no surgieron de inmediato, pues su aparición inesperada bajo el arco de los Guardiamarinas precedió a una reacción de Coy que hasta el más favorable testigo habría calificado de violenta. Para ser exactos, cuando la oscilación de la sombra bajo los faros del automóvil le permitió reconocer al personaje, se había ido derecho a él sin más trámite, sin vacilar; ni siquiera cuando oyó a Tánger pronunciar su nombre a la espalda.

—Coy, por favor —llamaba ella—. Espera.

No esperó. En realidad no deseaba esperar, ni saber por qué diablos debía esperar, sino hacer exactamente lo que hizo: caminar ocho o diez pasos bombeando adrenalina, respirar hondo de camino unas cuantas veces, agarrar al otro por las solapas y llevárselo a rastras contra la pared más próxima, a la luz amarilla de la farola. Necesitaba con urgencia hacer eso, y no otra cosa. Necesitaba machacarle la cara a puñetazos antes de que se esfumara igual que en la gasolinera de Madrid. Por eso, ignorando las palabras de Tánger, obligó al otro a levantarse de puntillas, casi perdido el contacto con el suelo, y aplastándolo contra la pared con una mano levantó la otra, cerrado el puño, dispuesto a estrellárselo en la cara. Una cara donde, entre el brillo del pelo engominado hacia atrás y el espeso bigote negro, un par de ojos oscuros y saltones lo estudiaban con fijeza. Ya no parecían los de una ranita simpática. Había sorpresa en aquellos ojos, pensó. Incluso un apenado reproche.

—¡Coy! —volvió a llamar ella.

Oyó el clic de la navaja automática abajo, a la izquierda, y al mirar vio el reflejo de acero desnudo junto a su costado. Un desagradable cosquilleo recorrió sus ingles: una puñalada de abajo arriba, a esa distancia, era la peor forma de terminar aquello. En semejante postura, suponía el argumento definitivo para soltar amarras sin viaje de vuelta. Pero a Coy ya habían querido apuñalarlo otras veces; de modo que, por instinto, antes siquiera de verse reflexionando sobre eso, hurtó el cuerpo y dio un manotazo en el brazo del otro, como si hubiera salido una cobra de su bolsillo.

—Ven aquí, cabrón —dijo.

Manos desnudas frente a la navaja; aquello sonaba bien. Por supuesto que jugaba de farol, pero estaba lo bastante irritado para sostenerlo. Se había quitado la chaqueta al modo que una vez, en Puerto Príncipe, le enseñó el Torpedero Tucumán: enrollándosela con un par de vueltas en torno al brazo izquierdo, y aguardaba a su adversario ligeramente encorvado el cuerpo hacia adelante, el brazo con la chaqueta extendido para protegerse el vientre, y el otro listo para golpear. Estaba furioso, y sentía los músculos de los hombros y la espalda anudados, tensos, duros de sangre batiendo rápida y acompasada en su interior. Como en los viejos tiempos.

—Ven aquí —repitió—. Para que te rompa los cuernos.

El otro sostenía la navaja y no le quitaba la vista de encima, pero parecía desconcertado. Con su baja estatura, el pelo y la ropa descompuestos en la escaramuza y empalidecido por aquella luz amarilla, se situaba a medio camino entre lo siniestro y lo grotesco. Sin navaja, decidió Coy, no tendría ni media hostia. Vio cómo el fulano se arreglaba un poco la chaqueta, tironeando el faldón, antes de pasarse una mano por el pelo, alisándolo hacia atrás. Después se apoyó sobre un pie y luego sobre el otro, irguió un poco el cuerpo y bajó la mano armada.

—Negociemos —dijo.

Coy calculó distancias. Si lograba acercarse lo bastante para darle una patada en la entrepierna, el enano iba a negociar con su puta madre. Se movió un poco hacia un lado, y el otro retrocedió un paso, prudente. La hoja metálica seguía reluciendo en su mano.

—Coy —dijo Tánger.

Se había acercado por detrás y ahora estaba a su lado. La voz sonaba serena.

—Lo conozco —añadió ella.

Coy asintió con un gesto breve de la cabeza, sin dejar de vigilar al otro, y en el mismo instante lanzó la patada que estaba preparando y que el de la navaja sólo encajó a medias, pues previno el movimiento a la mitad y se estaba apartando para eludirla. Aun así resultó alcanzado en una rodilla y trastabilló, antes de girar sobre sí mismo y apoyarse en la pared. Entonces Coy aprovechó para ir sobre él, primero con el brazo envuelto en la chaqueta por delante, luego con un puñetazo que alcanzó al adversario en la base del cuello, haciéndolo caer de rodillas.

—¡Coy!

El grito aumentó su cólera. Tánger quiso agarrarlo por un brazo y él se sacudió, violento. Al carajo. Alguien tenía que pagar, y aquel tipo era la persona adecuada. Después ella podría dar cuantas explicaciones quisiera: unas explicaciones que no estaba seguro de querer oír. Mientras luchara no habría oportunidad de palabras; así que le tiró una segunda patada al fulano; pero el otro se revolvió en un palmo de terreno, y Coy sintió la navaja rozarle como un rayo el brazo envuelto en la chaqueta. Había infravalorado al enano, comprendió de pronto. Era rápido, el tío. Y muy peligroso. De modo que retrocedió dos pasos y se tomó un respiro, considerando la situación. Tranquilo, marinero. Serénate, o ni siquiera el bote de espinacas te sacará de ésta. No importa la estatura: cualquier tipo, por bajito que sea, es bastante alto para seccionar una arteria. Y además, en cierta ocasión había visto a un enano de verdad, uno auténtico, escocés, enganchado con los dientes a la oreja de un estibador enorme que corría dando alaridos por el muelle de Aberdeen sin podérselo quitar de encima, como si fuera una garrapata. Así que mucho tiento, se dijo. No hay enemigo pequeño ni puñalada que no joda. Respiraba sofocado, y entre inhalación y exhalación escuchaba el resuello agitado del otro. Entonces lo vio alzar la navaja, como para mostrársela, y levantar también despacio la zurda, la palma abierta, el gesto conciliador.

—Traigo un mensaje —dijo el enano.

—Pues te lo puedes meter en el ojete.

El otro movió un poco la cabeza. No me has entendido bien, decía el gesto.

—Un mensaje del señor Palermo.

Así que era eso. Reunión de viejos conocidos. El club social de los buscadores de naufragios al completo. Aquello explicaba unas cuantas cosas y oscurecía otras. Inspiró aire una, dos veces, y dio un paso hacia su adversario, el puño otra vez listo para golpear.

—Coy.

De pronto Tánger se interponía cerrándole el paso, y lo miraba con fijeza. Estaba muy seria; dura y firme como no la había visto nunca. Coy abrió la boca para protestar; pero se quedó así, contemplándola estúpidamente. Abrumado de pronto. Indeciso, porque ella le tocaba la cara como quien intenta tranquilizar a un animal furioso, o a un niño fuera de sí. Y, por encima del hombro de la mujer, tras las puntas doradas de su cabello, vio que el enano melancólico cerraba la navaja.

Coy no tocó su cerveza. Con la chaqueta sobre los hombros, las manos en los bolsillos y recostado en el respaldo de la silla, miraba beber al hombre sentado frente a él.

—Tenía mucha sed —repitió el otro.

En el camino desde el callejón hasta la plaza, después que Tánger hubiera sujetado a Coy hasta lograr serenarlo y él terminase por acceder mecánicamente, con la sensación de estar moviéndose en una niebla irreal, el enano melancólico se había alisado de nuevo el pelo y retocado la indumentaria. Aparte de un leve desgarro en el bolsillo superior de la americana, que había descubierto con ojos doloridos y una mueca acusadora, volvía a tener una apariencia respetable, siempre algo excéntrica, con aquel aspecto meridional y estrafalariamente inglés.

—Traigo una propuesta del señor Palermo. Una propuesta razonable.

Su acento porteño era tan intenso que parecía adrede. Horacio Kiskoros, había dicho cuando las aguas volvieron a su cauce. Horacio Kiskoros, a su servicio. Esto último subrayado con una leve inclinación de cabeza, en un tono cortés desprovisto de ironía, cuando él y Coy estaban recobrando aliento tras la refriega. Se expresaba en el español concienzudo y algo anacrónico hablado por ciertos hispanoamericanos, con palabras que a este lado del Atlántico hacía tiempo que estaban fuera de uso. Utilizaba mucho señor, y disculpe, y sería tan amable de. El caso es que había dicho eso: a su servicio, mientras se repasaba la ropa descompuesta y ajustaba la pajarita que los zarandeos le habían torcido a un lado del cuello. Bajo la americana llevaba unos curiosos tirantes con franjas verticales: dos azules a los lados y una blanca en el centro.

—El señor Palermo quiere llegar a un acuerdo.

Coy se volvió a Tánger. Había caminado con ellos callada todo el tiempo, y ahora seguía sin pronunciar palabra. Evitaba, comprobó él, mirarlo a la cara que sólo unos minutos antes le había tocado por primera vez; quizá para no verse obligada a dar explicaciones ineludibles.

—Un acuerdo —matizó Kiskoros— en términos razonables para todos —estudió a Coy e hizo un gesto hacia arriba con el pulgar, señalándose la nariz para recordarle la escena del Palace—. Sin rencores.

—No hay ninguna razón para acordar nada con nadie.

Ella había hablado por fin. Tan fría, observó Coy, como si la voz se le filtrara entre cubitos de hielo. Miraba directamente a los ojos saltones y tristes de Kiskoros, con la mano derecha apoyada en la mesa; el reloj de acero daba una insólita apariencia masculina a los dedos largos, de uñas irregulares y cortas.

—Él no lo cree así —respondió el argentino—. Dispone de recursos de los que ustedes carecen: medios técnicos, experiencia... Plata.

Un camarero trajo una fuente con calamares a la romana y huevas de pescado fritas, y el enano melancólico le dio las gracias con mucha educación.

—Bastante plata —repitió, comprobando el contenido de la fuente con interés.

—¿Y qué espera a cambio?

Kiskoros había cogido un tenedor y pinchaba delicadamente un aro de calamar.

—Usted ha investigado mucho —masticó el bocado con deleite, hasta que dejó de tener la boca llena—. Posee datos valiosos, ¿verdad?... Detalles que el señor Palermo no ubica del todo. Eso le ha hecho pensar que una asociación sería bien piola para ambas partes.

—No me fío de él —dijo Tánger.

—Tampoco él se fía de usted. Podrán combinarse.

—Ni siquiera sabe qué estoy buscando.

Kiskoros parecía tener apetito. Había probado suerte con las huevas, y ahora volvía a los calamares entre sorbo y sorbo de cerveza. Se volvió un instante a medias, escuchando la música de guitarra que venía de la escalinata de la catedral, y después sonrió, complacido.

—Quizá conozca más de lo que cree —dijo—. Pero esos detalles deben discutirlos con él. Yo sólo soy un mensajero, como usted sabe.

Coy, que hasta entonces no había abierto la boca, se dirigió a Tánger.

—¿Desde cuándo conoces a este tío?

Ella tardó tres segundos exactos en volver el rostro hacia él. La mano sobre la mesa había cerrado los dedos. La retiró despacio, llevándola al regazo, sobre la falda.

—Desde hace tiempo —dijo con mucha calma—. La primera vez que Palermo me amenazó, él lo acompañaba.

—Es cierto —confirmó Kiskoros.

—Lo ha estado usando para presionarme.

—Eso también es cierto.

Coy hizo caso omiso del argentino. Seguía pendiente de ella.

—¿Por qué no me lo dijiste?

El suspiro de Tánger apenas fue audible.

—Tú aceptaste jugar según mis reglas.

—¿Qué otras cosas no me has dicho?

Ella contempló la mesa, y luego la plaza. Por fin se volvió de nuevo hacia Kiskoros.

—¿Qué propone Palermo?

—Una entrevista —el argentino observó a Coy antes de proseguir, y éste creyó detectar un toque burlón en sus ojos de rana—. Negociar. En los términos que usted considere adecuados. Él se encuentra estos días en su oficina de Gibraltar —sacó del bolsillo una tarjeta, alargándosela por encima de la mesa—. Pueden ubicarlo allí.

Coy se levantó. Dejó la chaqueta colgada del respaldo, y sin volverse al uno ni a la otra anduvo por la plaza, en dirección a la escalinata de la catedral. Le ardía el cerebro, y crispaba, encolerizado, los puños en los bolsillos. Sin proponérselo anduvo cerca del grupo de chicos que tocaban la guitarra; se pasaban entre ellos una botella de cerveza. Había dos jovencitas y cuatro muchachos, con aspecto de estudiantes. El de la guitarra era flaco y guapo, flamenco, con un cigarrillo consumiéndosele en un extremo de la boca; una de las chicas seguía el compás de la música con movimientos de cintura, apoyada en su hombro. La otra se fijó en Coy, sonriéndole. Los demás lo observaron con recelo cuando ella le pasó la botella. Bebió un trago, dio las gracias y se quedó allí cerca, secándose la boca con el dorso de la mano, sentado en un peldaño de la escalinata; escuchando la música. El guitarrista era torpe, pero la melodía sonaba bien a aquellas horas de la noche, en la plaza medio vacía, con las palmeras y la catedral iluminada sobre sus cabezas. Miró el suelo. Tánger y Kiskoros habían dejado la mesa del bar y se acercaban. Ella traía en los brazos, doblada, la chaqueta de Coy. Menuda mierda, pensó él. Estoy metido hasta el cuello en esta mierda.

—Bonita ciudad —dijo Kiskoros, observando a los jóvenes con una sonrisa—. Me recuerda Buenos Aires.

Tánger estaba callada, en pie junto a Coy. Éste no se levantó.

—Creo que es usted marino, ¿verdad? —prosiguió el otro—... Yo también lo fui. Armada argentina. Suboficial retirado Horacio Kiskoros —fruncía el ceño con nostalgia, como atento a un sonido lejano y familiar que se le escapase—... También estuve en Malvinas, con los buzos tácticos.

—¿Y qué coño haces tan lejos?

Los ojos saltones intensificaron su melancolía. El tipo se había metido una mano en el bolsillo del pantalón, mostrando un poco los tirantes, y de pronto Coy comprendió lo que significaban aquellas franjas azules y blanca: la bandera argentina. Aquel hijo de puta llevaba unos tirantes con la bandera argentina.

—Algunas cosas cambiaron en la patria.

Se había sentado junto a Coy, en el mismo peldaño de la escalinata; antes de hacerlo retiró un poco hacia arriba las rodilleras del pantalón, con mucho cuidado, para no abolsar la raya.

—¿Oyó hablar de la guerra sucia?

Coy hizo una mueca sarcástica.

—Claro. Los tupamaros, y todo eso.

—Los montoneros —Kiskoros puntualizaba alzando un dedo—. Los tupamaros eran en Uruguay.

Lo oyó suspirar, evocador. Imposible establecer si lamentaba o añoraba aquello.

—El caso —añadió al cabo de un momento— es que había una guerra en la Argentina, aunque no fuese oficial. ¿Comprende?... Yo cumplí con mi laburo. Y eso hay quien no lo admite.

—A mí qué me cuentas —dijo Coy.

Kiskoros no parecía desanimarse por la actitud de su interlocutor.

—Me vi obligado a viajar —prosiguió—. Ya dije que tenía currículo como buzo... Conocí al señor Palermo durante los trabajos de rescate del *Agamemnon,* el barco de Nelson que se hundió en el Plata.

Coy se volvió, con dureza.

—Tu vida me importa un huevo.

Los ojos de ranita parpadearon, dolidos.

—Bueno, señor. Recién hace un rato, en aquel callejón, estuve a punto de matarlo a usted. Creí que...

—Anda y que te follen.

Kiskoros se quedó callado, rumiando la grosería. Coy se puso en pie. Tánger estaba frente a él, observándolo.

—Mató a *Zas* —dijo ella.

Hubo un largo silencio, mientras Coy evocaba en su brazo el aliento cálido del labrador. Entrevió —apenas había transcurrido una semana— su trufa húmeda y su mirada fiel. Después se interpuso, sombría, la imagen del perro inmóvil sobre la alfombra, los ojos vidriosos y entreabiertos. Aquello lo hizo removerse por dentro; sintió una extraña congoja y oteó alrededor, incómodo, las luces de la catedral y las farolas encendidas. A su lado, las notas de guitarra parecían deslizarse por los peldaños de la escalinata. La jovencita que antes había sonreído besaba a uno de los chicos. Otro puso la botella de cerveza en el suelo.

—Pues sí —Kiskoros se levantaba también, sacudiéndose los pantalones—. Y crea que lo lamento, señor. Aprecio... Se lo aseguro. Aprecio a los animales domésticos. Incluso tuve un dóberman.

Sobrevino más silencio. El argentino puso cara de circunstancias.

—A mi modo —insistió— sigo siendo un milico, ¿comprenden?... Tenía órdenes. Y eso incluía la casa de la señora.

Componía un rictus triste, en plan háganse cargo y todo eso. *Mendieta,* dijo de pronto. Mi perro se llamaba *Mendieta.* Mientras tanto, Coy le echaba un vistazo a la botella que seguía cerca de sus pies, en la escalinata. Por un segundo se vio calculando las posibilidades de rompérsela al otro en la cara. Al levantar la vista encontró los ojos melancólicos del argentino.

—Es usted impulsivo, me parece —dijo Kiskoros en tono amable—. Eso trae problemas. La señora, en cambio, parece más dulce de carácter. De cualquier manera, no es bueno que una dama ande en estos quilombos... Recuerdo un caso en Buenos Aires. Una montonera mató a dos de mis compañeros cuando fuimos a buscarla. Esa mina se defendió como una loba, y sólo pudimos ultimarla tirándole granadas. Luego resultó que tenía un bebito oculto bajo el colchón de la cama...

Hizo una pausa y chasqueó la lengua, evocador. Bajo el bigote porteño apuntaba una mueca que tal vez fuera una sonrisa.

—Hay mujeres muy hombres, se lo aseguro —prosiguió—. Aunque luego, en la ESMA, se ablandaban mucho: ya sabe a qué me refiero —analizó a Coy con atención—... No, creo que no lo sabe. Regio. Tal vez sea mejor así.

Los ojos de Coy se encontraron con los de Tánger, pero los de ella miraban sin ver, igual que si acabaran de contemplar horrores remotos. Al cabo de unos instantes parecieron enfocar la realidad, volviendo en sí, y en ellos quedó un vacío oscuro. La vio apretar contra el pecho su chaqueta, como si de pronto sintiera frío.

—La ESMA —dijo ella— era la Escuela de Mecánica de la Armada... El centro de tortura de la Marina, durante la dictadura militar.

—Sí —concedió Kiskoros, oteando alrededor con aire distraído—. Me temo que algunos giles lo llaman de ese modo.

La batería de Shelly Manne había introducido suavemente *Man in Love,* y Eddie Heywood entraba ya al piano como primer solo. De pie, el torso desnudo, apoyado en la ventana abierta de su habitación del hotel de Francia y París, Coy adelantaba en su mente los compases de la melodía. Llevaba puestos los auriculares y movía un poco la cabeza al confirmar un pasaje esperado y grato. Tres pisos más abajo, la pequeña plaza estaba en sombras, apagadas las dos grandes farolas centrales, oscuras las copas de los naranjos, recogido el toldo del café Parisien. Todo parecía desierto, y se preguntó si Horacio Kiskoros seguiría rondando por allí. Pero en la vida real también los malos descansan, pensó. En la vida real no ocurre como en las novelas y en las películas. Quizá en ese momento el argentino roncaba a pierna suelta, en algún hotel o pensión cercana, con sus tirantes cuidadosamente colgados en una percha. Soñando con tiempos felices de bife de chorizo, Corrientes 348 y corrientes de 1.500 voltios a 50 ciclos en sótanos de la ESMA.

Dong-dong, dong. Terminaba el segundo solo, el del bajo, y Coy aguardó expectante la entrada del tercero, el saxo tenor de Coleman Hawkins, que era lo mejor de aquella pieza con sus tiempos medios y rápidos, fuerte-ligero, fuerte-ligero, y las correspondientes sorpresas rítmicas cuando esa cadencia se rompía de modo esperadamente inesperado. *Man in Love*. Acababa de caer en la cuenta del título, y eso lo hizo sonreír a las sombras de la plaza antes de echar un vistazo hacia el techo. Tánger estaba allí, en el cuarto piso, en la habitación que quedaba exactamente sobre la suya. Tal vez dormía, y tal vez no. Quizás estaba como él, despierta ante la ventana, o sentada ante la mesa con sus notas, revisando las informaciones que les había proporcionado Lucio Gamboa. Considerando los pros y los contras de la propuesta de Nino Palermo.

Habían hablado antes. Lo hicieron largamente después que Horacio Kiskoros los despidiera con un «hasta la vista» que habría sonado amistoso en quien desconociese la parte de sus antecedentes que ahora conocía Coy. Lo habían dejado viéndolos irse con sus ojillos equívocos de ranita melancólica; y cuando estaban a punto de abandonar la plaza todavía seguía en el mismo sitio, inmóvil ante la catedral, como un turista noctámbulo e inofensivo. Coy se había vuelto a mirar atrás, y luego alzó el ros-

tro para leer el rótulo de la calle por la que se encaminaban: calle de la Compañía. En aquella ciudad, se dijo, todo
eran señales y símbolos y marcas, lo mismo que en las cartas náuticas. La diferencia estribaba en que éstas, las que
se referían al mar, eran mucho más precisas, con sus veriles coloreados y sus escalas de millas en los márgenes, en
lugar de piedras viejas y encuentros en apariencia inespe-
rados y rótulos con singulares nombres de calles en las esquinas. Sin duda señales y peligros estaban en ellas a la
vista, como en las cartas impresas sobre papel; pero aquí
siempre faltaban códigos para interpretarlas.

—Calle de la Compañía de Jesús —había dicho
ella al verlo mirar el nombre—. Ahí estuvo la escuela de
navegación de los jesuitas.

Nunca decía nada de modo casual, así que Coy
ojeó alrededor, el viejo edificio de la izquierda, la decré-
pita casa de Gravina atrás, a la derecha. Tenía la sospecha
de que más tarde precisaría, por alguna razón, recordar
algo de aquello. Después habían caminado un trecho sin
decir nada, subiendo despacio hasta la plaza de las Flores.
Dos veces se volvió él a observarla, y ella había seguido
caminando impávida, fija la vista ante sí, el bolso sujeto
contra el costado, acompasados el balanceo de la amplia
falda azul y las puntas oscilantes del cabello junto al mentón obstinado, la boca silenciosa, hasta que él la cogió
por el brazo, haciéndola detenerse. Para su sorpresa no se
resistió; y la encontró de pronto ante su cara, cerca, tras
girarse con suavidad, como si sólo hubiera estado esperando ese pretexto.

—Hace tiempo que Kiskoros me vigila por cuenta de Nino Palermo —dijo sin que él tuviera necesidad
de preguntar nada—. Es un hombre malo y peligroso...

Calló un instante, como preguntándose si había algo más que decir.

—Hace un rato, en el arco de los Guardiamarinas —añadió— temí por ti.

Lo dijo escueta y seca, sin emoción. Y tras decir aquello se quedó otra vez callada, mirando sobre el hombro de Coy en dirección a la plaza, los kioscos de flores cerrados y el edificio de Correos, las mesas de los cafés en las esquinas, donde se demoraban los últimos parroquianos de la jornada.

—Desde que estuvo a verme con Palermo —concluyó al fin—, ese hombre ha sido mi pesadilla.

No pretendía conmover; y tal vez por eso mismo, Coy no pudo evitar sentirse conmovido. Seguía habiendo algo infantil, resolvió, en esa obstinada madurez, en el aplomo con que ella encaraba las consecuencias de su aventura. De nuevo la foto en el marco. De nuevo la copa de plata, la niña rodeada por el brazo protector del hombre desaparecido, la indefensión en los ojos que reían desde el umbral del tiempo donde son posibles todos los sueños. Seguía reconociéndola, a pesar de todo. O para ser más exacto, cuanto más tiempo pasaba junto a ella, la reconocía más.

Reprimió la caricia que le vibraba en la punta de los dedos, y con la misma mano señaló el bar que tenía a la espalda. Los Gallegos Chico, se llamaba. Vinos de la tierra, licores, buen café, se admiten comidas de la calle: todo eso anunciaban sus rótulos sobre la puerta y la ventana; pero en aquel momento a Coy le bastaba con la palabra licores, y comprendió que ella necesitaba una copa tanto como él. De modo que entraron; y una vez allí, de codos sobre el mostrador de zinc, pidió una ginebra con tónica para él —no vio nada azul por ninguna parte— y, sin preguntar, otra para ella. La ginebra le daba reflejos húmedos a la boca cuando lo miró y habló de nuevo, cuando contó minuciosamente la primera visita de Palermo, relajada y amistosa, y la segunda más tarde, ya con las cartas boca arriba y la presencia siniestra de Kiskoros como aderezo, las presiones y las amenazas. Palermo había querido que ella identificara bien al argentino; que conociera su historia y retuviera su aspecto y su rostro para que luego, al encontrarlo al pie de la ventana, caminando por la calle, o en sus malos sueños al cerrar los ojos, recordase siempre en qué embrollo se estaba metiendo. Para que supiera, había dicho el cazador de tesoros, que las niñas malas no pueden cruzar el bosque impunemente, sin exponerse a peligrosos encuentros.

—Eso dijo —la sonrisa vaga, un punto amarga, le endurecía la boca—. Peligrosos encuentros.

En ese momento, Coy, que escuchaba y bebía en silencio, la interrumpió para preguntar por qué no había ido a la policía. Entonces ella rió bajo, con una risa sorda, suavemente ronca, tan llena de desdén como vacía de humor. En realidad, dijo, *yo sí soy una chica mala*. Intenté engañar a Palermo, y respecto al museo actúo por mi cuenta. Si a estas alturas no has caído en eso, eres más inocente de lo que pensaba.

—No soy inocente —había dicho él, incómodo, haciendo girar el vaso frío entre los dedos.

—De acuerdo —ella se fijaba en sus ojos, y la boca no sonreía pero era menos dura—. No lo eres.

Dejó su bebida sin probarla apenas. Es tarde, dijo tras consultar el reloj. Coy apuró la ginebra, llamó la atención de un camarero y puso un billete sobre la mesa. Uno de los últimos, constató desolado.

—Pagarán por todo lo que han hecho —dijo.

No tenía ni la más remota idea de cómo iba a cumplirse aquel anuncio, ni en qué podía ayudar él; pero creyó adecuado decirlo. Hay cosas, pensó. Frases analgésicas, consuelos, lugares comunes que se dicen en las películas, y en las novelas, y que igual hasta valen para la vida misma. Dirigió una ojeada inquieta de soslayo, temiendo verla burlarse; pero ella mantenía la cabeza inclinada a un lado, absorta en sus propias reflexiones.

—Me da igual que paguen o no. Esto es una carrera, ¿entiendes?... Lo único que me importa es llegar allí antes de que lleguen ellos.

El saxo estaba a punto de entrar. Y Tánger era como el jazz, decidió Coy. Melodía base y variantes inesperadas. Evolucionaba todo el tiempo en torno a una aparente idea fija, como una estructura de temas AABA; pero seguir de cerca esas evoluciones requería una atención constante que no excluía en absoluto la sorpresa. De pronto sonaba AABACBA y entraba un tema secundario que nadie habría imaginado allí. No quedaba otro modo de seguirla que la improvisación, condujera a donde condujese aquello. Seguirla sin partitura. A ciegas.

Un reloj cercano dio tres campanadas en la plaza. Coy las escuchó amortiguadas por los auriculares y la música, y después sintió llegar por fin el saxo de Hawkins: el tercer solo que anudaba de cabo a rabo toda la pieza. Entornó los ojos, complacido por la cadencia de las notas familiares, tranquilizadoras como suele serlo la repetición de lo esperado. Pero Tánger se había introducido en la melodía, alterando su delicada estructura. Perdió el hilo, y un instante después había oprimido el botón del walkman y estaba con los auriculares en la mano, desconcertado. Por un momento creyó oír pasos arriba, del mismo modo que los tripulantes del *Pequod* escuchaban el sonido de la pierna de hueso de ballena mientras su capitán rumiaba obsesiones a solas, de noche y en cubierta. Se quedó así, inmóvil y atento, acechando. Después arrojó el walkman sobre la cama sin deshacer, el gesto irritado. Aquello no era procedente, y mezclaba sin pudor los géneros. La etapa Melville, como la anterior —la etapa Stevenson—, había quedado atrás hacía mucho tiempo. Teóricamente Coy se hallaba de un modo claro en la etapa Conrad; y todos los héroes autorizados a moverse por ese territorio eran héroes cansados, más o menos lúcidos, conscientes del peligro de soñar con la mano en el timón. Adultos varados en la resignación y el tedio, en cuya duermevela ya no flotaban de dos en dos interminables procesiones de cetáceos escoltando, en medio de todos, a un fantasma encapuchado como un monte de nieve.

Y sin embargo, el «Si...» condicional en la puerta del oráculo de Delfos, que Coy conocía por Melville, pero que éste habría tomado a su vez de otros libros que él no había leído, seguía vibrando en el aire igual que el temporal toca el arpa en la jarcia, incluso después de que el mar se cerrase sobre el albatros atrapado por el martillo y la bandera, y el *Raquel* rescatase a otro huérfano. De pronto, para su íntima sorpresa, Coy descubría que las etapas librescas o vitales, se llamen como se llamen, no se cierran nunca de un modo perfecto; y que aunque los héroes hayan perdido la inocencia y estén demasiado exhaustos para creer en barcos fantasmas y en tesoros sumergidos, el mar sigue inalterable, lleno de su propia memoria que sí cree en ella misma. Al mar le da igual que los hombres pierdan la fe en la aventura, la cacería, el barco hundido, el tesoro. Los enigmas y las historias que contiene poseen vida autónoma, se bastan solos y seguirán ahí incluso cuando la vida se haya extinguido para siempre. Por eso, hasta el último instante, siempre habrá hombres y mujeres que interroguen al cachalote agonizante mientras vuelve la cara hacia el sol y expira.

Así que, pese a toda la lucidez posible, allí estaba él, de nuevo llamándose Ismael tras haber sido náufrago y haberse llamado Jim, templando otra vez, a sus años, el arpón con la propia sangre y el viejo grito de rigor: que al último se lo lleven la bebida o el diablo, de modo que vengan el bote desfondado y el cuerpo desfondado, etcétera. Contemplando, fascinado por la certeza de un destino inevitable —por haberlo leído cien veces—, a la mujer de piel moteada clavar su doblón de oro español en la madera del mástil: clic, clac. Y aquello no sólo martilleaba en su imaginación. Se había aproximado otra vez a la ventana, en busca de la brisa del mar cercano, y al oír el ruido volvió a mirar el techo. Ahora sí creía sentir pasos inquietos arriba, en cubierta. Clic, clac. Clic, clac. Por lo visto tampoco ella descansaba, a la caza de sus propios fantasmas blancos, carrozas fúnebres con viejos hierros retorcidos en el lomo. Y él nunca había soñado, en ninguno de sus barcos y libros y puertos y vidas anteriores e inocentes, un Ahab tan seductor arrastrándolo a navegar sobre su tumba.

Fue hasta la cama y se acostó en ella boca arriba. Hasta el último puerto, recordó antes de dormirse, todos vivimos envueltos en estachas de arpón de ballena.

—Hay una conexión directa —dijo Tánger— entre el viaje del *Dei Gloria* y la expulsión de los jesuitas de España. Una conexión fuera de toda duda.

Era domingo, y desayunaban bajo el toldo del café Parisien, frente al hotel, pan blanco caliente, cacao, café y zumo de naranja. Había una brisa suave, mucha luz, y palomas que paseaban por el rectángulo de sol de la plaza, entre los pies de la gente que salía de misa. Coy tenía en la mano medio mollete untado de aceite de oliva, y a veces, entre bocado y bocado, contemplaba la fachada blanca y almagre y el campanario de la iglesia de San Francisco.

—En 1767 reinaba en España Carlos III, que antes fue rey de Nápoles... Desde el principio de su reinado, los jesuitas le manifestaron aversión, entre otras cosas porque en ese momento se libraba en Europa la batalla de las nuevas ideas, y la compañía ignaciana era la más influyente de todas las órdenes religiosas... Eso le había creado enemigos por todas partes. En 1759 los jesuitas habían sido expulsados de Portugal, y en 1764 de Francia.

Bebía colacao en un vaso grande, y cada vez que se llevaba el vaso a los labios le quedaba una línea de espuma en el labio superior. Había bajado a la calle recién salida de la ducha, el cabello húmedo todavía goteándole sobre la camisa de cuadritos azules y rojos que llevaba por fuera de los tejanos, remangada sobre las muñecas, y el pelo se le secaba ahora un poco ondulado, dándole un aspecto fresco a la piel. A veces Coy miraba la línea del cacao en su boca y se estremecía por dentro. Dulce, pensaba. Labios dulces, y además ella había endulzado el vaso con un sobrecito de azúcar. Se preguntó a qué sabrían aquellos labios en su lengua.

—En España —prosiguió ella— las tensiones entre ignacianos y ministros ilustrados de Carlos III iban en aumento. El cuarto voto de obediencia al Papa situaba a la Compañía en el centro de la polémica entre el poder religioso y el de los reyes. También se la acusaba de manejar mucho dinero e influir demasiado en la enseñanza universitaria y en la Administración. Además, estaba reciente el conflicto de las misiones del Paraguay, y la guerra guaraní —se inclinó hacia Coy sobre la mesa, el vaso entre los dedos—... ¿Viste aquella película de Roland Joffé, *La misión*?... Los jesuitas haciendo causa común con los indígenas.

Coy se acordaba vagamente de la película: una cinta de vídeo a bordo, de esas que uno terminaba viendo tres o cuatro veces, a trozos, durante una travesía larga. Robert de Niro, creía recordar. Y tal vez Jeremy Irons. Ni siquiera había retenido el hecho de que fueran jesuitas.

—Todo eso —añadió Tánger— había sentado a los ignacianos españoles sobre un barril de pólvora, y sólo faltaba que alguien encendiera la mecha.

No había rastro de Horacio Kiskoros, comprobó Coy echando un vistazo alrededor. En la mesa contigua se sentaba un matrimonio joven: turistas con dos niños rubios, y el mapa desplegado, y la cámara de fotos. Los críos jugaban con tirachinas de plástico, parecidos a los que en su infancia, al escaparse del colegio para vagar entre los muelles, él mismo había fabricado con materiales de fortuna: un trozo de madera en V, tiras de neumáticos viejos, un retal de cuero y un palmo de alambre. Ahora, pensó con nostalgia, esos chismes se vendían en las tiendas y costaban una pasta.

—La mecha —seguía contando Tánger— fue el motín de Esquilache. Aunque no se ha probado la intervención directa de los jesuitas en la algarada, lo cierto es que por esa misma época intentaban boicotear a los ministros ilustrados de Carlos III... Esquilache, que era italiano, propuso entre otras cosas suprimir los sombreros amplios y las capas con que se embozaban los españoles, y ése fue el pretexto de gravísimos desórdenes. Volvió la calma, el ministro fue cesado, pero se apuntó a los jesuitas como instigadores. El rey decidió expulsar a la Compañía e incautarse de sus bienes.

Coy asintió mecánicamente. Tánger hablaba más que de costumbre, como quien ha preparado el asunto durante la noche. Resultaba lógico, se dijo. Con la aparición en escena de Kiskoros y la cita ofrecida por Nino Palermo, no tenía otro remedio que compensarlo con más información. A medida que se acercaban al objetivo, ella comprendía que ya no iba a conformarse con migajas. Sin embargo, avara en el fondo, seguía administrando su capital con cuentagotas. Quizá por eso, y para decepción de Coy, él no lograba aquella mañana sentir el interés de otras veces. También había tenido una larga noche para reflexionar. Demasiados datos, pensaba ahora. Demasiado prolija, y sin embargo pocas cosas concretas. Todo lo que me cuentas, guapita de cara, lo estudié hace veintitantos años en el cole. Pretendes torearme con farfolla histórica sin ir al grano. Aparentas mostrar con una mano lo que escondes en el puño.

Estaba harto, y se despreciaba a sí mismo por seguir allí. Y sin embargo, aquella línea de espuma sobre el labio superior, el reflejo de luz de la mañana luminosa en el azul marino de sus iris, las puntas húmedas del cabello rubio enmarcándole las pecas, obraban un efecto singular, casi sedante. Cada vez que miraba a esa desconocida, Coy tenía la certeza de que había ido demasiado lejos; que se adentraba tanto en la parte oscura de la carta náutica de su vida, que ya era imposible desandar el camino antes de conocer las respuestas. Caballeros y escuderos: te mentiré y te traicionaré. En realidad el misterio del barco perdido le traía sin cuidado. Era ella, su tesón, su búsqueda, todo lo que estaba dispuesta a emprender por un sueño, lo que lo mantenía a rumbo, pese a escuchar el inequívoco rumor del mar en las rocas peligrosamente próximas. Quería acercarse a ella cuanto pudiera, ver su expresión dormida, sentirla despertar y mirarlo, tocar aquella piel tibia y reconocer en ella, en la hondura de esa piel y de la carne que recubría, a la niña sonriente en la foto del marco de plata.

Había dejado de hablar y lo estudiaba suspicaz, preguntándole sin palabras si seguía prestando atención a lo que decía. No sin esfuerzo, Coy alejó los pensamientos, temeroso de que pudiera leerlos en su cara, y echó otro vistazo a las palomas. Entre ellas, un palomo muy seguro de sí y muy galán sacaba pecho entre las marujillas plumíferas, que hacían corros y lo observaban de reojo, bucheando, o zureando, o como se llamase lo que hacían las palomas. Y en ese momento, los niños de la mesa contigua se lanzaron dando alaridos de guerra contra las pacíficas aves. Coy observó al padre, ocupado con mucha calma en el periódico. Luego a la madre, para comprobar que deslizaba una ojeada lánguida por la plaza. Por fin se volvió de nuevo a Tánger. De espaldas a la escena, ésta proseguía su relato:

—Todo se preparó en Madrid con el mayor secreto. Por orden directa del rey se formó un reducido grupo que excluía a cualquiera que fuese partidario de la Compañía, o simplemente imparcial. El objetivo era reunir evidencias y preparar el decreto de expulsión... El resultado de lo que se llamó Pesquisa Secreta fue un dictamen fiscal donde se acusaba a los ignacianos de conspiración, defensa de la doctrina del tiranicidio, moral relajada, afán de riqueza y poder, y actividades ilegítimas en América.

Lo de la Pesquisa Secreta sonaba bien, y Coy sintió estimulado su interés mientras volvía a observar a los niños. Al palomo lo acababan de pillar descuidado en pleno cortejo, y de una pedrada le habían cortado en seco el idilio y la digestión de las miguitas picoteadas al pie de las mesas. Alentados por el éxito, los críos disparaban a las palomas con precisión letal de francotiradores serbios.

—En enero de 1767 —siguió contando Tánger—, reunido de forma secretísima, el Consejo de Castilla aprobó la expulsión. Y entre la noche del 31 de marzo y la mañana del 2 de abril, en una eficaz operación militar, las ciento cuarenta y seis casas de los jesuitas en España fueron rodeadas... Se les embarcó a todos, Roma tuvo que hacerse cargo de ellos, y seis años más tarde Clemente XIV disolvió la Compañía.

Hizo una pausa para terminar su colacao, y luego se enjugó la boca con una mano. Se había vuelto a medias para asistir con indiferencia a la algarabía de niños y palomas, antes de encarar de nuevo a Coy. No me la imagino con niños, se dijo éste. Y sé que, pase lo que pa-

se, nunca envejeceré junto a ella. Sólo puedo imaginarla
llegando a vieja entre libros y papeles, delgada y elegante
pese a las uñas roídas. Solterona con clase y con arrugas
en torno a los ojos, sacando recuerdos del baúl: un guan-
te largo y rojo, una vieja carta náutica, un abanico roto,
un collar de azabache, un disco de canciones italianas de
los años cincuenta, la foto de un antiguo amante. Mi foto, aventuró. Ojalá esa foto fuera mi foto.

Prestó atención, pues ella seguía hablando. Lo
ocurrido tras la expulsión de los jesuitas de los dominios
de la corona de España ya no les interesaba ni a ella ni
a él, dijo. El período importante era el año transcurrido
entre el domingo de Ramos de 1766, día del comienzo
del motín de Esquilache, y la noche del 31 de marzo de
1767, en que se aplicó el decreto de expulsión de los ignacianos españoles. En ese tiempo, de un modo que recordaba lo ocurrido con los templarios en el siglo XIV, la
Compañía pasó de ser una potencia respetada, temible
y poderosa, a proscrita y prisionera...

—¿No te parece interesante?

—Mucho.

Ella lo estudió valorativa, como si hubiera captado
la ironía del comentario. Coy mantuvo el rostro impasible. En algún momento, pensaba, terminará por contarme
algo que de veras valga la pena. Miró sobre el hombro de
Tánger. Los niños volvían sudorosos, vencedores; traían
a modo de trofeo plumas de la cola del palomo, que a esas
horas, calculó, debía de volar a ciento ochenta kilómetros por hora camino de Ciudad El Cabo. Quizás, se dijo, no todo lo que degolló Herodes fuera inocencia.

Tánger se había callado otra vez, como si consi-
derara si valía la pena seguir hablando. Había inclinado

el rostro, y sus dedos se movían en el borde de la mesa, con un repiqueteo que tal vez era impaciente.

—¿De veras te interesa lo que te cuento?

—Claro que me interesa.

Por alguna razón, la irritación que ella mostraba lo reconcilió consigo mismo. Se acomodó un poco en la silla, con gesto de escuchar atento; y Tánger, tras una última duda, prosiguió su relato. Cuando Carlos III había decidido crear el gabinete de la Pesquisa Secreta, puso al frente a Pedro Pablo Abarca de Bolea, conde de Aranda: un aragonés de Huesca, dos veces grande de España, que había sido militar y diplomático. Era capitán general de Valencia cuando, en pleno motín de Esquilache, el rey lo llamó a Madrid para confiarle el gobierno, la presidencia del Consejo de Castilla y la capitanía general de Castilla la Nueva. Inteligente, culto, ilustrado, pasó a la historia como masón; aunque jamás pudo probarse su pertenencia a logia alguna, y los historiadores modernos negaban su afiliación. Por el contrario, había constancia de que fue hombre ecléctico; y entre todos los componentes del gabinete secreto, tal vez quien mejor conocía a los ignacianos, con los que se había educado y entre quienes conservaba muchos amigos, incluido un hermano jesuita. Comparado con furibundos antijesuitas como el fiscal Campomanes, el ministro de justicia Roda y José Moñino, futuro conde de Floridablanca, Aranda podía calificarse de moderado en su actitud frente a la Compañía. Pero aun así, aceptó dirigir el gabinete y refrendar sus conclusiones. La pesquisa se inició en Madrid el 8 de junio de 1766, presidida por Aranda. Lo acompañaban Roda, Moñino y otros antijesuitas seguros, o como se decía entonces, *tomistas,* para oponerlos a los proignacianos o *amigos del cuarto voto.*

Y la investigación se llevó a cabo con tal cautela que ni siquiera estuvo al corriente el confesor del rey.

—Sin embargo —prosiguió Tánger— había una conexión importante entre un hombre del gabinete secreto y un destacado ignaciano... Paradójicamente, uno de los mejores amigos del conde de Aranda era un jesuita murciano: el padre Nicolás Escobar. Sus relaciones se habían enfriado un poco; pero lo cierto es que, hasta que Aranda dejó la capitanía general de Valencia llamado por el rey, fueron íntimos. Aunque luego Aranda hizo destruir su correspondencia con el padre Escobar, se conservan algunas cartas que prueban esa relación.

—¿Has visto esas cartas?

—Sí. Hay tres, y están en la biblioteca de la universidad de Murcia, firmadas de puño y letra por Aranda. Conseguí copias gracias al catedrático de Cartografía, Néstor Perona, cuando lo consulté por teléfono sobre las correcciones que debíamos aplicar al Urrutia.

Otro seducido, pensó Coy. Imaginaba el efecto de Tánger, incluso vía teléfono, en un catedrático de lo que fuera. Devastador.

—Debo reconocer que has trabajado a fondo.

—Nunca sabrás hasta qué punto. Por eso no estoy dispuesta a que nadie me lo quite de las manos.

Aquello, admitió Coy, empezaba a mostrar indicios interesantes. La historia salía de los manuales, adentrándose en la letra pequeña. Cartas de aquel fulano, Aranda. Quizá después de todo, con su banal historia de gabinetes secretos y reyes implacables, ella realmente lo estaba dirigiendo hacia alguna parte.

—Nicolás Escobar —continuó Tánger— era un jesuita importante, relacionado con los círculos de poder y con el seminario de Nobles, que se movía entre Roma, Madrid, Valencia y Salamanca. Dos décadas atrás había sido director del colegio ignaciano de esa última ciudad, plaza fuerte de la Compañía, en cuyas prensas, y ésta es sólo una de las coincidencias, fue impreso...

Se quedó callada. Adivina la sorpresa, etcétera. Coy no pudo menos que sonreír. Se lo había puesto demasiado fácil, y era imposible decepcionarla. Un equipo, de acuerdo. Tú y yo somos un equipo. Tú lo dices y yo me lo creo.

—El Urrutia —dijo.

Ella asintió, satisfecha.

—Eso es. El *Atlas Marítimo* de Urrutia, impreso en el colegio de los jesuitas de Salamanca en 1751 bajo la protección de otro ministro amigo, el marqués de la Ensenada, impulsor de la marina y los estudios de náutica en España. Y en la época en que se forma el gabinete secreto, el padre Escobar, amigo de marinos ilustres como Jorge Juan y Antonio de Ulloa, se encuentra en Valencia. ¿Adivinas dónde?...

—No. Me temo que esta vez no adivino nada.

—En casa de un viejo conocido tuyo y mío. Sobre todo mío: Luis Fornet Palau, *amigo del cuarto voto*, testaferro de la flota de los jesuitas y armador del *Dei Gloria*.

Se detuvo, complacida por la expresión de Coy. Luego se inclinó hacia él poco a poco, sobre la mesa, mirándolo intensamente a los ojos, y él pudo vislumbrar allí adentro una ambición dura y neta como un trozo de piedra oscura, pulida, muy brillante. El sueño había dejado de serlo hacía tiempo, comprendió. Ahora había una obsesión sólida, concreta. Mientras ella acercaba una mano, poniéndola sobre la suya, buscó desesperadamente el término adecuado para definirla. Sintió el peso de la mano cálida, los dedos que se entrelazaban con los suyos. Tibieza suave, firme, tan segura de sí que el gesto parecía el más natural del mundo. Aquella mano no pretendía consolarse, ni alentar, ni fingir. En ese instante era sincera: compartía. Y la palabra de la obsesión, que él halló por fin, era implacable.

—El *Dei Gloria,* Coy —dijo en voz baja, inclinada sobre la mesa, la mano en la suya—. Estamos hablando del bergantín que sale de Valencia rumbo a América el 2 de noviembre, cuando el gabinete secreto lleva cinco meses reunido, y regresa a las costas españolas pocas semanas antes de que a los jesuitas se les aseste el golpe final —la presión de sus dedos se hizo más firme—. ¿Atas algunos cabos?... El resto, o sea, *qué* o *quién* pudo viajar a bordo y para qué, te lo contaré camino de Gibraltar. O como decían los viejos folletines, en el próximo capítulo.

VIII. El punto de estima

Se llama punto de estima a aquel en que resulta
se halla la nave por un juicio prudente, o por
datos en que cabe mucha incertidumbre.

Gabriel Ciscar. *Curso de navegación*

Relucían los pulidos cañoncitos de la plaza. La
terraza del Ungry Friar estaba llena de gente, y había
grupos de turistas anglosajones fotografiando el relevo
de la guardia en el Convento, visiblemente encantados de
que Britania aún tuviera colonias desde donde gobernar
los mares. Bajo la bandera que ondeaba perezosa en el
mástil, un centinela permanecía firme como una estatua,
cuadrado con su fusil Enfield en la arcada gótica, fiel a la
escena y al decorado, mientras el sargento encargado del
relevo le voceaba las órdenes reglamentarias en jerga castrense, a grito pelado, a un palmo de la cara: consigna,
santo y seña y cosas así. Hasta la última gota de tu sangre,
e Inglaterra espera que cumplas con tu deber, supuso
Coy, que los observaba. Después estiró las piernas bajo la
mesa antes de inclinarse a apurar el resto de su vaso de
cerveza y mirar hacia arriba guiñando los ojos. El sol rondaba su cénit y hacía mucho calor, pero en lo alto del Peñón el penacho de nubes empezaba a deshacerse: el viento
había rolado de levante a poniente, y en un par de horas
la temperatura sería más soportable. Pagó la cerveza y se
puso en pie, cruzando entre la gente que llenaba la plaza,
hacia la esquina de Main Street. Sudoroso, enfocado por
docenas de cámaras de vídeo y objetivos fotográficos, el
sargento seguía dándole tremendas voces marciales al im-

pasible centinela. Mientras se alejaba de allí, Coy hizo una mueca guasona para sus adentros. Esta mañana, se dijo, le ha tocado hacer guardia al sordo.

Anduvo por la calle principal de Gibraltar, con la multitud que deambulaba ante la sucesión de comercios: pijamas chinos, camisetas con imágenes del Peñón y de los monos, mantillas, radios, licores, cámaras fotográficas, perfumes, porcelanas de Lladró y Capodimonte, cabezas reducidas de cerámica Bossom. Coy había amarrado en Gibraltar en otro tiempo, cuando la colonia británica era todavía un puerto convencional, chapado a la antigua, base de contrabandistas de tabaco y de hachís marroquí a través del Estrecho, y aún no se había convertido en colmena turística y retaguardia financiera de los traficantes de droga a gran escala y de los miles de ingleses afincados en la Costa del Sol. En realidad, cualquier sitio próximo al Mediterráneo era, a aquellas alturas, un desafuero turístico; pero en Gibraltar, junto a las hamburgueserías y los restaurantes de comida rápida y bebida en vasos de plástico, los comercios propiedad de hindúes y hebreos alternaban a lo largo de Main Street con fachadas de bancos y casas de discretas chapas atornilladas junto a la puerta, bufetes de abogados, sociedades inmobiliarias, sociedades export-import, sociedades anónimas, sociedades limitadas, sociedades fantasmas —había más de diez mil registradas allí—, donde se blanqueaba dinero español e inglés y se hacía todo tipo de negocios. La bandera azul con estrellas de la Comunidad Europea ondeaba en la frontera, turismo y triquiñuelas de paraíso fiscal habían desplazado al contrabando como fuente principal de ingresos, leguleyos jóvenes que hablaban perfecto inglés con acento andaluz tomaban el relevo a los capos mafiosos locales, y la vieja chusma de toda la vida, lobos de mar con aros de oro en las orejas y brazos tatuados, última escoria pirata del Mediterráneo occidental, languidecía en cárceles españolas o marroquíes, servía hamburguesas en los McDonald's o haraganeaba en el puerto, mirando con añoranza las quince millas que separaban Europa de África; distancia que una década atrás, en las noches sin luna, cruzaba con fuerabordas de 90 caballos que hacían planear sus Phantom pintadas de negro a cuarenta nudos sobre las olas, entre Punta Carnero y Punta Cires.

Coy caminó por la acera que más sombra ofrecía, con la camisa pegada a la espalda por el sudor, mirando los números de las casas. Tánger había cumplido su palabra, al menos en parte. Entre Cádiz y Gibraltar, mientras él conducía el Renault de alquiler por las vueltas y revueltas de la carretera que remontaba las alturas de Tarifa y los acantilados sobre el Estrecho, ella terminó de contar la historia de los jesuitas y el *Dei Gloria*. O al menos la porción de historia que creía conveniente darle a conocer: por qué el bergantín viajó a América y por qué regresaba de La Habana.

—Querían parar el golpe —resumió.

Después, con los ojos fijos en la carretera, expuso su teoría en honor de Coy. El gabinete de la Pesquisa Secreta no fue tan secreto, después de todo. Hubo una filtración, un indicio de lo que se preparaba. Tal vez los jesuitas tenían allí un informador, o intuyeron la maniobra.

—De todos los miembros del gabinete —explicó Tánger—, sólo uno de ellos no era *tomista* puro: el conde de Aranda podía ser considerado, si no *amigo del cuarto voto,* sí más favorable a los ignacianos que los radicales Roda, Campomanes y los otros. Quizá fue él mismo quien dejó caer las palabras oportunas en el oído de su contertulio, el padre Nicolás Escobar... No debió de pasar de una confidencia, o una palabra. Pero entre aquella gente hecha de astucias y diplomacias, hasta un silencio podía leerse como un mensaje.

Tánger calló unos instantes, dejando a Coy el trabajo de imaginar época y personajes. Su mano izquierda descansaba encima de la rodilla izquierda, sobre la falda de algodón azul, a escasos centímetros del cambio de marchas. Coy la rozaba a veces, al pasar de cuarta a quinta en las rectas, o cuando reducía antes de girar el volante.

—Y entonces —prosiguió ella— la dirección de los jesuitas españoles ideó un plan.

Volvió a callar de nuevo, con aquello en el aire. Debería escribir novelas, pensó él, admirado. Maneja como nadie los puntos suspensivos. Y además, no sé lo que habrá de real en sus certezas, pero nunca vi a nadie afirmarlas con ese aplomo. Sin contar el modo de soltar sedal poco a poco: lo justo de flojo para que no escape el pez, lo justo de tenso para que se mantenga enganchado hasta clavarle un arpón en las agallas.

—Un plan arriesgado —continuó al fin Tánger— que ni siquiera garantizaba el éxito... Pero que se basaba en el conocimiento de la condición humana y de la situación política española. Por supuesto, también en el conocimiento de Pedro Pablo Abarca, duque de Aranda.

En pocas palabras, con el tono objetivo de quien enumera datos, sin apartar los ojos de la cinta de asfalto que parecía ondular ante ellos por efecto del calor, Tánger había definido al ministro de Carlos III: aristócrata con derechos de sangre, brillante carrera militar y diplomática, afrancesado por razones intelectuales y sociales, pragmático, ilustrado, enérgico, impetuoso, algo insolente. Una gran cabeza al frente del Consejo de Castilla y del gabinete para la Pesquisa Secreta. También amigo del lujo, de las carrozas caras con espléndido tiro y criados de librea, teatro y toros en coche descubierto, popular, ambicioso, derrochador, amigo de sus amigos. Rico, y sin embargo siempre necesitado de más fondos para sostener un alto tren de vida que a veces rozaba la extravagancia.

—Ésas eran las palabras —prosiguió Tánger—: Dinero y poder. Aranda resultaba sensible a ellas, y los jesuitas lo sabían. No en balde había sido su alumno, y era íntimo de sus dirigentes.

El plan, continuó ella, fue concebido con minuciosa audacia. El mejor barco de la Compañía, el más rápido y seguro, con su mejor capitán, zarpó secretamente rumbo a América. Llevaba al padre Escobar como pasajero. No había constancia oficial de su salida de Valencia, pues no se conservaron los documentos de embarque del *Dei Gloria* para esa etapa del viaje; pero el jesuita sí figuraba a bordo en el viaje de vuelta. Sus iniciales, con las del otro acompañante, el padre José Luis Tolosa, constaban en el manifiesto del bergantín —*N.E.* y *J.L.T.*— cuando salió de La Habana, el 1 de enero de 1767. Y con ellos traían algo: documentos, objetos. Claves para influir en la voluntad del conde de Aranda.

Con las manos en el volante, Coy rió bajito.

—Dicho en corto: querían comprarlo.

—O chantajearlo —repuso ella—. De una u otra forma, lo cierto es que la misión del *Dei Gloria,* del capitán Elezcano y de los dos jesuitas, era traer algo que cambiaría el curso de los acontecimientos.

—¿De La Habana?

—Eso es.

—¿Y qué pinta Cuba en todo esto?

—No lo sé. Pero allí embarcaron algo que podía convencer a Aranda para manipular la Pesquisa Secreta... Algo que detendría la tormenta que iba a descargar sobre la Compañía.

—Podría tratarse de dinero —opinó Coy—. El famoso tesoro.

Sonreía para quitar importancia a sus palabras, pero sintió un estremecimiento al pronunciar la palabra *tesoro*. Tánger seguía mirando al frente como una esfinge.

—Podría, en efecto —dijo ella al cabo de un instante—... Pero no siempre es dinero lo que anda de por medio.

—Y eso es lo que pretendes averiguar.

Continuaba volviéndose de vez en cuando para observarla, sin apartar del todo su atención de la carretera, antes de mirar de nuevo al frente. Ella mantenía los ojos fijos en el asfalto.

—Pretendo localizar el *Dei Gloria*, en primer lugar. Y luego, saber lo que transportaba... Lo que, por azar o por cálculo de los enemigos de la Compañía, nunca llegó a su destino.

Coy redujo la marcha ante una curva cerrada. Al otro lado de una cerca había toros de verdad, pastando bajo un cartel con un inmenso toro negro de mentira.

—¿Quieres decir que ese jabeque corsario no apareció allí por casualidad?

—Cualquier cosa es posible. Tal vez el otro bando estaba al corriente de la operación y quiso adelantarse. Quizá el mismo Aranda jugaba con dos barajas... O, si el *Dei Gloria* traía algo utilizable contra él, pudo querer neutralizarlo.

—Pues según lo que sea, es posible que no resista dos siglos y medio en el fondo el mar. Lucio Gamboa dijo...

—Recuerdo perfectamente lo que dijo.

—Pues ya sabes. Tesoros, tal vez. Otra cosa, olvídate.

La carretera descendía ahora entre prados insólitamente verdes, antes de ascender de nuevo. Había un pueblo blanco arriba y a la derecha, colgado del pico de una montaña. Vejer de la Frontera, leyó Coy en un cartel indicador. Otra flecha señalaba hacia el mar: cabo Trafalgar, 16 kilómetros.

—Ojalá sea un tesoro —dijo—. Oro español. Plata en lingotes... Quizá ese Aranda era sobornable de verdad —se quedó un rato pensativo, mordiéndose el labio inferior—... ¿Cómo podríamos sacarlo sin que nadie se enterase?

Sonreía, divertido con la idea. El tesoro de los jesuitas. Barras de oro amontonándose en una bodega. Desembarcos nocturnos en una playa, entre el rumor de las piedras arrastradas por la resaca. Doblones, Deadman's Chest y una botella de ron. Terminó riendo en voz alta. Tánger guardaba silencio, y él se volvió otras veces a mirarla, sin perder de vista la carretera por el rabillo del ojo.

—Seguro que ya tienes un plan —añadió—. Tú eres del tipo de gente que siempre tiene un plan.

Había rozado incidentalmente su mano al cambiar de marcha, y esta vez ella la retiró. Parecía irritada.

—Tú no sabes qué tipo de gente soy.

Él rió de nuevo. La idea del tesoro, de puro absurda, lo había puesto de buen humor. Rejuvenecía treinta años: Jim Hawkins le hacía muecas desde un estante lleno de libros, en la Posada del Almirante Benbow.

—A veces creo saberlo —dijo, sincero—, y a veces no lo sé. En cualquier caso, no te quito la vista de encima... Con tesoro o sin él. Y espero que hayas pensado en reservar mi parte. Socia.

—No somos socios. Trabajas para mí.

—Ah, coño. Lo había olvidado.

Coy silbó unos compases de *Body and Soul*. Todo estaba en regla. Ella orquestaba el canto de las sirenas, el doblón de oro español relucía clavado en el mástil ante los ojos del marino sin barco, y mientras tanto el Renault alquilado dejaba atrás Tarifa, su viento perenne y las fantasmales aspas giratorias de sus torres de energía eólica. El motor se calentaba demasiado en las cuestas, así que se detuvieron en un mirador sobre el Estrecho. El día era claro, y al otro lado de la franja azul divisaban la costa marroquí, y algo más lejos, a la izquierda, el monte Hacho y la ciudad de Ceuta. Coy observaba la lenta progresión de un petrolero que navegaba hacia el Atlántico: se había desviado un poco del dispositivo de separación de tráfico que regulaba en dos direcciones el paso, y sin duda tendría que alterar su rumbo para maniobrarle a un carguero que se acercaba por la proa, de vuelta encontrada. Imaginó al oficial de guardia en el puente —a esa hora sería el tercero de a bordo—, atento a la pantalla de radar, apurando hasta el último minuto por si tenía suerte y el otro se desviaba antes.

—Además, tú vas demasiado rápido, Coy. Yo nunca hablé de tesoros.

Había permanecido callada al menos cinco minutos. Ahora estaba fuera del coche, a su lado, mirando el mar y la cercana costa de África.

—Cierto —concedió él—. Pero se te acaba el tiempo. Tendrás que contarme el resto de la historia cuando estemos allí.

Abajo, en el Estrecho, la estela blanca del petrolero trazaba una leve curva hacia la orilla europea. El oficial de guardia había creído prudente darle resguardo al mercante próximo. Diez grados a estribor, calculó a ojo Coy. Ningún oficial tocaba las máquinas si no lo autorizaba el capitán; pero corregir diez grados y luego volver a rumbo resultaba razonable.

—Todavía —dijo ella en voz baja— no estamos allí.

Las oficinas de Deadman's Chest Ltd. se hallaban en el número 42b de Main Street, en la planta baja de un edificio de aspecto colonial, con paredes blancas y ventanas pintadas de azul. Coy miró la placa atornillada en la puerta, y tras una breve vacilación pulsó el timbre que había debajo. No las tenía todas consigo, pero Tánger se negaba a entrevistarse con Nino Palermo en su despacho. Así que él estaba encargado de la misión exploratoria, y de establecer, si los signos eran favorables, una cita posterior aquel mismo día. Tánger le había dado instrucciones precisas, tan detalladas como para una operación militar.

—¿Y si me parten la cara? —había preguntado, acordándose de la rotonda del Palace.

—Palermo antepone los negocios a las cuestiones personales —fue la respuesta—. No creo que pretenda ajustar cuentas. No todavía.

Así que allí estaba él, mirándose la cara mal afeitada en la placa de latón, aspirando aire como si se dispusiera a una zambullida peligrosa.

—Me espera el señor Palermo.

El bereber parecía peor encarado a la luz del día, al otro lado de la puerta abierta, con aquellos ojos fúnebres que diseccionaban a Coy, reconociéndolo, antes de hacerse a un lado para franquearle el paso. El vestíbulo era pequeño, forrado de maderas nobles, con algunos toques navales. Contenía una rueda de timón enorme, una escafandra de buzo, la maqueta de una trirreme romana en urna de cristal. También una mesa de diseño moderno que tenía al otro lado a la secretaria que Coy recordaba de la subasta de Barcelona y de la rotonda del Palace. También había una butaca y una mesita baja con las revistas *Yachting* y *Bateaux,* y una silla en un rincón. En la silla estaba sentado Horacio Kiskoros.

No era una parroquia como para sonreír con el buenos días; así que Coy ni sonrió ni dijo buenos días, ni hizo otra cosa que permanecer quieto en el vestíbulo, a la expectativa, mientras el bereber cerraba la puerta a su espalda. Los tres pares de ojos fijos en él no transmitían excesivo calor humano. El bereber se le acercó por detrás, estólido, sin gestos amenazadores, y de modo mecánico y eficiente se inclinó hasta sus tobillos, haciéndole un rápido cacheo.

—Nunca lleva armas —adelantó Kiskoros desde su silla, en tono casi amable.

Y ahora es cuando empiezan a sacudirme, pensó Coy, recordando en sus costillas la sólida eficacia del bereber. Ahora empiezan a darme las mías y las del pulpo, tunda, tunda, hasta ponerme a punto para la parrilla, y me van a sacar de aquí, si es que salgo, con los dientes en un cucurucho hecho con papel de periódico. LDLDLT: Ley de Donde Las Dan Las Toman. Seguro que hasta ésa de las bragas negras me la tiene jurada.

—Vaya —dijo una voz.

Nino Palermo estaba en la puerta que acababa de abrirse al otro lado. Pantalón marrón, camisa a rayas azules con las mangas vueltas y sin corbata. Mocasines caros.

—He de reconocer... —dijo, y observaba a Coy con sorpresa—. Por Dios. Tiene usted un par de huevos.

—¿La esperaba a ella?

—Claro que la esperaba a ella.

La mirada bicolor del cazador de naufragios era adusta, con la fijeza de una serpiente. Coy observó que la nariz conservaba una leve hinchazón, con tenues cercos oscuros debajo de los ojos. Sintió a la espalda los pasos suaves del bereber y la ojeada que Palermo le dirigía sobre su hombro, y tensó involuntariamente los músculos. En la nuca, pensó. Ese cabrón me va a sacudir en la nuca.

—Pase —dijo Palermo.

Pasó, y su anfitrión cerró la puerta y fue a apoyarse en el borde de una mesa de caoba cubierta de libros, papeles y cartas náuticas llenas de anotaciones a lápiz que cubrió discretamente con el *Gibraltar Chronicle*. Había también, como pisapapeles, un lingote de plata antiguo, de un par de kilos. Coy se quedó de pie, mirando, por mirar algo que no fuese la cara de Palermo, el óleo colgado en la pared: una batalla naval entre un buque norteamericano y otro inglés. Dos fragatas cañoneándose con el aparejo destrozado. Tenía una placa en la parte inferior del marco. *Combate de la Java y la Constitución*, leyó. El humo del cañoneo iba hacia el lado apropiado, acorde con las nubes, las olas y la orientación de las velas. Era un buen cuadro.

—¿Por qué lo manda solo a usted?... Ella debería estar aquí.

El ojo verde y el ojo pardo lo observaban con más curiosidad que rencor. Coy no sabía a qué ojo dirigirse, así que terminó decidiéndose por el pardo. Le parecía menos inquietante.

—No se fía. Por eso he venido yo. Antes de verlo quiere saber qué pretende.

—¿Está en Gibraltar?

—Está donde debe estar.

Palermo negó despacio con la cabeza. Había cogido una pequeña pelota de goma de encima de la mesa y la apretaba una y otra vez.

—Yo tampoco me fío de ella.

—Aquí nadie se fía de nadie.

—Usted es un... Por Dios —la mano izquierda, lastrada con los anillos y el enorme reloj de oro, tensaba a cada gesto los músculos del antebrazo—. Un idiota, eso es lo que es. Ella lo maneja como a un títere.

Coy seguía pendiente del ojo pardo.

—Métase en sus asuntos —dijo.

—Éste es mi asunto. Lo era, y sólo mío, hasta que esa zorra se entrometió. Mi buena voluntad...

—Deje de tocarme los cojones con su buena voluntad —Coy decidió pasar al ojo verde—. Vi lo que su enano le hizo al perro de ella.

Palermo dejó de abrir y cerrar la mano con la pelota y cambió de postura en el borde de la mesa. De pronto parecía incómodo.

—Le aseguro que yo, nunca... Por Dios. Horacio se extralimitó. Él está acostumbrado a modales... Allí, en Argentina... Bueno —se quedó mirando la pelota, como si de pronto le desagradara, y la dejó otra vez sobre la mesa, junto a un abrecartas de marfil cuyo mango era una mujer desnuda—. Creo que en su país se le fue un poco la mano... Después hubo lo de Malvinas. Horacio salió en la portada de la revista *Time* con los ingleses prisioneros. Está muy orgulloso de esa portada, y siempre lleva encima una copia en color... Cuando la democracia, tuvo que... Imagine. Demasiada gente lo había reconocido, gracias a la dichosa foto, como el que les ponía electrodos en los genitales.

Se calló y después hizo un leve encogimiento de hombros, dando a entender que en aquella época Kiskoros no era asunto suyo. Coy asintió. El otro no le había ofrecido asiento, y seguía en pie.

—Y usted le dio trabajo.

—Era buen buzo —admitió Palermo—. Y ahí donde lo ve, tan pequeñito, un tío muy eficaz para cierta clase de... Bueno —volvió a cambiar de postura en el borde de la mesa, y tintinearon las cadenas de oro y las medallas—. Qué le voy a contar que usted no sepa. Además, siempre preferí contratar a asalariados eficientes antes que a voluntarios entusiastas... Un mercenario al que pagas bien no te deja en la estacada.

—Depende de quién pague más.

—Yo pago más.

Hizo una pausa para contemplarse la moneda de oro que llevaba en el anillo de la mano derecha. Después la frotó con gesto maquinal contra la camisa.

—Horacio es un completo hijo de puta —prosiguió—. Un ex militar argentino de padre griego y madre italiana, que habla español y que se cree inglés... Pero es un hijo de puta muy correcto. Y a mí me gusta la gente correcta. Hasta tiene a su anciana madre en Río Gallegos, y le manda dinero cada mes, a la viejita. Como en los tangos, ¿verdad?... Qué cosas.

Alzó unos milímetros la mano, como si fuera a tocarse la cara, pero detuvo el gesto apenas iniciado.

—Y en cuanto a usted...

Ahora el ojo pardo encerraba rencor, y el verde amenaza. Pero aquello duró sólo un instante.

—Escuche —prosiguió—. Todo esto se ha desbordado de un modo absurdo. Estamos llegando demasiado lejos, ¿vale?... Todos. Ella. Yo mismo, tal vez. Hasta Horacio mata perros, que ya es... Por Dios. El colmo. Y usted, desde luego. Usted...

El buscador de naufragios se quedó de nuevo en suspenso, intentando dar con un término que definiese el papel de Coy en aquel embrollo.

—Mire —había cogido una llave y abierto un cajón, sacando de él una moneda reluciente de plata que arrojó sobre la mesa—. ¿Sabe qué es eso?... Lo que en mi oficio llamamos un columnario: ocho reales de plata acuñados en Potosí en 1739 por orden del rey Felipe V... Tiene delante... Fíjese. Es una de las famosas «piezas de a ocho» protagonistas de todas las historias de piratas y tesoros...

Sacó otra diferente, más grande, arrojándola junto a la anterior. Esta vez se trataba de una medalla conmemorativa: tres figuras, una de ellas arrodillada, con la inscripción: *The pride of Spain humbled by A.Vernon*. El orgullo de España humillado, tradujo Coy, tomándola entre los dedos. En el anverso, varios navíos y otra inscripción: *They took Carthagena April 1741*. Tomaron Cartagena —de Indias, supuso Coy— en abril, etcétera. Puso la medalla en la mesa, junto a la pieza de a ocho.

—Era un farol, porque no la llegaron a tomar —explicó Palermo—. El almirante Vernon se retiró derrotado sin poder saquear la ciudad como pretendía... El supuesto arrodillado de la medalla es el español Blas de Lezo, que nunca llegó a arrodillarse, entre otras cosas porque era manco y cojo. Aun así defendió la ciudad con uñas y dientes, haciéndoles perder a los ingleses seis barcos y nueve mil hombres... Las medallas que Vernon traía ya acuñadas para el acontecimiento hubo que hacerlas desaparecer... Salvo las que se hundieron en la bahía. Difíciles de encontrar.

Metió la mano en el cajón y extrajo un puñado de monedas diversas, que sopesó antes de dejarlas caer otra vez con tintineo metálico. El oro y la plata relucían al derramarse entre sus dedos cargados de anillos.

—Yo saqué ésa de un barco inglés hundido —dijo el cazador de tesoros—... Ésa, éstas y muchas otras: piezas de plata de cuatro y ocho reales, columnarios, macuquinas, doblones de oro, lingotes, joyas... Soy un profesional, ¿comprende?... Conozco palmo a palmo los nueve kilómetros de estanterías que tiene el Archivo de Indias, y también los archivos del Almirantazgo inglés, el palacio de la Inquisición de Cartagena de Indias, Simancas, Viso del Marqués, Medina Sidonia... Y no estoy dispuesto a tolerar que un par de aficionados me... Por Dios. Revienten el trabajo de toda mi vida...

Cogió la pieza de a ocho y la medalla de Vernon, devolviéndolas al cajón. Su sonrisa era tan simpática como la de un tiburón blanco al que acabaran de contarle un chiste de náufragos.

—Por eso voy a ir hasta el final —anunció por fin—. Sin piedad y sin reparos. Voy a ir hasta... Se lo juro. Y cuando termine con esto, esa mujer... Ya verá. En cuanto a usted, debe de estar loco —cerró el cajón y se metió la llave en el bolsillo—. No tiene ni la más remota idea de las consecuencias.

Coy se rascó la cara sin afeitar.

—¿Mandó a ese enano cabrón hasta Cádiz para hacernos venir y decirnos eso?

—No. Los hice llamar para proponerles un último arreglo. La última posibilidad. Pero usted...

Dejó sin terminar la frase, aunque estaba clara. No lo consideraba cualificado para esa negociación. Tampoco Coy se consideraba a sí mismo, y eso lo sabían ambos.

—Sólo he venido para ver cómo están las cosas —dijo—. Ella acepta que se vean.

Palermo entornó los ojos. Una luz de interés relucía tras sus párpados al acecho.

—¿Cuándo y dónde?

—Aquí en Gibraltar le parece bien. Pero no vendrá a la oficina. Prefiere un terreno neutral.

La escueta sonrisa mostró ahora un par de dientes muy sanos y blancos. El tiburón nadaba en aguas propias, pensó Coy. Olfateando.

—¿Y qué entiende ésa por terreno neutral?

—El mirador del Peñón que da sobre el aeropuerto estaría bien.

Palermo reflexionaba.

—¿Old Willis?... Por qué no. ¿A qué hora?

—Hoy, a las nueve.

El otro le echó un vistazo al reloj y meditó un poco más. La sonrisa cruel empezó a despuntar de nuevo.

—Dígale que estaré allí... ¿También irá usted?

—Lo sabrá cuando vaya.

Los ojos poco amistosos estudiaron a Coy de arriba abajo, y el cazador de tesoros se rió de forma desagradable. No parecía impresionado en absoluto.

—Te crees un muchacho duro, ¿no es cierto?... —el brusco tuteo hacía el tono mucho más desagradable—. Por Dios. Eres un títere, como todos. Eso es lo que eres. Ellas nos usan como... Usar y tirar, eso es. Así lo hacen. Y tú... Conozco tu situación. Tengo medios para investigar... Bueno. Ya me entiendes. Conozco tu problema. Después de Madrid me ocupé de averiguarlo. Aquel barco en el Índico. Dos años de suspensión es mucho tiempo, ¿verdad? Yo, sin embargo... Quiero decir que tengo amigos con barcos que necesitan oficiales. Podría ayudarte.

Coy frunció el ceño. Todo aquello le causaba la impresión de un intruso revolviendo sus cajones. Volverse hacia la ventana y comprobar que alguien está allí, espiando.

—No necesito ayuda.

—Hum. Ya veo —Palermo lo observaba con mucha atención—. Pero no engañas a nadie, ¿sabes?... Debes de creerte un tipo original, pero... Por Dios. Te he visto ya cien veces antes. Entérate. A ver si te crees el único que leyó libros y fue al cine. Pero éstos no son los puertos de Asia, ni tú eres... Ni siquiera valdrías para una película mediocre. Peter O'Toole tenía mucha más clase. Y cuando ella... Bueno. Te dejará al garete, como esos barcos fantasmas saqueados y sin tripulantes... En esta novela no hay segundas oportunidades, a ver si te enteras. En este misterio del barco perdido, el capitán pierde el título definitivamente. Y la chica... Joder. Esa perra le escupe a la cara... No, no me mires así. No tengo dotes de adivino. Sólo ocurre que lo tuyo es tan elemental que da risa.

No se rió, sin embargo. Estaba sombrío, todavía en el borde de la mesa, con una mano a cada lado. Los ojos pardo y verde apuntaban más allá de Coy, absortos.

—Las conozco bien —dijo—. Zorras.

Ahora movía la cabeza. Estuvo así un poco, sin abrir la boca. Luego miró alrededor, como reconociendo el lugar en donde estaba. Su propio despacho.

—Juegan con armas —añadió— que nosotros incluso ignoramos que existen. Y son... Por Dios. Son mucho más listas que nosotros. Mientras pasábamos siglos hablando en voz alta y bebiendo cerveza, yéndonos a las Cruzadas o al fútbol con los amigotes, ellas estaban allí atrás, cosiendo, cocinando, observando...

El oro le tintineó mientras iba hasta un armarito y sacaba una botella de Cutty Sark y dos vasos anchos y chatos, de pesado cristal. Puso hielo de una cubitera, echó una generosa porción de whisky en cada uno y volvió con ellos.

—Yo comprendo lo que te pasa —dijo.

Conservó un vaso en la mano y puso el otro en la mesa, ante Coy.

—Han sido y son todavía nuestros rehenes, ¿comprendes? —bebió un trago y luego otro, sin dejar de observarlo por encima del vaso—... Eso hace que su moral y la nuestra sean... No sé. Distintas. Tú y yo podemos ser crueles por ambición, por lujuria, por estupidez o ignorancia... Para ellas, sin embargo... Llámalo cálculo, si quieres. O necesidad... Un arma defensiva, a ver si me entiendes. Son malas porque se la juegan, y necesitan sobrevivir. Por eso pelean a muerte, cuando lo hacen. Esas putas no tienen retaguardia.

Había recuperado la sonrisa de escualo. Se apuntó una muñeca con el índice de la otra mano.

—Imagínate un reloj... Un reloj que sea preciso detener. Tú y yo lo pararíamos como cualquier hombre: dándole martillazos. La mujer no. Cuando tiene la oportunidad, lo que hace es desmontarte pieza a pieza. Sacarlo todo a la luz, de modo que nadie vuelva a ser capaz de recomponerlo. Que no vuelva a dar la hora jamás... Por Dios. Las he visto... Sí. Desmontan para siempre el mecanismo de hombres hechos y derechos con un gesto, una mirada o una simple palabra.

Bebió de nuevo, y torcía la boca al hacerlo. Una tintorera rencorosa. Sedienta.

—Ellas te matan y sigues andando y no sabes que estás muerto.

Coy reprimió el impulso de alargar la mano hacia el vaso que seguía intacto sobre la mesa. No por el simple hecho de beber, que era lo de menos, sino para hacerlo con el hombre que tenía delante. La Tripulación Sanders estaba demasiado lejos, el viejo ritual masculino lo tentaba, y después de todo, reflexionó, resultaba lógico que así fuera. En ese momento añoraba otra vez, desesperadamente, bares llenos de tipos que pronunciaban palabras incoherentes con la lengua entumecida por el alcohol, botellas vacías boca abajo en los cubos de hielo, mujeres que no soñaban con barcos hundidos o habían dejado de creer en ellos. Rubias que no eran jóvenes pero sí audaces, como en la canción del Marinero y el Capitán, bailando solas sin que les importara que se las echaran a suertes. Refugios y olvidos a tanto la hora. Mujeres sin fotos de niñas en marcos de plata, cuando la tierra firme se convertía en lugar habitable durante un rato, a modo de escala, esperando el momento de regresar, entre las grúas y los tinglados grises por la madrugada, hasta cualquier barco a punto de largar amarras, mientras los gatos y las ratas jugaban a las cuatro esquinas en el muelle. Bajé a tierra, había dicho una vez en Veracruz el Torpedero Tucumán. Bajé a tierra y sólo llegué hasta el primer bar.

—A las nueve, en el mirador —dijo Coy.

Albergaba una furia desolada, incómoda, dirigida contra sí mismo. Apretó los dientes, sintiendo endurecérsele los músculos de las mandíbulas. Entonces giró sobre sus talones, encaminándose a la puerta.

—¿Crees que te miento? —preguntó Palermo a su espalda—... Por Dios. Pronto verás... Maldita sea. Debiste seguir en el mar. Éste no es sitio para ti. Y lo pagarás, naturalmente —ahora su voz sonaba exasperada—. Todos pagamos tarde o temprano, y te llegará el turno. Pagarás por lo del Palace, y pagarás por no haber querido escucharme. Pagarás por haber creído en esa puta embustera. Y entonces ya no será cuestión de encontrar barco, sino de encontrar un agujero donde meterte... Cuando ella por su parte, y yo por la mía, hayamos terminado contigo.

Coy abrió la puerta. Sólo hay un viaje que harás gratis, recordó. El bereber estaba allí quieto y amenazador, cortándole el paso. La secretaria atisbaba curiosa desde su mesa, y al fondo, sentado en la silla, Kiskoros se pulía las uñas como si nada de aquello fuese con él. Tras consultar a su jefe, inquisitivo y silencioso, el bereber se hizo a un lado. Mientras cruzaba el vestíbulo camino de la calle, Coy todavía oyó las últimas palabras del cazador de tesoros:

—Sigues sin creerme, ¿verdad?... Pues pregúntale por las esmeraldas del *Dei Gloria*. So imbécil.

Punto de estima, decían los manuales de navegación, era cuando todos los instrumentos de a bordo se iban al diablo, y no había sextante, ni luna, ni estrellas, y era preciso situar la posición del barco mediante la última posición conocida, el compás, la velocidad y las millas recorridas. Dick Sand, el capitán de quince años ideado por Julio Verne, había tenido que gobernar de ese modo la goleta *Pilgrim* en el transcurso de su accidentado viaje de Auckland a Valparaíso. Pero el traidor Negoro colocó un trozo de hierro en la bitácora, desviando la aguja; y de ese modo el joven Dick, entre furiosos temporales, había pasado junto al cabo de Hornos sin verlo, y confundiendo Tristán da Cunha con la isla de Pascua, terminaba encallado en la costa de Angola creyendo estar en Bolivia. Un error de estima semejante no conocía parangón en los anales del mar; y Julio Verne, había decidido Coy cuando leyó aquel libro siendo alumno de náutica, no tenía ni la más remota idea de la práctica de la navegación. Pero el recuerdo lejano de esa lectura le vino ahora a la cabeza con la fuerza de una advertencia. Navegar a ciegas, basándose en la estima, no planteaba demasiados problemas si un piloto era capaz de situarse a partir de la distancia recorrida, el abatimiento y la deriva, llevándolos a la carta para establecer el lugar supuesto en que uno se hallaba. El problema, relativo en alta mar, se convertía en grave a la hora de acercarse a tierra: la recalada. A veces los barcos se perdían en el mar, pero mucho más a menudo los barcos y los hombres se perdían en tierra. Uno colocaba el lápiz sobre un punto de la carta, decía estoy aquí, y en realidad estaba allí, sobre un bajo, unos arrecifes, una costa a sotavento, y de pronto escuchaba el crujido del casco abriéndose bajo sus pies. Crac. Y allí terminaba todo.

Por supuesto, había un traidor a bordo. Ella había colocado un trozo de hierro en la bitácora, y una vez más él se había encontrado calculando mal los indicios de que disponía. Pero lo que antes tenía menos importancia, e incluso daba emoción al juego, ahora, en la incertidumbre de la recalada próxima, parecía inquietante. Todas las luces de alarma parpadeaban, rojas, en el instinto marino de Coy mientras caminaba por el pantalán de Marina Bay, entre los yates amarrados en las cercanías de la pista del aeropuerto. Había una brisa de levante que corría sobre el istmo y campanilleaba contra los mástiles en las drizas de los veleros, poniendo fondo a la voz tranquila de Tánger. Ella hablaba de esmeraldas, y lo hacía con una serenidad increíble, tan fría como si aquél fuese un tema corriente que hubieran estado sacando a colación a cada momento. Había escuchado las recriminaciones de Coy en silencio, sin responder a los sarcasmos que éste preparó en la caminata desde la oficina de Nino Palermo hasta el puerto deportivo donde ella aguardaba noticias. Después, cuando él hubo agotado sus argumentos y se quedó mirándola apenas contenido y muy furioso, en demanda de una explicación que le impidiera liar el petate y largarse de allí en el acto, Tánger se había puesto a hablar de esmeraldas con la mayor naturalidad del mundo, como si durante aquellos días sólo hubiera estado esperando la pregunta de Coy para contárselo todo. Aunque vete a saber, pensaba él, si aquel *todo* era esta vez realmente *todo*.

—Esmeraldas —había dicho a modo de introducción, reflexiva, como si la palabra le recordase algo. Y luego estuvo un rato callada, contemplando el mar que se extendía como un semicírculo de ese mismo color por la bahía de Algeciras. Después, antes de que Coy blasfemara por tercera vez, se había puesto a hablar de la más preciosa y la más delicada de las piedras. La más frágil y la que con más dificultad reunía los atributos necesarios: color, limpieza, brillo y tamaño. Aún tuvo tiempo de explicar que con el diamante, el zafiro y el rubí constituía el grupo de las cuatro principales piedras preciosas, y que era, como las otras, mineral en forma cristalizada; pero mientras el diamante tenía color blanco, y el zafiro azul, y el rubí rojo, el color de la esmeralda era un verde tan extraordinario y singular que para definirlo era preciso recurrir a su propio nombre.

Después que ella dijo todo eso, Coy se detuvo y fue cuando blasfemó por tercera vez. Una grosera blasfemia de marino, rotunda y seca, que recurría al nombre de Dios en vano.

—Y eres una jodida embustera —añadió.

Se lo quedó mirando fijamente, con mucha atención. Parecía sopesar una a una aquellas cinco palabras. Los ojos eran otra vez duros, no como la frágil piedra que acababa de describir con plena sangre fría, sino como la piedra oscura, afilada como un puñal, que vela entre las rompientes. Después ella miró hacia un lado, al extremo del pantalán, donde el mástil del *Carpanta* se alzaba entre los otros, con la vela mayor cuidadosamente aferrada en la botavara. Cuando volvieron a Coy, sus ojos eran distintos. La brisa le agitaba el pelo sobre la cara moteada.

—El bergantín transportaba esmeraldas, seleccionadas en las minas que los jesuitas controlaban en los yacimientos colombianos de Muzo y Coscuez... Fueron embarcadas en Cartagena de Indias para La Habana, y después llevadas a bordo con todo secreto.

Coy bajó la vista hacia sus pies, luego al suelo de tablas del pantalán, y dio unos pasos al azar antes de quedarse quieto de nuevo. Miraba el mar. Las proas de los barcos anclados en la bahía borneaban lentamente hacia la brisa del Atlántico. Movió la cabeza a uno y otro lado, como negando algo. Estaba tan asombrado que seguía resistiéndose a admitir su propia estupidez.

—La esmeralda —proseguía ella— tiene dos puntos débiles: su fragilidad, que la hace vulnerable al tallado, y el jardín: zonas opacas, puntos de carbón sin cristalizar que a veces aparecen en su interior, afeando la piedra... Eso significa, por ejemplo, que una pieza de un quilate vale más que una de dos quilates si la primera tiene mejores atributos.

Ahora hablaba con suavidad, casi con dulzura. Igual que quien explica algo complicado a un muchacho torpe. Un avión militar despegó de la cercana pista del aeropuerto, atronando el aire con sus motores. El ruido cubrió unos instantes las palabras de Tánger.

—... Para la talla en facetas que hacen después los joyeros especializados. Y de ese modo, una esmeralda de veinte quilates, desprovista de jardines, es una de las más valiosas y buscadas que existen —hizo una pausa, y añadió—: Puede valer un cuarto de millón de dólares.

Coy todavía contemplaba el mar, sobre el que el avión tomaba lentamente altura. Al otro lado del arco de la bahía humeaban las chimeneas de la refinería de Algeciras.

—El *Dei Gloria* —dijo Tánger— transportaba doscientas esmeraldas perfectas, de veinte a treinta quilates cada una.

Hizo una nueva pausa. Se movía, colocándose frente a él. Ahora lo miraba muy de cerca.

—Esmeraldas sin tallar —insistió—. Grandes como nueces.

Coy habría podido jurar que esta vez su voz temblaba ligeramente. Grandes como nueces. Fue sólo una impresión pasajera, pues cuando prestó atención la vio tan dueña de sí como siempre. Seguía indiferente a los reproches, sin necesidad de pronunciar una sola palabra de descargo. Era su juego y eran sus reglas. Así fue siempre, desde el principio, y ella sabía que Coy lo sabía. Te mentiré y te traicionaré. En aquella isla de los caballeros y los escuderos, nadie había prometido que el juego fuese limpio.

—Ese cargamento —precisó ella— valía el rescate de un monarca... O, para ser más exactos, el rescate de los jesuitas españoles. El padre Escobar quería comprar al duque de Aranda. Tal vez también al gabinete de la Pesquisa Secreta... Quizás al mismo rey.

Casi a su pesar, Coy sentía que la curiosidad iba ocupando el lugar de su furia. La pregunta surgió antes incluso de que pensara en formularla.

—¿Están allá abajo, en el fondo?

—Pueden estar.

—¿Cómo lo sabes?

—No lo sé. Tenemos que bajar hasta el bergantín para averiguarlo.

Tenemos. Aquel plural sonaba como bálsamo en una herida, y Coy era consciente de ello.

—Te lo iba a contar cuando estuviéramos allí... ¿No lo comprendes?

—No. No lo comprendo.

—Escucha. Tú conoces los riesgos. Con toda esa gente detrás, yo no sabía qué podía ocurrir contigo... Ni siquiera ahora lo sé. No puedes reprocharme eso.

—Nino Palermo lo sabe. Todo cristo parece saberlo.

—Exageras.

—Exagero una mierda. Soy el último en enterarme, como los maridos.

—Palermo piensa que hay esmeraldas, pero ignora cuántas. Tampoco sabe cómo son ni por qué estaban en el bergantín. Sólo ha oído campanas.

—Pues a mí me parece muy bien informado.

—Oye. He pasado años con ese barco en la cabeza, incluso antes de confirmar su existencia. Ni Palermo ni nadie sabe sobre el *Dei Gloria* lo que yo sé... ¿Quieres que te cuente mi historia?

No quiero que me cuentes otra sarta de mentiras, tuvo Coy a flor de labios. Pero calló, porque realmente quería escuchar. Necesitaba más piezas, nuevas notas que dibujasen con más precisión la melodía extraña que ella trazaba en el silencio. Y de ese modo, inmóvil en el pantalán y con la brisa de levante que soplaba a su espalda y seguía agitando el cabello de la mujer, se dispuso a escuchar la historia de Tánger Soto.

Había una carta, dijo ella. Una simple carta, un folio amarillento escrito por ambas caras. Fue enviada por un jesuita a otro, y luego, olvidada por todos, quedó revuelta con un montón de papeles requisados cuando la disolución de la Compañía de Jesús. La carta estaba escrita en clave e iba con su transcripción, realizada por mano anónima, posiblemente la de un funcionario encargado de indagar en los documentos incautados a la Compañía. Y junto a muchas otras de temas diversos y con similares transcripciones, había dormido un sueño de dos siglos en el fondo de un archivo catalogado como *Clero / Jesuitas / Varios nº 356*. Ella lo encontró por casualidad, cuando investigaba en el Archivo Histórico Nacional preparando un trabajo universitario sobre la Machinada de Guipúzcoa en 1766. La carta iba firmada por el padre Nicolás Escobar, nombre que en aquel momento no significaba nada para ella, y se dirigía a otro jesuita, el padre Isidro López:

> *Reverendo Padre:*
> *Desarmados de nuestros auxilios, calumniados ante el Rey y el Santo Padre, y objeto del odio de las fanáticas personas que de sobra conoce Vuestra Paternidad, muy cerca estamos de la bien trazada Catástrofe que con tanto sigilo se industria. Los Eclesiásticos mismos que son adversos a la Compañía no se recatan de ser corredores y proxenetas de las calumnias que circulan impunemente. De ese modo vamos quedando reducidos a nuestras propias fuerzas por quienes todo lo creen lícito para alcanzar sus fines y secuestran la voluntad, no sólo de Nuestro Soberano, que nos es suspicaz por malos avisos, sino también de nuestros antiguos amigos.*
> *Todo presagia, Reverendo Padre, un golpe contra nuestra Orden al modo nefasto en que se realizó el crimen en la Francia y en el Portugal del impío Pombal. Por conducto*

seguro y directísimo el abate G. nos ha confirmado la nómina conocida por V.P. sobre los individuos que preparan la maniobra y de qué modo se artificia su especie. Pero en ese vasto negocio, disfrazado de Averiguación Secreta, queda un resquicio de esperanza. Os escribo la presente, que os llegará por el conducto seguro que nos es habitual, a fin de alentaros a resistir mientras realizamos la empresa que tal vez disponga en nuestra justicia la voluntad de los más poderosos.

Previa consulta con nuestros superiores, y en atención al designio que V.P. ya conoce, me dispongo a viajar en la esperanza de que, Ad Maiorem Dei Gloriam (con ese nombre y ese amparo me dispongo a embarcar), el viento sople en las buenas direcciones. Doscientos argumentos a modo de llamas de fuego verde sin tallar, perfectas y grandes como nueces (iris del Diablo, los llama el buen abate), esperan en Cartagena de Indias bajo custodia del padre José Luis Tolosa, que es joven seguro y muy de fiar. Yo estaré en La Habana, con la ayuda de Dios, para finales de mes; y del mismo modo espero regresar a Nuestro Puerto lo antes posible, con tanto sigilo y tan directamente como los privilegios de la Compañía nos permitan, evitando peligrosas escalas intermedias. Nuestro dilecto don P.P. ha prometido al abate esperar, y pese a todo y a sus nuevas disposiciones y ambición, todavía podemos considerarlo individuo favorable; pues mucho es lo que tiene por beneficio en este negocio.

Añadiré a V.P. la feliz nueva de que ayer he sabido por nuestro querido abate que algunos amigos próximos al círculo de la llorada Reina Madre siguen siéndonos tan propicios como también lo son el digno V. y también H.; aunque de este último no podamos nunca fiar del todo por su naturaleza intrigante. En cuanto al abate, sigue en el favor de las personas reales y moviendo en nuestro beneficio los hilos del negocio, y nos cuenta que don P.P. se mantiene muy receptivo a lo que nos ocupa. Hasta mi regreso, por tanto, no queda sino Tacere et Fideri. Y que la Divina Providencia disponga.

Reciba Vuestra Paternidad el más respetuoso saludo de su hermano en Cristo

Nicolás Escobar Marchamalo, S.J.
En el puerto de Valencia,
a primero de noviembre, A.D. de 1766

Con el tiempo, Tánger había identificado a todos los personajes citados en la carta. La reina madre Isabel Farnesio, muy favorable a la Compañía de Jesús, había muerto medio año antes. El destinatario era el padre Isidro López: el más influyente de los jesuitas españoles, que gozó de excelente posición en la corte de Carlos III y fallecería en Bolonia dieciocho años después de extinguida la Compañía, sin haber podido volver del destierro. En cuanto a las iniciales, éstas no planteaban dificultad para alguien acostumbrado a manejar libros de Historia: *P.P.* era Pedro Pablo Abarca, conde de Aranda. Tras la inicial *H.* se ocultaba apenas el nombre de Lorenzo Hermoso, un indiano de Caracas afincado en España, intrigante y conspirador, que estuvo implicado en el motín de Esquilache, y que tras la caída de los jesuitas terminó preso y luego desterrado, después que el fiscal pidiese para él tormento *tanquam in cadavere*. La persona designada como *V.* era Luis Velázquez de Velasco, marqués de Valdeflores, literato e íntimo de la Compañía, que habría de pagar esa amistad con diez años de cárcel en los presidios de Alicante y Alhucemas. Y la inicial *G.* aludía al abate Gándara, conocido en la corte de Carlos III como el principal apoyo de los jesuitas cerca del rey, a quien acompañaba como escopetero en sus partidas de caza. El nombre real era Miguel de la Gándara, y su desdichado personaje podría haber inspirado *El Conde de Montecristo* o *La Máscara de Hierro:* apresado poco antes de la caída de la Orden, vivió en prisión los dieciocho años que le quedaban de vida, y murió en la cárcel de Pamplona sin que nadie estableciera con claridad los motivos de su condena.

El personaje del abate Gándara había fascinado a Tánger, hasta el punto de que terminó haciendo sobre él su tesis de licenciatura. Eso la llevó a investigar todos los papeles sobre sus procesos y prisión, conservados en la sección Gracia y Justicia del archivo nacional de Simancas. Incluso estableció el nombre del barco jesuita que no se mencionaba más que veladamente en la carta: *Dei Gloria.* De ese modo pudo comprobar que la despedida del padre Nicolás Escobar al padre López, donde mencionaba a Gándara, fue escrita un día antes de la detención de éste, realizada el 2 de noviembre de 1766: la misma fecha en que Escobar zarpaba para América a bordo del bergantín con el que desaparecería en el mar durante el viaje de regreso. La tesis de Tánger se llamó *El abate Gándara, conspirador y víctima,* y le valió una excelente calificación académica para su licenciatura en Historia. Abundaba en datos sobre la larga prisión, los interrogatorios y los procesos judiciales del abate, encerrado en Batres y luego en Pamplona, donde quedaría recluido hasta su muerte, sin que nadie lograra nunca aclarar las razones del ensañamiento que le dedicaron Aranda y los otros ministros de Carlos III; salvo su amistad con la Compañía de Jesús, cuyos miembros —entre ellos el destinatario de la famosa carta— fueron detenidos cinco meses después de la prisión del abate, desterrados a Italia y extinguida la Orden. En cuanto al viaje a La Habana del padre Escobar, y aquellas doscientas llamas de fuego verde a las que crípticamente aludía, nunca se obtuvo respuesta de Gándara, pese a que algunos interrogatorios mencionaban el tema. El secreto del *Dei Gloria* murió con él.

Después, la vida siguió su curso y Tánger tuvo otras cosas en que ocuparse. Las oposiciones para el Museo Naval y el trabajo centraron su atención, y nuevos asuntos se cruzaron en su vida. Hasta que un día se presentó Nino Palermo. Husmeando en libros y catálogos, el cazador de tesoros había encontrado la referencia a un informe del departamento marítimo de Cartagena, fechado el 8 de febrero de 1767, sobre la pérdida del *Dei Gloria* en combate con un corsario. El índice se refería a documentos enviados al Museo Naval de Madrid; de modo que Palermo acudió allí en busca de información, y el azar puso a Tánger en su camino. Fue ella la encargada de escuchar las peticiones del gibraltareño. Éste había abordado el tema a la manera de su oficio, camuflado entre pistas falsas, sin darle aparente importancia. Pero de pronto, en plena conversación, ella oyó el nombre del *Dei Gloria*. Un bergantín perdido, dijo Palermo, en ruta de La Habana a Cádiz. Aquello reavivó los recuerdos de Tánger, creando conexiones precisas entre lo que hasta entonces eran cabos sueltos. Había ocultado su emoción, disimulando cuanto pudo. Después, tras quitarse de encima al cazador de naufragios con vagas promesas, comprobó que el documento por el que se interesaba había sido enviado tiempo atrás al archivo general de marina en el Viso del Marqués. Al día siguiente estaba allí;

y en la sección de Corso y Presas encontró el nombre del barco: *Relación sobre la pérdida del bergantín Dei Gloria, a 4 de febrero de 1767, en combate con el jabeque corsario que se presume sea el llamado Serguí...* Ahí estaba todo cuanto oficialmente se conocía del naufragio, con la declaración del único superviviente. Era la respuesta al misterio, el desenlace de la aventura cuyo inicio ella había vislumbrado años atrás, en la carta del jesuita. Ahí estaba la razón de que el bergantín nunca llegara a puerto, y de que el abate Gándara fuese interrogado hasta su muerte en prisión. Ahí se aclaraba el destino de las doscientas llamas de fuego verde que debían haber convencido a los miembros del gabinete de la Pesquisa Secreta y tal vez al mismo rey de no aniquilar a los ignacianos.

Estaba estupefacta, fascinada y también furiosa. Ella lo había tenido todo ante los ojos, tiempo atrás, y no supo verlo. No se hallaba preparada. Pero inesperadamente, como en un rompecabezas complicado cuya pieza maestra se descubre, todo iba a ocupar su lugar en el paisaje. Tánger volvió atrás, a sus cuadernos y a sus viejas notas de licenciatura, uniéndolas a las nuevas. Ahora, la tragedia del abate Gándara —que ni siquiera el nuncio de Roma pudo explicar al Papa en su correspondencia de la época— estaba clara. El abate sabía qué carga transportaba el *Dei Gloria*. Su proximidad al rey, su presencia en la corte, lo convertían en intermediario idóneo para la gigantesca operación de soborno que intentaban los jesuitas: él era el encargado de negociar con el conde de Aranda. Pero alguien había querido impedir la maniobra, o hacerse directamente con el botín, y Gándara fue detenido e interrogado. Luego, el corsario *Chergui* entró en escena de modo casual o premeditado, y todo terminó saliendo mal para todos. Expulsados los jesuitas, hundido el barco en circunstancias imprecisas, Gándara era la pieza clave del asunto. Por eso lo habían mantenido en sus garras durante dieciocho años, interrogándolo sin descanso. Ahora, indicios sueltos entre las actas de los diferentes procesos cobraban sentido: hasta el final quisieron que revelara lo que sabía sobre el bergantín. Pero el abate había callado, llevándose el secreto a la tumba. Sólo alzó una punta del velo en una ocasión: cierta carta interceptada, escrita por él en 1778, once años después de los sucesos, al misionero jesuita Sebastián de Mendiburu, exiliado en Italia: *«Preguntan por iris del Diablo grandes y perfectos, con jardines limpios como mi conciencia. Pero yo callo, y siendo yo el atormentado, es eso lo que en su ambición los atormenta»*.

Con todo ese material, Tánger había podido reconstruir casi paso a paso la historia de las esmeraldas y el viaje del *Dei Gloria*. El padre Escobar zarpó de Valencia el 2 de noviembre, ignorando, paradójicamente, que ese mismo día el abate Gándara era detenido en Madrid. El bergantín, mandado por el capitán Elezcano —hermano de uno de los superiores de la Compañía—, cruzó el Atlántico, llegando a La Habana el 16 de diciembre. Allí se encontró con el padre Tolosa, el jesuita *«joven, seguro y muy de fiar»* que había sido enviado por delante con la misión de reunir en secreto doscientas esmeraldas procedentes de las minas controladas en Colombia por la Compañía. Se trataba de piedras sin tallar, las más grandes y las mejores en color y pureza. Tolosa había cumplido su misión y embarcado después en Cartagena de Indias a bordo de otro navío. Su viaje se retrasó por vientos contrarios sufridos entre Gran Caimán y la isla de los Pinos, y cuando al fin pudo doblar el cabo de San Antonio y pasar bajo los cañones del castillo del Morro, el *Dei Gloria* ya aguardaba al ancla en la bahía de La Habana, en un discreto fondeadero entre la ensenada de Barrero y cayo Cruz. El transbordo del cargamento se hizo seguramente de noche, o camuflado entre las mercancías declaradas en el manifiesto de embarque. Los padres Escobar y Tolosa figuraban como pasajeros, con una tripulación de veintinueve hombres que incluía al capitán don Juan Bautista Elezcano, al piloto don Carmelo Valcells, al pilotín de quince años don Ignacio Palau, alumno de náutica y sobrino del armador valenciano Fornet Palau, y a ventiséis marineros. El *Dei Gloria* zarpó de La Habana el 1 de enero, recorrió la costa de Florida hasta el paralelo 30º, subió cinco grados más de latitud navegando hacia levante entre el sur de Bermudas y las Azores, y en ese trayecto sufrió el temporal que causó daños en la arboladura e hizo necesarias las bombas de achique. El bergantín siguió rumbo hacia el este, evitó el puerto de Cádiz, de cuya escala obligatoria lo ponían a salvo los privilegios aún vigentes de la Compañía, y cruzó frente a Gibraltar entre el 1 y el 2 de febrero. Al día siguiente, cuando ya había doblado el cabo de Gata y arrumbaba al NE en demanda del cabo de Palos y de Valencia, el *Chergui* le dio caza.

La actuación del jabeque corsario era un enigma que tal vez no se esclareciese nunca. Su acecho en alguna ensenada escondida de la costa andaluza, o tal vez su salida del mismo Gibraltar, pudo ser casual, o pudo no serlo. Estaba documentado que el *Chergui* navegaba con patentes de corso inglesas o argelinas, según las circunstancias; y que Gibraltar era uno de sus apostaderos habituales, aunque en esas fechas seguía en vigor una precaria paz entre

España e Inglaterra. Tal vez eligió el *Dei Gloria* como presa al azar; pero su tenacidad en la persecución, su presencia en el momento y lugar adecuados eran demasiado oportunas para ser casuales. No era difícil suponerle al corsario un lugar en el complejo juego de intereses y complicidades de la época. El propio conde de Aranda o cualquiera de los miembros del gabinete de la Pesquisa Secreta que ordenaron la detención del abate Gándara —alguno de ellos, adversario político del mismo Aranda—, podían tener datos sobre el asunto, y pretender el tesoro de los jesuitas, incluso antes de que les fuese ofrecido, matando dos piezas de un tiro.

De cualquier modo, los perseguidores no contaban con la tenacidad del capitán Elezcano; a la que tampoco debió de ser ajena la presencia de los dos resueltos jesuitas a bordo. Se trabó combate, ambos barcos se fueron a pique y las esmeraldas quedaron en el fondo del mar. La información suministrada por el pilotín superviviente era satisfactoria, y las autoridades de marina encargadas de la investigación inicial no tenían motivos para indagar demasiado: un barco hundido por un corsario era algo habitual en aquel tiempo. Luego, cuando llegó la orden de Madrid de inquirir más a fondo, el testigo había volado: una desaparición misteriosa y oportuna, organizada por los jesuitas, que entonces todavía gozaban de complicidades entre las autoridades locales. Sin duda la Compañía estudió la posibilidad de un rescate clandestino del bergantín, pero ya era tarde: llegaron el golpe, la prisión y la diáspora. Todo se perdió en el marasmo que siguió a la caída de la Orden y su posterior extinción. El silencio del abate Gándara, el destierro y la muerte de quienes estaban en el secreto, fueron velando más el misterio. Quedó constancia de dos intentos oficiales de buscar el naufragio por parte de las autoridades de marina, todavía con el conde de Aranda en el poder; pero ninguno dio resultado. Después, nuevos acontecimientos sacudieron España y Europa, y el *Dei Gloria* terminó por ser olvidado. Aparte la escueta mención en el libro *La flota negra*, escrito por el bibliotecario de San Fernando en 1803, sólo quedó constancia de una última y curiosa propuesta hecha dos años más tarde a Manuel Godoy, primer ministro del rey Carlos IV, para la búsqueda *«de cierto barco que con esmeraldas de Cuba se decía hundido»*, según el propio Godoy citaba en sus *Memorias*. Pero la idea no prosperó; y en las anotaciones manuscritas al margen de la propuesta, cuyo original había cotejado Tánger en el Archivo Histórico Nacional, se manifestaba el escepticismo de Godoy *«por lo inconsistente de la idea y porque, como resulta sabido, en Cuba nunca se dieron esmeraldas»*. Y después de aquello, durante casi dos siglos, el *Dei Gloria* se hundió otra vez en el olvido y en el silencio.

Tánger y Coy se habían detenido en una punta del pantalán, junto a la proa de una pequeña goleta. Ella miraba la bahía, a cuyo extremo se destacaban nítidos los edificios de Algeciras. El agua estaba tranquila, de un azul verdoso apenas rizado por la brisa de poniente. Ahora había más nubes en el cielo, moviéndose despacio hacia el Mediterráneo. Frente al puerto, bajo la masa de roca, los barcos fondeados punteaban el agua. Quizá el *Chergui* había salido de allí mismo para su último viaje, después de aguardar al amparo de las baterías inglesas del Peñón. Un vigía con un catalejo arriba, una vela avistada en el horizonte, en dirección oeste-este, un ancla levada con rapidez y sigilo. Y la caza.

—Nino Palermo sabe que hay esmeraldas —concluyó Tánger—. No cuántas ni cómo son, pero lo sabe. Ha visto algunos de los documentos que he visto yo. Es inteligente, conoce su oficio y sabe atar cabos... Pero ignora todo lo que yo sé.

—Al menos sabe que lo engañaste.

—No seas ridículo. A tipos como él no se les engaña. Te bates contra ellos con sus propias armas.

Se volvió hacia el otro extremo del pantalán, donde estaba amarrado el *Carpanta*. Entre los mástiles y aparejos de los barcos vecinos, Coy podía ver la cabeza del Piloto trajinando en cubierta. Había llegado por la mañana, soñoliento y sin afeitar, con su piel morena y cuarteada por el sol, las manos rudas, ásperas al estrecharlas, y los ojos que siempre parecían del color del mar en invierno. Tres días de navegación desde Cartagena. Los vapores, contaba —el Piloto siempre llamaba vapores a los mercantes—, no le habían dejado pegar ojo en todo el viaje. Ya iba estando mayor para navegar solo. Demasiado mayor.

—Yo lo averigüé, ¿entiendes? —proseguía Tánger—. Palermo no hizo más que, accidentalmente, producir el clic mental que puso cada cosa en su sitio. Ordenar en mi cabeza cosas que estaban ahí, esperando... Esos datos que, por alguna razón, intuyes que un día significarán algo, y hasta entonces los guardas en un rincón de tu memoria.

Ahora era sincera, y Coy se daba cuenta. Ahora ella había contado su historia real, y aún hablaba sobre eso; y al menos en lo que se refería a hechos concretos, no quedaba nada que ocultar. Él ya poseía las claves, la relación de los sucesos, lo que yacía en el fondo del mar y del misterio. Sin embargo, no estaba del todo tranquilo, ni aliviado. Te mentiré y te traicionaré. Una nota desconocida, sin identificar, vibraba en alguna parte, como el cambio casi imperceptible de revoluciones en un motor diesel o la intervención melódica de un instrumento cuya oportunidad no es posible establecer de inmediato, deliberado o improvisado, misterioso hasta que llega el final y es posible situarlo adecuadamente. Le recordaba una pieza del Thelonius Monk Quartet, un blues clásico que se llamaba precisamente así: *Misterioso*.

—Intuición, Coy —dijo ella—. Ésa es la palabra... Sueños que tienes la certeza de que un día se materializarán —seguía contemplando el mar como si resumiera aquel sueño, la falda agitándose en la brisa, los pies calzados con sandalias, el pelo sobre la cara—... Yo trabajé en eso, incluso antes de saber adónde me conducía, con un tesón que no puedes imaginar. Me quemé las pestañas. Y de pronto, un día, plaf. Todo cobró sentido.

Se volvió, y había una sonrisa en su boca. Una sonrisa reflexiva, casi expectante, cuando lo miró entornando un poco los ojos por efecto de la luz. Una sonrisa hecha de piel moteada en torno a la boca y los pómulos, tan tibia que podía percibirse su calor expandiéndose por el cuello y los hombros y los brazos, y bajo la ropa.

—Como un pintor —añadió— que llevara un mundo a cuestas, y de pronto una persona, una frase, una imagen fugaz, trazasen todo un cuadro en su cabeza.

Sonreía con aquel gesto de hembra hermosa y sabia, serena por consciente de sí misma. Había carne bajo aquella sonrisa, pensó él, inquieto. Había una curva que enlazaba con otras líneas perfectas, prodigio de complicadas combinaciones genéticas. Una cintura. Unos muslos cálidos que escondían el único de los reales misterios.

—Ésa era mi historia —concluyó Tánger—. Estaba destinada a mí, y toda mi vida, mis estudios, mi trabajo en el Museo Naval, me encaminaban a ella antes de que yo misma lo supiera... Por eso Palermo no es más que un intruso. Para él se trata sólo de un barco, un tesoro posible entre muchos —apartó la vista de Coy para contemplar de nuevo el mar—. Para mí es el sueño de toda una vida.

Él se rascó, torpe, el mentón sin afeitar. Luego se rascó la nuca y al fin se tocó la nariz. Buscaba palabras. Algo común, cotidiano, que alejase de su propia carne la impresión de aquella sonrisa.

—Aunque lo encuentres —apuntó—, no podrás quedarte con el tesoro. Hay leyes. Nadie puede rescatar un naufragio así como así.

Tánger continuaba atenta a la bahía. Las nubes que seguían moviéndose hacia el este agrisaban poco a poco el mar. Una mancha de claridad solar se deslizó sobre ellos antes de alejarse sobre el agua de los muelles, con tonos de esmeralda.

—El *Dei Gloria* me pertenece —dijo ella—. Y nadie me lo va a quitar. Es mi halcón maltés.

IX. Mujeres de castillo de proa

No hay nada que yo ame tanto como lo
que odio este juego.

John MacPhee. *Buscando barco*

—Es la hora —dijo Tánger.

Abrió los ojos y la vio junto a él, esperando. Estaba sentada en uno de los bancos de teca de la bañera del *Carpanta* y lo miraba atenta, como si hubiera pasado un rato observándolo antes de tocarle un hombro. Coy se hallaba tumbado en el otro banco, cubierto con su chaqueta, la cabeza en dirección a la proa y los pies junto al timón y la bitácora. No había viento, y sólo sonaba el chapaleo suave de la marejadilla entre los cascos de los barcos amarrados al pantalán de Marina Bay. Arriba, en el cielo y más allá del mástil que oscilaba muy suavemente, los cúmulos más altos adquirían tonos rosados.

—Vale —respondió, ronco.

Conservaba la costumbre de despertarse en el acto, plenamente lúcido. Muchos turnos de guardia lo habían habituado a eso. Se incorporó, apartando la chaqueta, e hizo unos movimientos para desentumecer el cuello dolorido. Luego bajó a echarse agua por la cara y el pelo y subió peinándoselo hacia atrás con las manos, entre sacudidas de perro mojado. La barba le raspaba en el mentón; con la larga siesta, conveniente pues se proponían navegar de noche, había olvidado afeitarse. Ella seguía en el mismo sitio, y ahora oteaba hacia lo alto del Peñón con el aire preocupado de un montañero que se dispusiera a escalar la roca. Había cambiado la falda larga de algodón azul por unos tejanos y una camiseta, y llevaba un suéter negro anudado en torno a la cintura. Coy salió a cubierta rodeado por los gritos de las gaviotas en el atardecer. Allí vio al Piloto frotando los bronces y el latón de los herrajes, con un paño y las manos negras de Sidol —cuida el barco, solía decir, y él te cuidará a ti—: El *Carpanta* era un velero clásico de bañera central, de un solo palo, construido en La Rochela cuando el plástico no había desplazado todavía al iroko, la teca y el cobre.

—Piloto —dijo.

Los ojos grises, rodeados de cientos de arrugas morenas, lo miraron bajo las pobladas cejas con un guiño amistoso y tranquilo. Según sus propias palabras, aunque no era muy dado a ellas, el Piloto navegaba hacia los sesenta años con el viento en la aleta. Había sido cornetín de órdenes del crucero *Canarias* cuando en los cruceros se daban las órdenes con cornetín, y también pescador, marino, contrabandista y buzo. Tenía el pelo del mismo color plomizo que los ojos, rizado, muy corto, la piel curtida como cuero viejo, y unas manos ásperas y hábiles. Menos de diez años atrás aún era tan apuesto que habría podido encarnar a un galán de cine en una película de aventuras, pescadores de esponjas o piratas, con Gilbert Roland y Alan Ladd. Ahora había engordado un poco, pero conservaba los hombros anchos, la cintura razonablemente estrecha y los brazos fuertes. En su juventud fue un excelente bailarín, y por aquel tiempo, las mujeres de los bares del Molinete competían por bailar con él un bolero o un pasodoble. Todavía, a las turistas maduras que alquilaban el *Carpanta* para ir de pesca, bañarse o dar una vuelta por los alrededores del puerto de Cartagena, les temblaban las piernas cuando hacía un huequecito entre sus brazos para que cogieran el timón.

—¿Todo bien?

—Todo bien.

Se conocían desde que Coy era niño y escapaba del colegio para vagabundear por los muelles, entre barcos de banderas extrañas y marineros que hablaban lenguas incomprensibles. Al Piloto, hijo y nieto de otros marinos que también se llamaron Piloto, se le veía por las mañanas apoyado en cualquier tasca del puerto, honesto mercenario del mar, esperando clientes para su viejo velero. Además de pasear a turistas a las que daba una palmada en el culo para subir a bordo, en aquel tiempo el Piloto buceaba para desenredar cabos de hélices, rascar cascos sucios y rescatar motores fuera borda caídos al agua; y en los ratos libres se dedicaba, como todo el mundo en la época, al pequeño contrabando. Ahora ya no tenía los huesos para ponerlos mucho rato a remojo, y se ganaba la vida paseando familias domingueras, tripulantes de petroleros fondeados frente a Escombreras, prácticos en días de temporal, marineros ucranianos hasta arriba de jumilla que largaban lastre por la borda, a sotavento, después de que les partieran el morro en los bares de la ciudad. El *Carpanta* y él habían visto de todo: el sol vertical, sin un soplo de brisa, haciendo arder los norays del puerto. La mar pegando de verdad, cuando Dios se cabreaba. El lebeche vibrando en la jarcia como en las cuerdas de un arpa. Y esos largos y rojos atardeceres mediterráneos en que el agua parecía un espejo y la paz del mundo semejaba la propia paz, y uno comprendía que no era más que una gotita minúscula en tres mil años de mar eterno.

—Estaremos de vuelta en un par de horas —Coy echó un vistazo hacia lo alto del Peñón, adonde seguía mirando Tánger—. Largaremos amarras en seguida.

El otro asintió sin dejar de frotar una de las cornamusas de bronce. A su lado, adolescente, Coy había aprendido unas cuantas cosas sobre los hombres, sobre el mar y sobre la vida. Juntos sacaron ánforas romanas para venderlas bajo mano, pescaron calamares al atardecer en la Punta de la Podadera, emperadores, marrajos y tintoreras con palangre frente a Cope, y meros de diez kilos con arpón de gomas entre las rocas negras del cabo de Palos, cuando en el cabo de Palos todavía quedaban meros que pescar. En el Cementerio de los Barcos Sin Nombre, donde los viejos buques rendían su último viaje para ser desguazados y vendidos como chatarra, el Piloto le había enseñado a identificar cada una de las partes que componían un buque mientras aderezaban almejas y erizos crudos con zumo de limón, mucho antes de que Coy fuese a la escuela de náutica para hacerse marino. Y en aquel desolado paisaje de planchas oxidadas, de superestructuras varadas en la playa, de chimeneas apagadas para siempre y cascos como ballenas muertas bajo el sol, el Piloto había sacado de un paquete de Celtas sin filtro el primer cigarrillo de la vida de Coy, encendiéndolo con un chisquero de latón que olía acre, a mecha quemada.

Cogió la chaqueta y saltó al pantalán. Tánger se reunió allí con él. Llevaba su bolso en bandolera.

—¿Qué tiempo tendremos esta noche? —preguntó ella.

Coy dirigió una ojeada al mar y al cielo. Algunas nubes aisladas empezaban a desvanecerse, mostrando filamentos en varias direcciones.

—Buen tiempo. Con poco viento. Quizás un poco de marejada cuando doblemos Punta Europa.

Sorprendió, divertido, un brevísimo gesto de contrariedad cuando ella oyó la palabra marejada. Tendría gracia, pensó, que se marease en un barco. Hasta ese momento nunca había considerado la posibilidad de verla aturdida como un atún, con la piel amarillenta, apoyándose desmadejada en la borda.

—¿Tienes biodramina?... Tal vez deberías tomar una pastilla antes de soltar amarras.

—Ése no es asunto tuyo.

—Te equivocas. Si te mareas a bordo, serás un trasto inútil. Y eso sí es asunto mío.

No hubo respuesta, y Coy se encogió de hombros. Caminaron por el pantalán hasta el Renault aparcado en la explanada de la marina. El sol poniente, visible tras las nubes suspendidas sobre Algeciras, enrojecía la pared vertical del Peñón, resaltando los huecos oscuros de las antiguas troneras de artillería excavadas en la roca. Dos decrépitas lanchas contrabandistas jubiladas del mar, con la pintura azul y negra cayéndoseles a ronchas, se pudrían sobre unos caballetes, entre motores oxidados y bidones vacíos. El rumor de la ciudad se fue intensificando a medida que se acercaban al aparcamiento. Un aburrido aduanero miraba la tele en su garita. Una larga fila de automóviles hacía cola para cruzar la frontera hacia La Línea de la Concepción.

Fue ella la que se puso al volante. Condujo con cuidado, el bolso en el regazo, segura y sin prisas, por la calle que se alargaba tras los baluartes fronteros a la bahía, y después giró a la izquierda, hacia la rotonda del cementerio de Trafalgar. No había dicho una palabra hasta ese momento. Entonces detuvo el coche, puso el freno, consultó el reloj y paró el motor.

—¿Cuál es el plan? —preguntó Coy.

No había plan ninguno, respondió ella. Iban a subir al mirador Old Willis a escuchar lo que Nino Palermo tuviera que decirles. Iban a hacer exactamente eso, y después regresarían al puerto, dejarían el coche en el aparcamiento y las llaves en el buzón de Avis, y largarían amarras como estaba previsto.

—¿Y si hay complicaciones?

Coy pensaba en Horacio Kiskoros, y en el bereber. Palermo no era el tipo que se conforma con hacer una propuesta y que le digan ya veremos y hasta luego. Con esa idea, antes de bajar a tierra se había provisto de una navaja marina Wichard bien afilada, con hoja de medio palmo y llave de grilletes, que el Piloto tenía para cortar drizas en caso de emergencia. La sentía clavada en el bolsillo trasero de los tejanos, entre la nalga derecha y el asiento. Aquello no era gran cosa, pero siempre era mejor que hacer vida social con las manos desnudas.

—No creo que haya complicaciones —respondió ella.

Miraba la puerta cerrada del cementerio. Después de comer, dando un paseo, habían ido allí un rato; y Tánger estuvo mucho tiempo delante de una de las lápidas: la del capitán de infantería de marina Thomas Norman, muerto el 6 de diciembre de 1805 de las heridas recibidas a bordo del navío *Mars,* en Trafalgar. Luego habían subido hasta el mirador para estudiar el sitio donde iban a encontrarse con Palermo al anochecer. Allí Coy siguió observándola mientras caminaba sobre las viejas estructuras de hormigón desprovistas de cañones. Tánger lo examinaba todo con mucha atención, la carretera de acceso y la que ascendía hacia los túneles del Gran Asedio, los barracones militares encalados y vacíos, la bandera británica sobre Morish Castle, el istmo donde estaba el aeropuerto, la extensa playa de la Atunara que se alargaba hacia el nordeste, en territorio español. Parecía un militar estudiando el terreno antes de un combate; y Coy se vio, él mismo, calculando posibilidades, resguardos y peligros; como cuando se estudia en cartas y derroteros una costa peligrosa donde recalar de noche.

—Pase lo que pase —dijo Tánger— tú no intervengas.

Ahora apoyaba las manos en el volante, sin apartar los ojos de la puerta del cementerio. Eso es fácil de decir, pensó Coy. De modo que siguió callado. Había pensado en pedirle al Piloto que los acompañara también allá arriba. Según para qué cosas, tres era mejor número que dos. Que él y ella solos. Pero no quería complicar demasiado a su amigo. Todavía no.

Tánger consultó otra vez el reloj. Después metió una mano en el bolso y extrajo la cajetilla de Players. No la había visto fumar desde Madrid, y a lo mejor era el mismo paquete, pues sólo quedaban cuatro cigarrillos. Presionó el encendedor del salpicadero y se puso a fumar despacio, reteniendo el humo mucho tiempo antes de exhalarlo.

—¿Estás segura de todo? —quiso saber él.

Asintió en silencio. En su muñeca derecha, la aguja del minutero había pasado de las nueve menos cuarto a las nueve menos diez. La brasa ya le rozaba las uñas cortísimas. Entonces bajó la ventanilla y tiró la colilla a la calle.

—Vamos allá.

Era como en esas películas que le gustaban a ella, concluyó Coy, admirado: Henry Fonda apoyado en la cerca bajo un amanecer en blanco y negro, disponiéndose a caminar hasta el O.K. Corral. Y sin embargo, había algo tan endiabladamente real en su actitud, tan firme en aquel modo de encender de nuevo el motor y subir por la cuesta del Peñón, pasando junto al hotel Rock y reduciendo marchas a medida que la inclinación de la carretera se hacía más pronunciada, que quitaba cualquier posible artificio a la situación. Aquello era del todo real, y Tánger no interpretaba papel alguno en su honor. No pretendía impresionarlo. Era ella misma quien conducía, quien procuraba mantener el coche lejos del peligroso bordillo y los precipicios, quien tomaba las estrechas curvas con una calma fría, segura, una mano en el volante y otra en la palanca de cambios, mirando de vez en cuando hacia lo alto de la montaña con gesto atento. Y al fin, al llegar arriba, en la pequeña explanada junto al mirador, todavía maniobró el coche hasta dejarlo vuelto de nuevo hacia la carretera, cuesta abajo. Listo para salir zumbando, pensó inquieto Coy, mientras ella abría la portezuela y salía afuera con el suéter anudado a la cintura y el bolso entre las manos.

Había un Rover estacionado cerca, junto a la muralla del antiguo baluarte. Fue lo primero que vio Coy al salir del coche: el Rover y el chófer bereber apoyado en el capó. Después su mirada describió un arco hacia la izquierda, la carretera de los túneles, la cuesta hacia la cima escarpada del Peñón, las casamatas abandonadas y el balcón sobre el aeropuerto, con el istmo y España al fondo, montañas sombrías, cielo oscuro, mar gris al oeste y negro al este, y el alumbrado de La Línea encendiéndose abajo, entre dos luces. Feo sitio para conversar, se dijo. Y luego miró hacia la barandilla del mirador, donde Nino Palermo los esperaba.

Tánger ya estaba allí. Fue tras ella aspirando el aroma que anunciaba el Mediterráneo, sal, tomillo y resina, en la brisa que movía débilmente los arbustos y las copas de los árboles. Echó otro vistazo alrededor, sin ver a Horacio Kiskoros por ninguna parte. Palermo permanecía recostado en la barandilla, las manos en los bolsillos de una cazadora ligera, sin cuello. Aquella prenda lo hacía parecer aún más corpulento de lo que era.

—Buenas noches —dijo.

Coy murmuró un «buenas noches» automático, y Tánger no dijo nada. Estaba inmóvil ante el buscador de tesoros, observándolo.

—¿Cuál es la propuesta? —preguntó.

Como si ella no estuviera allí, Palermo se dirigió a Coy.

—Las hay que van al grano, ¿verdad?

Coy calló, negándose a aceptar la complicidad que le ofrecía. Se quedó atrás, un poco alejado pero atento, escuchando. Ella era la jefa, y aquella noche él oficiaba más de guardaespaldas que de otra cosa. Sentía el peso de la navaja en el bolsillo de atrás, y se dijo que el bereber no era un tipo muy eficaz, después de todo, vigilándolos desde lejos. Lo cacheaba cuando iba de vacío, y no lo cacheaba precisamente cuando lo debía cachear. Tal vez ahora acataba órdenes de Palermo, a quien convenía mostrarse diplomático.

El cazador de tesoros volvió a mirar a Tánger. La luz decreciente empezaba a borrarle los rasgos de la cara.

—Es ridículo jugar al escondite —dijo—. Estamos gastando pólvora en salvas, cuando al final vamos a encontrarnos todos en el mismo sitio.

—¿Qué sitio es ése? —preguntó Tánger.

La voz le salía serena, ni provocadora ni inquieta. Palermo rió un poco por lo bajo.

—El pecio, naturalmente. Y si no estoy yo, estará la policía. La legislación vigente...

—Conozco la legislación vigente.

Palermo hizo un movimiento con los hombros, dando a entender que en tal caso había poco que añadir.

—Usted tiene una propuesta —dijo Tánger.

—Eso es. Tengo... Por Dios. Claro que tengo una propuesta. Borrón y cuenta nueva, señorita. Usted me ha jodido y yo la he jodido a usted —hizo una pausa—. En sentido metafórico, se entiende. Estamos en paz.

—No sé de dónde saca la idea de que estemos en paz.

Había hablado en voz tan baja que el otro hizo un gesto hacia adelante, inclinando un poco la cabeza para oír mejor. Aquel gesto le daba un inesperado aire cortés.

—Tengo medios que ustedes no tendrán nunca —dijo—. Experiencia. Tecnología. Contactos adecuados.

—Pero no sabe dónde está el *Dei Gloria*.

Esta vez ella había hablado alto y claro. Palermo soltó un bufido.

—Lo sabría si no se hubiera dedicado a ponerme chinitas en los zapatos. A bloquearme el paso entre esa mafia de archiveros y bibliotecarios... Maldita sea. Se aprovechó de mi buena fe.

—Usted no ha tenido buena fe desde que le retiraron el biberón.

El cazador de naufragios se volvió a Coy.

—¿La oyes? —dijo—... Podría gustarme esta tía, te lo juro. Yo... Por Dios. ¿Ya habéis...? Diablos —se burlaba entre dientes, con el ruido de un mastín sofocado tras una larga carrera—. Aprovéchate, amigo, antes de que también te exprima como un limón y te deje tirado.

Las estrellas empezaban a encenderse en el cielo como si alguien estuviera accionando interruptores. Las sombras se cerraban cada vez más sobre el rostro del cazador de tesoros, y ahora era el resplandor de las luces de La Línea, abajo y a su espalda, lo que oscurecía su silueta sobre la barandilla.

—Esmeraldas, entérate —siguió diciéndole a Coy—. El tesoro de los jesuitas. Supongo que a estas alturas, ella no ha tenido más remedio que contártelo... Un cargamento de esmeraldas vale... Dios. Una fortuna en cualquier sitio, incluido el mercado negro. Eso, claro, si ella logra hacerse con él y sacarlo de aguas españolas sin que le caiga encima el Estado.

La misma claridad que silueteaba las anchas espaldas de Palermo iluminaba el rostro de Tánger desde el mentón. Eso endurecía sus rasgos, recortándole el perfil entre la cortina clara del cabello.

—De ser cierto eso —dijo arrogante—, no tendría por qué compartir nada con usted.

—Olvida que yo la puse sobre la pista —protestó el otro—. Y que llevo trabajando en esto mucho tiempo. Olvida que tengo medios para imponer una asociación provechosa para todos... Y olvida que la ambición fastidió a la ratita sabia.

Sobre ellos, como un telón perforado por alfilerazos luminosos, el cielo era ya completamente negro.

El sol debía de encontrarse unos quince grados bajo el horizonte, calculó Coy, viendo definirse la Osa Menor sobre la cabeza de Palermo y la Osa Mayor sobre el hombro derecho.

—Oigan —estaba diciendo el cazador de naufragios—. Quiero proponer algo... Por Dios. Algo razonable. La caza de tesoros no es llegar y abrir el cofre: Mel Fisher tardó veinte años en encontrar el *Atocha*... Yo pongo mis medios y mis contactos. Eso incluye los enlaces y los sobornos para que nadie interfiera... Hasta tengo mercado para las esmeraldas. Eso significa... ¿Se da cuenta? —ahora se dirigía sólo a Tánger—. Muchísimo dinero para nosotros. Para todos nosotros.

—¿En qué términos?

—El cincuenta por ciento. Mitad para mí y mitad para usted.

Ella volvió el rostro a medias hacia Coy.

—¿Y él?

—Él es... Bueno. Asunto suyo, ¿verdad?... A mí no me corresponde retribuirlo.

Se burló de nuevo en tono bajo, otra vez la risa de perro grande y exhausto. Seguía inmóvil en la barandilla, con las luces lejanas abajo, a su espalda.

—Sólo tiene que proporcionarme dos datos: latitud y longitud, para situarlos sobre las cartas esféricas del Urrutia... Acompañados, naturalmente, del manifiesto de carga y el informe oficial sobre el naufragio.

Tánger se quedó callada un momento. Parecía considerar la propuesta.

—Todo eso puede consultarlo en los archivos —dijo.

Palermo blasfemó sin el menor complejo.

—Sabe que... Maldita sea su sangre. Me han vedado el acceso a los archivos, del mismo modo que en Barcelona me quitó el Urrutia en las narices. Aun así, pude conseguir una reproducción de la carta. También fui a informarme sobre los malditos archivos, y me dijeron... —retuvo aire en los pulmones y suspiró ruidosamente—. Ya sabe. Esos documentos han desaparecido... Retirados para estudio, dicen las fichas. Y punto.

—Es una lástima.

Palermo estaba lejos de apreciar aquel pésame.

—No —dijo irritado—. Es una maniobra sucia de la que usted es responsable.

—¿Eso es lo que buscaban en mi casa?

—Eso es lo que debía conseguir Horacio —el cazador de naufragios dudó unos instantes—. En cuanto al perro, le aseguro...

—Olvide al perro.

Cada sílaba era una gota helada. Coy vio que Palermo se movía, incómodo. Ahora la claridad de abajo marcaba sus rasgos graves. Un empujón, pensó. Bastaría un empujón para que ese fulano se diera un paseo de cien o doscientos metros rocas abajo. Chaf. Algo enunciable como LGO: Ley de la Gravedad Oportuna. Luego recordó al bereber apostado junto al coche y reflexionó sobre la posibilidad de que el empujón se lo dieran ellos. LGI: Ley de la Gravedad Incómoda.

—Uniendo sus conocimientos a los míos —estaba diciendo Palermo—, y sin fastidiarnos más unos a otros, me comprometo a cribar ese pecio en menos de un mes... Deadman's Chest tiene un barco especializado con sonar de barrido lateral, penetrador de fondos, sondas, magnetómetros, detector de metales, equipos de buceo y todo cuanto se necesita... Luego, una vez abajo, hay que trabajar con los planos, marcar, medir y cuadricular, retirar arena y lodo... De eso no tienen ni idea. Además, las esmeraldas son frágiles... Imagínense: adherencias por eliminar, limpieza adecuada... Ustedes no saben ni siquiera lo que es un baño electrolítico para limpiar una simple moneda de plata... No quiero pensar en el destrozo. Harán una chapuza. Son aficionados.

Otra vez reía entre dientes, sin rastro de humor. De pronto un resplandor inesperado cegó a Coy, que aún tenía el pensamiento removido con empujones dables y tomables. Eso le hizo dar un respingo.

—Además, hacen falta contactos —Palermo aplicaba la llama del encendedor a su cigarrillo—. Conocer el mercado clandestino donde colocar el hallazgo... Y yo controlo —el cigarrillo en los labios le deformaba la voz—... Por Dios. El ochenta por ciento del tráfico de esmeraldas en el mundo es clandestino, dirigido por las mafias judías de Bélgica e Italia... ¿Cree que no sé por qué viajó a Amberes?

Amberes. Coy había estado allí como en muchos otros sitios: un puerto inmenso, kilómetros de grúas y tinglados y barcos. Que Tánger también hubiera estado era otra sorpresa, pensó; aunque de pronto le vino a la memoria aquella tarjeta postal junto a la copa de plata, en el piso del paseo Infanta Isabel. De modo que se dispuso a escuchar muy atento, sin hacerse demasiadas ilusiones. En relación con esa mujer, no había una sola novedad que resultara tranquilizadora, ni agradable.

—No me digas que ella no te habló de Amberes —la brasa brillaba como un ojo irónico que apuntase a Coy desde la boca del buscador de tesoros—. ¿De veras?... Pues entérate: antes de que os conocierais en Barcelona, ella hizo un discreto viajecito. Unas cuantas visitas que... Vaya —bajó la voz para evitar que lo oyese el chófer—. Incluida cierta dirección de la Rubenstraat: Sherr y Cohen. Especialistas en tallar piedras para cambiar su aspecto y borrar rastros... Yo también conozco gente que me cuenta cosas.

Coy olía el aroma de tabaco. El humo gris claro se deslizaba en el contraluz antes de deshacerse, alejándose de la silueta de Palermo.

—Así que tampoco te habló de eso. Es increíble.

He vendido el alma, pensaba Coy. Le he vendido el alma a esta tía, y me van a dar bien por saco entre todos. Ella, éste. Hasta el bereber me va a dar. Esto es como querer nadar entre marrajos con mucha hambre. Si fuera listo, y a estas alturas queda claro que no lo soy, echaría ahora a correr monte abajo, saltaría a bordo del *Carpanta,* le diría al Piloto que soltara amarras, y me largaría de aquí a toda prisa.

El ojo rojizo apuntaba de nuevo a Coy.

—¿No te ha hablado todavía de las esmeraldas?... ¿No te ha dicho que es la más rentable de las piedras preciosas?... Yo he visto muchas. Saqué varias en mis tiempos con Fisher. Y te aseguro que en Amberes pagarán cualquier cosa por un lote de esas piedras antiguas y en bruto. Tu amiguita... Ella lo sabe muy bien.

—¿Y si no acepto?

Tánger apretaba el bolso contra el pecho, y su perfil daba tijeretazos masculinos a la penumbra. No me extrañaría, pensó Coy, que llevara una pistola en el puto bolso.

—Nos pegaremos a ustedes como si fuéramos sus sombras —la brasa se movía mientras Palermo informaba en tono objetivo, igual que quien recita un manual de instrucciones—. La zona entre el cabo de Gata y el cabo de Palos... Bueno. Eso no es demasiado grande; y en cuanto identifique allí su embarcación, puedo usar un helicóptero... Localizarlos, ¿comprenden?, en plena faena. Y si damos el negocio por perdido, me las arreglaré para que reciban la visita de una patrullera de la guardia civil.

La risa canina resolló por tercera vez. Había estrellas fugaces que se desplomaban desde el cielo a lo lejos, como ángeles caídos, o almas en pena, o misiles cansados. Ahí voy yo, pensaba Coy. Dejen sitio.

—Si no estoy dentro —añadió Palermo—, no tienen ninguna posibilidad. Sin olvidar ciertos riesgos físicos.

Hubo un silencio largo, y después ella dijo:

—Me asusta usted.

No parecía asustada en absoluto. Por el contrario, aquello sonaba arrogante. Sonaba frío como una astilla de hielo, y también muy peligroso. Palermo se había quitado la brasa de la boca y se dirigía a Coy.

—Tiene casta, ¿verdad?... Es una zorra con mucha casta. No me extraña que te tenga agarrado por los huevos.

Se llevó la brasa a los labios, y el rojo se hizo más intenso. Aquel fulano, reflexionó Coy casi con agradecimiento, tenía la rara virtud de proporcionarle válvulas de escape en el momento apropiado; de ponerle fáciles las cosas. Y todavía experimentaba aquella oleada de gratitud cuando tomó impulso, asestándole el primer puñetazo en la cara. Para acertarle bien, pues Palermo era bastante más alto, alzó un poco el codo y disparó el brazo con toda su alma, de abajo arriba y algo en diagonal, aplastándole la brasa del cigarrillo en la boca. Oyó el grito sofocado de Tánger a su derecha, que intentaba contenerlo; pero para ese momento él ya le sacudía otra vez al gibraltareño, con un nuevo golpe que echó al otro de riñones sobre la barandilla. Tampoco hace falta que te caigas, pensó con un hilo de lucidez. Tampoco quiero matarte, así que no me juegues la faena y te despeñes ahora. Por eso quiso agarrarlo de la ropa para evitar que se fuera abajo, atraerlo hacia sí y sacudirle la tercera sin que se cayera monte abajo gritando aaaaaah como todos los malos de las películas; pero en el intervalo Palermo pareció espabilarse, alzó los puños, y Coy sintió que algo estallaba entre el cuello y su oreja izquierda. Las estrellas del cielo se mezclaban con las que fabricaron en el acto sus sentidos maltrechos. Aquello parecía un Starfinder, y se fue para atrás dando traspiés.

—¡Cafrón! —mascullaba Palermo—. ¡Cafrón!

La efe en lugar de la correspondiente be indicaba que el cazador de tesoros debía de tener el cigarrillo incrustado en las encías. Eso fue de algún consuelo para Coy; pero mientras procuraba conservar el equilibrio, oyó los pasos del bereber corriendo rápido sobre el hormigón del suelo, y comprendió que, con efes o con bes, sus posibilidades llegaban a cero en ese instante, y que él mismo iba a tener graves dificultades de pronunciación de allí a nada. LHM: Ley de las Hostias a Mansalva. Así que de perdidos al río. Respiró hondo, agachó la cabeza, y se lanzó de nuevo contra Palermo, bajo y compacto como era, con la furia de un toro ciego. Si llego antes que tu moro maricón, pensó, me acompañas barandilla abajo como que hay Dios. Y si no lo hay, ya verás qué risa.

No llegó. El que da primero da dos veces; pero lo que el refrán no especificaba era que después de esas dos veces uno podía recibir doscientas. El bereber lo cazó por la espalda a medio camino, Coy oyó rasgarse su chaqueta por una costura, y para entonces Palermo ya tenía preparado el puño; de modo que fue cuestión de pocos segundos que se encontrara sin respiración, de rodillas en el suelo, con las sienes llenas de zumbidos, los tímpanos vibrando y un ojo a la funerala. Estaba furioso consigo mismo, y se preguntaba por qué las rodillas y los brazos no obedecían sus órdenes de ponerse en pie y pelear. Quiso intentarlo una y otra vez, y siempre desfallecía antes de lograrlo. Parapléjico, pensó. Estos cabrones me han dejado parapléjico. Su boca tenía un sabor parecido a cuando pasas la lengua sobre hierro viejo. Escupió, sabiendo que echaba sangre. Me están poniendo, se dijo, guapo de cojones.

Se le iba la cabeza y todo empezaba a darle vueltas. Entonces oyó la voz de Tánger y pensó: pobrecilla, le ha llegado el turno. Todavía quiso ponerse en pie, una vez más, para echarle una mano a aquella bruja piruja. Para impedir que le tocaran un pelo de la ropa mientras él conservara fuerzas para cerrar los puños. El problema era que ya no estaba en condiciones de cerrar los puños, ni de cerrar nada que no fuera el ojo machacado y tumbarse boca arriba, como un boxeador fuera de combate. Pero no podía dejarla tal cual. No en manos de Palermo y el bereber; aunque en su estilo ella fuera peor que los dos juntos. Así que con un último y supremo esfuerzo, resignado, desesperado, ahogó un gemido mientras lograba ponerse al fin en pie. Entonces se acordó de la navaja del Piloto, tanteó el bolsillo de atrás buscándola mientras paseaba la vista alrededor con gesto de púgil sonado, y vio a los dos fulanos el uno junto al otro. Miraban a Tánger, que seguía quieta junto a la barandilla, y ellos también estaban muy quietos, igual que si algo atrajera poderosamente su atención. Coy se fijó más, con el ojo sano. Lo que tanto atraía el interés de aquellos dos era un objeto que Tánger tenía en la mano, como si se lo estuviera enseñando. Y él se dijo que debía de estar muy mal, muy sonado, porque aquel objeto tenía reflejos metálicos y parecía —no se atrevió a aseverar del todo semejante barbaridad— un pistolón amenazador, enorme.

Ella no dijo nada hasta que volvieron a pasar por la rotonda desierta, frente al cementerio de Trafalgar. O al menos no dijo nada dirigido expresamente a Coy, después de las breves palabras que había pronunciado arriba, en el mirador, mientras se alejaba con él hacia el coche dejando a los otros en la barandilla como pastorcitos de Belén, ejemplarmente petrificados ante la visión de la herramienta que Tánger había terminado exhibiendo casi con desgana. Y por tu culpa, informó a Coy, menos en tono de reproche que de simple información, mientras manejaba el volante y el cambio de marchas cuesta abajo con el bolso en el regazo, y los faros iluminaban las curvas cerradísimas en las laderas del Peñón, y él tosía como los tuberculosos de las películas, cof, cof; tosía como Margarita Gautier, y unas gotitas de la sangre que se le coagulaba en la boca huían entre el kleenex e iban a parar al parabrisas. Un bruto. Era un bruto y nada de todo aquello resultaba necesario, había añadido ella luego. No era necesario en absoluto, y además complicaba las cosas. Coy arrugaba el ceño cuando se lo permitían los hematomas, enfurruñado. En cuanto a los últimos párrafos del diálogo que Tánger había mantenido con Nino Palermo ante la sombría nariz del bereber silencioso, éstos habían sido del tipo ese tío está loco, por parte del cazador de tesoros, mientras ella procuraba quitarle carga emocional al asunto. Coy es un tipo impulsivo y suele funcionar a su aire, etcétera.

—Y usted, Palermo, es un imbécil.

El revólver, un 357 magnum pesado y chato que Coy no había visto nunca antes en manos de Tánger, ayudó al otro a digerir aquello sin torcer demasiado el semblante. Qué hay del trato, dijo entonces. Hay que debo pensar lo que hay, vino a responder ella. En ese momento, precisó, no podía decirle que sí, ni que no, sino todo lo contrario. Entonces Palermo, que parecía recobrar el uso de las efes y las bes, le dijo que fuera, por favor, a que se la follaran a ella y a su madre. Fue exactamente eso lo que dijo: a ella y a su madre, y esta vez parecía furioso de veras. A mí no me vas a llevar al huerto, perra, espetó desde la barandilla, perdiendo visiblemente los papeles ante la aprobación silenciosa de su chófer. Eso, vocalizado a un par de metros de un cañón de bolsillo con seis plomos del tamaño de bellotas en el tambor, situaba las agallas de Palermo en una cota admirable; casi digna. Y Coy, pese a estar aturdido y con la cara hecha un mapa, supo apreciar el gesto por simple reflejo de solidaridad masculina. Aun así le haré llegar mi respuesta, había dicho ella, muy correcta con su formal suéter negro en la cintura; y habría dado la impresión de no haber roto nunca un plato, de no seguir con aquel amenazador cacharro en la mano. Ella, recordó haber oído decir a Palermo una vez, era de las que mordían con la boca cerrada. Sostenía aquellos ochocientos gramos de hierro sin apuntar, el brazo caído, el cañón hacia el suelo, el aire casi desganado; y eso, curiosamente, le daba más credibilidad al gesto que si anduviera adoptando poses de película policíaca. Ya le diré si hay o no hay trato, dijo. Sea bueno y deme unos días. Y Palermo, que seguía sin creérselo y tal vez ya no se lo creyera nunca, o tal vez captaba el retintín, se había puesto a soltar una retahíla de imprecaciones muy barrocas y muy mediterráneas, sin duda emparentadas con su sangre maltesa. La más suave era que a su marinero loco le iba a cortar los aparejos. Todo quedó flotando en el aire a la espalda de Tánger mientras ésta caminaba hacia el Renault, tras ponerle a Coy la mano en un hombro y obtener un gruñido como respuesta a su pregunta de cómo se encontraba.

—Hecho una mierda —dijo él más tarde, cuando Tánger se lo preguntó por segunda vez, ya en la carretera ladera abajo. Y entonces, de pronto, ella había dejado de estar seria, echándose a reír. Una risa de muchacho contenida y alegre, casi feliz, que él escuchó con asombro mientras miraba con el ojo sano su perfil iluminado por el resplandor de los faros.

—Eres un tipo increíble —dijo—. Casi lo estropeas todo, pero eres un tipo increíble —se rió otra vez, y aún reía admirada cuando giró el rostro para dirigirle una rápida ojeada de simpatía—... A veces creo que me encanta verte pelear.

El reflejo de los faros ponía láminas de acero en sus ojos, pero ese acero relucía como bajo la luz del sol.

Entonces ella apartó la mano del cambio de marchas y la apoyó en el cuello de Coy. Apoyó el dorso de los dedos, los nudillos, como si acariciara el mentón sin afeitar, entumecido por los golpes de Palermo y el bereber. Y Coy, exhausto, desconcertado, recostó la nuca en el reposacabezas del asiento. Sentía un calorcillo tibio donde ella mantenía su mano, y también donde las telenovelas dicen que se tiene el corazón. Y habría sonreído como un niño torpe, de permitírselo su boca hinchada.

Libre de la última amarra, el *Carpanta* se apartó despacio del pantalán. Después la cubierta vibró suavemente mientras el velero quedaba inmóvil entre los reflejos de luz en el agua, y el motor aumentó las revoluciones cuando el Piloto, al timón, dio avante poca. Las farolas del puerto desfilaban ahora lentas, quedando atrás a medida que la embarcación ganaba velocidad, proa al mar abierto, con las luces de La Línea, la refinería de San Roque y la ciudad de Algeciras balizando a lo lejos el contorno de la bahía. Coy terminó de adujar el cabo a proa, azocó bien el chicote y luego se dirigió a la bañera central, asiéndose a los obenques cuando, fuera ya de la protección del puerto, el barco se puso a cabecear en la marejadilla. Las luces de Gibraltar todavía iluminaban el velero, silueteando al Piloto en la rueda del timón, rojizos los trazos inferiores del rostro por el resplandor de la bitácora donde la aguja del compás giraba poco a poco hacia el sur.

Coy aspiraba la brisa con deleite, venteando la inminencia del mar abierto. Desde la primera vez que pisó la cubierta de un barco, el momento de la partida le producía siempre una sensación de calma singular, muy próxima a la felicidad. La tierra quedaba atrás, y todo cuanto podía necesitar viajaba con él a bordo, circunscrito a los estrechos límites de la embarcación. En el mar, pensaba, los hombres viajan con la casa a cuestas, como la mochila de un explorador o la concha que se desplaza con el caracol. Bastaban unos litros de gasóleo y aceite, unas velas y el viento adecuado, para que todo cuanto la tierra firme contenía se tornara superfluo, prescindible. Voces, ruidos, gente, olores, tiranía del minutero del reloj dejaban aquí de tener sentido. Moverse hasta situar la costa muy atrás, por la popa, era ya un fin. Frente a la presencia amenazadora y mágica del mar omnipresente, dolores, anhelos, vínculos sentimentales, odios y esperanzas se diluían en la estela, amortiguándose hasta parecer distantes, sin sentido, porque el mar volvía a los seres humanos egoístas y absortos en sí mismos. Había cosas intolerables en tierra, pensamientos, ausencias, angustias, que sólo podían soportarse en la cubierta de un barco. Nunca existió analgésico tan potente como aquél; y él había visto sobrevivir, a bordo de barcos, a hombres que en otra parte habrían perdido para siempre la razón y la calma. Rumbo, viento, oleaje, posición, singladura, supervivencia: allí sólo esas palabras significaban algo. Porque era cierto que la verdadera libertad, la única posible, la verdadera paz de Dios empezaba a cinco millas de la costa más cercana.

—¿Todo bien, Piloto?

—Todo bien. En media hora doblaremos Punta Europa.

Inmóvil en la cubierta de popa, Tánger observaba las luces que dejaban atrás. Tenía puesto el suéter y se agarraba a uno de los baquestays, junto a la bandera que ondeaba ligeramente en la brisa. Miraba hacia lo alto, a la cima de la mole oscura del Peñón, como si ella no pudiera dejar atrás cosas que la preocupaban, o que tal vez habría querido llevar consigo. El *Carpanta* apuntaba ahora su proa directamente al sur, y por la banda de babor iban quedando atrás las guirnaldas luminosas del puerto principal, los barcos amarrados a los muelles, la línea negra de los espigones y los destellos blancos, uno cada dos segundos, de la farola principal del dique sur.

El Piloto maniobró para evitar un gran mercante fondeado y después puso el régimen del motor en dos mil quinientas revoluciones. Sobre la bitácora, la aguja de la corredera electrónica establecía la velocidad en cinco nudos, y el cabeceo se hizo algo más intenso. Coy bajó a la camareta a encender la radio Sailor VHF, puso los canales 9 y 16 en doble escucha y luego fue hasta la cubierta de popa, junto a Tánger. La luz de alcance alumbraba con tonos fosforescentes la estela recta que el barco dejaba en el agua.

—Palermo tiene razón —dijo Coy.

—No me fastidies —repuso ella.

No añadió nada más. Seguía atenta a lo alto de la enorme piedra oscura, que semejaba una nube amenazadora suspendida sobre la ciudad.

—Puede reventarnos si se lo propone —prosiguió Coy—. Y es verdad que él sí tiene medios para localizar el *Dei Gloria*. Su oferta...

—Escucha —por fin se había vuelto y lo observaba, perfilada en la claridad que dejaban por babor, hacia la aleta del velero—. Yo hice todo el trabajo. A ver si te enteras de una vez. Y ese barco es mío.

—Nuestro. Ese barco es nuestro. Tuyo y mío —señaló al Piloto—. Y ahora también es suyo.

Tánger pareció meditar sobre aquello.

—Claro —dijo al cabo de un instante—. Y él debe ocuparse de sus asuntos, y tú de los tuyos... Pero Palermo no es cosa vuestra.

—Si hay problemas, Palermo será cosa de todos.

—Eres el único que ha estado a punto de causar problemas. Tú y tus impulsos varoniles —ahora reía sin ganas, y Coy no pudo ver su expresión—. Sólo pareces estar a gusto cuando te rompen la cara.

Vaya, pensó él. LCE: Ley de las Compensaciones Evidentes. Una de zanahoria y otra de palo. Ahora no me pones la mano en el cuello ni sonríes, guapita. No en este momento. No cuando te enfrías y te pones a pensar y descubres que mis torpezas alteran tus planes.

—Ya veo —se limitó a decir—... Sigues creyendo que puedes manejar a todo el mundo, ¿verdad?

—Sigo creyendo que sé muy bien lo que hago.

Mantenía los ojos en alguna parte arriba de la piedra oscura. Coy miró a su vez. Por debajo de la ladera parecía ascender un minúsculo destello azul. Algo más arriba había un resplandor rojizo, como una hoguera. Ojalá, pensó, el bereber se haya despeñado con el coche y estén los dos achicharrándose como palomitas de maíz.

—¿Y qué hay de esa pistola? —pronunciar la palabra *pistola* le hizo sentir un cosquilleo de rencor—... No puedes pasearte con ella así como así.

—Ya ves que sí puedo.

Coy se frotó el ojo dolorido, vuelto hacia la estela luminosa del *Carpanta* en busca de una respuesta adecuada. En la primera ocasión que se presentara, decidió, aquel artefacto iba a salir por encima de la borda. Chof. No le gustaban las pistolas, ni las escopetas, ni las armas en general. Ni siquiera le gustaban las navajas, pese a que todavía llevaba la inútil Wichard del Piloto en el bolsillo de atrás de los tejanos. Quien carga con esa clase de artilugios, pensaba, lo hace con la intención inequívoca de perforar, clavar o cortar. Lo que significa que está muy asustado o tiene muy mala leche.

—Las armas —concluyó en voz alta— siempre traen problemas.

—También te sacan de ellos cuando te portas como un idiota.

Se volvió a medias. Picado.

—Oye. Dijiste que te gustaba verme pelear.

—¿Eso dije?

Ahora la claridad de la ciudad distante y la luz de alcance en la estela descubrían un ángulo de sonrisa entre las puntas luminosas del cabello revuelto. Coy sintió que su rencor se mezclaba con muchas otras cosas.

—Tranquilo —ella se echó a reír—. No pienso usar esa pistola contra ti.

El faro meridional ya era visible por el través de babor: cinco segundos de luz y cinco segundos de oscuridad. La marejadilla del mar abierto hacía cabecear el *Carpanta* con más violencia, y en lo alto del palo, débilmente dibujadas por la luz de navegación a motor, la veleta y el aspa del anemómetro giraban con desmayo, al capricho del oscilar del barco y la falta de viento. Coy calculó por instinto la distancia a la que se encontraban de tierra, y luego echó un vistazo a la aleta de estribor, por donde un mercante que se había estado acercando desde el este quedaba ya en franquía. Con las manos en el timón —una rueda clásica de madera con seis cabillas y casi un metro de diámetro, situada en la bañera detrás de una pequeña cabina con quitavientos y toldo de lona— el Piloto cambiaba poco a poco el rumbo, aproándose a levante con la luz del faro en el rabillo del ojo. Sin necesidad de consultar el repetidor del GPS encendido sobre la bitácora junto al piloto automático, la corredera y la sonda, Coy supo que estaban en los 36° 6' norte y 5° 20' oeste. Había trazado demasiadas veces rumbos hacia o desde ese faro sobre las cartas náuticas —cuatro del Almirantazgo británico y dos españolas— como para olvidar la latitud y la longitud de Punta Europa.

—¿Qué te parece? —le preguntó al Piloto.

No se volvió a mirarla. Ella seguía inmóvil en la popa, agarrada a los baquestays, contemplando la piedra negra que dejaban atrás. El Piloto estuvo un rato sin responder. Coy no supo si reflexionaba sobre la pregunta o retrasaba de modo voluntario la respuesta.

—Supongo —dijo por fin— que sabes lo que haces.

Coy torció la boca en la penumbra.

—No te pregunto por mí, Piloto. Te pregunto por ella.

—Es de las que trae más cuenta que se queden en tierra.

Coy estuvo a punto de decir lo obvio: ella no se ha quedado en tierra. También podía haber añadido: es esa que todos los marinos cuentan o inventan ante sus compañeros, en la camareta o en los antiguos castillos de proa. La que todos ellos conocieron, o conocimos, en tal o cual puerto. Estuvo a pique de decir eso, pero no lo dijo. En su lugar contempló el cielo negro sobre el palo oscilante. La mayor parte de las estrellas debían de hallarse a la vista, aunque las apagaba el resplandor de la costa cercana.

—Puede haber problemas, Piloto.

El otro no contestó. Seguía corrigiendo el rumbo cabilla a cabilla, dándole resguardo a la punta de costa. Sólo al cabo de un rato inclinó un poco la cabeza, como si comprobase la sonda.

—En la mar siempre hay problemas —dijo.

—Esta vez no serán sólo a causa del mar.

El silencio del Piloto se advirtió preocupado.

—¿Hay riesgo de perder el barco?

—No creo que la cosa llegue a tanto —lo tranquilizó Coy—. Yo me refiero a problemas en general.

El Piloto parecía reflexionar.

—Dijiste que también puede haber algún dinero —apuntó al fin—. Eso vendría bien... Hay poco trabajo ahora.

—Vamos en busca de un tesoro.

La revelación no alteró al Piloto. Seguía atento al timón y a la luz del faro.

—Un tesoro —repitió, neutro.

—Como lo oyes. Esmeraldas antiguas. Valen una pasta.

El otro asintió, dando a entender que todas las esmeraldas antiguas debían de valer una pasta, pero que no era en eso en lo que estaba pensando. Después dejó libre el timón, el tiempo necesario para coger la bota de vino que llevaba colgada de la bitácora, echar la cabeza hacia atrás y beber un largo trago. Volvió a empuñar las cabillas tras secarse la boca con el dorso de una mano mientras con la otra le pasaba la bota a Coy.

—Recuérdame alguna vez —dijo— que te cuente las historias de tesoros que he oído en mi vida.

Coy bebía igual que el Piloto, con la bota en alto, procurando que el balanceo del barco no le derramase el vino encima. Reconocía el sabor. Era un clarete aromático y fresco, del campo de Cartagena.

—Esta historia no es inverosímil del todo —repuso antes del último trago—. Y creo que podemos localizar el naufragio.

—¿Un naufragio de cuándo?

—Doscientos cincuenta años —tapó la bota y la colgó en su sitio—. Bahía de Mazarrón. En poca sonda.

El Piloto movía la cabeza, escéptico.

—Eso se habrá desintegrado. Los pescadores llevarán toda la vida enganchando redes en los restos, la arena lo habrá cubierto todo... Lo que haya que sacar, o lo sacaron ya o se habrá perdido.

—Eres hombre de poca fe, Piloto. Como tus colegas del lago Tiberíades. Hasta que no vieron al otro caminar sobre las aguas no se lo tomaron en serio.

—No te imagino caminando sobre las aguas.

—No. Supongo que no. Y yo a ella tampoco.

Se volvieron los dos a observarla, todavía inmóvil en la cubierta de popa, recortada en la claridad procedente de tierra. El Piloto había sacado un pitillo de la cazadora para ponérselo en la boca, sin encender.

—Además —dijo sin que viniera a cuento— me hago viejo.

O tal vez, pensó Coy, sí venía a cuento. El Piloto y el *Carpanta* se hacían viejos del mismo modo que aquella goleta se pudría en el puerto de Barcelona, o en el Cementerio de los Barcos Sin Nombre las estructuras de los mercantes desguazados se oxidaban bajo la lluvia y el sol, roídas por el salitre, lamidas por el agua en la arena sucia de la playa. Igual que el propio Coy se había estado pudriendo mientras vagaba por el puerto, arrojado a tierra desde una roca no señalada por las cartas en el océano Índico; pese a que, como el mismo Piloto —o tal vez ya no era el mismo— le había dicho veintitantos años atrás, los hombres y los barcos deberían quedarse para siempre en alta mar, y hundirse dignamente allí.

—No lo sé —dijo, sincero—. La verdad es que no lo sé. Puede que nos quedemos al final con un palmo de narices. Tú y yo, Piloto. Tal vez hasta ella.

El otro hizo un lento gesto afirmativo con la cabeza, como si aquella conclusión le pareciese la más lógica. Luego sacó el chisquero del bolsillo, golpeó la ruedecilla con la palma abierta, sopló la mecha y la acercó al extremo del cigarrillo que tenía en la boca.

—Pero no se trata de dinero, ¿verdad? —murmuró—... Al menos tú no estás aquí por eso.

Coy olía el tabaco mezclado con el humo acre de la mecha, que la brisa que empezaba a refrescar detrás de Punta Europa se llevaba con rapidez hacia poniente.

—Ella necesita... —calló de pronto, sintiéndose ridículo—. Bueno. Puede que ayuda no sea la palabra.

El Piloto aspiró una larga chupada de su cigarrillo.

—A lo mejor eres tú quien la necesita a ella.

En la bitácora, la aguja del compás señalaba 70º. El Piloto pulsó la tecla correspondiente en el repetidor del gobierno automático, transfiriéndole el rumbo.

—Conocí mujeres así —añadió—... Hum. Algunas conocí.

—Una mujer así... ¿Cómo es así?... No sabes nada de ella, Piloto. Yo mismo hay muchas cosas que no sé.

El otro no contestó. Había soltado la rueda del timón y comprobaba el comportamiento del gobierno automático. Bajo sus pies sentían el rumor del sistema de dirección corrigiendo el rumbo grado a grado en la marejadilla.

—Es mala, Piloto. Mala de cojones.

El patrón del *Carpanta* encogió los hombros, sentándose en el banco de teca para fumar protegido de la brisa que seguía refrescando en la proa. Se volvía hacia la figura inmóvil a popa.

—Lo mismo tiene frío, con sólo ese jersey.

—Ya se abrigará.

El Piloto estuvo un rato fumando en silencio. Coy seguía de pie recostado en la bitácora, un poco abiertas las piernas y las manos en los bolsillos. El relente de la noche empezaba a mojar la cubierta, filtrándose por las costuras descosidas en la espalda de su chaqueta, a la que había subido el cuello y las solapas. Pese a todo disfrutaba del balanceo familiar de la embarcación, y sólo lamentaba que el viento soplase a fil de roda, impidiéndoles largar las velas. Eso atenuaría el vaivén, eliminando el molesto ronroneo del motor.

—No hay mujeres malas —dijo de pronto el Piloto—. Igual que no hay barcos malos... Son los hombres a bordo quienes los hacen de una manera o de otra.

Coy no dijo nada, y el Piloto estuvo callado otro rato. Una luz verde se deslizaba con rapidez entre ellos y tierra, acercándose por la aleta de babor. Cuando estuvo en el contraluz del faro, Coy reconoció la silueta larga y baja de una turbolancha Hache Jota de vigilancia aduanera española. Base en Algeciras, patrulla rutinaria a la caza de hachís de Marruecos y contrabandistas del Peñón.

—¿Qué buscas de ella?

—Quiero contarle las pecas, Piloto. ¿Te has fijado?... Tiene miles, y quiero contárselas todas, una a una, recorriéndola con el dedo como si se tratara de una carta náutica. Quiero trazar rumbos de cabo a cabo, fondear en las ensenadas, barajarle la piel... ¿Comprendes?

—Comprendo. Quieres tirártela.

De la lancha aduanera brotó un haz de luz que buscó el nombre del *Carpanta,* su folio y matrícula escritos en los costados. Desde la popa, Tánger preguntó qué era aquello, y Coy se lo dijo.

—Puñeteros —murmuró el Piloto haciendo visera con la mano, deslumbrado.

Nunca hablaba mal, y Coy rara vez le había oído una mala palabra. Tenía la vieja educación de la gente humilde y honrada; pero no soportaba a los aduaneros. Había jugado demasiado con ellos al gato y al ratón, ya desde los tiempos lejanos en que remaba con su pequeño botecillo de vela latina, el *Santa Lucía,* para redondear el jornal recogiendo cajas de tabaco rubio que le arrojaban mercantes de paso a los que hacía señales con una linterna, oculto por fuera de la isla de Escombreras. Una parte para él, otra para los guardias civiles del muelle, la principal para quienes lo empleaban y jamás corrían riesgos. Al Piloto el tabaco podía haberlo hecho rico de trabajar por cuenta propia; pero siempre le bastó con que su mujer estrenase vestido el domingo de Ramos, o sacarla de la cocina para invitarla a una parrillada de pescado en los merenderos del puerto. Y a veces, cuando los amigos apretaban mucho y había demasiada sangre latiendo y demasiados diablos por echar afuera, el fruto de una noche entera de riesgo y trabajo, bregando en un mar infame, había llegado a quemarse en pocas horas, música, copas, caderas mercenarias y complacientes, en los bares de mala fama del Molinete.

—No es eso, Piloto —Coy seguía mirando a Tánger en la popa, iluminada ahora por el foco de los aduaneros—. Por lo menos, no es sólo eso.

—Claro que lo es. Y hasta que no te la tires no tendrás la toldilla clara... Suponiendo que alguna vez lo consigas.

—Ésta tiene un par de huevos. Te lo juro.

—Todas los tienen. Fíjate en mí. Cuando me duele algo, es mi mujer quien me lleva a la consulta del médico: «Siéntate aquí, Pedro, que ahora viene el doctor»... Ya la conoces. Sin embargo, ella puede reventar y se calla. Hay mujeres que si fueran terneras parirían toros bravos.

—No es sólo eso. Vi una vieja foto, ¿sabes?... Y una copa de plata abollada. También un perro me lamía la mano y ahora está muerto.

El Piloto se quitó el cigarrillo de la boca y chasqueó la lengua.

—Aquí sobra todo lo que no pueda apuntarse en un cuaderno de bitácora —dijo—... El resto hay que dejarlo en tierra. De lo contrario, se pierden los barcos y los hombres.

La lancha aduanera, terminada la inspección, cambiaba el rumbo. La luz verde de su costado se volvió blanca a popa, y luego roja cuando viró hasta mostrar la banda de babor, antes de apagarlas para proseguir la caza nocturna con más discreción. Instantes después no era más que una sombra que se movía rápidamente hacia el oeste, en dirección a Punta Carnero.

El barco dio un bandazo, y Tánger apareció en la bañera. Se movía con torpeza de parvulita en el balanceo de la marejada, procurando agarrarse con prudencia para mantener el equilibrio antes de dar cada paso. Al cruzar junto a ellos apoyó una mano en el hombro de Coy, y éste se preguntó si estaría mareándose. Por alguna perversa razón, la idea lo divirtió horrores.

—Tengo frío —dijo ella.

—Abajo hay un chaquetón —ofreció el Piloto—. Puede ponérselo.

—Gracias.

La vieron desaparecer por el tambucho. El Piloto siguió fumando un rato en silencio. Miraba a Coy sin decir palabra, y al cabo habló como si reanudase una conversación interrumpida:

—Siempre leíste demasiados libros... Eso no podía traer nada bueno.

X. La costa de los corsarios

Se pone la vida a tres o cuatro dedos de la
muerte, que es el grueso de la tabla del navío.

García de Palacios. *Instrucción náutica*

El viento de levante roló a tierra antes del amanecer, aunque volvió a soplar de proa en cuanto el sol se
levantó un poco en el horizonte. No era muy fuerte,
apenas diez o doce nudos, pero bastó para convertir la
marejada en la ola corta, picada y molesta del Mediterráneo. De ese modo, cabeceando impulsado por el motor
entre pequeños rociones que a veces dejaban rastros de
sal en el quitavientos de la bañera, el *Carpanta* pasó al
sur de Málaga, ganó el paralelo 36º 30', y allí puso rumbo directo al este.

Al principio Tánger no mostró señales de mareo.
Coy la había estado observando en la oscuridad, sentada
e inmóvil en una de las sillas de madera que el barco tenía sujetas al balcón de la cubierta de popa, enfundada
en el chaquetón marino del Piloto cuyas solapas levantadas le cubrían medio rostro. Poco después de medianoche, cuando arreciaba la marejada, fue a llevarle un chaleco salvavidas autoinflable y un arnés de seguridad, cuyo
mosquetón él mismo enganchó al baquestay. Le preguntó cómo se encontraba, ella respondió que perfectamente, gracias, y él sonrió para sus adentros recordando la caja de biodramina que un rato antes, al bajar en busca de
los chalecos y los arneses, había visto abierta sobre la litera que el Piloto le había asignado en los camarotes de popa.
De cualquier modo, estar sentada allí con la brisa noc-

turna en la cara la haría sentirse menos incómoda. Aun así, le dijo, aunque te encuentres perfectamente, yo de ti me sentaría en la otra banda, en la aleta de babor, lejos de la salida de gases del motor que tienes debajo. Tánger repuso que estaba bien allí. Él se encogió de hombros, regresando a la bañera, y ella aguantó diez minutos antes de cambiar de sitio.

A las cuatro de la madrugada el Piloto se había hecho cargo de la guardia, y Coy bajó a descansar. Se tumbó en su estrecho camarote de popa, que tenía apenas el espacio para una litera y una taquilla. Lo hizo vestido, sobre un saco de dormir, y minutos después dormía mecido por el balanceo: un sopor profundo, desprovisto de sueños, donde vagaban sombras difusas parecidas a barcos, sumidas en una fantasmal penumbra verde. Al fin lo despertó un rayo de sol que entraba por el portillo, subiendo y bajando con el vaivén de la marejada. Se quedó sentado en la litera, frotándose el cuello y el ojo dolorido, con el roce de la barba en la palma de la mano. Más vale que te afeites de una vez, se dijo. Así que pasó por el estrecho pasillo en dirección al cuarto de baño, y de camino miró dentro del otro camarote de popa, que tenía la puerta y el portillo abiertos para que corriese el aire. Tánger estaba dormida boca abajo en la litera, todavía con el chaleco salvavidas y el arnés puestos. No se le veía el rostro porque el pelo rubio estaba revuelto por encima. Los pies calzados con zapatillas de tenis sobresalían de la litera. Apoyado en el marco de la puerta, Coy estuvo escuchando su respiración, que a veces interrumpía un sobresalto o un leve gemido. Luego fue a afeitarse. El ojo hinchado no estaba mal, y la mandíbula sólo dolía mucho al bostezar. Pese a todo, meditó consolándose, había salido bien librado de la entrevista en Old Willis. Animado por la idea, conectó la bomba de agua para lavarse un poco, calentó café en el microondas, y procurando que no se derramara con el balanceo, bebió una taza y le subió otra al Piloto. Al asomar la cabeza por el tambucho lo encontró sentado en la bañera, con un gorro de lana en la cabeza y pelos grises de barba en la cara cobriza. La costa andaluza se adivinaba en la calima, dos millas por el través de babor.

—Apenas te fuiste a dormir, ella vomitó por la borda —informó el Piloto, cogiendo la taza caliente—. Lo echó todo. Hasta la primera papilla.

La perra orgullosa, pensó Coy. Lamentaba haberse perdido el espectáculo: la reina de los mares y los naufragios, con todo su golpe de superioridad manifiesta, agarrada al guardamancebos y echando la pota. Maravilloso.

—No me lo puedo creer.

Era evidente que sí se lo creía. El Piloto lo observaba, pensativo.

—Parecía que sólo esperaba a que te quitaras de en medio...

—De eso no te quepa duda.

—Pero no se quejó ni una vez. Cuando fui a preguntarle si necesitaba algo, me mandó al diablo. Luego, más tranquila, bajó a acostarse como una sonámbula.

El Piloto bebió algunos tragos de café y chasqueó la lengua, como cada vez que llegaba a una conclusión.

—No sé por qué sonríes —dijo—. Esa chica tiene casta.

—Demasiada, Piloto —Coy dejó escapar entre dientes una carcajada agria—. Demasiada casta.

—Hasta la vi levantarse tanteando en busca de sotavento antes de largarlo todo... No se precipitó, sino que fue allí despacio, sin perder las maneras. Y luego, al pasar por mi lado, miré su cara a la luz de la camareta: estaba blanca, pero tuvo voz para darme las buenas noches.

Dicho aquello, el Piloto se quedó un rato callado. Parecía reflexionar.

—¿Estás seguro de que sabe lo que hace?

Le ofrecía a Coy la taza, mediada. Éste bebió un corto sorbo antes de devolvérsela.

—Yo sólo estoy seguro de ti.

El otro se rascó bajo el gorro, y al rato asintió. No parecía muy convencido. Entornaba los ojos para contemplar la difusa línea de tierra, una mancha alargada y parda que era difícil precisar al norte, entre la bruma.

Se cruzaron con pocos barcos de vela. La temporada turística en la Costa del Sol no había empezado, y las únicas embarcaciones deportivas avistadas fueron un francés de un solo palo, y más tarde un queche holandés, que navegaban a un largo hacia el Estrecho. Por la tarde, y a la altura de Motril, una goleta de casco negro pasó de vuelta encontrada, a medio cable, con la bandera inglesa en el pico de la cangreja del palo mayor. El resto fueron pesqueros faenando, a los que el *Carpanta* tuvo que maniobrar con frecuencia. El reglamento de abordajes ordenaba a todo barco mantenerse lejos de un pesquero con las artes caladas, así que durante sus turnos de guardia —el Piloto y él se relevaban cada cuatro horas— Coy tuvo que desconectar el gobierno automático y empuñar el timón para eludir palangreros y arrastreros. Lo hizo muy a desgana, pues no simpatizaba con los pesca-

dores; les debía horas de incertidumbre en el puente de
los mercantes en que había navegado, cuando de noche
sus luces punteaban el horizonte, saturando las pantallas
de radar y los parajes perturbados por la lluvia o la niebla. Además los encontraba hoscos y egoístas, dispuestos
a arrasar sin remordimientos todo rincón del mar a su alcance. Malhumorados por una existencia de peligros y sa-
crificios, vivían al día, exterminando especie tras especie
sin importarles un futuro que para ellos no iba más allá
del beneficio de cada jornada. Entre todos, los más des-
piadados eran los japoneses: con la complicidad de co-
merciantes españoles y ante la sospechosa pasividad de
las autoridades de marina y pesca, estaban aniquilando el
atún rojo en el Mediterráneo con sonares ultramodernos
y avionetas. De cualquier modo, los pescadores no eran
los únicos culpables. En aquellas mismas aguas, Coy había visto rorcuales asfixiados por tragarse sacos de plástico a la deriva, y manadas enteras de delfines enloquecidos por la contaminación suicidándose en las playas, entre
chicos y voluntarios que lloraban impotentes, empuján-
dolos a un mar donde se negaban a volver.

Fue un largo día de maniobras entre pesqueros de
comportamientos impredecibles, que lo mismo navegaban a toda máquina que viraban de pronto a babor o estribor para largar o recoger las redes. Coy gobernaba entre
ellos alterando el rumbo con paciencia profesional, mientras pensaba que a bordo de un mercante, en alta mar o
en países con menor vigilancia de sus aguas, los marinos
actuaban con menos miramientos. Embarcaciones a vela
y pesqueros faenando tenían teórica preferencia de paso;
pero en la práctica más les valía mantenerse lejos de un
mercante lanzado a toda máquina, con tripulación redu-

cida por razones de ahorro del armador, bandera de conveniencia, indios o filipinos o ucranianos mandados por oficiales de fortuna, una derrota lo más recta posible para economizar tiempo y combustible, y a veces, de noche, una vigilancia mínima en el puente: máquinas desatendidas y un oficial soñoliento confiado casi por completo en los aparatos de a bordo. Y si de día era poco frecuente tocar las máquinas o el timón para alterar velocidad o rumbo, de noche un barco se convertía en amenaza letal para toda embarcación pequeña que se cruzase en su camino, tuviese prioridad reglamentaria o no. A veinte nudos, lo que equivalía a veinte millas recorridas en una hora, un mercante oculto tras el horizonte podía pasarte por encima en diez minutos. Una vez, en ruta de Dakar a Tenerife, el buque en el que Coy navegaba como segundo oficial había embestido a un pesquero. Pasaban cinco minutos de las cuatro de la madrugada; acababa de salir de guardia en el puente del *Hawaiian Pilot,* un carguero de palos de 7.000 toneladas, y cuando bajaba por la escalerilla hacia su camarote le pareció escuchar un ruido apagado en la banda de estribor, como si algo crujiese de proa a popa. Se asomó a la borda justo a tiempo de ver una sombra oscura zozobrante en la ola del barco, con una débil luz, parecida a la de una bombilla de poca intensidad, que bailaba enloquecida antes de apagarse de pronto. Regresó con rapidez al puente, donde el primer oficial estaba comprobando tranquilamente en el repetidor de la magistral el rumbo de la giroscópica. Creo que hemos abordado un pesquero, expuso Coy. Y el primero, un hindú flemático y triste llamado Gujrat, se lo quedó contemplando sin decir palabra. ¿En tu guardia o en la mía?, preguntó al fin. Coy dijo que a las cuatro y cinco había oído el ruido y visto la luz apagarse. El primero todavía lo miró un rato, pensativo, antes de ir hasta el alerón a echar un breve vistazo a popa y comprobar luego el radar, donde los ecos de las olas no señalaban nada especial. En mi guardia no hay novedad, concluyó, volviendo a ocuparse de la giroscópica. Después, cuando el primer oficial puso las sospechas de Coy en conocimiento del capitán —un inglés arrogante, que hacía listas de tripulación separando a los súbditos británicos de los extranjeros, incluidos los oficiales— éste aprobó que no se hubiera hecho constar el incidente en el libro de a bordo. Estamos en aguas abiertas, dijo. Para qué complicarse la vida.

A las diez de la noche alcanzaron los 3º de longitud al oeste de Greenwich. Salvo breves apariciones en cubierta, siempre con su aire de sonámbula, Tánger estuvo casi todo el tiempo recluida en su camarote, y un par de veces que Coy pasó por allí, encontrándola dormida, comprobó que la caja de biodramina disminuía sus existencias con rapidez. El resto del tiempo, cuando estaba despierta, volvía a sentarse a popa, quieta y silenciosa, frente a la línea de la costa que pasaba despacio por la banda de babor. Apenas probó la comida que preparaba el Piloto, aunque aceptó cenar un poco más cuando éste dijo que eso le asentaría el estómago. Se fue a dormir pronto, apenas oscureció, y los dos hombres se quedaron en la bañera viendo aparecer las estrellas. El viento sopló de proa toda la noche, obligándolos a navegar a motor. Eso los decidió a entrar en el puerto de Almerimar a las seis de la mañana del día siguiente, para repostar gasóleo, descansar un poco y cargar provisiones en tierra.

Soltaron amarras a las dos de la tarde con viento favorable: un sursudeste fresquito que, apenas dejaron en franquía la baliza de Punta Entinas, les permitió por fin apagar el motor y largar primero la mayor y luego el génova amurado a estribor, navegando a un descuartelar a velocidad razonable. La marejada había disminuido y Tánger se encontraba mucho mejor. En Almerimar, amarrados junto a un añejo pesquero báltico transformado por los ecologistas para el seguimiento de cetáceos en el mar de Alborán, había estado ayudando al Piloto a baldear a manguerazos la cubierta. Parecía hacer buenas migas con él, y éste la trataba con una mezcla de atención y respeto. Después de comer en el club náutico estuvieron tomando café en un bar de pescadores, y allí Tánger le explicó los avatares de la singladura del *Dei Gloria,* que había estado siguiendo, dijo, una ruta semejante a la que ellos recorrían. El Piloto se interesó por las características marineras del bergantín, y ella respondió a todas sus preguntas con el aplomo de quien había estudiado el asunto hasta en sus menores detalles. Una chica lista, comentó el Piloto en un aparte, cuando iban de regreso al velero cargados con paquetes de comida y botellas de agua. Coy, que la miraba caminar delante de ellos por el muelle, tejanos, camiseta y zapatillas deportivas, la cintura esbelta y el pelo agitado por la brisa, una bolsa del supermercado en cada mano, se mostró de acuerdo. Tal vez demasiado lista, estuvo a punto de decir. Pero no lo dijo.

Ella no volvió a marearse. El sol empezaba a descender en el horizonte, a popa, y el *Carpanta* navegaba con toda la vela arriba y cuatro nudos en la corredera, frente al golfo de Adra, con el viento rolando ahora al sur, por el través. Coy, cuyo ojo tumefacto ya estaba aliviado de modo razonable, vigilaba la proa; y en la bañera, con manos expertas en remendar redes y velas, el Piloto le repasaba con aguja e hilo las costuras en la chaqueta descosida cuando el incidente de Old Willis, sin dar puntada en falso pese al balanceo. Tánger asomó por el tambucho, preguntó la posición y Coy se la dijo. Al cabo de un momento vino a sentarse entre ellos con una carta náutica en las manos. Cuando la desplegó al socaire de la pequeña cabina, Coy vio que era la 774 del Almirantazgo británico: de Motril a Cartagena, incluida la isla de Alborán. Para uso en distancias largas, las cartas inglesas de punto menor resultaban más cómodas que las españolas: tenían todas el mismo tamaño y eran muy manejables.

—Fue por aquí, y más o menos a esta hora, cuando desde el *Dei Gloria* vieron las velas del corsario —explicó Tánger—. Navegaba siguiendo su estela, acortando distancia poco a poco. Podía tratarse de un barco cualquiera, pero el capitán Elezcano era hombre desconfiado, y le pareció sospechoso que empezara a acercarse después de dejar atrás Almería, cuando había por delante una larga costa desprovista de refugios para el bergantín... Así que ordenó poner más vela y mantener la vigilancia.

Indicaba la posición aproximada en la carta, ocho o diez millas al sudoeste del cabo de Gata. Coy pudo imaginar sin esfuerzo la escena: los hombres escudriñando a popa desde la cubierta inclinada, el capitán en la toldilla estudiando a su perseguidor a través del catalejo, los rostros preocupados de los padres Escobar y Tolosa, el cofre de esmeraldas cerrado con llave en la cámara. Y de pronto el grito, la orden de forzar vela que envía a los marineros flechastes arriba para desplegar más lona; los foques flameando sobre el bauprés antes de tensarse con el viento, el barco escorando un par de tracas más al sentir arriba el aumento de trapo. La estela de espuma recta sobre el mar azul; y atrás en ella, hacia el horizonte, las velas blancas del *Chergui* iniciando ya abiertamente la caza.

—Faltaba poco para el anochecer —prosiguió Tánger, tras echar una ojeada al sol que seguía bajando hacia la popa del *Carpanta*—. Más o menos como ahora. Y el viento soplaba del sur, y luego del sudoeste.

—Eso es lo que está pasando —dijo el Piloto, que había terminado con la chaqueta y observaba el mar rizado y el aspecto del cielo—. Todavía rolará un par de cuartas a popa antes de que se haga de noche, y tendremos lebeche fresco al doblar el cabo.

—Magnífico —dijo ella.

Los ojos azul marino iban de la carta al mar y las velas, expectantes. Tenía dilatadas las aletas de la nariz, comprobó Coy, y respiraba profundamente con la boca entreabierta, como si en ese momento se hallase contemplando la lona en la arboladura del *Dei Gloria*.

—Según el informe del pilotín superviviente —prosiguió Tánger—, el capitán Elezcano dudaba al principio sobre izar todas las velas. El barco había sufrido durante el temporal de las Azores, y los palos superiores no eran de fiar.

—Te refieres a los masteleros —apuntó Coy—. Los palos superiores se llaman masteleros. Y si como dices estaban mal, un exceso de vela podía terminar partiéndolos... Si el bergantín tenía el viento como nosotros por el través, supongo que largaría foques, velas bajas de estay, cangreja, trinqueta, y tal vez la gavia y el velacho, bien braceadas a sotavento y reservándose las velas altas, las juanetes, para no correr riesgos... Al menos de momento.

Tánger asintió con un movimiento de la cabeza. Contemplaba el mar a popa cual si el corsario estuviese allí.

—Debía de volar sobre el mar. El *Dei Gloria* era un barco rápido.

Coy miró a su vez hacia atrás.

—Por lo visto, también el otro lo era.

Ahora se trasladaba con la imaginación a la cubierta del corsario. Según las características del barco que les había descrito Lucio Gamboa en Cádiz, el *Chergui*, jabeque aparejado de polacra, navegaría en ese momento con toda la vela arriba, la enorme latina del trinquete bien henchida al viento y amurada en el bauprés, velas del palo mayor desplegadas, latina y gavia en el mesana, cortando el mar con sus afiladas líneas de barco construido para el Mediterráneo, las portas cerradas pero la tripulación de guerra preparando los cañones lista para combatir, y aquel fulano inglés, el capitán Slyne, o Misián, el hijo de la gran puta, de pie en la alta e inclinada toldilla, sin apartar los ojos de su presa. La caza por la popa solía ser caza larga, el bergantín perseguido también era rápido, y la tripulación corsaria debía de tomarse las cosas con calma, consciente de que, salvo que la presa rompiera algo, no estarían cerca hasta después del amanecer. Coy podía imaginarlos bien: renegados, escoria peligrosa de los puertos. Malteses, gibraltareños, españoles y norteafricanos. Lo peor de cada casa, prostíbulo y taberna: piratas cualificados que navegaban y combatían bajo una cobertura técnicamente legal, la patente de corso, que en teoría los ponía a salvo de colgar de una cuerda si eran capturados. Chusma valerosa y cruel, desesperados sin nada que perder y todo por ganar, bajo el mando de capitanes sin escrúpulos que hacían el corso con patentes de los reyezuelos moros o de su majestad británica, según las circunstancias, con cómplices en cualquier puerto donde las voluntades se compraran con dinero. También España había tenido gente así: oficiales expulsados de la Armada, privados de su título o caídos en desgracia, aventureros en busca de fortuna o de seguir pisando la cubierta de un navío, que se ponían al servicio de cualquiera; a menudo sociedades comerciales que armaban barcos y vendían el producto de las presas cotizando tranquilamente en bolsa. En otro tiempo, reflexionaba Coy con íntimo sarcasmo, oficial deshonrado y sin trabajo, tal vez él mismo habría terminado en un corsario. Con los avatares del mar, lo mismo podía haberse hallado a bordo de la presa que del cazador, dos siglos y medio atrás, navegando aquellas mismas aguas, a toda vela y con la silueta parda del cabo de Gata adivinándose en el horizonte.

—Nunca sabremos si fue un encuentro casual —dijo Tánger.

Contemplaba el mar, pensativa. Incursión de un corsario en busca de botín al azar, o mano negra desde Madrid, guiando el rumbo del *Chergui* para interceptar al *Dei Gloria,* sabotear la maniobra de los jesuitas y hacerse con el cargamento de esmeraldas: alguien podía estar haciendo doble juego en el gabinete de la Pesquisa Secreta. Pero aquél era tal vez el único misterio que jamás podría ser resuelto.

—Quizá lo siguió desde Gibraltar —dijo Coy, recorriendo horizontalmente la carta con el dedo.

—O tal vez esperaba escondido en cualquier ensenada —apuntó ella—. Durante varios siglos, toda esa costa estuvo frecuentada por corsarios... Se acercaban mucho a tierra, guareciéndose en playas ocultas para protegerse de los vientos o hacer aguada, y sobre todo al acecho de presas. ¿Veis? —indicó un lugar en la carta, entre la Punta de los Frailes y la Punta de la Polacra—... Esta ensenada que hay aquí, y que ahora se llama de los Escullos, a principios del siglo XIX todavía se llamaba ensenada de Mahomet Arráez, y así figura en las cartas y derroteros de la época. Y un arráez, entre otras cosas, era el capitán de un barco corsario morisco... Y mirad este otro sitio: aún se llama isleta del Moro. Ésa es la razón de que todas las poblaciones se construyeran en el interior o en alturas, a fin de resguardarse de las incursiones piratas...

—Moros en la costa —apuntó el Piloto.

—Sí. De ahí viene esa frase hecha. Por eso está llena de antiguas torres de vigilancia, atalayas encargadas de alertar a los vecinos.

El sol, cada vez más bajo por la popa, empezaba a dar tonos rojizos a su piel moteada. La brisa hacía aletear la carta náutica en sus manos. Observaba la costa próxima con concentrada avidez, como si los accidentes geográficos estuvieran desvelándole viejos secretos.

—Aquella tarde del 3 de febrero —prosiguió—, nadie tuvo que alertar al capitán Elezcano. Conocía de sobra los peligros y debía de andar prevenido. Por eso el corsario no pudo sorprenderlo, y la persecución fue larga —ahora Tánger recorría el litoral trazado en la carta, en dirección ascendente—... Duró toda la noche, con el viento en popa, y el corsario sólo pudo atacar cuando, al desplegar más vela, al *Dei Gloria* se le rompió el palo trinquete.

—Seguramente —apuntó Coy— porque al fin decidió largar las juanetes. Si lo hizo a pesar de la arboladura en mal estado, es que debía de tener al corsario encima. Un recurso desesperado, supongo —consultó al Piloto—. Demasiado trapo arriba.

—Intentaría llegar a Cartagena —opinó el otro.

Coy observó a su amigo con curiosidad. La habitual flema de éste parecía dejar paso a un interés que raras veces había visto en él. Como si también, pensó asombrado, se estuviera contagiando del ambiente. Poco a poco, a medida que se intensificaba la fascinación del misterio próximo, Tánger los enrolaba a todos en aquella extraña tripulación seducida por el fantasma de un barco envuelto en penumbra verde. Clavado en el muñón de su mástil podrido, el doblón de oro del capitán Ahab relucía para todos.

—Claro —asintió Coy—. Pero no llegó a ninguna parte.

—¿Y por qué no se rindió, en vez de pelear?

Como de costumbre, Tánger tenía una explicación para eso:

—Si los corsarios eran berberiscos, el destino de los marinos apresados habría sido terminar como esclavos. Y si eran ingleses, el hecho de que en ese momento España estuviese en paz relativa con Inglaterra empeoraba las cosas para la tripulación del *Dei Gloria*... Aquel tipo de acciones solían terminar con el exterminio de los testigos, para no dejar pruebas. Y además, estaban las esmeraldas... Así que no es extraño que el capitán Elezcano y sus hombres lucharan hasta el fin.

Con la bota de vino en la mano, el Piloto estudiaba la carta. Bebió un trago y chasqueó la lengua.

—Ya no hay marinos como ésos —dijo.

Coy estaba de acuerdo. A la crueldad del mar y su dureza, a las infames condiciones de vida a bordo, los marinos de aquel tiempo debían sumar los peligros de la guerra, el cañoneo, los abordajes. Si ya era terrible enfrentarse a un temporal, peor tenía que ser un barco enemigo. Recordaba sus prácticas como alumno en el *Estrella del Sur,* y se estremecía sólo de imaginarse trepando por la jarcia oscilante de un barco para aferrar una vela entre la metralla y los cañonazos, con las drizas rotas y las astillas saltando por todas partes.

—Lo que ya no hay —murmuró Tánger— es hombres como ésos.

Contemplaba el mar y las velas del *Carpanta* hinchadas por el viento, y en su voz latía la nostalgia de todo cuanto no había conocido; del enigma hallado entre viejos libros y cartas náuticas, alertándola, como el destello lejano de un faro en la marejada, de que todavía quedaban mares por navegar y naufragios por encontrar, y persecuciones a toda vela, y esmeraldas y sueños que sacar a la luz del día. Entre las puntas del cabello que le azotaban la cara, sus ojos parecían absortos evocando cubiertas escoradas, rumor del agua, espuma en la estela; aquella caza que de pronto parecía revivir dramática ante sus ojos, y que también los arrastraba a ellos dos: el marino sin barco y el marino sin sueños. Y Coy comprendió, de pronto, que en ese lejano atardecer del 3 de febrero de 1767, Tánger Soto habría querido estar en uno de aquellos dos barcos. De lo que no estaba seguro era de si a bordo de la presa, o del cazador. Aunque tal vez diera lo mismo.

Como había pronosticado el Piloto, el viento roló un poco a popa antes del anochecer; y todavía lo hizo más cuando doblaron el cabo de Gata, ya entre dos luces y con el sol bajo el horizonte, el haz del faro iluminando a trechos las paredes rocosas de la montaña. Así que arriaron la vela mayor y siguieron con rumbo nordeste, floja la escota del génova amurado ahora a babor. Antes de que estuviese oscuro del todo, los dos marinos dispusieron el barco para la navegación nocturna: líneas de vida a lo largo de las bandas, chalecos salvavidas autoinflables con arneses de seguridad, prismáticos, linternas y bengalas blancas al alcance de la mano. Después, el Piloto preparó una cena rápida a base de fruta, encendió el radar, la lámpara roja de la mesa de cartas y las luces de navegación a vela, y se fue a dormir un rato, dejando a Coy de guardia en la bañera.

Tánger se quedó con él. Mecida por el balanceo del barco, las manos en los bolsillos del chaquetón del Piloto, el cuello subido, miraba las luces que a veces aparecían lejos punteando la costa de Almería, cuyo perfil escarpado podía adivinarse en la breve claridad del cielo de poniente. Al rato expresó su extrañeza al ver tan pocas luces, y Coy le dijo que aquel sector, del cabo de Gata a cabo de Palos, era el único del litoral mediterráneo español no invadido aún por la lepra de cemento de las urbanizaciones turísticas. Demasiadas montañas, costa rocosa y pocas carreteras obraban el milagro de mantenerlo casi virgen. De momento.

Mar adentro, por la banda opuesta a la de tierra, pequeños puntos de claridad tras el horizonte delataban la presencia de mercantes que seguían rumbos paralelos al *Carpanta*. Sus derrotas más abiertas que la del velero los mantenían lejos; pero Coy procuraba no perderlos de vista, y a intervalos tomaba marcaciones mentales de sus posiciones respectivas: demora constante y distancia acortándose, según el viejo principio marino, significaba colisión segura. Se inclinó sobre la bitácora para comprobar rumbo y corredera. El *Carpanta* navegaba con la proa apuntando a los 40° del compás, a cuatro nudos. Impulsado por el lebeche bonancible, con el rumor del agua a lo largo del casco, el barco se deslizaba muy a gusto sobre el mar rizado, bajo la bóveda oscura donde ya podían reconocerse las estrellas. La Polar estaba en su sitio, centinela inmutable del norte, en la vertical de la amura de babor. Tánger siguió su mirada hacia lo alto.

—¿Cuántas estrellas conoces? —preguntó.

Coy encogió los hombros antes de responder que conocía treinta o cuarenta. Las imprescindibles para su trabajo. Aquélla era la estrella maestra; la Polar, dijo. A su izquierda podía verse la Osa Mayor, con su forma de cometa invertida, y un poco por encima estaba Cefeo. El grupo en forma de W era Casiopea. W de whisky.

—¿Y cómo puedes localizarlas, entre tantas?

—A cierta hora, y según las épocas del año, unas son más visibles que otras... Si tomas la Polar como punto de partida y vas trazando líneas y triángulos imaginarios, puedes identificar las principales.

Tánger miraba arriba, interesada, apenas iluminado el rostro por la claridad rojiza que salía del tambucho. La luz de las estrellas se reflejaba en sus ojos, y Coy recordó una tonada de su juventud:

> *A cantar a una niña*
> *yo la enseñaba...*

Sonrió en la penumbra. Quién se lo hubiera dicho, veintitantos años atrás.

—Si formas un triángulo —dijo— con las dos estrellas bajas de la Osa Mayor y la Polar, en el tercer vértice, ¿ves?... encuentras Capella. Allí, sobre el horizonte. A esta hora todavía se la ve muy abajo, aunque luego ascenderá, porque esas estrellas giran hacia poniente alrededor de la Polar.

—¿Y aquel montoncito luminoso?... Parece un racimo de uvas.

—Son las Pléyades. Brillarán más cuando estén arriba.

Ella repitió «las Pléyades» en voz baja, contemplándolas largo rato. Aquellas lucecitas en las pupilas, pensó Coy, la hacían parecer sorprendentemente joven. De nuevo la foto en el marco, la copa abollada, vagaron por su memoria, envueltas en la vieja canción:

> *Nombres de las estrellas*
> *saber quería.*

—Ésa tan luminosa es Andrómeda —indicó—. Está junto al cuadrado de Pegaso, que los antiguos astrónomos imaginaban como un caballo alado visto al revés... Y allí mismo, si te fijas, un poco a la derecha, está la Nebulosa... ¿La ves?

—Sí... La veo.

Había una suave excitación en su voz; el descubrimiento de algo nuevo. De algo inútil, inesperado y hermoso.

Qué noche aquella,
en que le di mil nombres
a cada estrella.

Canturreaba Coy entre dientes, muy bajito. El balanceo del barco, la noche cada vez más intensa, la cercana presencia de ella lo sumían en un estado muy próximo a la felicidad. Uno va al mar, pensaba, para vivir momentos así. Le había pasado los prismáticos de 7×50 y Tánger observaba el cielo, las Pléyades, la Nebulosa, buscando puntos luminosos que él iba señalando con el dedo.

—Todavía no puede verse Orión, que es mi favorita... Orión es el Cazador, con su escudo, su cinturón y la vaina de su espada... Tiene unos hombros que se llaman Betelgeuse y Bellatrix y un pie que se llama Rigel.

—¿Por qué es tu favorita?

—Resulta lo más impresionante que hay allá arriba. Más que la Vía Láctea. Y una vez me salvó la vida.

—Vaya. Cuéntame eso.

—No hay mucho que contar. Yo tendría trece o catorce años y había salido a pescar, con un botecito de vela. Se levantó mal tiempo, muy cerrado, y me pilló la noche en el mar. No llevaba brújula y no podía orientarme... De pronto se abrieron un poco las nubes y reconocí Orión. Puse rumbo y llegué a puerto.

Tánger se quedó un rato callada. Tal vez me imagina, aventuró Coy. Un niño perdido en el mar, buscando una estrella.

—El Cazador, el caballo Pegaso —ella volvía a recorrer el cielo—... ¿De veras eres capaz de ver todas esas figuras allá arriba?

—Claro. Resulta fácil cuando miras durante años y años... De cualquier modo, pronto las estrellas brillarán inútilmente sobre el mar, porque los hombres ya no las necesitan para buscar su camino.

—¿Eso es malo?

—No sé si es malo. Sé que es triste.

Había una luz muy lejos frente a la proa, por la amura de estribor, que aparecía y desaparecía bajo la sombra oscura de la vela. Coy le echó un vistazo atento. Tal vez era un pesquero, o un mercante que navegaba cerca de la costa. Tánger miraba el cielo y él se quedó un rato pensando sobre luces: blancas, rojas, verdes, azules o de cualquier otro color, nadie ajeno al mar podía sospechar lo que significaban para un marino. La intensidad de su lenguaje de peligro, de aviso, de esperanza. Lo que suponía su búsqueda e identificación en noches difíciles, entre olas de temporal, en arribadas calmas, prismáticos pegados a la cara, intentando distinguir el centelleo de un faro o una baliza entre miles de odiosas, estúpidas, absurdas luces encendidas en tierra. Existían luces amigas y luces asesinas, e incluso luces vinculadas al remordimiento; como cierta vez que Coy, segundo oficial a bordo del petrolero *Palestine*, en ruta de Singapur al Pérsico, creyó ver a las tres de la madrugada dos bengalas rojas lanzadas muy lejos. Pese a no estar completamente seguro de que fueran señales de socorro, había despertado al capitán. Éste subió al puente a medio vestir, soñoliento, para echar un vistazo. Pero no hubo más bengalas, y el capitán, un guipuzcoano seco y eficiente llamado Etxegárate, no consideró oportuno desviarse de la ruta; ya habían perdido, dijo, demasiado tiempo dejando atrás el faro Raffles y el estrecho de Malaca con su tráfico endiablado. Aquella noche, Coy pasó el resto de la guardia atento al canal 16 de la radio, por si captaba la llamada de un barco en apuros. No hubo nada; pero nunca pudo olvidar las dos bengalas rojas, tal vez la provisión de emergencia que un marino angustiado disparaba en la oscuridad, a modo de última esperanza.

—Cuéntame —dijo Tánger— cómo fue aquella noche a bordo del *Dei Gloria*.

—Creí que lo sabías de sobra.

—Hay cosas que yo no puedo saber.

El tono de su voz no tenía nada que ver con el de otras veces. Para su sorpresa comprobó que sonaba muy próximo; casi dulce. Eso lo hizo removerse incómodo en el banco de teca, y al principio no supo qué responder. Ella aguardaba, paciente.

—Bueno —dijo él por fin—. Si el viento era el mismo que tenemos nosotros, casi en popa redonda, lo lógico es que el capitán...

—El capitán Elezcano —apuntó ella.

—Sí... Eso es... Que el capitán Elezcano hiciera arriar los foques y las velas de estay, si las llevaba. Seguramente dejaría también sin lona el palo mayor, para que la gran vela cangreja no forzase el timón ni le tapara el viento al velacho y la trinqueta; o tal vez se limitó a quitar la cangreja, dejando desplegada la gavia. También pudo largar alas o rastreras, aunque dudo que lo hiciera de noche... Lo seguro es que, conociendo su barco, lo puso en disposición de correr lo más posible, sin que un exceso de lona le partiese un palo.

El viento refrescaba un poco, siempre por la popa, levantando marejadilla. Dedicó una ojeada al anemómetro y luego observó la enorme sombra de la vela. Puso la manivela en el alvéolo del winche de estribor, cazó un poco la escota y el *Carpanta* escoró unos pocos grados, ganando medio nudo.

—Según me contaste —prosiguió tras poner la manivela en su sitio y adujar el chicote de la escota—, el viento debía de ser algo más fuerte que el que nosotros tenemos ahora. Hay dieciséis nudos de viento real, lo que es fuerza 4 en la escala de Beaufort... Ellos posiblemente tendrían entre veinte y veintitantos nudos, lo que supone fuerza 5 a 6. Algo para hacerles correr, desde luego. Irían más rápidos que nosotros, ligeramente escorados a estribor, con el viento llegándoles igual, muy largo, desde popa.

—¿Qué hacían los hombres?

—Dormirían poco; en especial tus dos frailes. Seguramente estaban todos atentos al perseguidor, al que apenas podrían distinguir en la noche. Si a esa hora había luna, quizá de vez en cuando avistaran la sombra de su vela por la popa... Uno y otro irían sin luces, para no delatar su posición. Los hombres de la guardia estarían agrupados al pie de los palos, dormitando un poco o mirando preocupados por la borda, a la espera de que les ordenasen subir otra vez para ajustar la lona... El resto, junto a los cañones; prevenidos por si de pronto el corsario se echaba encima. El capitán, en la toldilla todo el tiempo; atento atrás y a los crujidos de la arboladura y al gualdrapeo de las velas en lo alto. Un timonel a la caña, manteniendo el rumbo... Sin duda esa noche gobernaba el mejor timonel.

—¿Y el pilotín?

—Cerca del capitán y del piloto, atento a sus órdenes. Anotando en el libro de a bordo las incidencias, las horas, la maniobra... Era un chico joven, ¿verdad?

—Quince años.

Advirtió una nota de conmiseración en la voz de Tánger. Casi un niño, quería decir. Al menos, pensó, había vivido para contarlo.

—En aquel tiempo se embarcaban ya desde los diez o los doce para aprender el oficio... Supongo que estaría excitado por la aventura. A esa edad no se asusta uno fácilmente. Y aquel muchacho ya era veterano. Al menos había cruzado una vez el Atlántico en ambas direcciones.

—Su relato fue muy preciso. Era un jovencito listo... Gracias a él podemos reconstruir aproximadamente lo que pasó. Y gracias a ti.

Coy hizo una mueca.

—Yo sólo puedo imaginar cómo sucedió lo que tú me cuentas.

La luz rojiza que salía por el tambucho le seguía iluminando a Tánger el rostro. Escuchaba con avidez las explicaciones de Coy, con una atención que éste nunca la había visto dedicarle en tierra.

—¿Y el corsario? —preguntó ella.

Coy intentó evocar la situación a bordo del jabeque. Cazadores profesionales en plena faena.

—Con este rumbo y este viento —aventuró—, tal vez tenía la ventaja de su gran vela latina en el trinquete. Era un barco diseñado para navegar por el Mediterráneo, adaptándose a los cambios de viento y a que éste soplara escaso... Aquella noche, esa vela a proa lo hizo sin duda ir muy rápido. Su aparejo de polacra le permitiría, además, llevar desplegada alguna gavia, y tal vez el juanete del mayor. Creo que llevaría un rumbo que lo situase poco a poco entre el *Dei Gloria* y la costa, para cortarle al bergantín la posibilidad de refugiarse en Águilas cuando roló el viento al amanecer.

—Tuvo que ser angustioso.

—Claro que lo fue.

Miró la línea algo más sombría de la costa, tras la que se ocultaba ya la luz del faro de Gata. Por el través, una punta de tierra sombría empezaba a descubrir la ensenada luminosa de San José. Con esas dos referencias hizo un par de enfilaciones mentales, situándose sobre una carta imaginaria. Pensó en la tripulación del bergantín subiendo a tientas a los palos, aferrando o largando vela según el viento y las necesidades de la maniobra, la áspera lona en los dedos entumecidos, el estómago apoyado en las vergas, oscilantes los pies en el vacío con el único apoyo de los marchapiés.

—Creo que sucedió más o menos así —concluyó—. Y la esperanza del capitán Elezcano de dejar atrás al jabeque duró toda la noche. Quizá intentó alguna maniobra evasiva, como cambiar de rumbo e intentar despistarlo en la oscuridad, pero ese tal Misián debía de sabérselas todas... Al hacerse de día, los tripulantes del *Dei Gloria* debieron de descorazonarse cuando vieron al *Chergui* todavía allí, entre ellos y tierra, acortando distancia... Tal vez entonces, mientras el piloto se encargaba de calcular la posición, el capitán del bergantín tomó una decisión desesperada: más lona arriba, desplegando juanetes. Entonces se rompió el mastelero, y el corsario se les vino encima.

Y hablando de venirse encima, observó Coy, la luz a proa que el génova ocultaba de vez en cuando parecía hallarse más cerca, en la misma posición que antes. Así que cogió los prismáticos Steiner y anduvo por la banda de barlovento, agarrándose a los obenques, hasta el balcón de proa, junto al ancla trincada en su roldana. La luz tenía una forma extraña, demasiada para un simple pesquero, pero no lograba identificarla con una forma definida. Si fuese un barco navegando de vuelta encontrada, tal vez un mercante por la cantidad y el tamaño de las luces, debería divisar su roja de babor o la verde de estribor, o las dos en caso de que el otro les apuntara con su proa. Pero no lograba ver nada de eso. Y sin embargo, decidió inquieto, parecía demasiado cerca.

Navegar de noche era una puñetera mierda, se dijo con fastidio, regresando a la bañera. Tánger lo miraba inquisitiva.

—Ponte el chaleco salvavidas —dijo él.

Algo no iba bien, y su instinto de marino empezaba a tocar zafarrancho. Bajó a la camareta, puso a funcionar el radar que se hallaba en espera, y en la pantalla verde apareció un eco negro. Tomó distancia y marcación, comprobando que estaba a dos millas y que venía directamente hacia ellos. Un eco grande y amenazador.

—¡Piloto! —llamó.

No sabía qué diablos era aquello, pero en poco tiempo iban a tenerlo encima. Mientras subía por la escala del tambucho hizo cálculos rápidos. En las inmediaciones del cabo de Gata, el dispositivo de separación del tráfico ordenaba a los mercantes en ruta hacia el sur mantenerse a cinco millas de la costa. El *Carpanta* navegaba cerca de ese límite, así que podía tratarse de un buque navegando más pegado a tierra de la derrota habitual. Su velocidad sería de unos quince nudos; sumados a los cinco del *Carpanta,* eso hacía veinte millas recorridas en sesenta minutos. Dos millas en seis: ése era el tiempo de que disponían para que uno u otro maniobrasen, antes de la colisión. Seis minutos. Tal vez menos.

—¿Qué ocurre? —preguntó Tánger.

—Problemas.

Comprobó que ella se había puesto el chaleco salvavidas autoinflable, provisto de una luz estroboscópica que se encendía al contacto con el agua. Se puso el suyo a medias, cogió la linterna y volvió a la proa, iluminado al pasar por la luz roja de babor situada en los obenques. Las otras luces, amenazadoras, se hallaban cada vez más cerca, sin alterar el rumbo. Encendió la linterna, haciendo señales intermitentes hacia ellas, y luego repitió lo mismo alumbrando la gran vela desplegada del *Carpanta.* Cualquier marino en el puente de un mercante debía ver aquello. Iluminó un instante la esfera del reloj. Doce menos cinco. Aquélla era la peor hora del mundo. A bordo del barco que se aproximaba estaría a punto de cambiar la guardia. Seguramente, confiado en el radar, el oficial se encontraba sentado en la mesa de cartas, escribiendo las incidencias en el libro de a bordo antes de ser relevado; y el responsable del siguiente cuarto no estaba todavía en el puente. Tal vez hubiera un adormilado timonel filipino, ucraniano o indio holgazaneando en alguna parte, o en el retrete. Los muy canallas.

Regresó apresuradamente a la bañera. El Piloto ya estaba allí, preguntando qué pasaba. Coy señaló las luces a proa.

—Jesús —murmuró el Piloto.

Tánger los observaba desconcertada, con la gruesa banda roja del chaleco salvavidas ajustada sobre el chaquetón.

—¿Es un barco?

—Es un hijo de puta y viene derecho.

Ella tenía el mosquetón del arnés de seguridad en la mano, y miraba a uno y otro como si no supiera qué hacer. A Coy le pareció insólitamente indefensa.

—No te enganches a nada —aconsejó—. Por si acaso.

No era bueno estar amarrado a un barco que podía ser partido en dos. Volvió a meterse por el tambucho y se pegó a la pantalla de radar. Navegaban a vela y tenían teórica preferencia de paso, pero eso y nada era lo mismo. Por otra parte, estaban ya demasiado cerca para maniobrar alejándose de la derrota del otro. Y de lo que no cabía duda era de que se trataba de un barco grande. Demasiado grande. Maldecía de sí mismo por el descuido, por no haber previsto antes el peligro. Seguía sin ver luces rojas ni verdes, y sin embargo el mercante estaba allí, en línea recta hacia ellos, a una milla escasa. Sintió temblar el motor del *Carpanta* al ponerse en marcha. El Piloto acababa de encenderlo. Salió de nuevo afuera.

—No nos ve —dijo.

Y sin embargo llevaban sus luces de navegación encendidas, le habían hecho señales luminosas, y el *Carpanta* arbolaba en lo alto del palo un buen repetidor de señales de radar. Coy terminó de ajustarse el chaleco salvavidas. Estaba furioso y confundido. Furioso consigo mismo por haberse distraído con las estrellas y la conversación, y no prever el peligro. Confundido porque seguía sin ver las luces roja y verde de lo que se les venía encima.

—¿No podéis avisarlo por radio? —preguntó Tánger.

—Ya no hay tiempo.

El Piloto había desconectado el automático y gobernaba a mano, pero Coy sabía cuál era el problema. La maniobra evasiva más lógica era a estribor, porque si el mercante los avistaba en el último momento, también él debería meter timón a su estribor. El problema era que, navegando tan cerca de la costa, el estribor de éste podría llevarlo demasiado cerca de tierra; y era posible que, en vista de eso, el oficial del puente hiciera la maniobra contraria, buscando su babor y mar abierto. LPPP: Ley de lo Peor que Puede Pasar. Así, al querer apartarse de la ruta del otro, el *Carpanta* terminaría exactamente en medio de ésta.

Tenían que hacerse ver. Coy cogió una de las bengalas blancas que había en la bañera y volvió a la proa. Las luces parecían una verbena, luces por todas partes, una claridad que debía de estar ya a menos de media milla. Del mar llegaba ahora un rumor sordo, constante y siniestro: el ruido de las máquinas del mercante. Se agarró al balcón de proa y echó un último vistazo, intentando comprender al menos lo que estaba ocurriendo, antes de que el otro les pasara por encima. Y entonces, a sólo dos cables de distancia, recortada como un fantasma sombrío en el resplandor de su propia luz, alcanzó a distinguir una masa negra, alta y terrible: la proa del mercante. Ahora sus luces permitían distinguir numerosos contenedores apilados en cubierta; y de pronto, por fin, Coy comprendió lo que había ocurrido. De lejos, las luces roja y verde habían quedado ocultas por las otras, más fuertes. De cerca, desde la posición baja del velero, era la misma proa y el ancho casco del mercante lo que impedía verlas.

Quedaba menos de un minuto. Sujetándose con las rodillas contra el balcón de proa, sacando el cuerpo por delante del estay del génova, quitó la tapa superior de la bengala, hizo girar la base, la apartó bien del cuerpo extendiendo el brazo lo más a sotavento que pudo, y golpeó fuerte con la palma de la otra mano el disparador. Con tal de que no esté caducada, pensó. Entonces hubo un fuerte soplido, una humareda saltó de la bengala, y una claridad cegadora iluminó a Coy, la vela y una buena porción de mar alrededor del *Carpanta*. Agarrado al estay y con la otra mano en alto, deslumbrado por el intenso resplandor, vio cómo la proa del mercante aún mantenía unos instantes el rumbo y luego empezaba a virar a estribor, a menos de cien metros; y a la luz ya agonizante de la bengala advirtió la enorme ola del barco: una cresta blanca que se abalanzaba sobre el velero. Tiró la bengala al mar, agarrándose con las dos manos, mientras el Piloto metía toda la rueda del *Carpanta* a estribor. Ahora el costado negro, iluminado arriba como para una fiesta, pasaba muy cerca entre el estrépito de las máquinas, y el velero, golpeado por la ola, bailaba enloquecido. Entonces el enorme génova, cogido por el viento a la otra banda, se acuarteló bruscamente, la lona tomada a la contra golpeó a Coy, y éste se vio proyectado por encima del balcón de proa, zambulléndose en el mar.

Estaba fría. Estaba demasiado fría, pensó aturdido, mientras el agua negra se cerraba sobre su cabeza. Sintió las turbulencias de la hélice del velero cuando el casco pasó junto a él, alejándose, y luego otras mayores, que hacían bullir a su alrededor la esfera oscura y líquida en la que se agitaba: las grandes hélices del mercante. El agua atronaba con el ruido de las máquinas, y en ese instante comprendió que iba a ahogarse sin remedio, porque las turbulencias tiraban hacia abajo de sus pantalones y de su chaqueta, y de un momento a otro tendría que abrir la boca para respirar, para llenarse los pulmones de aire, y lo que iba a entrarle allí no era aire sino todo lo contrario: agua salada criminal y abundante. Por su cabeza no pasó toda su vida en rápidas imágenes, sino una furia ciega por terminar de aquel modo absurdo, y el deseo de bracear hacia arriba, de sobrevivir a toda costa. El problema era que las turbulencias lo revolvían en la maldita esfera negra, y arriba y abajo eran conceptos demasiado relativos, suponiendo que él estuviera en condiciones de bracear en dirección a algún sitio. El agua empezó a entrarle por la nariz, con una sensación molesta y agudísima, y se dijo: ya está, ya me estoy ahogando. Ya estoy listo de papeles. Así que abrió la boca para blasfemar al tiempo del último trago; y para su sorpresa encontró aire limpio, y estrellas en el cielo, y la luz estroboscópica del chaleco salvavidas autoinflable dándole pantallazos junto a la oreja, con destellos blancos que le cegaban el ojo derecho. Y con el ojo izquierdo, menos deslumbrado que el otro, vio el resplandor del mercante que se alejaba, y al otro lado, a medio cable de distancia, con la luz verde de estribor apareciendo y desapareciendo tras la enorme sombra del génova que flameaba al viento, la silueta oscura del *Carpanta*.

Intentó nadar hacia él, pero el chaleco salvavidas entorpecía sus movimientos. Sabía de sobra que un barco puede pasar cien veces junto a un hombre en el agua, de noche, y no verlo. Buscó el silbato de emergencia que tendría que hallarse junto a la luz estroboscópica, pero no estaba allí. Y gritar a aquella distancia era inútil. La marejadilla resultaba molesta, con pequeñas olas que lo hacían subir y bajar, ocultándole la vista del velero. También lo ocultaban a él, pensó desolado. Luego se puso a nadar despacio, a braza, procurando no fatigarse demasiado, con objeto de acortar la distancia. Calzaba las zapatillas de deporte, que lo entorpecían poco; así que decidió conservarlas puestas. No sabía cuánto tiempo iba a pasar en el agua, y contribuirían a abrigarlo un poco más. El Mediterráneo no era un mar de bajas temperaturas; y en aquella época del año, de noche, un náufrago vestido y con buena salud podía aguantar varias horas vivo.

Seguía viendo las luces del *Carpanta,* al que parecían estarle recogiendo el génova. Por su posición respecto a él y al mercante, Coy comprendió que, apenas lo vio caer al agua, el Piloto había largado las velas en banda, deteniéndose, y ahora se dispondría a desandar el camino para intentar acercarse al punto de caída. Sin duda él y Tánger estaban uno en cada borda, buscándolo entre el movimiento del mar. Tal vez habían echado al agua el salvavidas de emergencia con la baliza luminosa atada al extremo de una rabiza, y se dirigían ahora hacia ella para comprobar si había logrado encontrarla. En cuanto a su propia luz, la del chaleco, seguramente la marejadilla seguía ocultándosela.

La luz verde de estribor pasó frente a él, cerca, y Coy gritó, agitando inútilmente un brazo. El gesto lo sumergió en el seno de una cresta; y cuando sacó la cabeza, resoplando el agua salada que le escocía en la nariz, los ojos y la boca, la luz verde se había convertido en la blanca de alcance: el velero le daba la popa, alejándose.

Todo esto es demasiado absurdo, pensó. Empezaba a tener frío, y aquella luz que centelleaba en su hombro parecía invisible para todos menos para él. El chaleco inflado en torno a su nuca le mantenía la mayor parte del tiempo la cabeza fuera del agua. Ahora no veía la luz del *Carpanta;* sólo el resplandor del mercante, muy lejos. Y cabe, se dijo, la posibilidad de que no me encuentren. Cabe la posibilidad de que esta maldita luz gaste las pilas y se apague, y yo me quede aquí a oscuras. LAV: Ley de Apaga y Vámonos. Una vez, jugando a las cartas, un viejo maquinista había dicho: «Siempre hay un tonto que pierde. Y si miras alrededor y no ves ninguno, es que el tonto eres tú». Miró a su alrededor, el mar oscuro que chapaleaba contra el cuello inflado del chaleco salvavidas. No vio a nadie. A veces hay alguien que muere, añadió para sus adentros. Y si no ves a otro, el que muere puede que seas tú. Observó los puntos de las estrellas en lo alto. Podía establecer la dirección de la costa con su ayuda, pero no servía de nada: estaba lejos para alcanzarla a nado. Si el Piloto, que habría anotado la posición de su caída al mar, lanzaba por radio un Mayday de hombre al agua, la búsqueda efectiva no empezaría hasta el amanecer; y a esas horas él podía llevar cinco o seis a remojo, con todas las papeletas en el bolsillo para una peligrosa hipotermia. No había nada que pudiera hacer, salvo ahorrar fuerzas y procurar que la pérdida de calor se produjera lo más despacio posible. Posición HELP, recordó. *Heat Escape Lessening Posture,* decían los manuales. O algo así. De modo que procuró adoptar una postura fetal, colocando los muslos doblados junto al vientre y cruzados los brazos delante del pecho. Esto es ridículo, pensó. Menuda postura, a mis años. Pero mientras la luz estroboscópica siguiera centelleando, había esperanza.

Luces. A la deriva, zarandeado por la marejada, cerrados los ojos y moviéndose sólo de vez en cuando para conservar el calor y al mismo tiempo economizar energías, con los pantallazos blancos sobre el hombro que lo cegaban a intervalos, Coy seguía pensando en toda clase de luces, hasta la obsesión. Luces amigas y luces enemigas, alcance, fondeo, babor y estribor, faros verdes, faros azules, faros blancos, balizas, estrellas. Diferencias entre la vida y la muerte. Una nueva cresta de la marejadilla lo hizo girar sobre sí mismo, como una boya en el agua, sumergiéndole de nuevo la cabeza. Emergió entre sacudidas, parpadeando para expulsar la sal que le abrasaba los ojos. Otra cresta lo hizo girar de nuevo; y entonces, allí mismo, a menos de diez metros, vio dos luces: una roja y otra blanca. La roja era la de babor del *Carpanta,* y la blanca era el foco de la linterna con la que Tánger lo mantenía iluminado desde la proa, mientras el Piloto maniobraba despacio para situarse a barlovento.

Acostado en la litera de su camarote, Coy escuchaba el rumor del agua en el casco. El *Carpanta* navegaba de nuevo hacia el nordeste, con viento favorable; y el náufrago que ya no era náufrago estaba adormecido por el balanceo, bajo el cálido cobijo de las mantas y el saco de dormir que lo cubrían. Lo habían izado a bordo por la popa, tras pasarle la gaza de un cabo bajo los hombros, agotado y torpe con el chaleco y las ropas mojadas y con la luz que siguió destellando en su hombro hasta que, en cubierta, él mismo la arrancó del chaleco para arrojarla al mar. Las piernas le flaquearon apenas pisó la bañera: se había puesto a tiritar con violencia, y entre el Piloto y Tánger lo bajaron hasta su camarote después de echarle una manta por encima. Allí, aturdido, dócil como una criatura sin voluntad y sin fuerzas, se había dejado desnudar y secar con toallas; aunque el Piloto procuró no frotar demasiado, a fin de impedir que el frío que le envaraba brazos y piernas avanzase por los vasos sanguíneos hacia el corazón y la cabeza. Mientras lo despojaban de la última ropa, tumbado boca arriba en la litera como en la niebla de una extraña duermevela, había advertido el roce áspero de las manos del Piloto y también el tacto de las de Tánger sobre su piel desnuda. Sus dedos los sintió tomándole primero el pulso, que latía débil y lento. Luego, sosteniéndole el torso mientras el Piloto le quitaba la camiseta, en los pies para retirar los calcetines, y al fin en su cintura y muslos cuando le quitaron los calzoncillos empapados. En ese momento, la palma de la mano de ella se había apoyado un instante en la cadera de Coy, sobre el arranque del muslo, quedándose allí, leve y tibia, unos pocos segundos. Después cerraron el saco de dormir apilándole mantas encima, apagaron la luz y lo dejaron solo.

Vagó a través de la penumbra verdosa que lo llamaba desde abajo, y lo hizo en interminables guardias de nieves y de nieblas y de ecos en el radar. Marcaba con lápiz de cera rumbos rectilíneos en la pantalla de transpor-

te de ángulos, mientras sobre cubierta había caballos co-
miéndose contenedores de madera que decían contener
caballos, y capitanes silenciosos caminaban arriba y abajo
del puente sin dirigirle la palabra. El agua gris y tranquila
parecía plomo ondulado. Llovía sobre el mar y los puertos y las grúas y los cargueros. Sentados en los norays,
hombres y mujeres inmóviles, empapados bajo el agua-
cero, permanecían absortos en sueños oceánicos. Y allá
abajo, junto a una campana de bronce silenciosa en el
centro de una esfera azul, había cetáceos apaciblemente
dormidos con un pliegue en forma de sonrisa en la boca,
cabeza abajo y con la cola vertical, suspendidos entre dos
aguas en el sueño ingrávido de las ballenas.

El *Carpanta* cabeceó un poco, acentuando su escora. Coy entreabrió los párpados en la oscuridad del camarote, arrebujado en aquel calor confortable que devolvía poco a poco la vida a su cuerpo entumecido, encajado
por la inclinación entre la litera y el casco. Estaba allí, a
salvo, y había logrado escapar a las fauces del mar, tan
despiadado en sus caprichos como imprevisible en su cle-
mencia. Estaba a bordo de un buen barco gobernado por
manos amigas, y podía dormir cuanto quisiera sin preocuparse de nada porque otros ojos y otras manos velaban
su sueño, guiándolo tras el fantasma del barco perdido
que aguardaba en la tiniebla donde él había estado a punto de zambullirse para siempre. Las manos de mujer que
lo tocaron al quitarle la ropa habían regresado más tarde,
para desembozarlo un poco antes de posarse en su frente
y tomar el pulso en sus muñecas. Y ahora, el recuerdo de

aquel tacto, la palma de la mano inmóvil la primera vez sobre su cadera desnuda, hizo que tuviese una lenta, cálida erección, entre el abrigo de los muslos que recobraban la tibieza. Eso lo hizo sonreír para sí, quedo y soñoliento, casi con sorpresa. Era bueno estar vivo. Después se quedó de nuevo dormido, frunciendo el ceño porque el mundo ya no era ancho y el mar se encogía. Soñó que añoraba desesperadamente mares prohibidos y costas bárbaras, e islas donde nunca llegaban órdenes de captura, ni bolsas de plástico, ni latas vacías. Y vagó de noche por puertos sin barcos, entre mujeres acompañadas de otros hombres. Mujeres que lo miraban porque no eran felices, como si quisieran contagiarle su desgracia.

Lloró en silencio, con los ojos cerrados. Para consolarse apoyaba la cabeza en el costado de madera del barco, sintiendo el rumor del mar al otro lado de las tablas de tres centímetros de grosor que lo separaban de la Eternidad.

XI. El mar de los Sargazos

En el mar de los Sargazos, donde los huesos emergen para blanquearse, mentir y burlarse de los buques que pasan.

Thomas Pynchon. *Arco iris de gravedad*

Cuando subió a cubierta, el barco estaba inmóvil en el amanecer, sin un soplo de brisa, con la abrupta línea de la costa muy próxima y el cielo sin nubes virando en el oeste del gris negruzco al azul, roja la piedra, rojo el mar a levante, rojos los rayos que el sol dirigía horizontales hacia el mástil del *Carpanta* sobre la superficie del agua quieta.

—Fue aquí —dijo Tánger.

Tenía una carta náutica desplegada encima de las rodillas, y a su lado el Piloto fumaba un cigarrillo, con una taza de café en las manos. Coy fue hasta la cubierta de popa. Se había puesto unos pantalones secos y una camiseta, y el pelo revuelto y los labios tenían restos de sal de la zambullida nocturna. Miró alrededor, entre las gaviotas que planeaban graznando antes de posarse en el agua. La costa estaba a poco más de una milla al oeste, y luego se abría hacia arriba en forma de ensenada. Reconoció Punta Percheles, Punta Negra, el cabezo y la isla de Mazarrón en la distancia; y a lo lejos, unas ocho millas al este, la mole oscura del cabo Tiñoso.

Volvió a la bañera. El Piloto había bajado a buscarle una taza de café tibio, y Coy la bebió de un solo trago, torciendo el gesto al saborear las últimas gotas del brebaje amargo. Tánger señalaba en la carta el paisaje que tenían ante los ojos. Conservaba puesto el suéter negro e iba descalza. Mechones rubios escapaban de su pelo recogido bajo el gorro de lana del Piloto.

—Éste es el lugar —dijo— donde el *Dei Gloria* rompió el palo y tuvo que entablar combate.

Coy asintió sin dejar de observar la costa cercana, mientras ella explicaba los detalles del drama. Todo cuanto había investigado, los pormenores reunidos aquí y allá en legajos amarillentos, en papeles manuscritos, en las antiguas cartas náuticas del Urrutia, se ordenaba en su voz tranquila, tan segura como si ella hubiera estado también allí. Nunca había escuchado a nadie tan convencido de lo que contaba. Y oyéndola, con los ojos fijos en el arco de costa parda que se alejaba hacia el nordeste, Coy intentó reconstruir la propia versión de los hechos: el así fue; o, más exactamente, el así pudo ser. Invocaba para ello los libros leídos, su experiencia como marino, los días y las noches de su juventud empujada por velas silenciosas a través de aquel mar al que ella lo había traído de regreso. Por eso pudo imaginar fácilmente; y cuando Tánger se interrumpía en su relato y lo miraba, y los ojos azules del Piloto también se volvían hacia él, Coy encogía un poco los hombros, se tocaba la nariz y llenaba los huecos de la narración. Daba detalles, aventuraba situaciones, describía maniobras, situándolas en aquel amanecer del 4 de febrero de 1767, cuando el lebeche roló al norte al apuntar el sol, poniendo al cazador y a la presa a navegar de bolina. En esas circunstancias, dijo, el viento aparente se sumaba al viento real, y el bergantín y el jabeque debían de ceñir a siete u ocho nudos, con cangreja, mayor, foques, gavias, y las vergas bien braceadas a sotavento, el *Dei Gloria;* latinas de trinquete y mesana tensas como hojas de cuchillo el corsario, y barloventeando éste mejor que su presa. Muy escorados ambos a la banda de estribor, con el agua corriéndoles por los imbornales de sotavento y los timoneles atentos a la caña, los capitanes pendientes del viento y la lona, en una carrera donde el primero que cometiese un error perdería la partida.

Errores. En el mar, como en la esgrima —Coy lo había oído en alguna parte—, todo consistía en tener al adversario a distancia, previendo sus movimientos. La nube negra que se dibujaba plana y baja en la distancia, la zona levemente oscura del agua rizada, la casi imperceptible espuma rompiendo en la roca a flor de agua, auguraban estocadas mortales que sólo la perpetua vigilia permitía esquivar. Eso convertía el mar en símil perfecto de la vida. El momento de tomar un rizo a la vela, decía el sensato principio marino, era justamente cuando te preguntabas si no era momento de tomar un rizo a la vela. El mar escondía a un viejo canalla, peligroso y taimado, cuya aparente camaradería sólo acechaba el momento de asestar un zarpazo al menor descuido. Mataba fácilmente, sin piedad, a los descuidados y a los estúpidos; y el mejor de los marinos podía aspirar, como mucho, a que lo tolerase entre sus ondas, sin molestar. A pasar inadvertido. Porque el mar carecía de sentimientos y, como el Dios bíblico, no perdonaba nunca, salvo por azar o por capricho. Las palabras caridad y compasión, entre muchas otras, también se quedaban en tierra al soltar amarras. Y en cierto modo, opinaba Coy, era justo que así fuera.

El error, decidió, lo había cometido al fin el capitán Elezcano. O tal vez no hubo error, y sólo ocurrió que la ley del mar se inclinó en aquella ocasión a favor del corsario. Cada vez más cerca del enemigo, que le impedía ponerse a salvo bajo los cañones de la torre artillada de Mazarrón, el bergantín habría desplegado las juanetes, pese al mal estado de los masteleros. No era difícil adivinar el resto: el capitán Elezcano mirando hacia lo alto, angustiado, mientras los marineros, balanceándose en los marchapiés, suspendidos sobre el mar a estribor, sueltan los matafiones de las velas superiores y éstas se despliegan con un breve gualdrapeo, tensándose al subir las vergas y cazar escotas. Y el pilotín que se acerca a la toldilla con la latitud y la longitud obtenidas por el piloto, y la orden distraída de anotarlas en el libro de a bordo dada por el capitán, que no aparta los ojos de lo alto. El pilotín a su lado, vuelto a su vez hacia arriba mientras se mete el papel con las coordenadas escritas a lápiz en el bolsillo. Y de pronto, crac, el crujido siniestro de la madera al romperse, y las drizas y la lona cayendo a sotavento enredadas por el viento sobre la gavia del velacho, y el barco dando una guiñada suicida, y el alma a la boca de todos los hombres a bordo, que en ese instante comprenden que su suerte está sellada.

Debía de haber marineros arriba, cortando la jarcia inútil y tirando los restos del mastelero y la vela al mar, mientras abajo el capitán Elezcano daba la orden de abrir fuego. Las portas de los cañones estarían abiertas desde las primeras luces, cargadas sus bocas, con los artilleros preparados. Quizá el capitán decidió caer de improviso a una banda para tomar por sorpresa al perseguidor cercano, dándole sin duda la de estribor, con los hombres inclinados tras los cañones, esperando que el casco y las velas del jabeque aparecieran ante ellos. Combate casi a tocapenoles, decía la relación escrita por las autoridades de marina con el testimonio del pilotín. Eso significaba que los barcos estarían muy próximos, listos los del corsario para el cañoneo y el abordaje, cuando el *Dei Gloria* mostró su banda de estribor con las portas abiertas tras las que humeaban las mechas, y largó una andanada a quemarropa, cinco cañones escupiendo balas de cuatro libras. Tuvo que hacer daño; pero en ese momento el corsario debía de estar arribando también a estribor, salvo que sus velas latinas le permitieran seguir a rumbo, ciñendo el viento, y cortar la estela del bergantín, largándole a su vez una andanada vengativa, mortífera, que barriera su cubierta de popa a proa. Dos cañones largos de seis libras y cuatro de a cuatro: de quince a veinte kilos de hierro y metralla rompiendo cabos, maderas y carne humana. Después, mientras a bordo del corsario los artilleros gritaban jubilosos, viendo a los heridos y moribundos del adversario arrastrarse por las cubiertas resbaladizas de sangre, los dos barcos habían ido acercándose cada vez más lentamente hasta quedar casi inmóviles, el uno junto al otro, cañoneándose con ferocidad.

El capitán Elezcano era un vizcaíno tenaz. Resuelto a no ofrecer el cuello de balde a la cuchilla del matarife, debía de recorrer de arriba abajo la borda del bergantín, animando a sus desesperados artilleros. Habría cañones desmontados, astillas, balas de cañón y de mosquete y metralla volando por todas partes, trozos de cabos, palos y velas que caían de lo alto. A esas horas los dos jesuitas estarían muertos, o tal vez habían bajado a la cámara para defender hasta el último instante el cofre de las esmeraldas, o arrojarlo al mar. Las últimas andanadas del corsario fueron sin duda devastadoras. El palo trinquete, con sus velas desgarradas como sudarios, crujió antes de desplomarse en la cubierta hecha una carnicería del bergantín; y tal vez el capitán Elezcano ya estaba muerto para entonces. El barco iba al garete, arrasado y sin gobierno. Quizás, acurrucado entre rollos de cabos, con un sable de combate en la mano que le temblaba, el asustado pilotín de quince años esperaba el final, viendo acercarse entre el humo los mástiles del *Chergui* listo para el abordaje. Pero se distinguía un fuego a bordo: los cañonazos a quemarropa del bergantín, o los del propio jabeque, habían incendiado alguna de sus velas bajas, que no hubo tiempo de recoger por lo inesperado de la maniobra. Y ahora esa lona ardía, cayendo sobre la cubierta del corsario; tal vez cerca de una carga de pólvora, o de la escotilla abierta de la santabárbara. Azares del mar. Y de pronto hubo una llamarada y un estampido seco que golpeó al agonizante bergantín con un puño de aire, derribándole el segundo palo, y llenó el cielo de humo negro y astillas y pavesas y restos humanos que cayeron por todas partes. Entonces, incorporándose sobre la borda cubierta de sangre, ensordecido por la explosión y desorbitados los ojos de horror, el pilotín pudo ver que donde había estado el corsario sólo quedaban maderas humeantes que chisporroteaban al hundirse en el mar. En ese momento el *Dei Gloria* escoró a su vez, con el agua invadiendo las entrañas de su casco desgarrado, y el pilotín se encontró manteniéndose a flote entre restos de maderas y cordajes. Estaba solo, y cerca de él flotaba la lancha que el capitán Elezcano había ordenado echar al agua para despejar la cubierta, minutos antes de entablar combate.

—Debió de ocurrir más o menos así —dijo Tánger.

Estaban los tres callados, ante el mar inmóvil como la losa de una tumba. Abajo, en alguna parte y semiocultos en la arena del fondo, estaban los huesos de casi un centenar de hombres muertos, los restos de dos barcos y una fortuna en esmeraldas.

—Lo más lógico —prosiguió ella— es que el *Chergui* se deshiciera en la explosión, y que sus restos se encuentren esparcidos. El bergantín, sin embargo, se hundió intacto, salvo los palos rotos. Como la profundidad no es mucha, lo normal es que yaciera sobre la quilla, o sobre un costado.

Coy estudiaba la carta, calculando distancias y profundidades. En su espalda empezaba a calentar el sol.

—El fondo es fango y arena —dijo—. Y algunas piedras. Es posible que esté tan enterrado que no podamos excavar.

—Es posible —Tánger se inclinó sobre la carta, tan cerca que sus cabezas se rozaban—. Pero eso no lo sabremos hasta que estemos abajo. La parte cubierta estará mejor que la expuesta al oleaje y las corrientes. Los teredos habrán hecho su trabajo royendo la madera... Lo que no haya protegido la arena, estará deshecho. El hierro, oxidado. También depende de que el agua sea más o menos fría... Un barco puede permanecer intacto a bajas temperaturas, o desaparecer en poco tiempo en aguas cálidas.

—Aquí no son muy frías —apuntó el Piloto—. Salvo alguna corriente.

Se mantenía interesado pero un poco aparte, con su cara inexpresiva labrada por el viento, el sol y el salitre. Hacía y deshacía nudos mecánicamente, con un trozo de driza entre los dedos encallecidos, de uñas tan cortas y rotas como las de Tánger. Sus pupilas, descoloridas por años de luz mediterránea, iban del uno al otro, tranquilas. Una mirada estoica que Coy conocía bien: la del pescador o el marino que nada espera salvo llenar las redes de forma razonable, y regresar a puerto con lo preciso para seguir viviendo. Él no era de los que se hacían ilusiones. El mar cotidiano diluía las quimeras; y en el fondo, la palabra *esmeraldas* le resultaba tan inconcreta como el sitio donde el arco iris se sostiene sobre el mar.

Tánger se había quitado el gorro de lana. Ahora apoyaba una mano con descuido en el hombro de Coy.

—Hasta que no hayamos situado el casco con ayuda de los planos y sepamos dónde se encuentra cada parte, no estaremos seguros de nada... Lo importante es que la zona de popa sea accesible. Ahí estaba la cámara del capitán, y las esmeraldas.

Su actitud era cada vez más distinta de la que mantenía en tierra firme. Natural y menos arrogante. Coy sentía la leve presión de su mano en el hombro y la proximidad de su cuerpo. Olía a mar, y a piel entibiada por el sol que ascendía despacio en el cielo. Ahora me necesitas, pensó. Ahora me necesitas más, y se te nota.

—Tal vez arrojaran las esmeraldas al mar —dijo.

Ella negaba con la cabeza, la sombra acortándose muy despacio sobre la carta 463A. Luego se quedó callada un poco y dijo que tal vez. Eso era imposible saberlo todavía. De cualquier modo, el cofre estaba perfectamente descrito: una caja de madera, hierro y bronce, de veinte pulgadas de largo. El hierro no resistía bien bajo el agua, y estaría convertido en una masa negruzca irreconocible; el bronce aguantaba mejor, pero la madera habría desaparecido; dentro, las esmeraldas se encontrarían soldadas unas con otras por adherencias. El aspecto sería más o menos el de un bloque de piedra oscura, algo rojiza, con vetas verdosas del bronce. Tendrían que buscarlo entre los restos, y no iba a ser fácil.

Naturalmente que no. A Coy se le antojaba dificilísimo. Una aguja en un pajar, como había sugerido en Cádiz, entre dos risas y dos cigarrillos, Lucio Gamboa. Y si el pecio estaba enterrado, harían falta mangueras extractoras para el fango y la arena. Nada discreto.

—De cualquier manera —concluyó Tánger—, primero tenemos que localizarlo.

—¿Qué hay de la sonda? —preguntó Coy.

El Piloto terminaba un nudo doble de calabrote.

—Ningún problema —dijo—. Nos la instalarán esta tarde en Cartagena, y también un repetidor del GPS para la cabina —observaba a Tánger con una suspicaz gravedad—. Pero habrá que pagar todo eso.

—Claro —dijo ella.

—Es la mejor sonda de pesca que pude encontrar —el Piloto se dirigía a Coy—. Una Pathfinder Optic de tres haces, como me pediste... El transductor puede instalarse en el espejo de popa sin mucho trabajo.

Tánger lo miró inquisitiva. Coy explicó que con aquella sonda podían cubrir un abanico de 90 grados bajo el casco del *Carpanta*. Se usaba para localizar bancos de peces, pero también daba una visión clara del fondo, con el perfil muy detallado de la superficie de éste. Lo importante era que, gracias a la utilización de diversos colores en la pantalla, la Pathfinder diferenciaba los fondos según su densidad, dureza y estructura, detectando cualquier irregularidad. Una piedra aislada, un objeto sumergido, incluso los cambios de temperatura, aparecían nítidos. Hasta el metal, el hierro o el bronce de los cañones, si sobresalían de la arena, se verían en color intenso, más oscuro. La sonda pesquera no era tan precisa como los sistemas profesionales que podía utilizar Nino Palermo; pero en una profundidad de veinte a cincuenta metros podía bastar. De ese modo, navegando despacio hasta peinar el área de búsqueda y asignando coordenadas a cada objeto sumergido que llamase la atención, podían trazar un mapa de la zona con los lugares posibles del naufragio. En una segunda fase explorarían cada punto con el acuaplano: una tabla remolcada que mantenía a un buceador a la vista del fondo.

—Es raro —dijo el Piloto.

Había descolgado de la bitácora la bota de vino y bebía inclinando hacia atrás la cabeza, los ojos abiertos al cielo. Coy sabía lo que estaba pensando. Con un naufragio en tan poco fondo, los pescadores engancharían las redes en él. Tenía que saberse. Y a esas alturas, alguien habría echado un vistazo allá abajo, para curiosear. Cualquier buzo aficionado podía hacerlo.

—Sí. Me pregunto por qué ningún pescador habló nunca de un naufragio aquí. Suelen conocer estos fondos mejor que el pasillo de su casa.

Tánger le mostró la carta: *A, F, P*. Las pequeñas iniciales estaban diseminadas por todas partes, junto a los números de la sonda.

—También hay rocas, ¿veis?... Y eso pudo proteger el pecio.

—Protegerlo de los pescadores, tal vez —opinó Coy—. Pero un barco de madera hundido entre rocas no aguanta mucho. Con tan poco fondo, el oleaje y las corrientes destrozan el casco. Ninguno se conserva como en tu ilustración de *El tesoro de Rackham el Rojo*.

—Quizás —dijo ella.

Contemplaba el mar con expresión obstinada, y las miradas del Piloto y de Coy se encontraron. De pronto, una vez más, todo aquello parecía absurdo. No vamos a encontrar nada, decía el gesto del marino mientras le pasaba la bota a Coy. Estoy aquí porque soy tu amigo y además me pagas; o es ella quien lo hace, que a fin de cuentas es lo mismo. Pero a ti esta mujer te ha desviado la aguja. Y lo mejor del asunto es que ni siquiera te la estás tirando.

Estaban en Cartagena. Habían navegado cerca de la costa, bajo la pared escarpada del cabo Tiñoso, y ahora el *Carpanta* enfilaba la bocana del puerto utilizado ya por griegos y fenicios. Carta-Hadath: la Nueva Cartago de las gestas de Aníbal. Recostado en una silla de teca en la popa del velero, Coy observaba la isla de Escombreras. Allí, bajo la cortadura de la cara sur, había sacado ánforas romanas en su juventud; vinarias y olearias de elegantes cuellos con asas alargadas y marcas en latín de sus fabricantes, algunas todavía selladas como al hundirse en el mar. Veinte años antes, aquella zona era un inmenso campo de restos procedentes de naufragios, y también, decían, de navegantes que arrojaban ofrendas al mar a la vista de un templo dedicado a Mercurio. Coy había buceado allí muchas veces, para ascender luego, sin rebasar nunca la velocidad de sus propias burbujas, hacia la silueta oscura del *Carpanta* que aguardaba

arriba, en el techo esmerilado de la superfici
nea del fondeo curvada hacia las profundid
vez, la primera que bajó a sesenta metros
dos marcaba el profundímetro en su muñe
había descendido lentamente, con pausas par
sar el aumento de presión en los tímpanos
caer en el interior de aquella esfera verdosa
colores iban desapareciendo hasta convertirse
fantasmal, difusa, y sólo quedaban distinto
verde. Había perdido de vista la superficie y lu
siempre muy despacio, de rodillas sobre el fo
na limpia, con el frío de las profundidades as
le por los muslos y el vientre bajo la chaqueti
preno. Siete coma dos atmósferas, pensó, aso
su propia audacia; pero tenía dieciocho años
dedor, hasta perderse de vista en el círculo ve
didas de cualquier modo sobre la arena lisa
rradas en ella o agrupadas en pequeños montí
docenas de ánforas rotas o intactas, cuellos y
tiagudas; barro milenario que nadie había to
cado a la luz en veinte siglos. Bocas alargadas
anchas y estrechas entre las que asomaban
malencaradas morenas y nadaban peces osc
briagado por el mar sobre su piel, fascinado
penumbra y el vasto campo de vasijas inmó
delfines dormidos, Coy retiró la máscara de
manteniendo la boquilla de aire sujeta entre l
para sentir en la cara toda la tenebrosa grand
envolvía. Después, súbitamente alarmado, se
nuevo la máscara, vaciándola de agua con el
sado por la nariz. En ese momento, el Piloto
por sus aletas de caucho, convertido en otra s

rrientes destrozan el casco. Ninguno se conserva como en tu ilustración de *El tesoro de Rackham el Rojo*.

—Quizás —dijo ella.

Contemplaba el mar con expresión obstinada, y las miradas del Piloto y de Coy se encontraron. De pronto, una vez más, todo aquello parecía absurdo. No vamos a encontrar nada, decía el gesto del marino mientras le pasaba la bota a Coy. Estoy aquí porque soy tu amigo y además me pagas; o es ella quien lo hace, que a fin de cuentas es lo mismo. Pero a ti esta mujer te ha desviado la aguja. Y lo mejor del asunto es que ni siquiera te la estás tirando.

Estaban en Cartagena. Habían navegado cerca de la costa, bajo la pared escarpada del cabo Tiñoso, y ahora el *Carpanta* enfilaba la bocana del puerto utilizado ya por griegos y fenicios. Carta-Hadath: la Nueva Cartago de las gestas de Aníbal. Recostado en una silla de teca en la popa del velero, Coy observaba la isla de Escombreras. Allí, bajo la cortadura de la cara sur, había sacado ánforas romanas en su juventud; vinarias y olearias de elegantes cuellos con asas alargadas y marcas en latín de sus fabricantes, algunas todavía selladas como al hundirse en el mar. Veinte años antes, aquella zona era un inmenso campo de restos procedentes de naufragios, y también, decían, de navegantes que arrojaban ofrendas al mar a la vista de un templo dedicado a Mercurio. Coy había buceado allí muchas veces, para ascender luego, sin rebasar nunca la velocidad de sus propias burbujas, hacia la silueta oscura del *Carpanta* que aguardaba arriba, en el techo esmerilado de la superficie, con la línea del fondeo curvada hacia las profundidades. Una vez, la primera que bajó a sesenta metros —sesenta y dos marcaba el profundímetro en su muñeca—, Coy había descendido lentamente, con pausas para compensar el aumento de presión en los tímpanos, dejándose caer en el interior de aquella esfera verdosa donde los colores iban desapareciendo hasta convertirse en una luz fantasmal, difusa, y sólo quedaban distintos tonos de verde. Había perdido de vista la superficie y luego caído, siempre muy despacio, de rodillas sobre el fondo de arena limpia, con el frío de las profundidades ascendiéndole por los muslos y el vientre bajo la chaquetilla de neopreno. Siete coma dos atmósferas, pensó, asombrado de su propia audacia; pero tenía dieciocho años. A su alrededor, hasta perderse de vista en el círculo verde, extendidas de cualquier modo sobre la arena lisa, semienterradas en ella o agrupadas en pequeños montículos, veía docenas de ánforas rotas o intactas, cuellos y bases puntiagudas; barro milenario que nadie había tocado ni sacado a la luz en veinte siglos. Bocas alargadas, redondas, anchas y estrechas entre las que asomaban la cabeza malencaradas morenas y nadaban peces oscuros. Embriagado por el mar sobre su piel, fascinado por aquella penumbra y el vasto campo de vasijas inmóviles como delfines dormidos, Coy retiró la máscara de su rostro, manteniendo la boquilla de aire sujeta entre los dientes, para sentir en la cara toda la tenebrosa grandeza que lo envolvía. Después, súbitamente alarmado, se encajó de nuevo la máscara, vaciándola de agua con el aire expulsado por la nariz. En ese momento, el Piloto, alargado por sus aletas de caucho, convertido en otra silueta verdeoscura que descendía desde lo alto de la esfera al extremo de un largo y recto penacho de burbujas, había llegado hasta él, moviéndose con la lentitud de los hombres en las profundidades, señalando con gesto severo su profundímetro en la muñeca y luego la sien con un dedo, al preguntarle silenciosamente si había perdido la razón. Ascendieron juntos, muy despacio, tras las medusas de aire que los precedían, llevando cada uno en las manos un ánfora. Y cuando ya estaba casi en la superficie, y el sol empezaba a filtrar sus rayos por el esmeril turquesa sobre sus cabezas, Coy había alzado la suya, invirtiéndola, y una estela de arena fina se derramó desde su interior, reluciente como polvo de oro en el contraluz del agua, para envolverlo en una nube que parecía un sueño dorado.

Amaba aquel mar, que era tan viejo, escéptico y sabio como las mujeres innumerables que latían en la memoria genética de Tánger Soto. Sus orillas tenían la impronta de los siglos, pensó contemplando la ciudad sobre la que habían escrito Virgilio y Cervantes, recogida al fondo del puerto natural entre altos muros rocosos que durante tres mil años la hicieron casi inexpugnable a los enemigos y a los vientos. Pese a su decadencia, a las fachadas decrépitas y sucias, a los solares de casas derribadas y sin reconstruir que a veces le daban el curioso aspecto de una ciudad en guerra, resultaba hermosa vista desde el mar, y por sus callejuelas estrechas resonaban ecos de hombres que habían peleado como troyanos, pensado como griegos y muerto como romanos. Ya podía distinguirse el antiguo castillo sobre un montículo encima de la muralla, al otro lado de los rompeolas que protegían la bocana y la entrada al arsenal. Los viejos fuertes abandonados de Santa Ana y Navidad pasaban lentamente a babor y a estribor del *Carpanta,* todavía con un rictus de amenaza en sus troneras vacías que, como ojos ciegos, seguían apuntando al mar.

Aquí nací, pensó Coy. Y desde este puerto me asomé a los libros y a los océanos por primera vez. Aquí me atormentó el desafío de las cosas remotas y la nostalgia prematura de lo que no conocía. Aquí soñé con remar hacia la ballena con el cuchillo entre los dientes y el arponero listo en la proa. Aquí intuí, antes de hablar inglés, la existencia de lo que el *Mariners Weather Log* llama ESW: *Extreme Storm Wave,* Ola de Tormenta Extrema. Y supe que todo hombre tiene siempre, dé o no dé con ella, una ESW esperándolo en alguna parte. Aquí vi lápidas de marinos muertos en tumbas vacías, y comprendí que el mundo es un barco en viaje de ida, y que ese viaje no tiene regreso. Aquí descubrí, antes de necesitarlo, el sustitutivo de la espada de Catón, del veneno de Sócrates. De la pistola y la bala.

Sonreía de sí mismo, de sus pensamientos, mientras miraba a Tánger erguida junto al ancla, sujeta con una mano al génova enrollado en su estay, y el barco se internaba a motor en el puerto. En la bañera, el Piloto gobernaba a mano por unas aguas que podía perfectamente navegar a ciegas. Una corbeta gris de la Armada, haciéndose a la mar desde el dique de San Pedro, pasaba por la banda de estribor, con los marineros jóvenes inclinados sobre la borda para observar a la mujer inmóvil en la proa del velero como un mascarón dorado. Llegaba hasta el *Carpanta,* traído por la brisa de tierra, el olor de los montes cercanos: desnudos, secos y calcinados por el sol, con tomillo, romero, palmito y chumbera entre sus peñas pardas, ramblas secas donde crecían las higueras, y almendrales escalonados por muretes de piedra. Pese al cemento y al cristal y al acero y a las excavadoras, a la sucesión interminable de luces bastardas que mancillaba sus orillas de costa a costa, todo el Mediterráneo seguía estando allí, a poca atención que se prestase al tenue rumor de la memoria: aceite y vino rojo, Islam y Talmud, cruces, pinos, cipreses, tumbas, iglesias, ponientes cárdenos como la sangre, velas blancas a lo lejos, piedras talladas por los hombres y por el tiempo, hora singular de la tarde en que todo quedaba quieto y en silencio salvo el canto de la cigarra, noches a la luz de una hoguera hecha con madera de deriva, mientras la luna se elevaba despacio sobre un mar de islas sin agua. Y también espetones de sardinas, laurel y aceitunas, cáscaras de sandía flotando quietas en el leve ondular vespertino de la playa, rumor de guijarros en la resaca del amanecer, barcas pintadas de azul, blanco y rojo, varadas en orillas con molinos en ruinas y olivos grises, y uvas que amarilleaban en los emparrados. Y a su sombra, perdidos los ojos en el azul intenso que se extendía hacia levante, hombres inmóviles mirando el mar; héroes atezados y barbudos que sabían de naufragios en calas designadas por dioses crueles, ocultos bajo la apariencia de mutiladas estatuas que dormían, con los ojos abiertos, un silencio de siglos.

—¿Qué es eso? —preguntó Tánger.

Había venido a popa y señalaba hacia babor, tras el dique de Navidad, junto a los grandes túneles gemelos de hormigón destinados en otro tiempo a albergar submarinos. Allí, la playa negra del Espalmador estaba cubierta por los restos de buques en desguace.

—Es el Cementerio de los Barcos Sin Nombre.

El Piloto se había vuelto hacia Coy. Tenía un cigarrillo medio consumido en la boca, y lo miraba con ojos donde afloraban los recuerdos, al acecho de algún sentimiento que él se guardó de exteriorizar. En la orilla, medio sumergidos en el agua sus cascos oxidados, entre estructuras, puentes, cubiertas y chimeneas, languidecían barcos abiertos como grandes cetáceos desventrados, mostrando cuadernas metálicas y mamparos desnudos, las planchas de acero cortadas y amontonadas en la playa al pie de las grúas. Allí era donde los buques sentenciados a muerte, desprovistos ya de nombre, matrícula y bandera, rendían el último viaje antes de terminar bajo el soplete. Los nuevos planes urbanísticos de la ciudad condenaban aquel lugar a desaparecer, pero se tardaría meses en concluir los últimos desguaces y limpiar el lugar de los restos diseminados por todas partes. Coy vio un viejo bulkcarrier del que sólo quedaba la popa, semihundida en el mar, y cuyos dos tercios anteriores ya habían desaparecido entre un caos de hierros en la playa. Había piezas desmontadas por todas partes, una docena de grandes anclas goteando herrumbre en la arena oscura, tres chimeneas absurdamente conservadas, una junto a la otra, visibles todavía los restos de pintura con la bandera de sus armadores, y la casi centenaria superestructura de un paquebote que había sido ruso o polaco, el *Korzeniowski,* que estaba algo más lejos, junto a la torre vigía, desde que Coy podía recordar: un puente de hierro oxidado con restos de pintura blanca, tablas podridas y la cabina casi intacta, a bordo del cual soñaba, de muchacho, con sentir el movimiento de un navío bajo los pies, y el mar abierto ante los ojos.

Aquél había sido durante muchos años su lugar favorito, proclive a los sueños oceánicos, cuando paseaba camino del rompeolas con una caña de pescar o el arpón de gomas y las aletas, o cuando más tarde ayudaba al Piloto a limpiar el casco del *Carpanta* arrimado al Espalmador, en poca agua. Allí, en los atardeceres interminables del puerto, cuando el sol se iba ocultando tras los esqueletos inertes de los viejos buques, el Piloto y él habían conversado con palabras o silencios sobre la creencia, por ambos compartida, de que los barcos y los hombres deberían terminar siempre dignamente, en el mar, en vez de verse desguazados en tierra. Y más tarde, muy lejos de allí, en isla Decepción, al sur de Hornos y del pasaje Drake, Coy había experimentado idéntico estado de ánimo cuando desembarcó en la arena de una playa que era negra como aquélla, entre millares de huesos de ballena que la blanqueaban hasta el horizonte. El esperma de esos animales se había convertido en aceite quemado en lámparas muchísimo antes de que él naciera; pero los huesos seguían allí como una burla, en aquel extraño mar de los Sargazos antártico. Había entre los restos un viejísimo hierro de arpón oxidado, y Coy se encontró de pie ante él, mirándolo con repugnancia. Después de todo, isla Decepción era un buen nombre para aquel lugar. Ballenas desguazadas, barcos desguazados. Hombres desguazados. El arpón se clavaba en la misma carne, porque siempre se trataba de la misma historia.

Amarraron en el puerto deportivo y caminaron por los muelles, sintiendo, como ocurría cada vez al pisar tierra, que ésta oscilaba levemente bajo sus pasos. En el muelle comercial, al otro lado del club náutico, había un carguero de palos: el *Felix von Luckner,* de la Zeeland Ship, que Coy conocía por hacer habitualmente la ruta Cartagena-Amberes. Su mera visión evocaba largas esperas bajo la lluvia, el viento y la luz amarillenta del invierno, las siluetas fantasmagóricas de las grúas sobre la tierra llana, la esclusa y las interminables maniobras en el Escalda. Y pese a que había conocido rincones del mundo mucho más confortables, Coy no pudo evitar una punzada de nostalgia.

Fueron los tres a la terraza del bar Valencia, junto al centenario azulejo con los versos que Miguel de Cervantes había dedicado a la ciudad en su *Viaje del Parnaso,* al pie de la muralla construida por Carlos III cuando el *Dei Gloria* llevaba sólo tres años yaciendo en el fondo del mar, y bebieron grandes jarras de cerveza fría ante el reloj del ayuntamiento, las palmeras agitadas por el lebeche que refrescaba a mediodía, y el pináculo del monumento a los marinos muertos en Cuba y Cavite, con docenas de nombres grabados en placas de mármol junto a los de barcos que llevaban, como ellos, cien años singlando el silencio de las profundidades. Después el Piloto acudió a encargarse de la sonda, y Tánger acompañó a Coy por las calles estrechas y desiertas de la ciudad vieja, bajo los balcones con geranios y macetas de albahaca y los miradores acristalados donde aún, a veces, una mujer sentada con una labor en las manos los veía pasar con curiosidad. Ahora la mayor parte de aquellos balcones estaban cerrados y los miradores vacíos, con cristales desprovistos de cortinas, en casas de ventanas condenadas y puertas donde se acumulaba la suciedad; y Coy buscaba en ellas, inútilmente, una cara conocida, una música familiar tras las persianas verdes, un niño jugando en la esquina o en la plaza más próxima, en el que reconocer a alguien, o reconocerse.

—Fui feliz aquí —dijo él de pronto.

Estaban parados en una calle oscura, ante el solar de una casa derribada entre otras dos que aún se mantenían en pie. Los lienzos de pared desnuda conservaban jirones de papel, clavos oxidados de los que no colgaba cuadro alguno, huellas de muebles, deshilachados cables eléctricos. Las recorrió con la mirada, intentando recobrar lo que en otro tiempo encerraron: estantes con libros, muebles de nogal y caoba, pasillos de azulejos, habitaciones con tragaluces ovales en lo alto, amarillentos retratos rodeados de un aura blanquecina que intensificaba su aire fantasmal. Ya no estaba la relojería de la planta baja, ni las tiendas de carbón y ultramarinos al extremo de la calle, ni tampoco la taberna con una fuente de mármol en el centro, anuncios de Anís del Mono y carteles taurinos en la pared, que olía a vino al pasar frente a su puerta, y en cuyo mostrador espaldas de hombres taciturnos, inclinados sobre vasos rojos, dejaban correr las horas. Y al niño de pantalón corto que caminaba por aquella misma calle con una botella de sifón en cada mano, o pegaba la nariz, maravillado, ante los escaparates llenos de juguetes iluminados para la Navidad, hacía mucho tiempo que se lo había llevado el mar.

—¿Por qué te fuiste? —preguntó Tánger.

Su voz sonaba extrañamente dulce. Coy seguía contemplando las paredes de la casa inexistente. Hizo un gesto hacia atrás, en dirección al puerto al otro lado de la ciudad.

—Había un camino allí —se volvió despacio—. Quise hacer lo que otros sueñan.

Ella inclinó la cabeza, en señal de asentimiento. Lo observaba de aquel modo singular que tenía a veces, como si estuviera viéndolo por primera vez.

—Anduviste lejos —susurró.

Parecía envidiarlo, al decir aquello. Coy se encogió de hombros con una sonrisa de tiempo y de naufragios. Una mueca deliberada, consciente de sí misma.

—Hay unas líneas —dijo, y luego contempló de nuevo las paredes de la casa que ya no estaba—. Una página que leí ahí arriba.

Recordó en voz alta, sin dificultad:

«*Ven aquí, tú el del corazón roto. Aquí hay otra vida sin el intermedio de la muerte. Aquí pueden conocerse, sin morir, maravillas sobrenaturales. Yo doy más olvido que la Parca. Ven, levanta tu lápida sepulcral en el cementerio y despósate conmigo.*» *Oyendo esta voz al este y al oeste, desde al alba al anochecer, el alma del herrero respondió: «Sí, allá voy». Y así, Perth se fue a la caza de la ballena...*

Encogió otra vez los hombros, al terminar, y ella seguía mirándolo del mismo modo. Los iris azul marino estaban fijos en su boca.

—Fuiste lo que querías ser —dijo.

Su voz sonaba todavía como un susurro pensativo. Coy alzó un poco las palmas de las manos.

—Fui Jim Hawkins, y luego fui Ismael, y durante un tiempo creí ser Lord Jim... Después supe que nunca fui ninguno de ellos. Eso me alivió, en cierto modo. Como si me librase de amigos molestos. O de testigos.

Les dirigió una última ojeada a las paredes desnudas. Había sombras oscuras que lo saludaban desde arriba: mujeres enlutadas conversando en la luz decreciente de la tarde, una lamparilla de aceite ante la talla de una virgen, el chasquido apacible de bolillos tejiendo un encaje, una petaca de cuero negro con iniciales de plata y el olor a tabaco de un mostacho blanco. Grabados de barcos que navegaban velas al viento, entre el crujido de papel de las páginas de un libro. He huido, pensó, a un lugar que ya no existía, desde un lugar que ya no existe. Volvió a sonreírle al vacío:

—Como suele decir el Piloto, nunca sueñes con la mano en el timón.

Ella guardó silencio después de oír aquello, y ya no dijo nada más. Había sacado del bolso el paquete con la efigie de Héroe, y encendía un cigarrillo con la cajetilla todavía en las manos, tan despacio como si ese trozo de cartulina pintada la consolara de sus propios fantasmas.

Cenaron michirones y huevos fritos con patatas en la Posada de Jamaica, al otro lado del antiguo túnel de la calle Canales. Allí se les unió el Piloto, con las manos manchadas de grasa y la noticia de que la sonda estaba instalada y funcionaba bien. Había rumor de conversaciones, humo de tabaco formando estratos grises en el techo, y Rocío Jurado cantaba de fondo, en la radio, *La Lola se va a los puertos*. La veterana casa de comidas había sido reformada, y en vez de los manteles de hule que Coy recordaba de toda la vida, había ahora mantelería y cubiertos nuevos, azulejos, adornos y hasta cuadros en las paredes; aunque la clientela seguía siendo la misma, sobre todo a mediodía: vecinos del barrio, albañiles, mecánicos de un taller cercano, jubilados atraídos por la comida casera y económica. De cualquier modo, como le dijo a Tánger sirviéndole más vino tinto con gaseosa, sólo el nombre del local hacía que valiese la pena ir allí.

A los postres, mientras el Piloto pelaba una mandarina, definieron el plan de búsqueda. Largarían amarras de madrugada, para empezar a peinar la zona a media mañana. El sector de búsqueda inicial quedaba definitivamente establecido entre los 1º 20' y 1º 22' de longitud oeste y los 37º 31,5' y 37º 32,5' de latitud norte. Abordarían ese rectángulo de una milla de alto por dos de ancho por su parte exterior, desde más profundidad a menos, en sondas que irían disminuyendo a partir de los cincuenta metros. Como apuntó Coy, eso tenía la ventaja de que, al empezar lejos de la costa, los movimientos del *Carpanta* tardarían más en llamar la atención vistos desde tierra, a la que se irían acercando poco a poco. A una velocidad de dos a tres nudos, la Pathfinder les permitía sondar con detalle franjas paralelas de unos cincuenta a sesenta metros de anchura. La zona de exploración estaba dividida en setenta y cuatro de esas franjas; así que, contando el tiempo perdido en las maniobras, recorrer cada una de ellas llevaría una hora; y cubrir el área completa, unas ochenta. Eso situaba las horas reales de trabajo en unas cien o ciento veinte, y necesitarían de diez a doce días para cubrir el área de búsqueda. Siempre y cuando el tiempo acompañase.

—La previsión meteorológica es buena —dijo el Piloto—. Pero seguro que perdemos algunos días.

—Dos semanas —calculó Coy—. Ése es el plazo mínimo.

—Quizá tres.

—Quizá.

Tánger escuchaba atenta, los codos sobre la mesa y los dedos entrelazados bajo la barbilla.

—Has dicho que podemos llamar la atención, vistos desde tierra... ¿Eso despertaría sospechas?

—Al principio, no lo creo. Pero a medida que nos acerquemos, tal vez. En esta época ya hay gente que va a la playa.

—También hay pesqueros —apuntó el Piloto, con un gajo de mandarina en la boca—. Y Mazarrón está cerca.

Tánger miró a Coy. Había cogido una de las cáscaras del plato del Piloto y la partía en trocitos. El aroma perfumaba la mesa.

—¿Hay forma de justificarnos?

—Supongo que sí. Podemos estar pescando, o buscando algo perdido.

—Un motor —sugirió el Piloto.

—Eso es. Un motor fuera borda caído al mar. Tenemos a favor que el Piloto y el *Carpanta* son muy conocidos en la zona, y llamarán poco la atención... En lo que se refiere a tierra, no hay problema. Podemos amarrar alguna noche en Mazarrón, otra en Águilas, otras en Cartagena, y el resto fondear lejos de la zona. Una pareja que alquila un barco para quince días de vacaciones no tiene nada de extraño.

Bromeaba al decir aquello, pero Tánger no pareció encontrar divertido el comentario. O tal vez era la palabra pareja. Inclinaba la cabeza con la piel de mandarina entre los dedos, considerando la situación. Se había lavado el pelo por la tarde, antes de bajar a tierra, y las puntas rubias y asimétricas volvían a rozarle el mentón.

—¿Hay patrulleras? —preguntó, impasible.

—Dos —dijo el Piloto—. La de vigilancia aduanera y la de la guardia civil.

Coy explicó que la Hache Jota de Aduanas solía
operar de noche, y se ocupaba de vigilar el contrabando.
No debían de preocuparse por ella. En cuanto a la guardia
civil, su misión era vigilar la costa y hacer cumplir las leyes sobre pesca. El *Carpanta* no era asunto suyo, en principio; pero cabía la posibilidad de que, al verlo allí un día
tras otro, se acercaran a curiosear.

—La ventaja es que el Piloto conoce a todo el
mundo, incluidos los guardias. Ahora las cosas han cambiado, pero en su juventud se asoció con algunos. Ya te
puedes imaginar: tabaco rubio, licores, un porcentaje de
las ganancias —lo miró con afecto—... Siempre supo ga-
narse la vida.

El Piloto hizo un gesto fatalista y sabio, antiguo
como el mar que navegaba; herencia de innumerables generaciones de vientos adversos.

—Vive y deja vivir —dijo con sencillez.

El propio Coy lo había acompañado un par de
veces en otros tiempos, haciendo funciones de grumete
en expediciones clandestinas y nocturnas cerca del cabo
Tiñoso o hacia el cabo de Palos, y recordaba aquellos
episodios con la excitación propia de los pocos años. A oscuras, con el destello del faro cercano en la noche, a la
espera de las luces de un mercante que aminoraba la marcha, deteniéndose el tiempo necesario para que un par
de fardos bajasen a la cubierta del *Carpanta*. Cajas de
rubio americano, botellas de whisky, electrónica japone-
sa. Y luego, el camino de regreso en la oscuridad, tal vez
el desembarco del alijo en una cala discreta, pasándolo a
manos de sombras que se adelantaban con el agua hasta

el pecho. Para el joven que Coy era entonces no había diferencia entre eso y lo leído, bastando para justificar la aventura. Desde su punto de vista, aquellas viejas páginas, *Moonfleet* y *David Balfour* y *La flecha de oro* y todas las otras —esperar una andanada en la oscuridad fue mucho tiempo su más íntimo anhelo— aportaban pretextos suficientes. El caso era que luego, al volver a puerto y echar a tierra un cabo inocente para encapillarlo al noray, siempre había algún guardia civil o un suboficial de marina que mordía la parte del león; y al Piloto le quedaba, tras arriesgar su barco y su libertad, lo justo para llegar a fin de mes mientras otros se enriquecían a su costa. Vive y deja vivir: pero siempre hay alguien que vive mejor que uno. O a costa de los otros. Cierta vez, en el bar Taibilla, mientras comían bocadillos de magro con tomate, alguien se llevó aparte al Piloto y le propuso hacer un viaje algo más complicado, yendo al encuentro, una noche sin luna, de un pesquero procedente de Marruecos. Ketama pura, dijo. Cincuenta kilos. Y aquello, explicó el sujeto a media voz, podía hacerle ganar mil veces lo que sacaba de sus esporádicas excursiones nocturnas. Desde la mesa, con el bocadillo en la mano, Coy vio cómo el Piloto escuchaba con atención, terminaba sin apresurarse la cerveza, y luego dejaba el vaso vacío sobre el mostrador antes de sacar al otro del bar, a bofetadas, hasta la calle Mayor.

Tánger pagó la cena y salieron. La temperatura era agradable, y caminaron despacio en dirección a las puertas de Murcia y la ciudad vieja. Había un soldado de infantería de marina inmóvil ante la puerta blanca de capitanía: el mismo edificio, comentó Tánger, en el que fue interrogado el pilotín del *Dei Gloria*. También había luciérnagas verdes de taxistas aburridos en la puerta del cine Mariola, y gente sentada en las terrazas. A veces Coy se cruzaba con un rostro conocido, e intercambiaba un silencioso saludo, un movimiento de cabeza, hola, hasta luego, qué tal te va, pronunciados por uno y otro sin intención de verse luego ni nunca, ni conocer la respuesta. Ya no había nada en común de lo que hablar. Vio a una antigua novia de juventud convertida en respetable matrona, con dos niños de la mano y otro en un cochecito, acompañada de un marido de pelo escaso y gris, que a Coy le recordaba vagamente a un compañero de colegio. Pasó inexpresiva a la luz de las espantosas farolas postmodernas que obstaculizaban las aceras, sin mostrar señal de reconocimiento. Pero sí me conoces, pensó él, divertido. LQTHVQTV: Ley de Quién Te Ha Visto y Quién Te Ve. Yo esperándote en la puerta de San Miguel, los roces de manos en el café Mastia. Aquel guateque de Nochevieja en casa de tus padres que estaban de viaje: *Je t'aime, moi non plus,* y las parejas abrazadas con poca luz mientras Serge Gainsbourg y Jane Birkin se lo hacían en el tocadiscos. Y el rincón oscuro, y la cama de tu hermano con un banderín del Atlético de Madrid clavado con chinchetas en la pared, y cómo se puso tu padre cuando llegó de improviso a reventar la fiesta y nos encontró allí, jugando a los médicos. Pues claro que me conoces.

—La fase de búsqueda —dijo— me preocupa menos que si encontramos el *Dei Gloria...* En tal caso, y aunque disimulemos con idas y venidas, nuestra inmovilidad será más sospechosa a medida que pasen los días —se volvió a Tánger—... Lo que no sé es cuánto tiempo puede llevarnos eso.

—Yo tampoco.

Habían subido por la calle del Aire hasta la taberna del Macho. Los peldaños de la cuesta de la Baronesa ascendían hacia las ruinas de la catedral vieja y el teatro romano, entre embocaduras de calles estrechas, casi todas ya desaparecidas, pero cuyo trazado permanecía indeleble en la memoria de Coy. Más allá, el barrio popular de obreros portuarios y pescadores que recordaba apiñado bajo el castillo, con ropa tendida de balcón a balcón, se veía ahora medio derruido, poblado por inmigrantes africanos que miraban, hoscos o cómplices, desde las esquinas. Hachís bueno, paisa. Resién traído de Marueco. Había gatos deslizándose junto a las paredes como comandos en plena incursión nocturna, bajo antiguas rejas con macetas. De las tascas cercanas salía olor a vino y a boquerones fritos, y una puta solitaria se paseaba lejos, igual que un centinela aburrido, bajo el farolito que iluminaba una hornacina con la Virgen de la Soledad.

—Habrá que tomar medidas del pecio comparándolas con los planos —dijo Tánger— para situar la proa y la popa. Y luego cribar el lugar donde debe encontrarse la cámara del capitán... O lo que quede de ella.

—¿Y si está enterrada?

—En ese caso nos iremos de allí, y volveremos con los medios adecuados.

—Tú estás al mando —Coy evitaba los ojos del Piloto, que sentía fijos en él—. Tú sabrás.

La taberna del Macho ya no se llamaba así, ni olía a aceitunas y vino barato; pero conservaba el antiguo mostrador, los toneles de roble oscuro y el aspecto de añeja bodega que recordaba Coy. El Piloto bebía coñac Fundador, y la mujer desnuda tatuada en su antebrazo izquierdo se movía lascivamente cada vez que tensaba los músculos al levantar la copa. Coy había visto aquellos trazos azules hacerse más borrosos con el paso del tiempo. El Piloto la tenía grabada desde muy joven, cuando una visita del *Canarias* a Marsella, y después tuvo fiebre durante tres días. El mismo Coy había estado a punto de hacerse un tatuaje en Beirut mientras navegaba de tercer oficial en el *Otago:* una serpiente alada muy bonita, elegida entre los modelos que el grabador tenía expuestos en la pared. Pero ya con el brazo desnudo extendido y la aguja a punto de tocarle la piel, se arrepintió. Así que puso diez dólares sobre la mesa y se fue con el brazo intacto.

—Hay otro inconveniente —dijo—: Nino Palermo. A lo mejor ya tiene a alguien por aquí, vigilándonos. No me sorprendería que nos deje buscar, y aparezca en cuanto demos con el pecio.

Bebió un sorbo de su ginebra azul con tónica, dejándola deslizarse, fresca y aromática, por la garganta. Todavía conservaba el regusto de sal del baño nocturno.

—Es un riesgo que hay que correr —dijo ella.

Sostenía entre dos dedos, pulgar e índice, una copa de moscatel que apenas había probado. Coy la observó por encima del borde de su vaso. Pensaba en el 357 magnum. Había registrado su equipaje blasfemando en voz baja, sin encontrarlo. Estaba dispuesto a tirarlo al mar, pero sólo dio con sus cuadernos de notas, gafas de sol, ropa, algunos libros. También una caja de tampones y una docena de braguitas de algodón.

—Espero que sepas lo que haces.

Había mirado al Piloto antes de hablarle a ella. Era mejor que el marino ignorase lo del revólver, pues no le iba a hacer gracia navegar con el *Carpanta* artillado. Ninguna gracia.

—Lo he sabido todo el tiempo —respondió Tánger, glacial—. Vosotros ocupaos de encontrar el barco, y dejad que yo me ocupe de Palermo.

Tiene cartas en la manga, se dijo Coy. La muy perra tiene cartas en la manga que sólo ella conoce, porque de lo contrario no estaría tan segura de sí misma cuando sacamos a cuento al dálmata cabrón. Me juego las córneas a que ya ha considerado todas las hipótesis: las posibles, las probables y las peligrosas. El único problema es saber en cuál de ellas figuro yo.

—Queda un asunto —había pocos clientes y el tabernero estaba en la otra punta del mostrador, pero aun así bajó la voz al hablar—... Las esmeraldas.

—¿Qué pasa con ellas?

En los ojos del Piloto, Coy leyó que también su amigo pensaba lo mismo: si un día juegas al póker, procura no hacerlo con ella. Aunque llevas tiempo jugando.

—Supongamos que aparecen —respondió—. Que encontramos el cofre. ¿Es cierto lo que dijo Palermo?... ¿Que ya te has ocupado de colocarlas?... Habrá que limpiar, o qué sé yo. Cosa de especialistas.

Ella frunció el ceño. Miraba al Piloto de soslayo.

—No creo que sea el momento...

Coy cerró un puño sobre el mostrador. Su irritación iba en aumento, y esta vez no se molestó en disimularla.

—Oye. El Piloto está hasta el cuello, como tú y como yo. Se juega el barco y también problemas con la justicia. Hay que garantizarle...

Tánger alzó una mano. A mí me temblaría a veces, pensó Coy. De hecho, me están temblando casi todo el maldito tiempo. Y ahí la tienes.

—La cantidad que he pagado justifica su riesgo, de momento. Luego, con las esmeraldas, todos quedaremos compensados y satisfechos.

Había recalcado el *todos,* vuelta a Coy con dureza. Luego, mientras él se preguntaba una vez más con cuántas piezas había ella construido su personaje, se llevó la copa de moscatel a los labios, mojándolos apenas, y la puso en el mostrador. Inclinaba el rostro como si estuviese considerando la conveniencia de añadir algo más o no hacerlo. Veronica Lake, pensó Coy admirando la cortina asimétrica que le cubría medio rostro. Tánger había hablado de *El halcón maltés,* pero mejor Kim Bassinger en *L.A. Confidencial,* que había visto doscientas veces en el vídeo de la camareta del *Fedallah.* O Jessica Rabbit, en *Quién engañó a Roger Rabbit.* En realidad no soy mala. Es que me dibujaron así.

—En cuanto a las esmeraldas —añadió Tánger al cabo de un instante—, puedo contaros que hay un comprador. Hablé con él, como dijo Palermo... Alguien vendrá aquí para hacerse cargo de ellas tan pronto las saquemos del mar. Sin trámites ni complicaciones —hizo otra pausa y los desafió con fijeza a los dos—. Con dinero suficiente para todos.

No iba a ser tan fácil, intuía Coy mirándole las pecas. O para ser más exacto, *sabía* que no lo iba a ser. Seguían en la isla de los caballeros y los escuderos, y el último caballero hacía siglos que estaba muerto y enterrado. Su calavera momificada conservaba la mueca perpleja de gilipollas.

—Dinero —repitió mecánicamente, poco convencido.

Se tocó la nariz antes de consultar inquisitivo al Piloto, que escuchaba con aparente indiferencia. Al cabo de un momento vio que éste entornaba los ojos, asintiendo.

—Me hago viejo —comentó el Piloto—. El *Carpanta* no da más de sí, y nunca he cotizado a la Seguridad Social... Compraría un botecito pequeño, con un motor, para sacar los domingos a pescar a mi nieto.

Sonreía casi, tocándose la cara sin afeitar, cubierta de pelos grises. Su nieto tenía cuatro años. Cuando salían a pasear de la mano por el puerto, el crío le llevaba escrupulosamente la cuenta de las cervezas que bebía, por orden de su abuela, y luego se chivaba al volver a casa. Por suerte sólo había aprendido a contar hasta cinco.

—Comprarás ese bote, Piloto —dijo Tánger—. Te lo prometo.

Había apoyado una mano en su antebrazo con un gesto espontáneo. Un gesto de camaradería, casi masculino. Exactamente, observó Coy, sobre el tatuaje borroso de la mujer desnuda.

Como el titubeo de una guitarra ronca, las primeras notas de *Lady be Good* punteaban las luces de la ciudad en los reflejos del agua negra, entre la popa del *Carpanta* y el muelle. Poco a poco, el arcaico swing de las cuerdas del bajo fue sumergido por la compleja entrada del resto de los instrumentos, las trompetas de Killian y McGhee, los solos del piano de Arnold Ross y el saxo alto de Charlie Parker. Coy escuchaba todo eso muy atento, con los auriculares en los oídos, mirando los puntitos luminosos del agua como si las notas que inundaban su cabeza se materializaran en aquella superficie negra y grasienta. El metal de Parker, decidió, olía a alcohol, y a mangas de camisa ahumadas de tabaco, y a agujas de relojes clavadas, verticales, como cuchillos en el vientre de la noche. Aquella melodía, como todas las otras, sabía a escala en tierra, a mujeres solas al extremo de una barra. A siluetas titubeantes junto a cubos de basura, y también a neón rojo, verde y azul iluminando medias caras rojas, verdes y azules de hombres indecisos, soñolientos y borrachos. La vida simple, hola y adiós, sin otra complicación que el aguante del estómago y de lo otro, aquí te pillo y aquí te mato. No había tiempo para enamorar a la princesa de Mónaco, recórcholis, qué guapa es usted, señorita, permítame que la invite a un té, yo también leo a Proust. Por eso Rotterdam, o Amberes, o Hamburgo tenían cines porno, bares topless, madonnas de lance que hacían punto al otro lado de escaparates con visillos, gatos con aire filosófico observando el paso de Tripulaciones Sanders, zigzag de acera a acera, vomitando aguarrás etiqueta negra en espera del momento que los devolviera al runrún de las planchas de acero, a las sábanas arrugadas de una litera, a la luz cenicienta del amanecer filtrándose entre las cortinas del ojo de buey. Tararará. Dong. Tarará. El saxo de Charlie Parker seguía subrayando la ausencia de compromiso, el carácter casi autista del invento. Era como los puertos de Asia, Singapur y todo lo demás, cuando te quedabas afuera, fondeado, borneando en torno al ancla con la costa al otro lado de la tapa de regala donde apoyabas los brazos, esperando la lancha con la Mamá San y las niñas de Mamá San y su gorjeo de pajaritos bulliciosos al subir a bordo ayudadas por el tercer oficial, con Mamá San anotando con tiza en la puerta de cada camarote igual que un camarero en el mármol de su tasca: una cruz una chica, dos cruces dos chicas. Pieles de satén complacientes y frágiles, muslos flexibles, bocas obedientes. Slurp. No problema, marinero, hola y adiós. Nadie lo ha hecho, decía el Torpedero Tucumán, hasta que no lo ha hecho aquí con tres a la vez. A ningún marino se le veía deprimido cuando Asia o el Caribe quedaban a proa, entre los ojos de los escobenes. Al contrario: Coy había visto llorar a hombres como castillos en la derrota opuesta, porque regresaban a casa.

Alzó la mirada dirigiéndola algo más lejos, al otro lado del pantalán. Los tripulantes de un velero sueco cenaban en la bañera, a la luz de un farol en torno al cual revoloteaban palomillas nocturnas. De vez en cuando, a pesar de la música, llegaba hasta él una frase dicha en voz muy alta o una risa. Eran todos rubios y enormes talla XXL, con niños pequeños que durante el día paseaban desnudos por cubierta, amarrados con un arnés al guardamancebos. Rubios, recordó, como la práctico del puerto de Stavanger que había conocido cuando el *Monte Pequeño* pasó allí dos meses en lastre. Era una belleza nórdica como las de las fotos y las películas, grande y alta; una noruega de treinta y cuatro años con título de capitán de la marina mercante que subió desenvuelta a bordo por la escala de gato desde la lancha, en alta mar, cortándoles la respiración a todos los hombres que había en el puente, y luego dirigió la maniobra fiordo adentro en un inglés impecable, orientando a los remolcadores con un walkie-talkie que llevaba colgado al cuello mientras don Agustín de la Guerra la miraba de reojo y el timonel lo miraba a él. Stop her. Dead slow ahead. Stop her. A little push now. Stop. Después se bebió con el capitán un vaso de whisky y se fumó un cigarrillo, antes de que Coy, entonces joven agregado de veintidós años, la acompañara al portalón, atlética bajo los pantalones de lona y el grueso anorak rojo, sonriéndole antes de largarse. So long, officer. Se la encontró tres días más tarde en el Ensomhet, mientras la tripulación del petrolero enloquecía con aquellas escandinavas de ensueño: un bar lujoso y triste junto a las casas rojas del muelle Strandkaien, lleno de hombres y mujeres para quienes una juerga equivalía a mamarse durante horas sin abrir la boca, como atunes, hasta agarrar una trompa del 9 parabellum. Había entrado en el bar por casualidad; y ella, que estaba con un noruego barbudo e impasible que parecía recién licenciado de un drakkar vikingo, lo reconoció como el joven del portalón del petrolero. El pequeño español, dijo en inglés. The shorty spanish boy. Luego sonrió antes de invitarlo a una copa. Una hora más tarde, el vikingo impasible seguía apoyado en la barra del mismo bar, suponía Coy, mientras él, desnudo, empapado de sudor, sintiendo el aire frío de la madrugada que entraba por una ventana abierta al fiordo y a las cumbres nevadas sobre el mar, arremetía contra la sólida presencia de la mujer, espalda ancha y muslos musculosos, y ojos claros que lo miraban con fijeza desde la penumbra mientras sus labios, cada vez que la boca de Coy los dejaba libres, emitían extraños susurros en lengua bárbara. Se llamaba Inga Horgen, y de los dos meses que el *Monte Pequeño* estuvo en Stavanger, Coy, envidiado por toda la tripulación desde el pinche de cocina hasta el capitán, pasó con ella cuanto tiempo libre tuvo. De vez en cuando bebían cerveza y aquavit con el vikingo impasible, que nunca puso objeciones a que, cada noche, cuando la mujer se apartaba de la barra con los ojos brillantes y cierta indecisión en la forma de andar, el shorty spanish boy se esfumara en compañía de aquella walkiria que le llevaba casi tres palmos de estatura. Con ella conoció Lysefijord y Bergen, el *koldtbord,* algunas palabras íntimas en noruego y ciertos secretos útiles sobre anatomía femenina. Aprendió, incluso, a creerse enamorado, y también que no todas las mujeres se toman la molestia, o la precaución, de enamorarse antes. También aprendió que a veces, cuando uno se aproxima lo bastante y presta atención, la hembra de máscara ausente cuyos ojos entreabiertos vagan perdidos por el techo mientras te abres paso entre lo más hondo, tiene el rostro de todas las mujeres que durante siglos poblaron el mundo. Y por fin, una noche en que hubo un problema a bordo y bajó a tierra más tarde de lo habitual, el shorty spanish boy fue directamente a la casa de troncos negros y ventanas blancas, y encontró allí al vikingo impasible, tan borracho como en la barra del bar de siempre, con la diferencia de que esta vez estaba desnudo. Ella también lo estaba, y miró a Coy con una sonrisa fija e indiferente, turbia de alcohol, antes de pronunciar unas palabras que no llegaron a sus oídos. Tal vez le dijo ven, o tal vez le dijo vete. Entonces él cerró despacio la puerta y regresó a su barco.

Dong, dong. Dong. Charlie Parker, que iba a morirse de allí a nada, había dejado el saxo en el suelo y descansaba exhausto bebiendo una copa en la barra, o —lo más probable— se metía algo en los servicios de caballeros. Ahora destacaba solitario el punteo del bajo de Billy

Hadnott, que en esa última parte era de nuevo dueño de la melodía; y fue en aquel momento cuando el Piloto subió de la camareta a reunirse con Coy, sentándose en la otra silla de teca sujeta al balcón de popa. Tenía en la mano la botella de coñac que se habían traído de la taberna del Macho para terminarla a bordo. Se la ofreció con un gesto, y cuando Coy negó con la cabeza al compás de la música que iba extinguiéndose en sus oídos, el otro bebió un trago antes de colocársela muy derecha en el regazo. Coy desconectó el auricular, quitándoselo de las orejas.

—¿Qué hace Tánger?

—Lee en su camarote.

Los faros de San Pedro y Navidad parpadeaban al otro lado del espigón del muelle, balizando la embocadura del puerto. Verde y rojo, grupos de destellos cada catorce y diez segundos, luces familiares que para Coy siempre habían estado allí, desde que podía recordar. Miró hacia arriba, sobre los muros de sombras que circundaban el puerto. En las montañas, los castillos iluminados de San Julián y Galeras parecían suspendidos en el aire como en los cuadros de los pintores antiguos. El resplandor de la ciudad mataba las estrellas.

—¿Qué opinas, Piloto?

El reloj del ayuntamiento dio once campanadas antes de que el otro respondiera.

—Sabe lo que hace. O al menos se porta como si lo supiera... La pregunta es si lo sabes tú.

Coy enrollaba en torno a la grabadora el cable de los auriculares. Sonreía a medias en el reflejo de las luces oleosas del agua.

—Me ha traído de vuelta al mar.

El Piloto se lo quedó mirando.

—Si es un pretexto, vale —dijo—. Pero a mí no me hagas frases.

Bebió otro trago y le pasó a Coy la botella. Éste se puso el gollete en los labios.

—Ya te lo dije una vez: quiero contarle esas pecas —se limpiaba la boca con el dorso de una mano—. Contárselas todas.

El otro no dijo nada, limitándose a recuperar la botella. Un vigilante nocturno pasó por el pantalán, haciendo resonar las tablas del muelle flotante. Cambió un saludo con ellos y siguió camino.

—Oye, Piloto. Los hombres vamos por la vida a trompicones, de aquí para allá... Solemos envejecer y morir sin comprender bien lo que pasa. Pero ellas son distintas.

Hizo una pausa, estirándose hacia atrás en la silla, los brazos extendidos. Su cabeza rozó la bandera que colgaba flácida del mástil, junto a la antena en forma de seta del GPS. La noche era tan tranquila que casi podía oír oxidarse los tornillos del balcón de proa.

—A veces la miro y pienso que sabe cosas de mí que yo mismo no sé.

El Piloto reía, bajito, la botella entre las manos.

—Eso mismo dice mi mujer.

—Hablo en serio. Ellas son distintas. Lúcidas como si la lucidez fuera una enfermedad, ¿comprendes?

—No.

—Es algo genético... Hasta a las estúpidas les pasa.

El Piloto escuchaba atento, con buena voluntad; pero el gesto de su cabeza inclinada un poco hacia adelante era escéptico. De vez en cuando daba una ojeada alrededor, al mar y a las luces de la ciudad, como en busca de alguien que aportase sensatez a todo aquello.

—Están ahí calladas, mirándonos —prosiguió Coy—. Llevan siglos mirándonos, ¿comprendes?... Han aprendido mirándonos.

Se quedó callado, y el Piloto también. Del barco de los suecos llegaba el rumor de sus voces recogiendo la mesa antes de irse a dormir. Luego, el reloj del ayuntamiento dio la primera campanada de los cuartos. El agua estaba tan quieta que parecía sólida.

—Ésta es peligrosa —dijo por fin el Piloto—. Como ese mar donde se atrancaban los buques hasta pudrirse...

—El mar de los Sargazos.

—Tú me dijiste que es mala. Yo sólo digo que es peligrosa.

Le había pasado otra vez la botella de coñac, que Coy sostenía en una mano, sin beber.

—Eso mismo dijo Nino Palermo, Piloto. ¿Qué te parece?... El día que hablé con él en Gibraltar.

El Piloto encogió los hombros. Aguardaba, paciente.

—No sé qué te dijo.

Coy le dio un trago a la botella.

—Los hombres somos malos por estupidez, Piloto. Por torpeza. Lo somos por ambición o por lujuria, o ignorancia... ¿Comprendes?

—Más o menos.

—Quiero decir que ellas son distintas.

—Ellas no son distintas. Sólo son supervivientes.

Coy se quedó callado, sorprendido por la exactitud del comentario.

—También fue eso lo que dijo Palermo.

Luego apuntó al otro con la mano en que sostenía la botella, pero no dijo nada más. El Piloto se inclinó para quitarle la botella de la mano:

—Demasiados libros.

Tras decir aquello bebió un último trago, puso el tapón y dejó la botella sobre cubierta. Ahora miraba a Coy, esperando que dejara de reír.

—¿De qué se defiende ella? —preguntó.

Coy alzó las manos, evasivo. Cómo diablos, decía el gesto, te lo cuento.

—Ella lucha —dijo— por una niña que conoció hace tiempo. Una niña protegida, soñadora, que ganaba concursos de natación. Que creció feliz hasta que dejó de serlo y supo que todos morimos solos... Ahora se niega a dejarla desaparecer.

—¿Y qué pintas tú en esto?

—Se me pone tan dura como a cualquiera, Piloto.

—Es mentira. Eso tiene arreglo, y nada que ver con ella.

Tiene razón, se dijo Coy. A fin de cuentas ya se me ha puesto dura otras veces, y nunca he ido por ahí haciendo el idiota. No más de lo corriente.

—Quizá haya cierta relación con los barcos que pasan de noche —dijo—. ¿Te has fijado?... Estás en la borda y pasa un barco del que ignoras todo: nombre, bandera, adónde se dirige... Sólo ves unas luces, y piensas que también habrá alguien apoyado en la borda que en ese momento mira tus luces.

—¿De qué color son las luces que ves?

—Qué más da el color —Coy encogía los hombros, irritado—. Yo qué sé... Rojas, blancas.

—Si son rojas, el otro tiene prioridad de paso. Mete a estribor.

—Hablo en metáfora, Piloto... ¿Comprendes?

El Piloto no dijo si comprendía o no. Su silencio resultaba elocuente, poco favorable a las metáforas de barcos, o de noches, o de cualquier otra cosa. No marees la aguja, decía su parquedad de palabras. Estás encoñado, y punto. Antes o después todo termina pasando por ahí. La causa es asunto tuyo, y a mí lo que me inquietan son las consecuencias.

—¿Y qué vas a hacer? —preguntó por fin.

—¿Hacer? —Coy se tocó la nariz—. No tengo ni idea... Estar aquí, supongo. Observarla.

—Pues recuerda el refrán: a la mujer y al viento, con mucho tiento.

Tras decir aquello, el Piloto se sumió en otro silencio huraño. Contemplaba las luces del puerto en el agua aceitosa.

—Fue una lástima lo de tu barco —añadió al cabo de un rato—. Allí todo estaba resuelto. En tierra sólo hay problemas.

—Estoy enamorado de ella.

El otro se había levantado. Oteaba el cielo, interrogándolo sobre el tiempo que haría mañana.

—Hay mujeres —dijo como si no hubiera oído nada— que tienen cosas extrañas en la cabeza, igual que otras tienen gonorrea. Y resulta que van y te las pegan.

Se había inclinado a coger la botella; y al incorporarse, las luces de la ciudad iluminaron sus ojos, muy cerca.

—A fin de cuentas —dijo— quizá no sea culpa tuya.

Con las arrugas haciéndole sombras en la cara, y el pelo corto y canoso que la penumbra tornaba ceniciento, parecía un Ulises cansado; indiferente a las sirenas y las arpías, y las jovencitas púberes al acecho en playas tentadoras, y las miradas turbias, ven o vete, despectivas o indiferentes. De pronto Coy lo envidió con todas sus fuerzas: a su edad, ya era difícil que una mujer le costase a un hombre la vida o la libertad.

XII. Sudoeste cuarta al sur

Este camino difiere de los de tierra en tres cosas:
el de la tierra es firme, éste flexible. El de la tierra
es quedo, éste móvil. El de la tierra señalado, el
de la mar, ignoto.

Martín Cortés. *Breve compendio de la esfera*

Al amanecer del cuarto día, el viento que había estado soplando suave del oeste empezó a rolar al sur. Inquieto, Coy miró la oscilación del anemómetro y luego el cielo y el mar. Era un día anticiclónico convencional, de principios de verano. Todo estaba en apariencia tranquilo, el agua rizada y el cielo azul, con algunos cúmulos; pero podían distinguirse cirros medios y altos moviéndose en la distancia. También el barómetro mostraba tendencia a bajar: tres milibares en dos horas. Al despertar, después de darse un chapuzón en el agua azul y fría, y oír el parte meteorológico, había anotado en el cuaderno de la mesa de cartas la formación de un centro de bajas presiones que se desplazaba en cuña por el norte de África, vecino a una alta de 1.012 inmóvil sobre Baleares. Si las isobaras de una y otra se aproximaban demasiado, los vientos soplarían duros desde mar adentro, y el *Carpanta* tendría que refugiarse en un puerto e interrumpir la búsqueda.

Desconectó el piloto automático, empuñó el timón e hizo maniobrar al velero ciento ochenta grados. La proa apuntó de nuevo al norte, a la costa iluminada por el sol bajo la falda oscura del cabezo de las Víboras, iniciando la exploración del sector que, sobre la carta de búsqueda, estaba designado como franja número 43. Aquello significaba que la Pathfinder había cubierto ya más de la mitad del área, sin resultado. La parte positiva era que así quedaba descartado el sector de mayores fondos, donde las inmersiones habrían sido complicadas y profundas. Coy miró por el través de babor hacia Punta Percheles, donde un pesquero calaba redes tan cerca de tierra que parecía dispuesto a llevarse las conchas de la playa. Calculó rumbo y distancia, concluyendo que no se acercarían demasiado el uno al otro, aunque el errático comportamiento de los pesqueros era imprevisible. Después echó un nuevo vistazo al cielo, conectó el piloto automático y bajó a la camareta, donde el monótono ronroneo del motor situado bajo la escala se hacía más intenso.

—Franja cuarenta y tres —dijo—. Rumbo norte.

El sol estaba en la meridiana, y hacía calor pese a los portillos abiertos. Sentada ante la mesa de cartas, junto a la sonda, el radar y el repetidor del sistema de posicionamiento por satélite GPS, Tánger vigilaba la pantalla en actitud de alumna aplicada, anotando latitud y longitud cada vez que el fondo mostraba alguna irregularidad. Coy miró el indicador de sonda y velocidad: 36 metros, 2,2 nudos. A medida que el *Carpanta* seguía la ruta trazada por el piloto automático, en la pantalla de la Pathfinder se modificaba el preciso dibujo del fondo del mar. Se habían turnado allí el tiempo suficiente para identificar ya, sin dificultad, los distintos tonos que el instrumento atribuía a las características del fondo: naranja suave era arena y fango, naranja oscuro algas, rojo pálido indicaba piedra suelta y cascajo. Los bancos de peces constituían manchas móviles marrón rojizo con vetas verdes y bordes azulados; y las irregularidades importantes, grandes piedras sueltas, incluso los restos metálicos de un viejo pesquero hundido y señalado en las cartas, se detallaban con la apariencia de lomas picudas de color rojo intenso.

—Nada —dijo ella.

Arena y algas, señalaba la pantalla. Sólo en dos ocasiones el eco se había vuelto rojo sangre, con crestas significativas en el relieve submarino, ecos duros en sondas respectivas de cuarenta y ocho y cuarenta y tres metros. No fueron capaces de esperar; de modo que anotaron las posiciones, regresando a la mañana siguiente, muy temprano, tras haber pasado la noche, como de costumbre, fondeados entre Punta Negra y la Cueva de los Lobos. Coy estaba bajo los últimos efectos de un resfriado, recuerdo leve del chapuzón nocturno, pero suficiente para impedirle compensar la presión en los tímpanos y en los senos frontales; de modo que fue el Piloto quien se equipó con su remendado traje de neopreno negro y se dejó caer al mar, la botella de aire comprimido a la espalda, chaleco autoinflable, cuchillo en la pantorrilla derecha y un cabo de cien metros atado con un as de guía a la cintura. Coy se quedó arriba, nadando en la superficie con aletas, tubo y máscara, vigilando el rastro de burbujas que ascendía de la arcaica reductora Snark Silver III con doble tráquea de caucho que el Piloto seguía empeñado en usar, porque no se fiaba del plástico moderno, y aquellos chismes de antes, decía, no te dejaban tirado nunca. Los ecos del fondo, informó al emerger, procedían de una roca enorme con restos de redes enganchadas, y de tres bidones metálicos grandes, cubiertos de óxido y algas. En uno aún podía leerse *Campsa*.

Por encima del hombro de Tánger, Coy miró el trazado plano del fondo que iba dibujando la sonda. Ella mantenía los ojos fijos en la pantalla de cristal líquido, su lápiz de plata entre los dedos, la carta cuadriculada delante, los brazos moteados bajo las mangas cortas de la camiseta de algodón blanco, la espalda mojada de sudor. El balanceo del barco hacía oscilar, como de costumbre, las puntas húmedas de su cabello, que sujetaba con un pañuelo alrededor de la frente. Llevaba un pantalón corto caqui, y cruzaba los muslos bajo la mesa. Sentado al fondo de la camareta, junto a un portillo que le movía una mancha de sol entre los cortos rizos grises, el Piloto entalingaba en el sedal un anzuelo de curricán, con un plumero artesanal que acababa de fabricar con restos de driza. De vez en cuando alzaba la vista de su labor y los miraba.

—Puede cambiar el tiempo —dijo Coy.

Sin apartar los ojos de la pantalla, Tánger preguntó si eso les obligaría a interrumpir la búsqueda. Coy respondió que tal vez. Si entraba viento o fuerte marejada, la sonda daría ecos falsos; y además iban a estar muy incómodos bailando allá afuera. En tal caso, lo mejor era descansar en Águilas o Mazarrón. O volver a Cartagena.

—Cartagena está a veinticinco millas —dijo ella—. Prefiero quedarme por aquí.

Seguía pendiente de la Pathfinder y la carta cuadriculada. Aunque se turnaban ante la sonda, era ella quien pasaba la mayor parte del tiempo mirando las curvas y los colores que evolucionaban en la pantalla, hasta que los ojos enrojecidos se le inyectaban en sangre y tenía que ceder el puesto. Cuando la marejadilla se hacía un poco más intensa, se levantaba pálida, el pelo pegado a la cara por el sudor y visibles señales de que el balanceo y el ronroneo constante del motor de gasóleo la afectaban más de la cuenta. Pero nunca decía nada, ni se quejaba. Se obligaba a sí misma a comer cualquier cosa, sin ganas, y la veían desaparecer camino del cuarto de baño, donde se echaba agua por la cara antes de tumbarse un rato en su camarote. Su paquete de biodramina, observó Coy, tenía cada vez más espacios vacíos. Otras veces, al finalizar una serie de franjas o cuando ya estaban todos demasiado hartos del calor y ruido continuo, detenían el barco y ella se lanzaba al mar desde la popa, nadando lejos, en línea recta, con largas brazadas de crawl, lentas y seguras. Nadaba con ritmo y correcta respiración, sin levantar agua innecesaria con los pies, clavando las palmas de las manos como cuchillos en cada brazada. A veces Coy se tiraba al mar para acompañarla un trecho, pero ella procuraba mantenerse a distancia, de un modo que sólo en apariencia era casual. En ocasiones la veía bucear entre dos aguas, con amplios movimientos de los brazos y el cabello ondulante junto a bancos de peces que se apartaban a su paso. Nadaba con un bañador de una pieza, de color negro y tirantes finos que le sentaba muy bien; con un profundo escote en la parte de atrás que estrechaba en V su espalda de tonos cobrizos. Después subía a bordo por la escala de popa para secarse a conciencia, sacudiendo el pelo que goteaba sobre sus hombros. Tenía unas piernas largas y esbeltas, quizá un poco delgadas —demasiado alta y flacucha, había dictaminado aparte el Piloto—. Los pechos no eran grandes, pero sí tan arrogantes como ella misma. Cuando se quitaba el bañador en su camarote y tenía el cuerpo mojado, sus puntas imprimían en el algodón de la camiseta cercos de humedad que al evaporarse dejaban un rastro de sal. Y por fin Coy pudo averiguar lo que pendía al extremo de la cadena que ella llevaba al cuello: una chapa de identificación de acero, con su nombre, su DNI y su grupo sanguíneo. Cero negativo. Una chapa de soldado.

La sonda registró una alteración en el tono rojizo del fondo, y Tánger se inclinó para anotar latitud y longitud. Pero se trataba de una falsa alarma. Se echó de nuevo hacia atrás en el asiento de la mesa de cartas, el lápiz entre los dedos de uñas mordisqueadas que ahora, en sus intensas guardias, roía a cada momento. Conservaba aquel gesto grave, concentrado, de alumna modelo de la clase, que a Coy le divertía observar. A menudo, viéndola absorta en el bloc de notas, en la carta o en la pantalla, intentaba imaginarla con calcetines blancos y uniforme, y trenzas rubias. Estaba seguro de que antes de esconderse en los lavabos a fumar cigarrillos y volverse insolente con las monjas, antes de soñar con el tesoro de Rackham el Rojo, con cartas esféricas y con presas de corsarios, alguien le había puesto alguna vez la banda de niña ejemplar. No era difícil entrever su expresión obstinada recitando rosa-rosae, SO_4H_2, en un lugar de La Mancha y todo lo demás. Con flores a María.

Se apoyó en la mesa junto a ella, para mirar las cuadrículas en que habían dividido el área de búsqueda marcada en la carta. En el mamparo carraspeaba la radio a poco volumen, conectada en doble escucha: una fragata de la Armada pedía amarradores, y los amarradores no aparecían por ninguna parte. De vez en cuando, marineros ucranianos o pescadores marroquíes echaban largas parrafadas en su lengua. El patrón de un pesquero se quejaba de que un vapor le había cortado los palangres. Una patrullera de la guardia civil estaba bloqueada por avería del puente en el puerto Tomás Maestre.

—Podemos perder dos o tres días —dijo Coy—. En realidad nos sobra tiempo.

Ella anotaba algo y dejó de hacerlo, el lápiz en suspenso, a unos milímetros de la carta.

—No nos sobra nada. Necesitamos hasta la última hora disponible.

El tono era severo, casi de reproche; y Coy volvió a sentirse irritado. A la meteorología, pensó, le importa un huevo que tú necesites las horas disponibles.

—Si entra viento fuerte, no podremos trabajar —explicó—. La mar estará picada, y la sonda perderá eficacia.

La vio entreabrir la boca para replicar y luego morderse los labios. Ahora el lápiz tamborileaba sobre la carta. En el mamparo, junto al barómetro, dos relojes indicaban la hora local y la hora del meridiano de Greenwich. Ella se los quedó mirando, y luego consultó el reloj de acero en su muñeca derecha.

—¿Cuándo ocurrirá eso?

Coy se tocó la nariz.

—No es seguro... Tal vez esta noche. O mañana.

—Entonces, de momento seguiremos aquí.

Volvía a concentrarse en la pantalla de la Pathfinder para dar por resuelta la cuestión. Coy alzó los ojos, encontrando la mirada del Piloto. Tú mismo, decían los ojos plomizos. Tú decides. Había mucha zumba en aquella mirada, y Coy hurtó la vista con el pretexto de subir a cubierta. Allí se puso a observar de nuevo el cielo, a lo lejos, donde las nubes altas mostraban flecos fibrosos y deshilachados como colas de yegua blanca. Ojalá, pensaba, empeore el tiempo de verdad, y salten marejada y un levante asesino, y tengamos que largarnos de aquí a toda leche mientras a ella se le acaba la biodramina, y yo pueda verla en la borda, echando los higadillos. La muy perra.

Las previsiones se cumplieron, al menos en parte. A Tánger no se le acabó la biodramina; pero al día siguiente el sol brilló poco rato entre un halo de nubes rojizas que luego fueron oscuras y grises, y el viento roló al sudeste levantando borreguillos blancos en el mar. A mediodía la marejada era molesta, la presión había bajado otros cinco milibares y el anemómetro indicaba fuerza 6. Y a esa misma hora, tras haber anotado cuidadosamente la última posición en la zona de búsqueda cuadriculada sobre la carta —franja 56—, el *Carpanta* navegaba con un rizo en la mayor y otro en el génova, amurado a babor, rumbo al puerto de Águilas.

Coy había desconectado el piloto automático y gobernaba a mano, sudoeste cuarta al sur en el compás y la gran piedra de cabo Cope en el horizonte gris, las piernas abiertas para contrarrestar la escora, sintiendo en las cabillas de la rueda la presión de la pala en el agua y la fuerza del viento en las velas, con el poderoso cabeceo del velero al hendir la marejada. Sobre la bitácora, el anemómetro marcaba 22-24 nudos de viento real. A veces la proa del *Carpanta* embestía una cresta, y un roción saltaba hasta la bañera, llenando de espuma el quitavientos. Olía a sal y a mar, y el silbido subía de octava en octava en la jarcia, haciendo repiquetear en cada cabezada las drizas contra el mástil.

Era obvio que Tánger no necesitaba biodramina. Estaba sentada en la brazola de la bañera con las piernas hacia fuera, en la banda de barlovento, vestida con el pantalón de aguas rojo que le había prestado el Piloto, y sin duda disfrutaba de la navegación. Para sorpresa de Coy no había mostrado excesiva contrariedad cuando el viento los obligó a interrumpir la búsqueda; parecía como si en los últimos días se hubiera adaptado mejor a los avatares del mar, asumiendo el fatalismo relacionado con la cambiante suerte del marino. En el mar, lo que no podía ser, no podía ser; y además era imposible. Ahora, sentada allí, el peto holgado, los anchos tirantes, la camiseta, el pañuelo anudado en torno a la frente, los pies descalzos, le daban un aspecto singular; y a Coy le costaba apartar los ojos de ella para prestar atención al rumbo y las velas. Recostado en la bañera, a cubierto, el Piloto fumaba tranquilamente. De vez en cuando, después de estar un rato observando a Tánger, Coy encontraba los ojos de su amigo fijos en él. Qué quieres que te diga, respondía en silencio. Las cosas son como son, y no como uno querría que fueran.

El anemómetro marcó 25-29 nudos, y una racha endureció el tacto del timón entre las manos de Coy. Fuerza 7. Era fuerte, pero no era demasiado. El *Carpanta* se había enfrentado a temporales de fuerza 9, con 46 nudos aullando en la jarcia y olas de seis metros cortas y rápidas; como aquella vez que el Piloto y él tuvieron que correr veinte millas con mar de popa y a palo seco tras rifárseles el tormentín: pese al motor, pasaron la bocana de Cartagena abatiendo muy justos, a sólo cinco metros de las piedras, y una vez amarrados el Piloto se arrodilló muy serio para besar la tierra. Comparado con todo eso, veintinueve nudos no era mucho. Pero cuando Coy miraba arriba, al cielo gris sobre el palo oscilante, veía que los cirros altos avanzaban desde la izquierda del viento que soplaba a nivel del mar, y que hacia levante empezaba a definirse una línea de nubes oscuras, de aspecto amenazador, bajo y sólido. De ahí vendría el viento dentro de poco. Así que, concluyó, más valía andarse con ojo.

—Yo tomo el segundo rizo, Piloto.

Lo dijo cuando el otro miraba la vela mayor, consciente de que pensaba lo mismo. Pero el Piloto era el patrón a bordo y le correspondía ese tipo de decisiones; así que Coy estuvo a la expectativa hasta que lo vio hacer un gesto con la cabeza, tirar el cigarrillo a sotavento y ponerse en pie. Encendieron el motor para poner proa a la mar y al viento, el génova flameando con un tercio de su lona enrollada en el estay. Tánger cogió el timón, manteniendo el rumbo, y mientras el Piloto cazaba la botavara al centro y luego amollaba la driza de la mayor, dejándola caer gualdrapeando hasta el segundo rizo, Coy se metió unos cuantos matafiones en los bolsillos, sujetó otro entre los dientes y se fue al pie del palo, procurando que los violentos cabeceos del barco no lo enviaran al mar por segunda vez en una semana. Allí, sosteniéndose con las rodillas contra el quitavientos de la bañera, encajó el ollao del segundo rizo en el gancho de barlovento. Después, cuando el Piloto tensó de nuevo, Coy se movió hacia popa acompasando el cuerpo a los movimientos del barco, y pasó un matafión por cada ollao de la vela, anudándolos bajo la botavara para aferrar la lona sobrante. En ese momento un roción espeso rompió sobre cubierta, empapándole la espalda, y Coy huyó de un salto hacia la bañera, junto a Tánger. Sus cuerpos chocaron en el balanceo, y tuvo que agarrarse al timón para no caer, en torno a ella, abarcándola en un involuntario abrazo.

—Ya puedes arribar —dijo él—. Déjalo caer poco a poco a sotavento.

El Piloto los miraba divertido, adujando la driza de la mayor. Ella giró las cabillas del timón hacia estribor y las velas dejaron de flamear; y un poco antes de que el *Carpanta* ganase velocidad, la mar lo sacudió de través, oscilando el palo, y haciendo también que Tánger se estremeciera entre los brazos y el pecho de Coy, que la ayudaba a conseguir el giro exacto de la rueda. Por fin la roca del cabo Cope, gris entre las nubes bajas, estuvo de nuevo en la amura de estribor, bajo la vela henchida del génova; y la aguja de la corredera se estabilizó en cinco nudos. Entonces vino un roción más fuerte que los anteriores, que rompió sobre ellos mojándoles la cara, las manos y la ropa. Y Coy vio que el agua fría erizaba la piel en el cuello y los brazos desnudos de la mujer; y que ésta, vuelto el rostro hacia él, más cerca de lo que había estado nunca, sonreía de un modo extraño, muy feliz y muy dulce, como si por alguna razón le debiera a él ese momento. Las salpicaduras de agua multiplicaban hasta el infinito las manchas de su rostro, y la boca se entreabría como si fuese a pronunciar palabras que ciertos hombres esperan escuchar desde hace siglos.

En la terraza del restaurante, un cobertizo de madera, cañas, yeso y hojas de palma cuyas dos plantas se alzaban sobre la playa, la orquesta tocaba música brasileña. Eran dos chicos y una chica que hacían una buena imitación de Vinicius de Moraes, Toquinho y María Bethania. Cantaban haciendo que algunos clientes que ocupaban las mesas se moviesen en sus sillas al ritmo de la melodía. La chica, una mulata bastante guapa, de ojos grandes y boca africana, golpeaba rítmicamente los bongos mientras cantaba mirando a los ojos del guitarrista, un joven barbudo y sonriente: *A tonga da mironga do kabuleté*. Había caipiriñas y ron en las mesas, y palmeras bordeando el mar, y Coy pensó que la escena podía corresponder a Río, o Bahía.

Miró al otro lado de la balaustrada de madera abierta a la playa, donde aún veían al Piloto alejándose camino del puerto deportivo cuyo bosquecillo de palos se alzaba un poco más allá, detrás de un pequeño espigón. Al fondo de la ensenada, sobre la alta roca que protegía los muelles y la lonja pesquera, el castillo de Águilas estaba rodeado de un penacho gris que el atardecer oscurecía poco a poco. En el otro extremo, la marejada rompía en la punta de tierra y en la isla cuya forma daba nombre al puerto; pero el viento había cesado, y una fina llovizna cálida imprimía reflejos en la arena gris oscura de la playa, donde el agua estaba en calma. En ese momento vio encenderse el faro principal, visible todavía en la luz incierta su torre pintada con bandas blancas y negras, y estuvo observando la cadencia hasta que pudo establecerla: dos destellos blancos cada cinco segundos.

Cuando se volvió de nuevo a Tánger, ella lo miraba. Él había estado hablando, contándole una historia casual relacionada con la música y la playa. Había empezado a contarla sin excesiva convicción, para llenar un silencio incómodo después que el Piloto bebiera su café y se despidiera, dejándolos el uno frente al otro con la música y la última claridad cenicienta apagándose despacio en la bahía. Tánger parecía esperar que él continuase con su historia;

pero estaba terminada hacía rato, y Coy no sabía qué traer a cuento para llenar el silencio. Por suerte quedaba la música, las voces de la chica y sus acompañantes, el clima de la melodía intensificado por la proximidad de la playa y la llovizna que susurraba en las hojas de palma del techo. Podía callar sin hacerse violencia, así que alargó una mano hacia el vaso de vino blanco y lo llevó a los labios. Tánger sonrió. Movía un poco los hombros al compás de la música. Ella se había pasado hacía rato a la caipiriña, y ésta le brillaba en los iris azul marino que mantenía fijos en Coy.

—¿Qué miras?

—Te observo.

Él se volvió de nuevo hacia la playa, incómodo, y luego puso más vino en el vaso, aunque estaba casi lleno. Los ojos seguían frente a él, escrutadores.

—Cuéntame —dijo ella— qué es lo que ha cambiado en el mar.

—Yo no he dicho nada de eso.

—Sí lo has dicho. Cuéntame por qué ahora es diferente.

—No es ahora. Ya era diferente cuando empecé a navegar.

Seguía mirándolo con atención; parecía realmente interesada. Llevaba su falda larga y amplia de algodón azul, y una blusa blanca que resaltaba el bronceado de los últimos días. El pelo estaba sedoso y limpio igual que una escueta cortina de oro; la había visto lavárselo por la tarde. Para la ocasión sustituía el reloj masculino por un semanario de plata, cuyos siete aros relucían a la luz de la vela que ardía en el cuello de una botella, a un lado de la mesa.

—¿Eso quiere decir que el mar ya no sirve?

—Tampoco es eso —Coy hizo un gesto vago—. Sirve. Lo que pasa es que... Bueno. Ya no es fácil mantenerse lejos.

—¿Lejos de qué?

—Hay teléfono, y fax, e Internet... Ingresas en la escuela náutica porque... No sé. Porque quieres irte. Quieres conocer muchos sitios, y muchos puertos, y muchas mujeres...

Sus ojos distraídos se posaron en la cantante mulata. Tánger siguió la dirección de su mirada.

—¿Has conocido a muchas mujeres?

—No recuerdo en este momento.

—¿Muchas putas?

Se encaró con ella, irritado. Cómo te gusta tu maldito juego, pensaba. Ahora tenía delante unos ojos de hierro pavonado que lo miraban implacables. Parecían divertidos, pero también curiosos. Se tocó la nariz.

—Algunas —respondió.

Tánger estudió de soslayo a la cantante.

—¿Negras?

Él bebió un trago de vino, vaciando medio vaso de golpe. Hizo ruido al ponerlo otra vez sobre la mesa.

—Sí —dijo—. Negras. Y chinas. Y mestizas... Como decía el Torpedero Tucumán, lo bueno de las putas es que te piden dólares, no conversación.

Tánger no parecía molesta. Miró de nuevo a la cantante. Sonreía pensativa, y él no encontró nada agradable en aquella sonrisa.

—¿Y cómo son las negras?

Ahora observaba los fuertes antebrazos de Coy, desnudos bajo los puños remangados de la camisa. Éste la estuvo contemplando unos segundos y luego se echó hacia atrás, recostándose en la silla. Intentaba imaginar alguna barbaridad adecuada.

—No sé qué decirte. Algunas tienen el coño color de rosa.

La vio parpadear, entreabriendo la boca. Por un momento, advirtió retorcidamente satisfecho, la sonrisa parecía desconcertada. Touché, cabroncita. Luego volvió a enfrentarse a la mirada serena, la mueca irónica, el metal azul marino reflejando la luz de la vela.

—¿Por qué te gusta alardear de grosero y de duro?

—No alardeo —bebió lo que quedaba en el vaso de vino. Lo hizo tomándose su tiempo, y después alzó un poco los hombros—. Uno puede ser grosero, puede ser duro y además puede ser idiota... En esa isla tuya, todo parece compatible.

—¿Y has decidido ya si soy caballero o escudero?

Se quedó pensativo, tocando el vaso vacío.

—Lo que tú eres —dijo— es una maldita bruja mala.

No se trataba de un insulto, sino de un comentario. La enunciación de una circunstancia objetiva, que ella encajó sin mover un músculo de la cara. Lo miraba tan fijamente que Coy terminó preguntándose si lo miraba a él.

—¿Quién es el Torpedero Tucumán?

—Era.

—¿Quién era el Torpedero Tucumán?

Dios mío, pensó. Qué templada y qué lista es. Qué condenadamente lista. Después puso otra vez los brazos sobre la mesa y sacudió la cabeza, riendo casi para sus adentros. Una risa resignada que se llevó su irritación del mismo modo que el viento disipa la niebla. Cuando alzó los ojos vio que seguía mirándolo, pero que su expresión había cambiado. También sonreía, mas esta vez el sarcasmo ya no estaba allí. Era una sonrisa franca. No es nada personal, marinero. Y él sabía que en el fondo era cierto; no se trataba de nada personal. Así que le pidió a la camarera una ginebra azul con tónica, y luego puso cara de recordar: de Popeye evocador ante una copa. Aquellas noches con Olivia, etcétera. Y como se trataba exactamente de eso, y ella aguardaba, y no había nada que inventar porque todo estaba allí, en su memoria, situó sobre el mantel, sin esfuerzo, al propio personaje, dejándolo correr al hilo del sabor de la ginebra en su lengua. Así habló del Torpedero, y de la Tripulación Sanders, y del caballito de feria que una noche robaron en una atracción de Nueva Orleans, y del Anita's de Guayaquil y el Happy Landers de El Callao, y del burdel más austral del mundo, que era el bar La Turca de Ushuaia. Y de la bronca de Copenhague, y de otra con policías en Trieste, cuando el Torpedero y el Gallego Neira también se dieron a la fuga tras hundirle la mandíbula a un guardia: piernas para qué os quiero, con Coy suspendido como de costumbre entre ambos, uno por cada brazo, y él movía los pies en el aire sin tocar el suelo, y así llegaron a salvo al barco. Y además le habló a Tánger, que escuchaba muy atenta e inclinada hacia adelante en la mesa, de la más fabulosa pelea que vieron nunca los puertos del mundo: la del remolcador de Rotterdam que llevaba marinos y estibadores de muelle a muelle y de barco a barco, sentados en bancadas largas, cuando un estibador holandés muy mamado cayó sobre el Torpedero, y la pelea corrió como un reguero de pólvora —viva Zapata, gritaba el Gallego Neira—, y ochenta hombres cargados de alcohol se enzarzaron a puñetazos abajo, en la gran cámara; y Coy se fue a cubierta a tomar el aire, y de vez en cuando el Torpedero asomaba por un portillo, respiraba y volvía a meterse dentro. Y todo terminó con el remolcador arriando al final del viaje marinos y estibadores inconscientes, tumefactos y oliendo a alcohol; echándolos como fardos aquí y allá, cada uno en su muelle y en su barco, igual que un repartidor de telepizzas.

De telepizzas, repitió. Luego se quedó callado, una vaga sonrisa en la boca. Tánger estaba muy quieta, como si temiera tirar un castillo de naipes.

—¿Qué ha cambiado, Coy?

—Todo —dejó de sonreír, bebió un poco más, y el aroma de la ginebra azul fue deslizándose por su garganta, analgésico—. Ya no hay viaje, porque apenas quedan barcos de verdad... Ahora un barco es como un avión: no viajas, te transportan del punto A al punto B.

—¿Y antes era distinto?

—Claro que sí. La soledad del viajero era posible: estabas entre A y B, suspendido en lo intermedio, y el trayecto era largo... Ibas ligero de equipaje y no importaba el desarraigo.

—El mar sigue siendo el mar. Tiene secretos y peligros.

—Pero no como antes. Ahora es como llegar demasiado tarde a un muelle vacío, y ver el humo de la chimenea alejándose en el horizonte... Cuando eres alumno usas el vocabulario correcto, babor y estribor y todo lo demás. Intentas conservar tradiciones, confías en capitanes como de niño confiabas en Dios... Pero ya no funciona... Yo soñaba con tener un buen capitán, como el MacWhirr de *Tifón*. Y serlo yo también algún día.

—¿Qué es un buen capitán?

—Alguien que sabe lo que hace. Que nunca pierde la cabeza. Que sube al puente en tu guardia y ve un barco cerrándote por la banda, y en vez de decir mete todo a estribor que nos la vamos a pegar, se calla y te mira y espera a que tú hagas la maniobra correcta.

—¿Tuviste buenos capitanes?

Coy hizo una mueca. Aquélla era una buena pregunta. Pasó mentalmente las páginas de un álbum de fotos viejas con manchas de agua de mar. También había manchas de mierda.

—Tuve de todo —dijo—. Miserables y borrachos y cobardes, y también gente estupenda. Pero siempre confié en ellos. Toda mi vida, hasta hace muy poco, la palabra capitán me inspiró respeto. Ya te he dicho que la asociaba con ese capitán que describe Conrad: *«El temporal se había cruzado con aquel hombre taciturno y sólo consiguió arrancarle algunas palabras»*... Recuerdo un temporal duro del noroeste, el primero de mi vida, en el golfo de Vizcaya, con olas enormes que cubrían la proa del *Migalota* hasta el puente. Llevábamos escotillas McGregor con problemas de juntas que no encajaban bien; entraba agua con cada cáncamo, y la carga era de mineral, que al mojarse se corre fácil... Y cada vez que hundíamos la proa en el agua y parecía que ya no iba a salir, el capitán don Ginés Sáez, que iba agarrado a la timonera, murmuraba «Dios» muy bajito, entre dientes... En el puente había cuatro o cinco personas; pero yo, que estaba a su lado, era el único que podía oírlo. Nadie más se dio cuenta. Y cuando miró de reojo y vio que yo andaba cerca, no volvió a abrir la boca.

Los tres artistas habían terminado su actuación y se despedían entre aplausos. Tomó el relevo música enlatada, a través de altavoces situados en el techo. Una guitarra hizo cling, cling, cling. Alguna pareja salió a bailar. Te vas porque yo quiero que te vayas. Bolero. Por una milésima de segundo tuvo la tentación de invitarla a la pista. Ja. Los dos allí, abrazados, las caras cerca. Y quiero que te besen otros labios, decía la canción. Se imaginó con una mano en su cintura, pisándole los pies como un pato. Además, seguro que ella era de las que interponían los codos.

—Antes —prosiguió, olvidándose del bolero— un capitán tenía que tomar decisiones. Ahora está firmando los documentos en puerto, hay una diferencia de media tonelada, y ya lo tienes telefoneando al armador. ¿Firmo los papeles, no firmo los papeles?... Y en un despacho hay tres tíos, tres basuras con corbata, que le dicen no firmes. Y él no firma.

—¿Y qué queda del mar?... ¿Cuándo te sientes todavía marino?

En los problemas, explicó él. Cuando tenían un herido a bordo, o cuando se cascaba algo, la gente solía portarse bien. Una vez, contó, un golpe de mar había arrancado la pala del timón del *Palestine,* frente a El Cabo. Estuvieron día y medio al garete, hasta que llegaron los remolcadores. Y los tripulantes volvieron a parecer marinos de verdad. Por lo general no eran más que camioneros del océano y funcionarios sindicados; pero con las crisis retornaba el compañerismo. Un corrimiento de carga, una avería grave. El mal tiempo y todo eso. Las borrascas.

—Suena terrible esa palabra: borrasca.

—Las hay malas y las hay peores. Lo desagradable para un marino es cuando calcula su rumbo y el de la borrasca, y se produce un empate... Quiero decir que llegan los dos al mismo tiempo al mismo sitio.

Hizo una pausa. Había cosas que nunca podría explicarle a ella, decidió. Vientos de fuerza 11 frente a Terranova, murallas de agua gris y blanca hirviendo en una niebla de espuma que la funde con el cielo, pantocazos y crujidos del casco, tripulantes gritando de miedo atados a las literas de sus camarotes, la radio saturada de maydays de barcos en apuros. Y unos pocos hombres con la cabeza tranquila en el puente, o trincando la carga suelta en las bodegas, o abajo en las máquinas entre calderas, turbinas y tuberías, sin saber lo que ocurre arriba, pendientes de los controles y las luces de alarma y las órdenes, preocupados por el chapoteo del gasóleo en los depósitos, por la fisura en el casco que meta agua en el combustible, por la avería en los quemadores que los deje a merced del mar. Marinos intentando salvar un barco y con él sus vidas, acelerando en las bajadas para mantener el control, moderando justo antes de las crestas, buscando espacios entre las olas más grandes para virar cuando el barco ya no aguanta de proa. Y el momento angustioso en que, en plena maniobra, llega una rompiente asesina que golpea el casco de través y lo inclina cuarenta grados mientras la gente, sujeta donde puede, se mira con ojos aterrados, preguntándose si el barco terminará adrizándose o no.

—En esos casos —concluyó Coy en voz alta— todo vuelve a ser como antes.

Sonaba demasiado nostálgico, se temía. Era imposible sentir añoranza del horror. Él se refería a la nostalgia del comportamiento de ciertos hombres en el horror; pero eso resultaba imposible explicarlo en la mesa de un restaurante, ni en ningún otro sitio. Así que resopló un poco, mirando molesto a uno y otro lado. Estaba hablando en exceso, pensó de pronto. No tenía nada de malo hablar, pero él no estaba acostumbrado a contar su vida de esa manera. Se dio cuenta de que Tánger era de los que hacían charlar con facilidad; aquellos cuya conversación consistía en plantear preguntas adecuadas y silencios suficientes para que el otro corriera a cargo del asunto. Truco hábil: aprendes y encima quedas bien sin soltar prenda. Al fin y al cabo, a todo el mundo le encantaba charlar de sí mismo. Es un conversador estupendo, decían luego. Y no había abierto la boca. Cretinos. Él mismo era un bocazas y un cretino, de la quilla a la perilla. Y sin embargo, aun consciente de todo eso, notaba que hablar de aquello, incluso hablar a secas, con Tánger delante y escuchando, le sentaba bien.

—Ahora —dijo un momento después— la navegación romántica con la que uno soñaba de chico va quedando reducida a esos pequeños barcos de pabellón raro que todavía andan haciendo cabotaje por ahí, oxidados, el nombre repintado encima del anterior, con capitanes grasientos y mal pagados... Yo anduve en uno, recién titulado segundo piloto, porque no encontraba trabajo en otro: se llamaba *Otago,* y pocas veces navegué tan a gusto como entonces. Ni siquiera en los barcos de la Zoeline... Pero eso lo supe después.

Ella dijo que tal vez porque en esa época Coy era joven. Y él meditó un momento y luego se mostró de acuerdo. Sí, admitió, era probable que entonces fuera feliz porque era joven. Pero con las banderas de conveniencia, los capitanes funcionarios y los armadores para quienes un barco no se diferenciaba gran cosa de un camión tráiler, todo se había ido al carajo. Algunos barcos iban tan cortos de tripulación que necesitaban a bordo gente de tierra para amarrar. Filipinos e hindúes eran ahora tripulantes de élite, y capitanes rusos hasta arriba de vodka partían sus petroleros un poco por aquí y por allá. La única posibilidad de que el mar siguiera pareciéndose al mar era un velero. Así todavía se trataba de él y de ti. Pero de un velero ya no se podía vivir, añadió. Ahí estaba como ejemplo el Piloto.

En el vaso de ella sólo quedaba hielo. Sus dedos de uñas romas jugueteaban dentro, haciéndolo tintinear. Coy hizo ademán de llamar a la camarera, pero Tánger negó con la cabeza.

—La otra noche, en la proa con la bengala, me impresionaste.

Después de decir eso se calló, mirándolo; y era más intensa su sonrisa. Él se rió bajito: otra vez de sí mismo.

—No me extraña. Más impresionado quedé yo cuando caí al agua.

—No hablo de eso. Estaba paralizada viendo aquellas luces que se nos venían encima. Ignoraba cómo actuar... Pero tú ibas haciendo cosas una detrás de otra, sin pensarlas siquiera. Una especie de rutina ante el desastre. No perdiste la calma, ni se te alteró la voz. Y al Piloto, tampoco. El vuestro era una especie de fatalismo. Como si fuese parte del juego.

Coy encogía un poco los hombros, con sencillez. Miraba sus propias manos anchas y torpes. Nunca había imaginado tener que hablar de esas cosas con nadie. En su mundo, o en el mundo acuático del que había sido expulsado hacía poco, todo era demasiado obvio. Sólo en tierra te pedían explicarlo.

—Son las reglas —dijo—. Allá afuera asumes que el desastre va incluido. No de buen grado, claro. Rezas o blasfemas, y si tienes casta luchas hasta el final. Pero lo aceptas. El mar es eso. Puedes ser el mejor marino del mundo, y él va y te liquida. El único consuelo es hacerlo todo lo mejor que sabes... Imagino que así debió de sentirse el capitán del *Dei Gloria*.

La mención del bergantín oscureció la expresión de Tánger. De pronto inclinaba a un lado la cabeza, distraída. Tenía los codos sobre la mesa, el mentón apoyado en las manos. El recorte del cabello le rozaba un hombro.

—No parece un gran consuelo —opinó.

—A mí me vale. Quizá a él le valió también.

Se habían encendido las farolas que iluminaban el contorno de la bahía, y el agua de la orilla tenía reflejos amarillentos bajo la llovizna, rotos por estremecimientos plateados como si bancos de peces minúsculos nadaran cerca de la superficie. La luz del faro era más precisa, con el prolongado haz, que la humedad hacía casi corpóreo, girando una y otra vez hacia la negrura cerrada que reptaba sobre el mar.

—Debe de estar muy oscuro allá afuera —dijo ella.

Apuntaba un estremecimiento involuntario en su voz, y eso hizo que la observase con atención: tenía los ojos fijos en la noche.

—Caer al mar en la oscuridad —añadió ella, tras unos instantes— tiene que ser terrible.

—No es agradable.

—Tuviste mucha suerte.

—Sí que la tuve. Cuando caes así, lo normal es que no te encuentren.

Tánger puso la mano derecha sobre la mesa, con tintineo del semanario de plata. La puso muy cerca del brazo de Coy, sin llegar a tocarlo; pero éste sintió erizarse el vello de su piel.

—Yo he soñado eso —estaba diciendo ella—. Lo he soñado durante años... Caigo en una oscuridad espesa, densa y negra.

La estudió con interés, un poco desconcertado por el tono confidencial. También por el modo en que se volvía de vez en cuando hacia las sombras.

—Supongo que se trata de morir —prosiguió Tánger en voz baja.

Estuvo en silencio, muy quieta, mirando con aprensión por encima de la balaustrada y entre la llovizna. Parecía, pensó él, mirar más allá del mar en sombras.

—Morir sola como *Zas*. A oscuras.

Había pronunciado esas palabras tras un larguísimo silencio, en tono que era casi susurro, apenas audible. De pronto parecía asustada de veras, o conmovida; y Coy se agitó un par de veces en la silla, desconcertado, mientras barajaba sus sentimientos. Alzó una mano para apoyarla en la de ella, y volvió a dejarla caer a un lado, sin concluir el ademán.

—Si alguna vez ocurre —dijo—, quisiera estar cerca y cogerte la mano.

Ignoraba cómo podía sonar aquello, pero le daba igual. Era sincero. De pronto veía a una niña temerosa de la noche: aterrada de viajar sola a través de una oscuridad infinita.

—No serviría de nada —respondió ella—. Nadie puede acompañar a otro en ese viaje.

Lo había observado con atención cuando él dijo lo que dijo: estar cerca y la mano. Muy seria y muy absorta, analizando lo que acababa de oír. Pero ahora movía la cabeza como si desestimara aquello con resignación, o derrota.

—Nadie.

Tras añadir eso se quedó callada. Lo miraba de pronto con tanta intensidad que Coy volvió a moverse en la silla, incómodo. Habría dado cuanto tenía —una frase: en realidad no tenía nada— por ser un tipo atractivo, con clase, o al menos con dinero suficiente para sonreír seguro de sí antes de poner su mano sobre la de ella, protector. Para decirle yo cuidaré de ti, pequeña, a aquella mujer a la que hacía sólo un momento había llamado maldita bruja, y que de pronto volvía a recordarle a la niña pecosa que sonreía entre los brazos de su padre en la foto puesta en un marco; la campeona del concurso infantil de natación, ganadora de la copa de plata que ahora, abollada y falta de un asa, ennegrecía en una repisa. Pero Coy sólo era un paria con un saco al hombro y a bordo de un velero que tampoco era suyo, y estaba tan lejos de ella que ni siquiera podía aspirar a servirle de consuelo, o de última mano que oprimir antes de un hipotético viaje al final de la noche. Por eso sintió una impotencia muy amarga cuando ella contempló la distancia que separaba sus manos sobre el mantel y sonrió triste, como si lo hiciera a sombras, fantasmas y remordimientos.

—Le tengo miedo a eso.

Dijo. Entonces Coy, esta vez sin apenas pensarlo, alargó su mano hasta tocar la suya. Ella, sin dejar de mirarlo a los ojos, la retiró muy despacio. Y él apartó a un lado el rostro para que no lo viera enrojecer, azarado por su desliz, o su patinazo. Pero al cabo de medio minuto pensó que a veces la vida aporta situaciones singulares con la precisión de una coreografía rigurosa o la mala intención de un bromista agazapado en la eternidad. Porque en el preciso momento en que se volvía hacia la balaustrada y la playa, avergonzado de su mano torpe y solitaria encima del mantel, vio algo que acudió en su auxilio con tanta oportunidad que debió contenerse para no exteriorizar su júbilo: un impulso ciego, del todo irracional, que de pronto tensó los músculos de sus brazos y su espalda y proyectó un haz de intensa lucidez en su cerebro. Porque abajo, cerca de las luces que bordeaban la playa, bajo el porche de un chiringuito cerrado, acababa de reconocer la silueta, pequeña, inconfundible, casi entrañable a tales alturas, de Horacio Kiskoros: ex suboficial de la Armada argentina, sicario de Nino Palermo y enano melancólico.

Esta vez nadie iba a arrebatarle el atún del sedal. Así que aguardó treinta segundos, se excusó pretextando una visita a los servicios, y bajó los peldaños de dos en dos, salió por la puerta trasera, entre cubos de basura, y fue dando un rodeo en dirección contraria al restaurante y la playa. Caminaba con cuidado bajo las palmeras y los eucaliptos, pensando cómo hacerlo: un bordo a estribor y un bordo a babor. La llovizna finísima empezó a mojarle el pelo y la camisa, refrescándole el vigor que afinaba su cuerpo, tenso de agrio placer por la expectativa. Cruzó la carretera hasta un descampado, anduvo entre los hinojos de la cuneta, y volvió a cruzar la carretera con la oscuridad a la espalda, amparándose en un contenedor de basura. Por allí resopla, se dijo. Estaba a barlovento de la presa; que, ajena a lo que se le venía encima, fumaba

protegiéndose del chirimiri bajo el porche de tablas y cañas. Había un coche aparcado junto a la acera: un Toyo-
ta pequeño, blanco, matrícula de Alicante, con la pegati-
na de alquiler en el cristal trasero. Coy rodeó el coche y
vio que Kiskoros mantenía los ojos fijos en la terraza iluminada y la puerta principal del restaurante: vestía chaqueta ligera, corbata de pajarita, y su pelo negro peinado
hacia atrás relucía de brillantina a la luz de la farola cercana. La navaja, pensó Coy, acordándose del arco de los
Guardiamarinas. Tengo que precaverme de su navaja.
Luego sacudió las manos y cerró los puños, evocando en
su concurso a los fantasmas del Torpedero Tucumán y el
Gallego Neira y el resto de la Tripulación Sanders. Las
zapatillas deportivas le ayudaron a dar ocho pasos silenciosos, con feroz sigilo, antes de que el otro escuchara el
ruido sobre la gravilla y empezara a volverse para comprobar quién venía por detrás. Coy vio los ojos de ranita
simpática perder la simpatía abriéndose desmesuradamen-
te, y el cigarrillo caer de la boca convertida en agujero oscuro, el último humo enredado con espirales en el bigote. Entonces saltó, cubriendo la última distancia, y el
primer puñetazo alcanzó a Kiskoros en pleno rostro e hizo
clac, echándole hacia atrás la cabeza como si acabara de
troncharle el cuello, mientras lo proyectaba contra la pared del chiringuito, justo debajo del rótulo: *Kiosco Costa
Azul. Especialidad en pulpo.*

La navaja, seguía obsesionado mientras golpeaba
una y otra vez, con sistema y eficacia, en silencio. Ahora
sonaba a gloria: tump y chof, y también plaf. Y Kiskoros, incapaz de tenerse en pie ante la arremetida, resbalaba apoyado en la pared, buscándose con desesperación
el bolsillo. Pero Coy le conocía la querencia, así que se

apartó un poco, tomó impulso, y la patada que asestó al argentino en el brazo hizo que éste soltase, por primera vez, un prolongado aullido de dolor; igual que un perro al que le pisaran el rabo. Entonces lo agarró por las solapas de la chaqueta y tiró de él con mucha violencia, haciéndolo cruzar la calzada en dirección a la arena de la playa. Tiraba y se detenía a golpearlo y tiraba otra vez; y el otro emitía una serie de gruñidos sordos, agónicos, debatiéndose para encaminar la mano al bolsillo; y en cada ocasión Coy golpeaba de nuevo. Aquella noche feliz no necesitaba espinacas. Ahora sí eres mío, pensaba atropelladamente, con aquella extraña lucidez que solía conservar en mitad del arrebato y la violencia. Ahora te tengo enterito, y no hay árbitro, ni testigos, ni policías, ni nadie que me diga lo que debo o no debo hacer. Ahora voy a machacarte hasta que seas una pulpa de mierda y las costillas rotas se te claven dentro y los dientes partidos te los tragues de seis en seis, y no te quede resuello ni para silbar un tango.

Semejante a un toro que buscase la barrera para tumbarse, Kiskoros apenas se debatía ya. Tenía la pajarita en la oreja. La navaja, que por fin logró sacar del bolsillo, había resbalado de sus dedos torpes y estaba en la arena después que Coy la alejara de un puntapié. La luz de las farolas cercanas daba densidad a la llovizna que seguía cayendo sobre ellos mientras, a patadas, Coy hacía rodar al argentino rebozado de arena húmeda hasta el borde del agua. Tump. Ay. Tump. Ay. Los últimos golpes se los dio cuando el otro ya chapoteaba en la orilla, gimiendo dolorido, en un intento por mantener la boca fuera del agua. Tump. Se metió en ella hasta los tobillos para sacudirle una última patada que lo hizo rodar un metro más allá, zambulléndolo por completo en los reflejos amarillentos y el espejeo del chirimiri sobre el agua negra.

Volvió sobre sus pasos a sentarse en la arena, cerca de la orilla. La tensión de sus músculos empezaba a decaer mientras recobraba el aliento. Le dolían los tobillos de dar patadas, y todo el dorso de la mano derecha, hasta el antebrazo y el codo, parecía anudado en los tendones. Nunca en mi vida, se dijo, he inflado a nadie a palos tan a gusto. Nunca. Se frotaba los dedos para desentumecerlos, alzando la cara a fin de que la tenue lluvia le mojase la frente y los ojos cerrados. Así, inmóvil, respirando profundamente con la boca muy abierta, esperó a que disminuyese el galope que latía con violencia en su pecho. Escuchó un ruido ante él y abrió los ojos. Chorreante de agua que lo hacía relucir entre los reflejos, Kiskoros se arrastraba por la orilla. Coy se quedó sentado en la arena, observando sus esfuerzos. Podía oír la respiración entrecortada y los gruñidos opacos de bestia apaleada, el chapoteo torpe de manos y piernas incapaces de ponerse en pie.

Era bueno pelear, pensába. Era como limpiar sentinas. Era estupendo para la circulación de la sangre y los jugos gástricos volcar en los puños toda la angustia, y el malhumor, y la desesperanza que lastraban el alma. Era casi terapéutico que la acción diese tregua por un rato al pensamiento, y que los impulsos atávicos de cuando el ser humano debía elegir entre la muerte o la supervivencia reclamasen su parte en el juego de la vida. Quizá por eso el mundo iba ahora como iba, reflexionó. Los hombres habían dejado de pelear porque estaba mal visto, y eso los estaba volviendo locos.

Seguía frotándose la mano dolorida. Su cólera iba desvaneciéndose. Hacía tiempo que no se encontraba tan a gusto, tan en paz consigo mismo. Vio que el argentino, a gatas, sacaba medio cuerpo fuera de la orilla y volvía a desplomarse con el agua de cintura para abajo. La luz amarillenta mostraba su pelo y bigote manchados de arena, que oscuros regueros de sangre enrojecían al correr por ella.

—Cabrón —dijo Kiskoros desde la orilla, sofocado, gimiendo como si le doliera cada letra.

—Anda y que te den por culo.

Se quedaron los dos en silencio. Coy sentado, mirando. El argentino boca abajo, respirando con dificultad, un gemido en voz baja de vez en cuando, al querer cambiar de postura. Por fin se arrastró hacia adelante con los codos, dejando un surco en la arena hasta que pudo sacar las piernas del agua. Parecía una tortuga a punto de desovar, y Coy seguía observándolo, desapasionado. Su cólera había desaparecido, o casi. No sabía muy bien qué hacer ahora.

—Sólo hago mi laburo —murmuró Kiskoros al cabo de un rato.

—El tuyo es un laburo peligroso.

—Me limitaba a vigilar.

—Pues vete a vigilar a la puta que te parió en la pampa.

Se levantó sin prisas, sacudiéndose la arena de los tejanos. Después fue hasta el argentino, que se incorporaba con mucha dificultad, y lo estuvo mirando un rato hasta que decidió sacudirle otro puñetazo, esta vez menos impulsivo y más funcional, tumbándolo de nuevo boca arriba. Pequeño, mojado, tumefacto y rebozado en arena, Kiskoros parecía una croqueta patética. Se inclinó sobre él, oyendo su respiración —miles de pitos silbándole en los pulmones— y lo registró minuciosamente. Llevaba un teléfono móvil, un paquete de tabaco empapado, y las llaves del coche de alquiler. Tiró al mar las llaves y el teléfono. La cartera era grande y estaba llena de dinero y papeles. Fue bajo la luz de la farola más cercana, a echar un vistazo: un documento de identidad español con la foto y el nombre de Horacio Kiskoros Parodi, tarjetas de visita ajenas, dinero español y británico, una tarjeta Visa y otra American Express. También la fotocopia en color de una página de revista, que desplegó con precaución pues ya había sido manoseada muchas veces, y estaba empapada de agua de mar. Bajo el titular: *Nuestros buzos tácticos humillan a Inglaterra,* una foto mostraba a varios infantes de marina ingleses brazos en alto, custodiados por tres soldados argentinos con la cara tiznada que les apuntaban con subfusiles. Uno de los tres era de pequeña estatura, con ojillos saltones de ranita y bigote inconfundible.

—Vaya, lo había olvidado. El héroe de Malvinas.

Metió el documento de identidad y las tarjetas en la cartera, añadió el recorte, se guardó el dinero y tiró la cartera encima de Kiskoros.

—Cuéntame cosas, anda.

—No tengo nada que decir.

—¿Qué quiere Palermo?... ¿Está por aquí cerca?

—No tengo nada que...

Se interrumpió cuando Coy le asestó otro puñetazo en la cara. Lo hizo desapasionadamente, casi con desgana, y se quedó viendo cómo el argentino, tapándose el rostro con las manos, se retorcía como una lombriz de tierra. Luego fue a sentarse otra vez en la arena, sin dejar de observarlo. Nunca se había ensañado con nadie de aquel modo, y le asombraba no sentir compasión; pero sabía quién era el hombre que estaba en el suelo, no podía olvidar a *Zas* envenenado sobre la alfombra, y estaba al tanto de la suerte que mujeres como Tánger habían corrido en manos del suboficial Horacio Kiskoros y compañía. Así que aquel fulano podía hacer un canuto con su recorte de Malvinas y metérselo cuidadosamente en el ojete.

—Dile a tu jefe que las esmeraldas me importan un carajo. Pero si alguien la toca a ella, lo mataré.

Lo dijo con insólita sencillez, casi con modestia, y ni siquiera llegó a sonar como una amenaza. Sólo era información desprovista de énfasis o matices. Avisos a los navegantes. De cualquier modo, hasta el oyente menos atento habría comprendido que, tratándose de Coy, aquello era información veraz. Kiskoros gruñó de modo opaco al moverse sobre un costado. Tanteó en busca de la cartera, guardándosela con manos torpes.

—Sos un boludo —masculló—. Y te equivocás mucho con el señor Palermo y conmigo... También te equivocás con ella.

Hizo una pausa para escupir sangre. Ahora miraba a Coy entre el pelo despeinado, húmedo y sucio que le caía sobre la cara. Los ojillos de ranita ya no eran simpáticos: relucían de odio y ansias de revancha.

—Cuando me llegue la vez...

Sonrió de modo horrible con su boca hinchada, hasta que dejó la frase en el aire, amenazante y grotesco a un tiempo, al interrumpirlo un acceso de tos.

—Boludo —repitió con rencor, otra vez escupiendo sangre.

Coy se lo quedó mirando sin decir nada, antes de incorporarse de nuevo despacio, casi a regañadientes. No

puedo hacerle nada más, se dijo. No puedo matarlo ahora a golpes, porque hay cosas que temo perder, y todavía
me importan mi libertad y mi vida. Esto no es una novela ni una película, y en la realidad hay policías, jueces y
gente así. Ningún barco me espera a fin de llevarme después rumbo al Caribe, a refugiarme en Tortuga, entre los
Hermanos de la Costa, y hacer veinte presas a despecho
del inglés. Hoy, los Hermanos de la Costa se han reciclado
como constructores de apartamentos, y al gobernador de
Jamaica le llegan las órdenes de busca y captura por fax.

Y así seguía, fastidiado e indeciso, calculando la
oportunidad de pegarle a Kiskoros otro puñetazo en la cara o no pegárselo, cuando vio a Tánger de pie junto a la
carretera, bajo la luz amarilla del farol. Se mantenía muy
quieta y los miraba.

Al extremo de la bahía, el haz del faro giraba horizontal, recto en la noche tibia que punteaba la llovíz-
na. Los intervalos luminosos parecían estrechos conos de
bruma al pasar una y otra vez, recortando en cada ocasión los troncos esbeltos y las copas inmóviles de las palmeras, grávidas de agua y de reflejos. Coy le echó una
ojeada a Kiskoros antes de alejarse en pos de Tánger por
la orilla. El argentino había podido llegar hasta el coche,
pero no llevaba encima la llave arrojada al mar; así que
estaba sentado en el suelo, apoyada la espalda contra una
rueda, empapado de agua y sucio de arena, viéndolos irse. Desde la aparición de la mujer no había vuelto a abrir
la boca, y tampoco ella dijo nada, limitándose a observarlos a los dos en silencio; incluso cuando Coy, que todavía

estaba un poco subido de vueltas, le preguntó si no quería aprovechar la coyuntura para mandar saludos a Nino Palermo. O tal vez, añadió, le apeteciera interrogar al sudaca. Dijo eso: interrogar al sudaca, sabiendo que por muchas patadas que siguieran dándole, a Kiskoros ya no había quien le sacara media palabra. Sin responder, ella echó a andar por la playa, alejándose de allí. Y Coy, tras una breve vacilación, le dirigió un último vistazo al maltrecho sicario y luego anduvo tras ella.

A los pocos pasos le dio alcance, e iba furioso; no ya por la aparición del argentino, que a fin de cuentas había sido oportuna para echar fuera la bilis que le amargaba el estómago y la garganta, sino por el modo en que ella parecía volver, cuando le interesaba, la espalda a la realidad. Hola, no me gusta, y adiós. Todo cuanto no encajaba en sus planes, las apariciones imprevistas, los inconvenientes, las amenazas, las irrupciones del mundo real en el ensueño aparente de su aventura, era negado, aplazado, puesto aparte como si no hubiera existido nunca. Como si su mera consideración atentara contra la armonía de un conjunto cuya perspectiva real sólo ella conocía. Aquella mujer, concluyó mientras caminaba malhumorado por la arena, se defendía del mundo negándose a mirar. Y no era él quien podía reprochárselo.

Y sin embargo, pensó mientras la alcanzaba agarrándola por un brazo, vuelta de pronto hacia él en la turbia luz de las farolas lejanas, nunca en su vida maldita había visto unos ojos que mirasen tan adentro y tan lejos, cuando querían. La sujetó con brusquedad casi excesiva, haciéndola detenerse, y estaba frente a ella observando el pelo húmedo bajo la lluvia, los reflejos en sus ojos, las gotas de agua multiplicando las motas de su piel.

—Todo esto —dijo él— es una locura. Nunca podremos...

De pronto comprobó con sorpresa que estaba asustada, y que temblaba. Vio que los labios entreabiertos se
agitaban y que un estremecimiento recorría sus hombros
cuando la luz del faro se deslizó por ellos, silueteándolos en
su estrecho haz blanco. Vio todo eso de pronto, con el destello; y un par de segundos más tarde, el siguiente contraluz alumbró la lluvia tibia que de pronto empezaba
a ser gruesa e intensa; y ella seguía temblando mientras
el agua caía sobre su pelo y su cara, pegándole la blusa
empapada al cuerpo; mojando también los hombros y
los brazos de Coy cuando los abrió para acogerla en ellos,
sin reflexionar apenas. Y la carne cálida, estremecida bajo
la noche y la lluvia como si el centelleo de luz fuese niebla fría, vino sin reticencias a refugiarse contra su cuerpo
de modo preciso, deliberado. Vino directamente hacia
él, sobre su pecho; y Coy mantuvo un instante los brazos
abiertos, sin estrecharla todavía en ellos, más sorprendido que indeciso. Luego los cerró apretándola dentro con
suavidad, sintiendo latir los músculos y la sangre y la carne bajo la blusa mojada, los muslos largos y firmes, el
cuerpo esbelto que seguía temblando contra el suyo. Y la
boca entreabierta muy cerca; la boca cuyo temblor se-
renó con sus labios, de forma prolongada, hasta que los
otros dejaron de estremecerse y se hicieron de pronto
muy tibios y suaves, y la boca se abrió más, y ahora fue
ella quien oprimió el abrazo en torno a la espalda recia de
Coy; y él alzó una mano hasta la nuca de la mujer: una
mano ancha, fuerte, que sostuvo su cuello y su cabeza,
bajo el cabello goteante de toda aquella lluvia que arreciaba con intenso rumor sobre la arena. De ese modo las

dos bocas abiertas se buscaron con ansia inesperada, como si estuvieran ávidas de saliva y de oxígeno y de vida; los dientes entrechocaron, y las lenguas húmedas se enlazaban golpeando impacientes. Hasta que por fin Tánger se apartó un segundo y unos centímetros para respirar, los ojos abiertos mirándolo muy de cerca, insólitamente confusos. Y después fue ella quien se lanzó hacia adelante con un gemido larguísimo, semejante al de un animal al que le doliese mucho una herida. Y él se mantuvo firme aguardándola, abrazándola de nuevo para apretar tanto que temió romperle un hueso; y después caminó ciego con ella suspendida entre los brazos hasta darse cuenta de que estaban metidos en el mar; que la lluvia caía con intensidad rugiente, espesa, y borraba los contornos del paisaje mientras las salpicaduras crepitaban como si alrededor hirviera la bahía. Sus cuerpos bajo las ropas empapadas seguían buscándose violentos, golpeando entre sí con fuertes abrazos, con besos desesperados que el ansia precipitaba, lamiéndose el agua de la cara, llenos los labios de lluvia y sabor a piel mojada sobre carne caliente. Y ella deslizaba en la boca del hombre su queja interminable de animal herido.

Fueron al barco chorreantes de agua, buscándose torpes hasta tropezar en la oscuridad. Llegaron abrazados, besándose a cada paso, apresurados en el último trecho, dejando regueros de agua en la escala y el suelo de la camareta. Y el Piloto, que fumaba a oscuras, los miró bajar por el tambucho y perderse en el pasillo camino de los camarotes de popa; y tal vez sonrió cuando los dos se volvieron hacia la brasa de su cigarrillo para desearle buenas noches. Después Coy guió a Tánger llevándola delante, las manos en su cintura, mientras la mujer se volvía a cada paso para besarlo con avidez en la boca. Tropezó con una sandalia que ella acababa de quitarse y luego con la otra, y en la puerta de los camarotes Tánger se detuvo y se apretó contra él, y se abrazaron aplastados contra el mamparo de teca, buscándose con urgencia las bocas de nuevo, a tientas en la penumbra, reconociéndose los cuerpos bajo la ropa de la que se despojaban el uno al otro: botones, cinturón, la falda cayendo al suelo, los tejanos abiertos en las caderas de Coy, la mano de Tánger entre ellos y su piel, el calor de la mujer, el triángulo de algodón blanco casi arrancado de sus muslos, el tintineo de la chapa metálica de soldado. Y el vigor masculino, el mutuo reconocimiento fascinado, la sonrisa de ella, la suavidad increíble de sus pechos desnudándose tersos, enhiestos. Hombre y mujer cara a cara, jadeos que sonaban a desafío. El gemido alentador de ella y el impulso de él hacia adelante, hacia la litera a través del estrecho camarote, y las últimas prendas mojadas a un lado y otro, revueltas bajo los cuerpos cubiertos de lluvia que empapaba las sábanas, en mutua búsqueda por enésima vez, mirándose cercanos, sonrientes, absortos, cómplices. Mataré a quien ahora se interponga, pensaba Coy. A cualquiera. Su piel y su saliva y su carne se abrían paso, sin dificultad, en la otra carne cada vez más húmeda y más cálida y más acogedora, adentro, muy adentro; allí donde todos los enigmas tenían su clave oculta, y donde el paso de los siglos fraguó la única verdadera tentación, en forma de respuesta al misterio de la muerte y de la vida.

Mucho después, a oscuras, la lluvia repiqueteando arriba, en cubierta, Tánger giró hasta quedar de costado, el rostro hundido en el hueco del hombro de Coy, una mano entre los muslos de él. Sentía éste, adormecido, el cuerpo desnudo pegado al suyo, la mano de mujer cálida y quieta sobre su carne exhausta, aún mojada, que olía a ella. Habían encajado el uno en el otro como si durante sus vidas respectivas y anteriores no hubiesen hecho otra cosa que buscarse. Era bueno sentirse bienvenido, pensó; y no simplemente tolerado. Era buena aquella complicidad inmediata, instintiva, que no necesitaba palabras que justificasen lo inevitable. Aquel recorrer cada uno la parte que le correspondía del camino, sin falsos pudores. Aquella adivinación del ven aquí no pronunciado; aquel duelo estrecho, cerrado, jadeante, intenso, cuya naturalidad casi había rozado esa noche los malos tratos, de igual a igual, sin necesidad de pretextos, ni de justificar nada. Sin pasar la factura, sin equívocos, sin condiciones. Sin adornos ni remordimientos. Era bueno que al fin hubiera ocurrido todo aquello, exactamente como debía ocurrir.

—Si algo pasa —dijo ella de pronto— no me dejes morir sola.

Se quedó quieto, los ojos abiertos en la oscuridad. De pronto el rumor de la lluvia parecía siniestro. Su estado de soñolienta felicidad quedó en suspenso, y todo fue agridulce de nuevo. Sentía la respiración de la mujer en el hueco de su hombro: lenta y caliente.

—No hables de eso —murmuró.

Sintió que ella movía la cabeza, grave.

—Tengo miedo de morir a oscuras y sola.

—Eso no va a ocurrir.

—Eso siempre ocurre.

La mano seguía inmóvil entre los muslos de Coy, la cara en el hueco del hombro, sus labios le susurraban contra la piel. Él sintió frío. Giró a un lado la cara, hundiéndola en el pelo todavía mojado de la mujer. No podía ver su rostro, pero supo que en ese momento era el mismo que en la foto del marco de plata. Todas las mujeres, sabía ahora, tuvieron ese rostro alguna vez.

—Estás viva —dijo—. Siento latir tu pulso contra mí. Tienes carne, y sangre que corre por ella. Eres hermosa y estás viva.

—Un día ya no estaré aquí.

—Pero todavía estás.

La sintió moverse más estrechamente. Acercar la boca a su oído.

—Jura... que no me dejarás... morir sola.

Lo dijo muy despacio, y su voz era un susurro. Coy estuvo un rato inmóvil, los ojos cerrados, escuchando la lluvia. Después asintió con la cabeza.

—No te dejaré morir sola.

—Júralo.

—Te lo juro.

Sintió que el cuerpo desnudo se le ponía encima, a horcajadas; los muslos abiertos sobre sus caderas, el roce de los pechos y la boca buscando la suya. Entonces una lágrima caliente y gruesa le cayó desde arriba, en la cara. Abrió los ojos sorprendido, para encontrarse frente a un rostro hecho de sombras. Y mientras besaba, confuso, los labios entreabiertos y húmedos, advirtió que por ellos se deslizaba otra vez, tenue como un suspiro, aquella larga, dolorosa queja de hembra herida.

XIII. El maestro cartógrafo

No es aún lo peor errar en los accidentes del mar. Otros yerran por los malos documentos que se siguen.

Jorge Juan. *Compendio de navegación para guardiamarinas*

El *Dei Gloria* no estaba allí. Coy fue adquiriendo esa convicción poco a poco, a medida que la cuadrícula trazada sobre la carta iba quedando cubierta sin encontrar nada. Con sondas entre los sesenta y los veinte metros, la Pathfinder había trazado ya casi todo el relieve de las dos millas cuadradas donde debían encontrarse los restos del bergantín. Los días pasaban y eran cada vez más calurosos y tranquilos, y el *Carpanta* navegaba a dos nudos, con el runrún de su motor de gasóleo, por un mar plano y luminoso como la superficie de un espejo, bordo al norte y bordo al sur con precisión geométrica, con tomas de posición continuas por satélite, mientras el haz de la sonda barría el relieve bajo la quilla, y Tánger, Coy y el Piloto se relevaban empapados en sudor ante la pantalla de cristal líquido. Los símbolos de fondo, naranja suave, naranja oscuro, rojo pálido, se iban sucediendo con exasperante monotonía: fango, arena, algas, cascajo, piedras. Habían cubierto sesenta y siete de las setenta y cuatro franjas previstas, y realizado catorce inmersiones para reconocer ecos sospechosos, sin hallar el menor indicio de los restos de un barco sumergido. Ahora la esperanza se desvanecía con las últimas horas de búsqueda. Nadie pronunciaba en voz alta el veredicto fatídico; pero Coy y el Piloto se dirigían largas miradas, y Tánger, obstinadamente inmóvil ante la sonda, parecía cada vez más hosca y silenciosa. La palabra que flotaba en el aire era fracaso.

La víspera del último día fondearon con treinta metros de cadena en siete metros de agua, entre la punta y la isla de la Cueva de los Lobos. Cuando el Piloto paró el motor y la proa del *Carpanta* borneó despacio en torno al ancla para apuntar sin demasiada convicción a poniente, el sol se ocultaba tras las cortaduras de la sierra parda, iluminando en tonos dorados y rojizos las matas de tomillo, los palmitos y las chumberas. Al pie de las rocas el mar estaba casi quieto, agitándose con suavidad en las piedras cercanas y en la arena escasa que blanqueaba entre macizos de algas.

—No está ahí —dijo Coy en voz baja.

No habló para nadie en concreto. El Piloto terminaba de aferrar la vela mayor en la botavara y Tánger se hallaba sentada en los peldaños de popa, los pies dentro del agua, mirando el mar.

—Tiene que estar —respondió ella.

Mantenía la mirada inmóvil en el mismo sitio, la cuadrícula imaginaria que habían navegado sin apenas descanso durante dos semanas. Llevaba una camiseta de Coy que le venía grande, cubriéndole hasta el arranque de los muslos, y movía los pies despacio, chapoteando suavemente como los niños que juegan en una orilla.

—Todo esto es absurdo —comentó Coy.

El Piloto había bajado a la camareta, y por un portillo abierto llegaban los ruidos que hacía preparando la cena. Cuando subió de nuevo a cubierta para abrir el cofre de la bombona de butano y conectar el gas de la cocina, su mirada grave encontró la de Coy. Es asunto tuyo, marinero.

—Tiene que estar —repitió Tánger de pronto.

Seguía como antes, agitando los pies en el agua. Coy estuvo un poco más apoyado en la bitácora, buscando algo adecuado que decir, o que hacer. Como no se le ocurría nada, fue en busca de una máscara de buceo y se tiró al mar desde la proa, para comprobar el fondeo. El agua estaba limpia, tibia y agradable; y la luz decreciente permitía seguir la línea de la cadena extendida sobre el fondo de arena, con algunas piedras. El ancla, una CQR de veinticinco kilos, estaba en posición correcta, libre de algas que pudieran hacerla garrear si refrescaba el viento durante la noche. Bajó un poco a fin de verla bien, y luego ascendió despacio para regresar al velero nadando de espaldas con sólo el movimiento de las piernas, sin prisa, disfrutando del agua. Deseaba retrasar lo más posible el momento de encontrarse otra vez con Tánger cara a cara.

Una vez a bordo se frotó con una toalla, contemplando la costa que ya enrojecía del todo con el sol poniente, prolongada en arco hacia el este: la ruta del mármol, de las legiones romanas y de los dioses. Esta vez, sin embargo, la vista no le causó placer alguno. Puso a secar la toalla y bajó por el tambucho, sentándose en los últimos peldaños de la escala. El Piloto trajinaba con las cacerolas en la cocina, preparando una fuente de macarrones, y Tánger estaba sentada en la camareta, con las cartas náuticas desplegadas sobre la mesa principal.

—No hay error posible —aseguró ella, antes de que Coy dijera nada.

Tenía su lápiz en la mano e indicaba las coordenadas de latitud y longitud sobre las diferentes cartas, marcando millas en las escalas laterales para transportarlas con el compás de puntas sobre el rectángulo cuadriculado de la zona, como le había enseñado a hacer él.

—Tú mismo revisaste los cálculos —añadió—. Enfilaciones a Mazarrón, al cabezo de las Víboras, a Punta Percheles, al cabo Tiñoso —se inclinaba muy seria mostrándole los resultados, igual que una estudiante que pretendiera convencer al profesor—... 37º 32' al norte del ecuador y 4º 51' al este de Cádiz en las cartas esféricas de Urrutia, corresponden a 37º 32' de latitud norte y 1º 21' de longitud oeste respecto al meridiano de Greenwich... ¿Lo ves?

Coy hizo como que revisaba los números. Había realizado aquellas operaciones tantas veces que se las sabía de memoria. Las cartas estaban llenas de anotaciones de su puño y letra.

—Las tablas de corrección pueden estar equivocadas...

—No lo están —ella movía enérgica la cabeza—. Ya te dije que provienen de las *Aplicaciones de Cartografía Histórica* de Néstor Perona. Ahí, hasta el error de diecisiete minutos de longitud de Cádiz respecto a Greenwich que tenían las cartas de Urrutia está corregido. Son precisas en cada minuto y cada segundo... Gracias a ellas se encontraron hace dos años el *Caridad* y el *São Rico*.

—La posición dada por el pilotín pudo estar confundida. Con las prisas, tal vez alguien cometió un error.

—No. Eso no puede ser —Tánger seguía negando con la reticencia de quien oye lo que no desea oír—. Todo era demasiado exacto. El pilotín hablaba incluso de la cercanía del cabo, al nordeste... ¿Recuerdas?

Miraron al mismo tiempo por el portillo abierto en la banda de estribor, hacia la mole rojiza que se perfilaba al extremo del arco de costa, más allá de la bahía de

Mazarrón y el cabo Falcó. *Teniendo ya avistado el cabo,* había declarado el pilotín, según el informe.

—También puede ocurrir —añadió Tánger— que el *Dei Gloria* esté muy enterrado en la arena, y hayamos pasado sobre él sin detectarlo...

Era posible, opinó Coy. Aunque poco probable. En ese caso, explicó, la sonda habría señalado al menos diferentes densidades en la estructura del fondo. Pero todo el tiempo había estado indicando capas de arena y fango de hasta dos metros; y ésa era mucha profundidad para no detectar nada.

—Algo tendría que haber ahí —concluyó— aunque sólo fuese el metal de los cañones. Diez cañones juntos son una masa de hierro importante... Y a esos diez hay que añadir, aunque quedaran dispersos por la explosión, los doce del corsario.

Tánger tamborileaba con el lápiz sobre la carta. La otra mano la tenía en la boca, royéndose la uña del dedo pulgar. Su frente tenía ahora arrugas como cicatrices. Coy alargó una mano para tocarle el cuello, en la esperanza de borrar aquel ceño; pero ella permaneció insensible a la caricia, pendiente de las cartas que tenía delante. Los planos del bergantín y del jabeque también estaban a la vista, sujetos con cinta adhesiva a uno de los mamparos de la camareta. Incluso habían calculado sobre las cartas el área de dispersión de los cañones del corsario, considerando la explosión, la deriva y la distancia al fondo.

—El pilotín —sugirió Coy, retirando la mano— pudo mentir.

Tánger volvió a negar con la cabeza, y las marcas de su frente se hicieron más pronunciadas.

—Demasiado joven para urdir un engaño de ese calibre. Habló del cabo cercano, de la costa a un par de millas... Y llevaba en el bolsillo, anotados a lápiz, los datos de latitud y longitud.

—Pues no se me ocurre nada... Salvo que no sea Cádiz el meridiano.

Tánger le dirigió una ojeada sombría.

—También he pensado en eso —dijo—. Es lo primero que hice, entre otras cosas porque en *El tesoro de Rackham el Rojo,* Tintín y el capitán Haddock cometen un error parecido, al confundir la longitud de París con la de Greenwich...

A veces, pensaba Coy escuchándola, me pregunto si no estará tomándome el pelo. O si todo esto no es más que una peripecia infantil imaginada en un libro de historietas. Porque no es serio. O no lo parece. O no lo parecería, rectificó, de no andar de por medio ese enano argentino con su navaja, pegado a nuestras sombras, y el dálmata de su jefe. El sueño de una niña que jugaba a buscar barcos hundidos. Con tesoros, y con malvados.

—Pero nosotros conocemos bien todos los meridianos usados en la época —dijo—. Tenemos la posición suministrada por el pilotín, y podemos confirmarla en la carta, incluso con el sitio donde fue recogido tras el naufragio... No puede tratarse de Hierro, ni de París ni de Greenwich.

—Claro que no —ella señalaba la escala en la parte superior de una de las cartas—. La longitud es respecto a Cádiz, sin la menor duda: con ella todo coincide. El meridiano cero de nuestra búsqueda es el castillo de los Guardiamarinas: ya lo era en 1767 y lo siguió siendo hasta 1798. Longitud antigua desde Cádiz al naufragio: 4° 51' este. Longitud actual, una vez corregida: 5° 12' este. Correspondencia con Greenwich: 1º 21' oeste. Ningún otro meridiano puede situar en el Urrutia y en las cartas modernas el *Dei Gloria* de modo tan perfecto.

—Todo eso está muy bien. De modo perfecto, dices. Pero nos falta lo más importante: el barco.

—Algo hemos hecho mal.

—Eso es evidente. Ahora dime qué.

Ella había tirado el lápiz sobre la mesa. Se incorporaba, mirando la carta. Coy observó sus pies descalzos sobre las tablas del suelo, los muslos largos y moteados bajo la camiseta que se adaptaba a las formas de su pecho. Volvió a acariciarle el cuello y esta vez ella se recostó un poco contra él. Su cuerpo firme, tibio, olía levemente a sudor, y a sal.

—No lo sé —dijo, pensativa—. Pero si hay error, lo hemos cometido nosotros. Tú y yo... Si mañana terminamos la búsqueda sin resultados, habrá que empezar de nuevo.

—¿Cómo?

—No lo sé. Por la aplicación de las correcciones cartográficas, supongo. Un error de medio minuto significa ya casi media milla. Y aunque las tablas de Perona son muy exactas, nuestros cálculos pueden, en cambio, no serlo. Bastaría una pequeña imprecisión en la latitud y longitud del pilotín; diez segundos o un par de décimas de minuto inapreciables con los sistemas de posicionamiento de entonces, pero decisivas al trasladarlo todo a la carta... Quizá el bergantín esté una milla más al sur, o más al este. Tal vez nos hayamos equivocado al reducir tanto el área de búsqueda.

Coy suspiró todo lo hondo que pudo. Aquello era razonable, pero significaba empezar de nuevo. De cualquier modo, también suponía seguir junto a ella. Rodeó la cintura de la mujer con los brazos; se había vuelto hacia él y lo miraba muy de cerca, interrogante, la boca entreabierta. Tiene miedo, comprendió él, resistiendo la tentación de besarla. Tiene miedo de que el Piloto o yo digamos basta.

—No disponemos de una eternidad —dijo—. El tiempo puede empeorar de nuevo... Hasta ahora hemos tenido suerte con la guardia civil, pero pueden empezar a incordiarnos cualquier día. Preguntas y más preguntas. Y después está Nino Palermo, y su gente —indicó al Piloto, que despejaba la mesa para poner el mantel haciendo como que no escuchaba la conversación—... También hay que pagarle a él.

—No me agobies —se había soltado despacio, con suavidad, de las manos que enlazaban su cintura—. Necesito pensar, Coy. Necesito pensar.

Sonreía un poco, distante, embarazada; como si pretendiera dulcificar el gesto. De pronto volvía a estar a millas de distancia, y Coy sintió deslizarse por sus venas una tristeza oscura. El vacío en los ojos azul marino se intensificó cuando éstos volvieron al portillo abierto sobre el mar.

—Y sin embargo está ahí, en alguna parte —murmuró ella.

Se apoyaba en el portillo con ambas manos, inclinada hacia afuera, dando la espalda a Coy. Éste se pasó una mano por la cara mal afeitada, palpando su propia desolación. De pronto ella parecía de nuevo aislada, sola, egoísta. Volvía a la nube donde todos estaban excluidos, y él nada podía hacer para cambiar las cosas.

—Sé que está abajo, cerca —añadió Tánger en voz muy baja—. Esperándome.

Coy no dijo nada. Sentía una ira sorda, impoten-
te. La de un animal debatiéndose en una trampa. Y supo
que aquella noche la pasaría despierto en la oscuridad,
junto al muro infranqueable de una espalda silenciosa.

Y ahora es cuando estoy a punto de aparecer yo,
aunque brevemente, en esta historia. O cuando, para ser
exactos, nos acercamos a la parte más o menos decisiva
que tuve en la resolución —por calificarla de algún modo— del enigma sobre el naufragio del *Dei Gloria*. En
realidad, como tal vez haya advertido algún lector perspicaz, soy yo mismo quien durante este tiempo ha estado
contándoles todo esto: el capitán Marlowe de la novela, si
admiten la comparación; con la reserva de que hasta ahora no creí necesario salir de la cómoda voz que utilicé, casi
siempre, en tercera persona. Son, dicen, las reglas del arte.
Pero alguien apuntó una vez que los relatos, como los
enigmas y como la vida misma, son sobres cerrados que
contienen otros sobres cerrados en su interior. Además, la
historia del barco perdido, de Coy, el marino desterrado
del mar, y de Tánger, la mujer que lo devolvió a él, me
sedujo desde el momento en que los conocí. Ya no ocu-
rren apenas, que yo sepa, historias como ésa; y mucha
menos es la gente que las cuenta, aunque sea adornándo-
las un poco igual que los antiguos cartógrafos decora-
ban las zonas blancas todavía inexploradas. Y tal vez no
las cuentan porque ya no existen verandas rodeadas de
buganvillas donde oscurece despacio mientras los camareros malayos sirven ginebra —Bombay azul zafiro, naturalmente— y en una mecedora un viejo capitán desgrana

su narración envuelto en humo de pipa. Hace tiempo que las verandas y los camareros malayos y las mecedoras, e incluso la ginebra azul son propiedad de los operadores turísticos; y además no está permitido fumar, ni en pipa ni en ninguna otra maldita cosa. Resulta difícil, por tanto, sustraerse a la tentación de jugar a las viejas historias, contadas como siempre se contaron. Así que, al hilo del asunto, ha llegado el momento de que abramos el penúltimo envoltorio: el que me trae, modestamente, a primer término. Sin esa voz narrativa, compréndanlo, no habría aroma clásico. Así que sólo diremos, a modo de inmediato preludio, que el velero que aquella tarde cruzó la bocana del puerto de Cartagena era un barco derrotado; tanto como si en vez de regresar de unas millas al sudoeste volviera trasquilado, tras ir por lana, del encuentro real con un corsario que lo hubiera despojado de ilusiones. En la mesa de cartas, la cuadrícula sobre la carta náutica 4631 estaba llena de inútiles crucecitas, igual que un cartón de bingo usado, decepcionante e inservible. En aquella arribada se habló poco a bordo del *Carpanta*. Sus tripulantes aferraron en silencio las velas, al pairo frente a las superestructuras oxidadas del Cementerio de los Barcos Sin Nombre, y después se dirigieron a motor hacia uno de los pantalanes del puerto deportivo. Bajaron juntos a tierra, balanceándose por la falta de costumbre al pisar en firme, pasaron junto al *Felix von Luckner,* el portacontenedores belga de la Zeeland Ship que se disponía a largar amarras en el muelle comercial, y empezaron por el Valencia y el Taibilla, siguieron con el Gran Bar, el bar Sol y la taberna del Macho, y terminaron el viacrucis tres horas más tarde en La Obrera, una pequeña tasca portuaria situada en un ángulo detrás del ayuntamiento viejo. Aquella noche parecieron, recordaría Coy más tarde, tres camaradas; tres marineros que bajaran a tierra después de un largo y azaroso viaje. Y bebieron hasta que se les enturbió la mirada: una y otra y otra más, qué se debe, la penúltima, al unísono y sin complejos. El alcohol distanciaba las cosas, las palabras y los gestos. De modo que Coy, consciente de ello, asistía a la velada, incluido el propio espectáculo, con una perversa curiosidad que era asombrada y culpable a la vez. También fue aquélla la primera y la última vez que vio beber mucho a Tánger, y hacerlo de un modo deliberado; intenso. Sonreía como si de pronto el *Dei Gloria* fuese un mal sueño dejado atrás, y apoyaba la cabeza en el hombro de Coy. Bebió lo mismo que él, ginebra azul con hielo y un poco de tónica, mientras el Piloto los acompañaba con sólidos latigazos de coñac Fundador entibiados por vasos de cerveza. El Piloto contaba historias breves e incoherentes de puertos y de barcos, con aquel tono serio y la voz muy lenta y cuidadosa que ponía cuando el alcohol le volvía insegura la lengua, y entornaba los ojos que relucían divertidos, pícaros, amistosos. A veces Tánger reía y lo besaba, y el Piloto, cortado, siempre tranquilo, agachaba un poco la cabeza, o miraba a Coy y sonreía de nuevo, los codos sobre la desvencijada mesa de formica. Se lo veía a gusto; y a Coy, también: acariciaba la cintura tensa de Tánger, la esbelta curva de su espalda, sintiendo el cuerpo de la mujer recostado contra el suyo, sus labios en la oreja y en el cuello. Todo habría podido acabar allí, y no era mal final para un fracaso. Porque todo era grotesco y lógico al mismo tiempo, decidió. No habían hallado el bergantín, y sin embargo era la primera vez que los tres reían juntos sin rebozo, sin problemas, desatados y ruidosos. Aquello parecía exactamente una liberación; y con ese estado de ánimo bebieron todo el rato como si interpretaran papeles sobre sí mismos, conscientes del ritual tópico que las circunstancias exigían.

—Por la tortuga —dijo Tánger.

Alzó su vaso, tocando el de Coy, y vació lo que quedaba de un trago, con el hielo enfriándole los labios que luego posó largamente en los suyos. La habían avistado camino de Cartagena, por la tarde, una milla al sur de la isla de las Palomas: un chapoteo en el agua, a lo lejos. Tánger preguntó qué era aquello, y Coy echó un vistazo con los prismáticos: una tortuga marina debatiéndose atrapada en una red de pesca. Habían puesto proa hacia ella, observando los esfuerzos del animal por liberarse; la malla envolvía el caparazón y las aletas ensangrentadas, estrangulando la cabeza que se esforzaba por alzarse fuera del agua, al borde de la asfixia. Era raro encontrar tortugas en esas aguas, y su misma situación indicaba bien por qué. La red era una de aquellas interminables, caladas por todas partes en el Mediterráneo: cientos y cientos de metros sostenidos por bidones de plástico a modo de flotadores, laberintos mortales donde caía todo animal vivo. La tortuga no podría liberarse nunca; las fuerzas le fallaban y se crispaban, agónicos, los párpados arrugados sobre sus ojos saltones. Aunque saliera de la red, su agotamiento y las heridas la sentenciaban a muerte. Pero a Coy le dio igual. Antes de que nadie dijese una palabra, se había arrojado al mar con el cuchillo del Piloto en la mano, ciego de ira, y cortaba con feroces tajos la red en torno al animal. Acuchillaba la malla con furia, como si tuviese enfrente a un enemigo al que odiara con toda su alma; aspiraba aire y se zambullía para cortar más abajo entre el agua que la sangre volvía rosada, y al emerger veía muy cerca un ojo desorbitado del animal, mirándolo con fijeza. Cortó cuanto pudo, rugiendo de ira al sacar la cabeza para respirar antes de sumergirse de nuevo y destrozar el máximo posible de red. E incluso cuando la tortuga quedó por fin libre y derivó despacio, agitando débilmente las aletas, siguió cortando mallas hasta que el brazo dejó de responderle y no pudo más. Entonces nadó hacia el *Carpanta,* tras echar un último vistazo a la tortuga, cuyo ojo agonizante seguía mirándolo mientras se alejaba. No tendría muchas oportunidades, exhausta y con aquella sangre que tarde o temprano atraería a alguna tintorera voraz. Pero al menos sería un final en mar abierto, acorde con su mundo y su especie; no una muerte miserable, estrangulada entre una madeja de cuerdas trenzadas por la mano del hombre.

En La Obrera pidieron más ginebra, más coñac y más cerveza, y Tánger seguía recostando la cabeza en el hombro de Coy. Musitaba en voz baja una canción y de vez en cuando se interrumpía, alzaba el rostro, y él buscaba sus labios fríos de hielo y perfumados de ginebra para entibiarlos con los suyos. Nadie mencionaba el *Dei Gloria,* y todo resultaba canónico; lo exigido por las circunstancias y por los personajes que ellos, excepto tal vez el Piloto —o quizá también éste sin ser consciente—, interpretaban en aquella versión actualizada del viejo asunto. Habían vivido esa escena cien veces antes, y era tranquilizador perder la partida en tiempos en que los hombres estaban educados para ver esfumarse cierta clase de éxitos. En la barra, ante el tabernero que Coy recordaba allí de toda la vida con su delantal y su colilla en la boca, borrachines de nariz roja, clientes habituales de brazos flacos y tatuados vaciaban vasos de vino y copas de coñac volviéndose de vez en cuando hacia su mesa para sonreírles, cómplices. Eran antiguos conocidos del Piloto; y de vez en cuando el tabernero servía una ronda a cuenta de los tres de la mesa. A tu salud, Piloto, y la compañía. A la tuya, Ginés. A la tuya, Gramola. A la tuya, Jaqueta. Todo era perfecto y Coy sentía paz, y se recreaba en su propio personaje, y sólo faltaba, lamentó, el piano; con Lauren Bacall mirando de soslayo mientras cantaba con esa voz ronca, algo velada, que en versión original subtitulada a veces se parecía a la de Tánger. O viceversa. Luego, llegados a cierto punto, el alcohol se encargaría de teñir las imágenes en blanco y negro. Porque después de tantas novelas, tantas películas y tantas canciones, ya ni siquiera había borrachos inocentes. Y Coy se preguntó, envidiándolo, qué debía de sentir el hombre que por primera vez salió a la caza de una ballena, un tesoro o una mujer sin haberlo leído antes en ningún libro.

Se despidieron en la muralla. Habían dejado el barco limpio y arranchado, y esa noche el Piloto iba a pasarla en su casa del barrio pescador de Santa Lucía. Se quedaron viéndolo irse con paso inseguro entre las palmeras y los grandes magnolios, y luego miraron abajo, al puerto, donde más allá del club náutico y el restaurante Mare Nostrum, el *Felix von Luckner* largaba amarras con toda la cubierta iluminada y sus luces en el agua negra del muelle. Había soltado el largo de popa, y Coy repitió mentalmente las órdenes que el práctico estaría dando en ese momento desde el alerón. Timón todo a estribor.

Avante poca. Alto. Timón a la vía. Atrás media. Largad a proa. Tánger estaba a su lado, observando también la maniobra del barco, y de pronto dijo quiero darme una ducha, Coy. Quiero desnudarme y tomar una ducha muy caliente, con todo lleno de vapor como si fuera niebla de alta mar. Y quiero que tú estés entre esa niebla, y que no me hables de barcos, ni de naufragios, ni de nada. Esta noche he bebido tanto que sólo quiero abrazar a un héroe rudo y silencioso; a alguien que regrese de Troya y cuya piel y cuya boca sepan a humo de ciudades quemadas y a sal. Dijo eso y se lo quedó mirando del modo en que lo miraba a veces, callada y muy seria y atenta, como si acechase algo en él. Lo miró de ese modo, con el hierro pavonado de sus ojos que la ginebra diluía en azul marino muy brillante, casi líquido; y entreabría la boca como si el hielo de todos los vasos bebidos se la hubiera enfriado tanto que necesitase durante horas la boca de Coy para entibiarla. Entonces él se tocó la nariz y sonrió igual que solía hacerlo, con aquel gesto tímido que le aniñaba el rostro y suavizaba sus rasgos duros, su nariz demasiado grande y las facciones toscas, casi siempre mal afeitadas. Héroe rudo y silencioso, había dicho ella. En aquella particular isla de los caballeros y los escuderos, ninguno había pronunciado las palabras mágicas. Sólo, te mentiré y te traicionaré. Pero ni siquiera en ese contexto de mentir o traicionar nadie había dicho te amo, todavía. Aunque en ese instante preciso, con el mundo oscilante alrededor y el alcohol deslizándose a cada latido por sus venas, él estuvo a punto de ser vulgar y hacerlo. Tenía incluso abierta la boca para pronunciar las palabras impronunciables. Pero ella, como si lo intuyera, puso sus dedos sobre los labios de Coy. Lo hizo acercándose mucho, el azul líquido de sus ojos centelleante y oscuro al mismo tiempo, y él sonrió de nuevo, resignado, mientras besaba aquellos dedos. Después inspiró hondo, del mismo modo que si se dispusiera a sumergirse en el mar, y miró alrededor durante cinco segundos antes de cogerla de la mano y cruzar la calle en línea recta hacia la puerta del hostal Cartago, una estrella, habitaciones con baño y vistas al puerto. Tarifas especiales para oficiales de la marina mercante.

Aquella noche, entre azulejos blancos y espeso vapor de agua, llovió en las orillas de Troya mientras zarpaban las naves. Era, en efecto, una bruma tibia, gris o hecha de grises, donde todos los colores quedaban subordinados a esa mansa lluvia cayendo sobre una playa desierta en la que podían observarse vestigios del desenlace: un casco de bronce olvidado, el fragmento de una espada rota y semienterrada en la arena, cenizas que el viento traía desde la ciudad quemada, invisible en la escena pero que se adivinaba próxima, todavía humeante, mientras las últimas naves aqueas izaban sus velas húmedas, alejándose en la distancia. Era el *nostos* de los héroes homéricos: el retorno y la soledad de los últimos guerreros que regresaban a casa tras la batalla, para ser asesinados por los amantes de sus mujeres o perderse en el mar, víctimas de la cólera y el capricho de los dioses. Y entre aquella niebla caliente, el cuerpo desnudo de Tánger buscaba el de Coy, el agua jabonosa a la altura de los muslos, reluciente de humedad la piel moteada y tersa. Lo buscaba con determinación silenciosa y una intensa fijeza en la mirada, acorralándolo literalmente contra el borde de la bañera. Y allí recostado, el agua caliente en la cintura y la lluvia cálida sobre su cabeza, corriéndole por la cara y los hombros, Coy la vio erguirse despacio, alzarse sobre él y descender luego decidida, lenta, milímetro a milímetro, sin dejarle otra escapatoria que la huida hacia adelante entre sus muslos profundos, el abrazo intenso, desesperado, al filo de la lucidez que se escapaba con su entrega y su derrota. Nunca, hasta esa noche, se había sentido Coy violado por mujer alguna. Nunca tan minuciosa y deliberadamente puesto al margen. Porque no soy yo, razonaba con los últimos restos de aquel naufragio donde se le desvanecía el pensamiento. No es a mí a quien abraza, ni es a nadie a quien pueda asignársele un rostro, una voz, una boca. No es por mí por quien otras veces gemía larga y dolorida, ni es a mí a quien ahora imagina; sino al héroe rudo, masculino y silencioso que antes reclamaba con voz ronca. Al sueño que ella, todas ellas, llevan en la piel y en el vientre desde que el mundo existe: el que puso simiente en sus entrañas y luego embarcó rumbo a Troya en naves negras. El hombre cuya sombra ni siquiera los cínicos sacerdotes, los pálidos poetas, los razonables hombres de la paz y la palabra que acechan junto al tapiz inacabado consiguieron nunca borrar del todo.

Todavía era de noche cuando Coy despertó, y ella no estaba a su lado. Había soñado con una oquedad negra, el vientre de un caballo de madera, y con compañeros cubiertos de bronce que se deslizaban sigilosos, espada en mano, en el corazón de una ciudad dormida. Se incorporó, inquieto, para ver la silueta de Tánger recortada en la penumbra de la ventana, sobre las luces de la muralla y el puerto. Fumaba un cigarrillo. Estaba de espaldas y no pudo verla, pero sentía el olor del tabaco. Se levantó, desnudo, y fue a su lado. Ella se había puesto la camisa de Coy, sin abotonarla pese al fresco de la noche que entraba por la ventana abierta. Al cuello relucía la cadena de plata con la chapa de soldado.

—Creí que dormías —dijo ella, sin volverse.

—Desperté y no estabas.

Tánger no dijo nada más, y él permaneció quieto, mirándola. Expulsaba el humo muy despacio, tras retenerlo en cada inspiración. La brasa, al avivarse, iluminaba en rojo sus uñas roídas y romas. Coy le puso una mano en un hombro y ella la tocó de modo ausente, distraído, antes de chupar de nuevo el cigarrillo.

—¿Qué habrá sido de la tortuga? —preguntó al cabo de un rato.

Coy encogió los hombros.

—A estas horas habrá muerto.

—A lo mejor no. Puede que haya sobrevivido.

—Quizás.

—¿Quizás?... —lo observó un instante, de soslayo—. A veces hay finales felices, Coy.

—Claro. A veces. Resérvame uno.

Se quedó callada de nuevo. Miraba otra vez al pie de la muralla: el hueco dejado en el muelle por el barco de la Zeeland Ship.

—¿Ya tienes respuesta para el problema del caballero y el escudero? —preguntó al fin en voz muy baja.

—No hay respuesta para eso.

Ella rió en tono muy quedo, o pareció hacerlo. Coy no podía estar seguro.

—Te equivocas —dijo—. Siempre hay una respuesta para todo.

—Pues dime qué vamos a hacer ahora.

Tardó en contestar. Parecía tan lejos de allí como el pecio del *Dei Gloria*. El cigarrillo se había consumido, y se inclinó para apagarlo en el alféizar de la ventana, con mucho cuidado, deshaciendo hasta la última partícula de la brasa. Luego lo dejó caer a la calle.

—¿Hacer? —inclinaba la cabeza a un lado, como si meditara sobre esa palabra—... Lo que hemos hecho todo el tiempo, naturalmente. Seguir buscando.

—¿Dónde?

—Otra vez en tierra firme. Los barcos hundidos no siempre se encuentran en el mar.

Y de ese modo los vi aparecer al día siguiente en mi despacho de la universidad de Murcia. Era uno de esos días muy luminosos que solemos tener por allí, con grandes paralelogramos de sol dorando las piedras del claustro entre la reverberación de los cristales y el agua de las fuentes. Me había puesto las gafas de sol para ir al bar de la esquina a tomar un café, y al regreso, en mangas de camisa y la chaqueta al hombro, encontré a Tánger Soto esperándome en la puerta: rubia, guapa, la holgada falda azul, las pecas. Al principio la tomé por una alumna de las que en esas fechas vienen a pedirme que las ayude a preparar su tesis. Luego me fijé en el tipo que estaba con ella: cerca pero manteniéndose un poco a distancia; supongo que saben a qué me refiero si a estas alturas conocen un poco a Coy. Entonces ella, que llevaba un bolso de piel colgado del hombro y un cilindro protector de cartón bajo el brazo, se presentó y sacó del bolso un ejemplar de mi libro *Aplicaciones de Cartografía Histórica;* y yo pude identificarla como la joven de la que en alguna ocasión me había hablado mi querida amiga y colega Luisa Martín-Merás, jefe de cartografía del Museo Naval de Madrid, describiéndola como lista, introvertida y eficiente. Incluso, recordé, habíamos mantenido algunas conversaciones telefónicas sobre correcciones en el *Atlas* de Urrutia y documentos históricos archivados en la universidad.

Los invité a pasar, ignorando el gesto hosco de los alumnos que esperaban en el pasillo. Eran fechas de exámenes, y los trabajos por corregir se amontonaban sobre mi mesa, en la leonera que tengo por despacho. Retiré libros de las sillas, a fin de que pudieran sentarse, y escuché su historia. Para ser más preciso, la escuché a ella, que fue quien habló casi todo el tiempo; y también escuché la parte de historia que en aquel momento tuvo a bien contarme. Venían desde Cartagena, a sólo media hora de coche por la autovía, y el asunto podía resumirse en un barco hundido, una documentación que posibilitaba su localización, unos infructuosos tanteos previos y unas coordenadas exactas de latitud y longitud que, por algún motivo, resultaban inexactas. Lo de siempre. Porque debo decir que estoy acostumbrado a consultas de ese tipo. Aunque por motivos personales firmo mis trabajos y libros con el mismo nombre y modesto título que figura en mi tarjeta de visita bajo el anagrama, familiar a mi oficio, de la T dentro de la O —*Néstor Perona, maestro cartógrafo*— ejerzo la cátedra de Cartografía de la universidad de Murcia desde hace mucho tiempo, mis publicaciones significan algo en el mundo científico, y con cierta asiduidad debo atender dudas y problemas planteados por instituciones o particulares. No deja de ser curioso que, en un tiempo en que la cartografía ha experimentado la mayor revolución en su historia, con la fotografía aérea, los mapas por satélite y la aplicación de la electrónica y la informática, alejándose de los rudimentarios primeros mapas trazados por exploradores y navegantes, los estudiosos se vean en la necesidad, cada vez mayor, de que alguien mantenga el frágil cordón umbilical que une la modernidad con las épocas pretéritas de la ciencia, que a fin de cuentas no es más que el mito probado. El problema se daba ya en los siglos XV y XVI, cuando los entonces progresistas cartógrafos flamencos tuvieron que esforzarse por conciliar las indicaciones contradictorias de los autores de la antigüedad con los nuevos descubrimientos de los navegantes portugueses y españoles; y se repitió en sucesivas generaciones. De ese modo ahora, sin gente como yo —disculparán esta pequeña vanidad, quizá legítima— el mundo antiguo se perdería de vista y muchas cosas dejarían de tener sentido a la fría luz del neón de la ciencia moderna. Por eso, cada vez que alguien necesita mirar atrás y entender lo que ve, acude a mí. A los clásicos. Naturalmente, recibo consultas de historiadores, bibliotecarios, arqueólogos, hidrógrafos, y también de buscadores de naufragios y de tesoros en general. Quizá recuerden el hallazgo del galeón *Sao Rico* frente a Cozumel, la búsqueda del arca de Noé en el monte Ararat, o aquel famoso reportaje para televisión del *National Geographic* sobre la localización del *Virgen de la Caridad* frente a Santoña, en el golfo de Vizcaya, y el rescate de dieciocho de sus cuarenta cañones de bronce: esos tres episodios —aunque lo del arca terminó en grotesco fracaso— fueron posibles gracias a las tablas de corrección desarrolladas por mi equipo de colaboradores de la universidad de Murcia. E incluso otro viejo conocido de esta historia, Nino Palermo, me hizo en cierta ocasión el dudoso honor de unas consultas, aunque luego la cosa no llegase más lejos, cuando andaba tras la pista, creo, de 80.000 ducados que se hundieron con una galera española en 1562, frente a la torre de Vélez Málaga. En fin. Para más detalles, remito a mis publicaciones en la revista *Cartographica* y a varios de mis libros: las ya citadas *Aplicaciones,* por ejemplo; o el estudio de las loxodrómicas —*loxos* y *dromos,* ustedes ya saben— en *Los enigmas de la proyección Mercator.* También pueden consultar mi trabajo sobre los 21 mapas del atlas inacabado de Pedro de Esquivel y Diego de Guevara, o las biografías del padre Ricci *(Li Mateu: El Tolomeo de China)* y de Tofiño *(El hidrógrafo del rey),* el *Catálogo Hidrográfico Antiguo* que hice en colaboración con Luisa Martín-Merás y Belén Rivera, o las monografías *Cartógrafos jesuitas en el mar*, y *Cartógrafos jesuitas en Oriente.* Todo eso lo he escrito desde un despacho, naturalmente. Ciertas cosas, como los sueños juveniles, han de visitarse en persona sólo cuando se tienen pocos años. En la madurez, las postales y el vídeo se imponen a los sentidos; y uno se encuentra en Venecia no en el esplendor, sino en la humedad.

Pero vayamos al asunto. Y éste es que aquella mañana, en el despacho de la universidad, mis dos visitantes expusieron su problema. O más bien lo expuso ella, mientras que él, sentado entre las pilas de libros que había apartado para dejarle sitio, escuchaba discreto. Y debo confesar que aquel marino silencioso —aún tardé un rato en conocer su profesión— me cayó simpático; tal vez por su forma de escuchar manteniéndose al margen, o por su aspecto tosco pero buena gente, con la mirada franca que solía mantener en la tuya, su forma de tocarse la nariz cuando parecía desconcertado o perplejo, la sonrisa tímida, los tejanos y las zapatillas de tenis, los fuertes brazos bajo la camisa blanca remangada hasta los codos. Era de esa clase de hombres de los que uno intuye, con razón o sin ella, que puede fiarse; y su papel en toda esta peripecia, su intervención en el nudo y en el desenlace, es la razón principal de que me apetezca contarla. En mi juventud yo también leí ciertos libros. Además, suelo recurrir a la extrema cortesía —cada cual tiene sus métodos— como forma superior de desprecio hacia mis semejantes; y la ciencia a la que me dedico es un modo tan eficaz como otro cualquiera de tener a raya un mundo poblado por gentes que en el fondo me irritan, y entre las que prefiero elegir sin el menor sentido de la equidad, a tenor de mis simpatías o antipatías. Como diría el mismo Coy, cada uno se organiza como puede. Así que por alguna extraña razón —llámenla solidaridad, o afinidad—, siento la necesidad de justificar a ese marino desterrado del mar; y tal es el motivo por el que les narro su historia. A fin de cuentas, relatar su aventura junto a Tánger Soto se parece un poco a la proyección cartográfica mercatoriana: para representar plana una esfera, a veces hay que forzar un poco las superficies en las altas latitudes.

El caso es que aquella mañana, en mi despacho, Tánger Soto me puso al corriente de los rasgos generales del asunto, para pasar después a plantear el problema: 37º 32' norte y 4º 51' este sobre una carta esférica de Urrutia. Un barco se había hundido allí en el último tercio del siglo XVIII, y eso correspondía, hechas las correcciones adecuadas con ayuda de mis propias tablas cartográficas, a una posición moderna de 37º 32' norte y 1º 21' oeste. La pregunta del equipo visitante consistía en si esa transformación era correcta; y yo, tras considerarlo un momento, dije que si las tablas se habían aplicado bien, posiblemente lo era.

—Sin embargo —dijo ella— el barco no está allí.

La miré con las razonables reservas. En este tipo de cosas siempre desconfié de las afirmaciones inapelables, y de las mujeres, guapas o feas, que se pasan de listas. Son muchas las que han transitado por mis aulas.

—¿Está segura?... Imagino que un barco hundido no anda delatando su posición a gritos.

—Lo sé. Pero hemos investigado a fondo, incluso sobre el terreno.

O sea que se habían mojado los pies, deduje. Intentaba situar a la pareja en alguna de las especies catalogadas por mí, pero no resultaba fácil. Arqueólogos aficionados, historiadores ávidos, cazadores de tesoros. Desde detrás de mi mesa, bajo la reproducción de la *Tabula Itineraria* de Peutinger que tengo enmarcada en la pared —regalo de mis alumnos cuando obtuve la cátedra— me dediqué a estudiarlos con atención. Físicamente ella encajaba en las dos primeras categorías, y él en la tercera. Suponiendo que los arqueólogos, los historiadores ávidos y los cazadores de tesoros tengan un aspecto definido.

—Pues no sé —dije—. Sólo se me ocurre lo más elemental: sus datos originales están equivocados. La latitud y la longitud son falsas.

—Eso es improbable —ella movía la cabeza, segura, haciendo que el pelo rubio, que observé recortado en curiosa asimetría, le rozase el mentón—. Hay razones documentales sólidas. En ese sentido sólo sería aceptable un relativo margen de error, lo que nos llevaría a un sector de búsqueda más amplio... Pero antes queremos descartar cualquier otra posibilidad.

Me hizo gracia el tonillo de la dama. Tan competente y seguro. Formal.

—¿Por ejemplo?

—Un fallo por nuestra parte al aplicar sus tablas... Querría pedirle que revisara los cálculos.

Volví a mirarla unos instantes y luego eché un vistazo al otro, que nos escuchaba muy quieto, muy callado y muy buen chico en su silla, las manos grandotas apoyadas sobre las perneras del pantalón. Mi curiosidad era limitada; ya había conocido muchas historias de búsquedas como aquélla. Pero los alumnos que esperaban afuera me agobiaban, el día era demasiado espléndido para corregir exámenes, ella era insólitamente atractiva —sin ser una belleza a causa de aquella nariz vista de lado, o tal vez justo por eso— y él me caía bien. *Pourquoi pas?,* me dije al modo del comandante Charcot. La cosa no iba a llevarme mucho tiempo, así que accedí. El tubo de cartón contenía algunas cartas enrolladas, que Tánger Soto desplegó sobre mi mesa. Entre ellas reconocí una reproducción a tamaño natural de una carta esférica de Urrutia. Conocía aquella carta, por supuesto, y la estudié con afecto. Menos bella que las de Tofiño, claro. Pero magníficamente grabada a punta seca en planchas de cobre batido y bruñido; y muy precisa para su época.

—Veamos —dije—. ¿Fecha del naufragio?

—1767. Costa sudeste española. Posición por demoras a tierra casi simultánea al momento del naufragio.

—¿Meridiano de Tenerife?

—No. Cádiz.

—Cádiz —sonreí un poco, alentador, mientras buscaba la correspondiente escala de longitudes en la parte superior de la carta—. Me encanta ese meridiano. Me refiero al viejo, naturalmente. Tiene el aroma tradicional de lo perdido, como la isla de Hierro del viejo Tolomeo... Ya saben a qué me refiero.

Me puse las gafas para ver de cerca y empecé a trabajar sin que ellos me dijesen si lo sabían o no. La latitud fue lo primero que establecí sin dificultad: en eso era bastante exacta. En realidad, hace tres mil años los navegantes fenicios conocían ya que la altura del sol en la meridiana, o la de las estrellas próximas al polo norte sobre el horizonte de un lugar, mide la latitud geográfica del mismo. Ahora hasta un niño podría hacerlo. Un niño con nociones de cosmografía, claro. Tampoco un niño cualquiera.

—Tienen suerte de que su episodio ocurriera en 1767 —comenté—... Sólo cien años antes, la latitud habría podido obtenerse casi con la misma facilidad, pero la longitud habría dejado mucho que desear. En 1583, Matteo Ricci, que era uno de los grandes cartógrafos de la época, cometía errores de hasta cinco grados al calcular longitudes respecto al meridiano de Tenerife... El globo de Tolomeo tardó mil quinientos años en deshincharse, y lo hizo muy poco a poco... Supongo que conocen la famosa frase de Luis XIV, cuando Picard y La Hire le movieron un grado y medio el mapa de Francia: *«Mis cartógrafos me han quitado más tierra que mis enemigos»*.

Reí yo solo de la sobada anécdota, y Tánger tuvo la cortesía de acompañarme con una sonrisa. Es de veras interesante, me dije, observándola con detalle. Estuve un rato intentando situarla con más precisión, hasta que desistí. La mujer es el único ser que no puede definirse con dos oraciones consecutivas.

—De todas formas —continué— Urrutia afinó mucho; aunque habría que esperar a Tofiño para que, con el fin del siglo, la cartografía hidrográfica española se ajustase a lo real... En cualquier modo... A ver. Bueno. Considero que su latitud estimada es absolutamente correcta, querida. ¿Lo ve?... Treinta y dos minutos norte. Según parece, tanto el cartógrafo como el caballero que tomó la latitud sobre su mapa afinaron bien.

Dije caballero y no dama porque, pese a no serlo de verdad, me gusta ejercer ante mis alumnas como repugnante machista. También quería comprobar si Tánger Soto era de las que tienen tiempo libre para ofenderse por ese tipo de chorradas. Pero no parecía ofendida. Se limitó a volverse un poco hacia el acompañante.

—Ese caballero es este marino.

Miré a Coy por encima de mis gafas con renovado interés.

—¿Marino mercante?... Tanto gusto. Sus cálculos y los míos son idénticos, en principio.

No dijo nada. Sonrió vagamente, algo incómodo, y se tocó un par de veces la nariz. Inclinada sobre mi mesa, Tánger señalaba la escala superior en la carta esférica.

—Establecer la longitud —dijo— nos planteó más problemas.

—Lógico —me eché hacia atrás en la silla profesoral—. Hasta que los relojes marinos de Harrison y Berthoud no se perfeccionaron, y eso fue muy pasada la mitad del XVIII, el de la longitud fue el gran problema de los navegantes. La latitud la daban el sol o las estrellas; pero la longitud, que ahora nos facilita cualquier reloj de pulsera barato, sólo podía calcularse con el impreciso método de las distancias lunares. Cuando Urrutia levantó sus cartas, situarse en el mar respecto a un meridiano aún no estaba resuelto del todo. Había relojes de péndulo y sextantes, pero faltaba el instrumento fiable: un cronómetro seguro que calculara esos quince grados contenidos en cada hora de diferencia entre la hora local y la del primer meridiano... Por eso los errores de longitud eran más apreciables que los de latitud. Hasta 1700, háganse cargo, no se estableció la verdadera longitud del Mediterráneo: veinte grados menos de los sesenta y dos que le atribuyó Tolomeo.

Me concedí un respiro para observarla. No parecía en absoluto impresionada. Tampoco lo parecía Coy. A lo mejor ya sabían todo lo que les estaba contando; pero yo era un maestro cartógrafo, y ellos habían acudido a verme por voluntad propia a mi despacho. Cada cual tiene su personaje, y lo interpreta lo mejor que puede. Si aquellos dos querían ayuda, tenían que pagar peaje. A mi ego.

—Parece mentira, ¿verdad? —proseguí en el mismo tono, permitiéndome añadir un toque tierno—... Cuando veo a un niño ilustrando con lápices de colores su cuaderno de geografía, pienso que, desde siempre, calculando triangulaciones, distancias lunares y eclipses de planetas, los hombres han estudiado la tierra y sus costas, observado cada accidente del terreno, sondado metro a metro, para trazar mapas de lo que veían. «*Siendo este camino tan dificultoso* —escribía Martín Cortés— *sería difícil darlo a entender con palabras o escribirlo con la pluma. La mejor explicación que para esto han hallado los ingenios de los hombres es darlo pintado en una carta*»... De ese modo se dominó a la naturaleza, se hicieron posibles las exploraciones y los viajes... Con su talento y con las ayudas rudimentarias de la aguja, el astrolabio, el cuadrante, la ballestilla y las tablas alfonsinas, el hombre empezó a dibujar las costas, marcó los peligros sobre el papel, puso faros y torres en los sitios adecuados —señalé sobre mi cabeza la *Tabula Itineraria:* no era el paradigma de la exactitud, con todas aquellas calzadas romanas y el rigor geográfico sacrificado a la eficacia militar y administrativa; pero era el gesto lo que contaba—... Y lo hizo con tal imaginación y eficacia, pese a las lógicas imprecisiones, que todavía hoy los satélites muestran paisajes que fueron descritos casi a la perfección por hombres que los exploraron y navegaron hace cientos de años... Hombres que, sobre todo, hablaron, observaron y pensaron... ¿Conocen la historia de Eratóstenes?

Se la conté, por supuesto. De pe a pa y sin ahorrarles detalle. Chico listo, ese cireneo: director de la biblioteca de Alejandría, para que se hicieran una idea. Había un pozo en Asuán a cuyo fondo sólo llegaban los rayos del sol del 20 al 22 de junio; eso situaba el pozo en el trópico de Cáncer, y por otra parte la ciudad de Alejandría se encontraba al norte de ese punto, a la distancia conocida de 5.000 estadios. Así que Eratóstenes midió el ángulo del sol al mediodía del 21 de junio y dedujo que el arco medido, unos 7 grados, era la cincuentava parte del meridiano de la tierra. Calculó para el meridiano 250.000 estadios, o sea, unos 45.000 kilómetros. Tenían que reconocer que no estaba nada mal, ¿verdad?, considerando que la medida real de la circunferencia terrestre es de 40.000. Menos de un 14% de error: una gran precisión relativa, para tratarse de un fulano que vivió dos siglos antes de Cristo.

—Por eso —concluí— me encanta mi oficio.

Seguían sin mostrarse impresionados, pero yo estaba en mi salsa. Y es cierto que me encanta mi oficio.

Establecido todo lo cual, decidí continuar ocupándome de su consulta.

—Bien —dije, tras los cálculos oportunos—. Mis felicitaciones. Han aplicado correctamente mis tablas. Obtengo, como ustedes, una longitud moderna de un grado y veintiún minutos al oeste de Greenwich...

—Entonces tenemos un problema serio —dijo Tánger—. Porque ahí no hay nada.

La miré con gesto de pésame, de nuevo sobre las gafas que tienen la incómoda tendencia a deslizárseme hacia la punta de la nariz. Observé de reojo al marino. No parecía molesto por la forma en que yo apoyaba un codo en la mesa y estudiaba a la rubia. Igual lo suyo era simple relación profesional de toma y daca. Concebí esperanzas.

—Tendrán que revisar entonces esa posición original sobre el Urrutia, me temo. O ampliar, como usted preveía, el área de búsqueda... El barco pudo derivar desde la última posición conocida, o navegar un poco más antes de hundirse... ¿Un temporal?

—Combate —dijo ella, escueta—. Con un corsario.

Qué bonito y qué clásico, pensé. Y qué pocas posibilidades de acertar tenían aquellos dos. Puse cara de circunstancias.

—Entonces —opiné, grave— entre la toma de posición y el lugar del hundimiento pudieron pasar muchas cosas... Y a bordo estarían muy ocupados para ponerse a tomar alturas de sol o demoras a tierra. Creo que eso los pone a ustedes en una situación difícil.

Debían de ser conscientes de eso antes de hablar conmigo, porque mis palabras no parecieron inquietarlos más de lo que estaban. Sólo él se limitó a mirarla a ella, como pendiente de una reacción que no se produjo. Tánger me seguía observando como se mira a un médico que sólo ha desembuchado la mitad del diagnóstico. Ojeé otra vez la carta en busca de una buena noticia. Quedará tetrapléjico pero podrá silbar pasodobles, o pintar con los dedos de un pie. Algo por el estilo.

—Supongo que no existe duda sobre que las cartas utilizadas eran las de Urrutia —comenté—... Cualquier otra podía significar alteraciones de la posición teórica con la que estamos trabajando.

—Ninguna duda —me pregunté, oyéndola, si aquella dama dudaba alguna vez—. Hay testimonios directos de los tripulantes.

—¿Está segura de que se trata del meridiano de Cádiz?

—No puede ser ningún otro. París, Greenwich, Ferrol, Cartagena... Ninguno de ellos encaja con el área general del naufragio. Sólo Cádiz.

—El meridiano viejo, imagino —sonrisa profesional, la mía. A tono—. No habrán caído en el error, más frecuente de lo que se cree, de confundirlo con San Fernando.

—Naturalmente que no.

—Ya. Cádiz.

Medité en serio.

—Doy por supuesto —dije al cabo de unos instantes— que usted me cuenta sólo lo que cree conveniente contarme, y la comprendo. Me hago cargo de ese tipo de circunstancias —ella sostenía mi mirada con la mayor sangre fría—... Sin embargo, tal vez pueda confiarme alguna información más sobre el barco.

—Era un bergantín procedente de la costa andaluza. Rumbo nordeste.

—¿Bandera española?

—Sí.

—¿Quién era su armador?

Vi que dudaba. Y si todo hubiera quedado ahí, yo no habría seguido preguntando y los habría despedido con toda esa cortesía a la que antes me referí. No se puede venir a exprimir a un maestro cartógrafo a cambio de una cara bonita, y encima esconder con una mano lo que parece mostrarse con la otra. Ella tuvo que leer ese pensamiento en mi cara, porque empezó a abrir la boca para decir algo. Pero fue Coy, desde su silla, quien pronunció las palabras adecuadas:

—Era un barco jesuita.

Lo observé con afecto. Era buen chico, aquel marino. Supongo que ése fue el momento preciso en que me ganó para su causa. Miré a la mujer. Asentía con una sonrisa leve, enigmática, a medio camino entre la disculpa y la complicidad. Sólo las mujeres hermosas se atreven a sonreír de ese modo cuando has estado a punto de pillarlas en un renuncio.

—Jesuita —repetí.

Luego moví la cabeza de arriba abajo un par de veces, paladeando la información. Aquello era bueno. Era incluso estupendo; y uno, imagino, se hace cartógrafo para disfrutar momentos como ése. Tomándome mi tiempo, contemplé con mucha atención la carta desplegada sobre la mesa, consciente de la doble mirada fija en mí. Conté mentalmente medio minuto.

—Invítenme a comer —dije por fin, al llegar a treinta—. Creo que acabo de ganarme un buen vino y una estupenda comida.

Los llevé a la Pequeña Taberna, un restaurante de cocina huertana que está detrás del arco de San Juan, cerca del río. Lo hice recreándome en la suerte, como los toreros que no tienen prisa, y disfruté de su expectación dosificándoles la cosa con cuentagotas: aperitivo, una botella de Marqués de Riscal gran reserva más que razonable, pisto murciano, sangre frita con cebolla, verduras a la plancha. Ellos apenas probaron bocado, pero yo hice honor al lugar y a la mesa.

—Ese barco —dije una vez transcurrido el tiempo adecuado— no pueden encontrarlo en los 37º 32' de latitud y los 1º 21' de longitud este de Cádiz, por la simple razón de que ahí no ha estado nunca.

Pedí más pisto. Estaba delicioso, y apetecía al verlo sobre el mostrador, expuesto en enormes lebrillos de barro. También apetecía ver la cara que ponían ellos a medida que les desgranaba la historia.

—Los jesuitas tenían una larga tradición cartográfica —proseguí, mojando pan en la salsa—. El propio Urrutia contó con su ayuda técnica para el levantamiento de sus cartas esféricas... Al fin y al cabo, la tradición científico-hidrográfica de la Iglesia viene de antiguo: la primera cita de un instrumento náutico se encuentra en los Hechos de los Apóstoles: «*Y echando la sonda, hallaron veinte brazas*».

Aquel toque erudito no les hizo mucha mella; se impacientaban, claro. Sin pretender ocultarlo él, que tenía las manos inmóviles a cada lado del plato y me miraba con cara de estar pensando cuándo dejará de dar rodeos este imbécil. Ella escuchaba con una calma aparente que me atrevo a calificar de profesional: valía para eso, sin duda. Apenas mostraba indicios de nada que no fuese una atención extrema, como si cada una de mis vaguedades fuese oro puro. Sabía manejar a los hombres. Más tarde supe hasta qué punto.

—El caso es —proseguí, entre dos bocados y dos tientos al gran reserva— que algunos de los más importantes cartógrafos pertenecieron a la Compañía de Jesús: Ricci, Martini, el padre Fournier, autor de la *Hydrographie*... Tenían sus sistemas, sus misiones en Asia, sus reducciones americanas, sus rutas propias, sus feudos de todo tipo. Sus barcos, capitanes y pilotos. Blasco Ibáñez los noveló como *La araña negra,* y en cierto sentido tenía razón.

Continué con la comida y los detalles, reservándome el golpe de efecto final. Los jesuitas, añadí, contaban con sus escuelas de cosmografía, cartografía y náutica. Sabían qué importantes eran los conocimientos geográficos exactos; y sus religiosos, desde los tiempos de Ignacio de Loyola, estaban encargados de recolectar en todos los viajes datos útiles para la Compañía. Hasta el marqués de la Ensenada —apunté con un espárrago triguero pinchado en el tenedor— les encomendó en tiempos de Felipe V un mapa moderno y detallado de España, que no se llegó a imprimir por la caída del ministro. También hablé de su estrecha relación con Jorge Juan y Antonio de Ulloa, los caballeros del Punto Fijo que midieron el grado de meridiano en el Perú. En materia científica, en suma, los jesuitas fueron perejil de todas las salsas. Con amigos y enemigos, naturalmente. Por eso tomaban precauciones. Yo mismo, en el curso de mis trabajos, había topado con documentos que a veces fue difícil y otras imposible interpretar. Aquellos tipos tenían toda una infraestructura dedicada a lo que hoy —sonreí— llamaríamos contraespionaje.

—¿Quiere decir que usaban claves y lenguajes cifrados?...

—Sí, querida. Ese barco de ustedes navegaba dentro de un sistema de códigos internos y secretos. Como todos los de la Compañía, iba por el mundo con cartas que, como las de Urrutia y las otras, indicaban escalas de meridianos y paralelos necesarios para la navegación: Cádiz, Tenerife, París, Greenwich —bebí un sorbo de vino y asentí complacido; el camarero acababa de descorchar la segunda botella—... Pero había una particularidad. Recuerden que el meridiano es un concepto relativo, que sirve para situarse sobre un mapa que imita la superficie de la tierra mediante una proyección esférica... Hay ciento ochenta meridianos, que en principio son arbitrarios. El primero, que otros llaman meridiano cero, puede pasar por donde se quiera, pues no hay ni en el cielo ni en la tierra señal fija que obligue a contar desde él la longitud. Dada la figura de la tierra, todos los meridianos son aptos para ser considerados el principal, y cualquiera de ellos puede recibir tan señalado e ilustre nombre. Por eso, hasta que se adoptó Greenwich como referencia universal, cada país tuvo el suyo —bebí otro sorbo de vino y los miré, secándome los labios con la servilleta—... ¿Me siguen?

—Perfectamente —los ojos de hierro oscuro me observaban con extraordinaria fijeza, y no pude menos que seguir admirando aquella sangre fría—... Dicho en pocas palabras, que los jesuitas usaban su propio meridiano.

—Exacto. Sólo que yo detesto decir las cosas en pocas palabras.

Coy movía despacio la cabeza, sin decir nada: un gesto afirmativo muy lento y muy abatido. Vi que acercaba la mano a su vaso y ahora sí bebía un trago de vino. Un trago larguísimo.

—Entonces —dijo Tánger— las correcciones que hemos estado aplicando con sus tablas no deben hacerse respecto a Cádiz...

—Claro que no. Hay que hacerlas respecto al meridiano secreto que los jesuitas utilizaban en 1767 para calcular la longitud a bordo de sus barcos —hice otra pausa y los miré, sonriente—... ¿Ven adónde quiero llegar?

—Maldita sea —dijo Coy—. Suéltelo de una vez.

Le dirigí una mirada de afecto. Creo haberles dicho que cada vez me gustaba más aquel individuo.

—No me prive del placer del suspense, querido amigo. No me prive... El meridiano que ustedes buscan corresponde a los actuales 5º 40' oeste de Greenwich. Y pasa exactamente por la escuela de cosmografía, geografía y navegación, y el observatorio astronómico que, hasta su expulsión en 1767, los jesuitas tuvieron en la que hoy es universidad Pontificia, antiguo Colegio Real de la Compañía de Jesús...

Hice una última pausa teatral, alehop, damas y caballeros, y saqué el conejo de la chistera. Un conejo blanco, lustroso, que masticaba con naturalidad una zanahoria.

—... A unos pocos metros —precisé— de la torre de la catedral de Salamanca.

Hubo un silencio de al menos cinco segundos. Primero se miraron entre ellos y luego Tánger dijo no puede ser. Lo dijo así, en voz baja: no puede ser, mirándome como si yo fuera un marciano. Lo suyo no sonaba a objeción, ni a incredulidad, sino a lamento. Soy una estúpida, en traducción libre.

—Me temo que sí —puntualicé.

—Pero eso significa...

—Significa —la interrumpí, receloso de perder protagonismo— que en esa latitud, entre el meridiano de Salamanca y el del colegio de Guardiamarinas de Cádiz, en muchos mapas de la época había en 1767 una diferencia de cuarenta y cinco minutos de longitud oeste...

Mientras hablaba dispuse un par de cubiertos, un trozo de pan y un vaso para reconstruir aproximadamente el trazado de una costa. El vaso estaba en el centro, representando Cartagena, y el extremo de un tenedor marcaba el cabo de Palos. No era una carta de Urrutia, pero lo cierto es que no quedó mal del todo; faltaría más. Hasta los cuadros del mantel parecían paralelos y meridianos de una carta esférica.

—Y ustedes —concluí, contando con el dedo cuadritos hacia el tenedor situado a la derecha— han estado buscando ese barco treinta y seis millas al oeste de donde realmente está.

XIV. El misterio de las langostas verdes

Aunque hablo del Meridiano como uno solo, no
es así, pues son muchos; porque todos los hombres
o navíos tienen distintos meridianos, cada uno el
suyo particular.

Manuel Pimentel. *Arte de Navegar*

Navegaban hacia el este hendiendo la bruma del amanecer a lo largo del paralelo 37º 32', con un ligero desvío del rumbo al norte para ganar un minuto de latitud. Atornillado en su mamparo, el barómetro de latón tenía la aguja inclinada a la derecha: 1.022 milibares. No había viento, y los listones de la cubierta se estremecían con el trepidar suave del motor. La niebla empezaba a desvanecerse; y aunque todavía era gris en la estela, a proa filtraba deslumbrantes rayos de sol y tonos dorados, y por el través de babor se distinguían a veces, difuminadas y muy altas, las fantasmales cortaduras pardas de la costa.

Arriba, en la bañera, el Piloto vigilaba el rumbo. Y abajo en la camareta, inclinada con paralelas, compás, lápiz y goma de borrar, como una alumna aplicada que preparase un examen difícil, Tánger cuadriculaba la carta 464 del Instituto Hidrográfico de la Marina: *De cabo Tiñoso a cabo de Palos*. Sentado junto a ella, con una taza de café y leche condensada en las manos, Coy la miraba trazar líneas y calcular distancias. Habían trabajado toda la noche, sin dormir; y cuando el Piloto se despertó y largó amarras antes de que levantara el día, ya habían establecido sobre el papel la nueva zona de búsqueda, con el centro situado en los 37º 33' norte y 0º 45' oeste: el rectángulo sobre la carta que ahora Tánger, a la luz de la mesa de cartas, con paciencia y mucho cuidado por las suaves oscilaciones del *Carpanta,* dividía en franjas de cincuenta metros de anchura. Un área de milla y media de alto por dos y media de ancho, al sur de Punta Seca, seis millas al sudoeste del cabo de Palos:

«... Pero ocurrió que después que el viento roló al norte y teniendo ya avistado el cabo al nordeste, al forzar vela en evitación de la caza de que era objeto, tuvo la mala fortuna de faltar el mastelero del trinquete, entablándose combate vivísimo casi a tocapenoles. Perdióse el palo trinquete con casi toda la gente de cubierta muerta o fuera de combate por tirarle el otro con metralla y a ras de bordas; pero cuando el jabeque se disponía a abarloarse para el abordaje, el incendio de una de sus velas bajas, según cree haber visto el declarante, corrióse a alguna carga de pólvora, a resultas de lo cual quedó volado el jabeque con la mala fortuna de que la explosión también derribó el palo mayor del bergantín, enviándolo a éste a pique. Según el declarante no hubo más supervivientes que él, que se salvó por saber nadar y a bordo de la lancha que el bergantín había largado al iniciar combate, pasando allí el resto del día y la noche, hasta que sobre las once horas del día siguiente fue rescatado seis millas al sur de esta plaza por la tartana Virgen de los Parales. Según el declarante, el hundimiento del bergantín y del jabeque se produjo a dos millas de la costa en 37º 32' N - 4º 51' E, posición que coincide con la anotada en media hoja de papel que llevaba en su bolsillo al ser rescatado, por habérsela confiado el piloto una vez establecida en una carta esférica de Urrutia para trasladarla al libro de a bordo, y no disponer de tiempo para anotarla a causa de la

rapidez con que se entabló combate. Quedó internado el declarante bajo cuidado médico en el hospital de Marina de esta ciudad en espera de otras diligencias. Solicitó al día siguiente el Excmo. Sr. Almirante nuevas averiguaciones sobre ciertos puntos de este suceso, dándose la circunstancia de que el declarante había abandonado las dependencias del hospital durante la noche, sin que hasta el momento haya noticias de su paradero. Circunstancia sobre la que el Excmo. Sr. Almirante ha ordenado se inicien las diligencias oportunas sin perjuicio de la depuración de responsabilidades. Fechado en la Capitanía de Marina de Cartagena, a ocho de febrero de mil setecientos sesenta y siete. Teniente de navío Ricardo Dolarea.»

Todo encajaba. Lo discutieron del derecho y del revés con la copia de la declaración del pilotín sobre la mesa, analizando cada costura de aquella broma póstuma, exasperante, con la que los fantasmas de los dos jesuitas y los marinos hundidos en el *Dei Gloria* se habían burlado de ellos y de todos. La 464 desplegada ante los ojos, un compás de puntas en la mano, el trazado de la costa en la parte superior de la carta —cabo Tiñoso a la izquierda, cabo de Palos a la derecha y el puerto de Cartagena en el centro—, Coy había calculado fácilmente las dimensiones del error: aquella noche del 3 al 4 de febrero de 1767, con el corsario pegado a su popa, el bergantín navegó mucho más rápido y lejos de lo que pensaban. Y al amanecer, el *Dei Gloria* no se encontraba al sudoeste del cabo Tiñoso y de Cartagena, sino que ya había rebasado esas longitudes y navegaba más hacia levante. Estaba al *sudeste* del puerto, y el cabo que avistaba por su proa, al nordeste, no era el cabo Tiñoso sino el cabo de Palos.

Tánger había terminado. Puso sobre la carta el lápiz y las paralelas y se quedó mirando a Coy.

—Por eso torturaron durante dieciocho años al abate Gándara... Buscaron el barco en la posición que dio el pilotín. Quizá hasta bajaron con buzos o campanas de aire, y no encontraron nada porque el *Dei Gloria* no estaba allí.

La falta de sueño marcaba cercos oscuros bajo sus ojos, haciéndola parecer mayor. Menos atractiva y más fatigada.

—Cuéntame ahora qué ocurrió —dijo—. Tu versión final.

Él observó la 464. Estaba sobre la reproducción de la carta de Urrutia, llena también de trazos de lápiz y anotaciones. El dibujo marrón de la costa, la franja azul de las sondas mínimas, la recorrían ascendiendo en suave diagonal hasta la punta de Palos y las islas Hormigas, visibles en el extremo superior derecho de la carta. Todos los accidentes geográficos estaban a la vista, de oeste a este: cabo Tiñoso, el puerto de Cartagena, la isla de Escombreras, cabo de Agua, la ensenada de Portman, cabo Negrete, Punta Seca, cabo de Palos... Quizás aquella noche el viento del sudoeste había sido más fuerte, explicó Coy. Veinticinco o treinta nudos. O tal vez el capitán Elezcano asumió antes el riesgo de forzar la arboladura desplegando más trapo. También pudo ocurrir que el viento rolara al norte convirtiéndose en terral mucho antes del alba, y que el corsario, buen ceñidor gracias al foque del bauprés y las velas latinas de sus palos trinquete y mesana, hubiera ganado barlovento interponiéndose entre el bergantín y Cartagena, para impedirle refugiarse en ese puerto. También cabía la posibilidad de que, en el curso de alguna maniobra nocturna para despistar al corsario, el *Dei Gloria* se hubiera alejado peligrosamente de su único abrigo posible. O puede que el capitán, testarudo y riguroso, tuviera órdenes estrictas de no tocar más puerto que el de Valencia, a fin de que las esmeraldas no corriesen el peligro de caer en otras manos.

Intentó describir las primeras luces, la todavía confusa línea de la costa, las miradas inquietas del capitán y el piloto intentando saber dónde se encontraban exactamente, y la desolación al descubrir que el corsario seguía allí, dándoles caza y cada vez más cerca, sin que hubieran logrado engañarlo en la oscuridad. De cualquier modo, con esa primera claridad, mientras el capitán miraba arriba, hacia la arboladura, preguntándose si aguantaría tanta lona navegando de bolina, el piloto fue a la banda de babor y tomó demoras a tierra para establecer la posición. Sin duda obtuvo demoras simultáneas, y lo hizo situando en los 345° el Junco Grande, cabo Negrete en los 295°, y cabo de Palos en los 30°. Después llevaría la intersección de esas tres líneas sobre la carta, para establecer allí la posición del bergantín. No resultaba difícil imaginar al piloto con el catalejo y la alidada o el círculo de marcar sobre la magistral, ajeno a todo cuanto no fuera el procedimiento técnico de su oficio; y el pilotín a su lado, papel y lápiz listos para anotar las observaciones, mirando de reojo las velas del corsario enrojecidas por la luz horizontal del amanecer, cada vez más próximas. Luego, a toda prisa, abajo para el cálculo sobre la carta de Urrutia, y el pilotín corriendo de vuelta a la toldilla por la cubierta inclinada por la escora, el papel con los resultados en la mano, mostrándoselo al capitán justo en el momento en que arriba, en lo alto, el mastelero se partía con un crujido y todo se iba abajo, y el capitán ordenaba cortar aquello, echarlo por la borda y prevenirse los artilleros, y el *Dei Gloria* daba la guiñada trágica que lo enfrentaría a su destino.

Se calló, al advertir un estremecimiento en su propia voz. Marinos. A fin de cuentas aquellos hombres eran marinos, como él. Buenos marinos. Podía notar hasta el último de sus miedos y sensaciones con tanta exactitud como si él mismo hubiera estado a bordo del *Dei Gloria*.

Tánger lo miraba con atención.

—Cuentas bien las cosas, Coy.

Él se tocó la nariz. Contemplaba a través del portillo la luz abriéndose paso entre la bruma, a medida que el sol ascendía sobre el difuso círculo gris. También veía la proa del corsario *Chergui* apareciendo poco a poco ante una de las portas abiertas del bergantín.

—No es difícil —dijo—... En cierto modo no es difícil.

Entornaba los ojos. Sentía la boca seca, el sudor en el torso desnudo, empapado el trapo que acababa de anudarse en torno a la frente. Porque en ese momento, inclinado tras el negro cañón de cuatro libras entre el humo de las mechas encendidas, escuchaba la respiración de sus compañeros agazapados junto a la cureña con el atacador, la lanada y el sacatrapos a punto, listos para aflojar trincas, limpiar, cargar y disparar de nuevo.

—De cualquier modo —añadió tras unos instantes—, yo no digo que las cosas ocurrieran así.

—¿Y cómo explicas la posición del pilotín?

Coy encogió los hombros. El fragor del cañoneo y los astillazos que sonaban en su cabeza se apagaron lentamente. Ahora su dedo indicaba un punto sobre la carta, antes de describir una línea diagonal hacia el sudoeste.

—Igual que la explicamos antes —dijo—. Con la diferencia de que el viento que soplaba tras el naufragio, haciendo derivar el esquife, no era noroeste, sino nordeste. El terral de la madrugada pudo rolar unas cuartas a levante cuando el sol estuvo alto: entonces arrastró al pilotín mar adentro, acercándolo a la vertical de Cartagena, unas pocas millas al sur, donde al día siguiente fue rescatado.

Tampoco eso era difícil de imaginar, pensó, observando la línea de deriva sobre el papel marcado con los números de las sondas. El muchacho solo en su botecito al garete, aturdido, achicando agua. El sol y la sed, el mar inmenso y la costa cada vez más lejana, inalcanzable. La duermevela boca abajo para evitar que las gaviotas le picoteasen la cara, la cabeza alzada de vez en cuando para mirar alrededor, abatida luego con desesperanza: sólo el mar impasible, con los secretos bien guardados en sus entrañas. Y arriba, en la superficie rizada por la brisa, otro Ismael flotando sobre la tumba azul de sus camaradas.

—Es extraño que no diese la posición real del *Dei Gloria* —dijo Tánger—. Un chiquillo como él no podía ser consciente de todas las implicaciones.

—No era tan chiquillo. Ya te dije que embarcaban muy jóvenes, y después de cuatro o cinco en el mar, maduraban aprisa. Aquéllos eran hombres de una pieza. Marinos de verdad.

Ella movía la cabeza, convencida.

—Aun así —dijo— resulta asombroso el modo en que guardó silencio... Era alumno de náutica: tenía que saber que la longitud no se refería al meridiano de

Cádiz... Y sin embargo supo callar, y engañó a los investigadores. No hay en el acta del interrogatorio ni una sombra de duda.

Era cierto. Habían estado repasando los documentos, la declaración del náufrago, el informe oficial: ni una sola contradicción. El pilotín se había mantenido firme en cuanto a latitud y longitud. Y tenía en el bolsillo el papel anotado como prueba.

—Era un buen chico —añadió Tánger, pensativa—. Un muchacho leal.

—Eso parece.

—Y muy listo. ¿Recuerdas su declaración?... Habla del cabo que está al nordeste, pero no lo nombra. Por la posición que dio, todos creyeron que se trataba del cabo Tiñoso. Pero él se guardó bien de corregirlos. Nunca llegó a decir qué cabo era.

Coy miraba otra vez el mar a través del portillo.

—Supongo —dijo— que ése fue su modo de seguir luchando.

El sol ya estaba alto y la bruma se desvanecía. El perfil oscuro de la costa iba precisándose por el través de babor: la Punta de la Chapa, con su faro blanco a levante de la bahía de Portman; el antiguo Portus Magnus, con los escombros de las minas abandonadas sobre la vieja calzada romana, y el fango cegando la ensenada donde, ya antes de que naciera Cristo, naves con ojos pintados a proa cargaban lingotes de plata.

—Me pregunto qué sería del chico.

Se refería a la desaparición del hospital de marina. Respecto a eso, Tánger tenía su propia teoría; así que la expuso, dejando a Coy, como de costumbre, el trabajo de rellenar los espacios en blanco. En síntesis, a principios de febrero de 1767 los jesuitas todavía contaban con mucho dinero y poder en todas partes, incluido el departamento marítimo de Cartagena. No era difícil sobornar a las personas adecuadas, y asegurar una discreta retirada del pilotín a segundo plano: bastaba un coche de caballos y garantías para cruzar las puertas de la ciudad. Sin duda agentes de la Compañía lo hicieron salir del hospital antes de que sufriera un nuevo interrogatorio, llevándolo lejos, a salvo, al día siguiente de su rescate en el mar. Desaparecido sin licencia, estaba anotado en el expediente: algo irregular para un jovencísimo marino mercante sometido a investigación por la Armada. Pero el *desaparecido sin licencia* había sido corregido más tarde por mano anónima, sustituyéndolo un *dado de alta con licencia*. Ahí se perdía el rastro.

Era fácil, pensaba Coy al escuchar el relato de Tánger. Todo encajaba, y también eso podía imaginarlo sin trabajo: la noche, los corredores desiertos del hospital, la luz de una vela. Centinelas o guardianes cegados con oro, alguien que llega embozado y con instrucciones precisas, el chico rodeado de gente segura. Luego, las calles vacías, el conciliábulo clandestino en el convento jesuita de la ciudad. Un interrogatorio grave, rápido, tenso, y ceños que se desfruncen al averiguar que el secreto sigue bien guardado. Tal vez palmadas en la espalda, manos admiradas que se posan en su hombro. Buen chico. Buen y valiente chico. Y después de nuevo la noche, y gente que desde una esquina en sombras hace la señal: sin novedad. El coche de caballos, las puertas de la ciudad, el campo abierto y el cielo lleno de estrellas. Y un marino de quince años que dormita en el asiento, acostumbrado desde niño a peores balanceos que ése, velado en el sueño por los espectros de sus camaradas muertos. Por la sonrisa triste del capitán Elezcano.

—Sin embargo —concluyó Tánger—, hay algo... Quizá divertido, o curioso. El pilotín se llamaba Miguel Palau, ¿recuerdas?... Era sobrino del armador valenciano del *Dei Gloria*, Luis Fornet Palau. Y puede que sólo sea una coincidencia —alzó un dedo en alto, como si reclamase un momento de atención, y rebuscó entre los documentos que tenía en el cajón de la mesa de cartas—... Pero mira. Cuando estuve averiguando nombres y fechas, al consultar en Viso del Marqués unas listas de marina muy posteriores, di con una referencia a la balandra *Mulata*, de Valencia. Esa embarcación sostuvo en 1784 un combate con el brick inglés *Undated*, cerca de los Freus de Formentera. El brick quiso capturarla, pero la balandra se defendió muy bien y pudo escapar... ¿Y sabes cómo se llamaba el capitán español?... *M. Palau*, dice la referencia. Igual que nuestro pilotín. Y hasta por edad podría coincidir: quince años en 1767, treinta y dos o treinta y tres en 1784...

Le había pasado a Coy una fotocopia, y éste leyó el texto: *«Noticia de lo ocurrido a día quince del corriente, sobre el combate mantenido por la balandra Mulata mandada por el capitán don M. Palau, con el brick inglés Undated ante la isla de los Ahorcados...».*

—Si se trataba del mismo Palau —dijo Tánger—, tampoco se rindió esa vez, ¿verdad?

«Se informa ante la autoridad marítima de este puerto de Ibiza que haciendo ruta de Valencia hacia esta localidad, cuando iba en demanda del Freo Grande de Formentera y en la cercanía de las Negras y los Ahorcados, la balandra española Mulata, de ocho cañones, fue atacada

por el brick-goleta inglés Undated, de doce, que se había acercado bajo engaño de bandera francesa e intentaba apresarla. Pese a la diferencia de porte sostúvose vivísimo fuego con mucho daño por ambas partes, y también un intento de abordarse de los ingleses, que lograron meter tres hombres en la balandra, siendo los tres muertos y arrojados al mar. Separáronse las embarcaciones y prosiguió el combate muy encarnizado por espacio de media hora, hasta que la Mulata, pese al viento contrario, pudo pasar a este lado de los freos gracias a una maniobra de notorio riesgo, consistente en meterse por el freo del medio, con sólo cuatro brazas de fondo en la medianía y muy cerca del arrecife de la Barqueta; maniobra peritísima que dejó al otro lado al inglés, cuyo capitán no osó seguir adelante por las condiciones del viento y lo incierto del fondo, pudiendo arribar la Mulata a este puerto de Ibiza con cuatro hombres muertos y once heridos a bordo y sin otra novedad...»

Coy le devolvió la copia del informe a Tánger. Sonreía. Años atrás, en un velero de poca eslora y calado, había pasado el freu medio por aquel mismo sitio. Cuatro brazas eran poco más de seis metros, y además la sonda disminuía rápidamente a partir del centro a uno y otro lado. Recordaba bien la visión siniestra del fondo a través del agua transparente. Una balandra artillada podía calar tres metros, y el viento contrario dificultaba un rumbo en línea recta; así que, fuera o no fuera el mismo hombre, pilotín Miguel Palau o capitán M. Palau, quien patroneaba la *Mulata* tenía nervios bien templados.

—Quizá el nombre sólo sea una coincidencia.

—Puede —Tánger releía pensativa la fotocopia antes de devolverla al cajón—. Pero me gusta creer que era él.

Estuvo callada un instante y luego se volvió hacia el portillo, a mirar la línea de la costa que la bruma ya desvelaba limpia y libre, hacia la amura de babor, con el sol iluminando la piedra oscura del cabo Negrete:

—... Me gusta creer que ese pilotín volvió al mar, y que siguió siendo un hombre valiente.

Durante ocho días peinaron la nueva zona de búsqueda con la Pathfinder, franja a franja, con rumbos de norte a sur, empezando por el este, en sondas que iban de los 80 a los 18 metros. Más profundo y abierto a los vientos y a las corrientes que la ensenada de Mazarrón, el lugar se veía agitado por incómodas marejadas que entorpecían y retrasaban el trabajo. El fondo era irregular, de piedra y arena; y tanto el Piloto como Coy tenían que hacer muchas inmersiones —que la excesiva profundidad hacía necesariamente breves— para comprobar irregularidades detectadas por la sonda, incluida una vieja ancla solitaria que les hizo concebir esperanzas hasta que la identificaron como una de almirantazgo con cepo de hierro: un modelo posterior al siglo XVIII. De ese modo terminaban exasperados y exhaustos, echando el fondeo al redoso del cabo Negrete las noches de poco viento, o al resguardo de levantes y lebeches en el puertecito de Cabo Palos. Los partes meteorológicos anunciaban la formación de un centro de bajas presiones en el Atlántico; y si la borrasca no se desviaba hacia el nordeste de Europa, sus efectos tardarían menos de una semana en llegar al Mediterráneo, obligándolos a suspender la búsqueda por algún tiempo. Todo eso los volvía nerviosos e irritables;

el Piloto pasaba días enteros sin abrir la boca, y Tánger mantenía su obstinada vigilancia de la sonda con actitud sombría, como si cada jornada transcurrida arrancase otro jirón de esperanza. Una tarde Coy echó un vistazo al cuaderno donde ella había estado anotando los resultados de la exploración, y encontró las hojas llenas de garabatos incomprensibles, espirales y cruces siniestras. También había una cara de mujer espantosamente deformada, con trazos tan fuertes que en algunas líneas rasgaban el papel. Una mujer que parecía gritar al vacío.

Las noches no eran mucho más agradables. El Piloto decía buenas noches y cerraba su puerta a proa, y ellos dos se acostaban cansados, la piel oliendo a sudor y a sal, sobre las colchonetas de uno de los camarotes de popa. Se encontraban en silencio, buscándose con una urgencia tan extrema que parecía artificial, para encajar uno en otro de forma intensa y brutal, rápida, sin palabras. Cada vez Coy intentaba prolongar el instante, sujetar a Tánger entre sus brazos, acorralarla contra el mamparo, controlar el cuerpo y la mente de aquella desconocida. Pero ella se debatía, escapaba, procuraba acelerar el proceso, no poner en ello más que aliento y carne, lejana la cabeza, inaccesible el pensamiento. En ocasiones Coy creía tenerla por fin, atento al ritmo de su respiración, a los besos de su boca abierta, a la presión de los muslos desnudos alrededor de su cintura. Oprimía con los labios el cuello o los senos de la mujer y la sujetaba firme, poderosamente, aferradas las muñecas, sintiendo latir su pulso en la lengua y en la ingle, clavándose hondo en ella como si pretendiera llegar al corazón, y empapárselo hasta lograr que fuese tan suave como aquel interior húmedo y aquella boca. Pero ella retrocedía, debatiéndose para huir del abrazo; e incluso atrapada, prisionera, le negaba en última instancia el pensamiento que él se esforzaba en capturar. Los ojos, mirándolo fijos en las sombras, relucientes e inalcanzables, se transfiguraban ausentes, más allá de Coy y del barco y del mar: absortos en maldiciones arcanas de soledad y negrura. Y entonces abría la boca para gritar como la mujer que él había sorprendido en el dibujo; para gritar un grito de silencio que resonaba en las entrañas del hombre como el más doloroso de los insultos. Coy sentía correr aquel lamento por sus venas, y se mordía los labios reprimiendo una angustia que le inundaba el pecho y la nariz y la boca; igual que si estuviera hundiéndose, sofocado, en un mar de tristeza densa. Tenía ganas de llorar al modo de cuando era niño, con lágrimas bien grandes y copiosas, incapaz de entibiar el escalofrío de tantas soledades. Aquél era demasiado peso. Sólo había leído unos cuantos libros y navegado unos cuantos años y entrado en unas cuantas mujeres; por eso creía carecer de palabras, y de gestos, y también creía que hasta sus propios silencios resultaban toscos. Sin embargo, habría dado la vida por llegar hasta dentro de ella, infiltrado por los tejidos de su carne, y acercarse a su cerebro desnudo para lamerlo despacio, suavemente, con toda la ternura de que era capaz, limpiándolo de todo lo que cientos de años, miles de hombres, millones de vidas, habían ido dejando allí como un lastre, una escoria, un tumor doloroso y maligno. Y de ese modo Coy, después de cada vez, tras el último estremecimiento de la mujer, insistía tenaz, olvidado de sí mismo, acicateado por la desesperación, cuando ella cesaba de agitarse para quedar inmóvil, respirando con dificultad en busca del aliento perdido; y él, o sus células vivas y su sangre y su memoria, concluían que la amaban más que a ninguna otra persona o cosa. Pero ella se había ido demasiado lejos, y él no existía; era un intruso en ese mundo y en tal instante. Y así sería, pensaba entristecido, el final de todo: no un estruendo, sino un casi imperceptible suspiro. En ese minuto de indiferencia, puntual como una condena, todo moría en ella; todo quedaba en suspenso mientras el latido de su pulso recobraba la normalidad. Y de nuevo la piel del hombre era consciente del portillo abierto a la noche, y del frío que reptaba desde el mar a la manera de una maldición bíblica. Eso lo arrojaba sobre una desolación árida como una superficie de mármol: pulida, inmensa, perfecta. Un mar de los Sargazos aterradoramente inmóvil, una carta esférica rotulada con nombres como los que inventaban los antiguos navegantes: Punta Decepción, bajo de la Soledad, bahía Amarga, isla de Guárdenos Dios... Después ella lo besaba antes de volverle la espalda, y él se quedaba boca arriba oscilando entre el odio hacia aquel último beso y el desprecio de sí mismo; una mano apoyada en la cadera próxima, desnuda y dormida. Los ojos abiertos en la oscuridad, oyendo el rumor del agua contra el casco del *Carpanta* y el viento arreciar en la jarcia. Pensando que nadie fue capaz nunca de dibujar la carta esférica que permite navegar a través de una mujer. Y con la certeza de que Tánger iba a salir de su vida sin que él llegara a poseerla nunca.

Fue por aquellos días cuando tuve otra vez noticias del grupo. Tánger me telefoneó desde El Pez Rojo, un restaurante de Cabo Palos, para pedirme algunas precisiones sobre un problema técnico que aumentaba el margen de error en media milla de longitud este. Despejé la duda, interesándome por sus trabajos, y ella dijo que todo iba bien y que muchas gracias, y que ya tendría noticias suyas. Lo cierto es que tardé un par de semanas en tener esas noticias; cuando las obtuve fue por los periódicos, y entonces me sentí tan estúpido como casi todos los personajes de esta historia. Pero no adelantemos acontecimientos: la llamada telefónica la hizo Tánger cierto mediodía que se hallaban con el *Carpanta* abarloado al muelle del antiguo pueblo pescador reconvertido en localidad turística. La borrasca del Atlántico norte seguía estacionaria, y el sol brillaba en las longitudes y latitudes del sudeste de la península Ibérica. La aguja del barómetro estaba alta, sin cruzar la peligrosa vertical hacia la izquierda; y era eso, paradójicamente, lo que aquella vez los había llevado hasta el pequeño puerto que se extendía alrededor de una amplia cala negra, sucia de escollos a flor de agua, bajo la torre del faro que se alzaba sobre una roca avanzada en el mar. Por la mañana, el calor había hecho aparecer a la izquierda del viento cumulonimbos que se agrupaban en forma de yunque, creciendo hacia lo alto con amenazador tono grisáceo. El viento, de doce a quince nudos de intensidad, iba en dirección a esas nubes; pero Coy, al echar un vistazo, comprendió que si el yunque de cumulonimbos seguía haciéndose mayor a medida que se aproximaba, rachas duras de tormenta saltarían del lado contrario cuando la masa gris se hallase sobre sus cabezas. Bastó una mirada silenciosa con el Piloto, que acentuaba las arrugas de los párpados observando en la misma dirección, para que los dos marinos se entendieran sin palabras. Entonces el Piloto puso proa a Cabo Palos. Y allí estaban, en el porche encalado del Pez Rojo, comiendo boquerones fritos, ensalada y vino tinto.

—Media milla más —dijo Tánger, sentándose.

Su tono era irritado. Cogió un boquerón de la bandeja, lo miró un momento como si buscara alguna responsabilidad que atribuirle, y luego lo desechó con desprecio.

—Media maldita milla más —repitió.

En sus labios, *maldita* era casi una palabrota. Resultaba extraño oírla hablar de ese modo, y mucho más verla perder el control; así que Coy la observó con curiosidad.

—No es muy grave —dijo.

—Es otra semana de búsqueda.

Tenía el pelo sucio, apelmazado de salitre, y le brillaba la piel quemada por el sol, falta de agua y jabón. Tampoco el Piloto y Coy mostraban mejor aspecto después de varios días sin afeitarse, tan atezados y sucios como ella. Todos vestían tejanos, camisetas y polos descoloridos, zapatillas deportivas, y era patente la huella de los días pasados en el mar.

—Una semana —repitió Tánger— como mínimo.

Miraba sombría el *Carpanta* aún iluminado por el sol y amarrado abajo, en el muelle de la barra. El yunque gris oscurecía poco a poco la ensenada, como si alguien corriese despacio un telón que apagara el reflejo del sol en las casitas blancas y en el agua azul cobalto. Y ella está perdiendo la esperanza, se dijo de pronto Coy. Después de tanto tiempo y tanto esfuerzo, empieza a asumir la posibilidad de que exista la palabra fracaso. La profundidad de la zona de exploración es mayor, y eso puede suponer que, aunque demos con el pecio, éste quede fuera de nuestro alcance. Además, el plazo destinado a la búsqueda se termina, y también su dinero. Ahora, por primera vez desde vete a saber cuándo, conoce la duda.

Observó al Piloto. Los ojos grises del marino dieron silenciosamente la razón a sus conclusiones: la aventura empezaba a rozar los márgenes de lo absurdo. Todos los datos eran ciertos y estaban probados, pero faltaba lo principal: el barco hundido. Nadie dudaba de que estuviera allí, en alguna parte. Tal vez incluso desde la pequeña elevación del restaurante podía verse el lugar exacto donde el bergantín y el corsario se habían ido a pique. Quizá habían pasado varias veces por encima del pecio, oculto bajo metros de fango y arena. Quizá todo no era más que una inmensa sucesión de errores; y el principal de todos era que el tiempo de buscar tesoros no resistía la lucidez del tiempo adulto y razonable.

—Todavía queda milla y media por explorar —dijo suavemente Coy.

No acabó de pronunciar la frase y ya se sintió ridículo. Él dando ánimos. Lo nunca visto. En realidad se limitaba a retrasar el último acto. A desear retrasarlo, antes de volver a flotar solo y huérfano, agarrado al ataúd de Queequeg. Al esquife del *Dei Gloria.*

—Claro —respondió ella, átona.

Acodada en la mesa, las manos cruzadas bajo la barbilla, seguía mirando la ensenada. El yunque gris ya estaba encima del *Carpanta,* cerrando el cielo sobre su palo desnudo. Entonces cesó el viento, el mar recobró la calma ante el muelle de la barra, y las drizas y la bandera del barco quedaron inmóviles. Después, Coy vio cómo al fondo las rocas de la orilla y los escollos se veteaban de trazos blancos, espuma que comenzaba a romper mientras una coloración más oscura se extendía como una mancha de aceite por la superficie del mar. Todavía quedaba sol en el porche del restaurante cuando la primera racha corrió a lo largo de la bahía, rizando el agua, y en el *Carpanta* la bandera flameó de pronto y restallaron las drizas contra el mástil, campanilleando con furia mientras el barco se inclinaba hacia el muelle, aconchándose contra las defensas. La segunda racha fue más fuerte: treinta y cinco nudos por lo menos, calculó a ojo Coy. La bahía estaba ahora llena de borreguillos blancos y el viento aullaba subiendo de nota en nota por los huecos de las chimeneas y los aleros de los tejados. De pronto el ambiente era sombrío y gris, casi sobrecogedor, y Coy se alegró de estar sentado allí comiendo boquerones fritos y no mar adentro.

—¿Cuánto durará esto? —preguntó Tánger.

—Poco —dijo Coy—. Una hora, tal vez. Puede que algo más. Por la tarde habrá terminado. Sólo es una tormenta de verano.

—El calor —apuntó el Piloto.

Coy miró a su amigo, sonriendo para sus adentros. También él, se dijo, siente el deber de consolarla. A fin de cuentas eso es lo que de veras nos ha traído hasta aquí, aunque el Piloto no se plantee racionalmente tal tipo de cosas. O al menos así lo creo. En ese momento los ojos del marino se posaron en los de Coy, tranquilos, tan serenos como siempre, y éste rectificó. Tal vez él sí se plantea ese tipo de cosas.

—Mañana habrá que buscar también media milla más allá —anunció Tánger—. Hasta los cuarenta y siete minutos oeste.

Coy no necesitaba una carta. Tenía la 464 grabada en la cabeza, de tanto estudiarla. Hasta el último detalle del área de búsqueda.

—La parte positiva —dijo— es que por ese lado disminuye la profundidad hasta dieciocho y veinticuatro metros. Todo será más fácil.

—¿Qué fondo hay?

—Arena y piedras, ¿verdad, Piloto?... Con manchas de algas.

El Piloto asintió. Sacó del bolsillo su paquete de cigarrillos y se puso uno en la boca. Como Tánger lo miraba, volvió a asentir de nuevo.

—Las algas van a más a medida que te acercas al cabo Negrete —dijo—; pero ese sitio está limpio. Piedra y arena, como dice Coy... Con algo de cascajo donde las langostas verdes.

Tánger, que en ese momento bebía un sorbo de vino, detuvo el ademán, el vaso todavía en los labios, atenta al Piloto.

—¿Qué es eso de las langostas verdes?

El Piloto estaba ocupado con su chisquero, encendiendo el cigarrillo. Hizo un gesto indeciso.

—Pues eso mismo —echaba el humo entre los dedos, al hablar—. Langostas de color verde. Es el único sitio donde se encuentran. O se encontraban. Ya nadie saca langostas por aquí.

Tánger había dejado el vaso. Lo puso cuidadosamente sobre el mantel, como si temiera derramarlo. Seguía mirando con extrema atención al Piloto, que enrollaba con parsimonia la mecha en torno al chisquero.

—¿Tú has estado allí?

—Claro. Hace mucho. Era un buen sitio cuando yo era joven.

Coy recordaba aquello. Su amigo le había hablado alguna vez de langostas morunas de caparazón verde, en vez del habitual rojo oscuro o marrón jaspeado de blanco. Eso era hace veinte o treinta años, cuando aún había peces y marisco en aquellas aguas: langostinos, almejas, atunes y meros de hasta veinte kilos.

—El sabor era bueno —explicó el Piloto—, pero el color echaba para atrás a los clientes.

Tánger estaba pendiente de sus palabras.

—¿Por qué?... ¿Cómo era ese color?

—Verde moho, muy distinto al rojo o al azulado que tienen las langostas recién pescadas, o a ese otro verde oscuro de la langosta africana o americana —el Piloto sonrió apenas entre el humo de tabaco—... No abría mucho el apetito... Por eso los pescadores se las comían ellos, o vendían las colas ya hervidas.

—¿Recuerdas el sitio?

—Claro que sí —el Piloto empezaba a mostrarse incómodo por el interés de ella; aprovechaba las chupadas a su cigarrillo para hacer pausas cada vez más largas y mirar a Coy—... El cabo de Agua por el través y el cabezo del Junco Grande unos diez grados al norte.

—¿Qué sonda?

—Escasa. Veintipocos metros. La langosta suele andar más abajo, pero en aquel sitio había siempre unas cuantas.

—¿Buceabais allí?

El otro le dirigió un nuevo vistazo a Coy. Cuéntame adónde quiere ir a parar, decían sus ojos. Y éste, que tenía las manos apoyadas en la mesa, las volvió un poco hacia arriba, mostrando las palmas. Versión para sordomudos: no tengo ni puta idea.

—En esa época no había tantos equipos de inmersión como ahora —respondió al fin el Piloto—. Los

pescadores trabajaban calando las nasas de junco o el tras-
mallo, y cuando se perdían se quedaban abajo.

—Abajo —repitió ella.

Luego permaneció callada. Al cabo de un momento alargó una mano hacia su vaso de vino, pero tuvo que
dejarlo porque los dedos le temblaban.

—¿Qué ocurre? —preguntó Coy.

No comprendía su actitud, ni el temblor, ni el
repentino interés de Tánger por las langostas. Incluso
era uno de los platos que figuraban en la carta del restaurante, y la habían visto pasar sobre él con indiferencia.

Ella reía. De un modo singular, quedo. Reía entre dientes, inesperadamente sarcástica, moviendo la cabeza como si la regocijase un chiste que hubiera contado
ella misma. Se había llevado las manos a las sienes como
si de pronto le dolieran, y miraba el agua de la bahía que
ya era gris, clareada por la espuma de olas cortas levantadas en las incesantes rachas. La luz tamizada del exterior
acentuaba el metal pavonado de sus ojos absortos. O estupefactos.

—Langostas —murmuró—... Langostas verdes.

Ahora se estremecía, con la risa demasiado próxima a un sollozo. Tras un nuevo intento, había derra-
mado su vaso de vino sobre el mantel. Y espero que no
se haya vuelto loca, pensó alarmado Coy. Espero que no
se haya vuelto majareta con toda esta mierda, y que en vez
de llevarla al *Dei Gloria* no terminemos llevándola a un
manicomio. Secó un poco el vino con la servilleta. Después puso una mano en su hombro, y al tocarla sintió el
temblor.

—Tranquilízate —susurró.

—Estoy muy tranquila —dijo ella—. Nunca he estado más tranquila en mi vida.

—¿Qué diablos pasa?

Había dejado de reír, o de sollozar, o de lo que fuera, y continuaba observando el mar. Al fin dejó de temblar, suspiró hondo y miró al Piloto con una extraña expresión antes de inclinarse sobre la mesa e imprimir un beso en la cara del azarado marino. Ahora sonreía, radiante, cuando se volvió hacia Coy.

—Pasa que es ahí donde está el *Dei Gloria*. Donde las langostas verdes.

Mar rizada, casi llana, y brisa suave. Ni una nube en el cielo, y el *Carpanta* balanceándose suavemente a dos millas y media de la costa con la cadena del fondeo cayendo vertical desde la roldana: cabo de Agua por el través, y el Junco Grande arriba, diez grados al nordeste. El sol todavía no estaba alto, pero ya picaba en la espalda de Coy cuando se inclinó para comprobar el manómetro de la bibotella: dieciséis litros de aire comprimido, la reserva arriba, los atalajes listos. Comprobó la frisa, y después encajó sobre ella la reductora que había de suministrarle aire a una presión que iría variando con la profundidad, para compensar el aumento de las atmósferas sobre su cuerpo: sin ese aparato para equilibrar la presión interna, un buceador quedaría aplastado o estallaría como un globo hinchado en exceso. Abrió la llave a tope y luego la cerró tres cuartos de vuelta. La boquilla era una vieja Nemrod; sabía a caucho y a polvos de talco cuando se la puso en la boca para comprobar el funcionamiento. El aire circuló ruidosamente por las membranas. Todo en orden.

—Media hora a veinte metros —le recordó el Piloto.

Asintió mientras se ponía la chaquetilla de neopreno, el cinturón de lastre y el chaleco salvavidas de emergencia. Tánger estaba de pie frente a él, sujeta con una mano al baquestay, mirándolo en silencio. Vestía su bañador negro de nadadora olímpica, y a los pies tenía unas aletas, una máscara de buceo y un tubo respirador. Había pasado casi toda la tarde y parte de la noche explicándoles lo de las langostas verdes. Lo expuso una y otra vez del derecho y del revés, tras interrogar al Piloto hasta el mínimo detalle, haciendo croquis con lápiz y papel, calculando distancias y profundidades. El caparazón de las langostas, había dicho, posee facultades miméticas: igual que a muchas otras especies, la naturaleza proporciona a esos crustáceos la capacidad del camuflaje como medio de defensa. De ese modo se adaptan a los fondos en que viven. Estaba comprobado que langostas que habitaban en barcos de hierro hundidos adquirían a menudo el tono rojizo del óxido de las planchas en descomposición. Y el color verde mohoso descrito por el Piloto coincidía exactamente con la tonalidad que el bronce adquiere tras largas inmersiones bajo el mar.

—¿Qué bronce? —había preguntado Coy.

—El de los cañones.

Coy tenía sus reservas. Todo aquello le sonaba demasiado a Cangrejo de las Pinzas de Oro, o a cualquier otra aventura semejante. Pero no habitaban un álbum de Tintín. Por lo menos, no él.

—Tú misma has dicho, y lo comprobamos bien, que los cañones del *Dei Gloria* eran de hierro... No había grandes cantidades de bronce a bordo del bergantín.

Ella lo miró tranquila y superior; como esas otras veces en que parecía darle a entender que llevaba la bragueta abierta, o que era imbécil.

—Los del *Dei Gloria,* sí —puntualizó—; pero no los del *Chergui.* El jabeque llevaba doce cañones: cuatro largos de seis libras, ocho de a cuatro, y además cuatro pedreros, ¿recuerdas?... Procedentes de una vieja corbeta francesa artillada, la *Flamme.* Y al menos los cañones de seis y los de a cuatro eran de bronce —había despegado del mamparo el plano del jabeque, para tirarlo sobre la mesa delante de Coy—. Así figura en la documentación que nos dio Lucio Gamboa en Cádiz. Hay casi quince toneladas de bronce ahí abajo.

Coy cambió otra mirada con el Piloto, que se limitaba a escuchar en silencio, y no puso más objeciones. Todo lo demás, había seguido explicando Tánger, era obvio. Los dos barcos se hundieron muy cerca uno del otro. Lo más probable, debido a la explosión que acabó con el *Chergui,* era que los restos del corsario estuviesen dispersos alrededor del pecio principal. Al sulfatarse uno de sus elementos, el cobre, el bronce había ido adquiriendo aquella coloración característica bajo el mar, adoptada por las langostas que sin duda hicieron sus viviendas en los restos del naufragio y en las bocas de los cañones. Y se daba, además, una circunstancia complementaria y alentadora: lo más importante. Si las langostas habían estado en contacto con el bronce, eso significaba que el área de dispersión no era muy grande, y que los restos no estaban cubiertos por el fango o la arena.

Escuchó un chapuzón y vio que Tánger ya no estaba junto al baquestay. Se había tirado al mar y nadaba alrededor de la popa del *Carpanta,* con la máscara submarina y el respirador puestos, aguardando. No iba a bajar con él, pero sí a quedarse en la superficie, vigilando sus burbujas para tenerlo localizado: el radio en que se movería hacía difícil mantenerlo atado al barco con un cabo de seguridad. Coy se sujetó el cuchillo en la pantorrilla derecha, el profundímetro y el reloj en una muñeca y la brújula en la otra, y anduvo hasta el borde del peldaño de popa. Allí, sentado y con los pies en el agua, se calzó las aletas, escupió en el cristal de la máscara y se la puso después de enjuagarla en el mar. Luego alzó los brazos para que el Piloto le colocara la botella de aire comprimido a la espalda. Ajustó las cinchas y se llevó la boquilla a la boca. El aire resonó en sus oídos al circular por la reductora. Giró sobre un costado, protegió con una mano el cristal de la máscara, y aprovechando el peso de la botella se dejó caer de espaldas en el mar.

El agua estaba muy fría; demasiado para la época del año. Los mapas de corrientes indicaban allí un suave flujo de nordeste a sudoeste, con diferencia de cinco a seis grados respecto a la temperatura mínima general. Sintió erizársele la piel con la desagradable sensación del agua penetrando bajo la chaquetilla de neopreno; tardaría un par de minutos en entibiarse con el calor del cuerpo. Respiró lenta y profundamente un par de veces, para comprobar la reductora; y con la cabeza medio fuera del agua vio casi encima la popa del *Carpanta* y al Piloto de pie en ella. Luego se sumergió un poco, mirando alrededor en el panorama azul que lo circundaba. Cerca de la superficie, con los rayos del sol aclarando el agua limpia y quieta, había buena visibilidad. Unos diez metros en horizontal, calculó. Podía ver la quilla negra del velero con la pala del timón girada a babor y la cadena del fondeo descendiendo vertical hacia las profundidades, las piernas de Tánger nadando cerca, a suaves impulsos de sus aletas de plástico naranja. Dejó de pensar en ella para concentrarse en lo que hacía. Miró abajo, donde el azul se volvía más oscuro e intenso, comprobó la posición de las manecillas del reloj y empezó a dejarse caer lentamente hacia el fondo. Ahora el ruido del aire al aspirarlo a través de la reductora era muy fuerte, ensordecedor; y cuando la aguja del profundímetro llegó a los cinco metros, se detuvo para llevarse los dedos a la nariz, bajo la máscara, y compensar el aumento de presión en sus oídos. Cluc. Cluc. Al hacerlo alzó el rostro, aliviado, y vio las burbujas ascendentes de su última espiración, la superficie del mar que el sol convertía en un techo de plata esmerilada, el casco negro del *Carpanta* allá arriba, y a Tánger que se había sumergido un poco y nadaba junto a él, mirándolo detrás de su máscara de buceo, el pelo rubio agitándose en el agua, las piernas esbeltas, prolongadas por las aletas, moviéndose despacio para mantener la profundidad cerca de Coy. Respiró de nuevo y otro penacho de burbujas ascendió hacia ella, que movió la mano a modo de saludo. Luego Coy miró hacia abajo y prosiguió el lento descenso a través de la esfera azul que se cerraba sobre su cabeza, oscureciéndose a medida que se aproximaba al fondo. El segundo alto para compensar lo hizo cuando el profundímetro marcaba catorce metros; y el agua era ya una esfera traslúcida que extinguía todos los colores excepto el verde. Estaba en ese punto intermedio donde a veces los buceadores, sin referencias, pierden la orientación y el sentido del arriba y abajo, y de pronto se ven contemplando unas burbujas que parecen descender en vez de subir; y sólo la lógica, si es que la conservan, recuerda que, en cualquier circunstancia, una burbuja de aire siempre va hacia arriba. Pero no llegó a ese extremo. La penumbra del fondo empezó a dibujar formas, y momentos depués Coy se dejaba caer muy despacio sobre un lecho de arena pálida y fría, cerca de una espesa pradera de anémonas, posidonias y algas filamentosas entre las que nadaban pequeños bancos de peces. El profundímetro indicaba dieciocho metros. Coy miró en torno, a través de la semiclaridad que lo circundaba: la visión era buena, y la suave corriente que sentía limpiaba el agua; en un radio de cinco a siete metros podía distinguir bien el paisaje, las estrellas de mar, las conchas vacías, las grandes bivalvas en forma de pala clavadas verticales en la arena, las crestas de piedra con rudimentarias formaciones de coral que marcaban el límite de la pradera submarina. Pequeños microorganismos arrastrados por la corriente derivaban flotando a su alrededor. Sabía que si encendía una linterna, la luz devolvería sus colores naturales a todos aquellos objetos de monótona apariencia verde, aumentados de tamaño a través del vidrio inastillable de la máscara. Respiró varias veces pausadamente para adaptar sus pulmones a la presión y oxigenar la sangre, y se orientó consultando la brújula. Su plan era alejarse quince o veinte metros hacia el sur y luego describir un círculo alrededor del fondeo del *Carpanta,* que había quedado al norte y atrás. Empezó a nadar despacio, con las manos a los costados y suaves movimientos de las piernas y las aletas, manteniéndose a un metro del fondo. Observaba la arena con mucha atención, pendiente de cualquier indicio de algo enterrado debajo; aunque los cañones de bronce, había insistido Tánger, tenían que estar a la vista. Fue hasta el borde de la pradera y echó una ojeada entre las algas y los filamentos ondulantes. Si había algo en aquella espesura iba a ser difícil dar con ello, así que decidió seguir explorando la parte de arena desnuda; que pese a parecer llana, descendía en suave declive hacia el sudoeste, según comprobó con el profundímetro y la brújula. El ruido del aire lo acompañaba con una inspiración y una espiración aproximadamente cada cinco segundos, entre intervalos de absoluto silencio. Procuraba moverse despacio, reduciendo al mínimo el esfuerzo físico. A menos fatiga, rezaba la vieja regla del buceo, menos ritmo de respiración, menos consumo de aire y más reservas disponibles. Y aquello iba a ser largo. Con langostas o sin ellas, una aguja en un pajar.

Había unas manchas oscuras en la arena, y Coy se acercó a echarles un vistazo: cascajo y piedras semienterradas con pequeñas algas encima. Algo más lejos encontró el primer objeto relacionado con la vida en la superficie: una lata de conservas oxidada. Prosiguió sin prisa, moviendo la cabeza para mirar a un lado y a otro, y se detuvo cuando calculó que había alcanzado el extremo del radio de la circunferencia que tenía previsto describir sobre el fondo. Entonces se orientó de nuevo y empezó a nadar en arco hacia la derecha. Estaba a punto de pasar del lecho de arena a las rocas que marcaban el límite de la pradera de algas cuando distinguió una sombra algo más lejos, casi al final de su campo de visión. Fue hasta allí y comprobó, decepcionado, que se trataba de una piedra circular recubierta de formaciones calcáreas. Demasiado circular y demasido perfecta, pensó de pronto. La movió un poco, levantando arena del fondo, y la piedra se reveló sorprendentemente ligera al rompérsele entre las manos, descubriendo dentro una materia verdegris semejante a madera podrida. Atónito, Coy tardó un poco en comprender que se trataba exactamente de eso: madera vieja y podrida. Tal vez la rueda de una cureña. Sintió latir más aprisa su corazón bajo el neopreno. La respiración ya no era tranquila, sino que había subido a tres bocanadas cada cinco segundos cuando escarbó sin encontrar nada más; y al hacerlo levantó tanta suciedad del fondo que tuvo que remontarse un poco para alcanzar agua limpia y seguir mirando alrededor. Entonces vio el primer cañón sobre la arena.

Nadó impulsándose despacio con las aletas, como si temiera que la gran pieza de bronce fuera a deshacerse ante sus ojos igual que la rueda de madera. Debía de tener dos metros de largo, y yacía sobre el fondo como si alguien acabara de depositarlo allí con mucho cuidado. Estaba casi todo al descubierto, con su pátina mohosa y algunas incrustaciones calcáreas; pero eran perfectamente visibles los adornos de las asas en forma de delfines, la bola del cascabel de la culata y los gruesos muñones. Debía de pesar casi una tonelada.

Algo más lejos podía distinguir la sombra oscura de otro cañón. Fue hacia él y comprobó que era idéntico, aunque en distinta posición: había debido de caer al fondo casi vertical, clavándose de boca y diagonalmente, y luego el peso lo fue hundiendo en la arena hasta por encima de los muñones. También había curiosas piedras rojizas, que al partirlas con el cuchillo mostraban vaciados interiores parecidos a moldes: la huella de objetos de hierro hechos desaparecer por la corrosión, pero que conservaban sus formas impresas en la formación calcárea que los cubrió con el paso del tiempo. Coy tuvo que reprimirse para no ascender hasta la superficie y anunciarlo a gritos: había dado con el *Chergui,* o con lo que quedaba de él. Le bastaba agitar la mano para remover el fondo, y bajo éste aparecían fragmentos de madera y objetos mejor conservados gracias a la protección de la arena. Desenterró una botella de apariencia muy antigua, cuya base estaba intacta pero deformada y fundida por el calor. El jabeque corsario, concluyó, había estallado exactamente allí: veinte metros arriba, en la superficie, y sus restos quedaron esparcidos por ese lugar. Un poco más lejos, muy juntos, encontró otros dos cañones. También tenían el color verde del bronce sumergido durante dos siglos y medio, y salvo algunas incrustaciones y la mohosa pátina exterior, se hallaban razonablemente limpios. Ahora los restos eran abundantes: maderas que asomaban de la arena, objetos metálicos en diversos grados de corrosión, balas de cañón semienterradas, loza rota, aglomerados de tablazón y clavos de hierro. Coy dio incluso con una estructura de madera casi intacta, que al escarbar en la arena se reveló más grande y en mejor estado de lo que se apreciaba a simple vista. Parecía una mesa de guarnición, con grandes vigotas y fragmentos de cordaje que se deshizo al tocarlo. Y más cañones. Contó hasta nueve, repartidos en un área de unos treinta metros de diámetro.

Le sorprendía lo limpio que estaba todo; la ausencia de acumulación de sedimento sobre los restos, que en su mayor parte consistía en delgadas capas de arena. La suave corriente fría que iba en dirección sudoeste podía ser una explicación: mantenía despejado el sitio, encaminando el flujo hacia una depresión abierta algo más abajo, tras una pequeña cresta rocosa tapizada de anémonas. Coy fue hasta allí para comprobarlo, y vio que la depresión, en forma de zanja natural, drenaba los sedimentos desviándolos a una serie de escalones que iban hacia sondas más profundas. Un pulpo, sorprendido en su guarida por la presencia del intruso, se alejó por la arena, abiertas las patas en forma de nerviosa estrella, lanzando chorros de tinta para cubrirse la retirada. Coy consultó el reloj. El aire de la reductora se hacía más duro, así que miró arriba, hacia la claridad verde azulada que se difuminaba sobre su cabeza, traspasada por las burbujas que parecían de plata. Era hora de subir. Llevó la mano a la base de la botella para accionar la reserva, y el aire volvió a llegar a sus pulmones con normalidad.

Se disponía a ascender cuando vio un ancla. Estaba justo en el borde de una segunda cresta rocosa erosionada, al otro lado de la zanja de drenaje; y era grande, antigua, con grandes uñas de hierro muy oxidado y cubierto de incrustaciones calcáreas. Tanto el ancla como la cresta de piedras y anémonas tenían enganchados restos de viejas redes y nasas deshechas: con el tiempo, muchos pescadores habían perdido sus artes en ese lugar. Pero lo que le llamó la atención fue que el ancla era de las de cepo de madera, aunque éste hubiera desaparecido y sólo quedasen algunos trozos bajo el arganeo. Era un ancla como las que podían haber llevado el jabeque o el bergantín; y eso animó a Coy a cruzar la zanja, rodear la cresta y acercarse a ella, aprovechando los últimos minutos de su reserva de aire. Al otro lado de las rocas, la arena alternaba con un lecho de cascajo; el declive era más pronunciado y bajaba de los veintiséis a los veintiocho metros de sonda. Y allí, en la penumbra verde, desdibujándose en profundidad como una fantasmal sombra oscura, estaba el *Dei Gloria*.

XV. Los iris del Diablo

> Todo lo que se encuentra en el mar, sin dueño, es de uno.
> Francisco Coloane. *El camino de la ballena*

Con frases musicales tensas y cortas, el saxo alto improvisaba como nadie lo hizo nunca. Sonaba *Koko,* uno de los temas que Charlie Parker había grabado cuando inventó todo lo que estaba destinado a inventar antes de pudrirse y reventar de un ataque de risa. Por ese orden: primero se pudrió y luego se murió de risa, mirando la tele. De eso hacía medio siglo; y ahora Coy escuchaba la grabación digitalizada de aquella vieja melodía, sentado desnudo en una mecedora frente a una mesa con una bandeja de fruta, y junto a la ventana de una habitación con lluviosas vistas al puerto, en el hostal Cartago. Taratá. Tumb, tumb. Tará. Tenía una botella de limonada en la mano y miraba dormir a Tánger.

Llovía sobre el puerto, las grúas, los muelles, los barcos de la Armada abarloados de dos en dos en el dique de San Pedro y los cascos herrumbrosos del Cementerio de los Barcos Sin Nombre, donde estaba el *Carpanta* amarrado de popa al espigón y con un ancla a proa. Llovía a cántaros porque la borrasca había llegado al fin. Lo hizo desde su cuartel general de bajas presiones situado sobre Irlanda, extendiendo isobaras malignamente concéntricas y próximas unas a otras; fuertes vientos del oeste empujaron sucesivos frentes nubosos en dirección al Mediterráneo, y los mapas del tiempo se llenaron de advertencias negras y rayos y signos de lluvia, y las costas fueron traspasadas por flechas con dos y tres rabitos de plumas en la cola que apuntaban al corazón de los navíos incautos. Así que, después de tres días de trabajo en el pecio, los tripulantes del *Carpanta* se vieron obligados a regresar a puerto. Pese a la impaciencia de Tánger, ella misma estuvo de acuerdo en que la pausa iría bien para planificar los últimos pasos y adquirir equipo necesario antes del asalto final a los secretos de la tumba submarina. Una tumba, la del *Dei Gloria,* situada definitivamente a dos millas de la costa, en los 37º 33,3' de latitud norte y los 0º 46,8' de longitud oeste, con la popa a 26 metros de profundidad y la proa a 28.

Durante aquellos días en que vivieron con un ojo en el mar y otro en el barómetro, Tánger había dirigido la operación desde la camareta del *Carpanta.* Coy y el Piloto trabajaron duro, turnándose abajo en períodos de media hora a cuarenta minutos, con intervalos suficientes para no verse obligados a hacer largas descompresiones. El barco, comprobaron desde las primeras exploraciones, se hallaba en buen estado, si tenían en cuenta los dos siglos y medio que llevaba bajo el agua. Se había hundido de proa, dejando una de sus anclas en la cresta rocosa antes de posarse en el fondo, orientado en un eje nordeste-sudoeste. El casco, yaciendo sobre la banda de estribor, estaba enterrado en arena y sedimentos hasta el combés, con la cubierta podrida y llena de adherencias marinas todavía intacta a popa. Hacia proa, toda la tablazón, el forro de la cubierta y los baos habían desaparecido, y de la arena asomaban algunos extremos de las cuadernas del buque, semejantes a costillas de un mundo esqueleto. Cuando en las siguientes inmersiones Coy y el Piloto exploraron el resto del *Dei Gloria,* pudieron comprobar que aproximadamente el tercio posterior de éste se encontraba al descubierto, con destrozos que hubieran sido mayores en otras aguas y en otra posición. El combés aparecía hundido en una confusión de maderas, aglomerados de hierro podrido por la corrosión, arena y sedimentos, que se amontonaba hacia la proa deshecha y enterrada. Era evidente que, al inclinarse el bergantín mientras se hundía, los diez cañones de hierro de la cubierta y todos los objetos pesados se habían desplazado hacia adelante; y allí, con el tiempo, aquel peso había hecho ceder la tablazón, hundiéndola en la arena. Ésa era la causa de que la popa se encontrase un poco alta y con menos destrozos, aunque muchos baos y cuadernas habían cedido y la arena se amontonaba entre el maderamen podrido. Podía distinguirse el muñón del palo mayor roto en el combate, una pirámide de tablas petrificadas en forma de caseta de tambucho, dos portas de cañón en la regala de babor, y el codaste que conservaba, todavía sujeto por pernos de bronce mohoso y lleno de filamentos e incrustaciones, restos de la pala del timón.

Habían tenido suerte, explicó Tánger la primera noche mientras se balanceaban fondeados sobre el naufragio, reunidos en torno a la carta de Urrutia y los planos del *Dei Gloria,* a la menguada luz de la lámpara de la camareta, celebrando el hallazgo con una botella de blanco Pescador que el Piloto conservaba a bordo. Habían tenido mucha suerte por varias razones; y la principal era que el bergantín se fue a pique de proa y no de popa, dejando más accesible la cámara del capitán, donde solían guardarse los objetos valiosos. Lo más probable era que las esmeraldas, si estaban a bordo en el momento de hundirse, se encontraran allí o en el sollado contiguo, reservado al pasaje. El hecho de que la popa no estuviese completamente enterrada facilitaba la tarea, porque buscar bajo la arena habría requerido mangueras de extracción y un equipo más complejo. En cuanto al estado de conservación, óptimo después de tanto tiempo en el fondo del mar, se debía a la cresta rocosa tras la que se hallaba el pecio, con los canales naturales y las piedras que lo resguardaban de la acción del oleaje, los sedimentos marinos y las redes de los pescadores. También la corriente suave de agua fría que circulaba desde el cabo de Palos había atenuado la acción de los teredos, los gusanos marinos devoradores de madera que encontraban condiciones favorables en aguas cálidas. Por todo ello, el trabajo que tenían por delante se presentaba agotador, pero no imposible. A diferencia de los arqueólogos que investigaban naufragios, ellos no tenían que conservar nada; podían permitirse cualquier destrozo necesario para llegar antes a su objetivo. No había medios técnicos ni tiempo para miramientos. De modo que al día siguiente, actuando en paralelo al trabajo de Tánger sobre los planos desplegados en los mamparos y en la mesa de cartas del *Carpanta,* Coy y el Piloto emplearon toda una jornada de inmersiones sucesivas en tender una driza blanca que iba de proa a popa del barco hundido, siguiendo la aparente línea de crujía. Luego, moviéndose con precaución entre las maderas rotas y las incrustaciones calcáreas que podían cortar como cuchillos, cruzaron de dos en dos metros drizas más cortas, perpendiculares a ambos lados de la línea longitudinal y lastradas con plomos en los extremos; y de ese modo hicieron una división del pecio en segmentos cuya correspondencia Tánger había trazado con regla y lápiz sobre los planos del bergantín. Así establecieron rudimentarios puntos de identificación entre la realidad y el papel, situando abajo cada parte del casco según figuraba a escala 1:55 en los planos suministrados por Lucio Gamboa. El día que el barómetro empezó a descender y los partes meteorológicos los decidieron a resguardarse en Cartagena, habían logrado ya calcular la posición del sollado de popa, la camareta y la cámara situadas bajo la toldilla. La cuestión principal residía en averiguar el estado interior de la cámara del capitán Elezcano; si la tablazón interior resistía la presión de los sedimentos y la podredumbre de la madera, y era posible desplazarse por dentro una vez descubierto el modo de entrar, o si todo estaba tan aplastado y revuelto que sería necesario empezar desde arriba, rompiendo y desescombrando hasta descubrir los doce metros cuadrados que, junto al espejo de popa, ocupaba el habitáculo del capitán.

La lluvia seguía cayendo tras los cristales y Charlie Parker se apagaba en aquel paisaje con su saxo, arropado camino del sueño eterno por el piano de Dizzy Gillespie. Era Tánger quien le había regalado a Coy esa grabación, tras comprarla en una tienda de música de la calle Mayor. Estaban sentados en la puerta del Gran Bar con el Piloto, después de dar un paseo bajo la lluvia hasta el Museo Naval de la ciudad y aprovisionarse de camino en tiendas de efectos náuticos, supermercados, ferreterías y droguerías, con dinero que ella sacó de un cajero automático, tras dos intentos que la obligaron a reducir la cifra por falta de liquidez. Yo también estoy buceando con la reserva, dijo sarcástica mientras se guardaba la cartera con la tarjeta de crédito en un bolsillo de atrás de sus tejanos. Habían podido comprar lo necesario, desde herramientas a productos químicos, y las compras se hallaban en bolsas entre las patas de las sillas mientras el toldo de lona del bar los protegía de la llovizna cálida, que barnizaba la calle dando aspecto melancólico a los miradores vacíos de los edificios modernistas cuyos bajos, que Coy recordaba animados por viejos cafés, se habían convertido en lúgubres oficinas bancarias. Y estaban allí los tres, tomando aperitivos y mirando pasar impermeables y paraguas mojados, cuando Tánger dejó el diario local sobre la mesa —lo tenía abierto por la página de entradas y salidas de buques, observó Coy—, se puso en pie y fue hasta la tienda de música que estaba junto a Revistas Mayor, frente a la librería Escarabajal. Volvió con un paquete en la mano y lo puso frente a Coy sin decir toma, para ti, ni decir nada. Dentro había dos CD dobles con los masters de los ochenta temas que Charlie Parker había grabado para los sellos Dial y Savoy entre 1944 y 1948. Y, dadas las circunstancias, él no pudo menos que apreciar el gesto. El viejo Parker valía una pasta.

Aquel mismo día, Coy creyó ver de nuevo a Horacio Kiskoros. Volvían al *Carpanta* cargados con la compra, y bajo los muros del antiguo fuerte de Navidad, junto al cementerio de barcos, él echó un vistazo alrededor. Lo hacía a menudo, por instinto, cada vez que se hallaban en tierra. Aunque Tánger parecía indiferente a las amenazas de Nino Palermo, Coy seguía teniéndolas en cuenta, y no olvidaba el último encuentro con el argentino en la playa de Águilas. El caso es que caminaba hacia el espigón a cuyo extremo estaba amarrado el *Carpanta,* en pos de Tánger y del Piloto, cuando vio a Kiskoros al pie de la torre vieja. O creyó verlo. Aquél era paso frecuentado por los pescadores que iban al rompeolas, pero la silueta que se destacó en el contraluz ceniciento, entre la torre y el puente desmontado del *Korzeniowski,* no tenía aspecto de pescador: menuda, pulcra, con algo parecido a un Barbour verde.

—Ése es Kiskoros —dijo.

Tánger se detuvo, desconcertada. Ella y el Piloto se habían vuelto a mirar hacia donde indicaba, pero ya no había nadie. De cualquier modo, pensó Coy, LBLTL: Ley de Blanco, Líquido y en Tetrabrik suele ser Leche. Así que Barbour, enano y por allí, sólo podía tratarse de Kiskoros. Además, cuando los malos rondan, lo normal es que tarde o temprano alguno asome la oreja. Dejó las bolsas en el suelo. En ese momento no llovía, y las rachas de sudoeste cálido que bajaban silbando por las laderas de San Julián rizaban bajo sus pies el agua de los charcos cuando chapoteó corriendo hacia la torre. Seguía sin haber nadie cuando llegó, pero estaba seguro de haber visto al héroe de Malvinas; y su desaparición brusca lo reafirmaba en la idea. Echó un vistazo entre las planchas cortadas a soplete, los hierros retorcidos que teñían la arena de herrumbre, y quedándose bien quieto aguzó el oído. Nada de nada. El metal resonó inseguro con sus pasos cuando trepó por una escalerilla del puente desguazado del paquebote, manchándose las manos de óxido. Los restos de lluvia goteaban del techo, empapando las maderas podridas del suelo; algunas cedían bajo su peso, así que procuró mirar dónde ponía los pies. Bajó por el otro lado, hasta la panza abierta del bulkcarrier a medio desguazar, con los mamparos interiores sucios de grasa negra y seca: aquello era un laberinto de hierro viejo, de chatarra amontonada por todas partes. Rodeó la base de una de las grúas y penetró en el barco a través de un corredor inclinado, donde el agua formaba charcos en el suelo contra las brazolas. Sus sentidos tensos, en estado de alerta, acusaron la tristeza opresiva de toda aquella desolación intensificada por la luz sucia que se filtraba desde el exterior. Al otro lado de una cámara desguarnecida y vacía, con todos los cables retirados y hechos montones en un rincón, se asomó a la cavidad oscura de una bodega. Dejó caer un trozo de metal, y el eco siniestro rebotó al fondo, entre las planchas invisibles. Imposible bajar sin una linterna. Entonces oyó un ruido a su espalda, en el extremo del corredor; así que, con el corazón dándole sacudidas en el pecho, contenido el aliento hasta dolerle la mandíbula, volvió sobre sus pasos: el Piloto estaba allí, ceñudo y tenso, empuñando un barrote de hierro de tres palmos; y Coy blasfemó entre dientes, a medio camino entre la decepción y el alivio. Tánger aguardaba detrás, apoyada en un mamparo, las manos en los bolsillos y expresión sombría. En cuanto a Kiskoros, si de veras se trataba de él, había volado.

Se quitó los auriculares cuando el lejano reloj del ayuntamiento daba siete campanadas. El dong-dong-dong parecía rematar las últimas notas. Dong. Bebió un sorbo de limonada y siguió mirando a Tánger, dormida sobre la cama revuelta. La claridad gris tamizaba sombras al trasluz de las sábanas que le cubrían las rodillas, el torso y la cabeza. Dormía sobre un costado, una mano extendida y otra entre las piernas dobladas, la cintura y los muslos al descubierto, de espaldas a la luz incierta del amanecer; y la curva de sus caderas desnudas era el escorzo por donde resbalaban claridad y sombras modelando piel

moteada, hoyuelos de la carne, hendiduras y curvas. Inmóvil en la mecedora, Coy observaba los detalles de la
escena: el rostro oculto, el cabello entre las sábanas arrugadas que definían la consistencia de los hombros y la espalda; la cintura al descubierto, el ensanchamiento de las
caderas y la línea interior de los muslos vistos desde atrás,
el bello zigzag de las piernas flexionadas, las plantas de
los pies. Y en especial aquella mano dormida cuyos dedos asomaban aprisionados entre los muslos, muy cerca
de la insinuación del vello púbico, dorado y con tonos oscuros.

Se puso en pie y caminó silencioso, acercándose
a la cama para fijar mejor aquello en su memoria. Al hacerlo, el espejo del armario al fondo reflejó un fragmento
de la escena: la otra mano de Tánger extendida sobre la
almohada, el apunte de una rodilla, el cuerpo modelado
bajo la sábana; y también el mismo Coy integrado allí
mediante la porción de su cuerpo que se reflejaba en el
azogue del cristal: un brazo y una mano, el contorno de
su cadera desnuda, la certeza física de que la imagen no
pertenecía a otro ni era un juego de espejos de su memoria. Lamentó no tener a mano una cámara fotográfica para retener los detalles. Así que se esforzó por grabar en su
retina aquel misterio semidesvelado que lo obsesionaba;
la intuición del momento mudable, brevísimo, que tal
vez lo explicara todo. Había un secreto, y el secreto estaba a la vista, apenas disimulado en lo obvio. Otra cuestión era aislarlo y comprender; pero sabía que no iba a
disponer de tiempo, y que en un instante los dioses ebrios
y caprichosos, que ignoraban su propia facultad de crear
mientras soñaban, bostezarían despertándose, y todo iba
a esfumarse como si no hubiera existido jamás. Tal vez

ya no se repitiera nunca con tanta evidencia, pensó desolado, ese momento fugaz: el relámpago de lucidez consoladora capaz de poner las cosas en su sitio, de equilibrar vacío, horror y belleza. De reconciliar al hombre reflejado en el espejo con la palabra vida. Pero Tánger empezaba a moverse bajo las sábanas; y Coy, que se sabía a pique de rozar la clave del enigma, sintió que, como en una foto imperfecta, entre la escena y el observador se interponía ya una décima de segundo de más o de menos, como el desajuste de una imagen imposible de resolver. Y en el espejo, más allá del escorzo de su propio cuerpo y de la mujer tendida en la cama, los barcos bajo la lluvia fueron otra vez reflejos de naves negras en un mar milenario.

Entonces ella despertó, y con ella despertaron todas las mujeres del mundo. Despertó tibia y soñolienta, el cabello revuelto y pegado a la cara cubriéndole los ojos, la boca entreabierta. La sábana se deslizó por sus hombros y por la espalda descubriendo el brazo extendido, la línea de la axila hacia los músculos dorsales, el tenso arranque de un seno comprimido bajo el peso del cuerpo. Ahora la espalda tostada por el sol, con la marca más clara del bañador, aparecía en toda su extensión hasta más abajo de la cintura mientras arqueaba los riñones, desperezándose como un animal hermoso y tranquilo, deslumbrados los ojos por la claridad sucia de la ventana; descubriendo la proximidad de Coy con una sonrisa primero desconcertada y luego cálida, al cabo repentinamente seria, grave, consciente de su desnudez y de la observación de que había sido objeto. Y al fin, el desafío: el giro lento y deliberado ante los ojos del hombre, despojada por completo de las sábanas, boca arriba, una pierna extendida y la otra doblada en ángulo, impúdica, la mano junto al sexo sin llegar a ocultarlo, las líneas del vientre convergiendo hacia la cara interior de los muslos como señales sin retorno, la otra mano abandonada sobre las sábanas. Inmóvil. Y siempre la mirada firme, calma, sus ojos fijos en el hombre que la observaba. Luego, tras unos instantes, ella se deslizó a un lado hasta quedar de rodillas ante el espejo, mostrándole por atrás la desnudez de la espalda y las caderas. Allí, acercando los labios al cristal, dejó escapar el aliento hasta empañarlo; y sin apartar sus ojos de Coy, o de la imagen de Coy, imprimió la huella de su boca en el vaho que empañaba el reflejo. Eso fue lo que hizo. Después se levantó y, poniéndose por el camino una camiseta, fue a sentarse al otro lado de la mesa, junto a la fuente con frutas; peló con los dedos una naranja entera y empezó a comérsela sin separar los gajos, mordiendo la pulpa que se le derramaba por los labios, la barbilla y las manos. Coy fue a situarse frente a ella, sin decir palabra, y de vez en cuando Tánger lo miraba del mismo modo que cuando estaba tendida en la cama, los dedos y la boca teñidos del jugo de la naranja, con la diferencia de que ahora sonreía un poco, apenas. Sonreía y luego se llevaba las muñecas a la boca para chupar el jugo que le corría hasta los codos, y la naranja deshecha entre sus dedos desaparecía en sus labios, y la lengua lamía los espacios entre los dedos, de nuevo los restos de pulpa en las palmas, de nuevo las muñecas. Entonces Coy movió la cabeza como si negase algo. La movió a un lado y a otro antes de suspirar igual que si se le escapara un quejido triste, resignado. Después rodeó la mesa sin apresurarse, atrajo hacia sí a la mujer, y tal como estaba, sentada, con la camiseta sólo alzada hasta las caderas, el sabor de naranja en la boca, buscó el camino de Ítaca en la otra orilla de aquel mar viejo y gris como la memoria.

Regresaron al *Dei Gloria* cuando pasó la borrasca, después que las últimas nubes se alejaran al amanecer dejando un rastro de arreboles rojos a barlovento. De nuevo el mar fue azul intenso, y el sol iluminó las casitas blancas de la costa llevando al viento de la mano en forma de suave brisa: a rolar a la buena, en palabras del Piloto. Y aquel mismo día, con luz vertical proyectando la sombra de Coy en la superficie del agua, éste volvió a zambullirse con una bibotella de aire comprimido a la espalda para descender a lo largo de la baliza —una de las grandes defensas laterales del *Carpanta*— que habían fijado con treinta metros de cabo y un nudo cada tres, al extremo de un ancla. Tocó fondo a poca distancia de la banda de babor, a la altura del combés, y nadó a lo largo del casco para comprobar que las marcas fijadas antes de la borrasca continuaban en su sitio. Después consultó el plano que traía dibujado con lápiz de cera en una tablilla de plástico, calculó las distancias con ayuda de una cinta métrica, y empezó a desescombrar el tambucho de popa, petrificado y recubierto de incrustaciones marinas. Con una palanca de hierro y una piqueta rompió las tablas podridas, que se deshicieron en una nube de suciedad. Trabajaba despacio, procurando no hacer esfuerzos que acelerasen su necesidad de aire. A veces se retiraba un poco para descansar mientras se posaban los sedimentos y recobraba visibilidad. De ese modo desmontó el tambucho, y cuando el agua se aclaró un poco pudo asomar la cabeza dentro, como había hecho el día anterior en la bodega del bulkcarrier. Esta vez metió con cuidado el brazo con la linterna e iluminó las revueltas entrañas del bergantín, donde peces desorientados por la luz nadaban enloquecidos buscando rutas de escape. La linterna devolvía el color natural, anulando la monotonía del verde de las profundidades; había anémonas, estrellas de mar, formaciones coralinas rojas y blancas, algas multicolores que se agitaban suavemente, y las escamas fugitivas de los peces cortaban el haz iguales a navajas de plata. Coy vio un taburete de madera en apariencia bien conservado, caído contra un mamparo y cubierto de verdín: podían distinguirse los adornos en espiral tallados en sus patas. Exactamente bajo el tambucho había algo que parecía una cuchara llena de adherencias, y junto a ella asomaba la parte inferior de un farol de petróleo con el latón cuajado de caracolillo, medio enterrado en un montoncito de arena que se había ido filtrando entre la tablazón podrida. Describiendo un arco con la linterna, Coy vio los restos de lo que parecía una alacena aplastados en un rincón; y entre una pila de tablas rotas pudo apreciar rollos de cabullería erizados de filamentos pardos, y objetos de metal y loza: picheles, jarras, un par de platos y botellas, recubierto todo por una finísima capa de sedimentos. Sin embargo, en otros aspectos el panorama no era tan alentador: los baos que sostenían la cubierta habían cedido en muchos sitios, y media cámara era un desorden de maderas y montones de arena que se había filtrado por el costillar roto. El haz de la linterna iluminaba huecos suficientes para moverse por el interior con muchas precauciones, siempre que no cedieran las cuadernas y baos que mantenían la estructura del casco. Era más prudente, resolvió, levantar cuanta tablazón de la toldilla fuese posible y actuar desde fuera, a cielo abierto, retirando el maderamen con ayuda de flotadores de aire que redujeran el esfuerzo. Eso haría más lento el trabajo; pero resultaba preferible a que el Piloto o él se vieran atrapados dentro, al menor descuido.

Se quitó con mucho cuidado la bibotella, pasándola hacia adelante sobre su cabeza; inspiró una buena bocanada de aire y la dejó en la cubierta, con la boquilla sujeta bajo los grifos. Después introdujo medio cuerpo por el tambucho, precavido en no engancharse con nada, y alumbrando con la linterna se acercó al farol semienterrado hasta que pudo alcanzarlo. Era muy ligero, y lo desprendió del fondo sin dificultad. En ese momento vio los ojos de un gran mero que lo observaba boquiabierto desde un agujero bajo un mamparo. Lo saludó agitando la mano, y luego retrocedió de espaldas y poco a poco hasta encontrarse de nuevo a la altura de la cubierta, atento a que no se le escapara ni un soplo del aire que necesitaría para vaciar la boquilla de la reductora y respirar de nuevo. Mordió la boquilla, sopló en la reductora burbujeante y aspiró aire fresco sin problemas; luego se pasó la bibotella a la espalda, cerrándose los atalajes. En su muñeca, el reloj Seiko sumergible del Piloto indicaba que había pasado 35 minutos allí abajo. Era hora de ascender, detenerse a la altura del nudo que marcaba los 3 metros y aguardar los 7 minutos requeridos por las tablas de descompresión. Así que dio cinco tirones sucesivos del cabo de kevlar que lo mantenía unido a una cornamusa del *Carpanta* y empezó a subir despacio con el farol en las manos, a menos velocidad que sus propias burbujas de aire, viendo clarear el agua de la penumbra verdosa al verde, y de éste al azul. Antes de llegar arriba se detuvo en la marca de los tres metros, agarrado al nudo del cabo, con la sombra negra del velero inmóvil sobre su cabeza, bajo la superficie cuyos reflejos parecían vidrio esmerilado. En ese momento el vidrio se rompió en la espuma de una zambullida, y Tánger, con gafas de buceo y los cabellos ondeando en el agua, bajó dando brazadas hasta Coy. Nadaba a su alrededor como una extraña sirena, y la luz que se filtraba desde arriba empalidecía su piel moteada, haciéndola parecer insólitamente desnuda y vulnerable. Le mostró el farol del *Dei Gloria,* y vio abrirse mucho sus ojos, maravillados, tras el cristal de la máscara.

Durante cuatro días, turnándose en inmersiones sucesivas, Coy y el Piloto levantaron parte de la cubierta del bergantín a la altura de la cámara. Desescombraban retirando la tablazón podrida de arriba abajo, rompiendo con palancas de hierro y piquetas, con cuidado de no afectar la estructura de cuadernas y baos que mantenía la forma del casco bajo la toldilla. Para levantar las maderas grandes recurrían al principio de Arquímedes, procurando un volumen de aire equivalente al peso de cada objeto a levantar: una vez liberadas las maderas gruesas, usaban flotadores semejantes a paracaídas de plástico con cabos de nylon, que llenaban con el aire comprimido de botellas de reserva arriadas por la vertical del *Carpanta* con ayuda de un cabo. El trabajo resultaba lento y agotador; a veces la nube de sedimentos era muy espesa, e impedía la visibilidad hasta el extremo de que se veían obligados a descansar para que el agua aclarase de nuevo.

Había huesos humanos. Aparecían entre la tablazón del barco o semienterrados en la arena, en ocasiones con fragmentos de lo que fueron sus cinturones o zapatos. Como el cráneo con un boquete en un parietal que Coy encontró bajo una fina capa de sedimentos, junto a una de las portas, y que volvió a enterrar en la arena, con un impulso de respeto atávico. Los marinos del *Dei Gloria* seguían allí, tripulando su barco hundido; y a veces, cuando se movía entre las maderas sombrías del bergantín con la única compañía de su respiración en la reductora de aire comprimido, Coy podía sentirlos próximos en la semioscuridad verde que lo rodeaba.

Hacían balance cada noche a la luz de la camareta, en reuniones que parecían consejos de guerra presididos por Tánger, con los planos del bergantín delante; Coy y el Piloto abrigados con jerseys pese a la temperatura suave, para templar el frío que traían consigo tras demasiadas horas de inmersión. Luego Coy dormía un sopor pesado, desprovisto de sueños o imágenes, y a la mañana siguiente volvía a zambullirse de nuevo. Tenía la piel como los garbanzos a remojo.

En la tercera jornada, cuando ascendía dispuesto a detenerse en la marca de los tres metros para purgar el nitrógeno disuelto en la sangre, miró hacia arriba y quedó estupefacto: la silueta oscura de otro casco se mecía junto al *Carpanta,* en la creciente marejada. Subió a la superficie sin completar la descompresión, con una punzada de alarma que se intensificó al encontrar allí la patrullera de la guardia civil. Se había acercado a echar un vistazo, curiosos sus tripulantes ante la inmovilidad del

Carpanta. Por fortuna, el teniente al mando de la embarcación era conocido del Piloto; y lo primero que captó Coy al emerger fue una ojeada tranquilizadora de éste; todo estaba bajo control. El teniente y él fumaban y conversaban pasándose la bota de vino de barco a barco, mientras un par de guardias jóvenes vestidos con monos verdes y zapatillas de deporte dirigían miradas nada suspicaces a Tánger, que leía en la cubierta de popa, gafas de sol, bañador, sombrero de lona y aparente indiferencia respecto a la escena. La historia que el Piloto acababa de contar en frases sueltas, sin darle excesiva importancia, sobre unos turistas aficionados al buceo que alquilaban su barco, y la supuesta búsqueda deportiva de un pesquero naufragado un par de años atrás en aquellas mismas aguas —el *Leo y Vero,* de Torrevieja— le había parecido razonable al teniente; en especial cuando supo que el hombre que salía del agua y los saludaba con la mano tras colgar la bibotella por su atalaje en la escala de popa, el aire vagamente sorprendido, era nativo de Cartagena y oficial de la marina mercante. La patrullera se marchó después de que el teniente se conformara con echar un vistazo a la licencia de buceo de Coy y recomendar que la renovara, pues llevaba caducada año y medio; y en cuanto estuvo media milla al otro extremo de una estela recta y blanca, y Tánger cerró el libro del que había sido incapaz de leer una sola línea, y los tres se miraron con silencioso alivio, Coy volvió a echarse al agua con la bibotella de aire comprimido, bajó hasta la marca de los tres metros y se quedó allí, rodeado de medusas blancas y pardas que pasaban despacio, llevadas por la corriente, hasta que se diluyeron las burbujas de nitrógeno que la precipitada emersión empezaba a formar en su sangre.

Al quinto día la toldilla del bergantín estaba lo bastante desescombrada para una primera exploración seria. Casi toda la tablazón de cubierta había desaparecido, y la estructura desnuda del casco en la popa descubría parte de la cámara del capitán, los restos de un mamparo intacto, un pañol y la camareta contigua, que era la de los pasajeros. De ese modo, a cielo abierto, Coy pudo empezar la búsqueda desenterrando el desorden de objetos, restos y fragmentos de madera que se amontonaba formando una capa de casi un metro de espesor. Excavaba con las manos enguantadas y una pala de mango corto, arrojando los restos inútiles por la borda, fuera del casco, deteniéndose de vez en cuando para retirarse un poco hasta que se posaba la nube de sedimentos. Así desenterró cosas que en otro momento habrían despertado su curiosidad; pero que ahora se limitaba a descartar, impaciente: herrajes diversos, jarras de peltre, un candelabro, fragmentos de vidrio y alfarería. Dio con parte de un sable cuya hoja había desaparecido por la corrosión; era una empuñadura de bronce, grande, con el muñón de una hoja ancha y enormes guardas para proteger la mano: un sable sin otra utilidad que tajar carne humana durante los abordajes. Encontró también, aglomerado por adherencias marinas, un bloque de balas de mosquete que conservaba la forma de la caja donde se había hundido, pese a que la madera ya no existía. Enterrada en la arena halló media puerta que mantenía los herrajes y la llave en su cerradura; también balas redondas de cañón de cuatro libras, clavos petrificados de hierro con el interior desvanecido en manchas de óxido, y otros de bronce que se conservaban en mejor estado. Bajo las tablas deshechas de una alacena dio con tazones y platos de cerámica de Talavera milagrosamente enteros y limpios, hasta el punto de que podían leerse las marcas de los fabricantes. Halló una pipa de barro, dos mosquetes llenos de caracolillo, discos ennegrecidos y pegados unos con otros que parecían monedas de plata, la ampolleta rota de un reloj de arena, y también una regla articulada de latón, que alguna vez trazó rumbos sobre las cartas de Urrutia. Por seguridad, y en especial tras la visita de la guardia civil, habían decidido no subir al *Carpanta* ningún objeto que pudiera despertar sospechas; pero Coy hizo una excepción cuando desenterró un instrumento cubierto de adherencias calcáreas: estaba originalmente compuesto de metal y madera, aunque ésta se deshizo entre sus dedos cuando lo sacudió para limpiarlo, conservando sólo un brazo con piezas sujetas en su parte superior, y un arco en la inferior. Emocionado, lo identificó sin dificultad: tenía en la mano las partes metálicas, latón o bronce, correspondientes al brazo y al limbo graduado de un antiguo octante: el que tal vez había utilizado el piloto del *Dei Gloria* para establecer la latitud. Era un buen trueque, pensó. Un octante del siglo XVIII a cambio del sextante que había vendido en Barcelona. Lo puso aparte, de modo que fuese fácil recuperarlo más tarde. Pero lo que realmente conmovió sus entrañas fue lo que halló en un ángulo del pañol, cubierto de minúsculos filamentos pardos tras las tablas de un cofre: un simple rollo de cabo perfectamente adujado, con un nudo bien azocado en las dos últimas vueltas, tal y como lo habían dejado allí las manos expertas de un marinero concienzudo, conocedor de su oficio.

Aquel rollo de cabo intacto afectó a Coy más que todo lo demás, incluidas las osamentas de los tripulantes del *Dei Gloria*. Mordió la boquilla de caucho para reprimir una mueca amarga: la tristeza infinita que sentía agolpársele en la garganta y la boca a medida que ampliaba el rastro de los tripulantes muertos en el naufragio. Dos siglos y medio antes, hombres como él, marinos acostumbrados al mar y a sus peligros, tuvieron aquellos objetos en sus manos. Habían calculado rumbos con la regla de latón, adujado el cabo, medido los cuartos de guardia dándole vueltas a la ampolleta de arena, obtenido la altura de los astros con el octante. Habían trepado a las resbaladizas vergas luchando contra el viento que pugnaba por arrancarlos de los obenques, y habían aullado su miedo y su valor humilde en la oscilante arboladura, recogiendo lona entre los dedos ateridos, dando la cara a temporales del noroeste en el Atlántico, a mistrales o lebeches asesinos del Mediterráneo. Habían peleado a cañonazos, roncos de gritos, grises de pólvora, antes de irse al fondo con la resignación de los hombres que hacen bien su trabajo y venden cara su piel. Ahora los huesos de todos ellos estaban esparcidos alrededor, entre los restos del *Dei Gloria*. Y Coy, moviéndose lentamente bajo el penacho de burbujas que ascendía recto en aquella penumbra semejante a un sudario, se sentía como el saqueador furtivo que viola la paz de una tumba.

La luz del portillo se balanceaba despacio sobre la piel desnuda de Tánger. Era una mancha de sol pequeña, cuadrangular, que subía y bajaba con el movimiento del barco, y que se deslizó por sus hombros y su espalda cuando ella se separó de Coy, aún sofocada por el esfuerzo, boqueando como un pez fuera del agua. Tenía el cabello, que los días de mar habían descolorido en las puntas hasta volverlo casi blanco, pegado a la cara por el sudor. Y ese sudor le chorreaba por la piel haciendo relucir la chapa de soldado al extremo de la cadena de plata; dejándole regueros entre los senos y depositando gotitas en la parte superior de los labios y las pestañas. El Piloto estaba veintiséis metros más abajo, trabajando en su turno de inmersión; el sol casi vertical hacía arder la camareta como un horno, y Coy, recostado en el banco bajo la escala que conducía a cubierta, dejaba resbalar sus manos por los flancos húmedos de la mujer. Se habían abrazado allí mismo, inesperadamente, cuando él se quitaba la chaquetilla de buceo y buscaba una toalla después de estar media hora en el pecio del *Dei Gloria*, y ella pasó por su lado, rozándolo de modo involuntario. Y de pronto la fatiga de él desapareció de golpe, y ella se quedó muy quieta, mirándolo con aquella reflexión silenciosa con que lo miraba a veces; y un instante después estaban enlazados al pie de la escala, acometiéndose con tanta furia como si se odiaran. Ahora él se apoyaba en el respaldo, desfallecido, y ella se apartaba despacio, inexorablemente, volviéndose hacia un costado y liberando en el gesto la carne húmeda de Coy, con aquella mancha de sol que le resbalaba por encima, y la mirada, que de nuevo era azul metálica, azul oscura, azul marino, azul de hierro pavonado, vuelta hacia arriba, a la claridad y el sol que entraban desde cubierta por el tambucho. Entonces Coy, desde abajo, todavía recostado, la vio ascender desnuda por la escala como si se marchara para siempre. Pese al calor sintió un escalofrío recorrerle la piel, exactamente en aquellos lugares que conservaban su huella; y de pronto pensó: un día será la última vez. Un día me dejará, o moriremos, o envejeceré. Un día saldrá de mi vida, o yo de la suya. Un día no tendré más que imágenes para recordar, y después no tendré ni siquiera vida con que recomponer esas imágenes. Un día se borrará todo, y quizás hoy mismo sea la última vez. Por eso la estuvo mirando todo el tiempo ascender por la escala del tambucho hasta que desapareció en cubierta, mientras grababa hasta el menor detalle en su memoria. Lo hizo con mucha atención, y lo último que retuvo de aquella imagen fue una gota de semen que se deslizaba lenta por la cara interior de uno de sus muslos, y que al llegar a la rodilla reflejó de pronto la luz ámbar de un rayo de sol. Luego ella salió de su campo de visión, y Coy escuchó el rumor de una zambullida en el mar.

Aquella noche la pasaron fondeados sobre el *Dei Gloria*. La aguja de la veleta giraba indecisa junto a la bombilla encendida en lo alto del mástil, y el agua llana reflejaba como un espejo el destello intermitente del faro de Cabo Palos siete millas al nordeste. Salieron tantas estrellas que el cielo parecía acercarse al mar; y hasta que fueron demasiadas para distinguirlas con facilidad, Coy estuvo sentado en la cubierta de popa, mirándolas y trazando entre ellas líneas imaginarias que permitían identificarlas. El triángulo de verano empezaba a ascender hacia el sudeste, y podía observarse un rastro de la Cabellera de Berenice, la última en desaparecer de todas las constelaciones de primavera. Hacia el este, reluciente sobre el paisaje negro como la tinta, el cinto del cazador Orión era muy visible; y prolongando una recta de Aldebarán a él, sobre el Can Mayor, encontró la luz salida ocho años antes de Sirio, la estrella doble más brillante del cielo, allí donde la Vía Láctea alargaba su estela en dirección sur, camino de las regiones del Cisne y del Águila. Todo aquel mundo de luces e imágenes míticas se movía lentamente sobre su cabeza; y él, como en el centro de una singular esfera, participaba de su silencio y su paz infinita.

—Ya no me enseñas nombres de estrellas, Coy.

No la oyó acercarse hasta que estuvo a su lado. Fue a sentarse muy cerca, pero sin rozarlo; los pies en los peldaños de popa.

—Te he enseñado cuantos sé.

El agua chapoteó un poco cuando ella introdujo los pies descalzos. A intervalos, el resplandor del faro afirmaba el contorno impreciso de su sombra.

—Me pregunto —dijo— qué recordarás de mí.

Había hablado con suavidad, en voz baja. Y no era una pregunta sino una confidencia. Coy reflexionó sobre ello.

—Es pronto para saberlo —repuso al fin—. Todavía no ha terminado.

—Me pregunto qué recordarás cuando haya terminado.

Coy encogió los hombros, sabiendo que ella no podía ver el gesto. Y hubo un silencio.

—No sé qué más esperas —añadió Tánger al poco rato.

Él siguió callado. Desde la camareta llegaba el rumor de la radio VHF: eran las diez y cuarto, y el Piloto escuchaba el parte meteorológico para el día siguiente. La sombra de la mujer permanecía inmóvil:

—Hay viajes —murmuró— que sólo podemos hacer solos.

—Como morir.

—No hables de eso —protestó ella.

—Morir solos, ¿recuerdas? Como *Zas*... Una vez me contaste tu miedo a que eso te ocurra a ti.

—Calla.

—Me pediste que estuviera cerca. Que lo jurase.

—Calla.

Coy se dejó caer hasta apoyar la espalda en las tablas de cubierta, con la bóveda celeste desplegada ante sus ojos. La silueta oscura se inclinó sobre él: un agujero negro en las estrellas.

—¿Qué podrías hacer tú?

—Darte la mano —respondió Coy—. Acompañarte en ese viaje, para que no te vayas sola.

—No sé cuándo ocurrirá. Nadie lo sabe.

—Por eso quiero estar contigo. Aguardando.

—¿Harías eso?... ¿Te quedarías conmigo por aguardar?... ¿Por no dejarme ir sola cuando llegue la hora?

—Claro.

La silueta oscura dejó libre el cielo. Ella se ladeaba, apartándose. Miraba el agua en tinieblas, o el firmamento.

—¿Qué estrella es ésa?

Coy siguió la dirección señalada por el trazo negro de su mano.

—Régulus. La garra delantera del León.

Tánger parecía vuelta hacia lo alto, buscando el animal descrito en las luces que parpadeaban allá arriba. Un momento después volvió a agitar los pies en el agua.

—Quizá yo no te merezca, Coy.

Lo dijo en voz muy baja. Él cerró los ojos mientras exhalaba despacio el aliento.

—Eso es cosa mía.

—Te equivocas. No es cosa tuya.

Se quedó callada, haciendo ruido en el mar. Sus pies seguían removiendo el agua negra.

—Eres un buen tipo —dijo de pronto—. De verdad que lo eres.

Coy abrió los ojos para llenárselos de estrellas, y soportar la congoja que le subía desde el pecho. De pronto se sentía desvalido. No osaba moverse, como si temiera que al hacerlo el dolor se tornara insoportable.

—Mejor que yo misma —proseguía ella—, y que cuantos he conocido. Lástima que...

Se interrumpió, y su tono era distinto cuando habló de nuevo. Más duro y seco, y definitivo:

—Lástima que.

Sobrevino otro silencio. Una estrella fugaz se desplomó lejos, hacia el norte. Un deseo, pensó Coy. Debo pedir un deseo. Pero la minúscula centella se extinguió antes de que pudiera formular un pensamiento adecuado.

—¿Dónde estabas cuando gané mi copa de natación?

Que ella se quede conmigo, pidió al fin. Pero ya no había estrellas fugaces en el firmamento helado, comprobó. Todas eran fijas e implacables.

—Viviendo —respondió—. Me preparaba para conocerte.

Habló con sencillez, y luego calló de nuevo. Había un rastro de claridad en el rostro oscuro de Tánger. Un doble reflejo muy tenue. Ella lo estaba mirando:

—Eres un buen tipo.

Tras repetir aquello, la sombra se inclinó más, y él sintió la boca húmeda de la mujer en la suya. Después Tánger se puso en pie.

—Ojalá —dijo— encuentres pronto un buen barco.

El entramado de plomo de una lumbrera conservaba todavía restos de vidrio. Se apartó un poco para dejar que reposara la nube de sedimentos y luego siguió trabajando. Había llegado a un lugar de la cámara donde la arena volvía a llenar el hueco apenas retirada, y tenía que hacer constantes idas y venidas con la pala corta para echarla por la borda. Eso lo fatigaba mucho y le hacía gastar más aire del conveniente; sus burbujas subían a un ritmo superior al normal, así que dejó la pala a un lado y fue hasta los restos de una cuaderna, apoyándose en ella para descansar y convencer a sus pulmones de que fuesen menos exigentes. Bajo sus pies había una bala de cañón encadenada, de las que se utilizaban para romper la jarcia del enemigo, que el Piloto había desenterrado en la inmersión precedente. Su estado de conservación era más que razonable, gracias a la arena que la protegió durante dos siglos y medio; tal vez fuese una de las disparadas por el corsario, que había terminado allí su recorrido tras hacer unos cuantos destrozos en la cabullería y el velamen del bergantín. Bajó un poco para verla mejor —lo que discurre un hombre para reventar a otro, pensaba—, y entonces, por un agujero en la base de un mamparo, vio asomar muy cerca la cabeza de una morena. Era grande, un palmo de gruesa, con siniestro tono oscuro. Abría las fauces malhumorada por la intrusión en su territorio de aquel extraño ser burbujeante. Coy retrocedió con prudencia ante la boca abierta, cuyos dientes podían llevarle medio brazo de un mordisco, y fue hasta el fusil submarino que pendía del cabo con los flotadores deshinchados y las otras herramientas. Cargó el arpón tensando las gomas y regresó donde la morena. Detestaba matar peces; pero no era cosa de trabajar entre tablas podridas con la amenaza de unos dientes ganchudos y venenosos en el cogote. El animal seguía en guardia bajo el mamparo, defendiendo la entrada de su agujero doméstico: hogar dulce hogar. Mantuvo los ojos malignos fijos en Coy cuando éste se acercó empuñando el fusil y lo puso ante sus fauces abiertas. No es nada personal, compañera. Sólo tienes mala suerte. Apretó el gatillo, y la morena se debatió ensartada, dándole furiosas dentelladas al vástago de acero que le asomaba por la boca, hasta que Coy sacó el cuchillo y le cortó la médula espinal a la altura de la nuca.

Volvió al trabajo, desescombrando un ángulo de la cámara donde se habían amontonado maderas y objetos. La arena llenaba una y otra vez los huecos abiertos por sus manos, y el caracolillo y los restos de metal le habían convertido los guantes en jirones —era el tercer par que rompía allí abajo—, y los dedos en un eccehomo de cortes y arañazos. Dio con el cañón de una pistola cuya culata de madera había desaparecido, y también con un crucifijo que parecía de plata, negro y cubierto de adherencias, y con un zapato de cuero casi intacto, con su hebilla. Después retiró unas tablas que se partieron bajo la piqueta, ascendió para que se asentaran los sedimentos, y al bajar de nuevo vio un bloque oscuro cubierto de adherencias rojizas y pardas. A simple vista parecía un ladrillo grande, cuadrado. Quiso moverlo y le pareció pegado al fondo. Y es imposible, se dijo. Los cofres de los tesoros tienen una tapa que se abre y muestra el interior reluciente, las perlas y las joyas y las monedas de oro. Y las esmeraldas. Los cofres de los tesoros no tienen la apariencia anodina de un bloque calcáreo y oxidado, ni aparecen por las buenas bajo un zapato viejo y unas cuantas tablas. De modo que es imposible que esto que tengo delante sea lo que andamos buscando. Esmeraldas grandes como nueces, iris del Diablo y cosas así. Es demasiado fácil.

Excavó la arena alrededor del bloque de adherencias, iluminándolo con la linterna para comprobar sus colores reales. Debía de tener dos palmos de largo, otros dos de ancho y un poco menos de fondo; y los ángulos conservaban cantoneras de bronce que teñía en verde las incrustaciones y el caracolillo próximo. El resto estaba cubierto por una costra rígida y quebradiza, con restos de madera podrida y manchas de herrumbre. Bronce, madera y hierro en descomposición, había previsto Tánger; y también había dicho que en caso de encontrar algo con esas características, tenía que manejarse con cuidado. Nada de golpes ni de hurgar en su interior. Las esmeraldas, si es que se trataba de ellas, estarían pegadas unas a otras en un bloque calcáreo que debía deshacerse por medios químicos. Y las esmeraldas eran muy frágiles.

Liberó el bloque de la arena con poco esfuerzo. No parecía muy pesado, al menos en el agua; pero sin duda era un cofre. Se quedó quieto casi un minuto, respirando pausadamente, dejando salir burbujas a un ritmo cada vez más lento, hasta que se tranquilizó un poco y el pulso dejó de batirle en las sienes y el corazón volvió a golpear con normalidad bajo la chaquetilla de neopreno. Tómalo con calma, marinero. Cofre o no cofre, tómatelo con mucha calma. Sé flemático por una vez en tu vida, porque los nervios son incompatibles con el hecho de respirar a veintiséis metros de profundidad aire comprimido a doscientas atmósferas de presión. Así que se quedó allí un rato, y luego fue en busca de uno de los flotadores de plástico, fijó una red de malla muy fina en forma de bolsa al extremo de las drizas, y la aseguró al grillete con un as de guía. Puso el bloque en la red, y con su propia boquilla dejó escapar un poco de aire comprimido para hinchar a medias el flotador. Después, pese a las instrucciones de Tánger, hurgó un poco en el bloque con la punta del cuchillo, desprendiendo parte de la costra, sin encontrar nada especial. Hurgó un poco más, y un trozo como medio puño se desprendió del resto. Lo cogió para mirarlo más de cerca a la luz de la linterna, y entonces un fragmento de ese trozo se desprendió, cayendo muy despacio hasta posarse en la arena del fondo. Era una piedra traslúcida de formas irregulares y con aristas rectas, poliédricas. De color verde esmeralda.

XVI. El Cementerio de los Barcos Sin Nombre

> ¿Cómo siempre lo has engañado y le ganaste
> con trucos a este inocente?
>
> Apolonio de Rodas. *Argonáuticas*

La ciudad se veía al fondo, agrupada bajo el castillo en una calima de tonos blancos, pardos y azules acentuada por la luz poniente. El sol empezaba a recostarse al oeste, sobre la silueta maciza del monte Roldán, cuando el *Carpanta,* amurado a babor con el génova desplegado y la mayor con un rizo, enfiló la abertura entre los dos faros, pasando bajo las troneras de los antiguos fuertes que guardaban la bocana. Coy mantuvo el rumbo hasta que tuvo por la aleta el faro de Navidad y las cañas de los pescadores sentados entre los bloques del rompeolas. Entonces metió la rueda del timón a barlovento, y las velas flamearon mientras el barco orzaba deteniéndose en el agua tranquila, al redoso del dique. Tánger movía la manivela de un winche, recogiendo el génova, cuando él liberó la mordaza de la driza de la mayor, y ésta cayó deslizándose a lo largo del palo. Después, mientras el Piloto la aferraba a la botavara, Coy encendió el motor y puso proa al Espalmador, hacia los cascos desguazados y las estructuras herrumbrosas de los barcos sin nombre.

Tánger terminó de adujar las escotas y se lo quedó mirando. Lo hizo largamente, como si le estudiase la cara, y él respondió con un amago de sonrisa. Ella también sonrió, y luego fue a acodarse sobre el tambucho, vuelta hacia la proa donde el Piloto había abierto el pozo del ancla. Coy miró el muelle comercial, donde el *Felix von Luck-*

ner estaba amarrado junto a un gran barco de pasaje, y lamentó que aquella arribada fuese clandestina. Le habría gustado lucir en el palo, igual que los comandantes de submarinos alemanes arbolaban en la torreta banderines con las toneladas hundidas, una señal de victoria. Regresamos de Scapa Flow, misión cumplida. Comunico que los tesoros existen, y que llevamos uno a bordo.

Porque las esmeraldas estaban a bordo del *Carpanta*. El bloque de adherencias calcáreas que las contenía se hallaba envuelto en varias capas de espuma protectora, empaquetado dentro de una bolsa de viaje de apariencia inocente. Lo limpiaron con mucho cuidado antes de embalarlo, casi sin dar crédito a lo que veían delante, maravillados de haber hecho realidad el sueño que Tánger —*Clero / Jesuitas / Varios nº 356*— había tenido ante un legajo de papeles viejos mucho tiempo atrás. Era como una nube en la que flotaran los tres, hasta el punto de que Coy no se atrevió a detallarle al Piloto el valor aproximado que aquel bloque pétreo y sucio rescatado del mar alcanzaría en el mercado clandestino de la joyería internacional. Tampoco el Piloto hizo preguntas; pero Coy lo conocía bien, y captaba una inquietud inusual tras la aparente indiferencia del marino: un brillo especial en los ojos, una forma distinta de mantener sus silencios; una curiosidad contenida por el pudor de la gente de mar, segura de su mundo pero llena de incertidumbre, timidez e interrogantes respecto a las trampas y tentaciones de la tierra firme. Y Coy temía asustarlo contándole que doscientas esmeraldas en bruto, incluso malvendidas por Tánger en la cuarta parte de su valor final, producirían un beneficio mínimo de algunos millones de dólares. Una cifra que, aunque poseyera imaginación suficiente, el Piloto no habría sido capaz de imaginar jamás. De cualquier modo, el plan era aguardar un tiempo mientras Tánger negociaba con los intermediarios, y después hacer un reparto de beneficios —70% para ella, 25% para Coy y 5% para el Piloto— que irían fluyendo de forma lo bastante discreta para evitar sospechas. Tánger se había ocupado de establecer los mecanismos adecuados durante la visita que realizó meses atrás a Amberes, donde su contacto local mantenía relaciones con bancos del Caribe, Zurich, Gibraltar y las islas inglesas del Canal. Nada impediría más tarde al Piloto comprar un nuevo *Carpanta* matriculado en Jersey, por ejemplo; o a Coy cobrar, mientras recobraba su licencia de marino, un sueldo apropiado de una hipotética compañía naviera situada en las Antillas. En cuanto a ella misma, había respondido Tánger a una pregunta de Coy sin levantar la vista del pincel que en ese momento utilizaba para limpiar las adherencias del bloque de esmeraldas, ése no era más que asunto suyo.

Habían hablado de todo durante la última noche, a la luz de la mesa de cartas, después de izar a bordo con mucho cuidado el cofre de los jesuitas del *Dei Gloria*. Lo lavaron en agua dulce, y luego, con paciencia, instrumentos adecuados y varios manuales técnicos a mano, Tánger fue eliminando con disolventes químicos la capa exterior de incrustaciones calcáreas, en un barreño de plástico, mientras Coy y el Piloto la observaban con respeto reverencial, sin atreverse a abrir la boca. Por fin había aparecido una superficie de aglomerado de cristales con aristas rectas e indicios de formaciones hexagonales, todavía sin tallar y conservando las irregularidades originales, que a la luz de la cámara arrojaba suaves reflejos de un verde azulado, tan limpio y transparente como el agua.

Eran esmeraldas perfectas, había murmurado Tánger, fascinada, sin dejar de trabajar; secándose con el dorso de la mano el sudor que le pegaba el cabello a la frente. Tenía un ojo entornado y una lupa de joyero ante el otro: una lupa pequeña y estrecha, de diez aumentos, y se inclinaba sobre el bloque para observar su interior a tres centímetros de distancia mientras lo iluminaba con una potente linterna Maglite desde diversos ángulos. Verde traslúcido, $Be_3Al_2Si_6O_{18}$ al pie de la letra, piedras ideales en color, brillo y limpieza. Había estudiado, leído, preguntado pacientemente durante meses para emitir ahora aquel dictamen en voz baja. Esmeraldas de veinte a treinta quilates en bruto sin jardines de impurezas, nítidas como gotas de aceite, que en manos de orfebres hábiles, una vez talladas en facetas de cuadriláteros u octógonos aprovechando las zonas de más bello color y refracción, se convertirían en joyas valiosas que las damas de la alta sociedad, las esposas o amantes de banqueros, millonarios, mafiosos rusos o jeques del petróleo, lucirían en pulseras, diademas y collares sin hacerse preguntas sobre su procedencia ni sobre el largo camino recorrido por aquellas singulares formaciones de sílice, alúmina, berilio, óxidos y agua, por las que los hombres habían matado y muerto siempre, y seguían haciéndolo. Tal vez, como mucho, entre ciertos escasos iniciados se correría la voz de que algunas de esas esmeraldas, las mejores, provenían de un naufragio documentado con dos siglos y medio de antigüedad; y entonces el precio de las mejores piezas, las más grandes y más bellamente talladas, se dispararía hasta límites de locura en los mercados clandestinos. En su mayor parte, aquellas piedras volverían a dormir un largo sueño en la oscuridad, esta vez dentro de cajas de seguridad de bancos de todo el mundo. Y alguien, en un discreto taller de una calle de Amberes, multiplicaría su fortuna.

Coy maniobró con brusquedad para evitar la lancha de prácticos que se acercaba por la banda de estribor, rumbo a uno de los petroleros que aguardaban frente a la refinería de Escombreras. Se había distraído un momento, y sintió desde la proa la mirada inquisitiva del Piloto. En realidad estaba pensando en Horacio Kiskoros. En su presencia, que intuía próxima. Y sobre todo pensaba en su jefe. Con las esmeraldas a bordo, estaba a punto de caer el telón sobre el último acto; y Coy se resistía a creer que Nino Palermo permitiese que las cosas acabaran así. Recordaba las advertencias del gibraltareño, su decisión de no quedar al margen del negocio. Y aquel fulano era de los que cumplían sus amenazas. Observó a Tánger, que acodada sobre el tambucho, inmóvil, miraba el lugar hacia el que se dirigían. No parecía preocupada, sino ausente; sumida en la grata realidad de su sueño verde. Pero Coy sentía una creciente inquietud; como cuando la mar está tranquila y el cielo limpio, pero una nube negra asoma en el horizonte y el viento sube de forma sospechosa su rumor en la jarcia. Estudió con aprensión el pequeño espigón gris del amarradero. Respecto a Palermo, la pregunta era cómo y cuándo.

El lebeche soplaba perpendicular al espigón, así que Coy se acercó en avante poca y algo a barlovento en dirección al extremo de éste, puso punto muerto a la distancia de tres esloras, y el ancla liberada por el Piloto cayó al agua con un chapuzón. Cuando la sintió agarrar al fondo, Coy aceleró un poco metiendo todo el timón a la banda de estribor, para que el *Carpanta* revirase sobre el ancla, popa al punto de amarre. Luego puso timón a la vía y marcha atrás, y mientras oía correr los eslabones del fondeo por la roldana de proa, retrocedió filando cadena hacia la punta del espigón. A media eslora de éste detuvo el motor, fue a popa, cogió el chicote de uno de los cabos atados a las cornamusas, y con él en una mano saltó a tierra para detener la suave inercia del *Carpanta* sobre el muelle. Después, mientras al otro extremo el Piloto cobraba un poco de cadena para dejar el barco en su sitio, hizo firme la amarra en uno de los bolardos —un pequeño y herrumbroso cañoncito antiguo hundido en el hormigón hasta los muñones— y luego llevó un segundo cabo al otro. El velero estaba ahora inmóvil, rodeado de los viejos cascos a medio desguazar y las superestructuras abandonadas. Tánger se había puesto en pie en la bañera, y cuando sus ojos encontraron los de Coy, éste los halló mortalmente serios.

—Se acabó —dijo él.

Ella no respondió. Miraba a lo lejos, hacia el otro extremo del espigón, y Coy se volvió en la misma dirección para echar un vistazo a su espalda. Y allí, sentado en los restos de un bote salvavidas hecho astillas, consultando el reloj como si alardeara de puntualidad en una cita minuciosamente programada, estaba Nino Palermo.

—Reconozco —dijo el cazador de naufragios— que han hecho un buen trabajo.

El sol acababa de ocultarse tras la ladera de San Julián, y en el cementerio de barcos se intensificaban las sombras. Palermo se había quitado la chaqueta, doblándola cuidadosamente sobre uno de los bancos rotos del bote salvavidas, y se remangaba con parsimonia los puños de la camisa, haciendo relucir el pesado reloj de su muñeca izquierda. Formaban un pequeño grupo de apariencia casi cordial, los cinco bajo el puente del viejo paquebote, conversando como buenos amigos. Y el número era cinco porque, aparte de Coy, Tánger, el Piloto y el propio Palermo, Horacio Kiskoros también estaba allí. En realidad su presencia resultaba decisiva, pues de no hallarse entre ellos era improbable que la conversación se deslizara, como en efecto ocurría, por cauces civilizados. Aunque quizá influyese el hecho de que, para la ocasión, Kiskoros sustituía su navaja por una bonita pistola cromada de cachas de nácar, cuyo aspecto habría sido inofensivo de no tener un agujero de cañón inquietantemente grande y orientado en dirección a los tripulantes del *Carpanta*. Sobre todo en la dirección de Coy; de cuyos arranques temperamentales Kiskoros y Palermo parecían conservar ingrato recuerdo.

—Nunca pensé que lo conseguirían —prosiguió Palermo—. De veras que... Vaya. Aficionados, ¿eh?... Pues ha sido algo bueno. Bien hecho, lo juro por Dios. Bien hecho.

Se mostraba sincero en su admiración. Movía la cabeza para subrayar las palabras, agitando la coleta gris, tintineante el oro que llevaba colgado al cuello; y a veces se volvía hacia Kiskoros, poniéndolo por testigo. Pequeño, engominado, pulquérrimo con su chaqueta ligera a cuadros y la pajarita, el argentino asentía a su jefe sin perder de vista a Coy por el rabillo del ojo.

—Encontrar ese barco —continuó el cazador de tesoros— tiene mucho mérito. Con los medios de que disponen, resulta... Vaya. La subestimé, señora. Y también aquí, al marinero —sonreía como un escualo rondando carnaza—. Yo mismo... Por Dios. Yo no lo habría hecho mejor.

Coy miró al Piloto. Los ojos plomizos permanecían atentos, con el fatalismo de quien sólo aguardaba señales adecuadas para actuar en uno u otro sentido: lanzarse contra aquellos tipos arriesgándose a recibir un balazo, o quedarse allí viéndolas venir, a la espera de que alguien decidiera algo. Tú das los naipes, decía aquella mirada. Pero Coy creía haber arrastrado ya a su amigo demasiado lejos; de modo que entornó despacio los párpados. Tranquilo. Vio que el Piloto los entornaba a su vez, y cuando se volvió a Kiskoros comprobó que éste los observaba alternativamente, y que el cañón de la pistola describía arcos paralelos a su gesto. El héroe de Malvinas, decidió Coy, no se chupaba el dedo.

—Me temo —concluyó Palermo— que Deadman's Chest toma el mando de las operaciones.

Tánger lo estudiaba fija, impasible. Fría como un granizado de limón, comprobó Coy. El hierro de sus pupilas era más oscuro y duro que nunca. Se preguntó dónde tendría escondido el revólver. Lamentablemente, no encima. No en aquellos tejanos y aquella camiseta. Lástima.

—¿Qué operaciones? —preguntó ella.

Coy la observó, admirado. Palermo levantaba un poco las manos, abarcando la escena, el barco. Casi parecía abarcar el mar.

—Las del rescate. Llevo dos días observándolos con prismáticos desde la costa... ¿Comprenden?... Y ahora somos socios.

—¿Socios en qué?

—Vaya. En qué va a ser... Ese barco. Han hecho su parte... La han hecho de maravilla. Ahora... Por Dios. Esto es asunto de profesionales.

—No lo necesitamos para nada. Ya se lo dije.

—Me lo dijo, es verdad. Pero se equivoca. Sí que me necesitan. O estoy... Por Dios. O estoy dentro o le reviento el negocio a usted y a estos dos lobitos de mar.

—Ésa no es forma de asociarse.

—Entiendo su punto de vista. Y crea que lamento toda esta parafernalia pistolera. Pero su gorila... —indicó a Coy con el pulgar—. Bueno. Me juré que no me sorprendería por tercera vez. Tampoco Horacio tiene buenos recuerdos del caballero —se tocó maquinalmente la nariz, vueltos a Coy los ojos bicolores con una mezcla de rencor y de curiosidad—. Demasiado agresivo, ¿verdad?... Demasiado agresivo.

Kiskoros torcía el bigote en una mueca que goteaba vitriolo. Su rostro cetrino aún conservaba huellas del encuentro en la playa de Águilas, y tal vez por eso parecía menos ecuánime que su jefe. La pistola se movió significativamente en su mano, y Palermo sonrió al ver el gesto.

—Ya ves —otra vez la cara de escualo—. Está deseando meterte un tiro en la barriga.

—Prefiero —sugirió Coy— que se lo meta a su puta madre.

—No seas grosero —el gibraltareño parecía de veras escandalizado—. Que Horacio te apunte con una pistola no te da derecho a insultarlo.

—Me refería a *su* puta madre. A la de usted.

—Vaya. Confieso que me dan ganas de pegarte el tiro yo mismo. Lo que pasa es que... Vaya. Eso hace ruido, ¿comprendes? —se diría que Palermo estaba sinceramente interesado en que Coy comprendiera—... El ruido es malo para mis negocios. Además, podría indisponer a la señora. Y estoy cansado de tantos dimes y diretes. Sólo quiero llegar a un arreglo. Que cada cual reciba su... ¿Estamos? Que todo acabe en paz —había cogido su chaqueta y con un gesto los invitaba a seguirlo—. Vamos a ponernos cómodos.

Caminó hacia el casco del bulkcarrier a medio desguazar, sin volverse a comprobar si lo seguían o no. Por su parte, Kiskoros se limitó a mover el cañón de la pistola, indicándoles la dirección adecuada. Así que Tánger, Coy y el Piloto echaron a andar en pos de Palermo. No llevaban las manos levantadas, ni la actitud del argentino era especialmente amenazadora; un paseo amistoso. Pero cuando estaban al pie de la escala tendida desde el alcázar del barco, y Coy se detuvo un momento, titubeando, para mirar al Piloto, Kiskoros tardó sólo medio segundo en apoyarle la pistola en la sien.

—Procurá no morir joven —susurró muy bajito, con inflexiones de tango.

Cruzaron corredores húmedos y arruinados, con los cables colgando del techo y los mamparos a medio desmontar, y después bajaron entre el óxido de las varengas y los palmejares desnudos, por la escala de una bodega.

—Ahora vamos a tener una larga conversación —iba diciendo Palermo—. Pasaremos la noche de charla, y mañana podemos... Sí. Volver allí todos juntos. Tengo un barco con el equipo listo en Alicante. Deadman's Chest a su servicio. Discreción absoluta. Eficacia garantizada —le dedicó a Coy una mueca burlona—. Por cierto: mi chófer espera allí, con el equipo. Te manda saludos.

—Volver ¿adónde? —preguntó Coy.

Palermo rió el chiste, canino.

—No hagas preguntas tontas.

Coy se quedó con la boca abierta, procesando aquello. Miraba a Tánger, que permanecía impasible.

—¿Hay otra opción? —preguntó ella como si Palermo fuese un vendedor de enciclopedias a plazos. Su voz sonaba a –5° centígrados.

—Sí —repuso el otro mientras encendía una linterna—. Pero es más desagradable para ustedes... Cuidado con la cabeza. Eso es. Ponga los pies ahí, por favor. Así —su voz resonaba cada vez más abajo, en las oquedades del recinto metálico—. La opción es que Kiskoros puede encerrarlos aquí por tiempo indefinido...

Hizo una pausa mientras iluminaba los pies de Tánger para ayudarla a llegar al fondo de la bodega. Olía a herrumbre, y a suciedad mezclada con los remotos aromas de las mercancías que una vez había contenido aquel recinto: madera, grano, fruta podrida, sal.

—También —añadió— puede meterles una bala en la cabeza.

Una vez todos abajo, con Kiskoros y su pistola pendientes de los tres invitados, el cazador de tesoros utilizó su Dupont de oro para encender la mecha de un farol de petróleo que iluminó el lugar con un resplandor mezquino y rojizo. Entonces apagó la linterna, colgó la chaqueta de un gancho y guardó en el bolsillo el encendedor, antes de sonreír otra vez a la concurrencia.

—Apártense de la escalerilla. Todos al fondo, eso es... Instálense.

En ese momento Coy lo comprendió todo. No lo sabe, se dijo. Este tonto del culo y su enano todavía no saben que las esmeraldas ya están a bordo del *Carpanta,* y que esta payasada es innecesaria porque les basta ir y cogerlas. Miró de nuevo a Tánger, asombrado de su sangre fría. Como mucho, se la veía molesta; igual que ante la ventanilla de un funcionario incompetente, en espera de resolver un trámite. Esto se acaba, pensó con amargura. No sé de qué maldita manera, pero se acaba. Y sigue admirándome la pasta de que está hecha esa tía.

—Ahora vamos a hablar un rato —dijo Palermo.

Coy vio que Tánger hacía un gesto insólito: miraba el reloj.

—No tengo tiempo de hablar —dijo ella.

El gibraltareño parecía cortado en seco. Por tres segundos estuvo mudo y con expresión atónita. Después sonrió forzadamente.

—Vaya —los dientes blancos destacaban a la luz grasienta del petróleo—. Pues me temo...

Se había quedado otra vez serio, de golpe, estudiándola como si la viese por primera vez. Luego observó a Kiskoros, al Piloto, y por fin se detuvo en Coy.

—No me digan que —murmuró—... No es posible.

Dio dos pasos sin rumbo por la bodega, puso una mano en la escala y miró hacia el estrecho rectángulo de claridad que se iba apagando arriba, en la escotilla.

—No es posible —repitió.

Se había vuelto otra vez a Tánger. La voz era tan rauca que no parecía suya.

—¿Dónde están las esmeraldas?... ¿Dónde?

—Eso no le importa —dijo Tánger.

—Déjese de simplezas. ¿Ya las tienen?... ¡No me diga que ya las tienen!... Esto es... Por Dios.

El cazador de tesoros se echó a reír; y esta vez, en lugar de su risa habitual de perro cansado, lo hizo con una carcajada que atronó el hierro de los mamparos. Una risa admirada y estupefacta.

—Me quito el sombrero, palabra de honor. Y supongo que Horacio también se lo quita. Maldita sea mi estupidez... Les juro que... Vaya. Bien jugado —contemplaba a Tánger con intensa curiosidad—. Mis respetos, señora. Sorprendentemente bien jugado.

Había sacado un paquete de cigarrillos de la chaqueta y encendía uno. La llama de gas le dilataba más la pupila del ojo pardo que la del ojo verde. Era evidente que se concedía una pausa para reflexionar.

—Espero que no lo tomen a mal —concluyó—, pero nuestra sociedad acaba de ser disuelta.

Exhalaba el humo despacio, entornados los ojos, mirando al grupo como planteándose qué hacer con ellos. Y Coy entendió, con una desolada resignación interior, que había llegado el momento. Que ése era el punto a partir del cual habría que tomar decisiones antes de que otros las tomasen por él; y que, incluso con decisiones propias o sin ellas, cabía la posibilidad de que unos minutos después él mismo estuviese boca arriba con un orificio en el pecho. En cualquier caso, eso no debía ocurrir sin que probara suerte, pidiendo otro naipe. Seis y media. Siete. Siete y media. LUC: Ley de la Última Carta. Hasta que el casco se parte contra las piedras o el agua invade la cubierta, uno sigue a bordo.

—No se puede ganar siempre, compréndanlo —comentaba Palermo—. Incluso a veces no se gana nunca.

Coy cambió una mirada con el Piloto, y adivinó la misma decisión resignada. De acuerdo. Nos veremos en La Obrera para tomar unas cañas. En La Obrera, o en cualquier otro sitio. En cuanto a Tánger, a partir de ese punto ya nada podía hacer por ella, salvo facilitarle en la refriega el camino de la escala que llevaba a cubierta. Desde allí, cada uno nadaba solo. Al final ella tendría que apañárselas sin su mano en la oscuridad, cuando le llegara el turno. Porque él iba a largar amarras mucho antes. Lo iba a hacer ya mismo, secundado por el Piloto, a quien sabía tenso, listo para la pelea.

—Ni lo pienses —Palermo había adivinado su intención y cruzaba un vistazo precavido con Kiskoros.

Coy calculó la distancia que lo separaba del argentino. Sentía acelerársele el pulso y un vacío en el estómago: dos metros eran dos balazos, e ignoraba si con todo ese lastre en el cuerpo iba a poder llegar hasta él, y en qué condiciones estaría si lo lograba. En cuanto al Piloto, confiaba en que Palermo no llevase también un arma; pero llegado ese momento ni el Piloto ni Palermo serían ya cosa suya. Tánger lo había afirmado una vez junto al cadáver de *Zas:* todos morimos solos.

—Hemos perdido demasiado tiempo —dijo ella de pronto.

Para estupefacción de todos echó a andar hacia la escalerilla; como resuelta a abandonar una reunión social aburrida, haciendo caso omiso de la pistola y de Kiskoros. Palermo, que en ese momento se llevaba el cigarrillo a la boca para darle una chupada, se petrificó, el gesto a la mitad.

—¿Está loca? No se da cuenta de que... ¡Espere!

Ella estaba ahora al pie de la escalerilla, apoyada en el pasamanos, y de veras parecía dispuesta a largarse por las buenas. Se había vuelto a medias, y miraba alrededor haciendo caso omiso de Palermo, como preguntándose si olvidaba algo.

—Quédese ahí o lo lamentará —dijo el gibraltareño.

—Déjeme en paz.

Palermo alzó la mano del cigarrillo, ordenándole a Kiskoros que mantuviese quieta su pistola. La cara del argentino era una máscara sombría a la luz de la llama de petróleo. Coy miró al Piloto y se dispuso a saltar. Dos metros, recordó. Quizá, gracias a ella, ahora pueda recorrer esos dos metros sin que me peguen un tiro.

—Le juro que... —estaba diciendo Palermo.

De repente se quedó callado, y el cigarrillo se le cayó de la mano, entre los pies. Y Coy, que se disponía a saltar hacia adelante, sintió helársele el movimiento antes de iniciado. Porque la pistola de Kiskoros había descrito un semicírculo preciso, y ahora apuntaba a Palermo. Y éste balbució un par de sonidos confusos, algo así como qué mierda haces y qué cojones pasa, sin terminar de pronunciar ni una sola palabra, y luego se quedó observando estúpidamente el cigarrillo que le humeaba entre los pies, como si aquello fuese la explicación de algo, antes de levantar de nuevo los ojos hacia la pistola, dispuesto a confirmar que todo había sido un engaño de sus sentidos y que el arma seguía apuntando en dirección correcta; pero el agujero negro del cañón continuaba orientado hacia el estómago del cazador de tesoros, y éste miró a su alrededor, a Coy y al Piloto y por último a Tánger. Los miró uno por uno, tomándose su tiempo, igual que si cada vez aguardara a que alguien aclarase con detalle de qué iba aquello. Por último volvió a Kiskoros.

—¿Se puede saber qué coño estás haciendo?

El argentino permanecía impasible, siempre atildado y pulcro, inmóvil con el cromo y el nácar de su pistola en la mano derecha, la menuda silueta proyectada contra el mamparo por el farol. No tenía cara de malo, ni de traidor, ni de chalado, ni de nada en especial. Estaba allí como si tal cosa, muy modoso y tranquilo, con su pelo engominado y su mostacho, más enano, porteño y melancólico que nunca, frente a su jefe. O, según todos los indicios, a su ex jefe.

Palermo se había vuelto hacia los otros, pero esta vez se detuvo más tiempo en Tánger.

—Alguien... Por Dios. ¿Alguien puede explicarme lo que está pasando?

Coy se hacía la misma pregunta, mientras notaba un hueco extraño en el estómago. Tánger seguía al pie de la escalerilla, apoyada en el pasamanos. De pronto comprendió que no era una treta: estaba a punto de irse de verdad.

—Pasa —dijo ella muy lentamente— que es aquí donde nos despedimos todos.

El vacío en el interior de Coy se le extendió a las piernas. La sangre, si es que en ese momento le circulaba, debía de hacerlo tan despacio que habría sido incapaz de encontrarse el pulso. Sin darse cuenta de lo que hacía se fue agachando poco a poco, hasta quedar en cuclillas, la espalda apoyada en un mamparo.

—Me cago en la leche —maldijo Palermo.

Miraba a Kiskoros como si estuviera hipnotizado. La realidad acudía por fin de modo coherente a su cabeza. Y a medida que las piezas ensamblaban, su expresión iba desencajándose más y más.

—Trabajas para ella —dijo.

Parecía más atónito que indignado; como si el principal reproche a formular fuera su propia estupidez. Siempre silencioso e inmóvil, Kiskoros dejó que la pistola que seguía apuntando al gibraltareño confirmase la cuestión.

—¿Desde cuándo? —quiso saber Palermo.

Se lo preguntó a Tánger, que bajo la luz rojiza del farol parecía a punto de esfumarse en las sombras. Coy la vio iniciar un gesto vago, como si la fecha en que el argentino había decidido cambiar de bando no tuviese importancia. Consultaba otra vez el reloj.

—Deme ocho horas —le dijo a Kiskoros, neutra.

El otro asintió, sin dejar de vigilar a Palermo; pero cuando el Piloto hizo un movimiento casual, la pistola se movió, apuntándole también. El marino miró a Coy, estupefacto, y éste se encogió de hombros. Para él, hacía rato que la línea que dividía cada bando estaba clara. Y, acuclillado en el rincón, pensó en sí mismo. Para su sorpresa, no sentía furia, ni amargura. Lo suyo era la materialización de una certeza muchas veces intuida y olvidada; igual a una corriente de agua fría que hubiera ido penetrando en su corazón y empezara a solidificarse en placas de escarcha. Todo había estado allí, comprendió. Todo estuvo claro desde el principio, en señales sobre la extraña carta náutica de las últimas semanas: sondas, perfiles de costa, bajos, escollos. Ella misma había suministrado cuanta información debió prevenirlo; pero él no supo, o no quiso interpretar los indicios. Ahora anochecía con la costa a sotavento, y nada iba a sacarlo de allí.

—Dime una cosa —seguía acuclillado contra el mamparo, ajeno a los otros, mirando a Tánger—. Dime sólo una cosa.

Lo planteaba con una serenidad de la que él mismo se sorprendió. Tánger, que ya hacía además de subir por la escalerilla, se detuvo, vuelta hacia él.

—Sólo una —concedió.

Quizá te deba al menos esa respuesta, apuntaba su gesto. He pagado de otras maneras, marinero. Pero puede que te deba eso. Luego subiré por la escala, y todo seguirá su curso, y estaremos en paz.

Coy señaló a Kiskoros.

—¿Ya trabajaba para ti cuando mató a *Zas*?

Lo observó en silencio, fijamente. La luz de petróleo proyectaba trazos sombríos en la piel moteada. Se volvió hacia arriba, como si se dispusiera a subir por la escala sin responder; pero al fin pareció cambiar de idea:

—¿Ya tienes la respuesta al problema de los caballeros y los escuderos?

—Sí —admitió él—. En la isla no hay caballeros. Todos mienten.

Tánger meditó un instante. Nunca la había visto sonreír de aquel modo tan extraño.

—Quizá llegaste a esa isla demasiado tarde.

Después subió por la escala y se perdió arriba, en las sombras. Y Coy supo que había vivido ya esa escena antes. Un rayo de sol y una gota de ámbar, recordó. Miró la pistola de Kiskoros, la expresión desolada de Palermo, la taciturna inmovilidad del Piloto, antes de recostar la cabeza contra el mamparo de hierro. Ahora su certeza y su soledad eran tan intensas que parecían perfectas. Tal vez, reflexionó, después de todo, él estaba en un error, y no eran tan evidentes los límites entre caballeros y escuderos. Tal vez, a su manera, ella había estado todo el tiempo susurrándole la verdad.

Bien considerado, la traición tenía un gusto singular para la víctima. Uno ahondaba en su herida, gozando de la propia agonía. Y como los celos, podía ser más intensamente saboreada por quien sufría las consecuencias que por el responsable del acto en sí. Había algo perversamente grato en la extraña liberación moral que de ello resultaba; en la dolorida expectativa de advertir indicios, o la satisfacción pérfida de confirmar sospechas. Y Coy, que acababa de descubrir todo eso, pensó mucho aquella noche, sentado con la espalda contra el mamparo, en la bodega del bulkcarrier medio desguazado, junto al Piloto y Nino Palermo, frente a la pistola de Horacio Kiskoros.

—Es cuestión de paciencia —comentaba el argentino—. Como dijo un poeta compatriota mío: cuando amanezca, cada ladrón con su anciana madre.

Había transcurrido casi una hora, y Kiskoros terminó mostrándose moderadamente locuaz. Cuando su antiguo jefe hubo terminado de insultarlo y de reprocharle su cambio de chaqueta, el héroe de Malvinas fue relajándose un poco; y tal vez en memoria de los viejos tiempos insinuó algunas confidencias en voz baja, facilitadas por la penumbra del farol de petróleo, el lugar y la larga espera. No era, comprobó Coy, muy hablador; pero tenía como todo el mundo cierta necesidad de justificarse. Supieron de ese modo cómo Kiskoros se había acercado la primera vez a Tánger con un mensaje de Palermo; y cómo ella, con admirable habilidad y buenos reflejos, había cambiado el panorama de sus lealtades durante una larga conversación —de hombre a hombre, matizó Kiskoros— donde expuso las ventajas de una asociación mutua: con Palermo al margen, e incluidos el treinta por ciento de los beneficios de la empresa para el argentino, si se avenía a oficiar de agente doble. Porque, como puntualizó Kiskoros, la vida era un cambalache, etcétera. Y sobre todo porque la guita era la guita. Aparte que la mina, subrayó, era toda una dama. Le recordaba a otra montonera que conoció en 1976, allá en el barrio plateado por la luna de la ESMA: después de una semana de picana, todavía no habían logrado sacarle el segundo apellido. Coy no tuvo difícil imaginarlo, mientras el mostacho castrense del ex suboficial Kiskoros se torcía en una mueca de nostalgia, donde el olor de carne electrocutada se mezclaba con el aroma de los bifes vuelta y vuelta de la Costanera, la música del Viejo Almacén y las chicas de la calle Florida. Cache Florida, pronunciaba Kiskoros tocándose melancólico los tirantes. Pero ésas, se interrumpió casi con esfuerzo, eran otras historias. Así que volviendo a Tánger —a la dama, insistía—, cada vez que Nino Palermo lo enviaba a vigilar o presionarla, lo que él hacía era facilitarle a ella la información. De cabo a rabo, con sujeto, verbo y predicado. Y eso incluía Barcelona, Madrid, Cádiz, Gibraltar y Cartagena. Tánger estuvo siempre al tanto de su proximidad, y Kiskoros puntualmente informado de cada uno de sus pasos junto a Coy —o de casi todos, matizó con delicadeza el argentino—. En cuanto a Palermo, su supuesto sicario lo había intoxicado todo el tiempo con información limitada; hasta que el gibraltareño, harto de milongas pamperas, decidió echar un vistazo. Eso estuvo a punto de estropearlo todo; pero por fortuna para Tánger las esmeraldas ya estaban a bordo del *Carpanta*. Kiskoros no tuvo otra alternativa que seguirle la corriente a Palermo. La diferencia era que, en vez de hallarse Coy y el Piloto solos en aquella bodega, el cazador de tesoros estaba haciéndoles compañía. Tres pájaros de un tiro. Aunque, respecto a ese tiro, Kiskoros confiaba en no tener que dispararlo.

—Esto no quedará así —decía Palermo—. Te encontraré donde... Maldita sea. Donde vayas. La encontraré a ella y te encontraré a ti.

Kiskoros no pareció inquietarse en exceso.

—La dama es bien piola y sabe cuidarse —repuso—. Y yo pienso irme lejos... Igual vuelvo a la patria con la frente marchita y me compro una estancia en Río Gallegos.

—¿Para qué quiere ella ocho horas?

—Obvio. Para poner las piedras en lugar seguro.

—Y dejarte tirado, como a todos.

—No —Kiskoros negaba con el cañón de la pistola—. Lo nuestro está claro. Me necesita.

—Esa zorra no necesita a nadie.

El argentino se había incorporado, arrugado el entrecejo. Sus ojillos saltones fulminaban a Palermo.

—No hable así de ella.

El gibraltareño se lo quedó mirando como quien mira a un marciano verde.

—No me jodas, Horacio. No me... Venga. No me digas que también te ha sorbido el cerebro.

—Cállese.

—Tiene huevos la cosa.

Kiskoros dio un paso adelante. La pistola apuntaba directamente a la cabeza de su ex jefe.

—Le he dicho que se calle. Ella es toda una dama.

Haciendo caso omiso del arma, el cazador de tesoros le dirigió a Coy una ojeada sarcástica.

—Hay que reconocer —dijo— que esa tía tiene... Vaya. Mucha casta. Liarte a ti y a tu amigo, supongo, no era difícil. En cuanto a mí... Por Dios. Eso tiene más mérito. Pero comerle el tarro al hijo de puta de Horacio... ¿Comprendes?... Eso ya es encaje de bolillos.

Suspiró, admirado. Después alargó la mano hasta su chaqueta y sacó el paquete de cigarrillos. Tras ponerse uno en la boca se quedó pensativo:

—Empiezo a creer que merece de veras las esmeraldas.

Buscaba el mechero, absorto en sus pensamientos. Sonrió, burlón:

—Somos idiotas.

—No pluralice —exigió Kiskoros.

—Bueno. Rectifico. Estos dos y yo somos bobos. Tú eres idiota.

En ese momento, la sirena de un barco que cruzaba la bocana llegó a través de los mamparos: un pitido ronco, breve, con el que desde el puente advertían a una embarcación menor que dejara el paso franco. Y como si ese pitido fuese la culminación de un largo proceso de reflexiones que había tenido ocupado a Coy en la última hora —en realidad, de modo inconsciente, llevaba dedicado a ello mucho más tiempo— vio desplegado ante sus ojos todo el resto de la jugada, hasta el final. Lo vio con tanto detalle que abrió la boca, casi a punto de proferir una exclamación. Cada uno de los indicios, sospechas, interrogantes, que había advertido en los últimos días, cobró de golpe un significado. Hasta el papel que en ese momento desempeñaba Kiskoros, incluidas las ocho horas de plazo y la elección de aquella bodega como calabozo temporal, podían explicarse en dos palabras. Tánger se disponía a abandonar la isla, y ellos, escuderos engañados, quedaban abandonados allí:

—Se larga —dijo en voz alta.

Todos lo miraron. No había abierto los labios desde que Tánger desapareció por la escotilla de cubierta.

—Y te deja tirado —añadió en honor de Kiskoros— como a nosotros.

El argentino se lo quedó estudiando un rato largo. Luego sonrió, escéptico. Una ranita engominada y pulcra. Autosuficiente. Bacán.

—No digás boludeces.

—Acabo de comprenderlo. Tánger te ha pedido que nos retengas hasta que se haga de día, ¿no es cierto?... Después cierras la escotilla, nos dejas aquí y te reúnes con ella, ¿verdad? A las siete o a las ocho de la mañana en tal sitio. Dime si voy bien —el silencio y la mirada del argentino revelaron que, en efecto, iba bien—. Pero tiene razón Palermo; ella no va a ir. Y voy a decirte por qué no: porque a esa hora estará en otra parte.

Aquello no le gustó a Kiskoros. Su expresión era tan sombría como el agujero negro de la pistola.

—Te creés muy listo, ¿verdad?... Pues no lo has sido mucho hasta ahora.

Coy encogió los hombros.

—Puede —concedió—. Pero incluso un tonto comprende que un periódico abierto por tal o cual página, cierto tipo de preguntas, una postal, un par de visitas, una carterita de fósforos y una información suministrada hace tiempo, de modo casual, por Palermo en Gibraltar, conducen a un sitio determinado... ¿Quieres que te lo cuente, o me callo y esperamos a que lo descubras solo?

Kiskoros jugaba con el seguro de la pistola, pero era evidente que tenía el pensamiento en otro sitio. Fruncía la boca, indeciso.

—Decí.

Sin dejar de mirarlo, Coy apoyó de nuevo la cabeza en el mamparo.

—Partimos del hecho —dijo— de que Tánger no te necesita ya. Tu misión, jugar el doble juego, controlar a Palermo, convencerme a mí de que ella estaba desvalida y en peligro, concluye esta noche, reteniéndonos mientras se va. Ya nada puede obtener de ti. Y ¿qué crees que hace?... ¿Cómo va a irse con un bloque de esmeraldas?... En los aeropuertos miran el equipaje de mano con rayos X, y no puede arriesgarse a facturar esa fortuna tan frágil en una maleta. Un coche de alquiler deja pistas peligrosas. Un tren significa fronteras y molestos transbordos... ¿Se te ocurre alguna alternativa?

Se quedó callado, aguardando una respuesta. Decir todo aquello en voz alta le hacía experimentar un extraño alivio; como si compartiese la vergüenza y la hiel que sentía reventarle dentro. Esta noche hay para todos, pensó. Para tu jefe. Para el pobre Piloto. Para mí. Y tú no vas a irte de rositas, subnormal.

Pero la conclusión vino de Palermo antes que de Kiskoros. El gibraltareño acababa de darse una palmada en el muslo:

—Claro. Un barco... ¡Un maldito barco!

—Exacto.

—Rediós. Vaya tía lista.

—Ésa es mi chica.

De pie junto a la escala, aturdido, Kiskoros intentaba digerir el asunto. Sus ojillos de batracio iban del uno al otro, oscilando entre el desdén, la suspicacia y la duda razonable.

—Son demasiadas suposiciones —opuso por fin—. Te creés muy inteligente, pero todo lo basás en conjeturas: no hay nada que confirme ese quilombo... No hay pruebas. No hay un dato preciso al que atenerse.

—Te equivocas. Sí lo hay —Coy miró su reloj: estaba parado. Se volvió al Piloto, que seguía inmóvil y atento en su rincón—. ¿Qué hora es?

—Las once y media.

Observó a Kiskoros con mucha guasa. Reía entre dientes al hacerlo; y al argentino, ignorante de que en realidad Coy se estaba riendo de sí mismo, no pareció gustarle aquella risa. Había dejado de manosear el seguro y ahora le apuntaba a él.

—A la una de la madrugada —informó Coy— zarpa el carguero *Felix von Luckner* de la Zeeland Ship. Bandera belga. Dos viajes al mes entre Cartagena y Amberes, con carga de cítricos, creo. Admite pasaje.

—Joder —murmuró Palermo.

—Antes de una semana —Coy no le quitaba ojo a Kiskoros—, ella venderá las esmeraldas en cierto lugar de la Rubenstrasse que puede confirmar tu antiguo jefe —invitó a Palermo con un movimiento de cabeza—... Dígaselo.

—Es verdad —admitió el otro.

—Ya ves —Coy volvió a reír de aquel modo desagradable—. Igual tiene el detalle de mandarte una postal.

Esta vez Kiskoros acusó el golpe. Su nuez bajaba y subía en la confusión de retorcidas lealtades. También los canallas, pensó Coy, tienen su corazoncito.

—Ella nunca habló de eso —Kiskoros miraba fijo, como si lo culpara—. Íbamos...

—Claro que no te habló —Palermo intentaba encender el cigarrillo que tenía en la boca—. Cretino.

Kiskoros se iba abajo por momentos.

—Teníamos un coche alquilado —murmuró, confuso.

—Pues ya puedes —sugirió Palermo— devolver las llaves.

Su mechero no funcionaba, así que el cazador de tesoros se incorporó para inclinarse sobre la llama del farol de petróleo con el cigarrillo en la boca. Parecía divertido con aquella espléndida broma en la que cada cual había tenido lo suyo.

—Ella nunca... —empezó a decir Kiskoros.

Tal vez lleguemos a tiempo, pensó Coy mientras trepaban por la escala y el aire de la noche le refrescaba la cara. Había muchas estrellas, y las siluetas de los barcos desguazados tenían una apariencia fantasmal, recortadas en las luces del puerto. Abajo, en el suelo de la bodega, el argentino ya no se quejaba. Había dejado de hacerlo cuando Palermo terminó de darle patadas en la cabeza, y la sangre que le salía a borbotones por la nariz chamuscada se mezclaba con la herrumbre del suelo, o chisporroteaba al mojar su ropa humeante. Se debatía al pie de la escala con la chaqueta ardiendo, dando alaridos, después que Nino Palermo, inclinado para encender el cigarrillo, lanzara contra él de improviso el farol: un arco de llamas que surcó con un zumbido la penumbra de la bodega, pasó por delante de Coy y le acertó a Kiskoros en el pecho, justo cuando estaba diciendo eso de ella nunca. Y nunca supieron lo que ella nunca habría hecho o dicho, porque en ese instante el petróleo del farol se le derramó encima, haciéndole soltar la pistola cuando una llamarada prendió en su ropa y le cubrió la cara. Un momento después Coy y el Piloto estaban de pie; pero Palermo, mucho más rápido, ya se había agachado, haciéndose con la pistola. Se quedaron así los tres, mirándose unos a otros sin pestañear mientras Kiskoros se retorcía en el suelo, entre fogonazos, pegando unos gritos que helaban la sangre. Al fin Coy cogió la chaqueta de Palermo y apagó las llamas dándole golpes con ella antes de echársela por encima. Al retirarla, Kiskoros humeaba hecho una piltrafa: en vez de pelo y bigote tenía rastrojos chamuscados, decía ay, ay, y en los intervalos emitía un ruido sordo, como si hiciera gárgaras con aguarrás. Entonces fue cuando Palermo le dio todas aquellas patadas en la cabeza de un modo sistemático, casi contable. Igual que si estuviera poniendo sobre una mesa los billetes de su indemnización por despido. Y luego, con la pistola en la mano pero sin apuntar a nadie, una sonrisa muy poco risueña en la boca, suspiró satisfecho y le preguntó a Coy si estaba dentro o fuera. Eso dijo: dentro o fuera, mirándolo al resplandor de las últimas llamas del farol roto en el suelo, con cara de tiburón noctámbulo camino de resolver viejas cuentas.

—Si le haces daño a ella, te mataré —respondió Coy.

Ésa era la condición. Lo dijo así aunque era el otro quien tenía la pistola de cromo y nácar en la mano. Y Palermo no se lo tomó a mal, sino que acentuó la mueca blanca de escualo y dijo de acuerdo, no la mataremos esta noche. Luego se guardó la pistola en el bolsillo y empezó a subir a toda prisa hacia el rectángulo de estrellas. Y ahora estaban los tres, Coy, Palermo y el Piloto, corriendo juntos por la cubierta oscura del bulkcarrier mientras al otro lado del puerto, bajo las grúas iluminadas y los focos de los muelles, el *Felix von Luckner* se preparaba para soltar amarras.

Había luz en la ventana del hostal Cartago. Junto a Coy sonó la risa de mastín exhausto: Palermo también miraba hacia arriba.

—La dama hace las maletas —apuntó el cazador de tesoros.

Estaban bajo las palmeras de la muralla, con el puerto abajo, a la espalda. Los edificios iluminados de la universidad Politécnica destacaban al extremo de la avenida desierta.

—Déjame hablar antes con ella —dijo Coy.

Palermo se tocó el bolsillo, donde llevaba la pistola de Kiskoros.

—Ni lo pienses. Ahora todos somos socios —seguía mirando hacia arriba, la mueca sombría—. Además, seguro que se las arregla para convencerte otra vez.

Coy encogió los hombros.

—¿De qué?

—De algo. Dale tiempo, y seguro que te convence de algo.

Cruzaron la calle seguidos por el Piloto. Palermo lo hizo sin perder de vista la luz de la ventana, y una vez en la puerta del hostal volvió a palparse el bolsillo.

—¿Todavía tiene aquel pistolón de Gibraltar?

Miraba con intensa fijeza. El ojo claro parecía vidrio frío.

—No sé. Puede que lo tenga.

—Mierda.

Palermo reflexionó un momento. Luego volvió a observar a Coy, como si reconsiderara su oferta de hablar con Tánger a solas.

—Ella tiene sus motivos —apuntó Coy.

El gibraltareño sonrió esquinado, a medias.

—Claro. Todos los tenemos —miró al Piloto, que aguardaba detrás, expectante—. Hasta él los tiene.

—Deja que le hable yo.

El otro aún lo pensó un poco.

—De acuerdo.

La encargada del hostal saludó a Coy, confirmándole que la señora estaba arriba y que había pedido la cuenta. Cruzaron el vestíbulo y subieron al segundo piso procurando no hacer ruido en la escalera. Había láminas de barcos enmarcadas en las paredes y una talla de la Virgen del Carmen en una hornacina. La puerta de la habitación se abría directamente sobre el rellano, al final de los peldaños. Estaba cerrada. Coy llegó hasta ella seguido por Palermo. La moqueta amortiguaba sus pasos.

—Prueba suerte —susurró el gibraltareño con la mano en el bolsillo—. Dispones de cinco minutos.

Coy empuñó el picaporte, haciéndolo girar sin dificultad. No estaba puesto el pestillo. Y mientras abría la puerta comprendió lo inútil de todo aquello. Lo absurdo de su presencia allí, amante despechado, amigo engañado, socio estafado. En realidad, descubrió de pronto, puestos a considerar las cosas en frío, él no tenía nada que decir. Ella estaba a punto de marcharse, pero en realidad ya se había ido mucho antes, dejándolo atrás, a la deriva; y nada de lo que él pudiera decir o hacer iba a cambiar el curso de las cosas. En cuanto a las esmeraldas, acostumbrado a pensar en ellas como en una quimera inalcanzable, a Coy no le habían importado antes, y tampoco le importaban ahora.

Tánger era lo que había querido ser. Quiso elegir libre, y él supo siempre que así sería, desde el principio. Había visto la vieja copa de plata sin un asa, y la fotografía de la niña que sonreía en blanco y negro. Era suficiente para comprender que la palabra engaño estaba fuera de lugar, incluso a pesar de ella misma. Y Coy habría dado en ese momento la vuelta para marcharse, pasar junto al Piloto y seguir caminando hasta el *Carpanta* con escala previa en el bar más próximo, de no haber iniciado ya el movimiento de abrir la puerta. No sentía rencor, y ya ni siquiera sentía curiosidad. Pero la puerta se abría más y más, descubriendo la habitación, la ventana al fondo sobre el puerto, la bolsa de equipaje a medio hacer sobre la mesa, el paquete de las esmeraldas, y a Tánger de pie, con su falda azul de algodón oscuro y la blusa blanca y las sandalias, el pelo recién lavado y todavía húmedo, goteándole sobre los hombros sus puntas asimétricas. Y la piel moteada y atezada por todas aquellas semanas de mar y de sol, los ojos azul marino abiertos por la sorpresa, pavonados y metálicos como el acero del 357 magnum que acababa de coger de encima de la mesa al oír la puerta. Entonces Nino Palermo jugó su papel en aquella tragicomedia de engaños, y sin esperar los cinco minutos prometidos se deslizó desde la espalda de Coy hacia un lado, con la pistola de cromo y nácar reluciéndole en una mano. Coy abrió la boca para gritar no, alto, basta, rebobinemos toda esta historia absurda que hemos visto mil veces en el cine; pero ella ya había contraído la mano y un fogonazo estalló a la altura de sus caderas, con un estampido que llegó hasta Coy un milisegundo después que el impacto bajo sus costillas, un chasquido de refilón que lo hizo girar a medias, arrojándolo sobre Palermo que en ese momento disparaba a su vez. Esta vez el tiro atronó muy cerca los oídos de Coy, y quiso manotear para impedirle al gibraltareño usar de nuevo la pistola. Pero en ese momento hubo otro fogonazo a su espalda, y otro estampido sacudió el aire, y Palermo saltó atrás como arrancado de sus brazos, proyectado hacia el rellano y escaleras abajo. No había sonado bang, como en las películas, sino pumba, pumba, pumba, tres veces y todo muy seguido, y ahora quedaba una humareda de mil diablos en la habitación y un olor acre muy áspero, y un silencio absoluto. Y cuando Coy se volvió a mirar, Tánger ya no estaba allí. Miró mejor y vio que ya no estaba allí de pie, sino al otro lado de la mesa, tendida en el suelo, con un roto en la blusa bajo el que se derramaba la sangre en un chorro muy rojo, denso e intermitente, manchando la blusa y el suelo y manchándolo todo. Estaba allí moviendo los labios, y de pronto parecía muy joven y muy sola.

Fue entonces cuando salió a la calle y comprobó que era una noche perfecta, con la estrella Polar visible en su lugar exacto, cinco veces a la derecha de la línea formada por Merak y Dubhé. Anduvo hasta apoyarse en la balaustrada de la muralla, y se quedó allí, presionándose con una mano la herida sangrante en su cadera. Se la había tocado bajo la camisa, comprobando que las costillas estaban intactas, que el desgarrón era superficial y que él no iba a morir esa vez. Contó cinco débiles latidos de su corazón mientras contemplaba la dársena oscura, las luces de los muelles, el reflejo de los castillos en las montañas. Y el puente y la cubierta iluminados del *Felix von Luckner,* a punto de soltar amarras.

Tánger le había hablado. Seguía moviendo los labios cuando él se inclinó sobre ella mientras el Piloto intentaba taponar el agujero del pecho por donde se le escapaba la vida. Hablaba tan bajo, casi inaudible, que él tuvo que acercarse mucho a su boca para entender lo que decía. Le costaba demasiado esfuerzo componer las palabras, cada vez más débil, apagándose a medida que el charco rojo se extendía por el suelo bajo su cuerpo. Dame la mano, Coy, había dicho. Dame la mano. Prometiste que no me dejarías ir sola. La voz se extinguía, y el resto de vida parecía habérsele refugiado en los ojos, muy abiertos, casi desorbitados, como si en ese momento se asomaran a un páramo desolado que les inspirase horror. Lo juraste, Coy. Tengo miedo de irme sola.

No le dio la mano. Ella estaba en el suelo, como *Zas* sobre la alfombra de aquella casa en Madrid. Habían transcurrido miles de años, pero eso era lo único que a él le resultaba imposible olvidar. Todavía la vio mover los labios un poco más, pronunciando palabras que ya no escuchó, pues se había incorporado y miraba alrededor con aire aturdido: el bloque de esmeraldas sobre la mesa, el revólver negro en el suelo, el charco rojo que se extendía cada vez más, la espalda del Piloto inclinado sobre Tánger. Caminó por su propio páramo desolado al cruzar la habitación y bajar los peldaños, pasando junto al cadáver de Palermo que estaba tendido boca arriba en mitad de la escalera, las piernas en alto y la cabeza abajo y los ojos ni abiertos ni cerrados, la mueca de tiburón impresa en la cara y la sangre corriendo por los escalones hasta los pies de la aterrada recepcionista del hostal.

El aire de la noche afinó sus sentidos. Apoyado en la muralla notaba gotear su herida por la cadera, bajo la ropa, a cada latido del corazón. El reloj del ayuntamiento dio una campanada, y en ese momento la popa del *Felix von Luckner* empezó a apartarse lentamente. Bajo los focos halógenos de cubierta podía ver al primer oficial vigilando el trabajo de los marineros en el castillo de proa, junto a los escobenes de las anclas. Había dos hombres en el alerón, atentos a la distancia entre el casco y el muelle: sin duda el práctico y el capitán.

Oyó los pasos del Piloto a su espalda, y sintió que se apoyaba en la balaustrada a su lado.

—Ha muerto.

Coy no dijo nada. Una sirena policial sonaba lejana, acercándose desde la ciudad baja. En el muelle acababan de largar la última amarra del barco, y éste empezó a alejarse. Coy imaginó la penumbra del puente, el timonel en su puesto, el capitán atento a las últimas maniobras mientras la proa apuntaba entre las luces verde y roja de la bocana. Adivinó la silueta del práctico bajando hasta la lancha por la escala de gato que pendía de un costado. Ahora el barco ganaba velocidad, deslizándose con suavidad hacia el mar negro y abierto, con sus luces que se estremecían reflejadas en la estela y un último toque ronco de bocina que dejó atrás igual que una despedida.

—Cogí su mano —dijo el Piloto—. Ella creía que eras tú.

La sirena policial sonaba más cerca, y un centelleo azul asomó al extremo de la avenida. El Piloto había encendido un cigarrillo, y el resplandor del chisquero deslumbró la visión de Coy. Cuando recompuso la imagen, el *Felix von Luckner* ya navegaba por aguas libres. Experimentó una intensa añoranza viendo alejarse sus luces en la noche. Podía adivinar el aroma de la taza de café de la primera guardia, los pasos del capitán en el puente, el rostro impasible del timonel iluminado desde abajo por el compás giroscópico. Podía sentir la vibración de las máquinas bajo cubierta mientras el oficial de cuarto se inclinaba sobre la primera carta náutica del viaje, recién desplegada sobre la mesa para calcular un rumbo cualquiera: un buen rumbo trazado con reglas, lápiz y compás de puntas, en papel grueso cuyos signos convencionales representaban un mundo conocido, familiar, reglamentado por cronómetros y sextantes que permitían mantener la tierra a distancia.

Ojalá, pensó, me devuelvan al mar. Ojalá encuentre pronto un buen barco.

La Navata, diciembre 1999

La carta esférica terminó de imprimirse en diciembre de 2000, en Litográfica Ingramex, S. A. de C. V., Centeno No. 162, Col. Granjas Esmeralda, C. P. 09810, México, D. F.